Fantasmas asesinos

Alfaguara es un sello editorial del Grupo Santillana

www.alfaguara.com

Argentina
Av. Leandro N. Alem, 720
C 1001 AAP Buenos Aires
Tel. (54 114) 119 50 00
Fax (54 114) 912 74 40

Bolivia
Avda. Arce, 2333
La Paz
Tel. (591 2) 44 11 22
Fax (591 2) 44 22 08

Chile
Dr. Aníbal Ariztía, 1444
Providencia
Santiago de Chile
Telf (56 2) 384 30 00
Fax (56 2) 384 30 60

Colombia
Colombia
Calle 80, 10-23
Bogotá
Tel. (57 1) 635 12 00
Fax (57 1) 236 93 82

Costa Rica
La Uruca
Del Edificio de Aviación Civil 200 m al
Oeste
San José de Costa Rica
Tel. (506) 220 42 42 y 220 47 70
Fax (506) 220 13 20

Ecuador
Avda. Eloy Alfaro, 33-3470
y Avda. 6 de Diciembre
Quito
Tel. (593 2) 244 66 56 y 244 21 54
Fax (593 2) 244 87 91

El Salvador
Siemens, 51
Zona Industrial Santa Elena
Antiguo Cuscatlan - La Libertad
Tel. (503) 2 505 89 y 2 289 89 20
Fax (503) 2 278 60 66

España
Torrelaguna, 60
28043 Madrid
Tel. (34 91) 744 90 60
Fax (34 91) 744 92 24

Estados Unidos
2105 NW 86th Avenue
Doral, FL 33122
Tel. (1 305) 591 95 22 y 591 22 32
Fax (1 305) 591 91 45

Guatemala
7ª avenida, 11-11
Zona nº 9
Guatemala C.A.
Tel. (502) 24 29 43 00
Fax (502) 24 29 43 43

Honduras
Colonia Tepeyac Contigua a Banco
Cuscatlan
Boulevard Juan Pablo, frente al Templo
Adventista 7º Día, Casa 1626
Tegucigalpa
Tel. (504) 239 98 84

México
Avda. Universidad, 767
Colonia del Valle
03100 México D.F.
Tel. (52 5) 554 20 75 30
Fax (52 5) 556 01 10 67

Panamá
Avda. Juan Pablo II, nº 15. Apartado Postal
863199, zona 7 Urbanización Industrial
La Locería - Ciudad de Panamá
Tel. (507) 260 09 45

Paraguay
Avda. Venezuela, 276
Entre Mariscal López y España
Asunción
Tel. y fax (595 21) 213 294 y 214 983

Perú
Avda. Primavera, 2160
Surco
Lima 33
Tel. (51 1) 313 40 00
Fax. (51 1) 313 40 01

Puerto Rico
Avenida Roosevelt, 1506
Guaynabo 00968
Puerto Rico
Tel. (1 787) 781 98 00
Fax (1 787) 782 61 49

República Dominicana
Juan Sánchez Ramírez, nº 9
Gazcue
Santo Domingo R.D.
Tel. (1809) 682 13 82 y 221 08 70
Fax (1809) 689 10 22

Uruguay
Constitución, 1889
11800 Montevideo
Uruguay
Tel. (598 2) 402 73 42
y 402 72 71
Fax (598 2) 401 51 86

Venezuela
Avda. Rómulo Gallegos
Edificio Zulia, 1º-Sector Monte Cristo
Boleita Norte
Caracas
Tel. (58 212) 235 30 33
Fax (58 212) 239 10 51

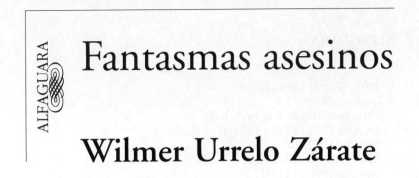

Fantasmas asesinos

Wilmer Urrelo Zárate

ALFAGUARA

© 2007, Wilmer Urrelo Zárate
© De esta edición:
2007, Santillana de Ediciones, S.A.
Av. Arce 2333 La Paz – Bolivia
Fax: (591) 2442208
Email: info@santillana.com.bo
Teléfono: (591-2) 2441122

ISBN: 978-99905-924-1-2
Depósito Legal: 4-1-941-07
Impreso en Bolivia. *Printed in Bolivia*

Primera edición: abril de 2007

Cubierta
Alejandro Azcuy

Impreso en:
SPC Impresores S.A.
Teléfono 2111121
Av. Las Américas N° 756 La Paz - Bolivia

A Miguel Ángel,
mi hermano de sangre
y también vargasllosiano

¿A Mario Vargas Llosa? La ciudad y los perros,
La Casa Verde *y* Conversación en La Catedral,
¿no son acaso tres motivos suficientes?

Primera parte

Obsesiones de un idiota (I)

1

Hoy fue mi primer día en el colegio Irlandés. Los alumnos más antiguos dicen que acá mataron a un chico hace algunos años atrás. Yo no les creo porque la gente siempre cuenta mentiras para sorprender a los nuevos. Pero me lo han dicho tantas veces en un lapso de tiempo tan corto que empiezo a creerlo. A lo mejor tendría que averiguar por mi parte y así salir al fin de dudas.

2

Estamos en 1992. Y tengo dieciséis años.

3

Por ser la primera semana de clases salimos temprano. Gracias a eso me junté con otros chicos en el segundo patio (tenemos tres) y ahí me contaron la supuesta verdadera historia:

—A ese chico lo mataron allá —me dijo el más gordo y señaló un terreno abandonado—. El tipo antes lo violó y después lo enterró —aquí hizo una pausa y me miró como para asustarme—: unos chicos del colegio encontraron el cadáver.

4

Anoche soñé con el chico muerto. Eso no es extraño, ya sé. Lo raro es que su rostro se parecía al mío y también al rostro del asesino. Desperté tarde y por eso mi madre por la mañana me dijo que dejara de ver televisión hasta tan tarde. Le contesté con una grosería y ella me dio una cachetada. Luego me abrazó ya arrepentida y me dijo que el trabajo la estaba matando y yo le dije que eso no me importaba.

5

Sólo tengo dos amigos: un gordo llamado Sergio (el que me contó la historia del niño muerto) y el otro es un pajero de nombre Ismael. Los dos hacen lo que yo les digo y el pajero intenta asombrarme todo el tiempo contándome las películas porno que dice que vio hasta ahora. Yo no le creo porque siempre cuenta la misma. Ayer lo botaron del curso porque se estaba haciendo la paja viendo a Sally. Sally es una de las chicas más lindas del curso.

6

Mi nombre no importa, aunque todos en el curso me conocen como el loco. El loco por aquí, el loco por allá; el loco hizo esto, el loco hizo aquello, ¿viste lo que hizo ese loco? Y es que tienen razón en llamarme así. A veces yo mismo me doy miedo: ayer, por ejemplo, le dije puta y maldita perra a una de las profesoras. Ya no recuerdo por qué. Sólo recuerdo que ella me miró detenidamente, soltó un suspiró y salió del aula sin decir nada.

Todos rieron por lo que hice pero guardaron silencio cuando entró el profesor de educación física de apellido Martínez. Yo sé que Martínez y esta profesora se acuestan. Se nota a la legua que ella se la chupa y que él la monta por atrás. Resumiendo: Martínez me llevó a la dirección a empellones y cuando estuve frente al director éste me dijo:

—Si no pide disculpas lo vamos a echar.

Me puse de rodillas. Empecé a llorar. Inventé que mi madre se drogaba y que me obligaba a comprarle droga por las noches. Es decir, que tenía problemas en casa. El director se tocó el cabello, como si de pronto la peluca estuviese a punto de desprendérsele del cráneo. Me miró con lástima y me dijo que mejor no vuelva ya a clases. Como castigo me mandó a la biblioteca a leer algo para pasar el rato.

7

Estuve en la biblioteca mirando por la ventana: observé las aulas, las gradas que daban a una de las canchas y la pared que a su vez cercaba el terreno donde habían hallado al niño muerto. Miré también las mesas vacías y el silencio me golpeó el rostro. Entonces me acerqué a los armarios buscando alguna revista con dibujos de chicas para poder pajearme un rato y entonces lo vi.

8

El libro se llama *La ciudad y los perros* y el autor Mario Vargas Llosa. Nunca antes había leído un libro, pero la verdad es que éste me atrapó desde el principio. Cuando la bibliotecaria me dijo que ya era hora de aban-

donar la sala estuve a punto de saltar sobre ella y encima
habría sido capaz de desnudarla y cortarla en mil pedazos. Pero no lo hice. Sólo doblé una esquina de la página en donde me había quedado y le dije que volvería mañana.

9

Por si acaso le dije a mi madre que me comprara
el libro. Ella me miró sorprendida y me dijo que no teníamos dinero para comprar un libro ahora, que ya bastaba
con estar en un buen colegio. En un colegio reputado.

—¿Qué más quieres? —me dijo.

Imaginé que me lanzaba sobre ella, que la tomaba por el cuello y que la ahorcaba hasta que prometía
comprármelo mañana mismo. Me dijo que los billetes no
le alcanzaban y que no crecían en los árboles, que cómo
era posible que en el colegio pidieran tantos libros.

—Esos creen que todos somos ricos —concluyó
como una perra rabiosa—. Son unos ladrones, igual que
los del Monte Sagrado.

Me levanté de la mesa y fui a mi habitación sin
decirle nada. Quise llorar, pero me contuve. Por la noche
soñé que estaba en el colegio militar Leoncio Prado. Soñé que me agarraba a golpes con el Jaguar y que le ganaba. Soñé que me tiraba a todos los cadetes y encima a todos los sargentos, tenientes y coroneles. Me desperté y vi
que la tenía parada. Imaginé la cara de Sally, sus ojos celestes, la melena rubia: me hice una paja furiosa y escan-
dalosa, seguro que los resortes del somier sonaron, pues
mi madre entró a mi habitación y con los ojos cerrados
me dijo que ya era hora de levantarme.

10

Antes de entrar al Irlandés mi hermano y yo estábamos en el Monte Sagrado. Mi madre decía cada vez que tenía que pagar las pensiones:

—Esos curas son unos rateros.

Y yo pensaba: y encima unos hijos de puta.

11

Creo que el pajero de Ismael, Sergio y yo estamos enamorados de Sally. Sé que es cierto porque sólo hablamos de ella, sólo pensamos en ella. Cuando conversamos acerca de un tema equis sale el nombre de ella sin querer o bien las cosas que hizo en tal o cual clase. Sé que es peligroso enamorarse a esta edad y mucho más de una mujer como ella. Sé que no me haría caso ni en mil doscientos años. Tal vez ni en mil novecientos. Sé que yo le parezco peligroso (y lo soy), un loco que el rato menos pensado la violaría sin misericordia y que tal vez luego la mataría despacio, con el cuchillo que mi madre dice que perteneció a mi abuelo y que, según ella, le salvó la vida en la guerra del Chaco.

12

El cuchillo de mi abuelo no era para defenderse de los paraguayos, sino de sus propios compañeros. Mi abuelo siempre decía que ese cuchillo lo había salvado en el cerco de Boquerón. Mi abuelo decía que había dos tipos que se lo querían comer, decía que como no había comida en Boquerón ese par quería saciarse con su carne.

Mi abuelo decía todo el tiempo que desde el día en que les mostró el cuchillo ya nadie se metía con él.

13

Ayer terminé de leer *La ciudad y los perros* y casi lloro por lo que le pasó al pobre Jaguar. Quizá yo soy como él. Un poco maleante. Un poco rencoroso. Alguien que odia a los soplones.

14

En la clase de literatura nos dijeron que habláramos de un libro. Yo hablaré de *La ciudad y los perros* y les diré a los demás que es el mejor libro del mundo (aunque es el único que leí hasta ahora en mi vida). Y si no me creen o no les gusta pensaré en la posibilidad de matarlos. De entrar algún día al aula y dispararles a todos. Matar a Sergio, por ejemplo, despedazar su estómago lleno de grasa. Disparar a las bolas de Ismael y gritarle pajero frente a todos. Luego apuntaría a la cabeza de cada uno y los insultaría antes de matarlos. Sólo dejaría viva a Sally y le diría:
—A ti no te mato porque sé que estoy enamorado. Pero sólo son sueños.

15

Hablé del libro sin parar, contando todas las cosas que se hacían en el Leoncio Prado. La profesora a la que llamé puta y maldita perra sonreía a cada momento y decía muy bien muy bien y al finalizar la exposición me puso de ejemplo. Luego los demás hablaron de libros seguramente aburridos y estúpidos. Sally habló de *El principito* y con sólo oír el nombre me dieron ganas de abofetearla y luego desvestirla. Ya dije que me dicen el loco. A lo mejor tienen razón.

16

En la biblioteca del colegio no hay otro libro del tal Vargas Llosa, así que tuve que ir a una librería a ver si hallaba otros. Apenas entré una mujer me hizo dejar la mochila en el mostrador y me dio una ficha. Fui con mi ficha por callejones rodeados por estantes repletos de libros, busqué por todos lados y no encontré nada. Entonces tuve que acercarme al mostrador y preguntar si tenían libros de Mario Vargas Llosa. La mujer que atendía después de pensar un rato me señaló una esquina:

—Autores latinoamericanos —me dijo.

Fui hasta ahí y encontré los siguientes: *La Casa Verde, Conversación en La Catedral, Historia de Mayta* y *El hablador.* Vi los precios y supe que jamás podría comprarlos en toda mi vida, así que estuve hojeándolos por algunos minutos hasta que me dolieron las piernas de tanto estar parado. Fui hasta el mostrador y devolví la ficha. La mujer me regresó la mochila y pensé que retornaría para robarlos.

17

Será la primera vez que robaré algo en serio. Antes, en el Monte Sagrado, sólo robaba lápices, tajadores o calculadoras para luego venderlos y comprar cigarrillos o revistas porno.

18

A la noche esperé a que mi madre se durmiera, a que mi hermano menor dejara de ver los partidos de fútbol y también durmiera para salir de casa. La calle de mi casa es distinta de noche. La verdad es que parece sacada de una de esas películas de terror que veíamos con mi papá antes de que muriera. Como *Viernes 13*, más o menos. Caminé por largo tiempo hasta llegar a la librería. La puerta era de madera, así que busqué algo con qué romperla. Después de mucho tiempo hallé una piedra grande, sin forma. Esperé a que una pareja arrecha pasara y luego de estar seguro de que se encontraban lejos la estrellé sobre la superficie varias veces hasta que se abrió un orificio por donde pude pasar. Entré, fui directo a la sección autores latinoamericanos y cogí los libros que había visto por la mañana.

19

Mi madre se sorprendió cuando vio que en mi mesa de noche había tantos libros acumulados. Al principio sólo pasaba por mi lado para verme de reojo: la muy puta seguro sospecha que me los robé o que hice algo (que se la chupé a alguien, por ejemplo) para obtenerlos. Al fin se detuvo cerca de mi cama, se sentó en ella y me dijo:

—¿De dónde sacaste tanto libro?

Yo pensé que era una pobre cojuda, seguro que en su vida había visto tantos libros juntos.

—Me los prestó Sergio —le dije, y creo que no me creyó o a lo mejor creyó que el gordo me pagaba favores sexuales con libros.

Salió sin decirme nada y sé que fue a su habitación a poner flores a la virgen, a rogarle que guíe mi camino. Está demás decir que mi madre cree que soy maricón porque siempre ando con chicos, porque siempre digo que odio a las mujeres. Si supiera que estoy enamorado de Sally se alegraría, tal vez sólo así dejaría de creer que soy un marica. Pero nunca se lo voy a decir.

20

Comencé a leer *La Casa Verde*. Es una novela larga y a veces no logro comprender algunas cosas, pero me gusta cuando aparece Fushía. Me gustaría ser como él. Tener aventuras, tirarme mujeres, y también agonizar. Me la paso leyendo, incluso a veces pido permiso para ir al baño y me pongo el libro debajo de la chompa, atrapado por el cinturón. Entro a los baños y me quedo ahí leyendo hasta que me hace frío y sé que el profesor de turno sospechará mi ausencia.

21

Sigo pensando en el niño asesinado. Los profesores de este colegio no quieren hablar del tema porque saben que se trata de un escándalo. Pero yo seguí averiguando y la verdad es que no me parece una cosa tan terrible. Eso ocurre todos los días. A cada rato. Sólo que acá es un tema tabú. Como si el violador hubiera sido uno de los profesores. Algún día sabré la historia completa y la contaré a todos los que quieran oírla. Por lo pronto, cuando no quiero ir a clases me voy al terreno donde dicen que lo encontraron y me quedo ahí viendo los escombros, imaginando su cuerpo, los cabellos llenos de sangre y la ropa sucia.

22

Ayer, al volver a casa, me di con una sorpresa. Apenas abrí la puerta de calle encontré al profesor Martínez sentado a la mesa, con un plato lleno de sopa al frente. Mi madre me vio y sonrió, con esa sonrisa falsa que pone siempre cuando sé que desea que haga algo que no quiero.

—Mira quién vino —me dijo.

El profesor Martínez sólo me miró, levantó una ceja a modo de saludo, se puso de pie e intentó darme la mano. Yo no sabía qué hacer. Vi a mi madre, di vuelta y salí corriendo.

23

Así que están saliendo. A lo mejor yo soy el culpable, pues seguramente el director del colegio mandó al profesor Martínez a hablar con mi madre por eso de las drogas. A lo mejor mi madre le dijo que yo estaba algo loco y él empezó a pretenderla. No sé qué decir, no siento celos, ni rabia: creo que no me importa, pero haré como si realmente estuviera molesto.

24

Cada día que pasa me obsesionan dos cosas: Vargas Llosa y el niño muerto. A veces sueño con los dos, a veces los dos son el mismo, a veces yo soy ellos y a veces yo soy el asesino. Me despierto por las noches sudando, y por más que me concentro no puedo hacer que se me pare. Imagino a Sally desnuda, llamándome con el dedo, pero ni eso logra ayudarme.

25

Ahora por fin lo sé: quiero ser como Vargas Llosa. No quiero ser otra cosa que un escritor. Podría contar cosas, pero por más que lo pienso no sé qué cosas podría contar. El niño muerto ya no me obsesiona tanto, inclusive ahora paso por el terreno baldío y no pasa nada, ya no me detengo a ver los restos del hoyo donde dicen que lo hallaron. Ahora sólo quiero saber cosas de la vida de Vargas Llosa. ¿Estoy enfermo? No sé a quién preguntárselo, así que mejor me callo.

26

Hoy entregaron calificaciones. Como no podía ser de otra manera estoy aplazado en casi todas las materias menos en literatura y educación física. En la primera porque siempre paro hablando de Vargas Llosa y creo que eso me salvó y en la otra porque el profesor Martínez se acuesta con mi madre. Ellos creen que yo no sé, pero los oigo en la cocina hablando bajito, luego vienen las risitas y los dios míos de mi madre y también escucho las ollas estrellándose contra el piso.

27

Claro que a mi madre las calificaciones no le gustaron. Cuando las vio soltó la libreta y me dio una cachetada, se puso a llorar y yo sólo pensé en el cuchillo de mi abuelo; si me dieran la oportunidad lo utilizaría para cortarla un poco, para dejarla sangrar, para decirle que no me importa nada sino sólo ser como Vargas Llosa. Pero me quedo callado y sólo miro el piso mientras ella grita a mi alrededor, levantando los brazos, diciendo que cómo es posible que yo pague así el esfuerzo que hace ella de trabajar tan duro para costearme un colegio tan caro. Y luego dice que basta de mano de seda y me muestra un puño y me dice que de ahora en adelante me tendrá bien controlado.

28

Esa noche soñé con Vargas Llosa. Soñé que era él mismo quien me daba de golpes por todos los aplazos y que yo le mostraba sus libros y que él sonreía y me decía que no le importaba, que igual me seguiría azotando por ser un idiota. Entonces justo en ese momento llegaba el niño muerto y lo espantaba mostrándole las heridas del cuerpo y el ano destrozado y luego me miraba y me decía, gritando:

—¡Sigo enterrado!

29

Tal vez podría contar la historia del niño muerto. Lo único malo es que no sé cómo contar una historia.

30

Sally tiene novio. Es uno de la promoción de este año. Esta mañana la vimos con Sergio. El gordo de mierda se quedó sin palabras, bajó la cabeza y empezó a hablarme de una enfermedad que dice que tiene y que tal vez llegue a matarlo. Yo también me puse mal cuando los vi tomados de la mano. Lo raro es que esta vez no me dieron ganas de lanzarme sobre ellos, de romperles los huesos, de despellejarlos vivos y luego lanzar su carne al patio de actos del colegio. Esta vez oí la historia del gordo y me dio pena y al llegar al curso y al ver a Sally sentada siguiendo la clase como si nada supe que jamás podré tener una mujer como ella.

31

Hoy fui a misa. No es que sea supercatólico ni mucho menos. Sólo fuimos a la misa de mi padre. Mi padre murió hace algunos años. Yo lo vi hundirse en las aguas mientras me pedía con el brazo extendido que lo salvara.

32

Ahora leo *Historia de Mayta*. Me río de las mariconadas que Vargas Llosa cuenta y a ratos me pongo a pensar si él no será un verdadero maricón, pues sino ¿cómo puede saber tantas cosas de los putones? Y también es un arrecho: todo el tiempo habla de tirar, de culear, de acostarse. Así que a veces pienso que el verdadero loco es él y no yo.

33

Como dije, mi padre murió ahogado. Estábamos en el lago Titicaca, en un barquito que nos iba a llevar a una isla. Ese día yo intentaba ver las algas del fondo y mi hermano metía su gorra roja al agua y luego la sacaba riendo, como un estúpido. Mis padres estaban abrazados y el dueño del bote no paraba de remar. En eso el cielo se puso gris y empezó a llover. La cara del dueño del bote se puso seria, miró el cielo, miró las aguas, siguió remando y de pronto nos vimos envueltos en medio de una tormenta terrible. Miraba las olas y no pensaba en nada porque sabía que iba a morir. El barco se quebró y vi cómo el remero saltaba al agua y que así nos jalaba a mi hermano y a mí hasta llegar a una enorme piedra. Mi madre desapareció por un momento, pero luego volvió a salir con los cabellos pegados a la cara: no sé por qué pero en ese momento pensé en una perra embarazada. A mi padre no lo vi, pero aun así me gusta inventar que me pedía auxilio y que yo no hacía nada para salvarlo. Sólo sé que lo sacaron al día siguiente. Tenía el cuerpo hinchado, verde, cubierto de algas y dicen que el estómago lleno de gusanos.

34

Estos días volví a pensar en el niño muerto. En uno de mis cuadernos intenté dibujar su cuerpo y el cuerpo del asesino y me di cuenta de algo: no sé ni sus nombres ni los detalles de los hechos. Sólo sé que el hombre lo violó, lo mató y que luego lo enterró en el terreno baldío. Eso no es mucho.

35

Se nota que el gordo sigue enamorado de Sally, pues no deja de hablar de ella y hace todo lo posible para que le preste atención y también por alejarse de mí y de Ismael. Y es que Sally nos odia porque siempre decimos cosas groseras y siempre andamos viendo revistas porno y en una ocasión le mostramos a distancia la fotografía de una mujer haciéndose dar por dos tipos. Así que el pobre gordo ya no quiere estar con nosotros, prefiere evitarnos y hacer lo posible por estar cerca de ella. No lo culpo, yo también lo haría pero cuando me pongo a pensar por qué no sé la respuesta.

36

El hablador no me gustó. Sólo leí los capítulos donde aparece Mascarita. Yo pienso que ojalá hubiera un Mascarita en el Irlandés. Si fuera así sin duda yo sería su mejor amigo y en una de esas los dos planificaríamos cómo violar a Sally. Esta idea también me viene recorriendo la cabeza. No tanto como la idea de ser Vargas Llosa o la historia del niño muerto. Sería rico acorralarla en algún lugar de este inmenso colegio y violarla entre los dos. Nadie se daría cuenta. Hasta podríamos dejarla gritar pero sería en vano porque nadie la escucharía. ¿Que eso no es normal? Eso ya lo sé, hace tiempo sé que un chico de mi edad no debe pensar esas cosas.

37

Ayer bajé al terreno baldío (me escapé de la clase de física) donde apareció el niño muerto. Estuve caminado alrededor del hoyo, calculando sus dimensiones y entonces me lancé dentro y empecé a escarbar la tierra con un bolígrafo a ver si encontraba algo. No hallé nada al principio pero luego surgió de en medio de la tierra y de entre las pequeñas piedras un pedazo de tela. Parecía azul, más bien parecía el pedazo de un *blue jean* demasiado gastado. Lo saqué con las puntas de los dedos y comprobé que era la parte perteneciente al bolsillo trasero. Algo me dice que pertenece al niño muerto. Creo que sacaron su cuerpo y que el pantalón se quedó atascado en la tierra. Por supuesto que me quedaré con él.

38

No lavé el pedazo de tela. Lo conservo metido en la página 345 del primer tomo de *Conversación en La Catedral.* Está demás decir que busco desesperadamente más libros de Vargas Llosa.

39

El año está a punto de terminar. Seguro que no pasaré de curso y eso no me importa, aunque ya mi madre me advirtió que si esta vez me aplazo me meterá a un colegio fiscal. En el Monte Sagrado me salvé de poco; aunque a lo mejor mi madre se la chupó al director para dejarme pasar. Eso no me sorprendería. Pero no sé si eso será tan cierto porque mi hermano (se llama Ricardo y todo el mundo le dice Richi) es un buen alumno e incluso así la vieja perra amenaza con cambiarlo también a él. El problema es que desde que murió mi padre mi madre no puede con la casa:

—El dinero no crece en los árboles.

—A mí no me regalan la plata.

—¿Crees que ese colegio no cuesta?

Lo único que me pesa, si es que ocurre, es saber que no podré ver más Sally y por supuesto el lugar donde apareció el niño y todos esos detalles que me hacen falta.

40

A propósito de Sally: sé que se acuesta con ese chico. No los he visto, nadie me lo dijo, y sin embargo tengo una teoría que surge con sólo verle el culo: lo tiene más abierto en la parte inferior donde las nalgas se separan, ahí donde aparece una W. Ese es un signo inequívoco de que se la cepilla por lo menos los sábados. No quiero contarle esto al gordo porque seguro que se portará mucho mejor, ya no nos hablará a Ismael y a mí y se pondrá a hablar de esa enfermedad que dice que lo matará algún día.

41

Ayer fue mi cumpleaños.

42

Pero recién hoy encontré un paquete enorme sobre mi cama. Mi madre estaba cerca de él y el profesor Martínez lo veía como si le faltara algo.
—¿No lo abres? —me preguntó ella.

43

Los libros que me regalaron fueron los siguientes:
a) *Los jefes y Los cachorros.*
b) *García Márquez: historia de un deicidio.*
c) *Pantaleón y las visitadoras.*
d) *La orgía perpetua: Flaubert y "Madame Bovary".*
e) *La tía Julia y el escribidor.*
f) *La señorita de Tacna.*
g) *La guerra del fin del mundo.*

44

Es más que seguro que mi madre no compró todos esos libros. Seguramente lo hizo el profesor Martínez. Y eso quiere decir que quiere vivir en esta casa. O bien quiere decir otra cosa: quiere polvear con ella todos los días, con mucha más frecuencia que ahora. A mí no me importa, porque pese a todo fue el mejor regalo de mi vida. El mejor regalo de mi vida a cambio de sexo con mi madre. El profesor Martínez no es ningún tonto.

45

Ayer, durante el recreo, el gordo se acercó donde yo me encontraba y me dijo:

—Necesito pedirte un favor.

Me sorprendí. El gordo estaba nervioso, se limpió la nariz y lo soltó:

—Quiero que le des esto a Sally —me pasó un papel.

Tomé el papelito y lo guardé en el bolsillo de mi pantalón. Le pregunté qué me daría a cambio. El gordo sonrió.

—Te gustan los libros, ¿no?

Le dije que sí, aunque sólo había leído a Vargas Llosa. Me dijo que un tío suyo tenía montones de libros, que ese tío estaba de viaje y que él (no me explicó cómo) tenía la llave de su casa. Que podíamos ir a echar un vistazo. Le dije que bueno, el gordo sonrió y me dio la mano. La apretó fuerte, como si de veras le estuviera haciendo un gran favor.

46

Sally:

He pensado en ti desde hace varios meses. Perdona que no sea yo quien te entregue esta carta, pero soy demasia-

do tímido. Sólo quiero decirte que me gustas y que ojalá podamos ser amigos.

Sergio

47

Leí la carta del gordo sentado dentro del hoyo donde habían hallado al niño muerto. Me reí. El gordo era un cojudo. Encima de hacer una carta así, había dibujado corazoncitos luego de poner su nombre. Los corazoncitos unidos entre sí formaban un corazón más grande. Escuché el timbre de salida (ahora me había escapado de biología), guardé la carta y regresé al curso. Vi a Sally salir del curso y cuando estuve a punto de acercarme se me ocurrió una idea. Busqué al gordo y lo llamé. Sergio vino casi corriendo y le dije:

—Mejor veamos primero los libros.

El gordo titubeó. Se rascó la cabeza, vio a Sally bajar las gradas e ir al encuentro de su novio. Dio un suspiro y me dijo:

—Pero la entregas mañana.

48

Los libros que sacamos de la casa de su tío fueron los siguientes:

a)   *¿Quién mató a Palomino Molero?*
b)   *La Chunga.*
c)   *Elogio de la madrastra.*

49

Intenté imitar lo mejor posible la letra del gordo. Me pasé toda la tarde haciéndolo.

50

Sally:
Desde que te conozco no he parado de hacerme la paja pensando en ti. Ya sé que ese con el que sales actualmente te cepilla cada sábado. Eso no me importa porque yo sólo quiero treinta minutos contigo. Prometo no decírselo a nadie.
Sergio

51

Al final de la carta dibujé un pene y unos labios chupándolo. Luego me arrepentí y puse una flecha que salía del pene y que al final decía Sergio y luego otra flecha que salía de los labios y que al final decía Sally. En el recreo me metí a nuestro curso vacío y fui hasta la mochila de Sally. La abrí, le robé un par de bolígrafos y una calculadora y dejé la carta en medio del libro de sociales.
La mochila de Sally huele a chicle.

52

Tengo la pierna magullada y el rostro hinchado.

53

El gordo me encontró cerca de las gradas y se lanzó contra mí sin darme tiempo a nada. Caí de costado y me lastimé la pierna. El gordo aprovechó para darme de patadas y yo sólo atiné a cubrirme lo más importante: las bolas.

54

Claro que me expulsaron. Claro que no bastaron las súplicas de mi madre. Claro que nada de eso sirvió en esta oportunidad. Sólo me botaron. Así que ahora me la paso todo el día en casa leyendo los libros de Vargas Llosa por la mañana y haciendo dibujos de él por la tarde. Mi madre no me habla y Richi, mi hermano, me mira con miedo.

55

Me llevaron donde un médico: el doctor Ponce. Es un psicólogo o psiquiatra (no sé la diferencia) joven, de lentes ovalados y cabello largo. Cuando entré al consultorio (me llevó el profesor Martínez) me sonrió y luego, ya a solas, me preguntó qué es lo que me gustaría hacer en la vida. Estuve a punto de responderle que cepillarme mujeres y pensar en el niño muerto, pero me contuve y no dije nada. Me habló de la vida, de las responsabilidades, del amor y todas esas cosas; habló tanto que no entendí nada. Al fin me dijo que él era mi amigo y me preguntó si algo me molestaba. Le dije que nada, el doctor Ponce me sonrió y volvió a preguntarme qué me gustaría hacer cuando salga del colegio (al paso que voy nunca saldré, pensé). Eso sí me animó y dije: escritor. Me dijo que era una profesión bonita, pero que para ser escritor uno debía saber dónde está parado. No nos dijimos nada más. De pronto el doctor Ponce miró su reloj, fue hacia la puerta de su consultorio, la abrió y me dijo hasta la próxima.

56

Ahora bien: el doctor lo paga el profesor Martínez, parte de la comida de nuestra casa la paga el profesor Martínez, los pasajes del minibús, la ropa, la luz, el agua: todo eso es un polvazo del profesor Martínez. Yo creo que este profesor está más loco que yo: mi madre no tiene tetas, tiene un culo despreciable y es pálida como una tiza blanca. Aunque, después de todo, un polvo es un polvo.

57

Sé que tengo un problema: me gusta demasiado hablar y pensar en polvos, en tetas, en vaginas abiertas, peludas y rojas. Me gusta frotarme pensando en Sally y me gusta reírme pensando en la cara de Sergio cada vez que recuerdo lo de la carta. Soy un enfermo y no me importa.

58

Ayer fui al Irlandés. Es extraño ser un expulsado, es extraño ver las cosas desde fuera. Decía que veía mi ex colegio desde la acera de enfrente, cuando se acercó alguien por detrás y me dijo:
—¿Por qué mira tanto?
Al darme vuelta encontré la cara de un viejo de mejillas chupadas y ojos secos.
—Nada —le dije—. Sólo pasaba.

Me di vuelta y cuando estaba por retirarme me tomó del hombro y dijo:

—¿No es usted un violador? ¿Sabe lo que hacemos con los violadores en este barrio?

Le dije que no sabía y me invitó a sentarme en la acera. Y fue entonces cuando me contó lo del niño muerto.

59

Nunca antes había oído con tanto interés a un viejo, ni siquiera a mi abuelo y la estúpida historia del cuchillo. Me contó todo sobre el chico, me dijo dónde vivía, me dijo su nombre, el nombre del asesino, la movilización que hicieron los vecinos cuando se enteraron de lo que había pasado. Incluso me contó que fue él mismo uno de los que quemó el cuarto del violador. Gracias a este viejo loco y seco me di cuenta de una cosa: que estuve muy cerca de donde se fusilaron al chico. A veces es bueno oír a los viejos.

60

Cuando el viejo terminó de contarme toda la historia alguien cruzó de la casa de enfrente y se acercó donde nos encontrábamos.

—Tío Matías —dijo y me vio con desconfianza—. Vamos, que hace frío.

Tomó al viejo de la mano y sólo ahí me di cuenta que el tal tío Matías estaba en pijama y que se había hecho caca porque una enorme mancha café le llenaba el culo. Sonó el timbre de salida y me esfumé de ahí. No quiero que crean que los extraño.

61

Ya tengo como ciento cincuenta dibujos de Vargas Llosa. Primero hice unas copias de las fotografías que acompañan a sus libros. Luego lo dibujé al lado de algunos de sus personajes y luego con el chico muerto e incluso quemando la casa del asesino. Lo dibujé finalmente con el pijama azul lleno de caca del tío Matías. Cada día que pasa siento que debo ser como él.

62

También el doctor Ponce cree que soy un marica. Me lo ha dicho esta mañana sin rodeos.

63

Ahora todos piensan que soy un marica además de un pobre loco: mi madre, mi hermano, el profesor Martínez y el doctor Ponce. Creen eso porque siempre paro hablando mal de las mujeres y también porque hablo solo todo el tiempo: como ahora.

64

Pero no odio a todas las mujeres. Por ejemplo no odio a la Mamaé de *La señorita de Tacna*. Me parece una mujer perfecta. Formidable. Ojalá mi madre hubiera sido un poco como ella. No odio a Jurema de *La guerra del fin del mundo*, es más: algunas noches me la imagino desnuda, posando para que yo la dibuje. Si ella existiera en la realidad creo que seríamos amigos. Yo le contaría mis cosas y ella las suyas. Sé que no soy un marica porque sigo pensando en Sally.

65

Hoy terminaron las clases. Por fin ya no soy un expulsado y sólo pasé a las filas de los aplazados. Mi madre dice que apenas acaben las fiestas de fin de año me inscribirá en un colegio que el propio profesor Martínez (que ya vive en casa) le recomendó.

66

Pero, ¿quién soy en realidad?

67

A los cinco años vi a mis padres tirando. Mi padre era un tipo gordo, algo calvo y de piernas cortas, así que para poder tirarse a mi madre él tenía que ponerse abajo. De otra forma jamás lo haría. Los vi desde la puerta de su dormitorio, donde había llegado cuando oí decir a mi madre mátame, mátame. La verdad es que creí que la estaban matando. Que un asesino había entrado a la casa y que la estaba descuartizando. Así que corrí hasta su puerta, la empujé y la vi de espaldas. Cuando sintieron mi presencia ella se dio vuelta, se bajó y vi un par de bolas negras y hasta el pene cubierto por un preservativo amarillo. Ella tapó su cuerpo con una sábana, vio a mi papá con horror y corrió a tomarme del brazo y llevarme a mi habitación.

68

A los diez años ya era un depravado. Me gustaba espiar a las vecinas que me dejaban pasar a sus casas para jugar con sus hijos. Las espiaba en el baño, cuando se cambiaban o simplemente me metía a sus dormitorios a tocar y oler su ropa interior.

69

Tenía trece años cuando murió mi padre como ya dije y dos días después, en el velorio y en medio de los gritos y desmayos de mi madre y del llanto de Richi, me eché la primera paja de mi vida viendo las piernas de una mujer que tenía frente a mí. Nadie se dio cuenta: sólo metí la mano dentro del bolsillo y empecé a frotar hasta que terminé. La mujer creyó que sollozaba con tanto movimiento y cruzó para darme un abrazo.

70

Ricardo, mi hermano, tiene un año menos que yo. Mi mamá además de Richi le dice Rich o Ricardín. A mí sólo me llama por mi nombre.

71

En el Monte Sagrado no tenía amigos. Todos creían que era raro porque hablo solo, es decir, conmigo mismo. Pero yo me vengaba de esos riquillos robándoles sus cosas y a veces me orinaba dentro de sus mochilas. Nunca me atraparon.

72

Ese soy yo: un depravado.

73

Mi nuevo colegio se llama Sánchez Cerro. Está poblado de chicos pobres (más que yo), con los dientes podridos, las cabellos grasientos y todos ellos hechos a los pendejos. Es un colegio mínimo, chiquito, la tercera parte de lo que era el Irlandés. En contra de lo que creía, Richi, mi hermano, se quedó en el otro colegio. El Sánchez Cerro sólo tiene un patio de cemento hecho mierda que es también la cancha de fútbol. Hay un baño inmundo, que en vez de tazas tiene un hueco de cemento con dos pies dibujados a los costados. Las aulas están repartidas en dos hileras: tres abajo y cinco en un segundo piso. Las gradas para llegar al segundo piso son de madera y las barandas son en realidad cañerías en desuso.

74

El primer día me habló el director. Un cabrón llamado Don Lucho. Es un verdadero adefesio: grande, panzón, de cabeza chiquita y ojos que casi no se distinguen. Se nota que tiene placa postiza en vez de dientes porque se come las eses y eso lo hace gracioso. A la legua se nota que es un pajero.

75

El primer día (fui al colegio con el profesor Martínez) el director me advirtió:

—Acá la cosa e ditinta —me dijo agitando la mano derecha—. Acá debe repetar a todo, joven.

Casi me cago de risa al oír que se comía las eses, pero el profesor Martínez me tenía cogido del hombro y sólo dije que sí, y luego la regenta (una mujer bajita, con cara de culo y lentes gruesos y enormes) llamada Juana me dijo dónde era mi curso. Señaló con un palo el tercer curso cerca de las gradas. Fui hasta ahí sin ganas, atravesando el patio que ya describí, subiendo por las gradas de madera y agarrándome de las barandas hechas de cañerías. Al llegar frente al curso comprendí que ese espacio era un depósito de mierda al lado de los que había en el Irlandés. Entré y todos me vieron. Busqué un lugar vacío y me senté cerca de la ventana. Luego vino alguien y se sentó a mi lado sin decir nada. Di vuelta y vi a un cojudo de chompa azul y con los pelos mojados.

—¿Eres nuevo? —me dijo.

Estuve a punto de darle una patada en la cara pero en eso entró alguien y todos se pusieron de pie. Yo lo hice al último. El que había entrado nos dio la orden de sentarnos. Era un tipo moreno, de labios gruesos, fornido y un poco cuadrado. Vio que, fuera de mí, había varios nuevos, y se presentó:

—Para los nuevos: soy el profesor Mayta —dijo—. Les daré matemática.

76

Mayta debería recordarme al Mayta de *Historia de Mayta*, pero en realidad me recuerda a Gamboa, el de *La ciudad y los perros*. Este Mayta no es ningún maraco, tampoco se corre frente a los pendejos del curso (no sólo yo, ahora hay varios). Los desafía con la mirada (una mirada rara, como si te estuviera penetrando o leyendo todas tus ideas), carajea al menor error, obliga a todos a tener un pañuelo de tela en el bolsillo, revisa si los zapatos están bien lustrados. Y si no hay nada de eso te da un palazo. Incluso a las chicas. A ellas les da un palazo en la palma de la mano y a nosotros uno en el culo luego de doblar el tronco hacia delante, algo así como el ángulo recto en el Leoncio Prado. Tiene un palo igualito al que tiene la regenta Juana.

77

El palo en realidad es un pedazo de madera de aquellos que los carpinteros ya no utilizan o echan a la basura. Es delgado pero duro. Pero el pendejo de Mayta y la regenta Juana lo forran con una cinta de esas que usan los electricistas. El de la regenta Juana es azul. El de Mayta verde.

78

A los pocos días ya tengo tres amigos: Álex, el Mono y Lima.

79

Ellos ya están varios años en este colegio. Así que saben quién es quién. El Mono es el que me habló el primer día. Es un chico pequeño, de cara redonda y ojos negros. Álex es alto, blanco, de ojos achinados y tiene novia (se llama Alejandra pero le dicen Ale) y ya le pega. Yo lo vi varias veces ya darle sus cachetadas, insultándola o diciéndole puta, perra y cabrona frente a todos. Lima tiene cara de pendejo y es el que mejor se viste. Dice que lo metieron varias veces a la carceleta que está por acá cerca (sobre la avenida Pando) y que por eso siempre tiene ropa nueva.

—Se la quito a los que entran —dice cagándose de risa.

80

Maleantes, pendejos, incluso una puta hay. Este colegio sí me gusta.

81

Al Mono le dicen así porque copia lo que los otros hacen. Si Álex se pone una chompa negra él al día siguiente también lo hace. Si yo me escapo de alguna clase él también lo hace. Si Lima dice puta a alguien él también lo hace.

82

Ayer descubrí que el colegio no es tan chico como yo creía. En realidad es enorme, pero todas las demás instalaciones están cerradas. Hay un teatro, que dicen que en el pasado fue el lugar donde se reunían los fabriles para deliberar las huelgas contra el Gusano. El teatro está cerrado y debe ser enorme porque la puerta de ingreso principal está en el otro extremo de la calle. El Mono dice que sabe cómo entrar pero nadie le cree.

83

Lima se parece al Jaguar. Se parece porque reta a pelear a todos y porque un día escuché decir a alguien que es ladrón, que toda esa ropa (o una parte, por lo menos) la saca de las casas de los barrios más ricos de la ciudad y no de los que entran a la carceleta con él. Dicen que por las tardes camina con dos tipos con cara de forajidos. Además se parece al Jaguar porque es bueno para la pelea. Cuando Vargas Llosa contaba cómo peleaba el Jaguar a mí me parecía que mentía: pero luego de ver a Lima sé que no inventaba nada. Él también da cabezazos y sale y vuelve a entrar dando patadas y puñetes y luego más cabezazos.

84

Pero Lima le tiene miedo a Mayta. Debe ser a lo único a lo que le teme. Como el Jaguar a Gamboa antes de que matara al Esclavo.

85

Claro que no me olvido del niño muerto. En este nuevo colegio invento que yo estaba en el Irlandés cuando lo mataron, que incluso vi cómo sacaban su cadáver. Lima me mira como no creyéndome, pero entonces hago más esfuerzos y cuento detalles, describo el cadáver y el hueco donde lo hallaron.

86

Todas las chicas de acá son feas. Pero a diferencia de las del Irlandés no les importa si les dices putas o si les muestras fotos porno. Más bien se ríen e incluso te dicen que ellas también tienen revistas iguales a ésas y que incluso te las pueden prestar. La más avanzada de todas es una llamada Verónica.

87

Verónica está un curso más adelante que nosotros pero Lima la conoce y dice que se prostituye. Nadie le cree, pero él insiste y nos dice que cualquier rato nos demostrará lo contrario. Por su parte el Mono sigue insistiendo en que sabe cómo entrar al teatro de los fabriles.

88

Las tareas me las hace el Mono. Yo se lo pido de mala manera pero a él no le importa. Las hace bien porque mis calificaciones (a diferencia de lo que ocurría en el Irlandés y en el Monte Sagrado) han mejorado notablemente. Mi madre está feliz, Richi crece cada día más y el profesor Martínez se parece más a un padre de familia. Todos creen que ya voy por el camino correcto.

89

Ayer Lima nos trajo unas fotos. En ellas se ve a Verónica sobre una pista de baile mostrando los pechos desnudos, tiene un penacho azul en la cabeza y una tanga apretadísima. Lima dice que Verónica es una de las *Chicas azúcar* y que se quita la ropa en un local por aquí cerca.

—Uno se la puede tirar por ciento veinte pesos —dice.

90

Lima me prestó la foto y estuve haciéndome la paja por un buen rato en mi cuarto. Pero luego no sé por qué imaginé la cara de Sally en el cuerpo de Verónica y no pude terminar. Luego busqué el pedazo de bolsillo del chico muerto y lo olí y me entraron unas inmensas ganas de escribir su historia. Recordé lo que me dijo el tío Matías y me puse furioso por no saber cómo contarla.

91

En este colegio la mayor parte son pajeros (incluso yo). A veces pienso que el único que se tiró a una mujer es Lima y que los demás seguimos siendo vírgenes.

92

Desde que vi la foto de Verónica tengo ganas de tirármela. Pero no como pensaba hacerlo con Sally, es decir, acorralarla en uno de los baños del Irlandés y violarla salvajemente. Lo que haría con ella más bien es acercarme y decirle:
—Tengo los ciento veinte pesos, puta.

93

Pero ciento veinte pesos es mucho dinero. Seguro que ni mi madre los tiene. Y no creo que Verónica sea de las que tira gratis o a crédito.

94

Dejé de ir donde el doctor Ponce: mis calificaciones dicen que ya no estoy loco.

95

Hoy Álex le rompió un diente a su novia. Le dio una cachetada violenta y todos los que estábamos cerca vimos después que ella sangraba por la comisura de los labios y que metía dos dedos dentro de la boca y sacaba un diente. La sangre me volvió loco. En ese momento quise tener un cuaderno y un bolígrafo para contar la historia del chico muerto. Pero no pasó nada. Ale empezó a gritar y vino la regenta y luego Mayta (estábamos en la hora del recreo) y se llevaron a los dos a la dirección.

96

A Lima se le ocurrió una idea genial: poner un cine porno dentro del colegio.

97

Dijimos que íbamos a pasar películas educativas. El director no sospechó nada y nos dio la autorización y hasta dijo que él iba a pasar cualquier rato a ver cómo andaban las cosas. Las funciones se darán durante los recreos.

98

Ahora leo *Conversación en La Catedral.*

99

Pienso que soy como Zavalita. ¿Por qué Vargas Llosa escribe las cosas que me pasan? Santiago Zavala es como yo: un pobre cojudo que va cayendo poco a poco sin que le importe.

100

Las funciones fueron un éxito. Tapamos las ventanas con una sábana, los pupitres nos sirvieron de butacas, pusimos el televisor (propiedad del colegio) y el VHS (también del colegio) sobre el escritorio de los profesores. Yo cobro las entradas y Lima me da la mitad de lo recolectado de la función. La primera cinta se llamó *Peludas y sabrosas* y tuvimos una audiencia increíble: chicos de todos los cursos, los pajeros más grandes de este colegio llenaron nuestro cine. Verónica también estuvo y un brillo de maldad brotaba de sus ojos cada vez que una de sus colegas se comía un pene gigante y sin pelos.

101

El Mono es el más pajero: cuando pasábamos *Peludas y sabrosas* lo vi meter la mano dentro del bolsillo y mirar de manera alternada la pantalla y a Verónica.

102

Álex y su novia siguen juntos. Él le sigue pegando, a veces incluso la agarra a patadas en las canillas. Cuando veo esas escenas me enciendo y me dan ganas no

sólo de escribir sobre el niño muerto sino también de tirarme a Verónica.

103

Verónica es como una enfermedad. Es como si no
pudiera sanarme de ella. Ya no pienso en Sally. Sólo imagino el momento en que Verónica guarde en su mochila
los ciento veinte pesos que le dé. A lo mejor si le pido al
profesor Martínez ese sueño se haga realidad.

104

Lima dice que él ya fue varias veces a ver a las *Chicas azúcar*. Dice que se desnudan mientras bailan. El Mono cree todo lo que cuenta, lo oye atento sin parpadear
siquiera y dice que si él tuviera los ciento veinte pesos iría
donde Verónica sin pensarlo. Y yo le digo que si él tuviera los ciento veinte pesos se los quitaría a golpes e iría
donde Verónica y con el cambio donde su madre. Lima
se ríe y nos dice:
—Par de arrechos.

105

Hoy el Mono no vino a clases. Hoy pasamos *Co-
legialas húmedas II*.

106

Gracias a mi trabajo de cobrador tengo treinta pesos ahorrados. Ya me falta poco. Verónica también vino

hoy a la función de cine. *Penetración por los dos polos* le pareció exagerado.

—Eso duele un montón —dijo riéndose con esa voz ronca que tanto me gusta—. Y más por tanto tiempo.

107

El Mono sigue sin aparecer. Ya son tres días. Hoy pasamos *Ejecutivas depiladas.*

108

Vi al Mono entrar a la dirección acompañado de su madre: una señora de cabellos negros y rostro de piedra que arrastraba a un chiquillo del brazo. El Mono tardó en aparecer por el curso. Cuando lo hizo todos lo miramos y reímos, pues tenía un ojo verde y le faltaba un diente. Creímos que lo asaltaron, que le dieron una paliza para robarle. Pero luego nos contó la verdad.

109

Las novelas de Vargas Llosa también están llenas de pajeros. El Poeta era un pajero, el Esclavo también, aunque a su modo. Es triste decirlo, pero a mi edad uno sólo puede apostar a ser un pajero y nada más.

110

El Mono nos contó todo. La paliza se la dieron en su casa. Su mamá se dio cuenta que le faltaban ciento veinte pesos. El Mono ya no es virgen. Dice que no es nada del otro mundo y dice que Verónica desnuda no es la gran cosa. Ahora el único virgen de los cuatro soy yo.

111

No puedo creer que el Mono se haya tirado a Verónica. No puedo creer que ahora mire las películas diciendo eso es mentira, ahí están fingiendo, eso no es verdad, uno no bota tanta leche, esa concha es de goma o bien: eso es un efecto especial. Los pajeros lo hacen callar, pero él sigue interrumpiendo a cada rato. A mí me faltan noventa pesos todavía.

112

Mi madre dice que se va a casar. Nos los dijo hoy durante el almuerzo. El profesor Martínez la vio sonriendo. Hasta ahora no sé qué le ha visto: Verónica está mejor aunque el Mono diga lo contrario.

113

Dice Lima que la cosa fue así: dice que el Mono fue al local donde bailan las *Chicas azúcar*. Dice que la esperó en el pasillo, dice que cuando la vio la saludó con la mano y que ella se acercó. Le dijo su nombre y que si podía ir con ella. Las otras dos chicas que la acompañaban rieron y dice que el Mono se puso rojo de la vergüenza. Luego Verónica le dijo si tenía con qué pagarle. Dice que el Mono sacó los billetes robados y que se los mostró y dice que luego le preguntó si tenía para el alojamiento. Dice que el Mono se puso pálido y le dijo que él creía que podían entrar al local. Dice Lima que Verónica se rió y que el Mono casi llora de vergüenza. Dice Lima que en el local donde Verónica baila no hay habitaciones, así que mejor sería para otra y dice que el Mono le dijo que él tenía un anillo, que a lo mejor podía dejarlo como prenda. Dice que Verónica volvió sobre sus pasos y vio el anillo en su dedo (un anillo que decía *felices quince años, Víctor Hugo*: ese es el verdadero nombre del Mono). Verónica le dijo que a lo mejor servía y se despidió de las otras dos y se puso a caminar delante de él. Dice Lima que al llegar al alojamiento llamado Topáter el Mono tuvo miedo pero que ella lo jaló del brazo y que una vez dentro la saludaron y le preguntaron qué pieza quería. Dice Lima que Verónica jaló la mano del Mono y mostró el anillo: ¿podían pagar con eso? El de la recepción rió y el Mono quiso huir pero de pronto le quitó el anillo, lo mordió y dijo bueno, luego sacó un rollo de papel higiénico y enrolló un poco en la mano, después se lo pasó a Verónica y dijo habitación 10. Subieron y dijo que el Mono temblaba cuando entraron y ella cerró la puerta y que las manos del Mono no dejaban de sudar. Verónica lo desnudó y dice que el Mono apenas tiene pelitos y que tardó en parársele, dice que no sabía cómo moverse y que ella tuvo que ayudarlo a terminar con la mano.

114

Ahora me faltan veinte pesos más encima de los ciento veinte para tirarme a Verónica.

115

Ayer pasamos *Hasta el fondo* y hoy *Rebalsando de leche*.

116

Lima es el encargado de conseguir los vídeos. Los renta en una tienda que queda cerca de su casa.

117

Por más esfuerzos que hago aún no sé cómo contar la historia del niño muerto. Aunque tal vez él debería contar su propia historia. El niño podría estar sentado en el hoyo donde lo enterraron, narrando a alguien las cosas que le pasaron. Tal vez ese alguien podría ser yo.

118

Pero no sé cómo hacerlo.

119

Otra cosa que no sé es dónde viven Lima o el Mono o Álex. Nunca fui a sus casas, no conozco sus dormitorios ni cómo son sus padres (a excepción de esa imagen fugaz de la mamá del Mono).

120

Tampoco sé nada de mis compañeros del colegio Irlandés. No sé nada de Sergio o de Ismael y mucho menos de Sally. Es como si nunca hubieran existido.

121

Ayer ocurrió algo gracioso. Estábamos en plena función (pasábamos *Estás húmeda*) cuando alguien gritó:

—¡Viene!

Lima apagó el VHS, sacó el casete y puso otro. De pronto vi la cabeza chiquita de Don Lucho asomando por la puerta y sus ojos de rata mirándonos. Nos preguntó qué cinta pasábamos en ese momento. Lima sonrió y muy el pendejo le dijo:

—La reproducción de las plantas.

El par de ojitos vio en la pantalla de la tele a una abeja sobre una flor. Sonrió, se sentó un buen rato pero luego se aburrió, dio un bostezo y salió sin decir nada.

122

Los chicos que estaban en la función querían que les devolviéramos las entradas, sin embargo Lima se negó. Uno de ellos quiso golpearlo. Lima sacó una navaja y todos huyeron.

123

Tres meses desde que abrimos el cine porno. Ya casi tengo los ciento veinte pesos. Sueño a cada instante con tirarme a Verónica, en clases, en el baño, al dormir, al leer e incluso al dibujar a Vargas Llosa.

124

Por más que tengo la historia del niño muerto con todos sus detalles no sé cómo comenzar a escribirla. No tengo pena por él ni por su asesino ni siquiera por la gente que quemó su casa. Creo que tengo pena por mí.

125

Pena de no poder hacer lo que quiero. Pena de ver que me convertiré en un delincuente.

126

A partir de hoy, encima de cobrar las entradas, soy el encargado del papel higiénico.

127

El papel higiénico es para los pajeros. ¿Ya dije cuántos son? No puedo contarlos. No tienen número. El papel higiénico tiene su costo, por lo tanto las entradas tuvieron que subir un poco. Aunque mi sueldo sigue siendo el mismo.

128

Hoy Verónica también entró a la función (dábamos *Montar a Cyndy*). Se sentó a mi lado. Veía la película sonriendo, pasando la punta de su lengua roja por los labios, dando suspiros de vez en cuando. Tal vez esté enamorada.

129

¿Las putas también se enamoran?

130

Lima dice que no. El Mono que tampoco. Álex dice que sí.

131

A primera vista Álex me parece un extraño: habla poco conmigo, pero cuando lo hace es como si habláramos todos los días. El rasgo que lo caracteriza es que dice "la hija de puta" todo el tiempo.

132

La hija de puta es su novia.

133

La llama así todo el tiempo.
—Hija de puta, dame un lápiz; hija de puta, dónde está mi cuaderno; hija de puta hueles a caca.
Álex es divertido y sabe tratar a la gente.

134

Cuando nota mi arrechura por Verónica me toma del hombro y me dice al oído:
—Si quieres te presto a la hija de puta.

135

Pero yo no lo haría con ella.

136

No lo haría porque es fea. A lo mejor por eso Álex la trata así.

137

Tiene los dientes destrozados y aquellos que se salvan son amarillos. Tiene cabellos claros y una piel perforada por el acné: hay una serie de puntitos rojos por todas partes, puntitos rojos que ella destroza todos los días sin necesidad de utilizar el espejo.

138

Álex también nos cuenta cómo se la tira.

139

Nos dice que la pescó virgen. Nos dice que la primera vez ella se puso a llorar. Nos dice que la golpeó y que sólo así Ale se calentó. Álex nos dice que le gustan los golpes. Nos dice que le pide que le pase su cuchillo (Álex lleva uno a todas partes) por los muslos, por las tetas. Nos cuenta que le gusta que le abra la vagina con la punta.

140

Lima dice que es cierto. El Mono también.

141

Tal vez podría contar la historia de este colegio. Tal vez podría contar las cosas que hacemos, las películas que pasamos, la arrechura que siento por Verónica. Tal vez podría hacerlo y olvidarme así del niño muerto y de Vargas Llosa.

142

Pero el niño muerto es difícil de olvidar.

143

El asesino es para mí un desconocido que tiene un nombre (si es que el tío Matías no me mintió), pero de quien no sé mucho más.

144

Mi madre se casa hoy con el profesor Martínez. Lo hará acá, en casa, así que tengo que levantarme temprano y acomodar muebles, lustrar el piso, salir a comprar bebidas y comida. Mi hermano Richi parece ser el más entusiasta de todos: sonríe, hace bromas con el profesor Martínez, juega con mi madre. Sólo yo estoy serio. Mi madre cree que me volví callado desde que empecé a leer. A veces me dice el intelectual de la familia. Ojalá me dijera supersabio, como le decían Popeye y la Teté a su hermano: Santiago Zavala o Zavalita.

145

La boda fue aburrida. Por suerte no vino ningún pariente. Ni nuestros ni del profesor Martínez. Sólo amigos del trabajo de mi madre y del colegio Irlandés por parte del profesor Martínez. Cuando vi pasar a los profesores de mi ex colegio recordé al niño muerto, la primera vez que leí a Vargas Llosa, a Sally, a Sergio e incluso al pajero de Ismael.

146

Todos creen que estoy regenerado. Mi madre cuenta orgullosa cómo el intelectual de la familia (o sea yo) sólo se dedica a leer y al colegio.

147

Mis ex profesores me felicitaron. Me dijeron que ojalá algún día vuelva al Irlandés para comenzar de cero.

148

Mi madre se puso un vestido blanco. Por encima de la tela se veían sus pezones negros y maltratados. Se hizo un peinado extraño que todos halagaron. Sonreía a cada instante y luego de terminada la boda, cuando los novios recibían las felicitaciones de los invitados y cuando me tocó abrazar al profesor Martínez, me puse a llorar.

149

Claro que todos creyeron que lloraba por la boda. El profesor Martínez me abrazó conmovido.

150

Cuando nos separamos mi madre me desordenó el cabello, me dijo que de ahora en adelante ya tenía alguien en quien confiar y me señaló al profesor Martínez.

151

Pero yo no lloré por su boda.

152

Ni porque estuviera conmovido por ella.

153

Lloré por el pobre profesor Martínez. Lloré por los esfuerzos que seguro debe hacer para que se le pare. Lloré porque los hombres solos y desesperados de amor y de sexo son lo más triste del mundo.

154

Más triste que la historia del niño muerto. Más triste que las palizas que le da Álex a su novia. Más triste que el asesino de quien no sé nada. Más triste que querer ser como Vargas Llosa.

155

Pero todos creyeron que lloraba por lo contrario. Así que a partir de ahora me ven con otra cara: el sensible, el intelectual, el redimido.

156

Esa noche el profesor Martínez entró a mi cuarto. Estuvo viendo mis libros por algunos minutos sin decir nada. Luego se sentó en mi cama y me habló de la vida, de las chicas, del trabajo y de las responsabilidades. Yo lo escuché interesado, le dije que sí a todo, incluso me hizo prometerle que ya no lo llamaría profesor Martínez, como lo he estado haciendo hasta ahora. Le dije que sí, él me sonrió y dijo que mi hermano, mi madre y yo le habíamos cambiado la vida.

157

Esa noche hice el primer intento de escribir la historia del niño muerto.

158

Pero las ideas se me escaparon segundos después de poner el título en el cuaderno: *El niño*. Luego no supe cómo describir su cadáver dentro del hoyo, ni tampoco cómo lo hallaron los otros dos chicos y menos aún cómo hizo el asesino para cepillárselo.

159

Boté el cuaderno con furia y tomé el primer tomo de *Conversación en La Catedral*. El bolsillo del pantalón del niño cayó sobre mi pecho. Lo observé mientras imaginaba cómo las manos del asesino recorrían hace años el mismo pedazo; lo volví a oler y no sentí ningún olor en particular.

160

Hoy es lunes y Ale no vino. Me gusta pensar que tal vez Álex la mató o que la tiene atada en algún lugar. Tal vez ahora esté sangrando por todos los orificios del cuerpo.

161

Pero a Álex parece que eso no le afecta. No dice nada y cuando le preguntamos por el paradero de Ale se ríe y nos dice:

—¡Qué cojudos, qué cojudos!

162

Hoy tampoco vino. A mí no me importa, pero sólo me gustaría saber si está muerta o agonizando.

163

Anoche soñé que Ale y el niño muerto estaban encerrados en un cuarto. Soñé que ambos eran víctimas de

Álex. Soñé que Álex era el violador y que Vargas Llosa era un agente de homicidios que intentaba resolver el crimen.

164

Hoy tampoco vino. Álex ya no dice nada, ya ni se ríe cuando preguntamos dónde está.

165

Lima dice que seguro la mató, que a lo mejor enterró su cadáver y que los padres de ella la deben estar buscando por todas partes. El Mono dice que seguro se cambió de colegio, que ahora debe estar en otro, con otra gente, con otros profesores.

166

Yo creo que aún no está muerta. Yo creo que está encerrada, agonizando y que Álex luego de salir del colegio va a verla y que cada día le hace una herida más con su cuchillo. A lo mejor de aquí a una semana ya esté muerta. No creo que pueda aguantar más.

167

Pero hoy Ale regresó al fin. Está más flaca y cuando vio a Álex se lanzó sobre él para abrazarlo.
—Hola, hija de puta —le dijo él.
Ella sólo lo vio y luego le dio un beso.

168

Luego Álex nos contó la verdad. Nos dijo que Ale estaba enferma, que incluso había estado en el hospital. El Mono le preguntó de qué había estado enferma y Álex le dijo que de un niño y luego rió y dijo:

—A la muy puta le gusta sin condón.

Y nos contó que Ale había estado embarazada y que por eso Álex le había dado una paliza: patadas, puñetes, puntapiés, rodillazos y que en eso vio que ella se ponía pálida y que el pantalón blanco que llevaba empezaba a ponerse rojo oscuro a la altura de la chucha. Dijo que salió corriendo del motel donde estaban y que sólo después de algunos días ella lo había llamado para decirle que estaba en el hospital y que el hijo que esperaban había muerto.

169

Todos nos reímos con esa historia. Al final Lima le recomendó los condones extra sensibles que él utiliza.

170

El Mono dice que las mujeres que no se convierten en madres se vuelven locas con el tiempo. Dice que él tiene una tía que nunca tuvo hijos y que ahora le ha dado por hacer siluetas de niños de papel.

171

El Mono dice que esa tía toma el periódico y que con una tijera hace las siluetas y que las pega en un álbum y que escribe nombres encima de cada uno de ellos. El Mono dice que esos son los nombres que les habría puesto si hubiera tenido hijos.

172

El Mono dice que un hombre no puede volverse loco si no tiene hijos. Lima y yo le decimos que un hombre sí puede volverse loco si no tira.

173

Hoy nuestra profesora de literatura dijo que tenemos que hacer un periódico.

174

Como ven que soy el único que lee en este colegio estoy a cargo del proyecto.

175

Hoy pasamos *Penetración anal III*.

176

Aún me faltan cuarenta pesos para tirarme a Verónica.

177

El periódico se llamará *El vocero*. Me pasé toda la noche inventando las secciones. A mí me hubiese gustado llamarlo *Niño muerto* o *Vargasllosianas*, pero seguro que nadie me habría apoyado.

178

La profesora de literatura está de acuerdo con las siguientes secciones:
a) *Editorial* (escrita por mí)
b) *Doctora corazón* (escrita por Ale)
c) *La amistad* (escrita por el Mono)
d) *Reflexiones* (escrita por Lima)
Será un periódico hecho en la máquina de escribir del profesor Martínez. Luego le sacaremos fotocopias.

179

El editorial trata de nuestros deberes como alumnos. Es la primera vez que escribo algo. Escribí eso casi diez veces. Pareciera que soy un alumno modelo.

180

Los otros artículos son igual o peores que el mío. Ale en la *Doctora corazón* habla del amor. Dice que el amor supera cualquier cosa. Que es lo más importante en el mundo. Que el amor hace que los feos parezcan bonitos.

181

Creo que es la única que dice la verdad.

182

El Mono habla de la amistad. Nos menciona a Álex, a Lima y a mí. Dice que la amistad supera todas las barreras. Que un amigo no debe ser abandonado nunca. Ni en las buenas ni en las malas. Ni cuando llueva ni cuando haga sol.

183

Pero yo lo mataría si tuviera otra vez esos ciento veinte pesos.

184

Lima habla de la delincuencia. Dice que no es posible que haya tanta droga en las calles. Dice que las cárceles están llenas de gente inocente y que los verdaderos rateros están afuera.

185

El primer número de *El vocero* se agotó en un día. Lo malo fue que era de distribución gratuita. Ni un peso de ganancia. Ni un peso más para poder tirarme a Verónica.

186

Hoy Mayta en la clase de matemática habló del periódico. Habló de los artículos y de las faltas ortográficas, luego me vio y dijo que yo era un escribidor. Me puse feliz porque me recordó a *La Tía Julia y el escribidor*. A lo mejor esta es una señal. Una señal que me dice: algún día serás como Vargas Llosa.

187

La película de hoy: *Culos ardientes*.

188

Pasó algo terrible.

189

La película de hoy era *69 y cuatro patas, por favor*. Los pajeros hacían su trabajo, yo contaba los ingresos obtenidos cuando la puerta (que aseguramos con un pupitre) se abrió con violencia.

190

Sólo vi la cara de Mayta y detrás de él la de Don Lucho.

191

Entraron casi corriendo. Boté las monedas al piso. Los pajeros se quedaron paralizados.

192

Sólo vi a Mayta tomar a Lima por el cuello y buscar el botón para apagar el VHS. Don Lucho se quedó viendo a los pajeros.

193

Los pajeros luego del susto inicial intentaban guardar sus penes sin lograrlo porque muchos de ellos tenían las manos torpes por el miedo y otros empezaron a llorar.

194

Nos echaron en ese momento. Lima se reía mientras caminábamos por una calle aledaña al colegio. Se reía de la cara de los pajeros, de sus penes haciéndose chiquitos, de los pedazos de papel higiénico cayendo al piso.

195

Seguimos caminando así cuando me señaló un letrero.

196

Era un letrero cuadrado, en los bordes tenía focos azules y rojos: *El faraón*. Me dijo que ese era el local donde trabajaba Verónica. El corazón se me hizo chiquito.

197

Me dijo vamos. Lima se acercó y tocó la puerta. Escuché un quién y Lima dijo su nombre y luego la puerta se abrió.

198

Nos abrió una niña de unos diez años. Los ojos enrojecidos por el sueño y el cabello revuelto. Lima preguntó por una tal Iris. La niña nos hizo pasar.

199

Luego mi corazón latió fuerte. Vi la pista donde bailaban las *Chicas azúcar*. La pista estaba muy por encima de la altura de las mesas. Vi los focos apagados y la pista brillando pese a no haber luz. Luego llegó Iris.

200

Vio a Lima y lo saludó. Le preguntó qué quería. Lima le dijo que le devolviera algo que le había dado a guardar. Iris llamó a la niña. La niña vino aún con una cara de sueño terrible. Iris le ordenó sacar una caja del ropero.

201

Cuando la niña volvió Iris sacó de una caja de zapatos un arma de fuego. Era la primera vez que veía una. Iris se la dio a Lima y luego nos echó del local mostrándonos la salida sin decir nada más.

202

Afuera Lima se la guardó en el bolsillo del pantalón. Me dijo que esta noche tenía algo que hacer y luego volvió a reírse de lo que había pasado.

203

Lima fue expulsado. A mí sólo me apaleó Mayta y a los pajeros los hicieron correr alrededor de la minúscula cancha del colegio durante todo el día.

204

Mi madre no me habla. Cree que soy un depravado por lo de las películas. Y tiene razón.

205

Me cagué de risa viendo al Mono sacar la lengua de cansancio y a Mayta y a la regenta Juana parados en las gradas viéndolos trotar.

206

Dicen que los pajeros necesitan ayuda sicológica. Dicen que Lima también y Mayta dice que también yo por esto de hablar solo todo el tiempo.

207

Ahora el colegio es más aburrido y aún me falta mucho para llegar a los ciento veinte pesos.

208

Hubo un soplón en el caso de las películas porno. Lima sabe quién es pero no le importa. Más bien se ríe y dice que jamás pensó que lo diría.

209

Claro que a mí sí me importa porque gracias a eso vi desaparecer el único ingreso que tenía y la única esperanza para poder tirarme a Verónica.

210

Ahora los pajeros sólo ven revistas porno.

211

Tengo que descubrir al soplón. Y matarlo. Degollarlo con el cuchillo de mi abuelo si es posible.

212

Ya no tengo libros para leer. Así que vuelvo a leer los libros de Vargas Llosa.

213

El Mono insiste en que sabe cómo entrar al teatro de los fabriles. Al fin junto a Álex le dijimos que nos diga cómo hacerlo.

214

Pero el Mono no se atreve. Nos dice que lo que hay dentro es terrible. Que no sabe si decirnos. Luego se ríe y sabemos que lo hace sólo para cagarnos. Mono de mierda.

215

Ayer se nos ocurrió hacer otra cosa para pasar el tiempo de vez en cuando.

216

En realidad la idea se me ocurrió al enterarme que el Pescado cumplía años.

217

Nadie sabe por qué le dicen Pescado.

218

Unos afirman que es por su rostro: por los ojos saltones y por la boca chorreada hacia abajo.

219

Otros dicen que es por un chiste que siempre contaba antes de que le pusieran Pescado. Obviamente el chiste era sobre un pescado.

220

No sé cómo pero me enteré de que era su cumpleaños. A lo mejor fue el propio Pescado quien me lo dijo. O fue porque vino con algo nuevo que lo delataba. Un reloj, una chompa, un par de zapatos.

221

Lo cierto es que reuní a casi todo el curso y les dije mi idea. Todos estuvieron de acuerdo. Esperamos el recreo y antes de que el Pescado saliera del curso le cantamos el cumpleaños feliz.

222

El Pescado sonrió, abrió los brazos para recibir las felicitaciones y ahí nos lanzamos. Como una jauría de perros. Como si el Pescado fuera una perra en celo.

223

Los golpes llovieron por todos los costados. Fue una confusión total. Patadas, puños, cabezazos, cinturonazos con la parte de la hebilla. De pronto nos agarramos entre todos, el Pescado recibió su merecido pero de pronto lo vi salir del curso tomándose la cabeza, pero aún así los golpes continuaron.

224

No sé cómo salí. Cuando lo hice vi a los chicos golpeándose entre ellos. Vi a Álex y a Peter revolcándose en el suelo, a Mariño y a Rocha aplicándose cinturonazos a la distancia. Me reí y en eso sonó el timbre que ponía fin al recreo.

225

Todos estábamos muertos de risa. El único que faltaba era el Pescado.

226

Vino la clase de Mayta y cuando éste entró no dijo nada. Sólo dio la clases y yo pensaba en la imagen del Pescado saliendo del curso con las manos clavadas en la cabeza.

227

Terminó la clase. Y mientras esperábamos al profesor de física nos vimos las caras y volvimos a reír.

228

Todos tenían su propia versión de los hechos.

229

El Mono decía que él había sido el primero en golpear al Pescado. Decía que le había dado una patada en los huevos y que luego alguien (probablemente Sánchez) había caído sobre él.

230

Pero la versión de Álex era distinta: decía que el Pescado se había cubierto los huevos al verlos llegar y que él le había dado un cabezazo. Álex decía que había escuchado el crak de la nariz del Pescado haciéndose trizas.

231

Pero yo tenía otra versión. Yo había saltado sobre el grupo con los ojos cerrados y había repartido puñetes sin fijarme en nada. De pronto sentí que alguien me tomaba de la chompa y caía conmigo al suelo. Ahí golpeé con los nudillos una cabeza y sentí al instante un líquido caliente. Mostré mis nudillos: una línea rojiza los adornaba.

232

Terminamos física y vino la regenta Juana. Nos vio sin decir nada, preguntó por la banca del Pescado (se llamaba Jorge, en realidad), y luego de hallarla fue hasta allí, tomó su mochila y salió.

233

Mientras esperábamos la clase de literatura todos hacían conjeturas: el Pescado estaba muerto en la dirección. El Pescado lo había dicho todo, ahora vendría la Policía, nos expulsarían como lo habían hecho con Lima y tal vez nos meterían a la cárcel. El Pescado tenía la cabeza hecha mierda, se le verían los sesos. El Pescado había quedado loco. Se pajearía en público como lo hacen los locos.

234

Pero al día siguiente lo vimos entrar con la cabeza envuelta por una enorme venda blanca. Vimos que le habían cortado el cabello a cero. Nos cagamos de risa.

235

El Pescado no delató a nadie. Sólo nos dijo que le habían hecho cinco puntos y que le dolía la cabeza cuando movía las cejas.

236

El Pescado se portó bien. Como al Jaguar los soplones también me repugnan.

237

Como el soplón que nos delató con el tema de las películas.

238

Cada vez que veo a Verónica y sé que nunca podré tener el dinero completo me dan ganas de matar al soplón. Por eso hice correr la voz de que si lo encuentro lo voy a matar.

239

El Mono insiste en que sabe cómo entrar al teatro de los fabriles.

240

Esta vez lo agarramos junto a Álex en los baños. Álex sacó su cuchillo y le puso la punta en la garganta.

—O nos dices cómo entrar o te corto el cuello, Mono de mierda —le dijo.

241

Nos dijo que él tenía las llaves. Que su padre se las había dado.

242

Esperamos al Mono en la esquina del colegio, pegados a la puerta de ingreso al teatro. Lo vimos aparecer en la esquina y levantar la mano para saludarnos. Cuando llegó hasta donde estábamos sacó una llave pesada, ploma, antigua. Vio a los costados y la metió a la cerradura. Creo que contó mentalmente hasta tres y luego dio vuelta. El Mono empujó la puerta con el hombro pero ésta no cedió. Álex se acercó y la empujó con ambas manos. La puerta hizo un crujido extraño. Expulsó polvo por los costados y al fin se abrió.

243

Entramos sin decir nada. El Mono cerró la puerta. Su rostro estaba pálido y le temblaban las manos. Vimos que el teatro de los fabriles estaba en ruinas. Escuchamos, distantes, las voces de los chicos del colegio.

244

Es un teatro enorme, con las bancas arrancadas de cuajo, las cortinas del escenario cortadas y hechas trizas, las maderas del piso con enormes manchas oscuras. Encontramos incluso pantalones desteñidos y desgarrados, camisas sin cuello y hoyos del tamaño de mi puño en todas las paredes. Nos acercamos a una de ellas y vimos una placa que había sido sacada a medias y, como no lo habían logrado, seguro que la golpearon con algo, pues faltaban algunas letras. Había un olor picante, como de ají al momento de ser tostado.

245

Fue en ese momento que el Mono nos contó la historia.

246

—Aquí mataron a mucha gente —nos dijo el Mono.

Nos contó que hace muchos años se hacía en este mismo sitio una asamblea y que de pronto llegó el Ejército del Gusano y que rodeó el lugar y que entró disparando. Nos dijo que los orificios en las paredes eran por las balas y que las manchas en el piso era la sangre de los caídos y que la ropa encontrada era la ropa de los fabriles muertos. Luego nos dijo que los soldados habían hecho trizas las butacas, que habían destrozado las cortinas y que habían dejado a los muertos ahí toda la noche.

247

Cuando le preguntamos cómo sabía todo eso nos dijo que su padre le había contado. Cuando le preguntamos cómo sabía él esas cosas nos dijo que él mismo había estado ahí.

248

El Mono nos dijo que su padre era el encargado del teatro y que por eso tenía las llaves. Nos dijo que cuando entró el Ejército su padre se había tirado al piso y que sólo había escuchado los balazos y los gemidos de sus compañeros y luego oyó el ruido de sus cuerpos cayendo. Nos dijo que su padre se había cubierto con varios cuerpos aún vivos y que eso le había salvado la vida.

249

Nos dijo que habían dejado los cuerpos ahí toda la noche. Nos dijo que su padre se había levantado empapado de sangre. Que tenía sangre cubriéndole el cabello, llenándole las orejas, metiéndose en los ojos. Dice el Mono que su padre le contó que salió por el techo, que vio las luces de la ciudad, que caminó por los tejados casi toda la noche hasta llegar a un lugar alejado y que sólo recién saltó y fue corriendo a casa de su madre.

250

Aquí el Mono se quedó callado. Escuchamos el timbre que anunciaba que el recreo había terminado.

251

Luego de un tiempo Álex le dijo que su padre era un maraco por huir de esa manera. Yo también le dije lo mismo.

252

Hoy Lima vino a la salida. Como siempre, estaba riendo, como si nada hubiese pasado. Nos contó que estuvo de viaje. Nos contó que había tenido una pelea y sólo después de decirnos eso nos mostró el lado derecho de su rostro.

253

El corte no es muy grande, sólo se nota al verlo de cerca. Es como un camino chueco y estrecho.

254

Fuimos caminado Lima, el Mono y yo mientras nos contaba de sus robos: casas de noche, tiendas por la mañana, borrachos ahorcados. Lima nos contaba esto como si nos estuviese relatando cualquier otra cosa. Nos decía de todo el dinero que había ganado. El Mono lo escuchaba con atención, y yo pensaba que era más pendejo que el Jaguar.

255

Sigo pensando en tirarme a Verónica. Tal vez la solución para terminar de tener el dinero sea unirme a la banda de Lima.

256

De todos los del curso el más pequeño es el Mono. Es casi un enano, pero a él no le importa que le digan Mono. Sólo se enoja cuando le dicen enano.

257

A veces quisiera ir donde el profesor Martínez y pedirle el dinero que me falta. Decirle necesito este monto de dinero para tirarme a una puta que me trae loco. ¿Me tendría compasión? ¿No sabe acaso él mismo lo que es sentirse arrecho por una mujer?

258

Ahora llevo el pedazo de pantalón conmigo a todas partes. Ayer se lo mostré a Álex y le conté su procedencia. Él dijo que era posible que perteneciera al niño muerto, pero que tendría que leer los periódicos de la época para ver la descripción que hicieron de él.

259

A veces los amigos son lo mejor de este mundo. ¿Cómo no se me ocurrió antes hacer eso?

260

Álex es un genio. Un arrecho y un genio.

261

Esta tarde revisé todos los periódicos de esa época en la Biblioteca Municipal. La historia del tío Matías es prácticamente la misma, pero lo que me alegró fue ver los escenarios y los rostros.

262

Los rostros del niño y del asesino.

263

Era un niño cualquiera. El tipo no tanto.

264

La ropa que vestía ese día el niño es la típica de cualquier chico de esa edad (diez años): camisa azul, pantalones jeans, medias blancas, zapatos de goma.

265

Entonces es el bolsillo del chico muerto.

266

Ese pedazo de tela estuvo ahí tantos años esperando que yo llegue para rescatarlo. ¿Y para contar su historia? Eso es lo que me gusta pensar. Pero sé que es mentira.

267

Lima volvió a aparecer a la salida. Esta vez no estaba tan chistoso como siempre. Estaba triste y pensativo. Caminamos casi sin hablar hasta que nos dijo que quería hablarnos.

268

Fuimos hasta un bar cercano. Al entrar todos lo saludaron. Le dijeron algo que me sorprendió:
—Hola, Hiena.
Y es que Lima se ríe como una hiena.

269

Luego de sentarnos y pedir cervezas Lima nos contó que lo habían botado de la banda donde trabajaba (él dijo esta palabra). Nos dijo que no estaba de acuerdo con cómo repartían el botín, nos dijo que él siempre reclamaba y que por eso lo echaron como a un maldito perro.

270

Pero luego nos dijo que ya tenía un plan. Nos dijo que había gente que quería trabajar con él. Nos dijo si estábamos interesados.

271

¿Un ladrón? Recordé el robo de los libros y pensé que en esa ocasión había corrido con mucha suerte. El

Mono dijo que sí, luego yo dije que me gustaría pensarlo. Lima rió, dijo que sólo era una invitación, que si no quería estaba bien.

272

Pero Lima dijo que esto de robar era algo serio. Que si el Mono estaba de acuerdo debería dejarlo todo. El Mono dijo que estaba de acuerdo. Luego Lima dijo que un tipo de la estatura del Mono era ideal para meterse por las ventanas o para trepar muros.

273

Hoy el Mono ya no vino al colegio. Así que a partir de ahora sólo hablo con Álex y veo a Verónica y cada día me pongo más arrecho.

274

O también podría robar algo de mi casa (una radio, un televisor) o vender algunos de mis libros y así poder completar el dinero que me falta.

275

O podría de una vez por todas pedirle dinero al profesor Martínez y decirle la verdad. Un favor de arrecho a arrecho.

276

Lo malo de la ausencia del Mono es que no tengo quién me haga la tarea. Por suerte ya estamos finalizando la mitad de año.

277

Por la televisión me enteré de una banda que roba en casas y negocios. Dicen que son de otro país, pero yo sé que es la banda de Lima y del Mono.

278

Los asaltos siguen. Ahora roban gasolineras a punta de pistola. Me imagino al Mono con el rostro cubierto, amenazando a la gente, haciendo que se tiren de panza en el suelo.

279

Sigo leyendo a Vargas Llosa. Lo leo una y otra vez. Me sé de memoria algunas frases de sus novelas y puedo recitar los nombres de todos los personajes sin equivocarme una sola vez.

280

Sé que Vargas Llosa también es un pendejo. Casarse con su tía y luego con su prima lo convierte en un pendejo.

281

Hoy a la salida apareció el Mono. No lo reconocí al principio. Estaba más grande, tenía barba y cuando me dio la mano ya no era el apretón débil que lo caracterizaba. Obvio que ahora es fuerte y contundente. Me dio un abrazo, me llamó hermano y me dijo que quería hablar conmigo.

282

Caminamos pero ya no como un par de estudiantes: ahora el Mono se daba vuelta a cada rato, como si alguien le siguiera los pasos. Llegamos a un parque y ahí estaba Lima, trepado en una moto. Lo saludé y él se rió.

283

Me contaron de los asaltos. Los robos en casas, cómo se orinaban dentro de los refrigeradores y cómo destrozaban las alfombras y las paredes. El Mono también reía, pero esta vez lo hacía como un viejo: tapándose la boca y bajando la cabeza. Lima me invitó a dar una vuelta en su moto.

284

Luego de la vuelta nos sentamos en el mismo parque. Me dijeron que si de veras no estaba animado a ir con ellos. Les dije que no y ellos no dijeron nada. Luego Lima me preguntó por Verónica. Yo le conté que seguía ahí, en el colegio. Luego el Mono me preguntó si ya me la había tirado. ¿Podía mentir? Bajé la cabeza, les dije que no. Luego el Mono sacó su billetera y me dio los ciento veinte pesos.

—Toma —me dijo.

285

Al tener el dinero en mi bolsillo me arrepentí de las cosas que le había hecho al Mono. Me arrepentí de haberlo amenazado con quitarle su dinero y con el cambio tirarme a su madre después de haber ido donde Verónica. Me despedí de ellos con un abrazo.

286

En casa estaba feliz. Salté sobre mi cama cuando vi una vez más los ciento veinte pesos. Saqué el otro dinero y casi me pongo a llorar de felicidad. En eso entró mi madre (en todo ese tiempo se había vuelto una vieja maldita, que insultaba al profesor Martínez por todo y por nada). Me vio como si quisiera violarla. Me preguntó si estaba borracho para hacer tanto escándalo. Le dije que no. Le di un beso en la mejilla y fui al baño.

287

En el baño me vi el pene. No era muy grande, pero sí ancho. Intenté que se me parara pero no pude. Me vi al espejo y pensé que al fin sería feliz.

288

Esa noche no pude dormir. No quise hacerme una paja por miedo a que no se me parara al día siguiente. Soñé con el niño muerto. Lo vi tirado de estómago sobre el hoyo. Creo que lloré en sueños. Recuerdo que me acerqué y que le acaricié la cabeza por un buen rato.

289

Me levanté temprano. Me bañé silbando. Salí sin desayunar y llegué primero al colegio.

290

Esperé viendo la puerta de ingreso. Entraban chicos de otros cursos. Entonces vi llegar a Verónica, siempre riendo, con la mochila puesta hacia delante. Un vacío me llenó el corazón y el estómago.

291

Bajé las gradas corriendo. Me paré frente a ella. La saludé. Verónica me miró sonriendo. Entonces me puse nervioso, le dije que tenía algo que decirle. La llevé a un costado de la cancha de fútbol. Creo que sudaba porque ella me dijo:
—¿Estás bien?
Tomé aire y le dije:
—Tengo los ciento veinte —se los mostré—. ¿Vamos?

292

Verónica rió. Luego me miró seria.
—Tengo un examen —dijo—. Mejor a la salida.
Pero yo ya la tenía parada. Me acerqué a ella.

—Por favor —dije—. Es que…

—Eres un arrecho —me dijo riendo.

Verónica miró los cursos, la cancha, los arcos de fulbito.

—Vamos —dijo.

Salimos del colegio. Al hacerlo nos encontrábamos a cada paso con gente que me saludaba o la saludaba a ella.

293

—Por acá hay uno bonito —me dijo señalando un callejón empedrado y rodeado de casas viejas.

Fuimos sin decirnos nada más. Yo sentía su aliento a café con pan y veía su trasero de reojo. Llegamos. Era un alojamiento chiquito, azul, de ventanas estrechas y todas abiertas. Verónica entró y como no había nadie en la recepción ella gritó:

—¡Saúl!

Vino un chico lleno de granos en la cara. Saludó a Verónica, pero no le dijo hola Verónica, sino hola Kristel. Luego ella pidió una pieza, saqué los veinte pesos y cuando quise dárselos Verónica me dijo que no.

—Pago yo, luego me los das.

294

Subimos al segundo piso. Verónica me pidió el dinero. Se lo di. Lo guardó en su mochila. Luego se quitó la ropa rápido (ella ya estaba desnuda y yo apenas me quitaba el pantalón). El Mono tenía razón, pensé, desnuda no es la gran cosa.

295

Desde la ventana del alojamiento se ven los techos del colegio. Unos techos de lámina, oxidados y con basura por todas partes. También se ve un fragmento del patio y el arco retorcido donde llega el sol por las mañanas.

296

Verónica me abrazó por atrás mientras yo miraba por la ventana.

—Así que era la primera vez —dijo.

Me encogí de hombros.

—No tenías que pagarme —dijo ella y la vi saltar de la cama, ir hasta donde estaba su mochila, abrirla, y sacar el dinero—. ¿Acaso no te dabas cuenta?

Estaba con el dinero en la mano. Y creo que iba a llorar.

297

Me dijo que yo le gustaba. Que no hacía otra cosa que pensar en mí. ¿Cómo podía cobrar por algo que quería hacer? ¿Estaba entendiendo?

298

Le dije que sí, pero luego le dije que ella era una puta.

299

Me vestí sin decir nada más. Verónica puso el dinero en el bolsillo de mi camisa y salí, dejándola desnuda y de rodillas sobre la cama.

300

Esa tarde leí sin pensar en lo que había pasado. Miré el bolsillo del niño muerto. Pensé que él ya no podría tirar nunca.

301

Al día siguiente Verónica se acercó a hablarme. Me dijo que yo la tenía en la palma de la mano. Que podía hacer con ella lo que quisiera. Luego lloró y me dejó un papel antes de irse. Lo abrí: era la letra de una canción romántica que seguro había copiado.

Me cagué de risa.

302

Pero no pude pensar mucho en eso porque a la salida (yo iba solo) dos tipos se pusieron a mi lado. Uno de ellos me preguntó si conocía a un tal Alberto. Le dije que no y el otro me preguntó si me gustaba el colegio, yo no dije nada y cuando llegamos a la esquina un auto paró frente a mí. Se abrieron las puertas y los tipos me metieron dentro de un empujón.

303

Desperté en una celda. No tenía mi mochila ni el cinturón ni las agujetas de los zapatos. Era una celda chiquita, con paredes de piedra. Había un tipo durmiendo en el piso. Cuando sintió que estaba despierto se levantó. Era delgado, tenía barba y dientes amarillos.

304

—¿Tienes miedo? —dijo.

—No —dije—. ¿Y tú eres la puta de este lugar?

El flaquito se rió. Se acercó pero yo me puse en guardia.

—Tranquilo —me dijo—. ¿Tienes miedo?

Vi la celda. Oí ruidos lejanos.

—Calla, puta —dije.

Me senté en el piso y sólo ahí sentí que me dolía la cabeza.

—Te pegaron —dijo el flaquito—. ¿Vas a decir dónde están?

—Si sigues hablando te corto los huevos —dije.

El flaquito rió, pero no con malicia sino más bien como si yo hubiese dicho un chiste, algo gracioso.

—Me dicen la Niña —dijo y extendió la mano.

305

Le decían la Niña porque le gustaban las niñas. Niñas de diez para abajo, decía riendo. Me dijo que le gustaba hacerles caricias, darles besitos, hacerles cositas. Que la gente no entendía que era algo que no podía reprimir. ¿Por qué nadie lo comprendía?

306

Luego me dijo:

—Te pegaron toda la noche, qué manera de aguantar. ¿Eres atleta o algo así?

Le dije que no. Le dije que no recordaba nada. La Niña se estremeció.

—Te metiste en un lío —me dijo—. ¿Los vas a delatar?

Le dije que no sabía a quiénes se refería (aunque era mentira). La Niña me miró y me dijo:

—¿Sabes por qué estás aquí?

Le dije que no.

307

Me dijo que la banda de Lima y el Mono se había metido a la casa de alguien importante (la Niña no sabía el nombre). Me dijo que creyeron que no había nadie, pero sí había: la hija de los dueños. Una chica de unos veinte años. Bonita, buen olor, buena carne, buenas formas, dijo la Niña. La Niña me dijo que la violaron toda la noche, que posiblemente la chica quede loca (acá rió), que de todas formas la Policía se movió y dieron conmigo. Que si no hablaba me fusilarían.

308

Yo le dije que no sabía nada. Él me dijo que la Policía sabía que era verdad, pero que no le importaba.

309

Al día siguiente entró un tipo albino metido en un traje verde. Me vio y me dijo:

—Afuera, puta.

Salí, pero antes giré la cabeza: la Niña me hizo adiós con la mano.

310

Afuera vi al profesor Martínez, a mi madre, a mi hermano y a Verónica. Sólo los miré y no dije nada. El albino me indicó que me sentara. Lo hice. Sacó un papel de un escritorio. Lo leyó moviendo los labios. Luego miró a Verónica, sonrió y le guiñó un ojo.

—Firma acá —me dijo.

Quise leer, pero el albino me dio un codazo y dijo:

—Sólo firma.

Lo hice, luego le puso algunos sellos. Se acercó donde Verónica, le dijo algo al oído y ella dijo sí con la cabeza. La vi pálida, seria, mirándome como si ya estuviera frente al pelotón de fusilamiento.

311

El albino me dijo:

—Puedes irte.

Me levanté. Caminé hasta la puerta. Verónica se quedó un rato con el albino y afuera mi madre me dio una cachetada. El profesor Martínez la abrazó, mi hermano Richi (quien en todo este tiempo había crecido de tamaño increíblemente) me dijo que yo era un inconsciente.

312

Luego llegó Verónica y me tomó de la mano. Mi madre la vio y le dijo puta. Yo no dije nada (era verdad, después de todo). Y a mí me amenazó con que ya no tenía pisada en la casa.

313

Era inocente y todos me acusaban. Sólo Verónica se quedó conmigo en media calle, apretándome la mano. Luego caminamos sin decirnos nada. Ella me dirigía, doblando calles, subiendo pendientes, atravesando callejones. Al fin llegamos a una casa y entramos a un patio rodeado de lavanderías y de cuartitos con números en las puertas. Verónica sacó una llave y abrió una de ellas.

314

Es un cuarto chiquito, con pósters de cantantes en las paredes, una cama estrecha de madera, una mesa de plástico sin mantel, dos sillas y el piso de ladrillos rojos.

315

Verónica me dio de comer. Me dijo que compraba la comida cerca de donde estábamos, que era barata y sobre todo buena. Mientras comía fue a un costado del cuartito, abrió una maleta de viaje y casi me atoro al ver lo que traía en manos.

316

Eran mis libros, mis cuadernos, mis cosas.
—¿Ves que vivirás conmigo? —me dijo sonriendo.

317

Luego me contó lo que había pasado.

318

La Policía creía que era cómplice del Mono y Lima. Que me agarraron por eso. Que la Policía vino al colegio y que ella se enteró ahí que estaba en la cárcel. Que luego fue a verme y le dijeron que estaba incomunicado. Que al salir se encontró con una señora y un chico muy parecido a mí (mi hermano) y que les preguntó si venían a verme. Que mi madre hizo un escándalo cuando ella le dijo que era amiga mía. Que la vio de pies a cabeza y le dijo a ti se te nota lo puta a leguas. Que ella le dijo que eso no importaba ahora, que lo importante era sacarme de allí. Me dijo que mi madre y el profesor Martínez (quien llegó un momento después) averiguaron y dijeron que mi caso no daba para fianza. Que luego ellos se fueron. Que ella fue a mi casa (nunca me dijo, eso sí, cómo averiguó donde vivía). Me dijo que mi madre creía que yo era un ladrón y un violador. Que apenas al tocar la puerta y verla le hizo otro escándalo, que salió mi hermano y que casi la golpea. Que ella intentó explicar, que cuando le dijo que me quería ella (mi madre) entró sin decir nada y que salió a los pocos minutos con mis cosas metidas en un cajón (menos la ropa, pendeja) y que se lo dio.

319

La hice callar un momento. Le dije que tenía que ir al baño. Verónica abrió la puerta del cuarto y me señaló un rincón oscuro del patio.

320

Al volver me dijo que la Policía los había hecho llamar a todos (puesto que soy menor de edad) y que ella y mi familia no dijeron nada cuando les dieron la noticia de que iba a ser liberado.

321

Pero Verónica no me contó nada más. ¿Pagaron una fianza? ¿Llegaron a la conclusión de que era inocente?

322

Sólo me dijo que estaba cansada, que le dolía la vagina (me estremecí), que era mejor que durmiéramos.

323

Dormí y soñé con el niño muerto. Soñé que se reía de mí, se reía de cómo los policías me golpeaban y que luego él les decía que yo era su violador.

324

Desperté y vi a Verónica de espaldas, con los pantalones abajo y curándose entre las piernas. Recordé al albino y cómo le había dicho algo al oído.

325

Cerré los ojos, haciéndome el dormido.

326

La verdad que la vida con Verónica no es tan aburrida: tiramos todos los días, luego me compra la comida, sale a trabajar y me deja leyendo.

327

No recuerdo cómo me golpearon en la Policía. Sólo tengo algunos moretones en las piernas y un ojo algo verde. Verónica me dice que por poco y me matan, pero no le creo. A lo mejor sólo lo dice para asustarme.

328

No he vuelto a saber nada de Lima ni del Mono. Tampoco de mi familia.

329

Verónica me cuenta que para sacarme tuvo que hacer cosas horribles. No me dice cuáles. Es mejor así.

330

También nos bañamos juntos. Vamos a las duchas públicas, y nos reímos de cómo nos ve la gente al salir.

331

Ella trae el dinero. No hablamos de sus clientes. Pero yo sé que debo hacer algo.

332

Por el momento leo todos los días y recuerdo en voz alta las cosas que le pasaron al niño muerto y lo que pasó luego con el asesino.

333

Pero hoy le pregunté en qué podía ayudarla. Verónica me dijo que en nada, que ella estaba para eso: para cuidarme.

334

No sé si la quiero.

335

Cuando le cuento a Verónica que quiero ser como Vargas Llosa ella me mira asombrada. Sonríe. Creo que es la única que me cree.

336

Por fin hoy llegamos con ella a un trato: yo la cuidaré cuando tire con otros hombres. Seré el que cobre, el que les abra la puerta cuando se vayan. Pero para esto tenemos que cambiarnos de lugar. Rentar un lugar más amplio, con dos habitaciones. En una dormiremos nosotros, en la otra Verónica atenderá a los clientes. Yo le pregunto de dónde sacará el dinero. Ella me dice que no me preocupe por eso.

337

Así que estoy a cargo de hacer la búsqueda. Chulo, gigoló, proxeneta. Al fin me siento esperanzado.

338

Encontré la vivienda ideal. Es un tercer piso. Todo discreto. La puerta tiene una mirilla para ver quién toca el timbre. También tenemos un teléfono.

339

Pero Verónica me dice que debemos poner un anuncio en el periódico. Entonces me encarga que lo haga. Me puse a pensar varios textos hasta que quedé satisfecho con uno.

340

Kristel. Depilada. Satisface todo tipo de fantasías. Atención las 24 horas. Teléfono 245647. Todas las veces que tú puedas.

341

Verónica renunció a las *Chicas azúcar*. Dice que eso de bailar no es lo suyo. Pero yo sé que tiene miedo. Tal vez tiene miedo al albino. A lo mejor sólo escapa de él. Pero mejor no toco ese tema.

342

A veces el teléfono no suena, pero cuando lo hace y algún cliente desea el servicio Verónica se pone alegre. Entra a la ducha y yo me encargo de ventilar nuestro departamento, echo ambientador en el dormitorio donde lo atenderá. Tiendo la cama. Pongo dos preservativos en la cómoda, una botella de alcohol para desinfectarse cuando terminen y muchas pastillas de menta.

343

También ayer Verónica me dijo que para tener más clientes teníamos que poner un sapo disecado en algún lugar del baño. Dice que además tenemos que ponerle un cigarrillo en la boca y dejar montoncitos de azúcar blanca en todas las esquinas del departamento.

344

Los hombres que vienen acá son curiosos. Está demás decir que yo los espío a través de un orificio que hice en el entretecho del dormitorio donde Verónica los atiende. Por eso sé que los clientes que pagan por una puta son raros.

345

Algunos quieren parecer apremiados por el tiempo, que sólo vienen por algunos minutos. Otros quieren parecer tipos normales, pero piden cosas extravagantes. Otro tanto habla de sus familias, de su esposa (algunos la insultan), del trabajo, de los amigos. Otra parte da recomendaciones, que deberías salir de esta vida, que deberías enderezar el camino. ¿Pero cómo hacerlo si los clientes no paran de llegar?

346

Hay algunos conocidos también: un barbudo y de pelo en pecho. Ese viene por lo menos unas tres veces a la semana. En algunas ocasiones le propone a Verónica irse con él semanas enteras.

347

El dinero no falta, por suerte. Ahora Verónica me da algo y con eso compro libros y más libros. Tenemos tantos que ella dice que ya es hora de comprar un estante.

348

Claro que sigo pensando en el niño muerto. A veces le cuento la historia a Verónica y ella dice que recuerda el caso, aunque lo mezcla con otras violaciones. Dice que a los violadores deberían matarlos. Lo dice indignada, dice que son unos degenerados, los hombres son una mierda, dice. Y tiene razón.

349

Pero yo le digo que aun así me gustaría escribir esa historia.

350

Ayer me encontré con mi hermano. Pese a tener un año menos que yo parece mayor. No lo recordaba así. Lo recuerdo como un dormilón a quien casi nada despertaba. Fue cuando compraba libros. Me saludó afectuosamente. Me dijo que estaba más flaco. Me dijo que la familia quería reconciliarse conmigo. Luego me preguntó dónde estaba viviendo. Le dije que con Verónica. Me dijo que yo era un caso perdido. Le dije que tenía razón. Luego nos dimos la mano para despedirnos, entonces pareció acordarse de algo y dijo:
—A que no adivinas quién se casó.
Me encogí de hombros.
—¿Te acuerdas de Sergio?
Dije que sí.
—Se casó con Sally. En la boda me mandó saludos para ti.

351

La verdad es que ya no había vuelto a pensar en el gordo y menos en Sally.

352

Ayer pasó una cosa graciosa. Llamó un cliente. Dijo que venía. Verónica se bañó, se arregló. Escuchamos el timbre, fui a ver por el ojo y ahí estaba el profesor Martínez, un poco más gordo, mirando a los costados, con las manos en los bolsillos. Volvió a tocar, Verónica me dijo por qué no abría. Se lo dije al oído. Se puso pálida. Me dijo no abras, pero yo lo hice. El profesor Martínez tardó en reconocerme, luego tartamudeó (creo que una disculpa o algo así), vio a Verónica, dio vuelta y se fue.

353

Yo me reí. Pero Verónica estaba asustada.

354

Cada día que pasa Verónica me anima a escribir esa historia. Ella cree que eso puede servir de alarma a los padres y de escarmiento a los violadores. Yo le digo que quiero contar una historia, nada más.
—¿Acaso los libros no sirven para eso? —me dice.

355

Ya no pienso tanto en Vargas Llosa (aunque pegué fotocopias ampliadas de sus fotos en la habitación

donde dormimos), pienso más bien en sus novelas, en cómo las habrá escrito, en si existirá una manera de aprender a escribir.

356

Hoy vi al Mono. Al principio dudó en saludarme.
Vio a los costados antes de acercarse y cuando lo hizo me
contó todo.

357

La parte del asalto era cierta y también la de la
violación. Pero me dijo que sólo fue Lima, que él y los
otros chicos de la banda no hicieron nada. También me
dijo que no veía a Lima hace meses y que ya no tenía dinero. Le di algo, el Mono dijo gracias y luego me advirtió que era mejor que me fuera, dijo que sabía que la Policía estaba detrás de él.

358

No le conté nada a Verónica. No quiero que recuerde al albino.

359

A veces recordamos las cosas del colegio (ella, como yo, también dejó de ir). Me dijo que lo de las películas porno era una estupidez y también que ella sabía
quién lo contó todo. La verdad es que yo había olvidado
el asunto. Pero intenté sacárselo y ella me dijo:
—Fui yo.

360

Yo le creí. Pero evité preguntarle por qué lo hizo.

361

Hoy vino el barbón que pasa por acá tres veces por semana. Es una persona rara. Ríe todo el tiempo pero cuando lo está haciendo sólo da órdenes como lo haría un militar. Su voz es fría y metálica y a veces me da miedo que golpee a Verónica.

362

El barbón vino ayer con un periódico. Lo dejó sobre la silla, se acostó con Verónica y luego se fue dejándolo olvidado.

363

Bajé del entretecho a limpiar la pieza mientras Verónica se bañaba. Tomé el periódico y un tríptico colorido se deslizó de en medio.

364

Cuando lo leí me temblaron las piernas.

365

Pero luego pensé que era imposible, que por más que Verónica se acueste con todo el mundo jamás lo lograría.

366

Es una convocatoria para un premio de primera novela. Sólo pueden participar aquellos que no tengan una novela publicada.

367

Eso me quitó el sueño. Sólo pienso en cómo poder escribir esa novela sobre el niño muerto. Miro la cara de Vargas Llosa en las fotocopias y le pido ayuda mentalmente.

368

Verónica me dice que debería hacerlo, que no pierdo nada con intentarlo.

369

Pero no sé cómo escribir.

370

Cuando intento hacerlo las palabras no salen y me pongo a pensar en otras cosas.

371

Hay varios obstáculos: primero que no sé cómo hacerlo y segundo que no sé si ganaré.

372

Además son 200 páginas como mínimo. Y yo no puedo escribir ni media. Tardaría siglos. Verónica envejecería, se le caerían los dientes, las tetas, le crecerían las caderas y yo recién estaría en la página 50.

373

Pero ella me dice que chuparía todas las vergas con tal de que yo escribiera esa historia. Y luego me dice que a lo mejor con ese libro la gente cuidaría más a sus hijos.

374

Anoche soñé una vez más con el niño muerto. Me miraba sin decirme nada, sólo parpadeaba como lo hacen los sapos, como esperando algo. Cuando quise decir alguna palabra él salió huyendo dando saltos.

375

Leo una y otra vez el tríptico de la convocatoria.

376

Verónica trajo una máquina de escribir eléctrica. No me dijo cómo la había conseguido. La puso en la mesa de noche. Me dijo:

—¿Te parece un buen lugar?

377

Las teclas son suaves. Si uno pone el dedo por algunos segundos demás escribe la misma letra cientos de veces.

378

Me siento ahí por las mañanas y escribo cosas sin sentido, como *hola Verónica*; o bien *Vargas Llosa es el mejor escritor del mundo*; o bien *el Mono es un ladrón*.

379

A veces copio páginas enteras de las novelas que leo. Ahora domino mejor las teclas. Ya cometo menos errores. No he vuelto a soñar con el niño muerto.

380

Verónica insiste en que escriba. Creo que empiezo a enamorarme.

381

Pero tengo miedo a hacerlo. Tengo miedo a no poder terminar, a quedarme colgado, a no contar bien la historia del niño muerto.

382

No podré hacerlo. Por más que Verónica me lo diga, por más que ella me diga lo contrario sé que no podré hacerlo.

383

Así que guardé la máquina, la puse bajo la cama y cuando Verónica vio que no estaba en su lugar se puso a llorar.

384

La vi llorar como si se hubiese muerto alguien. Le dije que se callara, pero no lo hizo. Fui hasta donde estaba y le di un puñetazo. Se tiró al suelo y siguió llorando.

385

Salí dando un portazo. Caminé sin rumbo por algún tiempo. Entonces regresé al Irlandés. Lo vi de afuera y comprobé que no había cambiado mucho. Al verlo, grande, cuadrado, frío, como una nave interplanetaria, supe que la historia del niño muerto no podría ser contada nunca.

Segunda parte

Un niño rojo

¿Por qué necesita el hombre contarse historias?
Quizá porque…así lucha contra la muerte y los fracasos,
adquiere cierta ilusión de permanencia y de desagravio
MARIO VARGAS LLOSA, *La señorita de Tacna*

Uno

1958. Alguna mañana de este año el ingeniero Bill Higginbotham (aunque algunos historiadores suelen afirmar que su verdadero nombre era Willy) despertó con una idea que, aunque no lo sabía mientras bebía el café de todos los días, iba a cambiar el destino de muchas personas. Bill (o la Gran Cabeza, como lo habían apodado a consecuencia de su inteligencia) creía con firmeza que podía existir una manera alternativa para jugar al tenis. No es que Bill fuera un fanático de este deporte, pero estaba seguro que esas canchas enormes, la red que las atravesaba y los jugadores sudorosos podían entrar (es un decir) perfectamente en la pantalla de un televisor. De esa manera, en menos de una semana apareció el primer juego electrónico conocido en la historia del mundo. Lo bautizó con el nombre de *Tenis para dos* y no era más que un par de barras verticales en un extremo de la pantalla cada una evitando que una supuesta pelota (en realidad, un cuadrado) saliera de los márgenes de la cancha imaginaria. Bill presentó el invento en una feria y, como ocurre con la mayor parte de los grandes inventos, nadie le prestó importancia y pasó desapercibido. Bill, comprendiendo que este invento no tenía una vida útil, no lo registró y quizá se olvidó de él por unos buenos años.

1972. Pero la Gran Cabeza se equivocaba, pues *Tenis para dos* no pasó tan desapercibido como creía. Nolan Bushnell, hombre emprendedor y de negocios, relanzó dicho juego con el nombre de *Pong*. Paralelamente fundó una compañía cuyo nombre estremece a más de uno al tan sólo mencionarlo: Atari.

1973. *Pong* dio millones de ganancias como rédito (se dice que Atari llegó a facturar casi cuatro millones de dólares); sin embargo, Nolan Bushnell piensa que las máquinas de *Pong,* que por ese año ya podían hallarse en cualquier comercio, podían llegar a millones de hogares. Es de esa forma que nace *Pong Home*, la primera consola diseñada para ser utilizada en el hogar.

1976. ¿Pero acaso no estamos en un mundo de cambio?, ¿en un mundo que necesita cambiar de actividad con suma facilidad para no llegar al aburrimiento, al tedio de todos los días? Ambas ideas hicieron que Nolan pensara en la posibilidad de crear juegos alternativos a *Pong Home*. Es de esa manera que la consola que sólo tenía un juego pasara a ser alternada por otro: *Breakout.*

1979. Luego de varios avatares de la empresa que no serán comentados (y de la salida de la empresa de Nolan), Atari logra sacar cabeza y lanza al mercado Atari 400 y un juego que capturaría la atención de millones de niños y algunos adultos: *Space Invaders.*

1982. Los nuevos ejecutivos de la empresa están más que entusiasmados por los buenos resultados de las ventas de estas consolas. Piensan en nuevos juegos, contratan a gente que los invente, fabrican estrategias de ventas y es de esa manera que sale al mercado Atari VCS, el cual luego de algunos cambios es rebautizado como Atari 2600.

1983. Otras compañías también se ponen a trabajar en la invención de juegos. Se realizan alianzas con productoras de películas, con deportistas famosos e incluso con fabricantes de aviones: nada puede detener las ganas de inventar nuevos juegos y de vender.

1984. Pero como suele ocurrir con todos los mercados éstos quedan pequeños en comparación con las ansias de expansión y los ejecutivos de Atari ven a América Latina con otros ojos.

1986. Las cajas plateadas de Atari 2600 llegan al fin a América Latina. Los juegos empiezan a hacerse populares. Los niños y unos cuantos adultos pasan horas enteras frente al televisor con sonrisas satisfechas tratando de conseguir grandes puntuaciones. Ninguno de ellos imagina, sin embargo, que el horror empieza a dar vueltas como un buitre al acecho de un cadáver sin saber dónde posarse todavía.

LA VIO ILUMINADA gracias a la pálida luz que un poste esparcía sobre la desierta calle y encima de la camioneta donde se encontraban. Tenía el rostro duro, hombruno, el cabello negro, la tez oscura y unos ojos que la Morsa en alguna oportunidad había comparado con dos pequeñas canicas negras. Tenía la espalda ancha, los senos medianos y chorreados y una considerable panza que indicaba cierto descuido a la hora de comer. Ambas piernas eran gruesas y colgaban a algunos centímetros del piso del coche.

—Ya está saliendo —dijo.

La Morsa giró la cabeza y vio una figura saliendo por el portón de madera que flanqueaba la mansión. Ésta era una construcción sólida de dos pisos, de paredes bajas y cubiertas por enredaderas verdes y hojas gruesas que hacía pensar en la vegetación de una selva virgen.

—Tendrá que ser ahora —dijo la mujer. Después de unos segundos vio el reloj que llevaba colgado al cuello por una cadena que había perdido el color.

La figura se alejó por la acera con pasos cortos y nerviosos: dobló la esquina y desapareció por completo.

Esperaron media hora más para empezar a hacer su trabajo.

—Vamos —dijo la mujer.

La Morsa encendió la camioneta. El murmullo del motor llenó la calle y la luz de los faroles se estrellaron contra un muro cercano: *Anita te amo*, leyó.

La camioneta cruzó la calle y se estacionó frente a la mansión. La mujer se subió el cuello de la chamarra y dijo:

—Diles que lo hagan rápido.

La Morsa bajó de la camioneta y fue a la parte trasera. Vio tres cuerpos tendidos muy juntos entre sí. Están dormidos, pensó. Subió de un salto pero nadie se movió. Empezó a repartir patadas sobre las piernas de los tres cuerpos y vio cómo levantaban las cabezas: Escarbino tenía los ojos rojos, Capiona bostezaba y el Primo se refregaba el cabello.

—Arriba, mierdas —dijo la Morsa.

—Un día de estos… —dijo el Primo pero entonces escucharon los golpes en el vidrio por el cual podía verse la cabina y giraron los cuatro para contemplar las manos de la mujer estrellándose a ése con furia. Los tres que habían estado durmiendo se pusieron de pie y bajaron de la camioneta. La Morsa les pasó un maletín de cuero y los tres dudaron en tomarlo. Al fin el Primo se encogió de hombros y lo agarró. Después caminaron hacia la puerta.

La Morsa bajó de un salto. Entró a la cabina y vio por el espejo que tenía encima de la cabeza al Primo introduciendo un extremo de la pata de cabra por la hendija del portón de madera. Imaginó sus labios contando hasta tres. El Primo dio un fuerte jalón hacia atrás y el portón se abrió con lentitud. Vio cómo Escarbino apuraba a los otros dos para que entraran mientras él echaba ojeadas desesperadas a los costados.

—Ya está —dijo la Morsa.

La mujer vio por el espejo de su costado y sólo logró contemplar la pierna de Escarbino perdiéndose por el vano del portón.

—Sólo las cosas de valor —dijo la mujer como si los tres que acababan de ingresar a la mansión la escucharan.

Por un momento nadie dijo nada. Se escuchó el ladrido lejano de un perro y algunos bocinazos que seguramente provenían de la avenida que estaba cerca.

—Hace frío —la mujer no dejaba de mirar por el espejo retrovisor. Las piernas se balanceaban sin ritmo y el reloj colgado del cuello estaba estático.

La Morsa estuvo a punto de responder, pero en eso vio que el Primo salía corriendo y que detrás de él venía Escarbino con una mancha ocre expandiéndose por la camisa blanca. La mujer dejó de mecer las piernas. De pronto su cuerpo se había crispado en el asiento, contempló cómo el Primo saltaba sobre la parte trasera de la camioneta y vio a Escarbino dar brinquitos desesperados por alcanzarlos: sólo ahí notó que la Morsa había encendido la camioneta y que avanzaba a toda velocidad dejando atrás al herido.

Era una casita pintada toda de blanco, de un solo piso y con dos habitaciones, un baño minúsculo y una cocina que parecía de juguete y cuya segunda puerta daba a un patio de tierra donde se encontraba la lavandería.

Ossorio ingresó evitando hacer ruido. Cerró la puerta con cuidado y fue caminando en puntas de pie hasta llegar a la habitación. Comprobó que su esposa dormía hecha un ovillo sobre la cama, cubierta apenas por una sábana. Vio un pie desnudo, la uñas recortadas con prolijidad, el talón con los signos inequívocos de haber sido refregado muchas veces. Entró y se quitó el saco. Lo puso sobre una silla que estaba cerca, luego se zafó de la cartuchera, las esposas y la navaja de fuelle, abrió con una llave que extrajo del bolsillo trasero del pantalón un cajón de la cómoda y los puso dentro. Echó el seguro y en eso escuchó la voz de ella:

—¿Tomás?

Ossorio se aclaró la garganta.

—Te desperté, perdón —dijo. Vio el cuerpo delgado, los senos pequeños pero aún firmes, el rostro blanco y la nariz estrecha, los cabellos negros y desordenados.

La mujer dio un bostezo, tiró el cuerpo para atrás y luego acomodó la cabeza sobre los brazos entrelazados.

—Trabajé sin parar —dijo ella—. ¿Vienes cansado?

Ossorio se quitó los zapatos y luego hizo una bolita compacta con ambas medias. Fue hasta la cama, levantó un costado de la almohada y sacó una sudadera ploma y muy gastada a la altura de los codos. Se la puso y luego se quitó el pantalón. Su esposa lo vio y sonrió, entonces se hizo a un lado y al dejarse caer Ossorio sintió el calor que su cuerpo había dejado sobre el colchón.

—Nosotros estuvimos sin hacer nada todo el día —dijo, y su brazo pasó de lado a lado debajo del cuello de la mujer. Ella giró el rostro hacia Ossorio. Vio sus ojos pequeños, los labios delgados, las mejillas con una sombra de pelambre que ella acarició con las yemas de los dedos de la mano izquierda; contempló también los pelos ariscos, parados, la frente ancha y sin arrugas.

Ossorio de pronto sintió que la otra mano de la mujer buscaba entre sus piernas. Percibió que los dedos delgados y largos tropezaban con los botones del calzoncillo, y que al no poder abrirlos daban un salto hacia la liga y tomaban el pene semierecto. Luego la mujer sintió los labios de Ossorio estrellándose contra los suyos, sintió la lengua agria y cansada metiéndose en su boca, recorriendo las paredes internas, topándose de vez en cuando con los dientes, haciendo circular la saliva. La mujer hizo un movimiento extraño, un movimiento que produjo que sus piernas se acomodaran sobre los riñones de Ossorio. Éste intentó bajar la mano para buscar el sexo de la mujer, pero ella lo contuvo y le dijo sólo métela, Tomás. Ossorio lo hizo, la mujer dio una especie de suspiro y empezó a empaparlo con su saliva por todo el cuello. La mujer comenzó a moverse furiosamente, azotando el cuerpo contra el colchón, como si de pronto un ataque de epilepsia lo hubiese invadido. Ossorio sintió que terminaba cuando sonó el teléfono.

—No contestes —suplicó ella.

Ossorio dio los últimos embates, escuchó el ruido fofo y apagado de su estómago estrellándose contra el de su esposa y luego un gemido suyo y el gritito largo pero sostenido de ella.

Estuvieron así por algunos segundos, el teléfono repicando desesperado, la respiración agitada de ambos. El agente se apartó de ella, se subió los calzones y contestó:

—Ossorio —dijo.

—¿Agente Ossorio? —dijo una voz al otro lado de la línea.

Ossorio vio de reojo a su esposa poniéndose de pie. La vio con la intención de envolverse con la sábana que había caído al suelo como consecuencia de los movimientos bruscos que habían hecho, vio su trasero redondo, blanco y sólido, vio que lo miraba y que luego hacía una seña con la mano: iba a la cocina a tomar algo.

—Sí, soy yo —dijo Ossorio.

—Habla Ortiz —dijo la voz—. ¿Estabas durmiendo?

—Sí —dijo Ossorio molesto—. Hoy estoy libre, Ortiz. Qué pasa.

—Ya sé —dijo Ortiz—. Perdón, pero hay una mala noticia.

Ossorio vio que su esposa volvía con dos tazas humeantes en las manos. Se sentó al borde de la cama, le pasó una de ellas. Ossorio, sin muchas ganas, la tomó con la mano libre.

—¿Quién se murió? —dijo Ossorio, tomando un sorbo de café.

—No es broma —dijo Ortiz.

—Te escucho —dijo Ossorio.

—¿Te acuerdas del sargento Gómez? —dijo Ortiz—. ¿Del que se jubiló el año pasado?

—¿El crespito?, ¿el que hablaba a gritos? —Ossorio recordó a un hombre bajito, de cuerpo cuadrado y energías perpetuas.

—Sí, ése —dijo Ortiz.

—No me digas que se murió —dijo Ossorio.

—Algo peor —dijo Ortiz—. Asesinaron a su nieta.

La esposa de Ossorio se levantó, se quitó la sábana y Ossorio la contempló desnuda.

—No estoy de servicio, Ortiz —dijo Ossorio—. ¿Por qué me llamas?

—Órdenes del jefe Castro —Ossorio imaginó la sonrisa de Ortiz—. Quiere que llevemos el caso. Yo estoy con gripe. Ni eso le importa.

—¿Ya recogieron el cuerpo? —dijo Ossorio. La mujer se acercó hasta él, le quitó la taza y dio un sorbo, luego pegó los labios al oído: voy a ducharme, le dijo.

La vio salir tomando una toalla de detrás de la puerta.

—No. Aún no —dijo Ortiz.

—¿Dónde está? —dijo Ossorio.

—Avenida Felipe Reque, número cuatro. Una casa en construcción. ¿Conoces la cancha Mariscal Braun? Justo al frente.

—Voy dentro de media hora —dijo Ossorio.

—Yo también regreso para allá —dijo Ortiz.

—Entonces nos vemos, cabrón —dijo Ossorio y colgó.

—Un soplón. Una trampa —dijo el Primo.

—¿En la cabeza dices? —la mujer destapó la botella, llenó los vasos con maestría, los repartió sin verlos a la cara.

—No escuchamos nada —dijo la Morsa y vio su vaso: la espuma contenida en el borde, las burbujas amarillas ascendiendo en columnas simétricas.

El Primo tomó la cerveza de un solo trago. Respiró con la boca abierta. Mostró las encías rojas, los dientes blancos: echó la cabeza para atrás y cerró los ojos.

—Nosotros no escuchamos nada —dijo la mujer y cuando estuvo a punto de tomar su vaso lo dejó allí. El brazo regordete flotando sobre la mesa, el dedo índice se extendió y señaló a la Morsa.

—No escuchamos nada —repitió la Morsa.

—Yo tampoco —dijo el Primo—. Le dieron justo aquí en la cabeza cuando estábamos arriba. De pronto se abrió una puerta…

La Morsa imaginó a Capiona con la cabeza destrozada sobre alguno de los escalones que daban al segundo piso, vio a Escarbino paralizado por la sorpresa, sin poder desenfundar el arma que llevaba siempre en la espalda apretada por el cinturón.

—Un silenciador. A lo mejor por eso no escucharon nada —dijo el Primo buscando la botella, tomándola y sirviéndose pero derramando el líquido, haciendo un pequeño lago sobre la mesa.

Tiene miedo, pensó la Morsa.

—A Escarbino le dieron aquí —dijo el Primo señalándose el hombro—. Yo sólo corrí. Es un milagro que esté vivo, Mamita.

—Tenemos que estar calmados —dijo Mamita—. Si tienen a Escarbino tardarán en hacerlo hablar. Escarbino no es de los que denuncia fácil.

La Morsa buscó algo en uno de los bolsillos del pantalón: puso la bombilla dentro del vaso y tomó un poco de cerveza. Se limpió los restos de espuma con la lengua. Vio a Mamita tomándose de la cabeza.

—Por el momento nada de salir a la calle —dijo Mamita—. Tú, Primo ¿no tenías una hermana a la que querías visitar? Pues te vas ahí. Llegas sin decir nada, sólo le dices que tenías ganas de verla.

El Primo dijo que sí con la cabeza y luego Mamita vio a la Morsa:

—Tú en tu casa, sin salir. Dile a tu mamá que te sientes cansado, que estás enfermo, que te duele el estómago.

Mamita dio un suspiro, tomó el reloj que colgaba del cuello y vio la hora: ya eran las siete de la mañana. Afuera la gente empezaba a salir de sus casas rumbo al trabajo; pensó en Escarbino: lo vio en el hospital, esposado a la cama, con dos policías a los costados.

—Yo me iré… —Mamita dubitó, movió las manos con furia—. Yo los llamaré cuando las cosas se calmen. ¿Entendido?

En ese momento entró un par de borrachos abrazados. La miraron por un momento, como si la reconocieran de otro lado, pero luego ambos fueron a depositarse en una mesa al fondo del local.

—Alguien nos denunció —dijo el Primo—. No hay otra explicación, Mamita.

La mujer miró al Primo. El muchacho bajó los ojos y los clavó en la superficie de la mesa.

—Eso no sabemos —dijo Mamita sin levantar la cabeza—. ¿Por qué te gusta levantar falsos?

La Morsa dio un bostezo y apoyó los codos sobre la mesa.

—Si hubiera sido alguien ya estaríamos presos todos —dijo Mamita—. Sólo fue mala suerte, Primo, nada más.

—Entonces no nos pasará nada —dijo el Primo sonriendo de pronto—. ¿Verdad que no puede pasarnos nada, Mamita?

—No podemos confiar —dijo Mamita—. Hay que ir con calma. Eso.

Mamita se levantó, dejó un billete sobre la mesa y salieron del bar. Afuera la camioneta los esperaba. Ahora tenía otra placa y un letrero en el frente que decía: Electrónica Cerdán. El Primo le dio un abrazo a Mamita y ella lo regañó por tener tanto miedo, pero luego le acarició la cabeza. El Primo se acercó donde estaba la Morsa, le dio un golpecito amistoso en el hombro y dio vuelta sin decir nada. Mamita lo vio alejarse y luego de perderse giró y dijo:

—Vete a tu casa y ya sabes —la mano regordeta se agitó en el aire—. Nada de salir por un buen tiempo.

Los ojos abiertos de la mujer de pronto reflejaron dos rostros que desaparecieron al instante.

—Ahora sí la cagaron —dijo Ossorio alejándose.

Ortiz sacó un pañuelo y se limpió la nariz con furia. Tenía cuarenta años, un hijo. Antes había trabajado en Vicios.

—Está gripe no se me quita —dijo.

Ossorio vio las gradas de cemento, el techo todavía cubierto con láminas de plastoformo, las paredes sin revoque, los ladrillos acumulados en una esquina. Sintió el olor y la humedad del cemento fresco.

—¿Quién la encontró? —dijo.

Ortiz guardó el pañuelo: era pequeño, de cabello castaño, ojos vivaces y el rostro lleno de cráteres secos y enormes, fruto sin duda de un acné juvenil devastador.

—Uno de los albañiles —dijo Ortiz—. Lo tengo allá abajo. Cuando la vio bajó corriendo al primer piso. Salió a la calle y buscó un teléfono.

Un flash iluminó por algunos segundos el cuerpo que estaba tendido sobre un par de costales de cemento. Ossorio vio al fotógrafo Suárez ponerse de cuclillas. Otro destello de luz encendió el cuerpo de la mujer, dándole esta vez un contorno azulino.

—¿No tienen cuidador? —preguntó Ossorio.

—Nadie —Ortiz negó con la cabeza—. Parece que se metieron saltando el muro. Ni un perro, nadie que por lo menos echara un ojo. ¿No te parece raro?

Ossorio no dijo nada. Volvió hacia donde estaba la mujer. Tenía los ojos abiertos, una mueca de dolor le doblaba los labios ya morados. El cabello estaba revuelto, como si un par de manos lo hubiesen acariciado antes, o mejor: como si hubiesen jugado con él a despeinarlo. No tenía puestos los pantalones ni los calzones y el seno izquierdo sobresalía magullado (¿mordiscos?, ¿arañazos?, ¿cortes con la punta de un cuchillo?) por el costado de un sostén blanco. Los diez dedos de ambas manos estaban clavados sobre el piso de cemento. El agente se puso de rodillas y vio el verde desvanecido de las uñas pintadas.

—Así que era nieta de Gómez —dijo Ossorio poniéndose de pie—. ¿Ya vino por acá?

—Lo tuvimos que sacar alzado —dijo Ortiz con amargura y se levantó la manga derecha del saco: ahí flotaban dos manchas moradas sin forma—. Gómez es más duro que una piedra.

—¿Reconocieron el palo? —dijo Ossorio apuntando con la cabeza.

Suárez calculó cómo enfocar el cuerpo de la mujer de la cintura para abajo. Guiñó un par de veces, se rascó la cabeza, fue hasta donde estaba la pila de ladrillos y trajo cuatro. Los puso uno sobre otro y apoyó la cámara encima como si se tratase de un trípode, apretó el obturador: el haz de luz proyectó una sombra vertical en la pared del fondo.

—No es un palo cualquiera —dijo Ortiz; extrajo un bolígrafo del bolsillo interno del saco, se acercó una vez más al cadáver y golpeó repetidas veces un costado—. Es el mango de una pala. Mira.

Caminó hacia la ventana seguido por Ossorio. Abajo, un grupo de albañiles se hallaba sentado en círculo, pasándose una botella de coca-cola, tomando sorbitos nerviosamente. Ortiz señaló un flanco, donde aún crecían unas cuantas plantas y donde se notaba una llave de agua roja.

—Encontramos la parte de metal allí —dijo Ortiz señalando con el bolígrafo—. Quien la mató la sacó cuando ya había incrustado el palo. A lo mejor quería llevársela de recuerdo o algo así.

—¿Hallaron los pantalones? —preguntó Ossorio.

—Eso fue lo que se llevó —dijo Ortiz—. Y también los calzones.

Ossorio estuvo a punto de decir algo, cuando escucharon que el fotógrafo decía:

—No puede ser.

Ambos giraron la cabeza con rapidez. El agente Tomás Ossorio imaginó por un segundo a la muerta de pie, mirando incrédula el palo que ahora formaba parte de su anatomía. El fotógrafo Suárez tenía la máquina colgando del cuello gracias a la bandana.

—Qué pasa —dijo Ortiz.

—Yo la conozco —dijo el fotógrafo, señalando el cuerpo—. Le saqué algunas fotos hace unos años. Yo decía, ¿de dónde la conozco?, ¿dónde la vi antes? hasta que me acordé.

El fotógrafo se acercó hasta donde estaban. Hablaba mirando el cadáver. Tomó la cámara con una mano.

—Fue reina del colegio Irlandés hace unos años. Una belleza de chica. Está algo cambiada, pero es la misma.

—¿El colegio Irlandés? —dijo Ortiz—. Casi meto a mi hijo allí, carajo.

El fotógrafo sonrió, dijo que ya había terminado y se fue.

—Parece que antes estuvo en una fiesta acá cerca —continuó Ortiz—. Ya tengo la lista de los amigos con los que acostumbraba caminar. Tenemos que empezar a trabajar, Ossorio.

—Antes me gustaría…

En eso entró un hombre de bigotes prominentes, espalda ancha y un estómago demasiado grande para su tamaño pequeño y compacto. Vio a la chica, dio un silbido de asombro.

—¡Qué salvajes! —dijo.

Caminó bamboleándose hasta donde estaban. Les dio la mano a los dos: Ossorio sintió un pez húmedo y escurridizo.

—Llegas tarde, forense García —dijo Ortiz, dándole palmadas amistosas en la espalda.

—Mucho trabajo —dijo García. Después vio a la chica y guardó silencio por algunos segundos—. Puta, ¿qué le pasa a la gente en esta época?

—Quiero el informe para esta tarde —dijo Ossorio y vio cómo García sonreía—. Se trata de la nieta del sargento Gómez. ¿Lo conocías?

García dio un suspiro: esta vez vio a la mujer con tristeza, se mordió el labio inferior y lo soltó dando un bufido.

—Qué mala suerte. Gómez es un gran tipo, un poco cascarrabias, pero un buen tipo. ¿Por qué le pasan estas cosas a la gente buena?

Nadie contestó la pregunta. Sólo se quedaron en silencio por algunos segundos hasta que escucharon voces en las escaleras que daban acceso al piso donde se encontraban. Al instante aparecieron dos tipos enfundados en mamelucos verdes cargando una camilla plegable. Observaron a la mujer y luego vieron al forense.

—Ya pueden llevársela, muchachos —dijo García.

Los dos hombres desplegaron la camilla y la pusieron sobre el suelo. Estuvieron a punto de alzarla pero un carraspeo molesto de García los detuvo.

—Los guantes —les dijo.

Los dos tipos sacaron dos pares de guantes de hule y se los pusieron. Tomaron a la chica de las manos y de los pies, la pusieron sobre la camilla y a la voz de tres la levantaron. Si le ponen una manta encima va a parecer una carpa, pensó Ortiz.

—Tendré el informe para las tres de la tarde —dijo García y se fue silbando una tonada que ni Ortiz ni Ossorio pudieron identificar.

—¿DÓNDE ESTUVISTE?

Las Retamas se halla ubicada en la parte más baja del barrio de Miraflores. Es una calle estrecha, tortuosa, con una pendiente pronunciada hacia el norte, empedrada y de no más de quinientos metros de longitud. Por el sur desemboca y se funde con el final de otra calle: la Carrión; ambas, sin darse cuenta, y como fruto de esa repentina unión crean una especie de aguijón de abeja. El colegio Irlandés se ubica casi al final de la parte sur. Es una construcción enorme y sólida y a primera vista da la impresión de estar húmeda todo el tiempo. Si se la mira desde el aire el Irlandés se yergue sobre un par de gradas: en la superficie superior se ubican las dos canchas de fulbito y el patio de actos; a los costados de éstos y dibujando una L gigante se encuentran dos bloques de cemento que albergan en cuatro pisos a las aulas, los baños y algunos laboratorios de química. Por las mañanas funciona el ciclo Medio y por las tardes Intermedio y Básico. La dirección de Medio está a mano izquierda de la puerta de ingreso y la de Intermedio y Básico a la izquierda. La dirección del ciclo Medio tiene dos pisos y, en la fachada pintada de blanco, hay empotrados dos balcones de madera con arabescos y flores multicolores. En la superficie inferior del colegio se encuentra la tercera cancha. Ésta es más pequeña que las otras dos y colinda, por el costado derecho, con el patio trasero del edificio Mercante, mientras que el arco sur limita con un terreno baldío lleno de escombros propiedad del colegio y al que pese a los años de funcionamiento aún no le dan un objetivo preciso.

—¿Me estás oyendo?

Era una mujer de cabello plateado, rostro sanguíneo y mejillas llenas de arrugas; tenía los ojos secos, las piernas delgadas y frágiles. Calzaba zapatones de hombre y tenía ambas manos plagadas de infinitas venas infladas y saltarinas.

—Tenía un trabajo —dijo y terminó de cerrar la puerta del garaje.

La mujer empezó a sollozar, bajó la cabeza. La Morsa la vio secarse un par de lágrimas imaginarias de los ojos.

—¿No ves que es peligroso salir de noche? —le dijo—. ¿No ves que puede pasarte lo mismo que a tu tío?

La Morsa se encogió de hombros, caminó un poco y vio la cancha de fulbito del colegio rodeada por la valla olímpica, los arcos, las bancas de madera donde los chicos se sentaban a conversar durante los recreos.

—Por lo menos ayúdame a sacar el puesto —dijo la mujer.

La Morsa dio vuelta. Sin ánimo tomó una mesa de madera pintada de azul con la mano derecha y con la otra el atado que le pasó su madre. Caminó balanceándose por donde había llegado, se detuvo un momento mientras la mujer abría la pequeña puerta del garaje por donde hacía minutos él había metido la camioneta de Electrónica Cerdán. Salió y puso las cosas que cargaba apoyadas al muro plomo del colegio. La mujer desató el bulto y la Morsa vio cómo saltaban dulces, chocolates, figuritas con dibujos animados, álbumes vacíos. Le dio la espalda y volvió a entrar. Esta vez caminó sin detenerse. Cruzó el espacio que separaba la puerta de ingreso de la cancha y vio de reojo las puertas de la dirección de Intermedio y Medio. Cuando llegó a ésta se detuvo un momento al ver los pisos superiores del edificio Mercante. Dio un suspiro, como si con eso estuviera expulsando no sólo todo lo que había ocurrido la noche anterior (el temor al ver a Escarbino caer al piso o la cara del Primo diciendo que todo eso había sido una traición) sino también una pena enorme del corazón. Buscó las llaves en el bolsillo, las palpó y fue a un costado de la cancha. Se acercó a una puerta blanca, metió el pedazo de metal y lo hizo girar. Entró y respiró el olor a encierro que tanto lo molestaba: un olor agrio, pesado y denso que indefectiblemente le recordaba a su tío anegó su nariz. ¿Cuántas veces le había dicho a su madre que abriera las ventanas?, ¿era posible que ella no sintiera ese olor que no lo dejaba dormir? Lanzó las llaves al piso con furia, dio un par de pasos y abrió la ventana. Afuera el sol ya despuntaba, sintió el aire fresco: el edificio Mercante desde ahí se veía completamente. Contó los siete pisos divididos en dos bloques, enumeró mentalmente de arriba para abajo hasta llegar al quinto, señaló con el dedo: A y B. Se detuvo en el bloque B y especialmente en una ventana que todavía tenía las cortinas cafés echadas. Apoyó los codos en el alféizar de la ventana, dejó caer la barbilla sobre las palmas de las manos. Estuvo así por algunos minutos, esperando a que el sueño lo venciera, pero en eso las cortinas de la ventana del edificio se abrieron. La Morsa se echó para atrás como si alguien lo hubiese descubierto fisgoneando y luego se tiró al piso. Fue reptando como una serpiente hasta llegar a una caja de cartón que estaba en una esquina de la habitación. La abrió con una sola mano. Dentro había cables, una radio destripada, tornillos pequeños, cintas adhesivas de varios colores, destornilladores y un binocular. Tomó éste y regresó deslizándose por el piso hasta quedar debajo de la ventana abierta. Se puso de pie, pero no frente a ella sino a un costado. Tenía la respiración agitada y la espalda apoyada contra la pared, las manos temblorosas. Se llevó los binoculares a los ojos y sólo cuando los tenía pegados se puso frente al edificio. Las ventanas aparecieron de pronto muy cerca a su nariz y entonces fue buscando la que había abierto sus cortinas: primero sólo como una forma desvaída, pero luego de ajustar la perilla central de enfoque surgieron las imágenes nítidas. Ahí estaba la imagen del Sagrado Corazón, a un costado la fotografía de un señor con cara de enfado metido en un traje militar, justo bajo éste un póster a colores de He-Man levantando la espada. Al otro extremo, apagada, la televisión que tan bien conocía y, cubriendo parte de la pantalla, la cabellera rubia del niño, nerviosa, agitada, seguro parado él sobre la cama, saltando y luego cayendo sentado sobre el colchón. Después apareció la mitad de una mujer que movía los labios rápidamente y levantaba el dedo índice y que luego desaparecía por algunos segundos para luego aparecer de nuevo (la cabeza rubia diciendo no y volviendo a saltar frenéticamente) sosteniendo a la altura del mentón un objeto oscuro casi rectangular con una lámina plateada en medio. La Morsa enfocó e hizo un esfuerzo para ver de lo que se trataba. La mujer caminó hacia delante sosteniendo el objeto siempre cerca del mentón hasta que pudo leer la palabra que lo adornaba en el frente: Atari 2600. Su corazón dio un vuelco. Estuvo a punto de dejar caer los binoculares. Sin embargo, se contuvo y sólo vio a la mujer desaparecer a un costado de la habitación y luego aparecer una vez más pero sin el aparato en las manos. La cabellera rubia se lanzó hacia ella (surgieron de pronto dos brazos y dos piernas enfundadas en un pantalón azul) y se enroscaron a su cuerpo. La mujer salió con el niño cargado abrazándolo. La Morsa bajó los binoculares y en eso escuchó el sonido de un timbre penetrante y agudo. Oyó las voces de los chicos vociferando, gritando nombres y, algunos, maldiciendo. Se alejó de la ventana y se dejó caer sobre una cama desvencijada. Se tapó hasta la barbilla y luego se besó el dorso de la mano izquierda. Pensaba en el niño.

CONOCÍAS TODAS LAS esquinas de esa discoteca. No en vano habías pasado la mayor parte de tu adolescencia replegado ahí, acompañado por él, pero invisible a los demás, con un vaso de cerveza en la mano, viendo y analizando a las parejas que bailaban frenéticamente o apretadas entre sí sin siquiera percatarse de tu existencia. ¿No era esa una humillación? ¿No sabían que de esa forma se estaban ganando una sentencia de muerte? ¿Una muerte segura? Pero no decías nada: te quedabas callado, sorbiendo de a poquitos la cerveza, imaginando escenas de sexo salvaje con las mujeres que iban acompañadas y construyendo imágenes sangrientas y violentas con los hombres que bailaban con ellas. ¿No habías imaginado centenares de veces que entrabas a la discoteca, que pedías una cerveza y que luego, al oír la música, sacabas una escopeta y abrías fuego contra todos? ¿No habías visto en sueños el desbande de la gente? ¿Las personas cayendo una sobre otra? ¿Asfixiando a las que quedaban atrapadas abajo? ¿Las balas impactando en rostros, pechos, piernas?

¿Los proyectiles destrozando mandíbulas, partiendo cráneos, reventando rodillas?

Abriste la puerta batiente de la discoteca. Contemplaste los espejos que recubrían las paredes y los dibujos algo antiguos de un Julio Iglesias que a lo mejor le gustaba a otra generación, o bien las imágenes de John Travolta con las manos levantadas y el dedo índice de ambas manos señalando el cielo. Nada había cambiado. ¿Hace cuánto tiempo que no venías? Buscaste un lugar vacío en la barra. Estuviste sentado ahí golpeando con los dedos la superficie de vidrio esperando a que te atendieran. Ya no eras el de antes. Ahora eras distinto, ahora podías llegar a cualquier lugar y exigir que te trataran bien. De igual a igual. No, mejor: como a un superior. En eso una mujer se sentó a tu lado. Viste que tenía el cabello crespo y que un cerquillo gigante le cubría casi toda la frente (siempre te habías preguntado: ¿por qué le dirían jopo a semejante invento?), los ojos pequeños y negros, los labios y las uñas pintados de verde, tenía una blusa floreada de hombreras descomunales.

—Qué mala atención hay aquí —dijo y notaste al instante y casi sin proponértelo su acento etílico y furioso.

Giraste para verla mejor y ella sonrió.

—¿Tú? —te dijo.

Parpadeaste sin entender, pero la mujer seguía con la sonrisa en el rostro. Se acercó y te dio un beso en la mejilla.

—¿Cómo has estado? —dijo ella sin dejar de mirarte—. ¿Pero qué haces aquí?

De pronto te tomó de las manos, te las jaló efusivamente:

—Ven, te invito a bailar —te dijo.

Resististe por un momento. Casi de la nada tu cuerpo se había convertido en una roca, estabas petrificado, estático, paralizado por lo que ocurría.

—A ver —dijo ella riendo y echando las cabeza para atrás y pensaste: está demasiado ebria, no sabe lo que está haciendo—. ¿Sabes bailar o no? ¿O me estás tomando el pelo?

En eso la música frenética que había estado sonando hasta ese momento paró. Comenzó entonces a escucharse una canción. Apenas ella la oyó dio un salto de alegría y aplaudió como si se tratase de una niña a la que se le hubiese dicho que la navidad iba a ser todos los días del año.

—Ese es mi tema —dijo y te miró una vez más, pero en esta ocasión con violencia—. ¿Bailamos o te sigues haciendo el interesante?

Saltó del banco circular. Te arrastró hasta la pista de baile, te pasó los brazos por la espalda y tú hiciste lo mismo.

—¿Eres mudo o qué? —susurró ella en tu oído, pero de pronto se puso a seguir la letra de la canción—: *La vida nos está dejando atrás/ yo necesito saber qué será de ti/ Ven que el tiempo corre y nos separa...*

—No —dijiste, el corazón bombeando de prisa—. Sólo que...

—Sólo que no te acuerdas de mí —te dijo ella. Había levantado la cabeza y ahora te miraba: los ojos acuosos, perdidos, brumosos por el alcohol—. Pero yo sí me acuerdo de ti: Arturo, ¿no? Del Irlandés, ¿no?

Dijiste que sí. Ella hizo un gesto con la boca como diciendo qué inteligente soy, y apoyó la cabeza en tu pecho.

La canción terminó y ella se puso triste, se quedó

mirando la cabina donde seguramente programaban las canciones.

—Vamos, tengo sed —te dijo.

Volvió a tomarte de la mano y te llevó hasta la barra.

—Al fin hay alguien —dijo viendo al barman que corrió solícito a ponerse frente a ella—. ¿No está Justito?

—Tuvo una emergencia —dijo el barman—. Lo estoy supliendo.

Pero la mujer pareció no escuchar, pues sonrió y luego dijo:

—Hola. ¿Hay alguien que quiera invitarme un trago? ¿Una cerveza? ¿Un whisky?

El barman te miró. Dijiste, vacilando:

—Dos cervezas.

—¡Tienes lengua! —gritó la mujer feliz de su descubrimiento—. A ver, ahora dime, ¿me reconociste?

Claro que la habías reconocido: viste en retrospectiva las coronaciones, viste a las reinas altivas y despectivas hacia los chicos sin atributos (como tú), la viste a ella una mañana de septiembre llena de sol, con la corona brillante y encajada en la cabeza, la banda cruzando el pecho y un texto: Reina de la primavera.

—Marcela —dijiste.

Ella extendió el brazo y jaló el cuerpo para darte un beso en la mejilla.

—Así que venir a encontrarnos acá —te dijo mirando la discoteca con aire triunfal—. ¡Ay Arturito, cuántos años!

El barman puso ambas cervezas sobre la barra. Tomaste tu vaso y fue entonces cuando sentiste que la rabia infinita retornaba. Esa rabia que experimentabas cada vez que esa parte de tu vida volvía a hacerse presente.

—Siempre tan calladito —te dijo ella—. El más calladito de todos. ¿Ya me perdonaste por lo de esa vez? ¿Ya?

Intentaste sonreír, pero sólo bajaste la cabeza.

—Así que viniste solito —continuó ella, tomó la cerveza y se la tragó de un solo envión—. ¿Hola? ¿Hay alguien ahí?

—No —dijiste inventando, imaginando ahora cómo harías estallar su cabeza, cómo un cuchillo cortaría sus pezones y cómo el contenido de sus senos se desparramaría—. Con unos amigos. Ya se fueron.

El rostro de Marcela se ensombreció. Buscó con la mano el vaso vacío, lo asió como si se tratase de un águila cogiendo a su presa.

—Los amigos, los amigos —dijo sin dirigirse a nadie—. ¿Creen que no puedo vivir sin ellos? Y ese idiota: ¿cree que es el único hombre del mundo?

Luego te vio y un destello de luz cruzó sus ojos.

—Oye, ¿quieres ayudarme? ¿Quieres ayudarme, Arturito?

—Yo… —la imaginaste con la boca abierta, el embudo encajado, separando y fracturando los dientes, el aceite hirviendo escurriéndose por la garganta con una calma infinita—. Dime.

—A mí me gustan los tímidos —dijo ella y acercó sus labios a tu rostro—. ¿Nos vamos?

Pagaste las dos cervezas. Ella enroscó su brazo al tuyo y salieron. Afuera el frío la hizo estremecer. Sentiste un cuerpo débil, frágil: fácil de quebrar.

—Entonces, ¿a dónde me llevas? —te dijo ella. La imaginaste descuartizada, la cabeza agitándose por el viento, atada de los cabellos y colgada a la rama de un árbol—. ¿Otra vez te has vuelto mudo, Arturito?

—Vamos aquí cerca —dijiste—. ¿Te sientes bien?

Ella se había detenido. Dobló medio cuerpo y dio una par de arcadas: un hilito de saliva espesa y pesada salió de su boca y se depositó en uno de sus zapatos.

—No te preocupes —te dijo, tomando aire por la boca, enderezándose, caminado con pasos largos—. ¿Pero dónde has estado todo este tiempo?

—Trabajando —dijiste: o bien una jauría de perros flacos, los ojos amarillos, las fauces abiertas, pugnando por salir de la jaula cerrada; y ella atada con unas cadenas, desnuda, los ojos desorbitados, el horror, los perros saltando, golpeando los hocicos contra la reja—. Con un tío.

—¿Sabes que te teníamos miedo? —te dijo ella, sonriendo—. Es que a esa edad sólo la facha importa. ¿Estás de acuerdo o no?

—Sí —dijiste—. Por acá.

Ahora era ella quien se dejaba manejar. La llevabas sin mucho esfuerzo. Un taxi se detuvo y tocó la bocina, hiciste no con la cabeza. El coche continuó su camino.

—Acá —dijiste. Los perros viéndote llegar, viendo cómo trepabas sobre la enorme jaula, cómo levantabas despacito la puerta corrediza de metal—. Espérame un rato. Ya vuelvo.

La mujer se apoyó en la pared. El mundo de pronto se había vuelto un tobogán, una rueda de la fortuna que giraba demasiado rápido como para oler el peligro.

—Pero no tardes.

Caminaste hasta llegar a un muro bajo de adobes y con hilitos verticales de tierra por donde seguro en el pasado se había escurrido el agua de la lluvia. Levantaste ambos brazos, diste un salto: las manos asieron la superficie gastada de un par de adobes, gemiste y te alzaste con facilidad hasta que tu estómago se pegó al borde; cruzaste una pierna y luego otra: ya sentado en la orilla viste el piso, calculaste y contaste mentalmente hasta tres. Entonces te dejaste caer. Permaneciste en cuclillas por algunos segundos, intentando oír algún ruido que delatara a alguien más, aunque sabías perfectamente que el lugar estaba vacío. No pasó nada y entonces fuiste hasta la puerta, corriste el seguro y abriste. Giraste la cabeza y viste a Marcela con la espalda pegada al muro todavía, murmurando algo. Caminaste, la tomaste de las manos y ella al verte sonrió.

—¿Me ibas a dejar aquí solita? Ya estaba por irme, te juro.

Entraron. Ella miró la oscuridad, las gradas a medio construir cubiertas por la penumbra.

—Así que este es tu lugar secreto —te dijo—. ¡Qué emocionante!

Subieron las gradas a tropezones, llegaron al segundo piso; pero ahí ella se paró en seco.

—¿Una mansión? —te dijo—. Parece una pocilga. Te advierto que ese imbécil me llevaba a lugares mejores, Arturito.

Luego rió y tú la empujaste. Marcela se sentó sobre dos costales de cemento. Te vio y te dijo:

—Ven, Arturito.

Te acercaste y te pusiste de rodillas.

—¿Quieres que lo haga todo? —te dijo: los perros corriendo hacia ella, algunos rodando por el suelo, enterrado el hocico en la tierra, mordiéndose entre ellos por algunos segundos.

Se quitó la blusa; tenía los pechos grandes y sujetos por un sostén blanco. Las manos desabrocharon el pantalón. Se lo quitó sin sacarse los zapatos, luego apareció el calzoncito rosado.

—A ver, *mister* importante —te dijo ella doblando la boca hacia la izquierda. Los perros chocando contra su cuerpo, clavando uno los dientes en los brazos, el tumulto, la nube de polvo levantándose, el terror saliendo por la boca tapada—. ¿Me ayudas o tengo que hacer sola todo?

Te precipitaste sobre ella. Pero tus manos eran demasiado torpes: los dedos eran cilindros rígidos sin articulaciones. ¿Dónde estaba ahora esa seguridad que decías tener? ¿Esa especie de inmortalidad que experimentabas en estos últimos meses? ¿No estabas volviendo de esa manera al pasado?, ¿a ese pasado que tanto detestabas; que tanto te avergonzaba?

Marcela rió.

—A ver —te dijo: los perros de pronto quietos, los hocicos oliendo el cuerpo conocido, familiar, las colas moviéndose de un lado para el otro—. Ahora sí.

Una mata de pelos oscura surgió de pronto. Pasaste saliva. Ahora tus dedos habían recobrado movilidad: quitaron el cinturón, bajaron el pantalón y el calzoncillo hasta las rodillas.

—¿Y eso? —dijo ella burlándose, señalando el sexo muerto, chiquito, dormido—. ¿Qué piensas hacerme con eso?

—Es que… —los perros recobrando la furia, cayendo sobre el cuerpo de Marcela, hincando los dientes, arrancando pedazos de carne, de músculos, disputándose un pedazo de hueso—. Perdón.

Te subiste los pantalones a prisa y la viste. Marcela te miraba seria, como si de pronto hubiese recuperado la sobriedad.

—¿Eres impotente? —te dijo lanzando una carcajada sonora después de un tiempo—. ¿Un maricón? ¿Entonces te gusta recibir más que dar?

Los perros se lanzaron sobre su cuello. Caíste de rodillas y tapaste el rostro con la mano derecha mientras que con la izquierda apretabas el cuello delgado. Marcela dio un par de manotazos desesperados que apenas llegaron a rozarte. Los perros arrancaron un pedazo de cuero cabelludo, empezaron a mordisquearlo, a comérselo con cabello y todo. Ella se quedó quieta, tú la soltaste, la viste: tenía la cabeza echada hacia atrás, parecía muerta pero aún se escuchaba el borboteo de un hilito de aire que salía de la garganta con muchísimo esfuerzo. Buscaste en derredor y viste una pala apoyada contra la esquina. Fuiste hasta allí, la tomaste, regresaste hasta donde estaba, viste la mata de pelos, la pequeña herida que parecía sonreírte, que parecía seguir burlándose de lo que había pasado. Apoyaste, apuntaste y cerraste los ojos. Los perros acabaron de arrancarle un brazo, una pierna, un tobillo; entonces bajaste de la jaula: los perros dejaban de tragar, movían las colas al verte llegar, dejaban que tus dedos rascaran sus cabezas.

—Me llamo Aquiles —dijiste abriendo los ojos, hundiendo el mango—. Puta y mierda.

Se esfuman de pronto. Escondidos en los baños, encerrados ambos en una de las casetas con el seguro echado, oyendo las tosecitas de fumadores principiantes, leyendo lo escrito en las paredes: María la mejor puta del Irlandés, Orlando maricón, ¿quieres culearme gratis?, llámame: 293738-Celeste. A veces ellos también escriben cosas que les parecen divertidas o también crean dibujos de penes enormes y vaginas siempre peludas, descomunales y abiertas. Pero la mayor parte de las veces están atentos al timbre del recreo, a que los demás alumnos regresen a sus aulas, a que el silencio se apodere del colegio. Luego corren el seguro, sacan las cabezas para ver si no hay nadie: ahí están los baños vacíos, el olor a desinfectante, el ruido del agua escurriéndose perezosa en los urinarios. Salen sin temor, con las mochilas al hombro, llegan al pasillo: desde ahí ven el patio de actos desierto pero lleno de sol (apenas lo corta por un costado derecho la sombra del edificio donde se encuentran), entonces se encaminan hacia la derecha, bajan las gradas fumando siempre, sin decirse nada hasta que llegan a una cancha pequeña y con los arcos torcidos. Ahí tampoco hay nadie, así que sus corazones se inflan de felicidad al saberse solos. Únicos. Ahora sí empiezan a hablar, cuentan chistes, insultan a los que no están ahí, se ríen bajito, con cinismo, con maldad. Llegan hasta las graderías de cemento y las van subiendo una a una, despacio, reconociendo el camino que ya hicieron varias veces. Llegan a un muro, lanzan las mochilas y ríen: es divertido romper las cosas de uno. Buscan el orificio en la pared de cemento, meten los zapatos de cuero negro, las manos se aferran al borde del muro, se impulsan, llegan de un brinco al terreno baldío. Ven la tierra apilada, mejor: el cerro aún no aplanado, las plantas salvajes creciendo sin orden, la basura restante de alguna construcción (¿la del mismo colegio?, ¿la del edificio Mercante?), calaminas, piedras, ladrillos quebrados, sacos de cemento ya seco. De repente sus ojos se iluminan: el hoyo aparece en medio de dos rocas, caminan hasta ahí, otra vez callados y solemnes. El hoyo es como una trinchera, como aquellas trincheras de las películas de guerra. Ahí pueden hacerse invisibles: entonces entran, se sientan con las piernas extendidas, las mochilas cerca de ellos, las abren, sacan las revistas y pedazos de papel higiénico, la sangre infla las venas, surgen los comentarios, las risitas nerviosas otra vez y luego los dedos corren los cierres, hacen a un lado los calzoncillos, frotan, aprietan, jalan, los cuerpos se convulsionan, imaginan escenas, acariciándolas, diciéndoles palabras que las pondrían más arrechas. Terminan agitados, uno de ellos sudando, luego botan las bolitas de papel higiénico sobre las plantas verdes, como flores blancas adornando las hojas, vuelven a fumar, hablan de chicas, cuál es más puta que otra, se ríen por las cosas que inventan, por los comentarios que surgen de pronto. En eso suena el timbre y se levantan de un brinco, sacuden los pantalones, ¿sociales?, ¿física?, ¿matemática? Hacen el mismo recorrido pero ahora a la inversa, caminan como si un enorme peso se hubiese ido, el espíritu libre, el corazón limpio. Aparecen de pronto. Se esfuman de pronto.

SÓLO RECUERDA OBJETOS incompletos, fragmentos de lo que había pasado: el cuerpo tendido sobre el asfalto, la imagen de la camioneta alejándose y luego sólo el vacío, el vertiginoso descender y después simplemente el silencio.

Néstor Escarbino despertó gracias al agua fría que le había entrado por las fosas nasales. Cuando abrió los ojos vio un rostro cuadrado y unos cabellos parados a causa del corte militar. Sintió que tenía la boca amarga y una sed sin límites. Notó un dolor punzante a la altura del hombro derecho y una especie de horrible quemadura en la espalda.

—Ya despertó, sargento —dijo el de la cara cuadrada.

Oyó pasos apresurados y luego apareció dentro de su campo de visión el rostro flaco y los bigotitos escuálidos del sargento Serna.

—Hola —dijo el sargento Serna.

Escarbino intentó contestar, pero comprobó que la garganta era una tubería tapada, un conducto lleno de cemento que le impedía articular palabra alguna.

—Cómo te quemaron, Escarbino —dijo el sargento Serna.

El tipo de la cara cuadrada se acercó. Escarbino vio que ahora traía un cigarrillo colgando de los labios. Me quemarán, pensó. Sin embargo, el de la cara cuadrada escupió el cigarrillo de la boca. Escarbino lo imaginó humeando unos segundos sobre el piso para luego ser aplastado por una suela de goma.

—A ver —dijo el sargento Serna con calma—. Te la voy a poner fácil. ¿Eran los Norteños?

Escarbino parpadeó. La sed de repente se había esfumado. Sintió ahora cómo un destello, un vacío, invadía la boca del estómago. El sargento Serna esperó, impasible, mirándolo a los ojos. Escarbino suspiró y giró el rostro.

—¿Eso significa sí o no? —dijo el sargento Serna—. Vamos, no tenemos tiempo.

—Hay que aflojarlo, sargento —dijo el de la cara cuadrada y sonrió esperanzado. Escarbino vio sus dientes gigantes, blancos, perfectamente alineados.

—Le vamos a dar una oportunidad más —dijo el sargento Serna. Acercó el rostro, guiñó un ojo—. Vamos, ya no hagas líos a estas alturas.

Escarbino emitió un ruido con la garganta: un gemido ronco, como esos que reproducen las focas cuando reciben la comida como premio por haber hecho una gracia.

—Se está haciendo la burla de nosotros, sargento —dijo el de la cara cuadrada—. Déjeme quebrarlo un poco. Seguro no le da pena que ese su amigo esté muerto. ¿Cómo se llamaba el difunto, sargento?

—Capiona Corominas —dijo el sargento Serna—. Un ladrón de baja estofa. No fue complicado identificarlo, igual que a ti, Escarbino.

El sargento Serna vio al otro tipo. Le sonrió. Le dio unos golpecitos amistosos sobre el hombro.

—¡Ay, Huguito! —dijo el sargento Serna—. ¿No puedes esperar un poco?

Poder volar, pensó Escarbino, poder levantarse y saltar y flotar. Poder.

El sargento Serna volvió a guiñar el ojo y el rostro de Huguito desapareció. Escarbino escuchó el ruido de metales chocando entre sí. ¿Herramientas? Imaginó a Huguito buscando algo con qué golpearlo, solazándose con el brillo de las cosas que manipulaba.

—Entonces —dijo el sargento Serna—. ¿Eran los Norteños o no?

El sudor corría por el rostro moreno de Escarbino: poder volar no, poder disolverse sí, hacerse chiquito sí, desparecer sí, reducirse de tamaño sí.

—Huguito tiene muy mal carácter —dijo el sargento Serna—. Ustedes la cagaron doble, ¿sabes? ¿Sabes qué casa era, Escarbino?

—Ahora el mudito cantará mejor que Toña la Negra —dijo Huguito. Entonces apareció por algunos segundos frente a Escarbino: agitó una tenaza de electricista—. ¿Eran los Norteños?

Escarbino sintió, por primera vez, que no tenía puestos los zapatos ni las medias. Y que además estaba atado de pies y manos. El dedo gordo del pie derecho percibió el metal frío y luego un apretón ligero en ambos costados. El sargento Serna volvió a acercarse.

—Es tu última oportunidad —dijo.

Hacerse chiquito ya no, ni desaparecer tampoco: hacerse gigante mejor, hinchar los músculos mejor, crecer dos metros mejor, levantarse mejor, golpear, patear, morder mejor.

—Me fregaron por tu culpa —se lamentó Huguito—. ¿Sabes qué casa era?

Al fin Escarbino negó con la cabeza.

—¿Y si de veras es mudito, sargento? —dijo Huguito.

—Aguanta un rato —dijo el sargento Serna—. A ver, ¿sabes qué casa era?

Volvió a decir que no. El sargento Serna sonrió, jaló a Huguito por el brazo y le dijo:

—Creo que de veras es mudito. ¿Cómo querías que hablara un mudo, conchudo?

El sargento Serna le dio un golpe en la cabeza con la palma de la mano, como cuando se reprende a un niño demasiado travieso. Luego rió, Huguito también lo hizo pero se notaba que forzado por las circunstancias.

—Era la otra casa del Gusano —dijo el sargento Serna bajando la voz. Una nube ensombreció sus ojos claros. Luego continuó—: digo, del general Molina. ¿Sabes de lo que te estoy hablando?

Escarbino recordó al general Molina, también conocido como el Gusano: flaco, pálido, revestido eternamente en ese traje de campaña en el que siempre aparecía (*la patria siempre está en guerra*, decía), dando sus discursitos nerviosos, elevando la voz de pito que más que inspirar respeto daba risa. ¿Una segunda casa decía?

—Este idiota —el sargento Serna señaló a Huguito— estaba a cargo de la seguridad de la señora. ¿Qué te parece ahora, Escarbino?

¿Ella? ¿La flaquita? ¿La delgadita? ¿La que tenía cuerpo de sirena? ¿La que Capiona no paraba de elogiar cuando vigilaban la casa? ¿La que vivía sola en semejante casota?

—La señora está molestísima —dijo el sargento Serna—. ¿O tú no estarías así si de pronto por la noche se meten unos tipos a tu casa? Creyó que iban a violarla —sonrió al recordar la carita de muñeca de la señora, la naricita insolente acusando a Huguito como el único culpable—; ¡carajo, qué banquetazo se hubieran dado!

—Déjeme quebrarlo, sargento —rogó Huguito—. ¿No ve que mi cabeza está en juego?

—Hay que buscar otro método de comunicación —dijo el sargento Serna con calma—. A veces este mi compañero es más bruto que una mula.

Huguito bajó la cabeza, humillado.

—Un sí y un no —dijo el sargento Serna—. ¿Entendido, Escarbino?

Tampoco hacerse grande, ni musculoso ya no, ni el hombre más fuerte del mundo ya no; volver a nacer, volver a ser un niño, volver a correr detrás de un balón eso sí, volver a tener diez años eso sí y andar sucio eso sí.

El sargento Serna se encogió de hombros. Vio a Huguito, vio el cuerpo tendido de Escarbino, los músculos como muertos, ni una señal a lo que había propuesto. Será un día largo, pensó. Suspiró:

—Te toca, Huguito.

Huguito desapareció del campo visual de Escarbino una vez más. Entonces volvió a sentir el metal frío,
apretó los puños, pensó: ser niño otra vez ya no, andar
sin preocupaciones ya no, andar sucio y desgarbado ya
no; no haber nacido claro, no estar acá claro, aguantar
claro, el general Molina y la flaquita claro, el Primo, Capiona, la Morsa y Mamita claro: una uña menos claro.

LAS PUERTAS RECIÉN barnizadas, el piso de parquet
brillante y resbaloso, cuidado niño sin correr, y las cosas
desperdigadas por aquí y por allá, la lavadora por este lado, la mesa es de vidrio cuidado y el escritorio del señor
por acá por favor, sin correr niño, ¿el baño?, por aquí, las
llaves están cerradas, ¿será por eso que no hay agua?, hay
que decirle al portero, la vajilla por acá ¿no ve que dice
frágil?, ¿entonces por qué lanza la caja así?, no se rompió
nada, señora, suerte para usted, esa pelota, ¿no ves que
hay un patio allá abajo, niño?, ¿abajo, mami?, abajo, pero
esa pelota otra vez, el niño otra vez, el pasillo es muy estrecho señora, pasa, a ver así de costado, ¿ve?, usted se hace problema de todo, maestro, ahora las camas, ésta aquí,
ésta otra en la habitación grande, ¡uf!, qué pesada la madera, señor, a ver yo le ayudo, los colchones, pero estas cosas y estas y estas ¿de dónde salen tantas cosas?, la tele, la
tele acá y los sillones acá y los platos y tus herramientas ya
están arriba, mirá los pisos tan nuevitos, ¿funcionará el
timbre?, a ver tú que no estás haciendo nada, salí y tocá el
timbre, ¿cuál?, el 5B no te hagas, ¿oyes?, ese timbre parece de barco, ¡qué fuerte, papi!, hay que cambiarlo amor,
hay que cambiarlo, ahora a acomodar las cosas, pero primero lo primero: las camas y la cocina, yo quiero ver te-

le, no, primero las camas, pero yo quiero ver tele, ¿estás
sordo, muchachito?, las camas primero, mejor ayuda a tu
papá, ¡timbre!, voy yo, pregunta antes quién es, ¿quién?,
yo, el vecino, dice que es el vecino, hola, buenos días,
buenos días, qué bien que ya estén acá, una casa nueva,
una vida nueva, pero qué bonita pelota, es mía, ¿no necesita ayuda?, con las camas, pero no se preocupe, ¿vive acá
hace mucho?, fui el primero en llegar, tanta espera, ¿cuántos años estaba paralizada la obra?, mejor ni me recuerde
eso, ya nosotros estábamos a punto de pedir que nos de-
vuelvan la plata, y luego el problema del río ese que no
querían entubar, ¿el río?, sí, ahora más bien hay un patio
encima, como le decía ya somos quince, ¡ah!, por cierto,
mañana hay una reunión de la junta de vecinos del edificio, ¿problemas?, con el colegio ese de atrás, hijito la pelota, ya la guardo, papi, ¿puedo encender la tele?, ¿el Irlandés?, unos pillos, unos maleantes, vecino, saltan el muro, entran al patio de atrás y se roban la ropa que está se-
cando, ya fuimos a quejarnos un montón de veces, pero
no les importa, la solución es obvia: un muro más grande, yo estoy de acuerdo y yo también: los pantalones no
crecen en los árboles, jajajaja, tiene razón, y si quiere su
hijito puede subir, mi hijo el Oscarín tiene la misma edad,
qué chicos estos, son terribles, mami, ¿puedo encender la
tele?, no, ¿por qué?, bueno, me voy, cualquier cosa me toca el timbre nomás, gracias, y no deje de venir a la junta,
mire que queremos ponerle un alto a estos robos, porque
no, niño, adiós, hasta luego, ¿papi puedo encender la tele?, ya pues, qué manera de insistir, ¿ves?, qué, ya está por
comenzar He-Man, sabes que no me gusta que veas esos
dibujos, ¿me oyes?, ¿y ahora?, ¿por qué esa cara?, cortaron
He-Man, me alegro, ¿qué cosa buena le ven a ese Esque-
leto?, Squéletor, mami, ya pusieron el discurso del presi-

dente, ¿otra vez el Gusano?, ¡si te escuchara mi hermana, gordo!, pobre hombre, tan flaco, tan nervioso, y esos que no lo dejan gobernar, ¿qué dice?, ¿ves?, ahora todos a la cárcel, nada de huelgas, nada de protestas, todos confinados, ¿qué es confinados, mami?, que los llevan a un lugar lejano para que no protesten, ¿está pensando en un estado de sitio?, lo único que faltaba, bien hecho, así la Polita regresa temprano a la casa, ¿sabes lo que me contó ayer mi hermana?, que esta chica se escapa por la ventana de la casa para ir a las fiestas, mirá que tan chiquita y haciendo eso, ¿qué decía el vecino?, que tienen problemas con el Irlandés, queda allá atrás, ese colegio de maleantes, el hijo de una de Contabilidad pasó un año ahí, dice que hasta salió drogadicto y todo, ¿qué es drogadicto, mami?, este… ya apagá esa tele de una vez, ese Gusano me da no sé qué cuando habla.

Visto desde la calle, el edificio que alberga al Cuerpo no es más que una construcción plomiza de diez pisos, con manchones de humedad en las paredes, inútilmente cuadrado y con ventanas estrechas llenas de polvo que jamás fueron limpiadas. Pero por dentro el Cuerpo es laberíntico, intrincado, de una extrema complejidad: una sucesión de pasillos torcidos y estrechos, sin números que indiquen el piso en que se había caído, un olor eterno a gente amontonada, oficinas oscuras y pequeñas, sospechosos guardias armados sólo frente a algunas puertas, ascensores destartalados y zonas restringidas. El Cuerpo está organizado de la siguiente manera: Homicidios, Vicios, Delitos Financieros, Identificación, Tránsito e Inteligencia. Los dos pisos inferiores y el sótano están destinados a Inteligencia; en este ambiente existen celdas pequeñas y frías, acondicionadas para la subsistencia máxima de dos personas. Subiendo por uno de los ascensores se llega a Identificaciones, que es el lugar donde la población civil tramita la cédula de identidad; dos pisos más arriba se hallan Delitos Financieros y Vicios, los pisos ocho y nueve están destinados a Homicidios. En el último piso se encuentran las oficinas del jefe Castro. Se dice también que este edificio tiene ingresos secretos, garajes por donde autos sospechosos se desplazan a toda hora del día. Sin embargo, nadie ha podido comprobarlo hasta ahora.

Ortiz se detuvo frente a la puerta de la sala de interrogatorios y sacó del bolsillo del traje plomo un pañuelo de tela. Se sonó la nariz con furia. Ossorio vio el rostro congestionado, los ojos húmedos, la sudoración en la frente.

—No deberías estar trabajando —le dijo.

—Ya no tengo días libres —se quejó Ortiz guardando el pañuelo. Abrió la puerta y entró.

Cuatro cabezas giraron casi al mismo tiempo al oír los goznes de la puerta. Eran dos mujeres y dos hombres. Las mujeres estaban asustadas, los hombres intentaban demostrar calma pero Ossorio notó su nerviosismo: el más cercano sacaba sin pausa un anillo de uno de los dedos y el otro golpeaba el borde de la silla con la palma de la mano izquierda.

—¿Por qué nos tienen acá? —dijo el del anillo poniéndose de pie.

Las mujeres también lo hicieron, pero permanecieron calladas.

—Soy el agente Tomás Ossorio, de homicidios —señaló a Ortiz y dijo—: él es Ortiz.

—No hemos hecho nada —dijo una de las mujeres—. ¿Qué le pasó a Marcela?

—Está muerta —dijo Ossorio.

Ossorio intuyó el nacimiento de una lágrima en una de ellas pero luego de varios segundos aquélla murió en el intento. El que golpeaba la silla se puso de pie, sonrió un poco, se tomó de la cabeza. Era un tipo delgado, de cejas espesas y barba de candado. Tenía el pelo recogido en una cola de caballo que agitaba a propósito a cada momento.

—¿Muerta? —dijo.

—¿Usted era el novio de Marcela? —dijo Ortiz.

El tipo lo miró con calma. Movió las manos como para empezar a dar su explicación.

—Era —dijo—. Rompimos hace una semana.

—¿Estuvieron anoche con ella? —dijo Ossorio.

—Ya no andamos con ella —dijo la más baja de las chicas—. Nos encontramos por pura casualidad nomás.

—¿Dónde? —dijo Ossorio mientras sacaba una libreta.

—En El Trueno —dijo el tipo del anillo—. No hablamos mucho. Nos vio y apenas la saludamos, luego se fue. Estaba borracha, eso sí, como siempre.

Ossorio anotó el nombre, hizo una flecha y preguntó:

—¿A qué hora?

—Creo que a las once —el del anillo miró a los otros, éstos hicieron sí con la cabeza y el agente anotó 11 pm al final de la flecha.

Ortiz vio al de la cola de caballo.

—¿Tenía algún problema con ella?

El tipo quedó callado. Vio el rostro bombardeado de Ortiz. Dio un suspiro.

—Estaba loca —dijo—. Hacía cosas estúpidas. Terminamos por eso. ¿Entiende?

Las chicas se miraron. Ossorio supo que no escondían nada. Y que los otros tampoco. Preguntó por la dirección de El Trueno y comprobó que estaba muy lejos de la construcción donde habían hallado el cuerpo: casi al otro extremo de la ciudad. El agente les dijo que con eso bastaba, pero que cualquier rato podría llamarlos. Los chicos no dijeron nada y fueron uno a uno saliendo sin despedirse. Ossorio guardó la libreta.

—Estuvo en otro lugar —dijo Ossorio—. ¿Vamos a su casa?

Ortiz dijo que sí. Salieron del cuarto de interrogatorios y cuando estaban a punto de tomar el ascensor que daba acceso al exterior del edificio un hombre delgado y con cara de no haber dormido se les puso enfrente.

—Qué hay, Serna —dijo Ortiz—. Vaya cara.

El sargento Serna sonrió sin ganas, dio un bostezo y luego dijo:

—Estoy metido en un lío tremendo.

—¿Otra vez? —dijo Ossorio.

—No te burles —dijo el sargento Serna—. Es un lío grande, muchachos.

—Siempre estás en problemas, Serna —dijo Ortiz—. ¿Y ahora?

Serna se acercó un poco, bajó la voz. De pronto un velo de terror o algo similar le había cubierto el rostro.

—Robaron la casa de la Sirenita —dijo—. O mejor dicho: casi.

¿El Gusano lo sabía? ¿Quiénes habían sido? ¿Ya los tenían?

—El general Molina está furioso —dijo el sargento Serna—. Lo malo fue que los tipos entraron cuando ella estaba en casa. Se echó a uno. Hay otro herido.

—¿La Sirenita? —dijo Ortiz abriendo los ojos.

—Una fiera —el sargento Serna sonrió con malicia—. Y encima con buena puntería.

—¿Cuántos eran? —preguntó Ossorio.

—Suponemos que la banda entera —dijo el sargento Serna—. A lo mejor es esa que ha estado robando por estos meses.

—¿Los Norteños? —dijo Ortiz—. ¿Ellos?

El sargento Serna dijo que sí con la cabeza.

—¿Y el herido? —dijo Ossorio.

—Un tipo duro —dijo el sargento Serna—. Ya había estado en la cárcel, lo teníamos fichado. En toda la noche no dijo nada. Hasta creíamos que era mudo. Huguito está desesperado. Y no es para menos.

Ortiz sonrió, pero la cara de amargura de Serna lo puso serio.

—¿Quieren verlo? —dijo el sargento Serna—. Otra opinión profesional me serviría de mucho.

Ortiz y Ossorio se miraron.

—Estamos en una cosa gorda —dijo Ortiz.

—¿Te acuerdas de Gómez? —dijo Ossorio.

—¿El viejo Gómez? —dijo el sargento Serna.

—El mismo. Puta, le pasó una desgracia —dijo Ortiz.

—¿Más que la mía? —dijo el sargento Serna.

—Asesinaron a su nieta. A lo bruto —dijo Ossorio.

Serna movió la cabeza. Ortiz le explicó la cuestión del mango de la pala y del edificio en construcción. El sargento Serna escuchó la historia con los ojos demasiado abiertos, mordiéndose el labio inferior de vez en cuando.

—Un loco de mierda —concluyó.

—Es posible —dijo Ossorio empezando a caminar—. Por lo menos tú tienes algo.

—Menudo consuelo —dijo el sargento Serna.

Ya en el estacionamiento Ortiz estornudó estruendosamente. Ossorio se alejó un poco e imaginó a miles de virus flotando en el aire. Subieron al coche: una Brasilia de un café despintado. Cruzaron un par de calles y al fin Ortiz dijo:

—Parece que la tal Marcela estaba algo descocada.

—¿Vivía con sus padres?

—Sí —Ortiz se detuvo frente a la luz roja. Vio pasar a una mujer arrastrando a un perrito—. Pobre Gusano.

—Vaya problemón para Serna —dijo Ossorio con una media sonrisa—. ¿Y si la secuestraban? ¿Te imaginas?

Un guardia de tráfico los detuvo. Se acercó a la ventanilla del piloto.

—La calle está cerrada —les dijo—. Una manifestación.

Ortiz retrocedió, dio vuelta por una calle estrecha, rodeó un parque y enfiló hacia una avenida llena de coches.

—Si la secuestraban ahora estaríamos detrás de ellos —dijo Ortiz.

—¿Será cierto que volvieron? —dijo Ossorio.

—No son ellos —Ortiz movió el volante a la derecha y apareció una calle estrecha y empedrada y una construcción verde con un letrero enfrente: Colegio Irlandés—. Imitadores, a lo más.

—Era el 73, yo trabaja en el Cuerpo cuando aparecieron por primera vez —dijo Ossorio con aire sombrío y recordó a los Apóstoles—. Todos flaquitos, barbudos, con túnicas en vez de ropa y descalzos, pero eso sí: buenas armas y qué puntería. Apenas tenía 23 años. Cómo pasa el tiempo, ¿no?

—Mi mamá rezaba por ellos —dijo Ortiz deteniendo el coche frente a una casa de rejas azules—. Les ponía velas y lloraba cada vez que se enteraba que la población mataba a uno.

Bajaron del coche. Se acercaron a la puerta. Ossorio tocó el timbre. Una mujer de trenzas abrió, Ortiz le dijo quiénes eran y la mujer los dejó pasar. Adentro esperaron en medio de una sala repleta de frascos de colores y una pecera vacía. De pronto vieron aparecer a un hombre en bata, con dos medialunas grises debajo de los ojos.

—¿Sí? —dijo.

—Homicidios —dijo Ortiz—. Investigamos la muerte de la señorita Marcela Gómez. ¿Usted es pariente?

—Están arriba —dijo el hombre señalando con la vista las escaleras de caracol por donde había bajado—. No pueden atenderlos ahora.

Ossorio vio a Ortiz. ¿Era necesario interrogarlos? ¿No estarían ahora con la cabeza en otro lugar?

—Sólo queremos saber si conocían los lugares donde fue anoche —dijo Ossorio.

—Nunca decía —el hombre ató el nudo de la bata—. Soy su tío. Hermano de su padre.

—¿Podemos ver su habitación? —dijo Ortiz—. A lo mejor encontramos algo.

El tío dio vuelta. Los agentes lo siguieron: subieron las escaleras, atravesaron un patio pequeño lleno de macetas con plantas marchitas. El hombre de la bata se detuvo frente a una puerta y la abrió.

—Era una chica rebelde —dijo a las espaldas de Ortiz y Ossorio—. Se vino a esta parte de la casa sólo por dar la contra a sus papás. Es la más fea y la más fría. Ella era así: necia y contreras.

Era una habitación grande. Las ventanas estaban cubiertas no por cortinas sino por una especie de manteles multicolores. Ossorio vio carteles anunciando fiestas de *break-dancing* pegados a la pared y un póster gigante de Michael Jackson mirándolo con languidez. La cama era un colchón sobre el suelo; las colchas, como los manteles, también eran multicolores, y las almohadas tenían formas extravagantes: gusanos, leones, tucanes, pequeñas arañas. En las otras paredes había fotografías de quienes parecían ser sus padres y dos grandes donde aparecía el sargento Gómez.

Ortiz prestó atención a una fotografía sobre la mesa de noche: era Marcela, mucho más joven y bonita, con una sonrisa de triunfo en los labios, vestida de azul y con una banda de reina de la primavera cruzándole el pecho. Pensó en el colegio Irlandés.

—El alcohol la echó a perder —dijo el tío detrás de él—. Al principio sólo parecía un chiste, un juego de chicos, ¿no todos hacen lo mismo a esa edad? Pero luego se volvió un problema. ¿No es algo horrible una mujer borracha? Pero no entendía razones. Era una necia, ya se los dije.

Ossorio pidió permiso para abrir los cajones de la cómoda. El tío dijo que sí. Dentro halló una botella de cerveza vacía, broches de diversos tamaños, un certificado de vacunación contra la fiebre amarilla, la envoltura de un condón y un bloque de entradas de cortesía a una discoteca llamada Onda Loca. El agente sacó una (estaban todas juntas, apretadas entre sí por una liga gris). Leyó la dirección impresa. Se encontraba a dos cuadras de donde habían hallado el cuerpo.

—¿Onda Loca? —dijo Ossorio mostrando la entrada a Ortiz.

Ortiz se acercó. Vio al tío y luego dijo:

—Una basura de lugar.

—Iba seguido —informó el tío—. Una vez se quedó allí hasta el amanecer y como no regresaba fuimos con mi hermano a buscarla. La tuvimos que sacar alzada, como a un costal de papas, una vergüenza.

Ortiz le pidió una foto reciente al tío. Este dudó un poco, pero luego se lanzó fuera de la habitación y volvió casi al instante con un papel rectangular en la mano.

—Es de la boda de su prima —dijo—. Cuando se casó mi hija.

En ella estaban el tío, una chica que a Ossorio le pareció de porcelana y que a todas luces parecía ser la novia, a su lado había un tipo gordo de rostro colorado y escasas cejas, insatisfecho dentro de un frac brilloso. Apretada a ellos se hallaba Marcela. Bonita, maquillada, con una copa de vino en la mano derecha.

—¿Se la podemos traer luego? —dijo Ossorio.

El tío no contestó. Metió la mano en el bolsillo derecho de la bata y sacó unas pastillas verdes.

—Son ansiolíticos —explicó mientras metía las pastillas a la boca y las masticaba como si se tratase de maní—. Necesitamos a alguien en sus cabales en estos momentos.

Ortiz y Ossorio salieron de la habitación y bajaron las gradas sin hablar. El tío llegó hasta el primer escalón. Les dio la mano y dijo:

—Tienen que encontrarlo.

Los dos agentes subieron a la Brasilia. Salieron de la calle y llegaron otra vez a la avenida congestionada. Ossorio pensó en alguna otra manifestación relámpago, imaginó los carteles pintados exigiendo el retorno inmediato de los confinados.

—Vaya chica —dijo Ortiz—. Con razón el tipo ese la dejó.

—Onda Loca —Ossorio sonrió y recordó la época en que Mariela lo obligaba a ir a las fiestas que él detestaba; se vio a sí mismo bailando frente a ella, intentando seguirle el ritmo y a ella riendo a carcajadas y divirtiéndose por sus dos pies izquierdos—. Qué nombres, Ortiz.

—El año pasado lo cerraron —dijo Ortiz—. Demasiado escándalo.

—Esa es la ventaja de haber trabajado en Vicios —dijo Ossorio—. ¿De dónde sacan los nombres?

—¿Ventaja? —dijo Ortiz—. Vicios es lo peor que puede pasarle a alguien.

Pasaron frente al edificio en construcción donde había encontrado el cuerpo de Marcela. Vieron que el movimiento se había reanudado: los albañiles gritaban, sudaban, trepaban por andamios. Al fin llegaron frente al local de la Onda Loca. Ortiz estacionó el coche. Como era de suponer estaba cerrado. Bajaron sin decirse nada. Ortiz se acercó a la puerta y luego de haber comprobado que no tenía timbre tocó con los puños como si estuviera golpeando a alguien. Escucharon pasos apresurados, sillas que caían y luego apareció la cara de un simio con los ojos enrojecidos.

—¡No hay atención, mierdas! —dijo botando espumajos por la boca.

Ossorio entró dándole un cabezazo. Fue un cabezazo certero, preciso, con puntería. El simio cayó de espaldas, pero antes el hombro derecho rozó el borde de una mesa. El simio desde el piso vio que Ortiz sacaba un arma. Entonces levantó las manos.

—No es un asalto —dijo Ortiz guardándola en la cartuchera. Tomó al simio del cuello, vio que sangraba del labio inferior. Lo arrastró unos cuantos metros y lo apoyó en la barra.

Ossorio mostró la placa y el simio se puso pálido.

—Qué pasa —dijo—. Los papeles…

—Los papeles a la mierda —dijo Ortiz—. Tenemos que hablar.

—¿Pero qué pasa? —alguien salió por la puerta del fondo—. Peludo, qué pasa.

—La policía —dijo el Peludo apretando el labio partido con los dedos—. ¿Qué quieren?

Ossorio le mostró la foto y señaló a Marcela.

—¿Vino anoche? —dijo.

El Peludo achinó los ojos, parpadeó varias veces. Dijo:

—No sé quién es.

Ortiz lo tomó de una oreja y se la retorció hasta que el Peludo lagrimeó.

—¿Ahora sabes? —dijo Ortiz— ¿Ya te acuerdas?

El Peludo se sobó la oreja. Vio al tipo que había entrado recién.

—Se llama Marcela. Una borracha —dijo—. No sé si vino anoche.

—¿Eres el dueño? —dijo Ossorio.

El Peludo dijo que sí. El otro tipo se acercó, vio a los agentes y quedó callado.

—¿Vino anoche? —repitió.

—No sé —dijo el Peludo—. Yo no estaba. Él me reemplazó.

Señaló al otro. Éste dio un respingo. Ossorio fue con la foto y se la encajó entre los ojos. El tipo se rascó la cabeza.

—Estuvo —dijo—. Estaba borrachísima.

—¿Se fue sola? —dijo Ossorio.

—Me riñó porque no la atendí rápido —dijo el tipo—. Lo buscaba a él —señaló al Peludo—, pero le dije que no estaba.

—Te pregunté si se fue sola —dijo Ossorio.

El tipo echó aire por la boca. Ossorio supo que había bebido o que bebía mientras servía los tragos.

—Se fue con un tipo —dijo.

—¿Cómo era? —Ossorio sacó la libreta.

—Feo —dijo pensando—. Un tipo bien feo.

—¿Feo como tu amigo, como yo, como tú? —Ossorio lo golpeó con la libreta en la cabeza—. ¿Feo en general?

—Pero si le dije que ya no venga —la sangre del Peludo había dejado de brotar: ahora la herida era una costra en forma de medialuna—. ¿Era el Dientes?

—No sé —dijo el tipo—. Era mi primer día aquí. ¿Cómo voy a saber los apodos de todos, Peludo?

—Ese Dientes —dijo Ortiz—, ¿saben dónde vive?, ¿cómo se llama?

El Peludo negó con la cabeza. Pero luego dijo:

—Era un cochino. Venía acá desde hace años con otro tipo más, pero después solo. Parecía tranquilo. Se tomaba sus cervezas sin decir nada. Pero un día lo boté porque —hizo una pausa y sonrió: la medialuna se quebró y la sangre volvió a brotar—… porque se estaba haciendo la paja mientras miraba a la gente. Tenía prohibida la entrada. Si yo lo hubiera visto lo echaba.

—¿A qué hora se fueron? —dijo Ossorio.

El Peludo retrocedió, miró al otro tipo.

—Se fueron seguro antes de las doce —dijo el tipo. Señaló al otro—. Él llegó a esa hora. ¿Verdad, Peludo?

El Peludo chupaba la sangre que manaba del labio. Mordió la herida por un segundo.

—Cuando llegué no había casi nadie.

—¿Podrían describirlo? —dijo Ortiz.

—Mejor —dijo el tipo mirando al Peludo—. Yo dibujo muy bien.

—Se cree un dibujante profesional —el Peludo rió quedito, evitando que la herida volviera a abrirse—. Pero dibuja puras peladas el arrecho.

Ossorio le pasó una hoja de la libreta y el bolígrafo con el que tomaba notas. El tipo se apoyó en la barra y estuvo dibujando sin levantar la cabeza, concentrado y mordiendo la punta de la lengua. Después de unos minutos levantó la hoja y fue hacia ellos.

—Este es —dijo.

Ossorio tomó la hoja y la vio. Subió una ceja y luego se la pasó a Ortiz. Éste dio un silbido y se lo mostró al Peludo.

—¿Se parece? —preguntó.

El Peludo rió. La medialuna volvió a echar sangre.

—Está igualito —dijo—. Es talentoso después de todo.

Antes de salir les dijeron que podrían llamarlos cualquier rato. Ya en la calle Ossorio caminó hacia abajo. Ortiz lo siguió sin decir nada. Llegaron hasta el edificio en construcción. Oyeron el escándalo que producía la gente trabajando. El agente giró la cabeza para ver el coche estacionado frente a la puerta de la Onda Loca.

—Vinieron caminando —dijo.

—A lo mejor los amigos lo reconozcan —dijo Ortiz.

Ossorio volvió a subir la calle. Llegaron al coche y entraron.

—¿Viste esos dientes? —dijo Ossorio ya sentado.

—Lo agarraremos rápido —Ortiz encendió el coche—. Alguien así no pasa desapercibido.

Dos

0.

¿Quiénes habían sido realmente los Apóstoles? ¿Se trataba sólo de un grupo de fanáticos religiosos que habían tomado las armas a principios de los años 70? ¿O era un minúsculo grupo de religiosos dispuestos a predicar la Palabra a base de disparos y escarmientos públicos? ¿O quizá se trataba de personas comunes y corrientes que buscaban derrotar al Gusano? ¿Cómo se habían formado? ¿Qué extraño designio había sido capaz de unirlos primero en parroquias barriales y luego en las iglesias y finalmente en los colegios y universidades? ¿Querían realmente los Apóstoles un mejor país? ¿O eran tan sólo el reemplazo del Gusano?

1.

¿Era cierto entonces que los Apóstoles habían dinamitado en la navidad de 1973 los puestos policiales de casi todo el país? ¿Que esa había sido la primera firma revolucionaria? ¿Eran ellos los que habían secuestrado al ministro más apreciado por el Gusano, el cual había sido colgado de los testículos en uno de los postes de la plaza principal de la ciudad sin que nadie se diera cuenta? ¿Fue ese el primer aviso de que su lucha iba a llenar de sangre el país *para lavarlo de sus desgracias* como dijeron en uno de sus primeros manifiestos? ¿Había comenzado entonces la persecución ahí, en ese momento, cuando aparecieron las pintas en casi todos los muros de la ciudad? ¿Fue ahí?

¿O fue quizá cuando los Apóstoles empezaron a predicar en las barriadas? ¿Cuando la gente empezó a creerles? ¿Cuando empezó a perderle miedo al Gusano? ¿Cuando las mujeres comenzaron a disparar y acuchillar en la vía pública a cualquier policía o militar que se cruzara por su camino? ¿O fue cuando el Departamento de Inteligencia identificó al Número Uno como el cabecilla de los Apóstoles? ¿O quizá fue cuando nació la Brigada Juvenil Católica? ¿Era ésta realmente un grupo de alumnos de colegios y universidades que sólo mataban a pedradas? ¿Era cierto que se habían negado a hacerlo con cuchillos o armas de fuego por considerar a ambos demasiado importantes como para quitar esas vidas insignificantes, y por eso recurrían a las piedras? ¿No había dicho el Número Uno en un comunicado extenso que estos jóvenes y niños estaban destinados a entrar al cielo custodiados por ángeles?

2.

¿Qué había pasado con el episodio conocido como el Día de los Veinte Héroes? ¿Era cierto que se trataba de un grupo de niños espías del gobierno? ¿Un escuadrón de espías que estuvo a un paso de asesinar al Número Uno? ¿Era cierto que, una vez atrapados, los veinte niños habían sido eliminados por los Apóstoles como escarmiento a quienes quisieran seguir sus pasos? ¿Eran ciertas las fotografías donde se veía a niños empalados sobre los techos de sus casas? ¿A niñas atravesadas por flechas? ¿Con las corolas de sus inexistentes senos cortados con pedazos de vidrio cuando aún estaban vivas? ¿Era cierto que este episodio había sido fundamental para que el Gusano acabara con ellos? ¿Cuánta sangre había costado terminar con los Apóstoles? ¿Era cierto el rumor que corría acerca de matanzas en las barriadas? ¿Era verdad que el Gusano había prohibido noticias sobre ellos? ¿Era cierto que había la orden de matar a los Apóstoles y no dejar que lleguen a las cárceles? ¿Era verdad que había el temor de que también sus ideas se propagaran entre los forzados? ¿Es por eso que habían acabado con ellos a finales de los años setenta? ¿El Gusano había logrado limpiar el país al fin? ¿Por eso había permitido entonces que las iglesias reabrieran sus puertas? ¿Que se reconciliaran? ¿Ese había sido un error histórico? ¿Un error que casi trece años después empezaba a costarle caro?

3.

¿La población se había olvidado entonces de ellos? ¿Era el miedo al Gusano más grande que cualquier otra cosa? ¿Qué eran entonces esas marchas que habían aparecido de pronto? ¿Esas marchas donde aparecía de pronto la frase "¡Vivan los Apóstoles!?" ¿Eran imitadores? ¿Pobres? ¿Eran los pobres más peligrosos que los Apóstoles? ¿Y si eran imitadores, por qué se parecían tanto a los que intentaban imitar? ¿O no habían acabado con ellos? ¿O habían quedado algunos? ¿O el Gusano y el Departamento de Inteligencia no habían logrado extirpar del todo ese mal? ¿Volvían ahora? ¿Y si eran ellos? ¿Y si sólo eran imitadores? ¿Nostálgicos? ¿Estaría activa por lo tanto la Brigada Juvenil Católica? ¿Por qué había regresado? ¿Podría ahora el Gusano con ellos, y el ex Departamento de Inteligencia conocido ahora como el Cuerpo? ¿Con los imitadores? ¿Podrían? ¿O esta vez ganarían ellos? ¿Eran otros? ¿Una nueva generación?

4.

¿Por qué habían vuelto entonces?

Despertó gracias al timbre del recreo del turno de la tarde. La Morsa se levantó con una extraña alegría en el cuerpo, fue hasta la ventana de la habitación donde dormía y vio el edificio Mercante, buscó el piso del niño y adivinó el resplandor que emanaba de la pantalla del televisor. Se quedó así sin hacer nada más y después de unos minutos cerró la ventana. Fue hasta una silla cercana, tomó una chamarra y se la puso. Buscó la mochila llena de tornillos y cables pelados y se la cargó al hombro. Abrió la puerta tan sólo un poco. Echó un vistazo y vio las canchas empezando a llenarse de uniformes verdes. Salió, unos chicos de Intermedio lo miraron y uno de ellos le hizo un gesto obsceno. La Morsa lo ignoró y siguió caminando. Afuera estaba su madre sentada en el puesto de dulces. Tenía una chompa de lana café que le llegaba hasta las rodillas, y la cabeza clavada, como un avestruz atemorizado. La Morsa pensó que a lo mejor estaría contando mentalmente el dinero que había ganado hasta ese momento.

—¿Otra vez a la calle? —dijo ella con dureza.

La Morsa dijo que sí con la cabeza. La señora amenazó con llorar, pero él ya estaba lejos para verla. Caminó unos treinta metros y subió la pendiente de la calle Las Retamas, llegó a la esquina y vio al vendedor de periódicos que fumaba mientras contemplaba con aire aburrido el pasar frenético de los coches por la avenida Saavedra.

—Qué hay, Diablo —dijo la Morsa quitándole el cigarrillo de un tirón y lanzándolo sobre asfalto.

Ambos lo vieron rebotar un par de veces y luego ser arrollado por la rueda de un coche.

—Enfermo —le dijo con furia. El Diablo tenía las cejas pobladas, el rostro ovalado y los ojos malignos —. Feo de mierda.

La Morsa no le hizo caso y se concentró más bien en los titulares enarcando las cejas y murmurando bajito mientras leía. Vio la fotografía de un cerdo con el cuello degollado a medias y colgado por una de las patas traseras de la rama de un árbol. En el tronco de éste había un cartel con letras rojas que decía: *Este es el futuro del gobierno. ¡Viva el alzamiento espiritual!* Más abajo había un recuadro donde se resaltaban las declaraciones del general Molina: *Los Apóstoles están aniquilados desde hace años. Estos son sólo imitadores.* Sus ojos siguieron recorriendo hasta que se topó con un encabezado que hizo que su sangre se encendiera, que empezara a correr más rápido por las venas: *Chica muerta brutalmente en edificio en construcción.*

—Esos locos volvieron —lo interrumpió el Diablo—. ¿Serán los mismos?

—¿Sabes cuánto puede costar un Atari? —preguntó la Morsa.

—¿Quieres uno? —dijo el Diablo sonriendo—. ¿Encima de maricón eres retrasado?

La Morsa lo tomó por las solapas del saco desgastado. Vio el rostro impasible del Diablo y lo soltó dándole un empujón.

—Sólo quiero uno —dijo—. Quiero ver cómo son.

El Diablo no dijo nada. Buscó otro cigarrillo en el bolsillo de la camisa y se lo puso en la boca sin encenderlo. Vio que la Morsa se iba sin decir nada y cuando estuvo en la esquina le gritó:

—¡Cartucho!

En ese preciso instante la Morsa quiso retroceder pero tenía prisa. Llegó hasta el stadium Obrero, cruzó la calle y se paró en el parque en forma de triángulo para esperar el bus. Entonces una mujer se detuvo a su lado y empezó a quejarse del frío. La Morsa la miró de reojo. Era una chica pequeña, de senos enormes y muslos de caballo. Se alejó un poco y la chica dijo con una extraña voz melosa:

—No te voy a comer, amigo.

La Morsa vio venir un bus azul con un 13 pintado a un costado del parabrisas. Lo detuvo con el brazo derecho y antes de subir giró la cabeza en dirección a la chica y dijo:

—¡Calla, puta!

Ella le hizo un gesto obsceno con el dedo mientras el bus se alejaba. La Morsa pagó y se sentó al lado del chofer. En ese momento la radio pasaba una vez más la lista de las personas confinadas, y luego decía que según las propias declaraciones de esa gente todas negaban tener conexiones con los Apóstoles. Decían que la lucha de ellos era política y no religiosa. El chofer, gordo, calvo y con dos bigotillos escuálidos a los costados de los labios morados y gruesos como un par de chorizos, luego de terminada la noticia sonrió.

—Ojalá los agarren a todos y los maten —dijo.

La Morsa vio sobre el tablero, pegada con chinches, una estampita con la imagen famélica del Gusano: el cuerpo enfundado en el traje de campaña y encima de la cabeza las siglas azules del partido de la Renovación—. ¿O qué opina usted, joven?

El bus subía acezando una pendiente. Se escuchaba el rechinar del metal y el esfuerzo de toda la estructura por no partirse.

—Yo los mataría a todos —dijo la Morsa.

El chofer sonrió. Observó la fotografía del general Molina y cuando estuvo a punto de decir algo más, la Morsa se levantó y bajó del bus de un brinco.

Estaba en el pasaje Sebastián Segurola, caminó con rapidez y enfiló hacia la Eloy Salmón. Ésta era una calle llena de gente, con vendedores de radios y cosas similares sentados en las aceras, en puestos diminutos pero repletos. Detrás de ellos estaban las tiendas y galerías de dos, de cuatro, de seis pisos. La Morsa fue acercándose a las tiendas en cuyas estanterías aparecían las consolas oscuras del Atari 2600. También había casetes alineados y televisores encendidos, los cuales pasaban una y otra vez escenas de los mismos juegos.

Recorrió todas las tiendas de un extremo a otro de la calle, subiendo y bajando con calma, hasta que encontró una tienda pequeña recluida en una esquina. Tenía tan sólo una puerta. En la fachada habían pintado, sin mucha imaginación, aviones y platillos voladores disparándose mutuamente sobre un fondo oscuro con miles de estrellas refulgentes. Sobre el vano de la puerta, colgando de una tubería de metal, había un cartel de neón que decía: Galaxy Games. Se acercó y cuando ingresó, un viejito de gestos amables y con lentes de miope lo saludó.

—¿Cuánto vale un Atari? —preguntó la Morsa.

El hombre le dijo el precio. La Morsa le pidió que le mostrara uno, que le enseñara cómo funcionaba. El vendedor ingresó arrastrando los pies a la parte posterior de la tienda. Mientras tanto la Morsa abrió la mochila. Se la cambió de la espalda hacia el pecho y sacó el cuchillo de cocina con el que acostumbraba a pelar cables. De un salto libró el mostrador y entró. El viejito dio vuelta al sentir su presencia. Lo observó por un instante sin parpadear.

—No era necesario. Yo te lo puedo dar —dijo con temor.

Entonces ofreció la caja plateada. La Morsa le ordenó ponerla en la mochila. El vendedor lo hizo, sin decir nada. La Morsa lo sentía temblar y vio cómo un par de gruesas gotas de sudor se escurrían por las sienes. El viejito, luego de haber puesto la caja dentro de la mochila, levantó la cabeza para mirarlo y entonces la Morsa no aguardó más: le asestó un cuchillazo por encima de la manzana de Adán. Sólo ingresó la punta y luego sacó el cuchillo velozmente. Se oyó un ruido similar a cuando un balón de fútbol se pincha. El viejito retrocedió tomándose del cuello, apoyó la espalda sobre un estante lleno de radios y resbaló lentamente sobre él hasta llegar al suelo con las piernas abiertas.

La Morsa lo vio dar pequeños brinquitos ya sentado y luego cerrar los ojos. Metió el cuchillo en la mochila y salió del depósito. Afuera abrió el mostrador y sacó cinco cajas de casetes sin fijarse en qué juegos estaba tomando. Dio un brinco por encima del mostrador y salió de la tienda caminado tranquilo y ahora con la mochila al hombro. Llegó a la esquina y se detuvo para mirar si alguien lo seguía. Después de un tiempo vio que una mujer entraba a la tienda con un plato de comida humeante en las manos y que después de unos segundos salía corriendo y gritando. La Morsa dio vuelta y caminó como si nada, mientras un montón de gente corría a su alrededor.

LA ENFERMERA MARIELA Gracia había conocido a su esposo gracias a un niño. Ossorio había atendido el caso de un pequeño de diez años a quien le habían partido ambas piernas y fue él mismo quien lo llevó al hospital para que lo atendieran. Cuando ponían el cuerpo en la camilla sintió un penetrante olor a violetas y cuando el agente giró la cabeza para ver de lo que se trataba, se encontró con un rostro que lo miraba con rabia. Ossorio se quedó en la sala de espera, escuchando las palabras ininteligibles del altavoz, observando a enfermos con el rostro pálido y demacrado, a personas heridas y a mujeres embarazadas. Fue entonces cuando la vio venir. La saludó y le preguntó cómo estaba el niño. Mariela le dijo que estaba bien y cuando quiso irse el agente la tomó del brazo y le preguntó qué tenía y si acaso podía hacer algo por él. Mariela le dijo que tenía las dos piernas rotas, Ossorio le contó que su padre se las había fracturado con un bate de béisbol porque el chico llegaba tarde a casa todos los días y ella lo miró como si el mismo Ossorio lo hubiera hecho. Le dijo que los hombres eran unos salvajes y mucho más los policías. Ossorio rió divertido y ella lo miró con furia. ¿Está usted loco?, le dijo, ¿cree que este es un lugar para reír? Sólo los locos se ríen así en los hospitales, ¿lo sabía? El agente le pidió disculpas y le preguntó por qué odiaba tanto a los policías, ¿le habían hecho algo?, ¿conocía a alguno que le había hecho alguna mala jugada? Mariela dijo que no, sólo hablaba de manera general. Entonces Ossorio le dijo que eso era injusto, le dijo que como ocurría en la vida había gente mala y gente buena. ¿No pasaba lo mismo con las enfermeras? Mariela dijo supongo que sí y luego lo miró como diciendo a ver, a ver, ahora te toca a ti. Entonces Ossorio se presentó: Tomás Ossorio, dijo, agente de Homicidios. Mariela Gracia, dijo ella, enfermera. Se estrecharon las manos como si fueran amigos que se encuentran después de mucho tiempo. Sin embargo, después un silencio incómodo los invadió a ambos. Ossorio se aclaró la garganta y dijo que él, personalmente, atraparía al padre del chico, que le daría su merecido. Mariela hizo un gesto de asco, ¿todos los policías eran así?, ¿buscaban la venganza en vez de la justicia? ¿Qué le pasa?, pensó Ossorio, ¿por qué quería pelear todo el tiempo? El agente quiso irse, ¿qué era lo que lo detenía ahí? Pero Ossorio dijo no crea, habemos buenos, entonces ella sonrió, metió ambas manos a los bolsillos laterales del guardapolvo y dijo: casi matan a ese niño, ¿está seguro de que lo atrapará? Ossorio se mordió el labio inferior y dijo por supuesto, ¿no estaba la Policía para eso? Y luego ella le preguntó si siempre veía ese tipo de cosas en la Policía, Ossorio bajó la cabeza y dijo mucho peores, entonces ella dijo seguro que su esposa debe estar cansada de su trabajo. Ya debe estar aburrida de las cosas que le cuenta, ¿está? El agente sonrió, no estoy casado, le dijo, ella sacó las manos de los bolsillos del guardapolvo, se vio los dedos delgados y las uñas bien cortadas, ah, perdón, ¿perdón?, dijo Ossorio, ¿no estar casado es un pecado? Ella negó con la cabeza y Ossorio creyó que iba a sonreírle pero entonces dijo es la primera vez que lo veo por acá, siempre viene un tipo que huele a… y entonces rió y Ossorio vio que tenía los dientes chiquitos y parejos y blanquísimos como nunca antes había visto en otra persona, sólo en esas modelos que salían en la tele o en las revistas de cosméticos que veían las secretarias del Cuerpo. ¿Uno que huele a qué?, dijo Ossorio, un agente que huele… bueno, dijo Mariela bajando la voz, creo que le dicen el Cacas. Ah, dijo Ossorio, claro, él, lo que pasa es que lo cambiaron: ahora está en Inteligencia. ¿Y vendrá usted en vez de él?, dijo Mariela. Ossorio negó con la cabeza, no, dijo, sólo traje al niño porque no había quién lo hiciera. Entonces ella bajó la mirada y volvió a colocar las manos en los bolsillos del guardapolvo, y jugó con los pies. Ossorio se percató que eran pies diminutos, como los de

una niña. Callaron por unos segundos, hasta que Ossorio
le dijo: ¿cuándo estará bien el niño? Mariela se encogió de
hombros, quizá en un mes o más, ¿vendrá su madre?
Ossorio dijo que no, contó que su madre estaba muerta o
que se había ido o algo así, nadie lo sabía en realidad. Mariela lo retó una vez más con la mirada, los hombres son
así, unos salvajes. ¿No le gustan los hombres?, dijo Ossorio y Mariela enrojeció, movió la cabeza, sonrió, no, dijo,
sólo digo que son unos salvajes. Ah, eso, dijo Ossorio, ¿y
usted qué hace en su tiempo libre? No me diga que odiar
a los hombres. Mariela lo volvió a mirar, pero esta vez no
desafiándolo sino sorprendida. Bailo, dijo, es decir doy
clases de baile y esas cosas. Ossorio parpadeó sin entender,
baile moderno, dijo ella sacando una vez más las manos de
los bolsillos, moviéndolas en el aire, como si fueran un par
de piernas: ¿sabe lo que es? Sinceramente no, dijo Ossorio,
ella hizo un gesto de desgano, ¿y usted?, nada, dijo
Ossorio, la mayor parte del tiempo dormir. No le creo, dijo Mariela, seguro que es un vivo, tiene cara por lo menos.
¿Y usted?, dijo Ossorio. Mariela calló, sólo palideció un
poco aunque el agente no lo notó, ¿yo?, dijo al fin. ¿Usted
está casada?, dijo Ossorio, no dijo ella, para nada. Bueno,
dijo Ossorio, me voy, tengo muchas cosas que hacer,
adiós. Mariela lo vio dar vuelta, oiga, le dijo, ¿en serio no
sabe qué es el baile moderno?, ¿le gustaría saber por lo menos? No, dijo Ossorio, ¿saber?, no sé cómo podría, entonces ahora ella metió la mano derecha no en el bolsillo lateral del guardapolvo sino en el pequeño que está cerca del
corazón. ¿Quiere ir?, dijo pasándole un pedazo de cartulina roja con ribetes negros y letras del mismo color. Tengo
muchas entradas, dijo ella, ¿le interesa? Ossorio dijo que
sí, guardó la entrada en el bolsillo de la camisa e intentó
sacar la billetera para pagar, pero Mariela lo detuvo: es un

regalo, son de cortesía, le dijo. Luego ella le dijo que se trataba de una obra sobre el difícil proceso de hallarse uno mismo, le contó que era una representación, la primera que hacía su grupo de baile en el Teatro Municipal. ¿Entonces estará por ahí?, ¿conocía? Claro, dijo Ossorio, estaré allí. Ambos se despidieron con un apretón de manos. Cuando Mariela volvía donde el niño quebrado supo que algo estaba a punto de ocurrir aunque no sabía muy bien qué. Cuando Ossorio trasponía el umbral del hospital supo que algo estaba a punto de concluir: pero a diferencia de Mariela él sí lo sabía.

—En sí no la tocó —el forense García liberó la enorme panza por encima del cinturón—. Perdón, digo, no se la tiró.

Ortiz miró a Ossorio. Éste apoyó las manos en el escritorio, acercó la cara al rostro de García.

—¿Entonces?

—A lo mejor le puso una mano o algo como un plástico sobre la nariz y la boca —dijo García echándose para atrás—. No hay fibras.

—¿Y el mango? —dijo Ortiz.

—Se lo clavó cuando ya estaba muerta. Miren muchachos —dijo el forense García adelantando el cuerpo—, es el típico caso del tipo al que no se le para. No se le para y busca un reemplazo. Simple, ¿no?

—Algo —dijo Ossorio y sacó el dibujo de en medio de la libreta—. Ya tenemos un retrato suyo. Un adefesio, García.

El agente Ossorio le pasó el papel. El forense García lo tomó con la punta de los dedos, como si el papel estuviera lleno de excremento: lo miró detenidamente, luego lo devolvió y dijo:

—Esa es la explicación. Un feote así no puede llevarse a nadie a la cama, sólo a las borrachas —hizo una pausa. Sus ojos buscaron algo en el escritorio cercano. Tomó un papel amarillo, lo leyó de manera fugaz y continuó—: qué manera de chupar, muchachos, la juventud está cada día peor.

—Entonces es un pendejo al que no se le para y cree que es culpa de ellas —Ortiz tenía congestionada la nariz una vez más. Extrajo el pañuelo de tela y se sonó—. Mierda, esta gripe me va a matar.

—De huellas nada —dijo García dejando caer el papel amarillo—, sólo pisadas. Zapatos comunes. De pobre, eso sí.

—Les mostraremos el dibujo a los amigos —dijo Ossorio—. Y luego, a compararlo con el archivo. Este caso ya está cerrado.

—Bueno —dijo García—. Los dejo —miró a Ortiz con atención—. Y tú mejor tómate un té caliente y dos aspirinas si no quieres que tu esposa quede viuda.

Vieron a García salir bamboleándose y cerrar la puerta.

—Hay que llamar a esos cojudos —dijo Ossorio sentándose donde había estado García y sólo ahí sintió que estaba cansado—. ¿No tienes sueño, Ortiz?

—Tengo ganas de morirme —dijo Ortiz agitando la cabeza como un buey: Ossorio vio la punta de la nariz roja. Parece un payaso, pensó—. ¿Sabes cuántos días estoy con esta gripe?

Ossorio iba a responder pero en eso se abrió la puerta y vieron entrar al jefe Castro. Ossorio se puso de pie de un salto y se cuadró. Ortiz tardó en hacerlo.

—Hola —dijo Castro y detrás de él entraron dos tipos más: uno vestido con un traje deportivo rojo con rayitas blancas en los costados de las mangas y de las perneras y el otro con un mameluco azul desteñido—. ¿Trabajando?

—Jefe —dijo Ortiz.

Los tres se pararon casi en una línea. El jefe Castro era un tipo rubio, fornido, con los pelos bien peinados, que siempre que hablaba con alguien daba una impresión de frescura, de haberse dado un duchazo segundos antes.

—Andan en lo de la nieta de Gómez, ¿no? —dijo Castro mirándolos.

—Ya casi está resuelto —informó Ossorio—. Quizá mañana tendremos algo.

—Me alegro —dijo Castro— pero van a tener que dejarlo por un tiempo.

Ortiz levantó las cejas. Ossorio dejó caer la libreta de la mano.

—Órdenes de arriba —dijo y vio a los tipos que habían entrado con él—. Imagino que los conocen, así que voy a ir al grano.

—Disculpe —dijo Ossorio— pero no entiendo.

Castro tenía los ojos verdes y dos medialunas oscuras debajo. Vio al agente y dijo:

—Que la investigación de la nieta de Gómez puede esperar. ¿Hay algo más, Ossorio?

El agente se agachó para tomar la libreta y la puso en el bolsillo trasero del pantalón.

—Les decía que las órdenes son de arriba. ¿Han visto los periódicos? Es otra vez la cuestión de los Apóstoles. Estos dos no pueden solos —señaló a ambos tipos con desprecio—. Necesitan ayuda.

Los dos hombres se miraron incómodos. El del deportivo era grueso, de pelo negro y dientes de piraña; el que estaba vestido con el mameluco azul desteñido era un tipo gordo de brazos cortos, cara redonda y pelo castaño.

—Gordo, Cacas —dijo Castro volviendo a verlos—. Espero que ahora sí trabajen.

Se llevó la mano al costado de la cabeza e hizo chocar los botines. Los cuatro se cuadraron. Cuando el jefe salió el Cacas buscó con la mirada a Ossorio.

—No dormimos una semana —le dijo—. ¿Aguantarás el ritmo, Ossorio?

—Sigues siendo un inútil —dijo Ossorio con calma, pero de pronto algo dentro de su pecho se había activado: ¿un súbito vacío?—. ¿Les tienes miedo a esos mendigos, Cacas?

El Cacas rió y Ossorio recordó por qué le decían así: una vaharada de putrefacción salió de su boca.

—El jefe cree que somos unos ineptos —dijo el Gordo, poniéndose una gorra de visera en la cabeza—. ¿Alguna vez trabajó con nosotros? ¿No es una injusticia lo que nos están haciendo? No veo a mi esposa meses enteros y en vez de darnos ánimos… ¿no es injusto?

—¿Tienen algo? —dijo Ortiz.

—Una dirección —dijo el Cacas—. Un tipo que les pasa armas.

—¿Ya fueron? —dijo Ossorio.

El Cacas negó con la cabeza.

—Sólo lo estamos siguiendo.

—¿Entonces qué vamos a hacer nosotros? —dijo Ossorio.

—Entretenerlo —dijo el Gordo moviendo los ojos nerviosamente—. Evitar que llegue a su casa de alguna manera mientras nos metemos a ver.

—Se trata de un cura —dijo el Cacas—. Mientras esté en la iglesia ustedes lo entretienen y nosotros nos metemos para darle un vistazo a su casa y si tiene armas lo agarramos cuando entre. Y luego pobrecito de él.

Hablaron sobre cómo era el curita, sus rasgos físicos, alguna característica relevante de su carácter. El Cacas lo sabía todo y se deleitaba imaginando cuando sus manos se posaran sobre ese cuerpo.

Salieron sin decirse nada más. Afuera se cruzaron con el sargento Serna, quien se limpiaba los zapatos de un líquido oscuro y espeso. Ortiz le preguntó sobre el caso de la Sirenita pero Serna se fue sin responderle. En la calle el Cacas dijo:

—Me da pena por Huguito, por Serna no porque es un cojudo. Mejor para mí, que se friegue.

—No pueden sacarle nada hasta ahora —dijo el Gordo—. Qué tipo más duro. Dicen que los mandarán a los dos a la frontera si no los encuentran. Eso es lo bueno de la vida: siempre hay alguien más jodido que uno, ¿no?

El Gordo y el Cacas subieron a una camioneta Chevrolet verde con el guardafangos abollado. Ortiz y Ossorio abordaron la Brasilia. Primero partió la camioneta y luego lo hicieron ellos. Sin embargo, la camioneta se detuvo en la esquina y vieron bajar al Cacas con prisa a comprar un par de gaseosas. Ortiz paró el coche y en eso se detuvo al lado de ellos la ambulancia de Homicidios. Por el lado del copiloto estaba el forense García. Los saludó agitando la mano derecha.

—Esta ciudad está cada día peor —dijo.

—¿Otra violación? —dijo Ortiz—. Espero que no sea otra vez el tipo de los dientes.

García negó con la cabeza.

—Mataron a un tipo en la Eloy Salmón. Parece que lo acuchillaron por un Atari. ¿Saben lo que es eso?

—Mi hijo quiere uno —dijo Ortiz echando el cuerpo hacia atrás—. Jueguitos electrónicos. Una mierda de caro.

En eso oyeron la bocina del Chevrolet. García vio al Cacas subiendo a la cabina.

—¿Y ustedes? —dijo.

—Con ese par —dijo Ortiz señalando la camioneta—. Lo de la chica tendrá que esperar.

—Pobre Gómez —dijo el forense García con una sonrisa torcida y la ambulancia echó a andar.

Entonces se pasa la voz, los nombres de ambos recorren las aulas con la rapidez de una línea de pólvora encendida y descienden desde la cancha más cercana sin decir nada. Bajan hombres y mujeres aunque como casi siempre, es más grande la cantidad de varones. Bajan viendo el piso y comentando en voz baja las características de las dos personas, el pasado de cada uno, los antecedentes en situaciones iguales, las trampas, los movimientos que deberían hacer. Sin embargo, cuando llegan al lugar los invade el silencio, los rostros antes alegres se concentran en las figuras que se preparan quitándose la chompa verde con el escudo que dice *Colegio Irlandés, formando generaciones*, mostrando las camisas blancas, los pechos estrechos y sin pelos. Uno de ellos se sube las mangas, el otro golpea los zapatos negros sobre la tierra y echa un vistazo al edificio Mercante, ve su estructura firme, contempla el patio donde muchas veces bajó a robar ropa y sonríe. El otro piensa que tiene miedo y avanza al centro del terreno baldío. Ahora están en la parte más plana. Se escucha el ruido de los motores de los coches de la avenida cercana. Un bocinazo. Se miran a los ojos. Uno de ellos ve que el otro tiene un ojo café y el otro azul. Quiere decir algo pero entonces alguien más se acerca y los toma por los hombros. Los acerca sin mucha fuerza y cada uno puede sentir la respiración del otro. Paren cuando yo les diga, escuchan y ambos mueven la cabeza diciendo que sí. Y justo en ese momento el otro se aparta y ellos saben que los están mirando, saben que los ojos los escrutan y que mentalmente les dicen que comiencen de una vez para poder actuar. El de la camisa remangada se adelanta, tiene crispados los puños, balancea un poco el tronco; el otro lo mira con una media sonrisa y espera que haga algo de una vez. Entonces alguien grita ¡maracos, peleen de una vez! Ambos dan un salto hacia delante y sin violencia se toman de los hombros y, ahora sí, el de los zapatos negros mete un cabezazo que se escucha como el ruido de un neumático pinchado. El otro echa la cabeza hacia atrás: un hilo de sangre mana de la nariz pero ya una de sus manos se despegó del hombro y convertida en un puño se estrella debajo de la oreja izquierda del rival. Los dos dan un salto hacia atrás y el de los zapatos negros suelta dos puñetazos inútiles que mueren en el aire. Entonces escucha que alguien ríe y que dice qué cojudo. El de la camisa blanca se limpia con los dedos el brote de sangre y luego se lanza sobre el de los zapatos negros: adelanta la cabeza como si se tratase de un ariete, de esos arietes que utiliza la Policía o el FBI para abrir puertas. El otro siente la cabeza introduciéndose en su estómago y por un momento no puede respirar y cae de espaldas. El de la camisa blanca trepa sobre su pecho y lo inmoviliza con las dos rodillas. El de los zapatos negros siente las pedradas en su rostro y en el cuello: piensa de inmediato en dos puños de acero. Siente la furia estrellándose en sus oídos: de pronto los espectadores empiezan a gritar. Ignora si vitorean su nombre o el del otro o tal vez gritan que lo suelte, que ya es suficiente. Sólo después de un tiempo eterno percibe el cansancio, imagina los músculos de su contrincante desinflándose, los puños abriéndose y también la respiración agitada y el sudor corriendo por las sienes. Cuando abre los ojos lo ve dando un salto y correr y en eso escucha ¡maleantes! Y gira el rostro hacia el patio trasero del edificio Mercante y ve a una vieja y ve los ganchos de ropa multicolores esparcidos por el suelo y a la mujer amenazando con ambas manos. Él también se incorpora, trastabilla y por poco cae sobre el enorme hoyo, corre detrás de los otros y cuando llegan al patio algunos ríen y otros lo ven con preocupación. Su rival está cerca, metiéndose tapones de papel higiénico en ambas fosas nasales. Alguien le pasa su mochila y le dice ¿te duele? Sólo entonces se da cuenta que ve el mundo con un solo ojo: el otro está sellado, lo imagina verde e hinchado, a punto de estallar, con una baba verde recorriendo la línea horizontal que forman las pestañas. ¡Te salvaste, maricón!, escucha. Entonces gira la cabeza y ve al otro con los pelos empapados (se mojó la cara, piensa) y pequeños ríos plomizos bajando por su rostro. Está a punto de decirle algo cuando ven salir al hijo de la dulcera de la habitación cercana al terreno baldío y lo ven tomar un palo y lanzarse sobre ellos. Todos corren y sólo escuchan los gritos del tipo amenazándolos con decirle todo al director, maleantes de mierda.

ESA ES, DIJO la Gata señalando a la mujer. Escupió el chicle que masticaba hasta ese momento y fue hacia donde se encontraba. La Gata los presentó, sonrió un poco con intenciones de quedarse, pero la mujer que estaba sentada la despachó con la mirada.

—Creo que hay que ir por las bolas —dijo Huguito y el sargento Serna vio cómo se le encendían los ojitos y cómo los labios se separaban para dar paso a una sonrisa.

—¿Sabes que estamos perdiendo el tiempo contigo? —el sargento Serna se acercó al rostro de Escarbino. Vio los ojos cerrados y lo oyó murmurar—. ¿Qué dice?

Huguito se encogió de hombros.

—Yo tampoco entiendo —dijo—. No son palabras, eso sí.

El sargento Serna tomó a Escarbino por los cabellos, los jaló con fuerza en varias direcciones pero Néstor no hizo ningún gesto de dolor.

—Estoy perdiendo la oportunidad de mi vida —dijo el sargento Serna, pero sin violencia, más bien como si se quejara de algo irremediable—. ¿Sabes quiénes ayudan ahora al Gordo y al Cacas? —miró a Huguito.

—Ni idea, mi sargento —dijo Huguito.

El sargento Serna soltó los cabellos.

—Ossorio y Ortiz —dijo.

Huguito suspiró.

—No le vamos a sacar nada —dijo mirando a Escarbino—. ¿Será muy fea la frontera, sargento?

Así que tú eres Néstor Escarbino, dijo la mujer con alegría. Escarbino tomó asiento. La mujer lo miró directamente a los ojos. Soy, dijo Néstor, ¿me buscaba? La mujer dijo que sí con la cabeza y se presentó: me dicen Mamita, ¿has oído hablar de mí? Escarbino dijo que no, pero mentía. Claro que había escuchado, ¿no era la misma que se había batido solita contra tres tipos cuando intentaban violarla, hace un montón de años ya?, ¿no era la que tenía una casa de putas? ¿Era la misma que hacía brujerías a quienes se portaban mal con ella?

—Lo será para ti —dijo el sargento Serna—. Vamos Escarbino, ya no juegues. Te lo digo por tu bien.

—Ya no escucha —dijo Huguito—. También ya le dije. Hasta le pedí por favor, sargento. Pero nada. Ni rogándole quiere.

—Entonces hay que ir por las bolas —dijo el sargento Serna—. Pero cuidado con mancharme como hace rato, Huguito. Mira cómo me dejaste los zapatos.

A mí me gustan las personas serias, dijo Mamita, las que cumplen, las que tienen palabra. Por eso te he buscado tanto. ¿No te gusta chupar?, eso está bien, Escarbino. La mujer esperó que dijera algo, pero Néstor sólo miraba la pared detrás de ella, con las manos sobre la mesa, los dedos entrelazados. Quiero preguntarte si quieres trabajar para mí, le dijo. ¿Qué clase de trabajo? Mamita sonrió y luego lanzó una carcajada. ¿En serio no sabes quién soy?, ¿en qué país vives? Escarbino bajó la cabeza, Mamita creyó ver una sonrisa en su rostro, pero sólo era una mueca de desconcierto. Casas, dijo Mamita, casas de ricos. Nada más, no haremos nada más. Escarbino buscó con la mirada a la Gata: la vio en un rincón cerca del baño, flaca y sentada sobre las rodillas de un borracho de mostachos blancos. ¿La Gata te dijo cuando fue a buscarte? Los ojitos de Mamita se desconcertaron. ¿Decirme qué?

—¿En serio, sargento? ¿No me está mintiendo? —Huguito sonrió.

El sargento Serna no dijo nada, buscó una silla y se sentó.

—Pero nada de mariconadas todavía —dijo el sargento Serna—. ¿Estás escuchando, Huguito?

—¿Yo? —dijo Huguito señalándose el pecho—. Puras habladurías, sargento. ¿Por quién me toma, pues?

El sargento Serna quiso sonreír, pero la situación no estaba para ello.

—¿Estás escuchando? —el sargento Serna se puso de pie—. Es tu última oportunidad, Escarbino.

Que ya no trabajo en eso, no, ya no, dijo Escarbino moviendo la cabeza varias veces. Mamita hizo un gesto de fastidio. ¿Entonces para qué viniste? Escarbino echó el cuerpo para atrás, extendió las piernas debajo de la mesa. La Gata me debe algo de plata, por eso. Sabes que nunca te va a pagar, dijo Mamita, la Gata es así, yo la conozco bien. Por eso yo no le presto nada. Escucharon la risa de la Gata y luego algunas palabras del borracho sobre quien estaba sentada. Podemos ganar bien, dijo Mamita, ¿trabajas? Escarbino dijo que sí y le contó sobre el laboratorio donde envasaba aspirinas, recordó las paredes blancas y los barbijos oliendo a desinfectante.

—Hazlo —dijo el sargento Serna.

Huguito metió los dedos en un maletín negro. Extrajo un bisturí y luego fue hacia donde Escarbino estaba tendido. Tenía puesto un calzoncillo café con rombos azules. Serna vio cómo de sus ojos emanaba una chispa cuando empezaba a bajarlo, cuando aparecieron los pelos negros y el sexo pequeño y grueso.

—Ahora sí —dijo Huguito deleitándose—. De aquí en adelante a culear sólo con hombres. Pobre de ti. Te vas a tener que acostumbrar a la vaselina.

¿Y cuánto ganas?, dijo Mamita, ¿te gusta ese trabajo? Escarbino enarcó las cejas. No mucho, dijo, pero me acostumbro. Es mejor a no tener nada, ¿no? La Gata me dijo que buscabas otra cosa, ¿en serio no te animas? ¿Tan bien te tratan allí? Escarbino recordó: las miradas de las chicas, los susurros a sus espaldas: ¿era o no era? Y una de ellas señalando la noticia de un periódico de hace años en la mano: era, mi tío me dijo. Además está igualito que en la foto. Al principio no, dijo Escarbino, pero ahora estoy bien. Uno se acostumbra a todo. ¿Eso es todo?

Huguito tomó el pene por el glande, de pronto sus manos se habían puesto a temblar. Lo soltó y cuando estaba a punto de volver a hacerlo el sargento Serna dijo:

—Es tu última oportunidad, Escarbino.

No debes ganar mucho, dijo Mamita, este es un negocio seguro, ¿en serio no te animas? La Gata dio un grito: ¡quién crees que soy para que me metas el dedo! El borracho de los mostachos la miró desconcertado pero luego sonrió, una puta, dijo con calma. La Gata le dio una cachetada y luego intentó arañarlo pero antes un tipo corpulento la tomó por la cintura, la echó sobre la espalda como a un costal de papas y la sacó fuera del local. No sé cómo sigue trabajando, dijo Mamita mirándola de reojo. Escarbino intentó levantarse pero la mano regordeta de Mamita lo detuvo. ¿En serio no quería? Escarbino volvió a sentarse, estoy cansado ya, y creo que hasta un poco viejo, dijo con una sonrisa amarga. Mamita rió con ganas y un par de cabezas giraron para verlos y levantaron sus vasos brindando con ellos a la distancia. Estás en la mejor edad, dijo, la vieja soy yo más bien.

Huguito tomó una vez más el pene de Escarbino con la mano derecha y con la izquierda fue acercando el bisturí hasta apoyar ligeramente la punta en un testículo.

—¿Hablas?

Está bien, dijo Mamita, ¿ya te vas? Escarbino no se levantó, miró el local con detenimiento: era estrecho y maloliente, las paredes estaban llenas de afiches descoloridos, las mesas eran pequeñas y endebles, el piso de madera ordinaria. ¿Estás bien?, dijo Mamita. Escarbino bajó la cabeza y golpeó con los puños cerrados la superficie de la mesa. ¿Entonces eso quiere decir que sí?

—Dijo algo, jefe —Huguito se echó para atrás como si de pronto Escarbino se hubiese levantado—. Está hablando.

No tengo más remedio, dijo Escarbino, ¿cuántos seremos? Mamita lo tomó de las manos y se las estrechó, como si se tratase de un hijo que vuelve después de un largo e incierto viaje. No muchos, dijo Mamita secándose los ojos, ya tengo a uno. Yo puedo buscar a los otros, dijo Escarbino. Mamita dijo que sí y se puso de pie. Escarbino notó que era muy pequeña, que apenas le llegaba al pecho. Ambos salieron. Afuera encontraron a la Gata sentada sobre una piedra, con la espalda apoyada a un muro de adobes. Tenía las piernas abiertas y la falda levantada hasta más arriba de los muslos. Mamita sonrió con tristeza, Escarbino vio un par de piernas flacas y llenas de pelos. A lo mejor le dicen Gata por eso, pensó.

—¿Escuchas? —dijo el sargento Serna.

Huguito acercó el oído a los labios, se concentró, cerró los ojos.

—Mamita, la Morsa, Capiona, el Primo —repitió.

—¿Los Norteños? —dijo el sargento Serna.

—Los Norteños —volvió a repetir Huguito y sólo entonces sintió que un par de alfileres se clavaban en el lóbulo de la oreja. Dio un salto hacia atrás y luego vino un dolor intenso y finalmente un hilito caliente y espeso bajándole por el cuello.

Me gusta ese nombre, dijo Mamita, los Norteños. ¿Está bien? Escarbino se encogió de hombros, el nombre es lo que menos importa, dijo, ¿entonces cuándo nos vemos?

No, ¿SABES QUE cuando digo no es no?, entonces dile que baje él más bien, ¿no ves que está lloviendo?, mejor juegan aquí, ¿entonces lo llamo?, dile que baje y juegan aquí, ¿entendido?, hola, hola Oscarín, mi mamá dice que no puedo subir, ¿bajo?, sí, entonces ¿crees que pare de llover?, no sé ¿y si mejor encendemos la tele?, otra vez un discurso del presidente, ¿y si jugamos a la guerra?, ¿aquí?, mi mamá dice que sí, entonces jugamos, las balas llenando la habitación, la cama de pronto convirtiéndose en una trinchera y la esquina del ropero en un campamento, ¿estás herido?, no, una lluvia de balas pasando por encima de su cabeza y luego un salto, estoy muerto, Oscarín, este juego me aburre, ¿tienes tu pelota?, mi mamá dice que no podemos jugar aquí porque podemos romper las cosas y tampoco salir, entonces qué hacemos, ¿y si encendemos otra vez la tele?, nada, siguen hablando, ¿sabes lo que es un Atari?, no, son como jueguitos electrónicos, ¿como los que hay en el Delta?, sí, pero puedes jugar en tu casa, ¿y eso?, hola chicos, señora buenas tardes, hola Oscarín ¿qué están haciendo?, nada, ¿no podemos bajar ahora, mami?, no, sigue lloviendo, ¿pero y si salimos con paraguas, señora?, no, Oscarito, lo que pasa es que después se enferman y el trabajo es para nosotras nomás, ¿quieren té? ya mami, sí señora, me van a comprar un Atari, ¿y es grande?, no, así nomás de chiquito y se conecta al televisor, ¿y cuándo?, mi papá dice que este fin de mes, ¿y podemos jugar?, claro, pucha, ojalá pudieran comprarme uno a mí también, ¿sabes cuánto cuesta?, no sé, tal vez millones porque mi papá dice que es carísimo y dice mi papá que recién están llegando y que por eso son caros, ya está el té chicos, ¿no van a encender la tele?, no, ¿por qué?, porque otra vez está pasando un discurso del presidente, ni modo pero de una vez a tomar el té, Oscarín, vamos, gracias señora, ¿con mermelada?, ¿con mantequilla?, con las dos cosas, señora, ¡ay! ¡cómo comes, Oscarín!, con razón te dicen Chancho, ¡caramba, Alfredo!, perdón, mami, no te pongas así, Oscarín, este chico, ¿estás bien?, sí, señora, no se preocupe, mirá lo has hecho llorar, pero así le dicen, mami, sales y le pides disculpas ahora mismo Alfredo o si no nada de tele, ¿entendido?, perdón, Oscarín, fue sin querer, está bien, mirá ya no llueve, voy a preguntarle a mi mamá si podemos bajar, pero con cuidado, chicos, y si ven a alguno de esos del Irlandés se vienen corriendo, ¿sabes lo que pasó el otro día?, no, mi mamá dice que unos chicos del Irlandés se estaban peleando, mi mamá dice que son unos drogadictos, a la vecina de abajo le robaron toda su ropa, si los vemos salimos corriendo, no, por qué, porque mi papá dice que no les tenga miedo, que si los veo les lance piedras, ¿juntamos por si acaso?, así si vienen nos defendemos, ¿no ve?, bueno con eso basta ¿aquí el arco?, sí, aquí, yo primero de arquero, ¿ya?, mi papá dice que Galarza es su amigo, que un día lo va a traer a comer a la casa, ¿Galarza?, ¿el arquero?, ese mismo, a ver si me dices cuando vaya a tu casa, claro, como cuando te traigan tu ¿cómo se llama?, Atari, claro que te voy a decir, incluso puedo bajar y jugamos en tu casa, así tus papás ven y a lo mejor se animan y te compran uno, ¿en serio, Oscarín?, claro, ¿no trabaja tu papá en un Banco?, sí, pero ¿no es caro?, ¿es difícil jugar?, es facilísimo, claro que hay que practicar pero con el tiempo uno se acostumbra, oye Alfredo, qué,

¿por qué tú también me dices Chancho?, es que, era broma, ¿no te gusta?, no, ¿y en tu colegio te llaman así?, mi papá dice que responda con los puños, pero mi mamá me dice que mejor haga como que no oigo, ¿y qué haces?, nada, no me gustan las peleas, ¿ves?, qué, mirá, ¡son los del Irlandés!, ¿son dos?, sí, es una chica y un chico, ¿les gritamos?, no, mejor vámonos, ¿y si bajan y se roban la ropa?, mejor le decimos a tu mamá, espera, qué, ¿se están echando?, sí, ya no se ve, ¿qué estarán haciendo?, mi mamá dice que se drogan, ¿cómo?, no sé, a lo mejor es algo que se toma, como una pastilla, o tal vez como un cigarrillo, ¿no te gustaría ver?, sí, claro, para salir de dudas, hola, mami, hola, señora, ¿no querían jugar tanto?, es que está haciendo frío, ah, qué bueno que vuelven porque tu mamá Oscarito dice que subas, bueno, nos vemos mañana, chau Oscarito, hasta luego señora, chau Oscarín, ¿mami?, qué, ¿sabes lo que es un Atari?, ni idea hijito, ¿un dibujo animado?, no, un juego electrónico, dice el Óscar que su papá le va a comprar uno, ¿un juego?, un juego, mami, como los que hay en el Delta, ¿tan grande?, no, dice el Oscarín que es chiquito, así como de este tamaño y que lo puedes conectar a la tele, ¿mami?, qué, ¿me pueden comprar uno?, un qué, un Atari, pues, pero ni siquiera sabes cómo es y ya quieres uno, Alfredo, ¿pero cuando tenga el Oscarín puedo?, mirá hijito, todo depende, depende de qué, de que te portes bien, ¿mami?, qué, ¿sabes que vimos a unos chicos del Irlandés?, ¡dónde!, en el terreno de allá, era un chico y una chica, estaban echados en la tierra, mami, pero no bajaron al patio, esos del Irlandés son terribles, ¿mami?, qué, estoy aburrido, ¿no está dando nada en la tele?, no, sigue ese discurso, ¿mami?, qué, ¿por qué el Oscarín es gordo?, no sé, pero no está bien decirle así a la gente, ¿entendido?, sí, mami.

—¿Cómo? —te dijo el portero del edificio.

Viste el rostro pequeño, los labios hundidos y morados, los cabellos grasientos y apelmazados por una gorra roja de visera.

Ahora te encuentras en las gradas de ingreso al edificio Mercante. Éste se halla sobre la avenida Saavedra y visto desde la calzada aparenta ser una construcción simple, pequeña y sin mucha gracia. Esta sensación se produce gracias al muro blanco de la construcción que colinda con él y que es tan alto que lo cubre en su mayoría, además de los altos de la farmacia Marisol que está a su derecha. Sin embargo, si subieras a la pasarela que se encuentra cerca y te pusieras al centro podrías comprobar que es una edificación enorme, dividida en dos bloques, con siete pisos en cada uno de ellos. Las ventanas de los departamentos del bloque A dan sobre la misma avenida, mientras que las del bloque B se orientan hacia el colegio Irlandés.

—Vengo a reparar un televisor —repetiste.

El portero dubitó. Sacó un pañuelo rojo de tela del bolsillo trasero del mameluco y se limpió la boca.

—¿A qué departamento? —te dijo con rudeza.

Entonces lo imaginaste con las órbitas de los ojos vacías, pidiéndote clemencia mientras te reías y mientras los perros entrenados por ti empezaban a lamer la sangre que había caído a su alrededor.

—5B —dijiste.

El portero dio vuelta, atravesó el pasillo de losetas oscuras flanqueado por dos ascensores e ingresó a un cubil con un vidrio transparente donde alguien (quizá él mismo) había escrito sobre una cartulina blanca: *Porte-*

ría. Lo viste levantar el tubo de un teléfono negro y discar un par de números, luego aguardó mientras murmuraba algo y después habló atropelladamente. Luego de un tiempo colgó el teléfono y te hizo un gesto para que entraras. Lo hiciste despacio, sin quitarle la vista de encima, sin dejar de imaginar cómo le cortarías una de sus orejas, cómo hundirías un estilete por debajo del cuero cabelludo y cómo lanzarías los pedazos a los perros que se disputarían esa presa y que luego esperarían una orden tuya para atacar. Llegaste hasta el ascensor de los pisos impares (había un cartel que decía pisos 1, 3 y 5), apretaste el botón y cuando giraste para verlo el portero seguía con atención las imágenes en un pequeño televisor en blanco y negro. Las puertas del ascensor se abrieron y entraste. Era pequeño, con espejos que cubrían sus paredes laterales; viste tu rostro por un instante pero luego giraste la cabeza para concentrarte en los números del tablero: de pronto se detuvo en el cinco y las puertas se abrieron. Saliste, buscaste con la mirada el 5B. Era una puerta café con un barniz brilloso, con el 5B dorado puesto encima del marco. Te acercaste y tocaste el timbre. Escuchaste pasos apresurados, la puerta se abrió y apareció el rostro de una señora de pestañas largas y ojos pequeños.

—¿Viene a ver el televisor? —te dijo.

Dijiste que sí con la cabeza. Entonces ella se apartó y dijo que entraras.

—Llegó rápido —te dijo. Cerró la puerta y continuó—: espero que pueda repararlo.

Atravesaron un living de sillones blancos y alfombras verdes, con floreros gigantes en las esquinas y fotografías familiares de todos los tamaños repartidas en las paredes. Caminó y tú la seguiste. Entraron a un dormitorio que parecía ser el de un niño, pues en las paredes había pósteres con el rostro de He-Man y más allá se podía ver a los Transformers en plena acción: disparaban en dirección al cielo contra un par de aves mecánicas que a su vez también disparaban contra ellos.

—Es éste —te dijo—. ¿Sabe? Enciende bien, pero al ratito se apaga.

—Enciéndalo —dijiste.

La señora presionó el botón de encendido: la pantalla ploma se llenó de luz después de un chasquido eléctrico. Apareció la figura de un hombre en traje deportivo corriendo, luego la cámara se acercó hasta su rostro y una voz explicó los beneficios del deporte para la oxigenación del cerebro. Fue entonces cuando lo viste. Se había acercado sin que nadie lo oyera. Viste la cabellera rubia que sólo conocías a la distancia hasta ahora, los ojitos cómplices, esa increíble energía por la que no podía estar quieto. El televisor se había apagado.

—¿Ve? —te dijo la mujer.

Desenchufaste el aparato. El niño seguía tus movimientos con suma atención, sin dejar de moverse.

—¿Ves? —le dijo la mujer regañándolo—. Eso pasa por no cuidar tus cosas.

El niño no respondió. Alzaste el televisor y lo pusiste sobre la cama (pequeña y en forma de coche de carreras) con la pantalla hacia abajo. Buscaste la mochila con la que habías llegado y la abriste. Sacaste un destornillador y extrajiste los cuatro tornillos que fuiste guardando en el bolsillo delantero de la camisa. El niño se acercó hasta casi rozarte con la cabeza rubia. Sentiste un estremecimiento.

—Creo que no tiene reparo —dijiste luego de observar detenidamente el interior del televisor—. Ya no llegan repuestos y si hay son carísimos.

La mujer hizo un gesto de desagrado. Observó al niño, quien te miraba sin asombro, como si tu rostro no fuera nada nuevo para él. Más bien: como si tu rostro fuera algo común y corriente. Era la primera vez que te veían así.

—Es una pena —dijiste—. Una tele tan nuevita. A lo mejor la pueda vender, puede servir por lo menos para repuestos.

La señora vio al niño, estuvo a punto de decirle algo, pero calló.

—Bueno —dijo al fin—. ¿Cuánto le debo?

—Diez pesos —dijiste—. Por la revisión nomás.

Pensaste que iba a discutir el precio, como lo hacían siempre la clase de personas a la que ella pertenecía, sin embargo no dijo nada y salió de la habitación seguramente a buscar el dinero. Escuchaste que el niño daba un suspiro mientras buscabas los tornillos y tapabas el televisor. Te sentías nervioso, alterado. De pronto algo extraño te había invadido. ¿Era el destino el que al fin los ponía frente a frente? ¿Qué otra cosa podría decirse de lo que acababa de ocurrir? Cuando terminaste y lo pusiste sobre la mesa entró la señora. Te pagó sin decir nada, guardaste el billete sin verlo y ella te acompañó hasta la puerta.

—¿Y no sabe a quién se la puedo vender? —te dijo—. A lo mejor podría contactarme con alguien.

—Tal vez yo se la puedo comprar —le dijiste—. Pero antes tengo que consultar. ¿Me puede dar su teléfono?

Sacaste del bolsillo delantero de la camisa un bolígrafo y un papel. La señora te dictó un número y tú anotaste y pusiste su nombre y apellido subrayado por dos líneas.

—La llamo mañana a más tardar —dijiste.

La señora te agradeció y cerró la puerta. ¿No había sido un golpe de suerte? ¿Era tu destino que la madre del niño al momento de comprar el periódico le hubiera comentado al Diablo si conocía a alguien que pudiera arreglar un televisor? ¿Un golpe de suerte que el Diablo le dijera a la señora que él conocía a alguien? ¿Y que luego el muy maraco te dijera sin hacer bromas como lo hacía todo el tiempo que tenía un trabajo para ti? ¿No te sonreía el destino al ser precisamente la casa y mucho mejor: el niño que te había quitado el sueño hace tanto tiempo ya? Te quedaste por algunos segundos frente a la puerta del 5B imaginando la decepción del pequeño por quedarse sin televisor. Bajaste por las gradas, intentando vanamente hallar una forma de reparar el aparato o bien de conseguir ese repuesto. En todo caso podrías darle el tuyo, el televisor que tu tío te tenía prohibido tocar. Porque hasta en eso era un maldito, ¿cuántas veces no te había prohibido encenderla?, ¿en cuántas ocasiones no habías pasado frente a los otros chicos, una vez más, como un idiota por no saber qué series o dibujos animados estaban de moda? ¿Y las veces que la encendías? ¿No la mirabas con temor y expectación, aguardando que la puerta se abriera en cualquier momento de improviso y que de pronto apareciera él?, ¿qué cantidad de golpes habías recibido por eso? Llegaste a la planta baja y viste que el portero se había quedado dormido. Ya no pensabas en hacerle nada: lo habías perdonado por el momento; había salvado su vida gracias a ese niño. Saliste del edificio. Afuera el sol se había ocultado. Los coches pasaban veloces por la avenida Saavedra y sólo ahí te diste cuenta de algo, de pronto te diste un golpe en la frente, ¿cómo no se te había ocurrido antes?: no sabías su nombre. No se lo habías preguntado cuando se habían quedado a solas. ¿Cómo le habrías preguntado, si podías moverte apenas por el nerviosismo y la emoción? ¿Habrías sido capaz de hablarle?, ¿de dirigirle la palabra? Jugaste inventando varios nombres: Rafael, Antonio, ¿Braulio?, no, no tenía cara de llamarse Braulio. ¿Cómo se llamaría? Pero eso no importaba, había en ti en ese momento un sentimiento superior, distinto, infinito: no podías explicarlo pero una extraña sensación de satisfacción te llenaba el corazón quizá por primera vez en tu vida.

¿Lo harás? ¿En serio? Gracias, ¿no me estás mintiendo? Como te decía: en mi familia éramos tres. Mi papá, mi hermana y yo. Mi mamá había muerto en un accidente de tránsito. Una cosa fea, horrible, ¿por qué a uno tienen que pasarle siempre desgracias? La flota en la que viajaba se embarrancó casi como cuatrocientos metros y nunca encontraron su cadáver. ¿Sabes qué es lo raro de todo esto? Que el lugar está cerca de acá; cuando veníamos me decía ¿y si es donde se murió?, ¿y si es donde están las fierros de la flota? Pero paramos acá nomás, qué remedio, ¿no?

Te decía que por culpa de ese accidente nos quedamos solos. Mi papá hacía sillones, era tapicero, como se dice. Trabajaba en un taller cerca de donde vivíamos, y cuando volvía ya de noche siempre traía revistas con fotografías de sillones de todas las formas y colores y se pasaba horas viéndolos sin decir nada, callado, con los ojos clavados ahí. Yo pensaba: es un cráneo, está analizando algo. Con mi hermana no sabíamos por qué lo hacía. Sólo años después nos dimos cuenta pero ya no nos sorprendió: miraba esas fotografías para copiar los modelos. ¿Puedo descansar un rato? ¿No?, está bien, sino se puede ni modo. La cosa es que vivimos solos. Mi papá eso sí nunca más se casó, aunque seguro se iba de putas alguna vez, como todo hombre, ¿no?; pero eso sí nunca trajo a nadie a la casa y desde ese día en que la flota se cayó al fondo del barranco las cosas en mi casa se hicieron más estrictas: nada de andar sucios, la comida a la hora, los pisos bien limpios, todo eso. Porque mi papá era un persona de carácter; no como ahora que no se puede tocar a los chicos porque sino se trauman. ¿No es una huevada eso? Una temporada, justo antes de entrar al Cuerpo, yo era un vicioso porque me gustaba el billar. Todo el día en el billar dándole al taco. ¿Sabes que mi papá me sacó el vicio a los chicotazos? Esa sí era educación. Pero por esa época qué iba a saber yo que algo peor me estaba esperando a la vuelta de la esquina como se dice. Algo que no era como el taco sino mucho peor. Algo que no podría controlar. Más peligroso que meterse droga. ¿Por qué te ríes? Te lo digo en serio, Caquitas; hermanito, te estoy abriendo mi corazón, te estoy contando mi vida y vos te ríes como si te estuviera diciendo chistes. ¿En serio no puedo descansar un poco? Ya sé, estás apurado. Entonces así era nuestra vida: mi hermana dejó de ir a la escuela, sólo iba yo porque era ella la que tenía que cocinar, ¿y sabes qué?, ese fue nuestro error porque la dejamos sola. Y nunca falta un pendejo, ¿no? Yo lo vi antes que mi papá: un negroide con cara de mono que caminaba como si pisara huevos, sí, como el Reinaldo. ¿Te acuerdas de ese mierda? Una vez volví del colegio temprano y lo vi salir de la casa, como si nada. Al pasar a mi lado el negroide éste que me sonríe y me dice hola cuñado. Entonces que entro y la veo a mi hermana con la cara roja, y risa y risa

cuando yo le preguntaba qué estaba haciendo ese mierda
en la casa. Ella nada, se llama Aquiles, me dijo, no le digas así. ¿Qué te ha hecho para que lo trates así? ¿Lo conoces para que hables tan mal de él? La amenacé con decirle a mi papá y cuando se lo dije le dio una paliza pero
ya era tarde: estaba en bombo, hermano y lo peor de todo es que creo que fue a la primera vez. Quince años y
gorda, carajo, mi papá casi se muere. Si te digo eso es
porque es cierto: casi se muere, le dio como un ataque al
corazón, estuvo tirado en la cama hablando cosas raras y
mi hermana llorando ahí, sentada a su lado. ¿Ves? le decía yo, ¿ves lo que has hecho con tus puteríos? Pero de un
día para el otro mi papá se repuso, era fuerte el viejo, so-
portaba las peores cosas. Y como no había más remedio
la panza empezó a crecerle, y yo que me moría de rabia
porque el negroide ese se hizo humo, no había por ningún lado. Con mi papá lo buscamos por todas partes, en
su casa, en su trabajo, era ascensorista el muy mierda, y
nada, se había hecho bola como se dice. Entonces nació
el chico. De eso sí me acuerdo bien: fue una noche cuando llovía. Cuando había truenos. A lo mejor por eso nació feo. Estábamos durmiendo y mi hermana que dice:
¡ay, mi cintura! Al principio nadie le hizo caso, pero volvía a quejarse a cada rato y mi papá se levanta, enciende
la luz y la ve a mi hermana pálida y tocándose la barriga.
¿Te duele?, le dice y ella sí, me estoy muriendo. ¿No era
mejor que no naciera, Cacas? ¿No era mejor que no hi-
ciéramos nada? Pero mi papá era demasiado bueno, eso
sí, y me hizo levantar y me dijo andá a buscar un taxi, y
yo salí corriendo y cuando ya volvía mi papá llevaba a mi
hermana alzada y la subimos al taxi y fuimos al hospital.
¿En serio, Cacas? ¿No es broma? ¿Por qué me hacen esto?
Si yo no sé nada, hermanito, te lo juro. Mejor dicho: yo

no hice nada. Pero no te sulfures, Caquitas. ¿Que te siga contando? Ya Cacas, lo que tú digas. Entonces esperamos mientras nacía el chico; mi papá daba vueltas por la sala como si fuera el padre, hasta que salió un doctor rubio y alto y flaco y preguntó si éramos familiares de Herminia, así se llama mi hermana. Le dijimos que sí y nos dijo que era un varón, mi papá sonrió y a lo mejor pensó que no era tan malo eso de ser abuelo, después de todo era su nieto, ¿no?, sangre de su sangre. Pero luego el doctor puso una cara de velorio que para qué te cuento. Hay un problema, y la verdad es que yo creí que mi hermana se había muerto en el parto, ya está, encima huerfanito, pensaba. ¿No era muy chica para eso? Pero no era mi hermana. Se trata del chico, dijo el doctor. Entonces yo adiviné, ¿no soy acaso medio brujo, Cacas?, ¿no es cierto que cuando yo decía en esa casa debe haber un apóstol era cierto?, ¿no ve?, ¿o cuando decía éste está escondiendo algo era verdad? Qué tiempos, Cacas, y ahora mirá cómo estamos, como si fuéramos enemigos, de dos bandos distintos. Ya, está bien, mejor te sigo contando: entonces yo pienso le debe faltar una pierna o un brazo, o a lo mejor es ciego o mongolito. Puta, con semejante padre no se podía esperar menos. Entonces el doctor nos dice: tiene un problema que se llama labio leporino. ¿Cómo? ¿No sabes, Cacas? Es como si no tuvieran labio y al chico con el tiempo se le empezaron a ver los dientes que para colmo de males estaban por todos lados, desordenados y de todos los tamaños. No podíamos hacer nada, se podía operar pero no teníamos plata. Así que el chico se quedó así y ¿sabes qué nombre le puso? Puta que mi hermana es cojuda, ¿por qué no ponerle Ramón, Mario o Ernesto? ¿Hay tantos nombres y ponerle ese? Pues cuál va a ser. Le puso Aquiles como su papá y como no había apellido le pusimos el nuestro nomás: Aquiles Cerdán, así se llama. El chico lloraba todas las noches y yo ya estaba cansado de la luz que encendía mi papá y del llanto de mi hermana y de no poder dormir. A ver dime, ¿por qué tenía que pagar por la arrecha de mi hermana? Pero no decía nada porque mi papá era bien estricto y entonces fue cuando pasó el tiempo y mi sobrino creció y ya de pronto tenía dos añitos y hasta caminaba y se parecía a su papá. Mierda, igualito al negroide, los mismos ojos, los mismo labios, la misma forma de caminar. La cosa es que salí del colegio y cuando estaba por entrar al cuartel… ¿no te acuerdas de que te conocí ahí? Sí, gracias al señor Ernesto, mierda, ahora ministro, quién lo iba a pensar. ¿Te acuerdas que mientras hacíamos fila para la revisión médica nos sacaron? La verdad es que yo creí que me iban a matar o que había hecho algo mal, pero cuando el señor Ernesto me dijo que si estaba interesado en trabajar con él yo le dije sí al instante y luego tú también aunque no sabíamos en qué nos estábamos metiendo. ¿Eran los primeros días de los Apóstoles? No, no creo, eran ya buenos meses que estaban jodiendo, ¿no? ¿Te acuerdas cuando nos enseñaron a disparar?, ¿cuando nos enseñaban a interrogar? No te hagas Cacas, si vos eras el que más quería salirse. ¿Puedo descansar un rato? Ya pues Caquitas no seas malo. ¿No somos compañeros? ¿No? Mierda, Cacas, cualquier rato te puede pasar a vos lo mismo. En serio te digo. Mejor te sigo contando: entonces nos llevaron al interior del país, qué días, ¿no? Mi papá estaba de acuerdo, a mi hermana le valía y al chico menos porque a esa edad no piensan en nada. Cuando me fui con ustedes mi papá estaba orgulloso. Al fin uno de sus hijos le daba una alegría, decía. Y entonces fue cuando desaparecí de sus vidas. ¿Cuántos años dices? ¿Tanto tardamos en matar a todos los Apóstoles? Y mirá cómo voy a acabar. Sí, ahora pensándolo bien no sé cómo aguantamos, ¿no? Pero qué dura esta tierra, ¿en serio no puedo descansar un poco, Cacas?

Después de la función Ossorio la esperó a la salida del teatro. En realidad el agente no había comprendido mucho lo que acababa de ver. Lo único que le había sorprendido y demudado fue cuando Mariela salió a escena: llevaba puesto un vestido blanco, largo, el cabello negro recogido. La vio bailar y en todo ese tiempo no pensó en nada. Cuando terminó y las luces se encendieron se levantó y fue hasta la boletería. Preguntó por dónde solían salir las personas que actuaban. El boletero (un tipo pequeño y de modales rudos) le indicó una puerta lateral sin decirle nada. Estuvo ahí apoyado en la pared mientras miraba pasar a la gente. Quería pensar en algo, pero cada vez que lo hacía su mente volvía a la imagen de Mariela danzando, a su cuerpo flexionado, a su cuerpo a ras del suelo. Parecía triste o ligeramente melancólica. En eso escuchó una voz. Así que vino, dijo. Ossorio giró: era ella. Estaba cubierta por un sobretodo café, como el que utilizaban los investigadores de las películas que tanto le gustaban ver cuando era niño. Tenía también unos pantalones azules y unas botas cafés que le llegaban a cubrir los tobillos. Detrás de Mariela venían dos mujeres más que al ver al Ossorio se hicieron a un lado y cruzaron la calle. Sus amigas no son muy educadas, dijo Ossorio. Mariela las vio y rió porque ellas le hacían gestos desde lejos. No les haga caso, dijo ella, ¿le gustó la obra? Ossorio se encogió de hombros, me gustó, dijo, pero ¿por qué usted se veía tan triste? Mariela hizo una cara de aburrimiento, ¿nos vamos a seguir tratando de usted?, dijo. Mejor ya no, dijo Ossorio, y entonces el agente hizo un movimiento extraño: intentó meter las manos en los bolsillos laterales del saco, pero a medio camino se arrepintió y el tiempo fue insuficiente: ambas fueron a chocar en los bordes y, al hacerlo, el saco se abrió y mostró la cartuchera pegada a la axila izquierda. Mariela cambió de rostro, ¿vienes armado siempre?, dijo. Ossorio tocó la Browning por encima de la tela del saco. Prefiero llevarla todo el tiempo, dijo, ¿tienes algo más que hacer? Las amigas de Mariela estaban en la acera del frente y los miraban murmurándose cosas al oído y matándose de la risa de vez en cuando. Ella las miró y ambas se fueron luego de hacer un gesto de amonestación con la mano. No, dijo Mariela, ¿quieres ir a algún lugar? Ossorio dijo que sí. Ella dio el primer paso y Ossorio sólo tuvo que ponerse a caminar a su lado.

Mientras caminaban Mariela le contó lo difícil que había sido conseguir que les prestaran el Teatro Municipal, lo complicado que era que la gente comprendiera que el arte valía la pena. Ossorio dijo sí todo el tiempo, aunque rogaba mentalmente llegar lo más pronto a cualquier lugar. Cuando lo hicieron y entraron Ossorio tembló al verla quitarse el saco y al ver cómo el cuerpo delgado y de senos chicos pero seguro firmes aparecía debajo de una chompa verde. Ambos se sentaron y ordenaron café. Ossorio detestaba el café pero no tuvo más remedio porque Mariela fue la más entusiasta al hacerlo. Así que agente de Homicidios, dijo Mariela, ¿ves muchos maleantes?, ¿muchos rateros?, ¿corretas a los violadores? A veces, dijo Ossorio. Pero ¿no te da miedo?, ¿no tienes miedo a que te disparen? Ossorio sonrió, claro que tenía, pero ni modo, era su trabajo. Mariela dijo que ella tenía miedo a los balazos, le dijo que en una ocasión alguien había disparado dentro del hospital y que al sólo escuchar el ruido casi se desmaya. ¿Es difícil disparar?, preguntó. Ossorio dijo que no y que si quería algún fin de semana podría enseñarle. ¿En serio?, dijo ella sonriendo, ¿en serio lo haría? Por supuesto, dijo Ossorio, si es lo más fácil del mundo, sólo es cuestión de saber agarrar bien el arma y nada más, ah y de no asustarse con la detonación. No sé si me gustaría aprender, dijo ella, ¿no sientes remordimientos por llevar un arma? ¿Y por qué?, dijo Ossorio, ¿no crees que podrías matar a alguien sin querer?, ¿por ejemplo, algún inocente? No, dijo él, por algo soy policía. En eso llegaron los cafés. Ossorio tomó la taza y sólo se mojó los labios. Mariela, en cambio, dio un sorbo largo y sostenido. ¿Y qué estás investigando ahora?, preguntó. El caso del chico de las piernas, dijo Ossorio, por cierto, ¿ya está bien? El rostro de Mariela se ensombreció. El agente notó que cuando esto ocurría ella botaba los hombros hacia abajo, y que sus ojos de repente se perdían viendo cualquier cosa: el diseño del mantel, el líquido que estaba dentro de la taza, los bordes de las uñas. No habla, dijo ella, no quiere hablar. ¿Aún no lo encuentras?, aún no, dijo Ossorio, pero ya lo atraparemos, estamos en eso. ¿Lo buscas tú solo? Ossorio le dijo que no, le dijo que tenía un compañero con el que a veces veían los casos complicados o delicados como este. Le dijo que ese compañero se llamaba Ortiz. ¿Sólo así?, ¿ustedes sólo se llaman por el apellido?, dijo ella. Sí, dijo Ossorio, a mí me dicen Ossorio y a Ortiz sólo Ortiz. Me parece raro, dijo ella, a mí me dicen Mariela o Flaca. Ossorio sonrió. ¿No tenía él un apodo? Ossorio dijo que no, entonces el agente le preguntó cómo era el hospital, si le gustaba su trabajo. Claro que sí, dijo ella, sino no estaría trabajando allí. ¿Y a ti te gusta lo que haces?, preguntó. Ossorio bajó la mirada, ¿en realidad le gustaba? A veces es muy duro, dijo, a veces hay que aguantar muchas cosas. Ella entendía, ¿no? Es decir, ¿cosas de sangre? Esas, dijo Ossorio, a veces la gente no mide las cosas que hace. Como con los Apóstoles, ¿no? Ossorio la miró sorprendido. Pensó que no había escuchado bien. ¿Acaso hay algo de malo en mencionarlo?, dijo ella con soltura, estás pálido, ¿no te irás a desmayar?, suerte que soy enfermera porque sino... Ese caso fue duro, por ejemplo, cortó Ossorio moviendo las manos y recordó la primera misión que le habían dado apenas ingresado al Cuerpo: buscar y eliminar a un grupo al que muchos, por esa época no prestaba atención: un puñado de hombres que se hacían llamar los Apóstoles y que juraban que llevarían a cabo una guerra religiosa contra el Gusano. Recordó las detenciones que había efectuado junto al Cacas y a otros más cazándolos de la manera más discreta posible y luego cómo los llevaban fuera de la ciudad, cómo los obligaban a cavar sus propias tumbas y luego simplemente los mataban. ¿No había sido complicado al principio? ¿No era terrible tener que salir de noche para luego entrar a casas o buscar en viviendas abandonadas y sacarlos con los ojos vendados? ¿Tener que lidiar con esos cuerpos flaquitos de cabellos largos y mirada fanática que se resistían con todas sus fuerzas?

¿Estás bien?, dijo ella. Ossorio dijo que sí, y dijo que los Apóstoles sólo eran un recuerdo y nada más. ¿Por qué hablar de ellos ahora? No sé, dijo ella, es que a lo mejor hagamos una representación de esa época muy pronto. ¿Crees que nos dejen? No, dijo Ossorio, es mejor que no lo hagan. El agente había hablado con violencia, como si de pronto estuviera dando una orden. Tres cabezas de una mesa vecina giraron para verlos. Podrían tener problemas, dijo después ablandando la voz. Es un tema todavía complicado, ¿entiendes? Mariela asintió con la cabeza, levantó la taza y dio el último sorbo al café. ¿Estás enojada?, dijo Ossorio. Mariela tardó en contestar. No, susurró. Por un momento no se dijeron nada. Ossorio escuchó por un momento el murmullo de los comensales, los pasos apresurados de las meseras. Mariela de pronto pensó que una muralla había surgido entre los dos, una muralla que empezaba a separar algo que aún no había comenzado. ¿Te gusta el cine?, dijo Ossorio. Claro que me gusta, dijo Mariela, ¿te gustaría ir? Ella dijo que este fin de semana no era posible, pues tenía turno, ¿podía ser entonces el próximo sábado? Ossorio sonrió y Mariela notó que al hacerlo sus ojos empequeñecían hasta casi transformarse en dos rayitas. A mí me gustan las de terror y las policiales, dijo Ossorio, ¿y a ti? Yo puedo ver cualquier tipo, dijo Mariela, en cine estoy abierta a todo. Tuvieron otra pequeña discusión antes de salir porque no se pusieron de acuerdo sobre quién debía pagar la cuenta. Al fin ganó ella: Mariela sacó un billete y lo puso sobre la mesa mientras Ossorio luchaba por extraer la billetera del bolsillo posterior del pantalón.

Afuera caminaron casi sin decirse nada hasta que llegaron al paradero de buses. Mariela le dijo entonces nos vemos la próxima semana, ¿te parece bien aquí mismo, a las tres? Ossorio dijo que sí y luego estuvo a punto de darle un beso pero ella se adelantó: el agente sintió el par de labios húmedos sobre la mejilla. Ossorio dio vuelta y Mariela lo vio caminar con los brazos muy separados hasta que se perdió por una esquina. Pensó que Ossorio escondía algo y también pensó que contaría los días hasta que llegara el sábado.

ERA UNA CONSTRUCCIÓN sólida y pintada toda de verde. Tenía dos torres medianas y estrechas a los costados con un par de campanas plomizas en cada una de ellas. Las puertas estaban construidas de madera gruesa y su color había empezado a disiparse gracias al efecto del sol y el paso del tiempo. La parte inferior se hallaba rodeada por jardines bien cuidados y flores de todos los tamaños. En medio de la hierba había un cartel pintado a mano que advertía: *No pise el césped.*

Ossorio bajó de la Brasilia y observó la iglesia. Ortiz estornudó detrás de él y echó una maldición. Ambos caminaron sin decirse nada. Cuando entraron vieron a un costado y al pie de San Martín de Porres a un hombre alto, fortachón, la cabeza sin un pelo, sacando un montón pequeño de flores secas de un florero. Ossorio miró a Ortiz. Éste se encogió de hombros y dijo:

—¿Padre Bórtegui?

El fortachón dio vuelta con una sonrisa llena de dientes amarillos.

—El mismo —dijo agitando las flores para sacarles las últimas gotas de agua y lanzarlas luego dentro de una bolsa negra de plástico que estaba en el piso—. ¿Puedo ayudar en algo?

—Tenemos un encargo que darle —dijo Ossorio rascándose un costado de la nariz—. Es muy urgente. ¿Podemos hablar?

Un destello de luz casi invisible cruzó los ojos del padre Bórtegui.

—¿Un encargo dicen? Escucho.

—Es algo privado —dijo Ortiz bajando la voz—. ¿Seguro que nadie puede oírnos aquí?

Bórtegui negó con la cabeza. Se acercó a ellos. Ossorio notó que le ganaba por una cabeza de altura.

—Aquí podemos hablar tranquilos —dijo—. ¿Quieren sentarse?

Los tres caminaron hacia una banca cercana. Bórtegui se mantuvo de pie con los brazos cruzados. Los agentes tomaron asiento, sin embargo luego de unos segundos Ortiz se puso de pie.

—Bueno, los escucho —dijo el padre.

—Lo que le vamos a decir es muy importante —comenzó Ossorio estirando la frase—. ¿Entiende lo que le digo, padre?

Bórtegui asintió con la cabeza.

—¿En qué lío se metió Monrroy? —dijo el padre con inesperada cólera—. Me temo que no voy a poder ayudarlo ahora.

Los agentes guardaron silencio. Ossorio pensó: ¿cómo contestar?, ¿quién era el tal Monrroy?, ¿sería uno los Apóstoles?

—No sabemos nada de él —dijo Ortiz moviendo las manos y hablando rápido—. Veníamos por otra cosa en realidad.

El padre los miró con detenimiento. Descruzó los brazos y dijo:

—¿Vienen por eso? ¿Por qué no me dijeron nada antes, muchachos? Ya me estaba asustando, caray.

—Por seguridad —dijo Ossorio después de un tiempo. Sonrió a medias—: usted sabe cómo están las cosas.

—Entiendo —dijo el padre. Miró el piso y luego los escrutó a ellos—: ¿seguro que nadie los siguió?

—Nadie —dijo Ortiz.

—Esperen —dijo.

Dio vuelta. Se dirigió hacia el altar mayor y luego dobló por el costado izquierdo: abrió una pequeña puerta y desapareció por ella. Ossorio se limpió la frente con la palma de la mano derecha.

—Cree que somos…

—Algo huele mal —dijo Ortiz—. De pronto llegan dos tipos a los que no conoce y entonces se pone a hablar como un loro. ¿No te parece sospechoso, Ossorio?

—Quizá —dijo Ossorio—. Pero a lo mejor esperaba a alguien. Puede ser pura suerte, una coincidencia. Mejor esperamos a ver qué pasa.

En eso escucharon los goznes de la puerta. La cabeza del padre Bórtegui apareció primero y luego, despacio, lo restante del cuerpo: vieron que se había cambiado de indumentaria, ahora llevaba un sobretodo amarillo que casi le llegaba a los tobillos. En las manos cargaba una caja metálica.

—Espero que sirva —dijo con tono amable—. Me gustaría que le echen un vistazo para aprobarlo. No es mucho pero en fin…, puede servir.

Se la pasó a Ortiz. Éste la abrió con cuidado y cuando vio su contenido la soltó como si la caja le hubiese pasado un choque eléctrico y buscó el arma en el costado izquierdo de su cuerpo. Pero ya era muy tarde, pues el padre Bórtegui había levantado la solapa derecha del sobretodo amarillo y apareció una escopeta con el cañón recortado. Dio un salto atrás e hizo un disparo. Ossorio vio caer a Ortiz. Su cuerpo en el trayecto al piso chocó antes con la banca en la que estaba sentado y se derrumbó de costado con el arma aún en la mano. Luego el padre Bórtegui apuntó a Ossorio. El agente levantó ambos brazos y se puso de pie. El eco del disparo retumbaba aún a lo largo de la nave de la iglesia.

—Date vuelta —ordenó el padre.

Ossorio lo hizo. El padre se acercó y lo cacheó con la mano libre.

—Se metió en un problema —dijo Ossorio con calma.

El padre le quitó la Browning, la navaja de fuelle reglamentaria del Cuerpo y finalmente las esposas. Guardó todo en uno de los bolsillos del sobretodo amarillo. Después tomó a Ossorio de uno de los hombros y lo dio vuelta.

—Calla —dijo. Entonces Ossorio reconoció con espanto algo que ya creía que formaba parte del pasado lejano: la mirada fanática de los Apóstoles flotando como un espectro en el fondo de los ojos—. Calla o te disparo.

Ossorio obedeció. El padre echó una mirada al cuerpo de Ortiz. El agente tenía el rostro volteado hacia la puerta de ingreso de la iglesia, un brazo se hallaba debajo del tronco y los dedos de la mano del otro aún sostenían el arma. También un charco de sangre oscura empezaba a formarse a su alrededor. Bórtegui retrocedió sin dejar de apuntar. Llegó hasta donde estaba el cuerpo de Ortiz. Se puso de cuclillas con la intención de tomar el arma encañonando a Ossorio todo el tiempo.

—No sabes lo que te espera —dijo el padre Bórtegui con malicia—. ¿Crees que saldrás vivo de esto? ¿Eso crees?

Intentó sonreír, pero de pronto su rostro se contrajo como si se tratase de un puño cerrado, como si de un momento para otro un dolor imprevisto hubiera atacado su cuerpo. Ossorio creyó que iba a dispararle. Pensó en Mariela. Recordó su cuerpo blanco, delgado y flexible. Los senos pequeños, cálidos y sólidos. Las tazas de café que le obligaba a tomar. Sin embargo, después de un tiempo vio cómo el cuerpo del padre Bórtegui se desplomaba en cámara lenta hacia adelante con las rodillas flexionadas. Lo vio soltar la escopeta y clavar la cabeza en el piso. El agente reconoció la navaja de fuelle de Ortiz atravesando la tela del sobretodo amarillo. Luego contempló al otro agente parándose con esfuerzo, apoyándose en la banca cercana.

Ossorio dio un salto hacia adelante. Tomó a Ortiz por la cintura y comprobó que el balazo efectuado por el padre Bórtegui le había rozado apenas el brazo. Se desanudó la corbata y le hizo un torniquete por encima de la herida.

—¿Está muerto? —preguntó Ortiz mordiéndose los dientes.

—Creo que sí —dijo Ossorio. Miró el cuerpo del padre. Estaba estático, con la navaja hincada aún en la espalda. Tenía toda la hoja hundida. Un hilito de sangre había brotado por los costados de las rasgaduras del sobretodo amarillo y empezaba a deslizarse con lentitud—. ¿Puedes caminar?

Ortiz dijo que sí con la cabeza. Ossorio continuaba tomándolo de la cintura. Caminaron así hasta llegar a la puerta. Afuera la gente había empezado a reunirse frente a la iglesia. El agente buscó la Brasilia con la mirada pero tropezó con la Chevrolet verde estacionando y haciendo rechinar los frenos. Vio al Cacas saltar con una metralleta al hombro y al Gordo con dos pistolas de tambor en cada una de las manos. Llegaron corriendo y acezando. El Cacas amenazó con disparar a la gente y ésta se dispersó. Luego el Gordo se acercó, guardó ambas pistolas en los bolsillos laterales del mameluco azul y pasó el brazo izquierdo de Ortiz por encima del cuello.

—¿Qué pasó? —preguntó el Cacas.

—El cura le disparó —dijo Ossorio.

En ese momento Ortiz dio un grito de dolor. Echó la cabeza hacia atrás: vio el cielo azul con algunas nubes dispersas y luego perdió el conocimiento.

PERO EN MUCHAS ocasiones bajan por un promesa. Lo hacen luego del recreo. Esperan juntos tomados de la mano a que toque el timbre mientras le dan la última vuelta a una de las tres canchas de fulbito. En algunas ocasiones esquivan pelotazos y él cree que los que juegan lo hacen a propósito y está a punto de lanzarse sobre ellos y agarrarlos a trompadas, sin embargo ella lo detiene y le dice que no vale la pena hacer líos en este momento. En eso el timbre suena y se escucha una especie de grito conjunto, el rugido de un animal, y luego el ruido uniforme de los zapatos con suela de goma golpeando sobre el piso de cemento. Los dos caminan sin prisa, tomados siempre de la mano. Llegan hasta uno de los bloques del colegio. Suben las gradas esquivando los cuerpos anónimos que pasan casi rozándolos. Entonces llegan a los baños. Sin quererlo, como un acto mecánico, como un hecho premeditado miran a los costados e ingresan. Dentro, justo en el medio, hay un chico pequeño, delgado. Tiene los pelos color zanahoria y un montón de pecas cafés llenando su rostro blanco. Al verlos sonríe y hace un gesto amistoso. Él se acerca mientras ella se queda viendo a unos metros de la puerta los urinarios, contándolos de derecha a izquierda maquinalmente, una y otra vez. Al fin ambos se dan la mano y en eso ella ve que el pecoso le pasa un objeto rojo, pequeño, circular que él guarda en el bolsillo del pantalón. El pecoso sale y al pasar por su lado la saluda por su nombre pero ella no dice nada: prefiere bajar los ojos y ver los azulejos azules del piso. El otro regresa hasta donde se encuentra ella. La mira a los ojos y le dice ya es hora. La toma una vez más de la mano. Esta vez ella la siente fría y húmeda. A lo mejor piensa que también tiene miedo. Pero prefiere no decirlo. Así que empiezan a caminar: esta vez el camino de descenso hacia la cancha de fulbito se hace eterno. Ella cuenta las gradas: 43 en total. La cancha está desierta ya. Imagina a los chicos sentados en las aulas. A lo lejos se oye una bocina y luego el frenazo de un coche. Ella se detiene, pero al instante el brazo del otro la jala. Vuelven a caminar, ambos sienten el bochorno en el rostro que produce el sol reflejado sobre el piso de cemento. Suben las gradas y llegan al muro que separa la cancha del terreno baldío. Él trepa sin mucho esfuerzo. Luego gira sobre sí y extiende la mano para ayudarla a subir. Ella mete el pie en un orificio del muro y siente cómo el otro la jala sin mucha fuerza. Desde el terreno baldío ven el edificio de ventanas amplias y ella le dice que a lo mejor podían espiarlos desde ahí. Él le dice que no se preocupe. Le dice que el pecoso le dijo cómo hacer. Que nadie los verá. Ella piensa en el pecoso. Lo imagina como un animal húmedo y oscuro, con los ojos siempre rojos, viendo a los otros desde un tiempo que no era este que estaban viviendo ahora. Llegan hasta un hoyo profundo. Él ve pedazos de papel higiénico hechos bolita sobre los arbustos verdes. Pedazos de papel higiénico secos y que ya perdieron su color original. Llegan hasta el borde. Cerca hay una lámina de metal algo oxidada (¿proveniente del edificio Mercante?, ¿del colegio Irlandés?) cuyas dimensiones pueden cubrir el hoyo. Saltan dentro casi al mismo tiempo. Él sonríe y piensa en el pecoso. Piensa en que el pecoso hizo bien su trabajo, pues dentro, cubriendo casi toda su extensión, hay una especie de cama improvisada, construida con cartones y retazos de yute. Ella sonríe cuando él levanta un brazo y jala el pedazo de metal: éste cubre el hoyo como si se tratase de un techo. Ambos se sientan y no se dicen nada por unos cuantos minutos, hasta que es ella quien le da un beso en la boca. Es un beso sostenido y húmedo. Ella abre la boca y la lengua de él se incrusta como un animal desesperado en busca de alimento, recorre la paredes internas, tropieza con los dientes y con la otra lengua. Después se separan, ella se recuesta sobre la improvisada cama. Siente que la columna y los riñones chocan contra un par de piedras. Ve que él se baja los pantalones y ríe un poco al comprobar que las fotografías que había visto antes de este momento no mentían: de pronto se infla y apunta con su único ojo, amenazante. Ella también lo hace: sube la falda del guardapolvo hasta que aparece el cierre amarillo del pantalón. Lo baja. Aparece un calzoncito azul con corazoncitos rojos. Se lo baja despacio y ahí está, escaso, el vello negro y discreto. Él saca el objeto que el pecoso le había dado. Rompe el sobre con los dientes. Se pone el condón y cuando está a punto de echarse sobre ella le dice quítate todo el pantalón. La chica lo hace. El pantalón y los calzoncitos quedan en un costado del hoyo. Al fin entra. Ella reprime un grito. Mueve un poco las caderas y entonces un ruido, como una pedrada, cae sobre la lámina de metal. Y después un montón de tierra, como si los estuvieran enterrando vivos. Él se incorpora: su cabeza roza la lámina de metal sin llegar a tocarla del todo. Ella ve que ahora la tiene a media asta. Pero ya sus manos toman el calzoncito y el pantalón. Se los pone rápidamente. Él se quita el preservativo y lo bota a un costado: se acomoda el pantalón olvidando subirse el cierre. La tierra, mientras tanto, ha seguido cayendo y ha ido desparramándose por los costados. Él piensa en el pecoso. Ella en un sepulturero. Al fin él empuja la lámina de metal y ve el rostro partido y los dientes abiertos y amarillos apuntándolo. Cochinos, oye que dice, ¿qué estaban haciendo? Él da un salto, intenta coger al tipo del cuello, pero el otro se hace a un lado, esquivándolo. Ella termina de incorporarse y al verlo se pone pálida y también sale del hoyo. El tipo de los dientes los llama arrechos y a ella puta y a él maricón. Él la toma de la mano, la jala hacia el costado derecho del terreno baldío. El de los dientes empieza a lanzarles terrones de tierra seca que apenas llegan a sus talones. Vencen el muro con rapidez. Alcanzan la cancha de fulbito. Ella tiene la mano fría. Él no deja de sudar. A sus espaldas escuchan todavía los gritos apagados del tipo de los dientes: arrechos, malparidos.

Pasó una semana hasta que al fin alguien tocó a su puerta. Escarbino se incorporó de un salto, tomó el revólver de debajo de la almohada y pegó la espalda contra la pared. Aguzó los oídos: afuera sólo se escuchaban los ladridos del perro pequeño de la vecina del 58 que seguramente perseguía inútilmente a las palomas que inundaban los techos de las casas aledañas.

La habitación donde vivía Escarbino era estrecha, húmeda, el piso de losetas azules y las paredes revestidas de estuco pintadas de un amarillo desvaído. La cama estaba construida de una madera dura y pesada, el colchón era de paja y con figuras de flores exóticas estampadas en la funda. A un costado de ésta y cerca de la cabecera había una mesa con miles de heridas rodeando las patas. La mesa estaba cubierta por un hule que reflejaba paisajes amazónicos: loros, papagayos, ríos inmensos y vegetación abundante. Encima reposaban dos jarras de plástico: una azul y la otra roja y alrededor de ellas tres vasos de vidrio puestos boca abajo. Apoyados a la pared, se podía observar dos platos y un par de cubiertos todavía húmedos. Al pie de la cama aparecía una silla con dos chamarras colgadas en el espaldar, un pantalón caqui, una camisa rosada y un par de medias acomodados con cuidado y paciencia sobre el asiento. Escarbino volvió a escuchar los golpes y luego una voz familiar: Escarbino, soy yo.

—El que está fregado soy yo —dijo el sargento Serna—. ¿Sabes lo que te hará Huguito cuando vuelva? Tú no hablas y yo me friego. Así de simple, Escarbino. ¿No es injusto eso?

Escarbino lo miró.

—Si son los Norteños es mejor que empieces a rezar —dijo el sargento Serna—. ¿Sabes qué piensa el Gusano de los ladrones? En tu caso habría hablado hace rato.

Soy yo, dijo la voz, el Primo. Escarbino sonrió. Guardó el arma en la espalda, haciéndola apretar por el cinturón. Corrió el pestillo y abrió. Lo recibió un rostro blanco, de ojos cafés, pestañas enruladas y rasgos delicados. ¿Cuándo saliste? Escarbino le hizo un gesto para que pasara. El Primo entró y vio detenidamente el cuarto. Se llevó la mano al bolsillo posterior del pantalón, extrajo un peine y se lo pasó por los cabellos. ¿Te dieron el recado?, dijo Escarbino mientras cerraba la puerta. El Primo dijo que sí con la cabeza. Cuánto tiempo, dijo Escarbino, ¿no me vas a abrazar, Primo? Éste dudó un momento.

Vio el rostro avejentado de Escarbino, las cejas blancas ya, la mandíbula pronunciada que empezaba a perder firmeza, los cabellos negros y duros por el gel. Claro, dijo, cómo no hacerlo. Ambos se estrecharon en un abrazo que duró algunos segundos. El Primo sintió los brazos nervudos y musculosos de Escarbino. Los latidos acelerados del corazón y la panza fofa y gigante.

—Ahora te jodiste —dijo el sargento Serna—. ¿Qué es eso de atacar a un agente? ¿De morderlo? Mínimo te fusilan, Escarbino.

Néstor Escarbino hizo un ruido con la boca. El sargento Serna lo vio con desconfianza. Recordó el pedazo de oreja de Huguito aún colgando de esos dientes, los gritos de éste y luego se vio a sí mismo practicándole una llave de lucha libre para evitar que siguiera golpeándolo.

—¿Quieres morderme a mí también? —dijo el sargento Serna—. No te conviene, Escarbino. ¿No soy acaso el único que te defiende de Huguito? Mierda, qué desagradecida es la gente.

Escarbino soltó al Primo. Lo vio bien y notó que estaba más grande, que había crecido unos cuantos centímetros en todo este tiempo. Sin embargo, pese a ello, era el mismo chico delgado y escurridizo que había conocido años atrás. El mismo chico que se tiraba en media calle y convulsionaba y daba gritos de poseído mientras la gente lo rodeaba y Escarbino aprovechaba para vaciar carteras y billeteras. ¿Y tú?, dijo Escarbino, ¿qué has estado haciendo? El Primo lo miró de reojo, dio un suspiro, vendo trago a los colegiales, dijo con calma, es un buen negocio. Escarbino sonrió. ¿Y tú?, dijo el Primo. Trabajar, dijo Escarbino, meto aspirinas en unas botellas. Hago eso. El Primo rió y se tiró de espaldas: las maderas de la cama rechinaron. Pasó ambos brazos por detrás de la nuca. Vio que Escarbino le echaba la misma mirada que él conocía tan bien. Sintió un vacío en el estómago. Se incorporó y dijo: ¿qué querías decirme?

—No pienso acercarme a ti —dijo el sargento Serna—. Te doy una última oportunidad, de veras la última. ¿Quiénes son esos a los que mencionaste?

Por un momento sólo se escuchó la voz que escupía una radio lejana. Luego el sargento Serna se acercó. Tocó el pecho de Escarbino con la punta de los dedos. Dijo:

—Cuando Huguito vuelva te va a moler. ¿Sabes dónde nos mandarán si no hablas? Derechito a la frontera. Puta que eres duro. ¿A quién proteges tanto? ¿A tu señora? ¿Esa Mamita es tu mujer?

No creas que es por eso, dijo Escarbino; no sé tú, pero yo ya estoy curado: esas cosas ya no me interesan. El Primo sonrió. Sabes que eso no se cura, le dijo, ¿qué hacías en la cárcel con tanto hombre cerca? Escarbino se acercó apenas con un par de pasos, tomó al Primo por las solapas de la chamarra, lo levantó en vilo y dijo: no juegues conmigo, Primo. Éste volvió a reír. Hizo un par de movimientos tranquilos para que Escarbino lo soltara. ¿Entonces para qué?, le dijo, ¿para qué me necesitas? Escarbino bajó la ropa que estaba sobre la silla. La puso con sumo cuidado sobre el piso luego de haber soplado un par de veces para alejar el polvo. Cuando estuvo sentado dijo: ¿quieres trabajar conmigo?

Escarbino negó con la cabeza.

—Al fin nos entendemos —dijo el sargento Serna—. ¿Entonces por qué tanto misterio? Carajo, tanto lío para nada.

Trabajar en qué, dijo el Primo, sabes en qué, dijo Escarbino, ya estoy muy grande para que la gente me tenga compasión. No se trata de eso, dijo Escarbino. El Primo guardó silencio. El mismo perro de hace rato ladró a lo lejos y luego, de la nada, un olor nauseabundo invadió el cuarto. El Primo se llevó una mano a la nariz. En cambio, Escarbino se levantó tranquilamente, se puso de cuclillas y vio bajo la cama. El Primo escuchó el ruido de cacharros chocando entre sí. Vio que Escarbino sacaba una hornilla eléctrica y una bolsa negra de plástico. Lo observó caminar a un costado de la habitación, poner la hornilla en el piso y luego tomar un cable blanco que brotaba de la pared, cuyo extremo estaba pelado. Escarbino tomó un polo y lo enroscó en una de las clavijas, luego agarró el otro e hizo lo mismo. La resistencia de la hornilla empezó a ponerse roja. Escarbino metió la mano dentro de la bolsa. Extrajo un puñado de cáscaras secas de naranja y las fue quemando despacio mientras soplaba: un humo blanco y espeso inundó la pieza.

—¿Entonces? —dijo el sargento Serna—. ¿Quién es esa Mamita?

Escarbino sonrió. El sargento Serna vio la boca desdentada. Recordó los puños que Huguito había logrado estrellar ahí, los nudillos aplastando la nariz, los pómulos, el cuello.

—¿Tu puta? —dijo el sargento Serna—. ¿Es tu revolcón? A lo mejor te la podemos traer. ¿No estará preocupada por ti? Tantas horas sin saber dónde estás. Seguro que te extraña, Escarbino.

Es por el baño, dijo Escarbino, está aquí al lado, ¿está mejor? El Primo olió. Sí, estaba mejor. Escarbino volvió a sentarse. Miró al Primo. ¿Y?, dijo. No sé, dijo el Primo, ¿asaltar? Eso no es recomendable en estos tiempos, dijo, ¿sabes que el gobierno sospecha que todos son Apóstoles? No me gustaría que me acusaran de algo así.

El tío de un amigo mío no aparece hace días sólo por sospechas, a lo mejor hasta lo mataron. No, dijo Escarbino, sólo casas. El Primo guardó silencio. Habrá mucho dinero, dijo Escarbino, es un negocio seguro, Primo. ¿Los dos solos? No, dijo Escarbino, unos cinco por lo menos. ¿Cómo te va con eso de vender trago a los chiquillos? Bien, dijo el Primo, pero Escarbino supo que estaba mintiendo. Mentira, dijo, estás mintiendo, te conozco, Primo, a ver, mírame, ¿ves?, estás mintiendo.

—¿Nadie? —dijo el sargento Serna—. No puede ser nadie. ¿Y si la traemos y se la dejo a Huguito? Será maricón, pero tiene una yuca que mete miedo. ¿No sería feo que se la cepillara frente a ti? Pucha, eso sí sería triste, Escarbino.

En realidad no, dijo el Primo, ¿sabes que hasta tengo un socio? Le dicen la Morsa, un tipo feísimo pero de bolas. Vive por mi casa. ¿Ves?, dijo Escarbino levantándose de la silla y sentándose a su lado. ¿Un negocio así entre dos?, eso no funciona, eso no vale la pena. De pronto la mano del Primo se había posado sobre el muslo de Escarbino. Éste dio un respingo. Los ojos del Primo se clavaron sobre su rostro. ¿Quería?, dijo Escarbino, querer qué, dijo el Primo, el negocio, dijo Escarbino, la banda. No sé, dijo el Primo, ¿es algo seguro?, ¿no será una trampa? Si no fuera seguro no te habría llamado, dijo Escarbino, sabes que yo…

—Yo he visto cómo se tiraba a los Apóstoles —dijo el sargento Serna acercándose un poco—. Y si vieras cómo disfruta Huguito. ¿No sería injusto que por tu culpa se la partan a esa Mamita?

La mano del Primo subió, ligera, hasta la bragueta de Escarbino. Éste cerró los ojos. Recordó fugazmente el día en que lo había conocido: la cara cubierta por un pasamontañas, la caja de lustrar zapatos al hombro, el cuerpo de niña. Y luego cómo empezó a seguirlo por casi todo el centro de la ciudad y después el callejón oscuro donde el Primo lloraba y recogía las latas de betún negro y café del suelo. Y después a Escarbino tomándolo de los hombros y que lo disculpara, que era algo que no podía controlar. Y más tarde: ¿quería trabajar con él?, y de esa manera se había hecho la alianza: los días viviendo juntos, las horas compartidas en la misma cama, los robos en la calle; finalmente el día de su captura, el grito de la vieja: ¡me robó la cartera!, y luego la imagen del Primo alejándose como si nada del círculo de gente que lo rodeaba. ¿Y?, dijo el Primo, apretando la bragueta, ya no, dijo Escarbino cerrando los ojos, Primo ya no soy de esos.

—Entonces ni modo —dijo el sargento Serna—. Mirá que joder así a tu mujer sólo por no querer hablar. No tienes corazón, Escarbino.

En eso se abrió la puerta. Era Huguito. Serna lo miró y rió: una venda blanca le cubría la oreja derecha y parte del cráneo.

—Bueno, ni modo —dijo el sargento Serna—. Huguito, tu garrote.

Pero Huguito lo tomó del brazo y lo llevó a un costado.

—Ya sé quién es esa Mamita —dijo bajando la voz.

Acepto, dijo el Primo, ¿entonces, Escarbino? Éste se recostó en la cama: apoyó la espalda en la pared. El Primo terminó de correr el cierre y dijo: como en los viejos tiempos.

—¿Cómo? —dijo el sargento Serna.

—Estamos de suerte, sargento —dijo Huguito—. ¿Sabe a quién me encontré en el hospital?

Hay papel detrás de la silla, dijo Escarbino acezando aún. El Primo bajó de la cama, buscó el rollo y
rompió un pedazo. Escarbino lo vio escupir en abundan-
cia encima, hacer una bolita y luego limpiarse las comi-
suras de los labios. Después volvió a su lado.

—No me gustan las adivinanzas, maraco —dijo
el sargento Serna—. Habla de una vez o te arranco la otra
oreja.

—No se sulfure —dijo Huguito sonriendo, sin
embargo luego hizo un gesto de dolor—: mierda, cómo
duele.

—¿Entonces?

—Me encontré a Ortiz y a Ossorio —dijo Huguito sobándose la oreja vendada—. ¿Sabe que casi lo
matan?

—¿A quién? —dijo el sargento Serna.

—A Ortiz. Mucha suerte, sargento, el balazo le
rozó el brazo —dijo Huguito e hizo un espacio con el dedo índice y el pulgar—. Le dispararon así de cerca y se
salvó. Qué conchudo, ¿no?

¿Sólo faltaba yo?, dijo el Primo. Escarbino se puso de pie. Subió el cierre del pantalón y fue a desconec-
tar la hornilla. No, dijo de espaldas, falta uno más. Escarbino escuchó que el Primo se ponía de pie. Giró y lo vio
dar vueltas por el cuarto. No podía ir a visitarte, dijo el
Primo, ¿no estás enojado? Escarbino se encogió de hombros y se puso de pie, no, dijo, era mejor así, ya no importaba. ¿Entonces falta uno?, dijo el Primo. Falta, dijo
Escarbino. Yo conozco a alguien, dijo el Primo, a lo mejor puede servir.

—Al grano, carajo —dijo el sargento Serna.

—Ortiz la conoce de cuando trabajaba en Vicios.
Cuando le dije que buscábamos a una tal Mamita me di-

jo que la conocía, así de lo más tranquilo. Dice que se llama Pocha —dijo Huguito con rapidez—. Tenía un putero, pero de un día para el otro lo dejó todo y desapareció. ¿Pero sabe qué es lo mejor de todo?

El sargento Serna no dijo nada. Giró la cabeza para observar a Escarbino: un cuerpo tendido, como la tabla de un barco náufrago en medio del mar, tieso, sin muestras de movimiento alguno.

—Tenemos a alguien que sabe dónde está. Otro golpe de suerte, sargento: una mujer a la que le estaban cosiendo la ceja al ladito mío. Cuando Ortiz la vio me dijo: ella debe saber dónde está —dijo Huguito—. Una puta feísima, sargento, le dicen la Gata. La arrestaron anoche por hacer escándalo en la vía pública. ¿Vamos a ver?

Mi socio, dijo el Primo, la Morsa. Escarbino dudó. Primero quiero verlo, dijo después. El Primo dijo de acuerdo. Y luego extendiendo la mano: ¿entonces nada de rencores, Escarbino?

Pues no sé, ¿seguro que no destroza la tele?, porque ya no pensamos comprarte una nueva, Alfredo, no, mami, ¿no ve Oscarín que no pasa nada?, no pasa nada, señora, a mi tele no le ha pasado nada y ya tengo un tiempazo jugando, bueno, pero una hora nomás y luego vienen a tomar el té, ¿y es así de chiquito?, así es señora, y mire: estos son los casetes y se conecta así, ¿ve?, incluso si deja conectada esta cajita mejora la imagen, ¿ves?, y estos son los controles y se conectan acá y acá, a ver Alfredo ponlo al tres, ¿al canal tres?, sí, al tres, ¿ves?, pero no se ve nada, Oscarito, es que falta el casete, ¿y hay que empujar fuerte?, no, despacio nomás, sino se tranca, empujas así y luego sale la imagen, ¿ves?, ¿y no se calienta mucho el transformador?, calienta mucho pero no pasa nada, este es *Space Invaders*, ¿te enseño?, sí, a ver, mirá, disparas así y mueves así, ¿entiendes?, a ver, no, jajaja, no, así no, mirá, así y luego así, sólo tienes que disparar y luego agarrar esto porque es energía, ¿siguen jugando?, sí, señora, cuando tengan hambre me dicen, sí señora, ¿y en serio esta tele es nueva?, en serio, las teles son caras, pero el señor que arregla nos la vendió barata, ¿no es una suerte, Oscarín?, sí, esa sí que es suerte, ¿ahora entiendes?, sí, ahora sí, si mueves esto el juego se hace más difícil, las bombas caen más rápido y no hay mucha energía, ¿y este otro?, se llama *Defender*, este me gusta más, ¿ves la navecita blanca?, ese eres tú y tienes que disparar a los que vienen y recoger esos cuadrados que son gente, ¿gente?, ¿y cómo bajo?, bajas así nomás con la palanca, ¿qué habrá adentro, no?, nada, es una palanca nomás, ¿ves?, este es tu puntaje, no está mal para un principiante, ¿ya?, no mami, ¿tienes hambre, Oscarín?, no señora, ¿en serio no tienen hambre, chicos?, en serio, ¿y no me enseñan a jugar a mí también?, no, es bien difícil, mami, ni vas a poder, ¿yo?, a ver Oscarín, tú que eres buenito dime cómo se hace, usted es la navecita blanca y tiene que avanzar y matar estas otras naves y recoger estos cuadraditos que son gente, sólo tiene tres vidas, a ver, ¿está bien?, no, usted es esta navecita no esta, ¿dónde estoy?, acá, pero muevo y no pasa nada, es que tienes que disparar, ¿ves, mami?, ya basta chicos, a tomar el té, ¿y cómo se apaga?, aquí y luego la tele, ¿ve que no ibas a poder, mami?, sólo es práctica, ¿verdad, señora?, ahí está ¿ves?, el Oscarito me está dando ánimos, es que es así nomás, porque al principio yo no sabía muy bien y ahora hasta me aburro al jugar lo mismo, pero mi papá dice que la próxima semana vamos a comprar nuevos casetes, ¿me puedes comprar un Atari, mami?, así tú también puedes jugar, ¡ah, bandido!, ¿sólo por eso?, eso tiene que decidirlo tu papá, ¿más pancito, Oscarín?, gracias señora, entonces le voy a decir esta noche a ver si se anima, ¿no quieres que te deje el Atari para que lo vea, Alfredo?, ¿en serio, Oscarín?, ¿en serio podrías hacer eso?, pero sólo por esta noche, para que vea nada más, ¿puedo, mami?, no sé, hijito, ¿y si tu mamá se enoja, Oscarín?, pues la llamo y le digo para pedirle permiso, ¿no ve que sería una buena idea, señora?, hola, mami, no, aquí en el 5B, oye mami, ¿puedo prestarle el Atari al Alfredo?, no, sólo para que le muestre a su papá y así pueda comprarle uno, ¿qué?, ya, señora mi mamá quiere hablar con usted, ¿hola?, hola, Martita, oye, mil disculpas, estos chicos son terribles, ahora este Alfredo quiere un Atari, sí, qué cosas no inventan en esta época, qué grave la tecnología ¿no?, cómo avanza ¿no?, en nuestra época todo era jugar en la calle, saltar la cuerda, las muñecas, las canicas y luego el chorro morro pero ahora mirá estos jueguitos, sí pues, el Oscarín tan bueno que es quiere prestarle… ah, ya, no no no te preocupes, tienes razón, luego se envician, gracias Martita, ¿te paso con el Oscarín?, ¿en serio?, mirá yo por eso no lo dejo bajar solo al Alfredo al patio porque es peligroso, pobre señora, ¿toda su ropa dices?, ¿y para qué quieren ropa a ver?, claro, para venderla seguro, ¿no son todos esos unos drogadictos?, ¿y ahora?, claro ya no vale la pena, ¿cuántas veces no llamamos a la Policía?, qué grave estos del Irlandés, y después hasta se pelean e incluso bajan chicas, si el Oscarito y el Alfredo han visto el otro día, Martita, sí, la solución es hacer el muro más grande, no hay otra, qué grave y dice que hasta hay pandillas, es peligroso, bueno, entonces en eso quedamos, un beso, chau, ah, claro, no te preocupes, yo le digo, ¿qué dice, mami?, ¿qué dice, señora?, dice que puedes prestarle por esta noche nomás pero sólo para que tu papá vea, nada de jugar, ¿no ve Oscarín que no te dejan jugar de noche?, no, señora, estás escuchando Alfredo y ahora vayan porque tu mamá dice que subas dentro de media hora más, ¡qué buena gente es tu mamá, Oscarín!, ojalá que te compren uno, así podemos intercambiar casetes, ojalá, Oscarín, ¿qué estás viendo?, ¿ves?, qué, alguien nos está mirando, ¿dónde?, desde el colegio, al lado, ¿ves?, no, desde esa ventana, ¿no es esa una cabeza?, ¿ves?, ¿una cabeza?, sí, ¿cerramos la cortina?, no, ¿y si son los del Irlandés que quieren robar algo?, mejor cerramos, Alfredo, mejor así, ¿no te da miedo que sean los del Irlandés?, mi papá dice que no hay que tenerles miedo, mi papá también, pero a mí me da miedo, ¿no son unos maleantes acaso?, mi mamá dice que sí, mi mamá también, ¿pero por qué tienen cerradas las cortinas?, es que el reflejo no nos dejaba ver, ¿no ve Oscarín?, bueno Oscarito, tu mamá dice que subas, bueno, chau Alfredo, chau Oscarín, dile gracias, Alfredo, gracias Oscarín, mañana nos vemos, de nada, nos vemos mañana: y ojalá que a tu papá le guste el Atari.

¿Entonces por qué volvías a pensar en él? ¿Acaso te había gustado la habitación para él solito, esa que tú nunca habías podido tener porque siempre debías compartirla con tu tío? ¿O era a lo mejor el ambiente familiar que se respiraba dentro?, ¿el mismo con el que soñabas tener alguna vez de niño, antes de que pasara eso que tanto te avergonzaba?

Quitaste la almohada de entre tus piernas y te subiste los pantalones. Ahí estaba aún la mancha húmeda y tibia que se había dibujado sobre la tela marrón de la funda. Giraste el cuerpo, viste el techo de calaminas y volviste a pensar en él. ¿Era posible que te quitara tanto el sueño?, ¿más incluso que el recuerdo lejano de la chica esa por la que habías padecido tanto hace algunos años?, ¿aquella reina de la primavera del colegio por quien habías jurado enfrentar a tu tío y negarte a hacerlo? Recordaste su nombre: Marcela. Y también la recordaste el día de la primavera, te viste espiando desde la puerta la masa compacta de alumnos, observando el patio de actos y a Marcela contemplándolos desde el podio, sonriendo y estirando un brazo, saludando y sonriendo y luego recordaste al director del colegio imponiéndole la banda de reina de la primavera y luego los aplausos y los besos volados que enviaba ella y que estabas seguro que todos iban dirigidos a ti. ¿Entonces por qué ahora ese niño empezaba a quitarte el sueño? Te levantaste de la cama, caminaste hasta ponerte frente a la ventana: el edificio Mercante estaba allí, estático, gigante, mudo, aguantando los embates del viento. También estaba la ventana del dormitorio del pequeño con las cortinas echadas. Te las imaginaste abiertas, y dentro la cama en forma de auto de carreras tendida, el piso de parquet bien lustrado, la alfombra que decía *Bienvenido* cerca de la puerta, los afiches con Óptimus Spri y Megatrón agarrándose a tiros, más allá el Corazón de Jesús y cerca de éste la fotografía de un señor con un traje militar y casi al lado a He-Man levantando la espada y un rayo cayendo y detrás, difuso, escondido en la bruma, el castillo Greiscoll. Y también imaginaste el televisor apagado, la pantalla ploma algo combada y quizá con residuos de polvo. ¿Le comprarían una nueva tele o lo dejarían así? Te apartaste de la ventana. Volviste a la cama y entonces se te ocurrió la idea. ¿Cómo no habías pensado antes en eso? Diste dos pasos apresurados y llegaste hasta el ropero que tu tío, antes de desaparecer hace unos meses, había dejado cerrado. Se trataba de un ropero de madera oscura y de tres cuerpos. Tu tío se había llevado las llaves, así que buscaste la caja de herramientas que estaba debajo de tu cama. Elegiste un martillo pequeño, como esos que utilizan los doctores para probar los reflejos en las rodillas de los pacientes. Lo sacaste y volviste frente al ropero. ¿Y si volvía ahora precisamente?, ¿y si tu tío entraba de improviso y te veía parado ahí con un martillo en la mano? ¿Qué harías? ¿Qué explicación podrías darle? Dudaste un momento, pero luego, casi sin pensarlo, golpeaste con furia y repetidas veces la chapa del ropero. Al principio no pasó nada. La chapa sólo se abolló en los costados. Pensaste que era inútil seguir intentado, y cuando estabas a punto de dejarlo la chapa se desprendió haciendo un ruido seco y cayó al suelo levantando un sonido metálico y dando vueltas sobre sí misma por algunos segundos. Permaneciste viendo la puerta del ropero. Estaba inmóvil, como si una fuerza invisible (¿el fantasma de tu tío acaso?) la estuviese sosteniendo. Lanzaste lejos el martillo y abriste.

Ahí estaba.

Recordaste fugazmente el día en que había llegado. El entusiasmo de tu tío por tener algo tan valioso, tan moderno y luego los ojos encendidos y las patadas que te lanzó sin motivo alguno por si se te ocurría tocarlo como lo estabas haciendo ahora. ¿Qué haría si te viera en este instante? ¿Se atrevería a tocarte? ¿A decirte algo siquiera? Te alegraste al pensar que ahora tú estabas ahí y él quién sabe dónde. Tal vez en el infierno. Avanzaste y metiste medio cuerpo dentro del ropero. Lo levantaste con poco esfuerzo y fuiste así hasta la cama. Dejaste el televisor encima. Oíste cómo los resortes aguantaban el peso. Volviste al ropero y buscaste el control remoto. No lo hallaste donde hasta ese momento había estado el televisor, sino en las divisiones de la parte superior. Comprobaste que no tenía pilas, así que tuviste que encenderlo con los botones del panel. Presionaste *on*. El televisor emitió el chasquido eléctrico que tanto te gustaba de estos aparatos y la pantalla se iluminó y aparecieron, distorsionadas, las imágenes de algún programa de Transtel. Los canales funcionaban a la perfección. Apagaste el televisor. Buscaste tu mochila y la abriste. Dentro, reposando sobre un montón de cables viejos, estaba el papel doblado donde habías anotado el teléfono del niño el otro día. Lo tomaste sin pensarlo. Saliste de la habitación casi corriendo. La cancha de fulbito aledaña estaba desierta. Sentiste el silencio que tanto te gustaba a esa hora en el colegio. Ese silencio que no sabías por qué razón te hacía pensar que eras diferente a los demás. Caminaste hasta la puerta, esquivaste la camioneta que tu tío (más tarde buscarías las llaves) había dejado abandonada antes de desaparecer. Abriste la puerta y saliste. Tu madre cabeceaba un sueño imposible en el puesto de dulces. La miraste sin pensar en nada. Luego subiste la pendiente de la calle Las Retamas, llegaste acezando hasta el puesto donde el Diablo leía la sección de deportes de un periódico moviendo los labios nerviosamente. Estuviste a punto de decirle algo, pero preferiste seguir caminando. Bajaste con soltura la avenida Saavedra concentrándote en los coches que subían velozmente. Llegaste entonces hasta la cabina telefónica. Sacaste una moneda opaca de cincuenta centavos del bolsillo de la camisa. Viste el papel y marcaste el número. El sonido de llamada te puso nervioso pues nadie contestaba. Estuviste a punto de colgar, pero en eso alguien levantó el tubo y la moneda cayó haciendo un ruido fofo.

—¿Hola?

—¿Con la señora Raquel?

—Habla ella.

—Le hablo de parte de Electrónica Cerdán. ¿Se acuerda?

—¿Los del televisor?

—Sí, el mismo.

—Claro, ¿encontró los repuestos?

—En realidad no —dijiste—. Pero le tengo una oferta.

—¿Una oferta?

—Le puedo vender un televisor. Está casi nuevo. ¿Le interesa?

—¿Es a colores?

—Sí. De catorce pulgadas.

—¿Y cuánto pide?

—Unos trescientos. Y la tele vieja. ¿Le interesa?

Por un momento la señora calló. La imaginaste mordiéndose el labio inferior o revolviendo con un dedo un mechón de cabello.

—Me gustaría verla antes —te dijo—. ¿Seguro que está en buenas condiciones?

—Está. Y hasta tiene control remoto.

—¿Cuándo puede venir? —te dijo y de pronto se filtró por la línea la voz cantarina del niño que seguro acababa de llegar del colegio. Un vacío llenó tu estómago. ¿Por qué aparecía siempre en el momento adecuado?

¿Era el destino que los unía cada vez que podía? ¿Por qué cada vez que pensabas en él aparecía de pronto, casi de la nada? Cerraste los ojos, intentando recrear en tu mente su figura pequeña con el uniforme y la mochila al hombro, saltando alrededor de su madre—. ¿Hola?

—Sí, mañana por la tarde —dijiste.

—¿A las tres?

—A las tres —dijiste y colgaste.

Te quedaste parado frente a la cabina pensando en el niño, en la alegría que le darías cuando llegaras con el televisor. Sin embargo, luego pensaste en tu tío, quizá escondido o, en el mejor de los casos, muerto en algún lugar remoto. Diste vuelta y recorriste el camino que habías hecho pero a la inversa. Viste al Diablo en el puesto de periódicos con los ojos cerrados y abanicándose con el suplemento deportivo. Te acercaste sin decir nada y le quitaste el periódico de un tirón y luego corriste calle abajo mientras a tus espaldas el Diablo gritaba maricón, fenómeno, gran puta. Llegaste divertido a la puerta del colegio y entonces lo viste.

El Primo se despedía de tu madre en ese momento. Te vio y te saludó levantando la mano.

—Qué hay, Morsa —te dijo.

—Cómo es —le dijiste y le diste un golpe en la cabeza con el periódico enrollado.

El Primo te tomó del brazo y te llevó calle abajo. Llegaron hasta una esquina, justo donde Las Retamas comenzaba a transformarse en una V. El Primo se apoyó en un poste de luz y te dijo:

—¿Ya apareció tu tío?

Negaste con la cabeza.

—Debe estar muerto —dijiste después de un tiempo.

—Puta que eres malo —te dijo el Primo—. ¿Por qué lo odias tanto? Si es rebuena gente.

—¿Bueno ese conchudo? —dijiste con furia—. Ya debe estar en el infierno si está muerto.

—Cuando vuelva le voy a contar todo —te dijo el Primo amenazándote con el dedo índice—. A ver si eres tan valiente entonces, Morsa.

—Seguro lo extrañas —dijiste con malicia mirando al piso. Luego levantaste el rostro y continuaste—: ¿te gustaba dar o recibir?

El Primo rió divertido y mientras lo hacía fue descendiendo con la espalda pegada a la superficie del poste hasta caer sentado.

—Celoso —te dijo. Pero luego cambió de expresión. Se puso serio, se incorporó y limpió a golpes el fondillo del pantalón—. Vengo a proponerte algo. Un negocio.

—Yo no soy ningún maraco —le dijiste—. Dile al Diablo. A lo mejor él acepta. Le gustan los culos estrechos.

—Es en serio —te dijo—. ¿Quieres escuchar por lo menos?

Guardaste silencio. Viste que el Primo te observaba con atención y que aguardaba a que dijeras algo.

—Habla de una vez —dijiste.

—Es un negoción —te dijo—. Hay alguien que quiere conocerte. Un amigo.

—¿Qué clase de negocio? —dijiste—. ¿Seguir vendiendo trago?

—No, algo mejor. Algo que nos hará ricos, Morsa.

—Dime.

—Todavía no puedo —te dijo el Primo moviendo la cabeza—. Quiere conocerte antes para ver si puedes.

—¿Quién? —dijiste. Pero entonces el ruido del timbre de salida del colegio recorrió toda la calle e imaginaste a esos bastardos del Irlandés saliendo de las aulas despavoridos. Recordaste que con el apuro por hacer la llamada no habías echado el seguro a tu cuarto.

—Un amigo —te dijo el Primo—. ¿Puedes hoy? ¿A las ocho? Aquí cerca, en el parque Triangular.

Imaginaste las figuras verdes invadiendo el patio, a empujones, a lo bruto, como los animales que eran. Allí estaban también los pelotazos en la cancha y luego lo previsible: uno de ellos estrellándose contra tu puerta y ésta abriéndose lentamente.

—Puedo —dijiste—. ¿Pero seguro que no me estás mintiendo?

El Primo dijo que no con la cabeza.

—Bueno —dijiste—. Me tengo que ir.

Diste vuelta y cuando estabas a punto de caminar el Primo te detuvo por uno de los hombros y escuchaste su voz suplicante:

—¿En serio no sabes dónde está?

—No —dijiste empezando a caminar y luego de zafarte de la mano del Primo agregaste—: ojalá que esté muerto.

Caminaste mientras el Primo reía a tus espaldas. Por tu lado pasaron algunos chicos que al mirarte te llamaban por tu nombre o bien te decían dientón y los más avezados te gritaban: ¡Morsa, maraco! No les dijiste nada, como siempre habías procurado hacer. Sólo seguiste caminando y, en medio camino, echaste a correr, al imaginar a las chompas verdes invadiendo tu cuarto, robándote alguna herramienta, prendiendo el televisor que estaba sobre la cama. Entonces corriste convencido que esos conchudos del Irlandés eran capaces de todo.

Es que ya estoy viejo, Cacas. ¿Sabes cómo uno se da cuenta cuando empieza a ponerse viejo? Cuando ya no se le para. En serio, Cacas, no te rías porque tarde o temprano también te va llegar, quisiera verte ese día. Eso es jodido porque de pronto ves un culito redondito, firme, sin pelitos, esperando que hagas algo y entonces la máquina nada de nada. Ahí nomás: dormido, muerto, chiquitito. ¿No es jodido eso? A mí ya me pasó justo hace unos meses con un amigo de ese cojudo de mi sobrino. Un muchachito así de blanquito y delgadito a quien todo el mundo le dice el Primo pero que en realidad se llama Lázaro. Lázaro levántate y camina. Jajaja, tú ni en los peores momentos pierdes el buen humor, Caquitas, por eso me caes bien. Te decía que este amigo de mi sobrino se me ofreció así sin más, y yo que pensaba que no podría con otro. Porque un día los encuentro a los dos hablando cerca del colegio y que yo le digo a mi sobrino quién es éste y como mi sobrino me tiene miedo no decía nada y entonces él mismo se presentó: hola señor, me llamo Lázaro pero todos me dicen el Primo. Qué muchachito, oye. Así me gustan, que hablen clarito, fuerte y sin mirar al piso. Hola, le digo, soy el tío de éste. Mucho gusto, señor, me dice y me estrecha la mano y ahí como una corriente eléctrica y un frío por todo mi cuerpo y yo pensaba ¿será o no será? ¿Qué? Sí, me estoy saltando, Cacas, es que estoy nervioso, perdón.

¿Falta mucho?, ya está profundo, Caquitas, dame un respiro por lo menos, no seas malo. Bueno, pero sin golpear, che, ¿de qué te enojas? Entonces te decía que llego a mi casa después de todos esos años trompeándonos con los Apóstoles y que encuentro a mi hermana hecha mierda, viejísima. Eso es lo malo de las mujeres, ¿no ves cómo envejecen? ¿No es cierto que primero se les cho-rrean las tetas, que se les caen los dientes, que sus caderas crecen y que encima huelen horrible? Jajaja, sí, Cacas, peor que vos, que ya es mucho decir. Entonces que llego después de cinco años y encuentro a mi hermana como un trapo seco, lavando ropa de los vecinos y a mi sobri-no con la boca reventada como una flor y los dientes por aquí y por allá y para colmo de males apenas se le podía entender cuando hablaba y encima un mariconazo, uno no era capaz de decirle nada que se ponía a llorar o a tem-blar y corría a agarrarse de las piernas de su mamá. Cuan-do pregunto por mi papá mi hermana me dice de lo más tranquila ¿no sabías?, ¿no te llegaron las cartas? Tú eres testigo, Cacas, ¿no ve que no recibíamos cartas?, ¿que no teníamos que contactarnos con nuestros familiares?, ¿qué estaba prohibido? ¿No es cierto? Entonces yo le digo no sé nada, ¿dónde está mi papá? Ella me mira y se pone a llorar. Se ha muerto, me dice y mi sobrino que también se pone a llorar y yo no sabía si pegarle a ella o a él. Ca-racho, qué rabia. ¿Cómo que se ha muerto?, le digo. Lo atropelló un coche, ¿acaso no sabías? Mirá mis manos, Cacas, ¿no te da pena hacerme esto? Ya, ya, no te enojes. La cosa es que mi hermana me cuenta todo, me dice que un coche lo había atropellado de noche y que ni siquiera vivió un poquito más, que se había quedado tieso en ple-na calle. ¿Me llegó alguna carta?, ¿algo que me diga que mi papá se había muerto? ¿Por qué crees que lo odio tan-to a ese Ossorio? ¿No tenía él la obligación como jefe de nuestro cuadro de avisarnos esas cosas? Sí, seguro sabía. Pero si lo viera ahora te juro que lo mato, Cacas. Esas co-sas se pa... ¿que ya no voy a poder? Eso también, Cacas,

en eso tienes razón. Me voy a ir con las ganas, qué huevada, ¿no? Y bueno, así nomás era. Yo sin trabajo, mi hermana lavando ropa y mi sobrino hecho todo un maricón.
¿No te parece injusto que no me hayan asimilado al
Cuerpo? ¿Que hayan asimilado a todos menos a mí? ¿No
trabajaba yo también igual que tú y que Ossorio por poner un ejemplo? Y luego era yo el más jodido porque a
mí me daban los trabajos más fregados. ¿Te acuerdas
cuando nos tirábamos a todas esas chicas para que hablen? Al principio qué rico, qué tetas, qué buenas, por
atrás, no se hagan rogar ¿van a hablar, mamitas? Y ellas
mudas, sin decir ni miau, mirando el cielo, rezando
cuando las dejábamos solas. ¿No ve que no podíamos sacarles nada? Y Ossorio no entendía, mire jefe, ya hemos
hecho todo lo posible, ya mis pelotas están hinchadas,
¿no ve cómo está el Gordo?, mire esas ojeras, jefe, creo
que hasta les estamos haciendo un favor más bien. Y
Ossorio nada, a ver, ¿tienen huevos o no tienen? Tenemos, jefe, ¿entonces por qué no las hacen hablar?, ¿o
quieren que les traiga a Huguito y vean lo que es bueno?
Y ahí nomás se me hacía la carne de gallina al pensar en
ese pervertido. ¿Sigue vivo ese cabrón del Huguito? ¿Cómo?, mirá qué suerte, ¿escolta de la querida del Gusano
dices? ¡Auu!, perdón: del general Molina, digo. Eso sí que
es tener suerte. Y nada, las chicas no decían nada, y creo
que hasta les gustaba, che, porque no se negaban, se hacían hacer nomás, no se resistían y nosotros ¿qué les pasa a estas cojudas? Y Ossorio a ver, putas, ¿hablan o no
hablan? Y ellas sólo hablamos con Dios, y Ossorio traigan los ganchos, mierdas, porque nos decía así, mierdas
esto, mierdas aquello, mierdas aquí, mierdas allá, nos trataba requetemal, ¿y lo ves ahora?, ¿casado?, sí, sabía, y
qué linda su mujer, ¿no?, flaquita, tan bien formadita,

blanquita y con esas pequitas en su naricita, ah, qué nos-
talgia, y seguro que tira rico porque se nota la cara de felicidad de Ossorio… ah, sí, es que con la emoción me olvido, Caquitas: y traemos los ganchos, esos que le deco-
misamos al carnicero, ¿te acuerdas de él, Cacas? Ese mismo, el que lloraba ya sin lágrimas cuando me estaba ce-
pillando a su hija, ya se habrá muerto, ¿no? Bien hecho,
¿para qué se mete en esas cosas? Ya sé, Cacas, no me digas: entonces traemos los ganchos y Ossorio me dice hay
que colgarlas, colgate a tres primero y que vean las otras.
Y ni así hablaban, al contrario, ¿no has visto cómo es la
mirada de la virgen? Era la misma, Cacas, te juro, la misma mirada tranquila, sin angustia, como diciendo aquí
no pasa nada, cojudos, a buscar información a otro lado.
Esos trabajos me daban y así y todo cuando ganamos no
me asimilan al Cuerpo. Cuando me dieron la noticia casi me caigo de espaldas, porque ahí estaba yo unos meses
antes recorriendo todas las oficinas con mi carpeta amarilla bajo el brazo, con mis saludos a todos los jefes y después de un tiempo: nada hermanito, no se va a poder, estamos llenos. Ese día casi me mato, Cacas, ¿no eran ustedes mi única familia?, ¿no eras tú como mi hermano? Y
mirá ahora, haciéndome esta perrada. Ni modo, órdenes
son órdenes; eso sí te reconozco: eres bien cumplidor. Yo
entiendo eso, Cacas. La cosa es que ya no quería hacer
nada, de todo y de nada me enojaba y le metía una patada a mi sobrino. Lloraba y una patada, se dejaba pegar
por los chicos del barrio y una patada, no se limpiaba la
boca y una patada. Y en eso un día una vecina me habla,
me dice: ¿sabe que estoy triste? Y yo: de qué, y ella de mi
radio, ya no funciona, no capta la señal, no se escucha
nada. Y yo a ver, muéstreme y ahí nomás la desarmo y
veo una liguita fuera de la ruedita del dial y la arreglo y

la vecina feliz al oír que su radio ya funcionaba. ¿Cuánto es?, me dice, y yo no sé, nada, vecina, nada, ¿buena dices?, no, era una vieja más fea que mi hermana, pero ella saca un billete y me dice ¿con esto está bien, vecino? Y a partir de ese día que se corre la voz y yo como si nada reparando las cosas: este cable no sirve, hay que cambiarlo por otro, esta pantalla se puede reparar, ¿para qué va a comprar una tele nueva, señora?, en vez de antena ponemos este alambrito, ¿ve que ahora se escucha mejor? Y con eso ganaba nomás, hasta una camioneta pude comprar después, pero lo único malo es que... ¿no te vas a reír, Cacas? Es que con las mujeres nada de nada, hermanito. Veía a una buena y nada, no sentía nada, como si pasara un burro o un camión. Una se me ofrecía y yo no le hacía caso. Eso me molestaba, ¿qué me está pasando?, pensaba. Y me iba con las putas y nada, ¿cómo nada? Nada, es decir, no podía: me daba asco y ellas me decían debe ser que estás nervioso. Y yo cierto, debe ser que estoy nervioso. Pero quién iba a pensar que no era eso y que me iban a pasar cosas peores, Cacas. Peores que no ser asimilado al Cuerpo. Ahora un favorcito, ¿no tienes un poco de agüita para mis manos?

Dick es el culpable de todas esas muertes, dijo ella. Stone la miró a los ojos, estuvo a punto de decir algo pero calló. Stone era un hombre de cara cuadrada, mejillas bien rasuradas, ojos claros y una sonrisa breve pero intensa. ¿Dick?, dijo Stone. Luego caminó hasta el fondo del despacho. Echó una ojeada por la ventana: abajo las calles estaban repletas de autos, de taxis amarillos que avanzaban con pereza y también de vendedores de perros calientes en las esquinas. Stone volvió la mirada hacia la mujer. Tenía los labios bien pintados y pegados entre sí y las manos soldadas a la cintura. Dick está muerto, dijo Stone pronunciando despacio cada sílaba y apoyando peligrosamente la espalda en el borde del alféizar de la ventana. No lo está, dijo la mujer con rapidez, era él, estoy segura. ¿Tú también crees que estoy loca, Tom? Stone cruzó los brazos y la chica vio que el saco azul con rayas blancas se abría a la altura de las solapas y que de esa manera dejaba ver una pistola. Creo que es un impostor, dijo Stone con calma, nada más. Yo lo vi, dijo ella dando dos pasos, luego se detuvo, ¿me crees? Te creo, dijo Stone descruzando los brazos. Sólo hay un problema, continuó mientras se acercaba a ella y la tomaba con delicadeza de la barbilla, yo lo vi morir. Stone hizo una pausa, vio los ojos celestes de la mujer, la piel blanca y el cabello castaño. Lo vimos morir los dos, ¿recuerdas? Sólo lo vimos caer, Tom, dijo ella, no lo vimos morir. Eso es cierto, dijo Stone de pronto preocupado, pero nadie sale vivo luego de caer de esa altura. ¿Entonces?, dijo ella, es un imitador, ya te dije, dijo Stone, hay gente así, hay gente a la que de pronto se le da por imitar cosas. Entonces Stone sonrió.

Por un momento sólo se escuchó el ruido del proyector girando. Mariela vio el rostro en penumbras de Ossorio, se mordió el labio y volvió a clavar la mirada en la pantalla. Ahora Stone bajaba corriendo las gradas de un edificio. Afuera llovía, así que la visión no era buena. Stone sacó un arma y caminó apuntando hasta que giró en una esquina. Frente a él apareció un callejón estrecho, sucio, con botes de basura a los costados y con un coche destartalado y sin llantas en medio. La lluvia no dejaba ver nada. Sin embargo, aún así, Stone caminó sin dejar de apuntar hasta llegar frente al coche. Stone rodeó el auto y cuando estuvo a punto de llegar a la puerta del copiloto ésta se abrió golpeándolo con violencia. El arma y él cayeron casi al mismo tiempo. Stone se derrumbó de espaldas. La lluvia le llegaba al rostro impidiéndole ver con claridad. Stone giró, se puso de cuatro patas e intentó buscar el arma pero una pierna enfundada en un pantalón azul se estrelló contra sus costillas. Stone giró sobre sí mismo y al apoyar las palmas de las manos para incorporarse escuchó el ruido de alguien cortando cartucho. El viejo Stone, dijo una voz aflautada y tranquila. Stone se había quedado de rodillas con los brazos levantados. La lluvia seguía cayendo, pesada, impasible. Cuánto tiempo, Stone, continuó la voz y de pronto una sombra se puso frente a él. Stone se limpió el agua de la cara con la mano derecha. ¿Dick?, dijo. Ossorio cruzó los brazos, intentó echar una ojeada a Mariela pero no se atrevió. Respiró por la boca y luego se apoyó en el espaldar de la butaca. Dick apoyó el cañón del arma en la frente de Stone. Por un momento sólo se oyó el ruido de la lluvia cayendo sobre el piso. Dile adiós al mundo, Stone, dijo Dick. Stone cerró los ojos. Se vio a sí mismo junto a su padre corriendo por un campo lleno de cebada, luego montando un caballo a pelo y finalmente frente a una piscina con decenas de hojas amarillas flotando en paz sobre el agua. Stone abrió los ojos y sólo distinguió un pequeño estallido y luego su cuerpo cayó de espaldas. Dick guardó el arma dentro del bolsillo de un impermeable amarillo. Se subió la capucha y salió del callejón caminando despacio. Mariela dio un suspiro y Ossorio quiso decir algo, pero en eso apareció la mujer de los ojos celestes al frente de un volante. La lluvia resbalaba por el parabrisas con rapidez. La mujer aceleró y pudo distinguir a un hombre vestido con un sobretodo amarillo cruzando la calle. La mujer aguzó los ojos y sus labios murmuraron: Dick. Las manos de la mujer apretaron el volante. La cámara enfocó los nudillos tornándose blancos. Dick aún estaba en medio de la calle, hasta que giró el rostro y vio venir un coche plateado a toda velocidad. Intentó sacar el arma del bolsillo, pero ya era demasiado tarde: el parachoques del auto se estrelló en sus piernas, y lo arrastró así hasta aplastarlo contra un poste del alumbrado público. Una luz blanca llenó la pantalla. Ossorio aprovechó el resplandor para girar la cabeza y verla. Vio el rostro níveo y la nariz breve y los labios secos y apretados. Pero sólo fue una visón fugaz, pues de repente la pantalla había pasado a un negro profundo. El agente Tomás Ossorio volvió a girar el rostro. Ahora la mujer de los ojos celestes estaba tendida en la cama de un hospital, con un montón de tubos saliéndole del pecho. Está muerta, pensó, pero en eso abrió los ojos y dos lágrimas empezaron a correr por las mejillas. Se escuchó una música lenta y sentimental. La cámara giró y enfocó una ventana cercana: había dejado de llover y entre nubes delgadas, ya casi transparentes, empezaba a salir el sol. Ossorio se frotó las manos en las perneras del pantalón. La pantalla se puso negra y empezaron a salir los créditos.

Las luces se encendieron. Ossorio se puso de pie. Mariela tardó en hacerlo. Ambos salieron sin decirse nada. Vaya película, dijo Mariela una vez afuera. ¿Te gustó?, dijo Ossorio. Mucha violencia, dijo Mariela, poniéndose el abrigo café de detective, no tiene sentido. Ossorio rió divertido. ¿Te parece gracioso?, dijo Mariela con una sonrisa en los labios, ¿te estás haciendo la burla de mí? Ossorio le dijo que no, ella le dijo que no le creía y entonces Ossorio la invitó a tomar algo, eso sí, dijo, todo menos café. Mariela aceptó. Caminaron por una acera vacía, bajo un cielo encapotado. No me gusta la violencia, dijo ella. Ossorio no contestó, recordó a la mujer de la película y le pareció distinta a ella, recordó también a Stone y creyó que se parecía a él. ¿Todos los policías son así?, dijo ella, ¿todas las enfermeras hacen las mismas preguntas?, dijo Ossorio. Ambos se detuvieron y se observaron por algunos segundos. El rostro de ella había pasado a ponerse serio. Ossorio pensó que la había embarrado, ¿por qué se enojaba con tanta facilidad? Tosió y se llevó la mano a la boca para ganar tiempo. ¿Cómo somos las enfermeras?, dijo ella sonriendo otra vez, si no me lo dices no nos movemos de acá, te juro. Ossorio sintió que las primeras gotas empezaban a caer sobre su cabeza. Mariela había cruzado los brazos sobre el pecho y tenía la mirada firme sobre el agente. Complicadas, dijo Ossorio, muy complicadas. Mariela iba a decir algo, pero en eso la lluvia se derrumbó con violencia. Ossorio la tomó de un brazo y corrieron a refugiarse debajo del alero de un tienda. Vieron cómo las calles empezaban a inundarse: una fila de arroyos cafés comenzó a descender con lentitud. Mariela miró el reloj pulsera que llevaba. Ossorio le preguntó si estaba apurada. Ella dijo que no. Entonces por qué miras el reloj, dijo. Mariela bajó el brazo. Nada, dijo, sólo quería ver la hora. ¿Estás enojada?, dijo Ossorio. ¿Por qué siempre me dices eso?, dijo ella. Ossorio se encogió de hombros, es que siempre pareces enojada, dijo. En ese momento la lluvia empeoró. El agente vio cómo las gotas de agua caían con violencia sobre el techo de los autos. No sé, dijo Ossorio. Lo que pasa es que no sabes cómo hablar conmigo, ¿no?, dijo Mariela. ¿Te pongo nervioso? Ossorio la miró asombrado. Ella esperaba su respuesta. Algo, dijo. Mariela sonrió. Eres como un niño, dijo, ¿en serio te pongo nervioso? Ossorio apoyó la espalda contra la pared. Volvió a echar un vistazo al agua desplazándose por la calle. Tal vez tenga que decirte algo, dijo Ossorio. Mariela dio un respingo imperceptible. Pasó un auto tocando bocina y ella pensó en la mujer del auto que había atropellado a Dick. Pensó en Dick y la espalda partida contra el poste de luz. Pensó en Stone tirado de espaldas bajo una lluvia similar a ésta y en el hoyo pequeño que el disparo le había hecho en la frente. Imaginó a Ossorio en esa misma posición. ¿Oyes?, dijo Ossorio. Tengo que decirte algo. Entonces Ossorio la miró. Mariela sonrió, pero no lo hizo como para burlarse de él. Se trataba de una sonrisa de tristeza, de esas que los hombres nunca pueden reproducir. Me gustas, dijo Ossorio, ¿no te has dado cuenta en todo este tiempo en que venimos saliendo juntos? Mariela se aclaró la garganta. Ossorio notó un destello de luz en ambos ojos, como si los faroles de un auto los hubiesen iluminado de repente. La lluvia seguía cayendo con furia. Un hombre de traje marrón y con unos lentes enormes y completamente empapado se acomodó al lado de Ossorio. El agente se acercó. Mariela respiraba aceleradamente. Ya me había dado cuenta, dijo ella, ¿crees que soy tonta?, ¿crees eso? ¿Y tú?, dijo Ossorio. El hombre del traje se quitó los lentes, extrajo un pañuelo del bolsillo lateral del saco y empezó a limpiar los cristales con dedicación. No sé, dijo ella, pero un instante después, luego de haber apretado los puños con furia, dijo tú también me gustas. El hombre se puso los lentes, echó una ojeada a los dos. Mariela creyó que se parecía a Dick, pensó por una fracción de segundos que en cualquier momento sacaría un arma y dispararía contra Ossorio. Sin embargo, el hombre se subió el cuello del saco y corrió calle abajo, en dirección hacia el cine donde ellos habían estado hace unos minutos. Entonces estamos de acuerdo, dijo Ossorio. Pero vayamos con calma, dijo Mariela. El rostro de Ossorio había enrojecido levemente. Mariela quiso decir algo, pero de pronto la lluvia cesó. Ambos miraron la calle por donde aún corrían las pequeñas columnas de agua turbia. Ossorio se pegó al hombro de ella. El agente era unos cuantos centímetros más alto. Mariela le dio un golpecito amistoso con el puño cerrado. Ossorio quiso decir algo pero en eso un trueno rompió el cielo y volvió a llover.

LA VIEJA MIRÓ al Primo sin decir nada por algunos segundos. La mujer sostenía la puerta del garaje del colegio Irlandés con la mano derecha y con la otra no paraba de darle vueltas a la punta de la mantilla que cargaba con ella todo el tiempo. El Primo, no supo por qué, pero imaginó un costal lleno de huesos.

—Está durmiendo todavía —contestó la mujer.

—Necesito verlo —dijo el Primo dejando caer una maleta mediana de cartón comprimido que había estado cargando debajo del brazo—. Es urgente.

La mujer se desprendió de la puerta de mala gana y balbuceó algo que el muchacho interpretó como espera un rato

El Primo volvió a tomar la maleta. La sostuvo esta vez del asa mientras pensaba en Mamita y en Escarbino. ¿Estaría aún vivo?, ¿lo habrían torturado, como decía Mamita?, ¿habría confesado todo?, ¿o habría logrado escapar en medio de la noche y estaría ahora escondido esperando a que las cosas se calmen? Soltó la maleta. Se pasó la mano por los cabellos y cuando estuvo a punto de sacar el peine del bolsillo trasero del pantalón, apareció la Morsa.

Tenía los ojos rojos, la mirada cansada y los cabellos desordenados. Lo observó casi como lo había hecho la vieja. El Primo dijo:

—Ya estoy aquí. Volví.

La Morsa terminó de cerrar la puerta. El Primo vio que llevaba un sobre manila en la mano derecha.

—No deberías estar aquí —dijo la Morsa mirando a los costados. Vio a los primeros alumnos del colegio acercándose en parejas, dispersos, cargando las mochilas pesadas y hablando a gritos, metidos en sus uniformes verdes.

—Mi hermana me echó —dijo el Primo con una media sonrisa y recordó la sorpresa de la mujer de estatura pequeña y ojos negros y barriga descomunal al verlo aparecer frente a su puerta y luego los gritos y el escándalo y también el dedo amenazando: no quiero maricones en mi casa.

—Vete —dijo la Morsa echando a andar con el sobre debajo del brazo—. Sabes que no pueden vernos juntos. ¿Qué haces aquí?

El Primo vio a la Morsa subir Las Retamas. Tomó la maleta y corrió hasta alcanzarlo.

—¿Sabes algo? —dijo—. ¿Alguna noticia?

La Morsa se detuvo. Lo miró con furia. El Primo pensó que iba a golpearlo.

—Nada —dijo—. No sé nada.

—¿Y Escarbino? —dijo el Primo.

La Morsa volvió a mirar a su alrededor, como si al mencionar ese apellido el Primo hubiese revelado un secreto inconfesable y terrible. Se acercó.

—Calla —le dijo en voz baja—. ¿Quieres que nos lleven presos?

El Primo no dijo nada: sólo respiraba por la boca mientras las fosas nasales se abrían aceleradamente.

—No tengo adónde ir —dijo el Primo tragando saliva—. No puedo volver a mi cuarto. ¿Qué pasa si me están esperando ahí?

La Morsa continuó caminando. El Primo lo siguió. Ambos llegaron hasta el puesto de periódicos. El Diablo los vio y sonrió con malicia.

—Hola, maricones —dijo.

Ninguno de los dos dijo nada. La Morsa continuó caminando sin verlo, pero el Primo se detuvo un momento a comprar un periódico. El Diablo se lo pasó diciéndole que los ignorantes hoy en día sólo compraban el periódico para aparentar que sabían leer. El Primo no contestó nada, tomó el periódico y corrió para poder alcanzar a la Morsa. Lo vio a la distancia, ya sobre la avenida Saavedra e ingresando a una tienda en cuya puerta podía leerse: *Fotocopias*. Vio a la Morsa sacar un papel de dentro del sobre manila. Se lo pasó a un tipo. La Morsa dijo:

—Quince copias.

El tipo fue hasta la máquina fotocopiadora, puso encima del vidrio el papel que le había dado, cerró la tapa, manipuló algo en los controles y volvió donde estaban la Morsa y el Primo.

—¿Algo interesante? —dijo señalando el periódico con los ojos.

El Primo abrió el periódico, buscando alguna noticia acerca del asalto. Llegó a la sección policiales y sólo pudo leer una noticia que no le dijo nada.

Asesinan a un hombre
en la Eloy Salmón

La tarde de ayer el equipo de Homicidios de las fuerzas de seguridad hizo el levantamiento legal del cadáver de SP, vendedor de juegos electrónicos y televisores en la tienda con el número 879 de la populosa Eloy Salmón.

El hecho habría acaecido al promediar las seis de la tarde cuando un desconocido o varios ingresaron a dicho establecimiento aparentando ser simples compradores. El cadáver fue hallado por la hija de SP en la parte posterior de dicha tienda con una herida profunda a la altura de la manzana de Adán. Según declaraciones del forense de homicidios, Mario García, "la muerte fue inmediata y sin dolor". La Policía aún no ha informado cuánto de dinero o especies se llevaron los ladrones; sin embargo este periódico pudo entrevistar a la hija del difunto, la cual afirmó que sólo había desaparecido una consola de esos juegos denominados Atari y varios casetes correspondientes al mismo.

La Policía no descarta, empero, que los comerciantes de esta próspera zona lleguen a ser víctimas de la banda de delincuentes que aparecieron en los últimos días, los cuales se hacen llamar los Apóstoles. Las autoridades hacen el llamado público a la población para denunciar a cualquiera de estas personas dispuestas a desestabilizar al gobierno mediante estos actos delictivos.

La máquina dejó de hacer el ruido monótono que había acompañado a la lectura de la noticia. El Primo despegó los ojos del periódico y vio al tipo volver a la fotocopiadora, levantar la tapa, extraer el papel y luego bajar la mano para tomar las quince copias de la bandeja inferior. Puso las copias sobre el mostrador de madera y empezó a contarlas con el dedo índice de la mano derecha mientras mojaba la punta con la lengua a intervalos.

—Siete cincuenta —dijo al terminar de contar.

La Morsa sacó un billete y se lo pasó. El tipo lo tomó y desapareció por un momento cubierto por el mostrador. El Primo oyó el choque de monedas dentro de lo que imaginó sería una lata. El tipo volvió a aparecer. Le pasó unas monedas a la Morsa y éste las guardó dentro del sobre manila junto a los papeles fotocopiados.

La Morsa salió de la tienda como si la presencia del Primo sólo fuera un recuerdo y caminó en dirección contraria a los coches que subían la avenida Saavedra. El Primo lo seguía sin decir nada. Caminaron así hasta que la Morsa se detuvo frente al edificio Mercante. Lo observó de arriba para abajo. Sacó uno de los papeles del sobre de Manila. Se acercó a un poste de luz y lo extendió encima de la superficie a baja altura, como para ser leída por alguien pequeño. Lo sostuvo así con una sola mano mientras que con la otra buscaba algo en el bolsillo trasero del pantalón. El Primo vio que se trataba de un carrete de cinta adhesiva. Vio que la Morsa no podía encontrar la punta para poder desplegarlo y fue entonces cuando giró el rostro para verlo:

—¿Te vas a quedar ahí parado?

El Primo soltó la maleta de cartón comprimido, tomó el carrete de cinta adhesiva y buscó la punta con las uñas. Tardó un poco hasta que la halló, jaló un pedazo y luego lo cortó con los dientes. Se lo pasó a la Morsa y éste lo pegó en una esquina del papel. El Primo hizo lo mismo tres veces más, hasta que el papel quedó sujeto en el poste. La Morsa lo vio mientras sus labios leían el texto. El Primo se acercó y leyó en voz baja:

Se cambian casetes de Atari 2600. Calle Las Retamas, puerta del colegio Irlandés. Preguntar por Aquiles.

—Necesito esconderme —susurró el Primo—. Morsa, por favor.

La Morsa no dijo nada. El Primo vio el orificio producto del pedazo de labio inexistente, los dientes reventando como si se tratasen de los pétalos de una flor, los cabellos sucios, las chompa ploma con el cuello en V y los pantalones verdes.

—No deberías estar aquí —dijo al fin—. ¿Por qué no te vas a otro lado?

El Primo no dijo nada. Escuchó el ruido de los motores de los autos subiendo la avenida. Imaginó una celda fría de paredes desconchadas, una puerta de metal como única forma de contactarse con el exterior. Y el cuerpo de Escarbino dentro.

—Tengo que quedarme contigo —dijo—. Si me atrapan tú también caes.

La Morsa golpeó con el sobre manila la mano libre. Aunque parecía sonreír por la ausencia del trozo del labio superior el Primo sabía que estaba furioso.

—No —dijo—. Nadie más puede vivir en el colegio. ¿Cómo quieres que te meta?

—Puedo esconderme —dijo el Primo—. Sólo por unos días. Nadie lo sabría.

La Morsa dejó de golpear con el sobre. Pensó que el Primo tenía razón. Pensó que tarde o temprano lo atraparían, ¿y si ya estaban detrás de los dos?, ¿y si Mamita ya había sido capturada? Pero estaban los riesgos: el director, su mamá, esos cabrones de uniforme verde. ¿Y si alguien veía al Primo? ¿No los echarían por eso a él y a su madre del colegio? ¿No estaba prohibido meter gente desconocida? ¿No era esa la misma recomendación que le hacían a su tío a cada momento? Pero también pensó en las consecuencias de que atraparan al Primo. ¿Los buscaba la Policía? Claro que sí: sólo que los buscaba en silencio, para que no sospecharan. Entonces la Morsa lo decidió.

—Pero sólo por un tiempo —dijo con rabia—. Hasta que Mamita nos llame.

El Primo sonrió. Tomó la maleta y le preguntó dónde lo escondería para que su madre no lo descubriera. La Morsa pensó en el entretecho del cuarto, pero recordó que era muy pequeño, luego le vino la imagen del ropero.

—Primero ayúdame con esto —le dijo y le pasó una mitad de los papeles fotocopiados.

El Primo ingresó a varias tiendas a pedir permiso para poder pegar los anuncios en las vidrieras hasta que se acabaron. Luego enfilaron una vez más hacia el colegio. En el puesto de periódicos el Diablo dormitaba y cuando el Primo quiso decirle algo la Morsa lo detuvo y bajaron Las Retamas. Al llegar a la puerta comprobaron que su madre había armado el puesto de dulces y que no estaba en ese momento. La Morsa le dijo que le diera la maleta y que era mejor aguardar hasta la salida. Explicó que tendría que entrar cuando los pendejos del Irlandés salieran. El Primo asintió con la cabeza y le dijo que estaría en el parque cercano, haciendo hora y leyendo las noticias. La Morsa no dijo nada: sólo tomó la maleta y le quitó el periódico de un tirón.

—Pobre Huguito —dijo el Gordo viéndolo alejarse—. ¿Será la frontera tan fea como dicen?

Ossorio apoyó la espalda en la pared verde del pasillo del hospital. Cerró los ojos. Imaginó a Mariela llamándolo con el dedo índice para meterse juntos a la ducha, una práctica habitual desde que vivían juntos. Imaginó el agua caliente resbalando por la piel, haciendo remolinos en su vientre y yendo a morir entre los dedos de los pies. Imaginó también los labios de ella haciéndole cosquillas en la oreja, mordiéndole el lóbulo, la nariz respirando detrás de su nuca. Imaginó su cuerpo delgado, flexible, con el aroma a violetas que tanto le gustaba.

—Pero nosotros estamos peor —continuó el Gordo—. ¿Qué vamos a hacer ahora?

Ossorio abrió los ojos. Giró un poco para ver al Gordo. Éste hablaba al vacío, movía los labios como si estuviese repitiendo una letanía.

—¿Dónde está el Cacas? —dijo Ossorio.

—Lo llamaron hace rato —dijo el Gordo—. Fue a ver qué habían encontrado en la iglesia.

—Estoy cansado —dijo Ossorio dando un bostezo—. ¿Ya salió la esposa de Ortiz?

Ambos miraron la puerta por donde habían metido a Ortiz con el brazo herido y también por donde hace algunos minutos había salido Huguito con una venda en la cabeza.

—Todavía no —dijo el Gordo—. Qué suerte la de Ortiz. Tiene dos días de permiso. ¿No me dispararías, Ossorio?, sólo para descansar un poco.

Ossorio sonrió. El Gordo también lo hizo. Ossorio creyó ver un gesto de desilusión en el rostro del otro, un gesto que iba más allá del cansancio y el hartazgo.

—Te podría dar en las bolas mejor —dijo Ossorio—. Así descansas del todo.

Los ojos del Gordo se nublaron. Movió un poco el cuerpo, como quitándose la modorra acumulada por tantos días sin descansar. Ossorio pensó en un perro sacudiéndose el agua de encima.

—Eso sería lo último que me faltaría —dijo el Gordo con entonación grave—. Estar sin dormir todos los días y encima sin bolas. ¿No sería el colmo de los males?

El agente Tomás Ossorio estuvo a punto de contestar, pero en eso escuchó el ruido de un par de tacos golpeando contra las losetas del piso. Ambas cabezas giraron. El Cacas venía casi corriendo, agitando un papelito en la mano derecha.

—Hola —dijo al llegar donde estaban los dos—. ¿Cómo está Ortiz?

—Bien —dijo el Gordo—. Tiene baja médica. ¿No te parece injusto, Cacas?

—Peor injusticia es lo que le está pasando al sargento Serna —dijo el Cacas señalando con el dedo pulgar el pasillo por donde había venido y por donde se había perdido Huguito—. ¿Es cierto que el tipo al que están interrogando le quitó un pedazo de oreja? —el Cacas sonrió, mostró los dientes de piraña podridos, llenos de manchitas cafés dispersas por todos lados—. Me alegro por ese conchudo.

—¿Y nosotros? —dijo el Gordo—. ¿Qué va a pasar con nosotros, Cacas? Deberías estar preocupado por eso, más bien.

El Cacas le dio un golpecito en la espalda, invitándolo a la calma. El Gordo lo vio como si el Cacas estuviese trayéndole una excelente noticia, como si con esa noticia le dijera que al fin podría irse a casa a dormir y comer y luego, claro, a tirarse a su mujer.

—No nos fue tan mal —dijo el Cacas sin dejar de sonreír—. ¿Saben qué encontramos en la iglesia de Bórtegui?

Ninguno de los dos contestó. El Cacas los miraba con una expresión de depravado.

—Ahora es cuando vamos a acabar con todos los Apóstoles —dijo agitando el papelito que cargaba en la mano—. A que no adivinan qué tengo acá. ¿Adivinan?

—Ya empiezo a aburrirme —dijo Ossorio mirándolo con firmeza—. ¿No estás perdiendo el tiempo?

La sonrisa del Cacas se fue borrando de su rostro paulatinamente. Miró el papelito y dijo:

—Es una carta de Bórtegui a un amigo. Un tal padre Vidal. Le agradece la colaboración y el entrenamiento de la semana pasada. Estaba escondida detrás de un cuadro. El sobre tiene una dirección.

—¿Una carta? —dijo Ossorio—. Los Apóstoles no se escriben cartas. Nunca lo hacen. Debe ser una trampa.

—El tal padre Vidal existe —dijo el Cacas—. Ya tenemos a Zamora vigilando su casa. Tenemos que ir y agarrarlo vivo.

—Creo que nos estamos equivocando —dijo Ossorio—. Los Apóstoles no caen así de fácil. Es una trampa, seguro.

El Cacas guardó el papelito. Los miró a ambos con furia, agachando un poco la cabeza, torciendo y enfocando los ojos hacia arriba.

—Ya tenemos órdenes de agarrarlo —dijo—. Allá ustedes si no quieren venir.

El Cacas les dio la espalda. Ensayó un par de pasos y mientras se alejaba el Gordo y Ossorio se miraron.

—Será mejor que vayamos —dijo el Gordo—. ¿Te imaginas acompañar a Huguito y a Serna en la frontera?

Los dos se movieron. El Cacas oyó los pasos y se detuvo. Giró el cuerpo para verlos y dijo:

—Vamos en la camioneta.

Afuera estaba la Chevrolet verde. Ossorio subió a la parte trasera. El Gordo ingresó a la cabina, frente al volante. El Cacas se sentó al lado. Salieron haciendo sonar las llantas. Ossorio se sentó con la espalda apoyada en la pared de la cabina. Pensó en Ortiz, en la esposa entrando al hospital dando gritos y haciendo sonar los tacos sobre el piso de losetas. Pensó en el hijo de Ortiz mirándolo antes de desaparecer por la puerta. Luego recordó a Huguito y la cara de alegría que había puesto cuando Ortiz le dijo el nombre de la mujer que estaba buscando. Su rostro ensayó una sonrisa al recordar la imagen de Huguito con la venda cubriéndole medio cráneo.

De pronto la camioneta se detuvo. Ossorio miró a los costados y comprobó que se encontraban en un barrio de casas pequeñas y calles despobladas. Se puso en pie, bajó de un salto: el Cacas y Ortiz caminaban hacia una casa amarilla de un piso y con las ventanas abiertas. Se detuvieron frente a la puerta de una tienda. Era una tienda pequeña, de esas donde venden refrescos, pan, papel higiénico y ese tipo de cosas. El Cacas metió medio cuerpo. Dijo algo en voz baja y luego giró para ver a los otros dos. Hizo un gesto con la cabeza que decía podemos entrar.

Ingresaron. Lo primero que vio Ossorio fue un armario lleno de conservas y latas de aceituna y muy cerca una mujer pequeña y seca los miraba con ojos grandes y asustadizos.

—No tienen derecho a hacer esto —dijo casi susurrando—. ¿Qué culpa tengo yo de vivir frente a la casa del padre Vidal?

—Ya le dije que se calle —dijo un hombre de bigotitos—. ¿No ve que es un delito no colaborar con la Policía?

La mujer giró para mirarlo. El tipo de los bigotitos estaba en el quinto peldaño de una escalera. Tenía una metralleta colgada al hombro y veía a intervalos por unos binoculares a través de una ventana. Era una de las ventanas que Ossorio había visto al llegar.

—¿No se movió, Zamora? —dijo el Cacas.

Zamora bajó de la escalera de un salto. Saludó a Ortiz y al Gordo con un apretón de manos. Luego miró a la mujer y dijo:

—Está ahí. Su habitación es la del segundo piso. ¿Vamos a entrar?

El Cacas asintió con la cabeza. Miró al Gordo, estuvo a punto de decirle algo pero en eso se arrepintió y acercó los labios a su oreja. El Gordo contuvo la respiración mientras sentía el aliento del Cacas recorriéndole el lóbulo. Dijo sí con la cabeza y salió de la tienda. El Cacas se acercó a Ossorio y dijo:

—Primero irá el Gordo. Tocará la puerta y cuando el padre abra lo agarramos. Zamora nos cubrirá.

Zamora dijo entendido al escuchar que lo nombraban. El Gordo volvió a entrar cargando una maleta cuadrada de metal y por lo visto extremadamente pesada. La puso en el piso y la abrió luego de haber hecho girar los números en un tablero. Aparecieron una escopeta Ítaka y una metralleta.

—¿Vamos? —dijo el Cacas.

El Gordo tomó la Ítaka y la camufló cubriéndola con el brazo. Preguntó si se notaba.

—No —dijo el Cacas.

—¿Ya se van? —dijo la mujer—. ¿Qué le van a hacer al padre Vidal?

Zamora la tomó del brazo y lo dobló con facilidad pegándolo a la espalda. La mujer contrajo la cara: los ojos de pronto se convirtieron en dos rayitas horizontales, mínimas, como los de un pájaro muerto. La llevó así hasta que desaparecieron detrás del mostrador. Los tres escucharon un cuerpo cayendo y luego un golpe seco. Zamora apareció después de un tiempo ajustándose el nudo de la corbata.

—Está encerrada en el baño. Vieja de mierda —dijo.

—Vamos —dijo el Cacas—. Dile cuál es la casa.

Zamora asomó a la puerta de la tienda. El Gordo se puso al lado. Zamora levantó el dedo, señalando.

Salieron los cuatro. Zamora, Ossorio y el Cacas se detuvieron en la acera, a sólo unos metros de la tienda. Ossorio vio al Gordo cruzar con calma la calle en dirección a una casa azul de dos pisos y con rejas negras en las ventanas. El agente se detuvo frente a la puerta y tocó el timbre. Vio que el Gordo miraba el suelo y que reprimía un bostezo con el dorso de la mano. Los tres que se habían quedado hicieron un círculo y simularon discutir algo. El Cacas cubría la escopeta pegándola a la pierna derecha y Zamora tenía colgada la metralleta hacia la espalda. Ossorio sintió el peso de la Browning cerca del sobaco.

Pero nadie abrió. El Gordo insistió con el timbre una vez más y volvió a mirar el piso. Entonces la puerta se abrió.

El padre Vidal era un tipo joven. Vestía una chompa de lana con rombos azules y amarillos alternándose como si se tratase de un tablero de ajedrez. Tenía el cabello negro y enrulado. Ossorio notó que un bucle de cabello caía sobre la frente a cada momento y que por lo tanto el padre Vidal echaba la cabeza hacia atrás para impedirlo.

—¿El padre Vidal? —dijo el Gordo.

Fue tan rápido que el Gordo no pensó en nada cuando vio el cañón de la .45 sobre la frente. Y tampoco pensó en nada cuando sintió algo similar a un aguijón frío atravesando su cerebro. Zamora vio el cuerpo del Gordo estremecerse, como si de repente lo hubiese atacado un inesperado ataque de hipo. El Gordo giró sobre sus talones, la Ítaka cayó inútil a un costado haciendo un ruido metálico y su cuerpo se derrumbó en cámara lenta, echando por los costados de la cabeza un chorro de sangre, como lo haría la lava de un volcán al momento de hacer erupción.

El padre Vidal desapareció cerrando la puerta. Zamora tardó en reaccionar, empuñó la metralleta y disparó sobre la puerta. Las balas, sin embargo, se estrellaron contra el costado de una ventana cercana levantando una columna de tierra.

Los tres ingresaron corriendo a la tienda. Por un momento ninguno dijo nada. Ossorio intentó escuchar algo, pero sólo pudo oír un silencio abrumador. Zamora caminó agachado hasta llegar al pie de la escalera. Dubitó un segundo al momento de poner un pie en el primer peldaño, pero entonces giró la cabeza y soltó la metralleta.

Ossorio ya había sacado la Browning. Esperó ver caer a Zamora partido por un montón de balas, sin embargo éste sólo se agachó y recogió el arma.

—Vieja de mierda —dijo Zamora entre dientes perdiéndose detrás del estante de conservas—. Puta, nos jodió.

El Cacas se apostó cerca de la puerta de la tienda, esperando que el padre Vidal saliera corriendo. Pero nada se movía a excepción de la sangre del Gordo bajando y empapando la espalda del mameluco azul. Tenía la cabeza reventada, abierta, como una sandía estrellada con furia contra el suelo.

Ossorio fue detrás de Zamora. Lo primero que vio fue un teléfono negro sobre una mesa pequeña con el tubo descolgado. Buscó con la mirada y entonces la vio.

La vieja estaba colgada por el cuello a una soga y ésta atada a la tubería de la ducha. Cerca del teléfono había un papel doblado. Zamora lo tomó y lo desdobló. Era una nota escrita con un lápiz rojo. La leyó primero y luego se la pasó a Ossorio: *Viva la guerra espiritual. Venceremos*, decía.

—¿Ves lo que te puede pasar, Gata? —Huguito la tomó por el codo y la acercó hasta donde estaba Escarbino—. ¿Te gustaría acabar sin uñas? ¿Te gustaría?

La Gata tenía un ojo morado y los labios hinchados. Ostentaba, además, una costura reciente en la ceja. La mujer bajó la cabeza para evitar la imagen pero las manos del sargento Serna la tomaron de los pelos grasientos y la obligaron a mirar.

—¿O te sacamos los dientes, Gatita? —dijo Huguito pegando los labios a la oreja de la mujer—. Así te hacemos un favor. ¿Sabe qué favor podemos hacerle, sargento?

—No tengo ni idea, Huguito —dijo el sargento Serna—. Acá en el Cuerpo el dadivoso eres tú, yo no.

¿Entonces era él? Escarbino se detuvo un momento. Vio a la Morsa sentado al pie del monumento, bajo el jinete con el brazo levantado y que señalaba con un dedo el horizonte en medio del parque Triangular, con las piernas extendidas, leyendo desde esa posición el texto de una placa: ... *la ilustre memoria del presidente de la primera junta de las provincias del Río de la Plata (25 de mayo*

*de 1810). Brigadier Cornelio de Saavedra, nacido en Fom-
brera (Potosí) y la del Gran Capitán de los Andes José de San
Martín.* Ese es, dijo el Primo, ¿algún problema? ¿Qué le
pasó en la cara?, dijo Escarbino, no sé, dijo el Primo, creo
que nació así.

—Fácil, sargento —dijo Huguito—. ¿Se rinde?
Sin dientes puede chupar mejor. ¿Acaso no es feo un
mordisco allá abajo? Te haremos un favor, Gata. Dupli-
carás la clientela en un santiamén.

¿Y es normal?, dijo Escarbino, ¿puede hablar, por
lo menos? Habla bien, dijo el Primo, ¿no te gusta? Escarbino no dijo nada. No es eso, dijo luego, lo que pasa es
que llamaría demasiado la atención.

—Así que tú decides —dijo el sargento Serna—.
Sólo una dirección, una calle, un número. No te pedimos
más. ¿Verdad que nos vas a ayudar, Gata?

Ya nos vio, dijo el Primo levantando el brazo, si
no te gusta ni modo. La Morsa se levantó y caminó hacia donde estaban ellos. Cómo es, dijo dirigiéndose al
Primo. Hola, dijo el Primo, ¿esperaste mucho? La Morsa
no contestó: había notado que Escarbino no dejaba de
verlo. ¿Te gusta mi cara?, dijo después de un tiempo. Escarbino miró al Primo, éste intentó sonreír. Tranquilo,
dijo el Primo, este es el amigo de quien te hablé. ¿Vamos
a sentarnos?

—No sé nada de ella —dijo la Gata—. ¿Por qué
me preguntan a mí?

Huguito la acercó mucho más hasta donde estaba
el cuerpo de Escarbino. Con la otra mano le tocó el pecho, dio un silbido de admiración y dijo:

—Creo que ya se murió —vio a la Gata—. Qué
bonita te verías sin dientes, princesa. Serías el sueño de
todo hombre.

—Qué va a estar muerto —dijo el sargento Serna—. Está dormido nomás.

—Ya pues sargento —dijo Huguito—. No le quite la emoción al trabajo.

—Lo único que quieres es mancillar a la señorita —dijo el sargento Serna—. Te advierto que este mi colega es todo un depravado, Gata.

—No me haga quedar mal, sargento —dijo Huguito con seriedad—. ¿No ve que todo lo que se dice de mí son puras habladurías? Envidia de la gente, mi sargento.

No me gusta que me miren, dijo la Morsa mientras se sentaban. ¿O te gustaría que te vieran a cada momento? Ya, ya, dijo el Primo poniendo calma, no venimos a pelear. ¿Quieres escuchar o no? La Morsa miró el piso. Escarbino murmuró: perdón, lo que pasa es que me impresioné. El Primo le dio una palmada a la Morsa. Le dicen la Morsa por eso, dijo, pero en realidad se llama Aquiles. Aquiles, el señor Escarbino; Escarbino, un amigo: Aquiles. El Primo tomó ambas manos e hizo que se las estrecharan.

—Pero si le dice esas cosas nunca va a hablar, sargento —dijo Huguito—. ¿No ve que me la pone más nerviosa?

—¡Qué va a estar nerviosa! —dijo el sargento Serna viéndola—. ¿No ves que está de lo más calmada? Está así porque va a colaborar con nosotros. Se le nota a la legua en la cara, Huguito.

Huguito la soltó. La Gata se tambaleó por unos segundos pero luego logró recuperar el equilibrio. Huguito fue a un extremo de la habitación, retornó arrastrando una silla, la plantó cerca de donde estaba el cuerpo de Escarbino.

—Así me gusta —dijo el sargento Serna—. Qué buenos modales te gastas a veces, Huguito.

—Todo sea porque esté cómoda —dijo Huguito haciendo que la Gata tome asiento—. Ahora sí, Gatita, a colaborar con la patria se dijo.

¿Y ahora?, dijo la Morsa. Escarbino apoyó ambos codos sobre los muslos de las piernas. ¿Ya te contó algo el Primo?, dijo. Sólo que había un negocio, dijo la Morsa. Un negocio con riesgos, comenzó Escarbino, ¿no le contaste, Primo? El Primo se encogió de hombros: sólo le dije que había un negocio. Escarbino se puso de pie. Entonces mejor olvídate que nos viste, dijo a punto de irse. ¿Quieres decir robar?, dijo la Morsa.

—Te voy a mostrar algo —dijo Huguito mirando a la Gata. Se alejó y llegó hasta la caja de herramientas y empezó a revolverlas—. Pero por lo menos di pío, Gata.

—No la asustes así —dijo el sargento Serna—. Qué mala gente eres, Huguito.

—No sé nada —dijo la Gata una vez más—. ¿No ven que no sé nada?

Huguito volvió con una pinza de electricista en la mano. La movió frente al rostro de la Gata y dijo:

—¿Por dónde quieres que comience? —Huguito acercó la tenaza hasta posar el frío metal sobre los labios de la Gata—. Qué degradación, mi sargento, de agente de Inteligencia a dentista. ¿Por qué tendré tanta mala suerte?

—Por maricón —dijo el sargento Serna sonriendo y cruzando los brazos—. ¿Acaso no sabes que eso es un pecado? Eres un pecador, Huguito. Cuando te mueras te vas derechito al infierno como castigo.

Escarbino retrocedió. ¿Qué dijiste?, preguntó viendo a la Morsa. Éste se puso de pie: ¿quieres decir que robemos?, dijo. El Primo se interpuso entre los dos. Tu amigo habla demasiado, dijo Escarbino viendo a la Morsa por encima del hombro del otro muchacho. Calma, dijo el Primo extendiendo los brazos para contener a Escarbino. Por mí no hay problema si se trata de robar, dijo la Morsa. El Primo giró el rostro para verlo. ¿Por qué no me dijeron desde el principio?

—Qué cosas más feas me desea, sargento —dijo Huguito—. ¿No ve que uno tiene sentimientos después de todo?

—Qué romanticón, Huguito —dijo el sargento Serna—. Si sigues así acá la señorita va a creer que todo lo que le decimos es mentira.

—¿Mentira? —dijo Huguito dando un respingo—. ¿Cómo es eso, sargento?

El sargento Serna descruzó los brazos. Dio un par de pasos y acercó el rostro al de la Gata.

—Que sólo la estamos asustando y que no pasará nada —dijo el sargento Serna sin dejar de verla—. ¿O te estás echando para atrás, Huguito?

—¡Sargento! —dijo Huguito—. Eso sí ofende. A usted le perdono que me diga maricón y esas cosas, ¿pero traidor? A ver, ¿en qué pruebas se basa para acusarme así?

¿Ves que no hay problema?, dijo el Primo, ¿ves que la Morsa es confiable? Los tres volvieron a sentarse. Se trata de eso, dijo Escarbino. Casas, dijo el Primo, sólo robaremos casas y nada más. Un negocio redondo, Morsa. Claro que me interesa, dijo la Morsa.

—En que no consigues nada. Me baso en eso —dijo el sargento Serna mirando a Huguito—. ¿Cómo sé que esta señorita no es tu cómplice? Traidores hay en todas partes, Huguito.

—Sigue ofendiendo, mi sargento —dijo Huguito con seriedad—. ¿Cómo puedo hacer entonces para que me crea?

¿No decías que se necesitaba una camioneta?, dijo el Primo. ¿No tienes tú una, Morsa? Éste dijo que sí con la cabeza. Escarbino se puso de pie, metió ambas manos en los bolsillos del pantalón. ¿Es cierto eso?, dijo Escarbino, ¿de dónde tienes una camioneta tú? Era de mi tío, dijo la Morsa, ¿era?, dijo Escarbino. Se murió, dijo la Morsa con desdén. ¿Te la dejó así, sin más? Me quería mucho, dijo la Morsa y Escarbino notó que podía sonreír, que había que fijarse bien en su rostro para percibirlo: que el hueco en medio del rostro no era una eterna sonrisa después de todo.

—Tú sabes cómo puedes hacer —dijo el sargento Serna. Hizo con los dedos pulgar e índice una tenaza y se la llevó a la boca—. ¿Estamos hablando el mismo idioma, Huguito?

Huguito volvió a mirar a la Gata. Ésta quiso levantarse de la silla pero ya las manos del sargento Serna la habían tomado por los brazos. Huguito le abrió la boca con la mano izquierda y con la derecha empuñó la tenaza.

A mí no me convence, dijo Escarbino mirando al Primo. Ya te dije que es de bolas, ¿no ves que estamos perdiendo una buena oportunidad?, respondió el Primo, la camioneta está asegurada. Escarbino se rascó la cabeza. Que Mamita decida, dijo al fin. La Morsa también se puso de pie: ¿eso quiere decir…?, eso quiere decir que no hay problema, lo cortó el Primo, ¿verdad, Escarbino?

—¡Qué diente más amarillo! —dijo Huguito—. ¿Qué le parece, sargento? ¿Sigo siendo un soplón ahora?

El sargento Serna había sacado un pañuelo y se

limpiaba con una mueca de asco en el rostro los restos de sangre de las manos. Vio a Huguito y luego a la Gata. Ésta tenía la cabeza echada hacia atrás y expulsaba cierto aire pesado por la boca.

—Nunca, Huguito —dijo el sargento Serna—. Tú puedes ser de todo, menos un soplón.

Escarbino dijo que sí. Volvió donde estaba la Morsa y le extendió la mano. ¿Entonces se unía al grupo? La Morsa estrechó la mano de Escarbino. La sintió dura y pesada, como una pedrada. Escarbino sintió la mano de la Morsa: fría y liviana, como un pez muerto.

—¿Y entonces? —dijo Huguito—. ¿Ya captas el mensaje, Gata?

—Dale un tiempo —dijo el sargento Serna—. ¿No quieres un poco de agua, Gata? ¡Ay, Huguito, qué modales!

Huguito fue al extremo de la habitación. La Gata oyó el ruido del agua cayendo sobre un recipiente de metal. Huguito volvió con un jarro rebalsando de agua.

—¿Agua? —dijo.

La Gata tomó la taza y bebió casi todo su contenido. Luego bebió otro sorbo y lo escupió dentro del recipiente vacío.

—¿Y ahora? —dijo el sargento Serna—. ¿Nos puedes decir dónde está esa tal Mamita?

La Gata lo miró de reojo. Tenía los ojos amarillos, como una persona hepática. Pasó con la punta de la lengua la parte frontal de la dentadura. Encontró el espacio vacío, se detuvo en él y dijo:

—Es que si se entera me mata.

El sargento Serna volvió a cruzar los brazos, la vio con seriedad y dijo:

—Si no hablas te matamos nosotros más bien.

¿En serio?, ¿no me estás mintiendo, Alfredo?, ¿es el Oscarín?, sí, es él, ¿va a venir?, no sé, mami, no estamos hablando de eso... ¿hola?, ¿Alfredo?, sí, estoy aquí, lo que pasa es que estaba hablando con mi mamá, ¿en serio no me estás mintiendo?, no, te juro, mi papá dice que vamos a ir esta tarde, ¡qué rico!, ¡qué suertudo, Alfredo!, ahora ya vamos a poder cambiar casetes, ¿y te va a comprar el Atari 2600?, sí, al principio no quería pero después de un rato de ver cómo era me dijo que sí, y hasta dice que le enseñe a jugar, jajaja, mi papá a veces también quiere aprender pero no puede, mueve el control como si tuviera una antena, sí, oye Oscarín, te quiero pedir un favor, ¿qué te preste otra vez mi Atari?, no, no es eso, ¿entonces?, ¿no nos podrías acompañar a comprar el Atari?, lo que pasa es que me da miedo que nos engañen, ¿podrías?, tendría que decirle a mi mamá, ¿sigue tu mamá ahí?, sí, a ver, un rato, ¡mami!, sí, la mamá del Alfredo quiere hablar contigo, ¿en serio?, en serio, ¿hola?, hola señora le habla Alfredo, hola hijito, ¿tú mamá quiere hablar conmigo?, este... sí, un ratito, ¡mami!, ¡mami!, qué gritas tanto, ¿crees que estoy sorda?, perdón, mami, lo que pasa es que la mamá del Oscarín quiere hablar contigo, ¿en serio?, en serio, mami, a ver, hola, hola Raquel, cómo estás, aquí nomás, estaba viendo el informativo, ¿has visto lo de los robos a esas casas?, sí, cada día esta más grave la situación, ¿no?, y encima la Policía que no hace nada, ayer nomás la vecina del 3B... ¿qué?, mirá te cuento después porque este Oscarín está aquí pegado al teléfono, y dime, ¿querías hablar conmigo?, ¿yo?, pero este Óscar me... a ver espérame un rato, oye Óscar, ¿en serio la mamá del Alfredo quería hablar conmigo?, este… ¿puedo ir?, dónde, es que al Alfredo le van a comprar un Atari y quiere que vaya con él, ¿puedo, mami?, hola, perdoname por hacerte esperar, es que este chico dice que quiere ir con el Alfredito a comprar un Atari, ¿en serio le van a comprar uno?, estos chicos, a ver, esperame un ratito, ¡Alfredo!, qué, ¿cómo es eso de que el Oscarito te va a acompañar a comprar tu Atari?, ¿puede, mami?, no sé, su mamá y yo nos acabamos de enterar, ¿para qué va a ir el Oscarito también?, ¿no ves que nos pueden engañar, mami?, ¿no sería mejor que venga con nosotros?, así va a ser más difícil que nos engañen, mami, como él conoce mejor, así no pueden tomarnos el pelo, ¿va a venir, mami?, esperá un rato, ¿hola?, sí, este Alfredo me dice que quiere que el Oscarín lo acompañe porque pueden engañarlos, mirá por mí no hay problema, ¿cuándo van a ir?, hoy día, apenas el Alfredo salga de la oficina, ¿no tiene tareas el Oscarín, no?, no, es lo primero que hace cuando llega sino ya sabe: nada de tele y menos de esos jueguitos, eso es lo que hay que recomendarles a estos chicos porque después con uno de esos juegos en la casa no quieren hacer tareas ni nada, eso es lo que me da miedo, pero este Alfredo todo el día con lo mismo: qué cuándo me compran ese Atari, qué cuándo me compran ese Atari, qué cuándo me compran ese Atari, ya a su papá lo tiene loco, pero tienes razón: la tarea antes de nada, eso es lo que hemos hecho nosotros, porque después están metidos todo el día ahí sin moverse, eso es lo grave, pero bueno, hay que darles gusto nomás, entonces ¿me llamas cuando estén saliendo?, ya, listo y oye mil gracias y no te preocupes porque van a ir en el auto y… a ver esperame un rato, Óscar, andá a ponerte tu jean azul y tus zapatos negros, esa chompa azul con cuadritos también, y te peinas, ¿puedo ir, mami?, sí, pero apurate que el papá del Alfredo

ya va a llegar a su casa, ¿hola?, sí, aquí estoy, ya el Oscarito se está cambiando, ¿entonces te llamo?, sí, pero lo que
quería decirte es lo que la vecina del 3B ha visto el otro
día, ¿la señora que trabaja en la Alcaldía?, sí, ella, ¿no ve
que vamos juntas a esas reuniones?, sí, ayer nomás me dice que el jueves creo estaba parada hablando por teléfono,
lo que pasa es que su teléfono está cerca de la ventana y
da al colegio ese, ¿y?, estaba hablando de lo más tranquila dice y entonces ve a una chica y a un chico bajando a
este terreno de cuernos y dice que parecía que iban a hacer algo, ella entonces ve que el chico la mete a la otra a
un hueco tapado con unas calaminas y… ¿y?, creo que estaban teniendo relaciones, no te puedo creer, sí, ya está de
buen tamaño, estos chicos, ya ni chicos dan ganas de decirles, imaginate haciendo esas cosas a esa edad, ¿y después?, nada, dice que estaban ahí por un rato y que luego
salieron y la chica como si nada se arreglaba el pantalón y
el chico se peinaba, ¡qué barbaridad!, ya es mucho, lo malo es que estos chicos pueden ver, claro, no sabes cómo de
curioso el Oscarín, anda preguntando todo, que qué es esto, que para qué sirve, que si puedo ver, ¿sabes lo que me
da miedo?, qué, que estos chicos puedan hacerles algo algún día, por eso no hay que dejar que bajen al patio, sí,
es mejor que se queden acá nomás, no importa gastar un
poco pero es preferible a que les pase algo, ¿no?, oye creo
que el Alfredo está entrando, a ver, esperame un ratito,
hola papi, ¿ya estás listo?, ya, no Alfredo, ¿cómo vas a ir
pues con esa camisa?, cambiate, ¿hola?, sí, está aquí, ¿puede bajar entonces?, por favor, que baje el Oscarín, no te
preocupes: de la casa a la tienda, claro, a ver un rato, ¡Óscar!, ¿ya estás listo?, ya, y escuchame: nada de estarle haciendo el juego al Alfredito, ¿cómo?, si su papá le compra
dos casetes o tres esos nomás, cuidadito con estarle ha-

ciendo barra para que le compre más, ya mami, bajá entonces, ¿hola?, sí, ya está bajando el Oscarito, oye mil gracias, no, de nada, estos chicos son terribles, ¿no?... ya está aquí, entonces cuando lleguen te llamo, listo, chau, ¡Alfredo!, qué, el Oscarín está tocando el timbre, hola, hola Alfredo, ¿ya está tu papá?, sí, ¡paaaapi!, no grites así, buenas tardes, señor, hola Oscarito, ¿listos?, listos, a ver, un rato, ¿vas a ir con esos zapatos?, es que no encuentro los otros, mami, ya vamos nomás, pero cómo va a ir pues con esos zapatos, pero va a ser ida y vuelta, ¿vamos?, vamos de una vez, chau, mami, hasta luego señora, chau Oscarín, chau chicos.

EL PORTERO DEL edificio Mercante te reconoció al instante pero dudó en si debería ir a tu encuentro. Recuperaste el aliento abriendo la boca. Dejaste el televisor sobre el piso. El portero se encajó la misma gorra de visera de la anterior ocasión en la cabeza, caminó hacia donde estabas y al llegar te dijo:

—¿Qué quieres ahora?

—Busco a la señora Raquel del 5B —dijiste—. ¿Está?

El portero miró el televisor como si se tratara de un animal extraño.

—¿Y yo qué voy a saber? —te dijo clavándote luego los ojos con curiosidad—. Esperá un rato.

Caminó hasta su caseta, tomó el teléfono negro y discó los números con una calma que te exasperó. ¿No le habías perdonado la vida la primera vez que te trató como una a basura?, ¿como a un delincuente?, ¿no sabía este conchudo a lo que se estaba exponiendo?

El portero colgó el tubo. Sacó apenas la cabeza de la caseta por una ventana estrecha y gritó:

—¡No hay nadie!

—¿Seguro? —dijiste parpadeando—. La señora me estaba esperando.

El portero sonrió moviendo la cabeza, como si de pronto un niño o alguien que no entendía bien las cosas le hubiese dicho algo gracioso. O quizá algo estúpido.

—No está —te dijo—. ¿Entiendes?

Entonces terminaste de atarlo a una silla. Ahí estaba el cuerpo desnudo, la boca sellada por un trapo, las manos maniatadas al espaldar y los pies encadenados a las patas. Te acercaste despacio afilando dos cuchillos entre sus respectivas hojas. Ahí estaban también los ojos desbordados por el miedo, el estómago agitado, como si de pronto estuviera por parir: la respiración alterada por el terror.

—¿Puedo subir? —dijiste—. La señora me está…

—No puedes —te dijo con violencia—. Eso está prohibido. ¿Sabes lo que significa prohibido?

Tomaste uno de los cuchillos. Practicaste varios cortes en el aire, como si frente a ti hubiera un montón de rivales a los que aniquilabas sin contemplación. El portero dio un brinco sobre la silla. Cerró los ojos y los volvió a abrir, ¿un intento inútil de hacerte desaparecer?

—La señora me está esperando —volviste a decir—. Le traigo este televisor.

El portero salió de la caseta cerrando la puerta con violencia: el conjunto de la estructura crujió como si fuese a derrumbarse. Se acercó una vez más a ti con los puños cerrados. Te miró, como si con eso ya te estuviera sacando del edificio.

—Vuelve más tarde —escupió—. La señora no está. ¿Estás sordo?

Pero para desgracia suya estabas ahí. Bajaste el cuchillo hasta posar la punta sobre uno de los muslos. El portero dio un grito ahogado y empezó a mover la cabeza de derecha a izquierda y por fin las lágrimas que tanto esperabas cayeron por las mejillas y una baba espesa se deslizó por el contorno del trapo que tapaba la boca.

Pero no dijiste nada. Sólo diste vuelta, tomaste el televisor de las agarraderas y lo levantaste de un tirón. Bajaste las gradas resoplando. Entonces los viste.

El niño paró en seco. La señora Raquel también lo hizo. Ambos te vieron como si de pronto hubiese salido un fantasma de la nada. El niño sonrió, agitó su rubia cabellera y corrió hasta donde estabas. Estuviste a punto de dejar caer el televisor al sentir su presencia a centímetros tuyo.

—¿Ya se iba? —te dijo la señora.

—Sí —dijiste.

—¿Este es el televisor? —dijo el niño revoloteando a tu alrededor—. ¿Segura que es a colores, mami?

—Ya, Alfredo —dijo la señora Raquel—. ¿Subimos, señor?

¿Entonces ese era su nombre? Alfredo. Lo repetiste mentalmente, separando las sílabas. Al-fre-do, tu corazón se llenó de dicha, un calorcito extraño inundó tu cuerpo, una alegría nunca experimentada desde, ¿desde cuándo?, ¿desde ese día cuando viste a Marcela siendo coronada?, ¿desde la noche en que tu tío ya no había retornado al colegio?, ¿qué era esa felicidad entonces? Era, en todo caso, algo que no experimentabas siempre, algo que se podía contar con los dedos de la mano, como se dice. ¿Era amor?

Dijiste que sí con la cabeza después de un tiempo. El niño se adelantó y subió las gradas con agilidad. Atravesó el pasillo echando un grito de guerra que te alegró el corazón. El portero salió de la caseta, saludó a la señora como un miserable esclavo y fue él mismo quien se adelantó a Alfredo y presionó el botón del ascensor. Primero subió el niño, luego la señora y al final lo hiciste tú. El portero te miró con rabia mientras las puertas bloqueaban su rostro.

Dentro, el niño no paraba de ver el televisor. A veces tocaba la pantalla con las yemas de los dedos y presionaba los botones para ver qué ocurría. Mientras tanto, las manos te temblaban, los músculos duros empezaban a desfallecer: como si el peso del televisor se hubiese quintuplicado. El ascensor paró, las puertas se abrieron y Alfredo salió disparando y lanzando el mismo grito de guerra que había proferido en el pasillo. Llegó hasta la puerta del 5B e intentó abrirla moviendo el pomo con desesperación. La señora llegó hasta donde estaba, sacó una llave plateada de la cartera y abrió. Alfredo entró corriendo, la señora sostuvo la puerta para que pasaras y cuando lo hiciste viste al niño parado en medio de la sala con una máscara del Increíble Hulk cubriéndole el rostro.

—Por aquí —te dijo la señora y te llevó hasta el dormitorio del niño.

Ahí estaba la cama en forma de coche de carreras, las cortinas marrones corridas, el televisor descompuesto cubierto por un mantel azul a rayas, los pósteres con dibujos animados en las paredes.

—¿Esperó mucho? —te dijo la señora.

—Ya me iba —dijiste dejando el televisor sobre la cama.

Alfredo quitó el mantel a rayas de un jalón y amarró los extremos para utilizarlo como si fuera una capa. Tomaste el televisor descompuesto y lo colocaste en el suelo. Fuiste hasta la cama en forma de coche y levantaste el televisor nuevo. Lo acomodaste en la mesita que había quedado vacía, alargaste el cable y lo conectaste en la toma de la pared. Te quitaste la mochila que llevabas cargada y la abriste. Tomaste el control remoto y apretaste el botón *power*. La pantalla del televisor emitió el chasquido eléctrico que hizo que el niño se quitara la máscara y que la dejara sobre la cama. Apareció la imagen distorsionada de un hombre caminando por lo que parecía ser una montaña cubierta de nieve. Entonces volviste a tomar la mochila y sacaste una antena. La conectaste y los colores y las formas aparecieron en la pantalla: el hombre vestido con un mameluco fosforescente, la nieve blanca, el cielo azul del Ártico.

—¿Funciona bien el control? —te dijo la señora.

Empezaste a cambiar los canales: de pronto surgían imágenes que el niño celebraba con entusiasmo.

—¿Entonces seguro que está bien? —te dijo la señora.

—Está casi nueva —le dijiste. El niño subió el volumen del televisor—. ¿Lo quiere?

La señora miró la pantalla, pensando. Sólo después de unos segundos te dijo que la esperaras un momento.

La viste salir sin prisa y luego clavaste la mirada en Alfredo. Te miraba parpadeando sin decirte nada. Tú empezaste a subir y bajar las cejas, como lo hacía Ciruelito, ese muñeco de ventrílocuo malcriado y contestón que tanto te gustaba ver de niño a escondidas de tu tío. Alfredo sonrió. Extendió la mano para que le dieras el control y cuando lo hiciste empezó a cambiar frenéticamente los canales hasta dejarlo en el Chavo de 8. En ese momento el Chavo le dio un ladrillazo el señor Barriga, viste al señor Barriga derrumbarse con el maletín en la mano y cerrar los ojos con los anteojos aún puestos. Alfredo lanzó una carcajada sonora y desencajada. El niño miraba el programa como si ya no estuvieras ahí. Entonces alargaste el brazo derecho (Alfredo estaba delante tuyo) y rozaste la cabellera rubia con las yemas de los dedos. Una ola de calor similar a la vez que Marcela te había hablado por primera vez volvió a invadir tu cuerpo; sentiste que las piernas te flaqueaban, que los brazos se volvían de trapo y que tus ojos empezaban a lagrimear. Estuviste a punto de tomarlo de la cabeza pero en eso oíste la voz de la señora regañando al niño:

—Alfredo no rías tan feo —llegó hasta la habitación. Viste que cargaba un sobre blanco donde podía leerse la siguiente leyenda: *Banco Mercante, un banco que va hacia adelante.* Avanzó hasta donde estaba el niño y le dio un golpecito amistoso con el sobre en la cabeza—. ¿Qué te he dicho de reír así?

Giró sobre sus propios talones, te alargó el sobre y te lo pasó.

—Quedamos en trescientos, ¿no?

Le dijiste que sí, aún turbado por lo que acababa de ocurrir. Tomaste el sobre y lo guardaste en el bolsillo derecho del pantalón sin contar el contenido. Agarraste la mochila, corriste el cierre te y la cargaste a la espalda. Finalmente tomaste el televisor defectuoso.

—Alfredo despídete del señor —dijo la señora. Pero el niño no se movió. Tú saliste de la habitación y se quejó:— ¡Qué niños estos!

Te acompañó hasta la puerta. La abrió y antes de salir te dijo:

—Entonces cualquier cosita le dejamos un mensaje con el señor de los periódicos.

Ibas a decir algo, pero cerró la puerta. Caminaste con esfuerzo hasta llegar al ascensor. Apoyaste la pierna derecha en la pared mientras dejabas que el televisor reposara sobre el muslo. Apretaste el botón y para alivio tuyo las puertas se abrieron de inmediato. Entraste y dejaste el televisor en el piso. Luego apretaste el botón de la planta baja. Mientras descendías miraste tu rostro en los espejos que cubrían las paredes del ascensor: había en tus ojos un brillo extraño de felicidad.

El ascensor se detuvo. Volviste a levantar el televisor y saliste con él sin mirar al portero: una vez más le debía la vida al niño, aunque algún día retornarías para atarlo a una silla y lacerarlo con un cuchillo: ya no serían construcciones imaginarias, sino una realidad brutal y simple. Llegaste hasta la puerta, bajaste las gradas y dejaste el aparato sobre el piso. Tomaste aliento, mientras sentías cómo los músculos de tus brazos experimentaban una contracción dolorosa. Paraste un taxi, te acercaste a la ventanilla y le diste la dirección del colegio. El chofer te dio un precio, tú no dijiste nada y volviste a levantar el televisor. Esperaste a que el chofer te abriera la puerta. El auto partió con esfuerzo, subió por la avenida Saavedra, giró a la izquierda pasando por el puesto de periódicos del Diablo (lo viste acomodar un par de revistas) para descender luego por la calle Las Retamas.

El coche al fin estacionó frente a la puerta del Irlandés. Sacaste del bolsillo el sobre que te había dado la madre del niño, lo abriste, tomaste un billete y pagaste. Cuando tu madre te vio descender del taxi abrió los ojos como si hubiera visto levantarse a un muerto. Se acercó y te dijo:

—¿Dónde estabas?

—Trabajando —dijiste—. ¿Me puedes abrir la puerta?

—Vinieron a buscarnos —te dijo ella y viste cómo su rostro se ponía rojo: ahí estaban las venitas azules surgiendo por todas partes y los ojos secos empezaron a llenarse de lágrimas—. ¿Me estás escuchando?

—¿Quién? —dijiste.

—Un amigo de tu tío —el corazón se te paralizó. De pronto lo imaginaste recorriendo Las Retamas, el bigote que te hacía cosquillas en la oreja flotando sobre los labios siempre apretados, la mirada fría y cortante buscando un lugar de tu cuerpo donde acomodar una patada, la vocecita aguda y silabeante llamándote porquería—. Era un señor gordo. Dice que tu tío está detenido, dice que no sabe si lo van a soltar.

Al fin la puerta se abrió. Apareció el director del colegio. Te saludó amablemente y pasó al lado de tu madre sin decirle nada.

—Me alegro —dijiste mientras entrabas.

Tu madre iba detrás de ti, como un perro sigue a alguien que come un pedazo de carne. Oíste sus pasos cortos y la respiración agitada. Llegaste hasta la puerta de tu cuarto, dejaste el televisor sobre una de las gradas, sacaste un llavero y abriste la puerta. Volviste a levantar el televisor y caminaste hasta llegar a la cama. Soltaste el aparato emitiendo un bufido de agotamiento.

—¿Estás loco? —te dijo tu madre—. ¿No sabes que tu tío puede estar muerto? Su amigo dice que ahora sí está fregado, ¿ni siquiera eso te da pena, Aquiles?

Ahí estaba la maldita vieja con los ojos secos otra vez (todo era una mentira: esos ojos no derramaban lágrimas, todo quedaba siempre en un vano intento) la pobre perra hedionda con el rostro rojo, los dientes carcomidos por las caries, esperando a que dijeras algo, ¿a que mostraras un poco de preocupación por lo menos?

—¿No te da pena, Aquiles? —volvió a repetir.

—No —dijiste—. Algo habrá hecho. No detienen a la gente por nada. Debe ser culpable de algo.

Tu madre se limpió los ojos secos. Dio una especie de suspiro, luego miró el cuarto, recorriendo con parsimonia los escasos muebles.

—Ese su amigo dice que alguien lo denunció. Dice que hubo una llamada anónima —te miró—, dice que estaba colaborando con esos Apóstoles.

—Entonces merece estar preso —dijiste. Luego la tomaste por el codo y la llevaste así hasta sacarla del cuarto.

—Encima eres un malcriado —te dijo ya fuera.

—Tú me criaste —dijiste con malicia—. Tú misma te estás echando la culpa, cojuda.

Cerraste la puerta de un golpe. Le pusiste el seguro por dentro. Fuiste hasta el ropero, lo abriste y sacaste los binoculares. Llegaste hasta la ventana y te los llevaste a los ojos. Apareció el televisor encendido, los créditos cubriendo el rostro golpeado de don Ramón y la cabeza del niño cubriendo la esquina derecha. Estuviste así por algunos cuantos minutos, hasta que entró la señora, apagó la tele y salió seguida por Alfredo. Dejaste los binoculares encima del alféizar de la ventana. ¿Sería cierto eso que tu madre te había dicho? ¿De veras tu tío estaría preso? ¿Lo matarían? ¿Entonces todo había salido bien?

Cerraste la ventana, quitaste el televisor de la cama y te dejaste caer en ella.

—Ojalá que ya esté muerto —dijiste en voz baja.

¿No sabes quién dijo semejante mentira sobre mí, Cacas? Me gustaría saber. No, ya es tarde para vengarme, ¿no? Pero me gustaría saber, por lo menos para salir de dudas. Porque igual vas a hacer tu trabajo, ¿no? Eso es lo bueno de vos, Cacas, nunca te echas para atrás, por eso cuando te vi en la puerta del colegio ese día me dije que ya estaba cagado. Qué chistoso llegar donde alguien y decirle: ¿sabes que el Cacas me cagó la vida? No, no te enojes, ¿pero por qué me pegas? Era un chiste no más. Pucha, por lo menos acordate que éramos amigos. ¿Te sigo contando? Eres bien curioso, Cacas, ¿para qué quieres saber tanto? Total, qué me importa ya.

Entonces te decía que en esas estaba: volviéndome un monstruo y reparando cosas. Ya me había hecho de cierta fama y aunque poca pero la plata no me faltaba. Pero lo que en realidad me preocupaba era el tema de las mujeres. Cacas, qué desgracia más grande. No podía dormir de la preocupación. ¿Por qué me estaba pasando eso? ¿Qué culpa tenía yo? ¿No sería un castigo por todo lo que había hecho? Y encima tenía que lidiar con mi sobrino. Encima tenía esa preocupación. A ese mariconazo no se le podía decir nada que se ponía a llorar y para colmo de males te veía con una cara que te daba bronca y te juro que a mí me daba ganas de agarrarlo a patadas. Las peleas eran todos los días por eso con mi hermana. Yo le decía que lo estaba haciendo por su bien, pero ella lo trataba como a una niña, le hablaba como a un retrasado y, ¿sabes qué es lo peor?, ella lo defendía de los chicos del barrio que lo molestaban. Le decían feo, fenómeno, caníbal. Yo le decía a mi hermana cualquier día este cuervo se te da la vuelta y te traiciona. Va a ser así, vas a ver. ¿No es cierto eso de cría cuervos y te sacarán los ojos? ¿Qué hubieras hecho tú? Claro, agarrarse a trompadas, como un hombre, pues. Pero nada, el chico le tenía miedo a todo, hasta a las moscas. Entonces así era nuestra vida hasta que un día... ¿te acuerdas del Martillo? No, ese no. Ese que era chofer del Cuerpo, te digo. Un tipo bajito, medio moreno... sí, ese, al que le decíamos Martillo. Te digo que un día estaba volviendo a la casa y entonces alguien me toca el hombro y cuando me doy vuelta para ver quién era ahí estaba el Martillo Luján. ¡Tanto tiempo sin ver a alguien del Cuerpo! Te juro que casi se me caen las lágrimas, Cacas. Por lo menos alguien del Cuerpo me saludaba como la gente. Porque lo otros se hacían a los que no me conocían cuando los iba a buscar. Hastá tú, Cacas, ¿cuántas veces te pasaste por mi lado como si yo no existiera? ¡Qué mala es la gente! Pero ahí estaba mi amigo, el Martillo Luján, dándome un abrazo, diciéndome hermano, compañero, colega. Me preguntó qué estaba haciendo y yo se lo dije. El Martillo se rió. Luego me dijo que a él apenitas lo habían asimilado al Cuerpo, por suerte tenía amistades, contactos, padrinos por todos lados. Me contó del Gordo, de Zamora, de ti, me dijo que Ossorio ahora estaba en Homicidios y luego la pregunta que por poco me pone a llorar: ¿y contigo? Creo que el Martillo se dio cuenta ese ratito porque me dijo que todos eran unos ingratos, ¿para qué entonces habíamos hecho tantos méritos?, ¿para ser tratados peor que perros?, ¿nos pagaban así tantos años de sacrificio? Qué injusto, hermanazo, me decía y en eso, qué rara es la vida, ¿no?, el Martillo Luján me dice: ¿te gustaría trabajar en un colegio? Y yo le dije, ¿cómo es eso, Martillo? Entonces me contó que él tenía un padrino que era de la directiva de un colegio privado y que justo estaban buscando un cuidador, alguien que viera que no se metieran por la noche, algo así como un portero. ¿Qué si me interesaba? Le dije que claro, le dije que me dejara unos días hasta organizarme y entonces le conté a mi hermana esa noche que nos íbamos a cuidar un colegio, ¿qué? No, no pensaba en eso todavía, ¿que iba a ser grande la tentación dices? Iba a ser, pero ¿qué hubiera pasado si les hacía algo a esos chicos? Me estaba convirtiendo en un depravado, Cacas, pero tenía mis límites, sabía que no podía pasarme de la raya. La cosa es que le dije a mi hermana, le dije que si no estaba ya cansada de lavar ropa, de fregar pisos ajenos. Ella me dijo que sí, y todo por ese chico que apenas se le entendía cuando hablaba, ¿cuántos años? Casi cuatro. A esa edad los chiquitos ya dicen por lo menos su nombre, pero este chico sólo balbuceaba y encima babeaba todo el rato, había que estarle limpiando la baba todo el día. Entonces le eché la llamada al Martillo Luján. El Martillo al principio como que se estaba arrepintiendo, pero después me dijo: ¿seguro? Y yo, ¿qué iba a saber cómo eran esos cabrones del Irlandés? Unos maleantes, Cacas. ¿Cómo cambian las generaciones, no? En mi época qué íbamos a hacer esas cosas. Se entraban a los baños a tirar. Se pajeaban en los cursos. Me robaban cosas. Mierda, lo peor que he visto, Cacas. Hasta se drogaban estos maleantes. Pero yo no sabía nada, no estaba prevenido y todo por no pagar el alquiler de la casa, por tener un lugar gratis donde vivir. Claro, y encima podía seguir arreglando cosas. ¿No era una buena oferta? Era. El Martillo Luján me dijo entonces que ya estaba todo listo, que sólo faltaba la entrevista con los directivos, que me bañara, que me peinara, que me vistiera con lo mejor que tenía. Cuando fui al colegio me moría de los nervios. Pero por suerte todo salió bien. Cuando el Martillo salió, después de mi entrevista, me dijo listo, le gustaste al directorio. Dicen que eres un tipo serio y parece que sin vicios. ¿No era chistoso eso? Eso que te digan que eras un tipo sin vicios cuando el Martillo Luján sabía las cosas que había hecho para combatir a los Apóstoles. ¿Tú un vicioso? No, Cacas, no me refería a eso, ¿pero por qué te enojas así?... ¿por qué me pegas?, ¿qué ganas con eso? Ya, ya, perdón no quería ofenderte.

La cosa es que nos fuimos allí. Mi hermana iba a dormir en un cuarto en el último piso del colegio, al lado de baño de mujeres, y yo con mi sobrino en un cuartito que estaba pegado a un terreno baldío y a una cancha. Eso era lo que me gustaba de ese lugar: tenía dos puertas, una daba a ese terreno y la otra a la canchita. Pero lo malo era lo otro, esos pendejos del colegio. Los primeros días no me daba cuenta de nada. ¿Qué podían hacer esos chicos? Si eran de buena familia, así que imposible pensar en que eran unos delincuentes de lo peor. ¡Y cómo lo jodían a mi sobrino! Las cosas que le decían, y lo peor que él no les contestaba nada. Se quedaba callado nomás y a veces se ponía a llorar y eso me daba una rabia tremenda. A veces pienso que gracias a esos pendejos del Irlandés pasó todo lo que... ¿ya pasaron los diez minutos? ¿No me dejas descansar un ratito más? Pero ¿por qué eres así de enojón? Te desconozco, Cacas, no eras así antes. Claro, un jefe es un jefe pero no es para tanto. Ya, ya, tranquilo, tranquilo, ya me paro. Mirá el cielo, ¿no irá a llover? A lo mejor así esta tierra de mierda se hace más blanda. ¿No está el hueco ya profundo? ¿Todavía no? Sí, claro, tienes razón: hay un montón de perros por aquí.

—¿Aquí? —dijo el Primo viendo el interior del ropero—. ¿Estás hablando en serio, Morsa?

—Si no quieres te puedes largar —dijo la Morsa cerrando la puerta—. ¿No ves que te estoy haciendo un favor, perra?

El Primo se rascó la cabeza. Volvió a abrir la puerta, recorrió el interior vacío con la mirada. ¿Podría caber dentro?, ¿tendría que estar allí todo el día?, ¿y qué pasaba si quería ir al baño?, ¿y si no podía respirar?, ¿y si por la mañana amanecía muerto?

—Me voy a ahogar, Morsa —dijo el Primo y después intentando bromear—: ¿quieres cargar un muerto en tu conciencia?

La Morsa no dijo nada. Se dirigió hacia la puerta de la habitación, aquella que daba hacia el colegio, la abrió con calma y dijo:

—Entonces fuera.

—Puta que eres malo —dijo el Primo quitándose la chamarra—. Si me muero va a ser tu culpa, te advierto.

La Morsa cerró la puerta y le puso el seguro. Caminó hasta la ventana, del alféizar tomó los binoculares y enfocó hacia el edificio Mercante.

Afuera ya era de noche. La avenida Saavedra aparentaba ser una víbora luminosa gigante: los postes del alumbrado público y los faroles de los coches. Sin embargo, la ventana del niño se encontraba a oscuras y las cortinas estaban echadas.

—Qué miras, maleante —dijo el Primo a sus espaldas.

La Morsa dejó los binoculares donde los había tomado. Cerró las hojas. Dio vuelta y pasó al lado del Primo sin decirle nada. Se quitó los zapatos y se tiró en la cama.

—¿Estabas espiando a alguien? —dijo el Primo. Esperó un momento pero la Morsa no respondió—. ¿Te vas a quedar callado?

—Tú no estás aquí —dijo la Morsa girando sobre sí mismo, viendo la pantalla del televisor que había comprado luego del primer robo, y que estaba a un costado, extendió la mano y lo encendió—. No te oigo, ¿entiendes?

Apareció la imagen de una casa azul rodeada por policías de uniforme y por gente de civil. Ambos grupos disparaban rompiendo cristales, puertas, reventando pedazos enteros del revestimiento de las paredes.

—¿Eso es aquí? —dijo el Primo—. Mierda, ¿no será…?

—Detuvieron a uno —dijo la Morsa señalando la pantalla.

De la casa salió un hombre delgado, de rostro cadavérico y vestido con una chompa a cuadros. Tenía las manos en alto. Lo vieron caer de rodillas y luego llevar ambos brazos hacia la espalda. En ese momento dos personas de civil —una vestida con terno y la otra con un deportivo— se lanzaron sobre él, lo esposaron y le pusieron una capucha negra en la cabeza. Luego apareció la imagen interior de la casa, vieron unas gradas de madera y los afiches con la figura de un Apóstol (figura lánguida, túnica y sandalias, barbas y cabello largo) empuñando la Biblia en una mano y un fusil en la otra. Después apareció el interior de otra casa, más bien de una tienda pues se veían los anaqueles llenos de viandas y botellas de Salvietti y Coca-Cola. La cámara avanzó por un pasillo, enfocó un teléfono descolgado, y finalmente se detuvo en un baño, apuntó hacia una ducha y luego enfocó un bulto que parecía ser un cuerpo cubierto por una manta azul.

—Ojalá los maten a todos —dijo la Morsa.

—¿No dicen nada de nosotros? —dijo el Primo—. A lo mejor están más ocupados en eso. A ver, aumentá el volumen.

La Morsa giró para verlo, se incorporó a medias de la cama, encogió las piernas y dijo:

—Hablas mucho. ¿No ves que mi mamá puede escucharnos?

—Está lejos para oírnos —dijo el Primo—. ¿Por qué eres tan malo con la gente? Ni pareces mi amigo, Morsa.

—No tengo amigos —dijo la Morsa volviendo a echarse y a clavar la mirada en la pantalla.

Entonces apareció el Gusano, sentado ante un gran escritorio y con un mapa del país detrás suyo, leyendo un comunicado. La Morsa alargó el brazo para subir el volumen: ...*este gobierno* —decía— *lamenta mucho la muerte de un agente de la Policía que sólo investigaba el quehacer de estos delincuentes. Mi gobierno* —levantó la vista y mostró un par de ojos negros, fijos, insondables— *hace todos los esfuerzos posibles para que la paz y la tranquilidad del pueblo estén presentes en sus hogares.* El Gusano dejó el comunicado sobre el escritorio, hizo un saludo militar y empezaron a escucharse los sones del himno nacional, mientras la pantalla se iba llenando con la imagen de un tipo gordo en uniforme policial. Debajo apareció un texto: *Oficial especial Juan Montes (1951-1986).* La fotografía se mantuvo así por algunos segundos: después se desvaneció de manera paulatina y detrás de esta ausencia, de este vacío, empezó a dibujarse el escudo de la Nación, entonces salió un cartel que decía: *cierre de emisión.*

La Morsa apagó el televisor, dio un bostezo largo y sostenido, volvió a incorporarse y se dirigió una vez más hasta la ventana. Tomó los binoculares y se los llevó a los ojos. Ahora la ventana del 5B estaba iluminada, pero sólo pudo ver —o imaginar— la sombra del niño saltando sobre la cama en forma de auto. Después de un momento desapareció y la luz que resplandecía en las cortinas se apagó. La Morsa dejó los binoculares, cerró las cortinas y dijo:

—Vamos a dormir.

El Primo abrió la puerta del ropero. Pensó que podría caber allí, pero que sin duda sería una noche larga e incómoda. Se quitó los zapatos y las medias.

—Qué le habrá pasado a Escarbino —dijo el Primo buscando con la vista a la Morsa—. ¿Crees que esté preso?

La Morsa dio un suspiro, como si de pronto la presencia del Primo allí fuera una obligación o algo meramente rutinario. Algo que tenía que soportar por las circunstancias.

—No me importa —dijo—. ¿Por qué preocuparse tanto por él?

—Porque es mi amigo —dijo el Primo con furia—. Y porque si habla cagamos nosotros. Por eso.

—Ya debe estar muerto —dijo la Morsa—. Con semejante balazo ya debe estar muerto. Mejor, así no habla.

—No entiendo por qué eres tan malo —dijo el Primo—. ¿No te da pena el pobre Escarbino? No se puede confiar en vos, Morsa.

—Mejor te callas o te vas —dijo la Morsa—. Vamos a dormir.

El Primo metió una pierna en el ropero. Sintió la superficie fría y dura, y no supo por qué pero imaginó que así sería el caparazón de una tortuga por dentro.

—¿Por qué te interesa tanto ese edificio? —dijo el Primo entrando y echándose a lo largo—. ¿Qué estás planeando? ¿Un robo?

La Morsa se puso de cuclillas. Acercó su rostro al del Primo. Éste vio los dientes desordenados, yuxtapuestos: ahí estaba el hoyo en medio del rostro, el cual impulsaba a pensar que estaba sonriendo todo el tiempo.

—Eso no te importa —dijo la Morsa. Se incorporó con violencia y cerró la puerta del ropero de un golpe.

Ossorio abrió los ojos. Sintió el cuerpo liviano, como si de pronto se hubiese convertido en una pluma, como si de un momento para el otro el peso que llevaba siempre sobre los hombros hubiese desaparecido. Giró un poco el cuerpo. Observó con detenimiento las pecas marrones cerca de la nariz, las aletas de éstas expandiéndose con lentitud y armonía, olfateó el discreto olor a violetas que emanaba del cuerpo y que en medio del furor había imaginado como un cielo azul y despejado. ¿Olía así entonces? Quiso tocarla pero un repentino impulso de pudor lo detuvo. ¿Pudor después de lo que había pasado? Ossorio pensó con entusiasmo: ¿olvidaría al fin todo lo que había vivido? Sonrió al pensar que lo que había ocurrido en su vida antes de conocerla, ese pasado que lo atormentaba pese a sus esfuerzos para evitarlo eran ahora tan sólo un recuerdo. ¿No estaba experimentando una especie de redención?, ¿una nueva oportunidad? ¿Era que la vida le abría un nuevo camino? ¿Eran los gemidos de placer de ella una forma de expulsar a esos fantasmas?, ¿era la humedad de sus piernas un antídoto, un elixir contra esos remordimientos? Intentó levantar la pierna y así salir de la cama, pero la voz de Mariela lo detuvo: tienes los pies fríos. Ossorio volvió a girar la cabeza. Ahora ella lo miraba atenta. Y tú roncas, dijo él. Mariela bostezó tapándose la boca, se incorporó un poco y vio a su alrededor. Vives como una bestia, Tomás, dijo, ¿no te da cosa tanto desorden, tanto polvo? Todo está ordenado, dijo Ossorio a la defensiva, qué exagerada eres.

Mariela saltó de la cama. Ossorio contempló el cuerpo espigado, flexible, las manos de dedos largos tomando la ropa de encima de la silla; vio con felicidad infinita los senos pequeños ser cubiertos por la blusa celeste, la diminuta braga con nubecitas sonrientes tapar el pubis. ¿Es ésa la cocina?, dijo ella. Sí, dijo Ossorio. El agente se incorporó. Mariela se comportaba como si hubiese estado un millón de veces en su cuarto y no como si fuese la primera: caminaba de acá para allá con naturalidad levantando cosas del piso, acomodando muebles, entrando a la cocina, manipulando utensilios que Ossorio jamás había descifrado para qué servían. ¿Quieres café?, preguntó. Ossorio tardó en responder, no hay, dijo después de un momento, no me gusta, nunca tomo. Escuchó los pasos de Mariela retornando a la habitación. ¿Cómo puedes vivir sin tomar café?, dijo con un tono escandaloso. No me gusta, repitió Ossorio. De ahora en adelante tenemos que comprar café, dijo ella, ¿en serio no te gusta?, no entiendo, yo no podría vivir sin café. Ossorio caminó hasta donde estaba ella. Mariela sonrió. ¿Entonces qué te gusta?, dijo ella. ¿Es un interrogatorio?, dijo Ossorio. Seguro te gusta traer tipas acá, dijo Mariela recorriendo el cuarto con los ojos, ¿seguro que yo soy la única, Tomás? ¿Estaban las sábanas limpias por lo menos? ¿Las había lavado? Mariela echó la cabeza hacia atrás emitiendo una carcajada. Eso es lo que le gustaba de ella: la espontaneidad de la risa, de hacer parecer gracioso, cómico, cualquier tipo de situación. Incluso cuando se burlaba de él: eso lo hacía sentir feliz, le daba la sensación de que era una muestra de cariño, de amor. Ossorio la invitó sin mucha convicción. ¿Te gustaría vivir acá?, le dijo de pronto. No supo por qué lo había dicho. Mariela se puso seria. Apoyó el costado derecho del cuerpo en el vano de la puerta que separaba la habitación de la cocina. ¿Me estás hablando en serio?, dijo ella. Afuera ya era mediodía. El sol entraba por una ventana que estaba a la derecha de la cabecera de la cama. Un rayo de luz atravesaba los vidrios y gracias a la cortina amarilla se formaba encima del piso de madera una mancha extraña. Sí, dijo Ossorio. Mariela entró a la cocina. El agente la siguió. Comprobó que había encendido una de las hornillas y que había puesto agua en la caldera. Tal vez nos estamos apresurando, dijo Mariela de espaldas a él, ¿no te parece? No, dijo Ossorio. Ella giró para verlo. Apenas estamos comenzando, dijo Mariela. Eso no importa, dijo Ossorio. ¿Acaso no era la primera noche que no había tenido pesadillas con los Apóstoles? ¿No era entonces Mariela un antídoto a ese tipo de cosas? ¿La primera ocasión en que los cadáveres de los Apóstoles no se metían en ese cuarto derribando puertas, ventanas, escurriéndose incluso por el caño del agua?, ¿no era la primera vez después de muchos años que los Apóstoles no lo llamaban por su nombre?, ¿que le recordaban cosas de su niñez que sólo él sabía? Ossorio pensó vagamente en estos aspectos. No qué, dijo ella. Ossorio no supo qué responder. ¿No sería mejor esperar un tiempo?, ¿no hacía eso la mayor parte de las parejas: conocerse, saber cómo es el otro y recién vivir juntos, casarse? Sólo era una idea, dijo Ossorio. Mariela lo tomó de una mano y lo llevó hasta la cama. Ambos se sentaron y ella dijo: esperemos un poco, ¿te molesta eso en algo? Ossorio encogió los hombros. No es eso, dijo, es que pensaba que tú… ¿en serio no te importa? Importarme qué, dijo ella. No estar juntos todavía, dijo Ossorio. No tengo prisa, dijo Mariela. ¿No es mejor hacer las cosas con calma? Tienes razón, dijo Ossorio con una media sonrisa. Entonces ella se incorporó, se puso el jean descolorido y los zapatos sin las medias, tomó la cartera del suelo y la abrió. ¿Ya te vas?, dijo Ossorio. No, dijo ella sacando una billetera, voy por café. ¿Cómo puedes vivir sin tomar café? Ossorio no dijo nada. Sólo vio a Mariela abrir la puerta, sacar primero la cabeza, otear a los dos costados y salir cerrando despacio. El agente oyó sus pasos al bajar las escaleras de la casa donde vivía. Luego se puso de pie. Procuró tender la cama, pero no pudo: las manos le temblaban. Se dejó caer de espaldas. Vio el foco colgando del techo, las paredes de un verde profundo, pensó que el martirio ya había terminado, pensó que de ahora en adelante el recuerdo de los Apóstoles empezaba a quedar en el olvido.

—Pobre Gordo —dijo Zamora—. ¿Cómo dices que se llamaba?

El Cacas observó a Zamora de reojo: largo, con los bigotitos de cantante de bolero, el traje azul desteñido.

—Juan Montes —dijo el Cacas—. Veinte años en el Cuerpo.

Ossorio despertó. Había estado soñando con Mariela. Con Mariela nadando en una piscina. Con Mariela sosteniendo a un niño anónimo en brazos. Con Mariela subiendo a prisa las gradas de una casa, infinita, sin límites.

—Me dormí —balbuceó Ossorio como disculpa.

El Cacas y Zamora giraron para verlo. Ossorio se había acomodado en el sillón verde de la antesala del despacho del jefe Castro. Vieron los ojos enrojecidos, los labios secos y la expresión abotagada de su rostro.

—Ya no aguantas nada, Ossorio —dijo el Cacas—. ¿Cuánto tiempo que ya no haces esto?

Ossorio terminó de sentarse. Sentía un discreto cosquilleo en las piernas. De pronto, cientos (¿miles?) de hormigas habían decidido martirizarlo sin contemplación. Se las frotó con fuerza con ambas manos antes de responder.

—Como diez años —dijo—. ¿Qué horas son?

En un extremo de la sala de espera un cuadro del Gusano los miraba trepado sobre un caballo blanco. El caballo se hallaba parado sobre sus patas traseras y el Gusano empuñaba una espada cuya punta señalaba un cielo cubierto por nubes negras donde el sol se adivinaba apenas. Al fondo podía verse una ciudad con iglesias destruidas, una ciudad sin nombre con sus iglesias en llamas y en escombros. Al pie del cuadro aparecía una leyenda: *Para construir hay que destruir el pasado vergonzoso.*

—Las tres de la mañana —dijo Zamora viendo el reloj de pulsera—. Mi esposa debe creer que ando de putas —esbozó una especie de sonrisa, pero luego apretó los dientes—: ojalá pudiera.

Ossorio se puso de pie. Buscó con los ojos y encontró a un costado un teléfono azul adosado a la pared.

Se acercó a él. Levantó el auricular y discó un número. Esperó un momento mientras sentía que las hormigas que lo habían picado hasta hace apenas unos segundos empezaban a esfumarse.

—Hospital del Niño —dijo una voz.

—Con la enfermera Mariela Gracia, por favor —dijo Ossorio.

La voz al otro lado de la línea gritó:

—¡Flaca!

Ossorio esperó mientras miraba conversar al Cacas y a Zamora. En eso escuchó su voz.

—Hola.

—Hola.

—Tomás. ¿Dónde estás?

—Todavía en el trabajo —dijo Ossorio.

—Te vi en la tele.

—¿A mí? —dijo Ossorio tocándose con la mano libre el pecho.

—Estabas con ese… ¿cómo le decían?

—El Cacas —dijo Ossorio bajando la voz—. Sí, detuvimos a un Apóstol.

Mariela guardó silencio.

—¿Otra vez? —dijo después de un tiempo. Ossorio detectó en su voz ansiedad y miedo.

—No son los mismos —dijo Ossorio intentando calmarla—. Sólo imitadores. Pero mataron a un compañero, ¿lo viste? También hirieron a Ortiz.

Ossorio vio que el Cacas y Zamora giraban las cabezas para verlo al escuchar que hablaba del Gordo. Zamora dio un bostezo. El Cacas apoyó la cabeza en el respaldo del sillón.

—Te estuve buscando toda la noche —dijo Mariela—. ¿Te dijeron que llamé? ¿Por qué estabas en ese lugar?

Era el mismo tono de angustia y preocupación e incluso de reproche que parecía volver y que tantos problemas le había traído. ¿Y si todo volvía a ser como antes? ¿Estaría pensando ella en lo mismo? ¿Serían estos Apóstoles los mismos? ¿Los fantasmas volviendo del pasado?

—No —dijo Ossorio—, no me dijeron nada. Son órdenes, tenía que estar allí. Pero sólo va a ser por un momento, no te preocupes.

Mariela volvió a guardar silencio. Ossorio la imaginó con el traje blanco, la cabeza sin la cofia, el rostro libre de maquillaje, los dedos largos y firmes tomando el tubo telefónico.

—¿A qué hora sales? —dijo Mariela.

—Aún no sé —dijo Ossorio.

—Bueno —dijo Mariela—. ¿Me llamas cuando salgas? ¿Seguro que no es nada grave?

—No es nada. Después te llamo —dijo Ossorio. En ese momento quiso decirle algo. Algo como: estaba soñando contigo, pero se contuvo y sólo se limitó a colgar el teléfono.

Ossorio dio vuelta y se dirigió hacia el sillón. Se dejó caer y cerró los ojos.

—Por lo menos a ti no te dice nada —dijo Zamora—. Si llamara a mi casa mi esposa sería capaz de venir hasta acá a ver si es cierto que estoy trabajando —hizo una pausa, vio con atención el cuadro donde aparecía el Gusano—. Comerse una concha, un par de tetas, un culito, qué tiempos de cuando era soltero, caracho.

—¿Para qué nos querrá ver el jefe Castro? —dijo el Cacas—. Esto me huele mal.

—A lo mejor quiere preguntarnos detalles del operativo —dijo Ossorio—. Ya saben cómo es.

De pronto la puerta del despacho del jefe Castro se abrió. Apareció éste en persona. Vestía una traje caqui, botas de cuero y una cartuchera sin el arma colgando del cinturón.

—Carajo —dijo furioso—, ¿pueden dejar de dormir?

Los tres se incorporaron, se cuadraron al mismo tiempo e hicieron chocar los tacos de sus zapatos.

—Vengan —dijo Castro dándoles la espalda, y una vez dentro y ya sentado frente a su escritorio—: ¿esperaron mucho?

Ninguno respondió. El Cacas tosió bajito tapándose la boca. Ossorio parpadeó y luego intentó buscar algún punto donde clavar la mirada: encontró una fotografía del Gusano con la banda presidencial y una cita que decía: *La única religión verdadera es el amor a la patria.*

—Un poco —dijo al fin Zamora.

—Bueno —dijo Castro revolviendo unos papeles—. Era necesario comprobar antes algo —hizo una pausa, tomó un sobre amarillo y sacó del interior una ficha blanca con los bordes manoseados y pegada a ella por un clip una fotografía en blanco y negro—. A pesar de todo hoy se anotaron un golazo, muchachos.

¿A pesar de todo? ¿Lo decía por el Gordo? Entonces Castro hizo algo que muchos no le veían hacer con frecuencia: sonrió. Mostró una hilera, una visión fugaz de dientes pequeños, muy juntos entre sí. Pero sólo fue una sonrisa de algunos segundos, pues luego volvió a la expresión seria y dramática de siempre.

—¡Qué cosas más extrañas ocurren en este país! —dijo. Miró a Ossorio, agitó la ficha cerca del rostro como dándose aire—. Ni te imaginas a quién atraparon, Ossorio.

—No iba a aguantar mucho —dijo el Cacas sin que nadie le pidiera recordar lo que había ocurrido—. Cuando llegaron las patrullas el curita ya sabía que no podía más. Lo único que me da pena es el Gordo. Qué injusto, jefe, era buena persona el Gordo.

Castro bajó la mirada. Observó con detenimiento los papeles, el par de labios fríos musitaron algo que no logró expresar en palabras. Levantó la vista para mirar a Ossorio y continuó:

—¿No adivinas, Ossorio?

—Perdón, ni idea, jefe —dijo.

—Cómo se nota que la falta de práctica te ha echado a perder —dijo Castro—. ¿Saben quién es el tal padre Vidal?

Los tres se miraron.

Zamora se encogió de hombros.

—El Número Uno —dijo Castro señalando la fotografía adherida a la ficha—. ¿Qué les parece?

Ossorio se puso pálido. De pronto las piernas habían empezado a temblarle. ¿El Número Uno? ¿Otro fantasma que volvía del pasado? ¿Un muerto viviente? Retornó a él la imagen de un tipo escuálido, de ojos negros y profundos, de sonrisa serena y ademanes discretos. Lo recordó al borde de una tumba cavada por él mismo. Los brazos atados a la espalda por un alambre de púas. Los dedos de las manos cubiertos por vendas a causa de la ausencia de las uñas. Se recordó a sí mismo con una escopeta apuntando a la cabeza y la voz del Cacas que reía detrás de él y que decía: el muy maricón se está haciendo pis, Ossorio.

—Está muerto —dijo Ossorio—. El Cacas y yo…

—¡Tú y el Cacas son un par de pelotudos! —dijo el jefe Castro gritando—. Ya lo identificamos. Es el Número Uno. ¿Ahora sí entienden?

El Cacas miró a Ossorio. Estaba tan pálido como él. Tenía los ojos desorbitados y se mordía el labio superior a cada momento.

—Lo matamos, jefe —murmuró el Cacas—. Ossorio y yo, hace años.

—Pues no era él —dijo Castro dando un golpe con el puño cerrado sobre el escritorio—. Ni siquiera se escondió. ¿Saben que hasta salió en una foto el día que se firmó la Reconciliación?

Castro abrió con violencia un cajón del escritorio. Extrajo un montón de recortes de periódico algo amarillentos y todos atados por una liga. Buscó con los dedos, como si se tratase de un experto cajero de Banco contando dinero. Los dedos de Castro se detuvieron en un recorte, lo sacó y se los mostró. Era una fotografía donde aparecía el Gusano dándole un apretón de manos a un padre Vidal distinto: anteojos de miope, barba de náufrago y, lo más extraño, una sonrisa de complacencia y lealtad. En la parte superior de la fotografía había un texto: *La verdadera iglesia apoya al gobierno en el día de la Reconciliación Nacional.*

Castro dejó el recorte sobre el escritorio. Contempló los rostros del Cacas y de Ossorio por algunos segundos.

—El general Molina ya lo sabe —dijo—. Está furioso. Pero por suerte para ustedes dos está más enojado por el intento de robo en la casa de la Sirenita —echó para atrás el cuerpo. Ossorio recordó a Huguito y al sargento Serna—. Eso tiene al general ocupado. Así que me dijo que esta vez tenemos que acabar con estos cabrones. Tú —señaló a Ossorio— y el Cacas lo interrogarán a ver si sale algo. Y luego terminen lo que no pudieron hacer, pelotudos.

Castro se levantó como un resorte. Volvió a ordenar los papeles sin hablar pero luego dijo:

—Eso es todo.

Los tres, después de cuadrarse, salieron del despacho. Afuera Ossorio miró al Cacas. Éste aún estaba desencajado y tenía la mirada perdida.

—Estamos cagados —dijo.

Zamora le dio unos golpecitos en la espalda, pero el Cacas se lo quitó con un movimiento rápido y violento.

Ossorio no respondió. Ahora sí estaba convencido: el acecho nunca había acabado; todo este tiempo apenas había sido un paréntesis, los fantasmas se habían materializado al fin, se habían hecho carne, huesos, ojos, lenguas. Sin quererlo su mirada se topó con el cuadro del Gusano. Éste lo observaba desafiante encima del caballo, como reprochándolo también: el par de ojos eran carbones encendidos. Ossorio, ofuscado, giró la cabeza para otro lado.

—¿El Jipijapa? —dijo el sargento Serna—. ¿Estás segura, Gata?

—Creo que se nos pasó la mano, ya no dice nada —dijo Huguito mirando a la mujer—. ¿No tiene por ahí un espejito, sargento?

—¿Un espejito? —dijo el sargento Serna—. El maricón eres tú, Huguito. Yo no llevo esas cosas encima.

—¿Por qué ofende así, sargento? —dijo Huguito mojando con la lengua la punta de los dedos. Luego los pasó debajo de la nariz de la Gata—. Caracho, ahora sí se nos pasó la mano.

No sé, dijo Escarbino, hay algo que todavía no me convence de él. El Primo lo miró. ¿Cómo?, dijo, ¿no le dijimos ya que sí? Ya debe estar viniendo, seguro. Mamita miró al Primo. ¿De dónde había sacado Escarbino un chico tan bonito? Ya basta, dijo Mamita, ¿no dice aquí el bonito que ese chico es de confianza? Además tiene una camioneta, añadió el Primo. Mamita sonrió. Eso me gusta, dijo, ¿no ves que estamos con suerte, Escarbino?

—Se te habrá pasado a ti —dijo el sargento Serna mirando el cuerpo de Escarbino—. ¡Qué yuca te gastas, Huguito!

—Es mi gran orgullo —dijo Huguito acariciándose por encima de la bragueta—. ¿No es lo único que vale la pena en los hombres?

—Será lo único que te gusta —dijo el sargento Serna—. Apúrate, llama a Vicios para ver dónde queda el Jipijapa.

De pronto sintieron unos golpecitos en la puerta. Escarbino se llevó la mano al bolsillo: sus gruesos dedos acariciaron la cacha de un arma. Mamita se levantó de las gradas, caminó esquivando baldes repletos de arena, ladrillos abandonados, sacos de cemento vacíos. Llegó hasta la puerta y vio por un agujerito practicado en la lámina: la Morsa miraba a los costados. ¿Es él?, dijo el Primo. Mamita abrió la puerta haciendo antes un gesto que parecía decir: no sé, tal vez. La Morsa dio un salto hacia atrás, como si alguien hubiese salido con una arma. ¿Aquiles?, dijo Mamita. La Morsa metió aire por la boca, ¿está el Primo?, dijo.

—No será necesario —dijo Huguito—. ¿Nunca ha ido al Jipijapa, sargento?

—No —dijo el sargento Serna. Huguito sonreía—. ¿No irá a ser un lugar…?

—¿De maricones quiere decir, sargento? —dijo Huguito—. Es, pero yo sólo voy a tomar unos tragos porque es barato. ¿De veras cree que soy un degenerado, sargento?

—Un lugar de maracos —dijo el sargento Serna—. ¡Ay, Huguito, creo que ya nos salvamos de la frontera!

El sargento Serna iba a decir algo más, pero en eso vieron que la Gata abría los ojos. Miró a ambos y luego se puso a llorar.

—¿Muerta? —dijo el sargento Serna—. Hasta de médico eres malo, Huguito. Está más viva que nosotros dos.

Pasa, pasa, dijo Mamita. Cerró la puerta y la aseguró. La Morsa vio las gradas del edificio en construcción. Ahí estaban sentados Escarbino y el Primo. Éste, al verlo, levantó la mano. ¿Así que tú eres Aquiles?, dijo Mamita tomándolo del brazo con familiaridad. Caminaron hasta llegar donde estaban los otros. Escarbino saludó a la Morsa y el Primo le dio un golpe en el brazo. Bueno, dijo Mamita, sólo falta uno. Vio a la Morsa, se detuvo en el orificio por donde aparecían los dientes en completo desorden. ¿Es seguro este lugar?, dijo la Morsa. El Primo rió. Mamita bajó la cabeza, después la levantó y dijo: es mi casa, no hay problema.

—Sólo es un reflejo —dijo Huguito tomando a la Gata por los cabellos—. ¿No sabía que si nos cortan la cabeza seguimos vivos por algunos segundos? Eso todos lo saben, sargento.

—Qué teorías más raras tienes, Huguito —dijo el sargento Serna—. Pero vamos, ¿hasta qué hora atiende el Jipijapa?

—Hasta la madrugada —dijo Huguito con alegría—. ¿No ve que es un putero, sargento?

—Qué costumbres las tuyas, Huguito —dijo el sargento Serna—. ¿Sabes que al general Molina no le gustan los maricones?

Huguito lo miró con desagrado. Pero luego sonrió y dijo:

—¿No vamos a atrapar a la tal Mamita gracias a mis pesquisas? Conozco el interior como la palma de mi mano.

El sargento Serna se puso una chamarra azul desteñida. Huguito fue a un costado del ambiente, abrió un armario y sacó de su interior un revólver. Miraron una vez más a la Gata: el cuerpo atado al silla estaba inmóvil. Las lágrimas que había echado hace unos segundos empezaban a secarse en medio de las mejillas.

—Pobre puta —dijo Huguito con lástima—. ¿Cree que haya un cielo de putas, sargento?

El sargento Serna salió sin contestar. Huguito lo siguió apresurado. Afuera un soldado se cuadró. El sargento Serna le dijo algo y el soldado dijo entendido. Caminaron luego por un pasillo largo y torcido.

—¿Entonces? —dijo Huguito—, ¿existirá, sargento?

—Existir qué —dijo el sargento Serna.

—El cielo de las putas, pues —dijo Huguito.

—Las putas se van al infierno —dijo el sargento Serna con frialdad—. Y los maricones también. ¿No te parece justo eso, Huguito?

¡Qué caras han puesto! ¿Por qué no puedo tener una casa?, dijo Mamita, mi trabajo me ha costado. Escarbino dijo: eso no importa, estamos acá por otra cosa, ¿no? Qué carácter, dijo Mamita tomando a la Morsa de la mano, ¿entonces este chico está con nosotros? Está, dijo el Primo. Todos miraron a Escarbino. Éste observó detrás suyo:

el edificio a medio construir era como un animal muerto, oscuro, gigante, estático. Yo digo que puede llamar la atención, dijo Escarbino, no tengo nada personal contra él, sólo digo que... la Morsa se puso de pie, miró a Escarbino apretando los puños. Qué pasa con mi cara, dijo, qué pasa, conchudo. Escarbino también se incorporó. La Morsa vio el ancho tórax, los músculos firmes resaltando por debajo de la camisa azul: supo que Escarbino podría derribarlo de un solo golpe si quería. La Morsa volvió a sentarse. Para mí está bien, dijo Mamita calmando las cosas, ¿no podría servirnos él como chofer? Eso es, dijo el Primo, puede ser nuestro chofer. Escarbino se encogió de hombros. Ninguno dijo nada hasta que alguien más tocó la puerta.

—Cacas —dijo el sargento Serna.

El Cacas se detuvo. Estaban en el estacionamiento del Cuerpo. El Cacas bajó de la cabina de la Chevrolet de un salto. De atrás brincaron Zamora y Ossorio.

—Qué caras de velorio —dijo Huguito—. ¿Quién se murió ahora?

Ossorio estrechó la mano del sargento Serna. Vio los vendajes de Huguito pero ahora no pudo sonreír.

—El Gordo —dijo el Cacas—. Lo mataron. ¿No sabían?

El sargento Serna miró a Huguito, asombrado.

—¿El Gordo? —dijo Huguito—. Cómo fue.

Zamora explicó todo. Huguito pidió detalles y Zamora se los dio sin extenderse demasiado. El sargento Serna oía moviendo la cabeza.

—Ahora Castro nos hizo llamar a su despacho —dijo Ossorio cuando terminó la explicación—. Algo va a pasar, lo presiento.

—¿Y ustedes? —dijo el Cacas—. ¿A dónde van tan tarde?

—Al Jipijapa —dijo el sargento Serna—. Tenemos algo sobre el robo a la Sirenita.

Mamita abrió la puerta y entonces apareció: los ojos saltones, redondos, las orejas circulares, los labios gruesos y oscuros, la cara de simio: Capiona. Mamita lo regañó como si se tratara de un niño por haber llegado tan tarde. Sin embargo, Capiona le dio un beso en la frente y Mamita le jaló una de las orejas. Caminaron hacia las gradas. Mamita hizo las presentaciones. Capiona miró a la Morsa por unos segundos y luego tomó asiento al lado del Primo. Ahora estamos todos, dijo Mamita viendo a los otros. Ahora estamos todos, repitió, todos los Norteños al fin juntos.

—Nosotros no nos libramos aún —dijo el sargento Serna—. ¿Saben que el Jipijapa es un putero de maricones?

Huguito rió. Zamora dijo con malicia:

—No le vayan a meter mano, sargento.

—Al primero que lo intente lo quemo —dijo el sargento Serna y mostró el arma que llevaba en el bolsillo interno de la chamarra—. Las mariconadas sólo con Huguito, Zamora.

¿TODAVÍA JUGANDO?, sí señora, ¿qué horas son?, ya las siete, Oscarín, tú mamá dice que subas, ¿en serio, señora?, en serio, chau Alfredo, chau Oscarín, ¿mañana vienes?, claro, ¿a las tres está bien?, sí, oye Oscarín, qué, ¿sabes una cosa?, qué cosa, ¿te acuerdas que el otro día nos estaban viendo desde el Irlandés?, sí, ¿si te digo una cosa no se lo dices a nadie?... ¡Oscarín!, qué, ¿me estabas escuchando?, no, no, sólo estaba viendo, ¿qué me decías?, que alguien nos vigila, ¿desde el Irlandés?, a lo mejor son los que roban la ropa, a lo mejor quieren robarnos a nosotros también, a lo mejor quieren robarte el Atari, ¿Oscarín?, sí señora, ya voy, tú mamá dice que… ya voy, hasta luego señora, chau Oscarín, ya apagá ese Atari de una vez, Alfredo, ¿quieres que tu papá se enoje?, ya lo apago, ya está, listo, mami, vamos a la tienda, no, yo quiero quedarme a ver tele, no, ¿no te duele la cabeza estar todo el día frente al televisor?, mejor vamos a la tienda de una vez, así te despejas un poco, ¿qué vamos a comprar, mami?, coca-cola y pan, ¡y también figuritas del Mundial!, no, ¿no ves que tu papá se enoja?, yo aprieto el botón, ¡uy, mami, qué feo huele el ascensor!, no digas esas cosas, Alfredo, ¿qué te hemos dicho de hablar fuerte?, ya, mami, no te enojes, hola Porfi, buenas noches Porfirio, buenas noches señora, ¿por qué le dices así?, porque él me dijo que le dijera así mami, ¿en serio?, en serio, ¿por qué nunca me creen nada?, ya no te enojes, sólo que a veces eres medio malcriadito, ¿ves?, ya estás enojado, no estoy enojado, mami, sólo que a veces no me creen nada, bueno, ya, por suerte la tienda está vacía, vas a saludar cuando entres, hola Sonia, hola Raquel, hola Alfredito, mirá qué grande, cómo crecen ¿no?, buenas noches, señora, ¿tienes todavía pan?, sí, y una coca-cola también, y figuritas también, eso sí no me queda, ¿eso es todo?, sí, bueno ¿se lo anoto o…?, anotámelo nomás, bueno, chau Alfredito, hasta luego señora, qué macana mami, ¿y ahora qué te pasa?, ¿por qué estás enojado?, porque no hay figuritas, al Oscarín sólo le faltan veinte y a mí más de sesenta, un montonazo ¿por qué el Óscar llena más rápido, mami?, no sé, será porque le compran más… Alfredo, mirá mami, ven, qué pasa, ¿ves?, qué, ¿puedo ir?, adónde, a cambiar casetes de Atari, ¿no lees, mami?... pero es en el colegio ese!, pero puedo ir con el Oscarín, no, Alfredo, ¿qué estás haciendo?, sacando el anuncio, ¿y quién te va a dar permiso?, mi papá o tú, ¿es que no ves que los casetes que me compraron ya están aburridos?, con el Óscar ya sabemos todo, ¿entonces ya no te gusta el Atari?, ¡ay Alfredo, te aburres de todo!, no me aburro del Atari, mami, sino de los juegos, ¿no ves que ya con el Óscar sabemos todo?... ¿entonces puedo ir?, no, ¿ni siquiera con el Óscar?, no, ¿por qué?, porque es peligroso, hasta mañana Porfirio, hasta mañana señora, ¿ya estás enojado otra vez?, es que no me dejas hacer nada, mami, no es eso, abrí la puerta, ese colegio es peligroso, hijo, ¿no ves que son unos maleantes?, ¿y si voy con mi papá?... no sé, hay que preguntarle a él, ¡papiiiiiiii!, qué pasa, mira, qué, lee esto, ¿en ese colegio?, este chico está con eso de ir a cambiar casetes ahí, ya sabes que no queremos, ¿pero y si voy contigo?, no sé, dile a tu mamá, ella dice que tú decidas, podemos ir mañana en la noche, así no nos topamos con esos del Irlandés, eso, papi, así no nos vemos con esos chicos, ¿puedo decirle al Óscar?, no puedes hacer nada sin el Oscarín, ¿no?, es que es mi amigo, papi, bueno dile, pero antes que le pregunte a su mamá y saludas, Alfredo, ¿buenas noches?, hola, ¿señor?, habla Alfredo, hola Alfredín, esteeee ¿estará el Óscar?, sí, claro, ahorita lo llamo, ¡Oscaaaaar! teléfono, ¿hola?, hola Oscarín, hola, ¿sabes una cosa?, qué, hay un lugar por aquí donde podemos cambiar casetes de Atari, ¿en serio?, en serio, y cómo sabes, porque estaba en un cartel abajo del edificio, ¿quieres oír?, a ver, *Se cambian casetes de Atari 2600. Calle Las Retamas, puerta del colegio Irlandés. Preguntar por Aquiles*, ¡cerca!, tenemos que ir, Oscarín, pero no nos van a dejar, nos van a dejar porque ya le he dicho a mi papá y dice que podemos ir con él, ¿y yo también?, mi papá dice que sí, pero antes dice que pidas permiso, ojalá que tengan buenos casetes, ojalá, ¿entonces mañana me dices?, sí, mañana te digo si me dejan, bueno, chau, chau, dice el Óscar que él también quiere ir, bueno, vamos mañana entonces, ¿y si vamos ahora?, ¡Alfredo!, ya, ya, ¿mañana seguro, papi?, seguro.

PUEDES VERLA DESDE la cama, tienes los brazos cruzados, imaginas los lugares donde pudo haber estado: ¿un basural?, ¿un baño público?, ¿el departamento de Alfredo? Te alegras por esto último. La mosca recorre la circunferencia del foco con extrema precisión. ¿Cómo hará para no venirse abajo? Piensas en los cientos de patitas, de uñas pegajosas aferrándose al vidrio. ¿Era eso posible? Te pones de pie sobre la cama. La mosca sigue ahí, tranquila, sin percatarse de tu presencia siquiera. La miras con detenimiento: es una mosca gorda, peluda, con el rabo de un verde fosforescente. Mueve un poco las alas y hace un ruido extraño, como si tuviera un motor pequeño pero potente. La tomas con cuidado, evitando apretarla mucho. La mosca mueve las patas, agita el cuerpo, sabe que está presa: el motor acelera con más fuerza. Bajas de la cama de un salto y caminas con ella sosteniéndola siempre con los dedos. Con la otra mano libre abres la ventana. Ves el 5B y la dejas ir. Pese a la oscuridad llegas a contemplar cómo la mosca ensaya primero un vuelo errático haciendo zetas como un borracho y se aleja luego dibujando formas caprichosas en el aire. Después de un tiempo, sin embargo, recobra el equilibrio y entonces vuela en línea recta, apuntando hacia el edificio Mercante. ¿Y si entra al 5B? ¿Se daría cuenta Alfredo que le devolvías la mosca que te había enviado? ¿Sabría que eras tú? Claro que sabría, ¿no eran los dos uno mismo?, ¿no pensaban los dos de igual manera?

—¡Aquiles!

Das vuelta y ves cómo la puerta se agita por los golpes de tu madre. Te alejas de la ventana rumiando maldiciones. Corres el seguro y la ves agazapada en una mantilla.

—¿Por qué te cierras?

—¿Qué quieres? —le dices—. ¿Por qué me molestas tanto?

La vieja te mira con desconfianza. Ves cómo los ojos te escrutan intentando descubrir algo, a lo mejor sacarte alguna verdad. ¿Era posible eso?

—Eres un malcriado —te dice—. ¿Qué haces encerrado todo el día? ¿Por qué sales por las noches nomás? ¿No ves que te puede pasar lo mismo que a tu tío?

Estás a punto de dar un paso atrás y cerrarle la puerta en la cara. ¿No se merecía eso acaso? ¿No merecía ser colgada de cabeza para que se desangre poco a poco? ¿No era hacer justicia eso?

—Te buscan —te dijo de repente—. Un señor te busca. ¿En qué líos andas metido, Aquiles?

—¿Qué señor? —le dices. Sacaste un poco la cabeza y desde ahí miraste la puerta del colegio.

—Un señor —te dice ella y luego de cubrirse la manos rojas con un extremo de la mantilla—: ¿no ves que te puede pasar lo mismo que a tu tío? ¿En qué andas metido?

No contestas. Atraviesas el patio con calma oyendo a tus espaldas las recriminaciones de ella, sus lamentos ahogados e imaginas su rostro encendido, los ojos resecos de pronto llenándose de lágrimas que sabes que no saldrán jamás.

¿Y si era la Policía? ¿Y si al fin los había atrapado? ¿Y si Escarbino los había delatado?

Llegas a la puerta. Titubeas un poco pero al fin la abres y ves a un señor delgado, vestido con un pantalón azul, zapatos negros, una chompa verde con cuello en V gracias al cual asoma una camisa blanca.

—¿El señor Aquiles? —te dice.

Notas que ya ha clavado la mirada sobre el hueco. Que el par de ojos están sobre el espacio donde tus dientes afloran en desorden.

—Sí —le dijiste—. Soy yo.

Entonces el señor mira a un costado, como si alguien más estuviese pegado a la pared. Pensaste en tu tío. En tu tío pegado a la pared, esperando tu desconcierto para atraparte, para revelarte que aún estaba vivo y que esa ausencia había sido sólo por un tiempo: que tu hora había llegado. Intentaste retroceder, pero entonces el señor hizo una seña con la mano que decía acérquense. Primero viste a un niño regordete de cabello negro y piel blanca. Después apareció Alfredo.

Soltaste la puerta a la que hasta ese momento habías estado asido. Alfredo te reconoció y estuvo por decir algo pero en eso el señor lo interrumpió.

—¿Usted cambia casetes de Atari?

Alfredo le pasó una bolsa negra. El señor la abrió y sacó tres casetes para que los vieras.

—Sí, sí —dijiste moviendo la cabeza aturdido por la sorpresa—. Ahora vuelvo.

Cerraste la puerta. Tus manos temblaban. ¿No era un mensaje que Alfredo apareciera de pronto ahí justo cuando pensabas hace tan sólo unos minutos en él? ¿Qué significaba eso?, ¿que podías llamarlo con el pensamiento?, ¿que había una conexión entre ustedes? Te moviste después de un tiempo. Ahora atravesaste la cancha sintiendo las piernas flojas y un vacío extraño en el estómago: no era miedo o desilusión, esas sensaciones que conocías tan bien, era algo más puro estabas seguro, más grande sin duda. Tu madre, por suerte, ya no estaba ahí. Entraste a tu cuarto, fuiste hasta el ropero y lo abriste. El Primo dormía con la boca abierta, el brazo derecho sobre el pecho y el otro sirviéndole de almohada. Lo miraste como si no existiera, como si de pronto su cuerpo se hubiese convertido en algo transparente. Levantaste la vista: sobre él, en las divisiones superiores estaba la consola y los casetes en sus respectivas cajas. ¿Tendrías que llevarlos así? ¿Y si el señor se daba cuenta de que era la primera vez que hacías esto? ¿Si se olía que el anuncio que habías puesto era justamente para volver a ver a Alfredo? ¿Sería su padre? ¿O quizá el del otro niño? ¿Del gordo? Recordaste las facciones del hombre: la nariz afilada, labios delgados, el rostro ovalado: sí, tenía que ser su papá; era Alfredo años más grande… ¿pero por qué de pronto esta idea no te gustaba?, ¿podría Alfredo crecer así?, ¿cómo sería cuando pasara?, ¿en qué quedaría todo lo que les estaba ocurriendo?

Decidiste al fin sacarlos de las cajas. Cerraste la puerta del ropero. ¿Y si ya los tenía? Los llevaste debajo del brazo, rogando que no los tuviera, que no los conociera. Llegaste hasta la puerta y antes de abrirla te arreglaste el cabello. Ahora los niños miraban las carátulas de los casetes que habían traído consigo y el señor había sacado un cigarrillo y lo fumaba con parsimonia. Cuando te vieron ambos se abalanzaron hacia ti y dejaste que te los quitaran.

—¡Chicos! —les dijo el señor.

El más gordo sonrió al ver la carátula de uno y Alfredo saltó al reconocer otro.

—¿No los tienen? —dijiste.

Alfredo te miró. Pensaste en la mosca. Creíste que ahora estaba en su dormitorio. Creíste que él también pensaba en eso.

—¿Cobra algo por el cambio? —te dijo el señor.

Alfredo fue hasta donde el gordo y le dijo algo al oído. El gordo también te miró, pero no sonrió: más bien bajó la mirada y luego te dio la espalda.

—¿Cobra algo? —volvió a repetir el señor.

—Cinco —dijiste sin pensar—. Cinco pesos por cada uno y el casete.

—¿Por cuánto tiempo? —viste cómo el señor botaba el cigarrillo y lo aplastaba luego con la suela del zapato.

—Una semana —inventaste.

—Bueno chicos —les dijo el señor—. ¿Cuáles llevan?

El gordo y Alfredo discutieron por algunos segundos. Al fin se decidieron por tres. Viste que el señor sacaba el dinero de la billetera. Te pasó los billetes y tú los agarraste sin contarlos. El gordo te entregó los que ellos trajeron y tú los sostuviste en la otra mano.

—Bueno —te dijo el señor sonriendo—. La próxima semana se los devolvemos. Gracias.

Tomó a ambos niños por los hombros. Los viste alejarse despacio, subiendo la pendiente de Las Retamas hasta que el más gordo se dio vuelta y te hizo adiós con la mano y luego viste que Alfredo hacía lo mismo.

Regresaste a tu habitación sin pensar en nada. Giraste la cabeza hacia la izquierda: ahí estaba uno de los bloques de cemento que albergaba los cursos, ahí estaba tu madre observándote sin parpadear. ¿Cuándo iba a comprender al fin? ¿Cuándo entendería que tú ya eras otro? ¿Un nuevo Aquiles? ¿Que tu tío ya no iba a volver? ¿Tendrías que hacer algo para que se diera cuenta?

Abriste la puerta de tu habitación y luego de cerrarla oíste al Primo moviéndose dentro del ropero. Lo imaginaste en el interior, despertándose, con las piernas agarrotadas, dormidas, muertas. Pensaste que el Primo era una buena persona, después de todo. Pero lo que te disgustaba de él era la relación con tu tío. ¿No podía simular por lo menos? ¿Creerían que no sabías?, ¿qué no te habías dado cuenta? Abriste la puerta. El Primo dormía. Diste una palmada fuerte. El Primo dio un salto.

—Eres una mierda, Morsa —te dijo con los ojos turbios—. ¿Puedo salir un rato por lo menos?

Estabas feliz sin duda. Hoy habías confirmado que entre Alfredo y tú había algo distinto, una extraña línea que los unía, una forma de comunicación que nadie más tenía, ¿de qué manera sino podía llamarse a lo que había pasado hoy?

El Primo te miraba esperanzado.

—Pero sólo un rato —dijiste—. ¿Estamos, maraco?

¿Ves?, YA DESAPARECE hasta mi cabeza. Ahora sí está bien profundo, Cacas. Sí, ya salgo. ¡Uf, qué cansado estoy! Mierda, cómo me duelen los brazos. Más bien que ya no llueve, qué manera de llover, ¿no? Lo raro es que el hoyo no esté inundado después de semejante diluvio, ¿no te parece una señal? Pues del Supremo, de quién más va a ser. No te rías, porque aunque desviado y depravado yo soy creyente todavía. Hay un diosito, Cacas, que lo mira todo, que lo juzga todo. Puede ser que se trate de una señal, una señal que te está diciendo: Cacas, no lo hagas.

¡Au, no me pegues!, ¿no ves cómo me has dejado la cabeza y la espalda con tanto golpe? ¿Ya es hora? Bueno, Cacas, ha sido un placer conocerte. ¿Te puedo pedir un favor antes? No, no es eso, ¿crees que voy a pensar en tirar en un momento así? A veces el desviado pareces tú, Cacas. Sólo quería decirte si alguien podría avisarle a mi hermana. No le digas que… mejor sería que le digan que estoy lejos y que no voy a volver. ¿En el juicio final? No, pues, no le digan eso. A pesar de todo es mi hermana, ¿no? Si escucha que sólo me van a volver a ver en el juicio final es capaz de alegrarse. No sé, el Gordo o tú. No me importa. ¿Cómo? ¿Quieres que termine de contarte?

Entonces el chico, o sea mi sobrino, empieza a crecer en el colegio Irlandés. No, él no iba allí. Imposible: a ver dime ¿con qué plata iba a pagar? Si era bien caro. Iba a otro, a uno que estaba por el centro. Pero lo que me daba bronca era que incluso allí era un maraco. La culpa era de su mamá porque lo iba a recoger hasta la puerta y ya el Aquiles tenía como diez años, ¿no has visto que hasta los chiquitos de seis ya van solos a sus colegios? Yo los veía subiendo al micro y me daba bronca porque me preguntaba: ¿y por qué el mierda ese no puede hacer lo mismo? Claro, Cacas, tienes razón: porque su mamá lo mimaba mucho. Ese era el problema. Y para qué, a ver, si ese cabrón de mi sobrino le ha salido bien malcriado. Contestón, vago, maraco… ¿qué? Tal vez, Cacas, tal vez yo tengo la culpa de eso último… ¿qué?, no, si yo no veía con esos ojos a los chiquitos, yo sólo veía a los chiquitos con esos ojos porque los comparaba con el Aquiles y me preguntaba ¿cómo puedo hacer para que se le quite lo maricón? Le pegaba, le enseñaba a usar los puños, los pies, el cuchillo para pelear, sí, igualito como cuando nos enseñaba Ossorio. Mierda, qué tiempos. Te juro que yo una temporada quería irme, Cacas, quería irme. Veía a los demás del Cuerpo avanzar en todo: capísimos para sacar información, para seguir a los Apóstoles, para manejar cuchillo, para agarrarse a trompadas y yo quedándome siempre atrás. Hasta te tenía envidia, Cacas, esa es la pura verdad. Pero uno aprende tarde o temprano, ¿no es cierto? Cómo ha cambiado ahora Ossorio. Te encuentras con él en la calle y ni te saluda y peor si está con la flaquita esa: ahí sí ni te mira o se cruza la acera, como si uno tuviera peste. Y pensar que le hacíamos caso en todo. ¿Te acuerdas cuando ese preso casi lo mata? Si no fuera por mí ahorita estaría muerto. Sí, esa vez, ¿te acuerdas? Porque después el mismo Ossorio me dice que mejor lo matara yo, pero estaba tan furioso que al final me dijo: pero que sufra antes. Y yo no sabía cómo hacer. Hasta que el mismo Ossorio me dio la idea. ¿Cómo? Sí, era para eso. Todos ustedes se reían de mí, ¿te acuerdas? ¿Qué está haciendo este cojudo?, decían. ¿Qué se le ha metido en la cabeza a este mierda?, se reían. Y yo no tenía tiempo para contestarles. ¿Sabes que es bien difícil encontrar cuerdas de piano? Aunque puede ser que también no querían venderme, cierto, Cacas, ¿cómo un tipo con mi facha iba a comprar esas cuerdas? Pero cuando al fin las encontré, ahí sí ya estaba asustado. ¿No ves que son así de delgaditas? Yo pensaba: ¿y si se rompen? Pero todo lo contrario: eran duras y resistentes y cuando llego y le digo a Ossorio que ya las tenía él me dice entonces hay que colgarlo. La cosa es que lo llevamos al barbudito al sótano y yo me subo a la escalera, paso la cuerda por el travesaño del techo y después por el cuello del hombre. Lo subimos a la silla y Ossorio me dice: ya, fuera silla. Pobre barbudito. Qué manera de sufrir. No sólo se estaba ahogando sino que encima la cuerda del piano se le metía en la carne y le estaba cortando el cuello despacito despacito. Debo estar pagando eso también, ¿no? ¿Con mi sobrino? Ah, te decía que yo pensaba qué hacer con este chico. Cómo evitar que se convierta en un maraco. Entonces un día se me ocurrió decirle a su mamá: mirá, sería bueno que vendas algo, ¿no ves que no ganas casi nada lavando ropa?, ¿que hemos venido a este colegio para que dejes de lavar? Y ella me decía no tengo plata, ¿con qué capital voy a comenzar? Yo te presto, le dije. Y ella no quería, ¿y quién va a recoger al chico del colegio? Que venga y vaya solo, le decía yo, ya está grande, ya te he dicho que no hay que mimarlo tanto, te va a salir maricón. ¿Qué?, no, digo maricón de otra manera, como cobarde, meón. Y entonces que mi hermana se anima y le doy la plata y yo le digo los primeros días lo voy a recoger yo, no te preocupes. ¿Y sabes que ahí comenzó todo? ¿Ver tantos chiquitos? No, no creo, ¿no es cierto que yo veía chicos todos los días en el Irlandés? Más bien creo que todo en mi caso comenzó por bronca, porque llegaba al colegio y lo veía a mi sobrino contra la pared y a los otros chicos intentando quitarle su mochila, sus zapatos, escupiéndole en la cara ¿y sabes lo que es peor?, gritándole ese apodo que yo no entendía al principio: Morsa. Le gritaban ¡chau, Morsa! ¡Nos vemos, Morsa! ¡Te voy a culear, Morsa! Y yo le preguntaba ¿por qué te dicen así? Y mi sobrino no me contestaba nada, no me decía nada, bajaba su cabeza nomás y lloraba. ¿Sabes qué era lo peor? Que lloraba babeando, echaba sus babas por todas partes y yo le pegaba, ¿qué más podía hacer? Le daba patadas y puñetes. Le decía no seas maricón, caracho, y el chico lloraba más y hasta se ponía de rodillas y me rogaba: no me pegues más, tío. Eso me calentaba. Yo sentía que dentro de mí algo empezaba a crecer sin control, como un globito inflándose despacio. Todos los días las peleas eran por eso. Mi hermana quería defenderlo, se interponía entre los dos y yo le decía te va a salir maraco, te advierto, no sabe defenderse. ¿Que por qué le decían Morsa? Yo tampoco sabía hasta que un día mi sobrino como que intentaba esconder algo en su mochila, a ver, le digo, qué estás escondiendo, porquería. Y él llorando y babeando saca un cuaderno y veo que estos cabrones de su colegio le habían pegado en cada una de sus hojas una foto de ese animal… de cuál más va a ser pues, de una morsa. Son unos animales con dos dientazos saliéndoles de la boca y la verdad que viendo bien a mi sobrino era igualito a las morsas. ¿Cuántos años tenía? Ya once. Claro, ya no era un chiquito de pecho. Pero él parecía que recién había nacido. Y estábamos en esas. Le pegaba todos los días, y yo mientras tanto iba sintiendo crecer ese globito, ese algo creciendo de a poquito aquí, ese algo que no sabía todavía qué era. Hasta que en una oportunidad mi sobrino se cae frente a mí de cuatro patas… ¿arrecho? No sé, Cacas, pero al verlo así me pasó algo raro. Tal vez el destino, no sé. A ver, dime, ¿qué más podía hacer? ¿Podía conseguir él una mujer? Ni cagando, ¿qué mujer hubiera querido que se la tire?, ¿qué hembrita le hubiera abierto las patas con gusto? Ninguna. Entonces ahí nomás me lo… ya, está bien, ¡pero no me pegues! Sé que soy un depravado, ¿por qué me pateas así? ¿No ves que es algo que no puedo reprimir? Entonces el chico ya empezó a cambiar desde ese día. No, no, seguía hecho un meón, pero ahora ya no lloraba por lo menos. ¿Su mamá? No sabía nada porque yo le dije si hablas algo te mato, te corto el cuello feo de mierda. ¿Cómo me sentía? ¡Ay!, no me pegues más, por favor. Me sentía raro, como si de pronto… ¿ahora? ¿Me vas a amarrar las manos? ¿De rodillas? Por favor, Cacas, ¿ahora? Te juro que te voy a esperar en el infierno. A vos y a Ossorio y al cabrón de mi sobrino. ¿Crees que no sé que fue él quien…? Pero no me tapes los ojos. ¿A la cuenta de tres? Entonces a las tres y disparará de una vez, mierda.

¡Uy, qué nervios!, dijo Mariela mordiéndose las uñas y luego de un rato miró a Ossorio a los ojos: ¿no sería mejor venir otro día? Ossorio apoyó el cuerpo en el marco de la puerta, es ahora o nunca, dijo sin ganas. Mariela le pasó la mano por las mejillas. Estás helado, le dijo, ¿vamos? Ossorio asintió con la cabeza. Vio a Mariela sacar una llave de la cartera y abrir la puerta donde habían estado más de diez minutos detenidos en una conversación absurda, infructuosa, sin pies ni cabeza. Mariela lo tomó de la mano. Sintió una mano fría y algo sudorosa. Todo saldrá bien, murmuró. Cuando ingresaron los recibió un jardín pequeño y un árbol torcido de ciruelos. Al fondo se erigía un escalón de piedra con maceteros a los costados y al final de éste otra puerta de madera que ya estaba abierta. Ya estamos aquí, dijo Mariela. Ossorio se limpió las suelas de los zapatos sobre el último escalón. Entonces vio a una mujer que era Mariela pero muchos años mayor. Hola, dijo la mujer, mami, dijo Mariela y arrastró al agente de la mano y lo puso a su lado. La madre de Mariela echó una ojeada a Ossorio como lo haría con un objeto inconcebible: intentando encontrarle inútilmente algún valor. Después de un rato se acercó a ellos, acomodó un beso en la mejilla a Mariela y lanzó una mirada fría a Ossorio. ¿Y mi papá?, dijo ella. Los tres estaban en una sala amplia de paredes verde limón, cortinas con imágenes marítimas, sillones marrones y una lámpara sobre sus cabezas que lanzaba una luz agradable. Aquí estoy, dijo una voz varonil. Detrás de la mujer apareció un hombre bajo, de peinado engominado y pantalones blancos. Hola, hija, dijo, hola, dijo Mariela y fue en ese momento cuando dio vuelta para verlo y encontró a un hombre demudado, incómodo en una sonrisa forzada y unos gestos que intentaban ser amables. Él es Tomás, dijo Mariela con un tono jovial, con ese tono jovial que a Ossorio tanto le gustaba y que parecía que podía resolver cualquier tipo de problema por más grande que fuese. El padre de Mariela lo miró. Hizo una seña con la cabeza y nada más. Buenas noches, dijo Ossorio, señor, señora. Hola, joven, dijo la madre de Mariela, mucho gusto, dijo el señor. ¿Ya está lista la comida?, dijo Mariela lanzando la cartera sobre uno de los sillones, nos estamos muriendo de hambre. ¿El señor se queda a comer?, dijo la madre y Ossorio supo desde ese momento que todo estaba perdido. Claro, dijo Mariela, ¿no quieren conocerlo acaso? El señor ensayó una sonrisa, dio vuelta sobre sus propios talones y señaló una puerta que, imaginó Ossorio, daba al comedor de la casa. Pasaron los tres sin decirse nada más.

Así que usted es policía, dijo la madre de Mariela cuando servía la comida. ¿Es usted policía?, dijo el padre de Mariela con los cubiertos en el aire. Vaya sorpresa. No se hagan, dijo Mariela sonriendo, si les dije el otro día. Sí, dijo Ossorio atragantándose con la comida, pero no de los uniformados. ¿Entonces?, dijo la madre. Ossorio estaba ante una mirada inquisidora, una mirada que más bien era un estilete apuntándole el cuello, una mirada que lo examinaba, que ya lo estaba condenando de antemano. Un agente, dijo Mariela, un agente de Homicidios, ellos no se visten de uniforme, hizo una mueca graciosa: anda de civil todo el tiempo. Vaya, dijo el padre mientras bajaba los cubiertos y los dejaba sobre el plato, creo que no tengo apetito hoy. Hubo un silencio no incómodo sino mucho peor: esa clase de silencio que invitaba a salir de allí corriendo. De pronto la madre dijo: ¿qué opina usted del Gusano? Ossorio puso los codos sobre la mesa, ¿cómo debía responder? ¿Era necesario estar ahí? ¿Podía levantarse de la mesa, salir del comedor, atravesar la sala y el jardín y dejarlo todo? ¡Ay, mami, qué preguntas!, dijo Mariela intentando disipar ese ambiente ya no de tensión sino de franca rivalidad. Y fue entonces cuando ocurrió: Ossorio creyó, al principio, que se trataba de un animal gigante, de esos animales que a veces se escapan de alguna jaula del zoológico y emiten un sonido profundo y aterrador mientras la gente huye aterrada. Los padres de Mariela se pusieron de pie de inmediato y salieron corriendo del comedor. Mariela vio a Ossorio, lo tomó del brazo procurando que se quedara sentado pero ya era muy tarde: por la puerta ingresaba un muchacho delgado muy parecido a Mariela en algunas facciones del rostro, pero con la mirada perdida, los labios hinchados como si alguien lo hubiese golpeado y un hilito de saliva espesa y transparente chorreando con suma lentitud. Sin embargo, lo peor venía a partir del ombligo para abajo. Ossorio vio que el muchacho tenía los pantalones a la altura de los tobillos y que un pene enorme, nervudo y peludo, estaba erecto y les apuntaba directamente. Un loco, pensó Ossorio, lo miró de nuevo y lo confirmó: el muchacho además tenía el pelo seboso, la ropa hecha jirones, los muslos de las piernas llenas de mugre. Tomy, dijo Mariela poniéndose de pie y cuando iba al encuentro de él los padres aparecieron detrás del muchacho. Se soltó, dijo la madre y dudó un segundo en si tomar o no el hombro de Tomy; sin embargo el padre la contuvo y la señora aguardó un instante para que él lo agarrara por la cintura y lo jalara hacia la sala. Mariela volvió a tomar asiento. Ossorio sintió que temblaba, que de pronto toda la seguridad que emanaba de su cuerpo se había esfumado con la presencia del loco. ¿Estás bien?, Ossorio sintió que hacía una pregunta idiota, pero ella dijo que sí con la cabeza y cuando se puso de pie la tomó de la mano y ambos salieron del comedor. Los padres de Mariela estaban ahí. Ossorio creyó que iba a encontrarlos demudados, quizá con un signo de vergüenza en el rostro, una vergüenza que a lo mejor les bajaba los humos. Pero no ocurrió nada de eso sino el desenlace de algo que ya empezaba a ensayarse desde el principio: no estamos de acuerdo con que usted salga con nuestra hija, dijo la madre de Mariela. Ésta soltó la mano de Ossorio, intentó decir algo pero el padre se adelantó y dijo: no nos gustan los policías. No venimos a pedir permiso para salir juntos, dijo Mariela con toda calma. Volvió a tomar la mano de Ossorio y continuó: nos vamos a vivir juntos, eso. La señora sonrió con ironía y miró a su esposo. Mejor váyase, señor, dijo, tenemos que hablar con nuestra hija. Si él se va yo también me voy, dijo Mariela. No le hables así a tu madre, dijo el señor dando un paso hacia adelante y Ossorio pensó: si la toca lo cago. Pero no fue necesario. Mariela caminó en dirección al sillón donde había lanzado la cartera y la tomó. Entonces adiós, dijo, y luego de un rato mientras acomodaba la correa de la cartera en el hombro: mis cosas las recojo cuando no estén. Ossorio sintió el brazo delgado de Mariela escurrirse debajo del suyo, la sintió temblorosa y liviana y luego escuchó el ruido de los pasos de ella sobre el piso de parquet. Caminaron sin decirse nada hasta llegar a la calle. Una vez fuera Mariela dijo: no es justo que te traten así, ¿qué se han creído? Ossorio no contestó nada, pues no podía pensar bien en ese momento. Se detuvieron en la esquina y Mariela lo contó todo: te tratan así por mi hermano, dijo, ¿no es injusto eso? ¿Por tu hermano?, dijo Ossorio. Y Mariela dijo: ¿no ves cómo estaba?, sí, dijo Ossorio, pero... mi hermano era normal, dijo Mariela, pero un día la Policía lo detuvo por nada y lo dejaron así por una paliza. Acá dejó de hablar. Ossorio vio pasar un micro lleno de gente (los rostros pegados a los vidrios laterales, los cuerpos acumulados en la puerta) y pensó: ahora va a llorar. Pero Mariela no lo hizo, tomó aire y continuó: por eso odian a los policías, ¿pero acaso todos son iguales?, ¿no es injusto que se desquiten contigo? Ossorio no dijo nada. De pronto lo había invadido esa tristeza que sentía cada vez que recordaba a los Apóstoles, ¿no era este un caso similar?, ¿no había familiares de los Apóstoles que lo maldecían todos los días?, ¿a cada hora?, ¿recordando a hijos, a maridos, a amigos que se habían cruzado en su camino? ¿Acaso son todos iguales?, repitió Mariela con la voz quebrada. Miró a Ossorio. Era una mirada de súplica, no de ratificación de lo que había dicho. Parecía decirle: dime que sí. Ossorio sintió la tristeza subiéndole a partir de la boca del estómago, atravesar el pecho e incrustarse como un balazo en medio de la garganta. No todos los policías son así, dijo al fin arrastrando las palabras. Mariela sonrió y dijo: no quiero volver a verlos, amor. Sí, claro, dijo Ossorio, yo tampoco, nunca más. Entonces Mariela sonrió y la tristeza de Ossorio empezó a difuminarse y algo parecido a la esperanza volvió a invadirlo. ¿Me vas a cobrar por vivir contigo?, dijo Mariela, Ossorio la abrazó, se sintió ridículo por el gesto, pero al fin lo hizo: ahí estaba el cuerpo frágil, pequeño: un cuerpo que debería proteger desde ahora, tenemos que buscar una casa más grande, dijo Mariela, Ossorio la soltó, se rascó la cabeza y dijo: sí, una casa más grande, por supuesto.

—¡Puta, qué salvajes! —dijo el Cacas—. Este Huguito no cambia.

Ossorio llevó al padre Vidal hasta un extremo de la habitación, hizo que se sentara con la espalda apoyada donde dos paredes formaban una esquina. Dio vuelta y vio el cuerpo de Escarbino sobre la mesa. El Cacas estaba muy cerca de él, estático, estudiándolo, con los ojos clavados sobre ese cuerpo también inmóvil lleno de sudor y de sangre. Lo observaba con atención, como si frente a él estuviera un objeto prehistórico, incomprensible.

—Pobres uñas —el Cacas contó en silencio —: seis. Este sí es duro. Y mira cómo le dejaron la jeta.

Ossorio vio la sonrisa de satisfacción del Cacas. La sonrisa de alguien que evalúa y luego aprueba el trabajo de un colega. Después de un momento hizo una seña para que el agente se acercara.

—Qué callado estás, Ossorio —dijo el Cacas desatando los pies de Escarbino—. ¿Estás cansado o qué?

El Cacas tomó a Escarbino por los pies, aguardó que Ossorio hiciera lo mismo con las manos y lo levantaron entre los dos.

—Estoy cansado —dijo Ossorio—. No sé cómo aguantas este ritmo.

Pusieron a Escarbino sobre el piso, justo al lado donde la Gata se encontraba desparramada sobre la silla como un fardo de leña. Ossorio la analizó con detenimiento, hizo una mueca de asco al terminar de contemplarla: qué fea, pensó.

—¿Ves esa musculatura? —señaló el Cacas—. Con razón aguantaba tanto —hizo una pausa—: mejor llamamos al guardia, ¿te imaginas si se levanta mientras estamos ocupados con el curita? No quiero cometer más errores.

El Cacas caminó en dirección a la puerta, la abrió y dijo sacando la cabeza:

—¡Guardia!

De inmediato un tipo bajito y de uniforme entró casi corriendo. Se cuadró frente al Cacas y esperó instrucciones.

—Vigílame a estos dos —dijo el Cacas—. Si el grandote se mueve lo agarras a patadas —miró a Ossorio e hizo con la mano derecha como si tuviera un arma—: nada de disparos. Si le pasa algo antes de tiempo Serna es capaz de cortarnos las bolas.

El guardia dijo entendido. Luego el Cacas fue hasta donde estaba el padre Vidal, lo observó en silencio. Ossorio notó una súbita crispación en todo su cuerpo. El Cacas tomó vuelo y le dio un puntapié en las costillas.

—Así que el Número Uno —dijo.

Lo levantó de un jalón. El cuerpo del padre Vidal fue arrastrado apenas unos centímetros. El Cacas echó una mirada a Ossorio, quien se había mantenido estático, con la expresión ausente.

—Una manito, colega —dijo—. ¿O tengo que hacerlo todo solo?

Ossorio caminó despacio, tomó al padre Vidal de un brazo, aguardó a que el Cacas hiciera lo mismo con las piernas, después lo subieron sobre la mesa. El cuerpo del padre Vidal pareció estremecerse al sentir el contacto con la superficie de la mesa.

—¿Ya adivinas? —dijo el Cacas quitándole la bolsa de la cabeza—. Qué pálido te has puesto, curita.

Una mancha de sangre en forma de rayo partía en dos la cara del padre Vidal. Era un hombre de mirada serena y rasgos marcados por una delgadez casi cadavérica.

—Hay que atarlo —dijo el Cacas.

Jaló los brazos esposados hacia arriba. Antes de hacerlo el Cacas creyó que tendría una resistencia suprema. ¿Acaso no era el Número Uno? ¿El mismo que había ordenado hace años el asesinato de los veinte niños que hacían el trabajo de inteligencia para el gobierno? ¿Episodio que se conocía como el Día de los Veinte Héroes? ¿No había visto él mismo los cadáveres de esos chiquillos mutilados, castrados, empalados sobre los techos de sus propias casas como un aviso mortal para que los otros padres no ocuparan a sus hijos en semejante trabajo?

Sin embargo ocurrió todo lo contrario.

Una gota de sudor resbaló por la frente. El Cacas buscó inútilmente un pañuelo en el bolsillo del saco y como no había nada ahí se limpió con la palma de la mano.

—Amarra los pies —dijo.

Ossorio lo hizo como un autómata y luego vio que el Cacas terminaba de atar las manos del prisionero.

—No podrán matarme —dijo el padre Vidal.

Aguardó el efecto de sus palabras. Ossorio quiso echar una ojeada al Cacas, pero fue demasiado tarde: un bofetón ya se había estrellado en la mejilla derecha y segundos después una mancha rojiza empezaba a expandirse por el rostro.

—No te vamos a matar —dijo el Cacas—. No te vamos a dar ese gusto. ¿Ahora sí entiendes, curita?

El padre Vidal giró un poco la cabeza para ver a Ossorio y luego de un momento dijo:

—Hay millones de números unos —cerró los ojos y Ossorio estuvo seguro de que el padre Vidal ya no hablaba con ellos sino con una presencia invisible, incomprensible, quizá milenaria que inundaba la habitación—, ¿no se dan cuenta todavía?

—Nos damos cuenta de que... —fue entonces que el Cacas escuchó el disparo.

Imaginó al guardia detrás de él con el arma empuñada y el cuerpo de Ossorio tendido en el suelo, con el hoyo de ingreso de la bala en la nuca, como una boca diminuta echando chorritos de sangre. ¿No podía haber también traidores entre sus propias filas? ¿Dentro del propio Cuerpo? ¿No había ocurrido eso ya en el pasado? ¿No podía ser el guardia que había puesto a vigilar a Escarbino y a la Gata un apóstol infiltrado?

Giró dispuesto a ver lo que había imaginado, con la mano derecha tocando la culata de su arma.

—Perdón —dijo el guardia con el rostro lívido y un hilito de saliva huyendo por la comisura derecha de la boca—. Me tomó por sorpresa, jefe, se lo juro.

Ossorio se levantó del suelo, con la Browning en la mano, apuntando hacia donde estaba el cuerpo de Escarbino.

—El fortachón se metió un balazo, jefe —dijo el guardia.

Escarbino tenía los ojos muy abiertos y apuntando hacia el techo. En la mano derecha estaba el arma del guardia. En la pared de atrás podía verse una mancha oscura, contrahecha, que no parecía sangre sino una muestra de chocolate muy espeso.

—¿Ahora entienden? —dijo el padre Vidal con infinita calma, abriendo los ojos, como si despertara de un profundo sueño—. ¿No ven que están perdiendo el tiempo conmigo?

—Así que aquí vienes a matar el sueldo —dijo el sargento Serna—. Qué gustos más torcidos los tuyos, Huguito.

—Ya le dije que sólo investigo, sargento —dijo Huguito—. ¿Por qué todo el mundo se la agarra conmigo?

El sargento Serna tocó el timbre y esperaron en silencio. Huguito, mientras tanto, echó ojeadas nerviosas a los costados como si alguien los estuviera espiando. Estaban frente a una casa pequeña y con aires de familia, de paredes recubiertas por enormes fragmentos de piedra pizarra, con los marcos de las ventanas pintados de blanco y los cristales cubiertos por cortinas blancas de gasa: a través de éstas se filtraba un resplandor violáceo.

—Y qué nombre, Huguito —dijo el sargento Serna—. ¿Jipijapa? Vaya cosas que se les ocurren a ustedes los maracos, carajo.

—Chisss —dijo Huguito llevándose un dedo a los labios—. Silencio, que ahí salen.

—¿Te acuerdas del plan, entonces? —dijo el sargento Serna mirando la puerta fijamente—. ¿De acuerdo, Huguito?

No entiendo, dijo la Morsa, no entiendo por qué no puedo entrar. Escarbino corrió el cierre del maletín de cuero. Después lo dejó sobre el suelo con suma calma. Volvió a mirar a la Morsa, dijo: tú sólo conduces, así quedamos. La Morsa lo vio ponerse de cuclillas, levantar el botapié de la pernera derecha del pantalón y ajustar la correa que rodeaba el tobillo: Escarbino acomodó por el mango el pequeño cuchillo que se hallaba metido en su funda. Tal vez en otra, dijo Mamita a su costado, ¿no ves que ahora ya todo está planificado?

—Hola —dijo Huguito viendo el par de ojos que lo escrutaban por la escotilla que se había abierto—. ¿Están atendiendo?

No obtuvo respuesta: la escotilla se cerró con rapidez haciendo un ruido metálico. De inmediato el sargento Serna escuchó el sonido que hizo el seguro al momento de ser destrabado y luego la puerta se abrió.

—Hola, Huguito —dijo un rubiecito vestido todo de azul—, ¿al fin te acuerdas de nosotros, ingrato? ¿Pero qué te pasó en la cabeza?

—Un accidente de trabajo —dijo Huguito.

Luego entró dando un salto. El sargento Serna lo hizo con calma y se paró al lado de Huguito con las manos metidas en los bolsillos de la chamarra. El rubiecito lo analizó de pies a cabeza y cuando llegó a la cara esbozó una sonrisa de regocijo.

—Qué bien acompañado vienes —dijo cerrando la puerta y poniendo el seguro—. Qué suerte tienen algunos, Huguito.

El rubiecito dio vuelta y caminó delante de ellos moviéndose como una culebra a través de un pasillo bien iluminado y húmedo. El sargento Serna observó a Huguito de reojo. Está como en familia el muy puta, pensó. Llegaron hasta una sala con sillones de patas doradas y tapiz oscuro. El sargento Serna se dejó caer en uno de ellos y Huguito en el otro.

—¿Está la Boa? —dijo Huguito.

Mamita fue al fondo de la construcción. Regresó pronto trayendo consigo una bolsa de plástico negro.

La abrió con presteza y sacó un cráneo humano. Éste se hallaba envuelto con serpentinas y lanas multicolores. Tenía la dentadura completa y las mandíbulas un poco separadas. Las cuencas de los ojos habían sido rellenadas por pedazos de algodón. Ahora basta de discusiones, dijo Mamita dejando la calavera en una de las gradas con sumo cuidado, que a ella no le gustan esas cosas, ¿entendido? El Primo miró a la Morsa levantando una de las cejas, preguntándole qué era todo eso. Capiona se puso de hinojos y Escarbino lo imitó. Mamita sacó otra bolsa pequeña y compacta de uno de los bolsillos de la chamarra. La desanudó, extrajo un poco de azúcar y echó ésta alrededor del cráneo en pequeños puñados. Ustedes dos, dijo Mamita mirando al Primo y a la Morsa, de rodillas.

—Eres un arrecho, Huguito —dijo el rubiecito sonriendo. Echó una ojeada al sargento Serna— ¿Y tu amigo es mudito o qué?

—Se llama Andrés —dijo Huguito con calma—. ¿Entonces está o no está?

El rubiecito lanzó una carcajada femenina mientras echaba la cabeza hacia atrás. Huguito lo imitó. El sargento Serna pensó: estos dos conchudos se están divirtiendo a mi costa. A ver si te dan ganas de reírte de mí cuando volvamos, Huguito.

—¡Chicos! —gritó el rubiecito golpeando las palmas de las manos como una foca contenta—. Hay clientes, a trabajar.

Pásame los cigarrillos, dijo Mamita. Escarbino escudriñó sus bolsillos. Sacó un paquete, encendió uno y se le pasó. Mamita puso el cigarrillo entre los dientes del cráneo. Fuma, fuma, dijo Mamita con voz cariñosa e infantil, ¿nos vas a proteger hoy día? La Morsa estuvo a punto de reír, pero la mano del Primo lo contuvo, vieron el rostro furioso de Escarbino: más respeto, cojudos.

—A ver —dijo el rubiecito a la vez que acomodaba a los chicos que llegaban en una línea—. ¿No están todos bellos?

El sargento Serna se puso de pie. Esperó a que Huguito hiciera algo, ¿no habían quedado acaso en que él iba a actuar primero? ¿Por qué tardaba tanto entonces este mierda?

—Hola, Boa —dijo Huguito dulcificando la voz.

El sargento Serna lo miró: la Boa era un tipo bajo, de cabellos negros y rebeldes, ojos claros y rostro ovalado. Tenía un pantalón de tela plomo y bien planchado, zapatos blancos, una camisa roja chillona abierta hasta el pecho y ahí, bailoteando justo en medio, una crucecita dorada.

—¿Huguito? —dijo la Boa abriendo los ojos—. ¿Dónde te habías metido?, ¿y tu cabeza?

—Un accidente —dijo Huguito. Vio a los demás y dijo, apresurado—: ¿subimos?

La Boa dijo sí con la cabeza. Dio vuelta y Huguito lo siguió.

—Ahora sólo faltas tú —dijo el rubiecito con aire risueño y señalando al sargento Serna—. ¿O estarás mudo de veras?

El sargento Serna carraspeó. Recorrió con la vista la línea de muchachitos que lo miraban expectantes. Buscó el rostro más duro y pendejo. Encontró uno en medio de la fila.

—Ése —dijo el sargento Serna.

—¿Artemio? —dijo el rubiecito abriendo los ojos—. Así que te gustan los rudos —dio un suspiro, despachó a los demás con un gesto de la mano: váyanse y dijo—: pues arriba, qué más esperan.

Esto quiere decir que nos va a ir bien, dijo Mamita señalando la ceniza blanca que se mantenía firme en el extremo del cigarrillo. ¿Ven? Escarbino sonrió: sí, era una buena señal. Mamita levantó el cráneo con solemnidad, apagó el cigarrillo y lo guardó todo dentro de la bolsa de plástico negra. Miró a Escarbino y dijo: vamos, ya es hora. Salieron de la construcción mirando siempre a los costados. Afuera, en la acera del frente, justo a un costado del Club de Tenis, estaba la camioneta de Electrónica Cerdán. La Morsa abrió la puerta y se puso al volante, esperó a que Mamita llegara a su lado mientras veía por el espejo retrovisor subir a los otros tres. No quiero peleas entre ustedes, dijo Mamita una vez a su lado. La Morsa no contestó nada. Encendió la camioneta y partió. Subió la avenida Felipe Reque, llegó hasta la avenida Busch llena de postes iluminados. Aguardó a que le dieran la luz verde y cuando el disco apareció dijo: hace frío.

El sargento Serna y Artemio subieron por una escalera destartalada y chirriante. Artemio se detuvo frente a una puerta que tenía una chapa con el número 45. Abrió y se puso a un costado para que el otro pasara.

—Es la primera vez que vienes por aquí —dijo Artemio cerrando la puerta y echando el cerrojo—. ¿No te gusta hablar?

—No mucho —dijo el sargento Serna observando la habitación.

Artemio fue hasta la cama. Se tiró en ella, cruzó las piernas y desde esa postura abrió el cajón de la cómoda y dijo señalando el interior:

—Se paga antes, papacito.

El sargento Serna fue hasta el pie de la cama. Metió la mano dentro del bolsillo de la chamarra.

—Si gritas te quemo, putón —dijo de pronto apuntando a la cabeza de Artemio—. ¿Entendido?

Caminen con calma, dijo Escarbino, no hay razón para estar nerviosos, ¿me entienden? Sólo las cosas de valor y las más livianas. Miró al Primo y dijo: nada de hacer huevadas, te advierto. Mamita bajó de la cabina, fue hasta la parte trasera de la camioneta. Los vio por un segundo con detenimiento y dijo: ya basta, Escarbino, ¿no ves que los puedes poner más nerviosos? Escarbino estuvo a punto de decir algo, pero calló y se limitó a asentir con la cabeza.

—¿Ahora el mudito eres tú? —dijo el sargento Serna sonriendo—. Caracho, en qué cosas me metes Huguito de mierda.

¿Y QUÉ MÁS dice?, que vaya a ver unos casetes, unos casetes que le llegaron esta mañana, pero tu mamá no te va a dejar salir ahorita, no tengo que salir a la calle para ir, ¿entonces?, dice que puedo ir saltando el muro, ¿no ves que se puede entrar por el terreno que está aquí atrás?, ¿entonces yo también puedo ir?, claro, así podemos ver los dos qué casetes tiene, pero cómo hacemos para que no se enteren, no sé, tenemos que pensar, ah, ya sé, qué, tú puedes decir que vienes a mi casa y yo digo que voy a tu casa, ¿no es un buen plan, Oscarín?, sí, eso, así está bien, oye pero ¿cómo sabía tu número de teléfono?, porque él nos vendió esa tele, ¿te acuerdas?, ¿la tele de colores?, ¿la que está en tu cuarto?, sí, yo lo reconocí ayer cuando fuimos con mi papá, ¿te acuerdas? sí, es él, ¿y no te estarás equivocando?, no porque es el mismo, ¿no te asusta su cara?, un poco, pero mi mamá dice que no hay que juzgar a la gente por sus caras, sino por cómo son, a mí también me dice lo mismo, ¿no te dan miedo sus dientes?, un poco, ¿no te parece chistoso?, no, a lo mejor está así por un accidente, a lo mejor lo atropelló un auto, o a lo mejor otra cosa, una explosión de la garrafa de gas de su casa o a lo mejor lo mordió un perro, ¿entonces nos vemos en tu puerta?, sí, oye, ¿y si nos cobra por cambiarnos?, yo no tengo plata, ¿y tú?, yo sí, la plata de mis figuritas, Alfredo con quién estás hablando, con el Óscar, mami, ah, era mi mamá, ¿nos vemos ahora?, sí, ¿y si nos ven bajar al patio?, ¡ay, Óscar!, lo que pasa es que me da miedo que nos pesquen, no nos van a pescar, ¿tanto te gusta jugar Atari?, sí, me gusta, mi papá dice que eso puede hacerse un vicio, que es peligroso jugar todo el día, pero yo no juego todo el día: sólo que ya me aburren casi todos los juegos, mi papá dice que tener un vicio es lo peor del mundo, pero yo no le creo, ¿entonces nos vemos?, sí, chau, chau, mami, mami, ¿qué pasa?, ¿por qué gritas tanto, Alfredo?, voy a ir a la casa del Oscarín, ¿no va a venir él?, no, bueno, andá, pero regresas temprano Alfredo y saludas a la mamá de Oscarín y si te invitan té tomas sin decir nada, aunque esté feo, ¿por qué me dices eso?, porque nada te gusta, porque eres un descontento, por eso, sí mami, cómo es Oscarín, hola, ¿vamos?, mirá lo que he traído, ¿para qué llevas eso?, a ver dame, ¿es de tu mamá?, sí, es de la cocina, ¿un cuchillo?, es que... ¿y si nos encontramos con uno de esos chicos del Irlandés?, cierto, yo también tendría que llevar algo, un palo, una piedra, a lo mejor encontramos eso en el terreno, vamos de una vez, vamos, ¿nos cobrará igual que la otra vez?, yo creo que sí, ¿tienes la plata?, sí, mirá, aquí está, ¿por qué en tu zapato?, porque si nos agarran los de Irlandés no nos van a quitar nada, no se les va a ocurrir revisar mis zapatos, piensas en todo, Oscarín, qué inteligente eres, piensas en todo, un rato, hay que ver si no hay nadie en el patio, ¿hay?, no, está vacío, entonces vamos, primero tú, Alfredo, ¿tienes miedo?, ¿y si nos pasa algo?, no nos va a pasar nada, hay que volver a mirar, ¿hay alguien?, no, no hay nadie, vamos, ¿corremos?, sí, dame tu mano, Óscar, ¡qué pesado eres!, ¿ya?, sí, ¿saltamos?, pues claro, a ver, yo voy primero, ¿estás bien?, sí, qué alto este muro, creo que me duele el tobillo, a ver, ¿se está hinchando?, es que pesas mucho, Óscar, ¿te duele?, un poco, a ver caminá, ¿te duele?, sí, ¿y si me he roto un hueso?, no creo, una vez mi papá se ha roto un hueso y casi llora, a mí no me duele mucho, mejor subimos, agarrá esa piedra, Alfredo, no, mejor este fierro, ¿estás cansado?, ya vamos a llegar, ¿ves que no ha pasado nada?, sí, oye Alfredo, mirá, qué, desde aquí se ve la ventana de mi casa, y de mi casa también, ¿y si nuestras mamás nos están mirando?, mejor subimos, ¿ésta es su puerta?, no sé, debe ser, sí, ¿toco?, sí, hola Aquiles, hemos venido los dos, este es mi amigo, ¿nos estabas esperando?

¿Podrías cortarle los huevos?, ¿hincarle los ojos con la punta de un clip desplegado?, ¿pringar un palo de escoba con el pomo de vaselina de tu tío y empalarlo? ¿Entregarlo a tus perros entrenados para que lo devoren?

—¿Estás sordo, fenómeno? —te dijo el Diablo señalando el periódico. Luego repitió—: qué conchudos, ¿no?

—Dame uno —le dijiste.

El Diablo tomó un periódico y te lo pasó. Antes de sacarlas del bolsillo contaste las monedas sin mirar. Pagaste y antes de irte dijiste:

—Ojalá te maten igual algún día.

El Diablo lanzó una carcajada y luego hizo una argolla con el dedo índice y pulgar y la atravesó repetidas veces con el dedo anular de la otra mano. Sacó la lengua como los hacían los perros luego de aparearse y dijo:

—Extrañas a tu tío, ¿no, fenómeno?

Quisiste retornar y golpearlo, pero preferiste no hacer ningún problema y seguir caminando. Doblaste el periódico y lo pusiste debajo del brazo derecho.

La avenida Saavedra a esa hora no sólo estaba repleta de sol sino también de coches que avanzaban despacio, como una procesión religiosa, lanzando bocinazos largos y lastimeros a cada instante. La gente en las aceras no aguardaba la luz verde de los semáforos, ignoraba la pasarela y prefería atravesar la pista corriendo.

Llegaste hasta el teléfono público, sacaste una moneda, levantaste el auricular, aguardaste hasta oír el tono y la introdujiste por la ranura. ¿Sabías el número de memoria?, claro, ¿no lo habías estado repitiendo como un rezo anoche, mientras ibas en el micro a la Eloy Salmón una vez más a comprar otros casetes de Atari? ¿Habías sentido algo al pasar por la tienda del viejito en cuya puerta se balanceaba todavía un crespón negro?

—¿Hola? —escuchaste.

Estuviste a punto de colgar. Eso estaba dentro de tus planes, que no contestara él, sin embargo reconociste la voz de Alfredo.

—¿Hola? —volvió a preguntar.

—Hola —dijiste conteniendo la respiración—. ¿Alfredo?

El niño guardó silencio. Lo imaginaste mirando a sus costados, tal vez atisbando la presencia de su madre.

—¿Alfredo? —volviste a decir—. ¿Alfredo, estás ahí?

—¿Quién habla? —te dijo el niño—. ¿Eres tú, Oscarín?

—No —dijiste—. ¿No te acuerdas de mí?

—¿Mauricio? —te dijo el niño—. ¿Ya no estás enojado conmigo por lo de ayer?

Tomaste el periódico con la mano libre y lo desplegaste. En la primera plana estaba la fotografía de la fachada de la tienda con el crespón negro. A un costado leíste un titular: *Todavía un misterio la muerte de un anciano: la Policía sospecha de un adicto a los juegos.* Y más abajo, pero en letras negras: *¿Qué tan recomendables son esos juegos denominados Atari para los niños? Habla un experto.*

—Soy yo —dijiste—. Aquiles. ¿Te acuerdas de mí?

—¿El de los casetes? —te dijo—. ¿Te los tengo que devolver ya? ¿No era por una semana?

—No —dijiste moviendo la cabeza—. Te llamaba para saber si... —no supiste qué decir, ¿qué había pasado con todo lo que habías ensayado anoche?, ¿en todas las explicaciones que le darías?, ¿en las cosas que le preguntarías? Cerraste el periódico y lo pusiste sobre el teléfono. De pronto un vacío llenó tu corazón y miraste la avenida Saavedra: el sonido había desaparecido, los autos la recorrían mudos, apagados, silenciosos—. ¿Quisieras cambiar más casetes? ¿Te interesaría?

Escuchaste un golpe seco, como si de pronto Alfredo hubiese dejado caer el tubo telefónico.

—¿En serio? —te dijo la vocecita después de un tiempo—. ¿No es mentira?

—No. ¿Te interesa?

—Pero mi papá no va a querer —te dijo Alfredo desilusionado—. Seguro me dice: si apenas ayer nomás hemos cambiado.

¿Debías colgar?, ¿lanzarte fuera de la cabina, subir la avenida y pasar una vez más frente al puesto de periódicos del Diablo?, ¿llegar al colegio y espiar al niño con los binoculares?, ¿y pensar en él toda la noche?, ¿cerrar los ojos e imaginar las orejas bien formadas, los cabellos delgados, la nariz firme y recta?, ¿los labios húmedos y pequeños?, ¿deberías conformarte sólo con eso?

—No importa —dijiste—. ¿Conoces el colegio Irlandés? ¿Te acuerdas cómo llegar?

—Sí, pero no puedo salir solo de mi casa —te dijo y oíste que detrás de él una voz femenina decía: ¿con quién estás hablando, Alfredo?

—Con el Oscarín, mami —respondió el niño. Aguardó por un momento—. ¿Seguro que tienes más casetes?

Era cierto: tú y él estaban destinados a estar juntos; no importaba qué ocurriese o qué obstáculos pudieran encontrar. ¿Qué era si no esa mentira que acababa de decir? No era más que una cosa: los dos eran iguales, ambos andaban por el mismo camino.

—Seguro —dijiste—. Pero puedes venir por atrás. ¿Conoces?

—¿Por el terreno? —te dijo el niño—. ¿Y si me agarran los del Irlandés?

—Te juro que no —dijiste—. ¿Vienes?

—¿Puedo venir con mi amigo? ¿Puede venir también el Oscarín? ¿Sí?

—También puede —dijiste. De pronto cerraste los ojos. Ahí estaba Alfredo, la cabellera rubia, husmeando por tu habitación, viendo los cables, tomando los alicates, los destornilladores, y luego examinando uno por uno los casetes, interesado, preguntándote por las cosas que hacías. El problema iba a ser el Primo: tendrías que decirle que no haga ruido, que se esté quietecito dentro del ropero.

—No hay problema —dijiste—. Claro que también puede. ¿Es tu mejor amigo?

—El mejor de todo mi edificio —te dijo—. ¿A qué hora?

—A las seis —dijiste—. A esa hora están en clases.

—¿Seguro que no pasa nada? —te dijo—. ¿Seguro que los del Irlandés no me…?

—No te harán nada —dijiste—. Te lo juro. Y si pasa algo se las ven conmigo.

—Entonces voy —te dijo.

—¿A las seis entonces?

—A las seis —dijiste—. Pero no me falles.

Alfredo colgó primero.

Te quedaste con el tubo en la mano. Lo pusiste en la argolla después de mucho tiempo. Si hubieras podido habrías sonreído y tal vez gritado y saltado. Lo habrías hecho levantando los brazos, como la primera noche en que tu tío ya no vino al cuarto y cuando supiste que lo que había pasado era irremediable. Sin embargo, te limitaste a apretar fuerte el periódico y salir de la cabina. Afuera la avenida Saavedra ya estaba descongestionada. Los sonidos se habían hecho presentes una vez más. Los coches avanzaban con rapidez, pensaste que ni los chóferes que aceleraban ni nadie más en el mundo imaginaba siquiera lo que te estaba pasando.

¿Órdenes? ¿Hacerme sufrir antes? No pareces humano, Cacas. ¿Qué ganas con hacerme sufrir así? Auuu, mi pierna, carajo, no te rías. No es cierto, Cacas, ¿no ves que es una mentira de mi sobrino? ¿No te has dado cuenta que lo ha hecho para librarse de mí? Porque ya le da vergüenza, Cacas, por eso, ¿por qué más podía ser? ¿No ves que ya tiene dieciocho años? No le gusta, yo sé porque me mira con bronca, no le gusta cuando le paso la vaselina; claro que con vaselina, sino cómo, ¿acaso crees que eso es fácil? Ese porquería me odia, me quiere matar por eso y vos le estás haciendo el favor sin darte cuenta. ¿Reuniones? Pero, ayayay, mi piernita, ayayay, Cacas ya te he dicho que sólo son mis amigos, ¿maricones? Algunos, ¿pero eso es un delito? No, Cacas, ese mierda de mi sobrino te está viendo la cara, te está engañando, ¿no me escuchas? Es pues una venganza, ayayay, me duele, me estoy muriendo, ah. No te rías así, él ha llamado, ¿no? Ya sabía, él me odia porque lo cacheo y también porque me tiene miedo. Es por eso, Cacas, no soy un traidor, ¿cómo voy a hacer eso? El Cuerpo me habrá pagado mal pero yo jamás los traicionaría, ¿el Diablo?, no, ese cojudo es el que vende periódicos en la esquina del colegio. ¿Así que sospechas de él también? ¿Qué? Pero si ese me tiene bronca, ese Diablo está así por celos, ¿no ves que le gusta el Primo?, ¿el Primo?, ¿no te he dicho ya? Es un amigo de mi sobrino, ese que parece mujercita; sí, yo también me lo tiro pero con él es porque quiere, porque le gusta, auuu, me estoy desangrando, Cacas, ten piedad, ¿no ves que ya estoy llorando?, no, no, esas reuniones son nomás con amigos, pero mi sobrino me está haciendo esta perra-

da porque ya no quiere que me lo tire, ¿por qué?, porque
no le gusta, porque así y feo creo que estaba camote de
una chica del colegio y ayayay, ayayay, mierda, y cree que
no consigue mujer por mi culpa. Claro que ya está grande, pero me tiene miedo, ¿no ves que los últimos meses
ya no quería?, ¿que el muy malcriado hasta me ha cortado la última vez? Si bajas te muestro la herida que me ha
hecho el otro día nomás, aquí en mi tobillo. Es por eso
Cacas, es un tipo rencoroso, ¿no le he dado yo todo?, ¿no
le he enseñado todo lo que sabe de electrónica?, ¿no le he
enseñado a manejar la camioneta incluso?, ¿por qué es así
de desagradecido este carajo?, ¿acaso no está vivo gracias
a mí?, hasta lo llevaba al Onda Loca a que aprenda a tomar sus primeras cervezas, Cacas. ¿Todos los días?, no,
Cacas, ¿cómo me lo voy a tirar todos los días? A veces nomás, cuando estoy muy arrecho o borracho, ¿no es bachiller gracias a mí?, ¿no se ha salvado de ir al cuartel gracias
a mí?, ayayay, me estoy muriendo, Cacas, disparame de
una vez en la cabeza, sé buenito por favor, ¿no somos
compañeros?, ¿dónde quedan entonces tantos años peleando juntos? Ese mierda ha sido, Cacas, mirá, si averi-
guas un poco más te vas a dar cuenta y hasta disculpas me
vas a pedir, ¿cómo? Cacas, ¿dónde estás yendo?, ¿me vas
a dejar aquí?, ¿herido?, ¿no me vas a matar? Cacas. Vamos
donde mi sobrino y lo agarramos y lo hacemos hablar entre los dos, como en los viejos tiempos Cacas, como
cuando éramos amigos, ¡pero qué digo!, si seguimos siendo compañeros, ¿no? Ahora ya entiendo, es un bautizo
¿no?, ¿para volver a entrar al Cuerpo y ser como antes?
¿Es eso? ¡Cacas!, ¿me oyes?, ¿dónde estás?, ayayay, ayayay,
ya no debo tener sangre, Cacas, sacame de aquí por favor,
ya entiendo, ¿ves?, ya puedo apoyarme en la pared del
hoyo, y si te agachas un poco me puedes agarrar de la

chompa y jalarme y luego me curan la pierna y vamos donde mi sobrino. ¿Cacas? Está cayendo tierra, Cacas, ¿te estás acercando y por eso cae?, ¿me vas a sacar de aquí?, auuu, una piedra, Cacas, ¿me oyes?, Cacas, te digo que ya lo sé todo, ya he adivinado, no es necesario seguir haciéndome esto, Cacas, ¿ya? Mierda, ya no lances tanta tierra, ¿dónde está tu mano? ¡Cacas!, por favorcito no me entierres así, por favor, Cacas, ¿no ves que estoy ya de espaldas? Se te está pasando la mano, Cacas, ya como broma está bien, me estoy ahogando, la tierra me está entrando a la boca, Cacas, ya no puedo hablar casi, ¿Cacas? ¿Me oyes?

¿ENTRARÁN TODAS LAS cosas?, dijo Mariela. Ossorio dejó el cajón sobre el suelo, al lado de otro más pequeño. Dos hilillos de sudor le corrían por las patillas. Entrarán, dijo. La habitación aparentaba ser, cuando la habían visto, suficientemente grande como para que la habitaran los dos, pero ahora con la cama en medio, el ropero de plástico a un costado y la mesa de noche parecía haberse reducido de tamaño. ¿Entrarían los dos? En todo caso está el otro cuarto, dijo Ossorio, si hace falta. Mariela abrió la maleta que estaba sobre la cama. Sacó con lentitud la ropa y la fue colgando con esmero dentro del ropero de plástico. ¿Entonces era una buena idea?, dijo ella. Ossorio se agachó, abrió uno de los cajones y extrajo un botín del interior. ¿Qué idea?, dijo. La de hacer algo esta noche, para los amigos. Yo sólo tengo un amigo, dijo Ossorio. Ya sé, dijo ella, ¿no te gustaría presentármelo? Ossorio no contestó, buscó en el interior del cajón el otro par del botín y al no encontrarlo sacó una chinela roja. A Ortiz no le gustan mucho las reuniones, dijo. ¿Está casado?, ¿tiene novia? Tiene una, dijo Ossorio, pero tampoco la conozco bien. A mí me gusta la gente, dijo Mariela dando vuelta y mostrándole a Ossorio una blusa amarilla: ¿está bien? Ossorio la miró, sonrió y dijo: está bien, es bonita. ¿Por qué no quieres presentarme a tus amigos con los que trabajas? Porque no son mis amigos, dijo Ossorio, ya te dije. ¿Y tampoco era tu amigo ese que te saludó en la calle el otro día? No me acuerdo, dijo Ossorio. ¡Ay, Tomás!, Mariela colgó la blusa, vio detenidamente el interior del ropero de plástico, se agachó para buscar el cierre y mientras lo iba corriendo se formaron imágenes de un campo nevado con unos niños haciendo muñecos y con otros patinando. Entonces dijo: ese, el flaco, el de los bigotes, ¿crees que no me di cuenta? Ossorio halló la otra chinela. Vio que una de las vinchas se había roto. La verdad no me acuerdo, dijo, ¿el otro día dices? La otra semana, dijo Mariela. Se acercó hasta donde estaba él. Echó un vistazo dentro del cajón: muchos zapatos eran ejemplares antiquísimos y se veían doblados como si fueran de cartón, como si alguien los hubiese hundido en agua. ¿Hace cuánto que no te compras zapatos?, dijo ella. No sé, dijo Ossorio, meses o años, no me acuerdo. Mariela fue hasta el otro extremo de la cama y abrió la otra maleta. ¿Me vas a decir quién era?, dijo. La verdad no sé, dijo Ossorio. Mariela levantó la vista. Ahí estaba esa mirada inquisitiva, los ojos fijos, la boquita con los labios fruncidos. No te hagas, le dijo, ¿crees que no me di cuenta? Darte cuenta de qué, dijo Ossorio. Te pusiste pálido, dijo ella, y de pronto me jalaste para cruzar al otro lado diciendo que había más sol. ¿Quién era? Ossorio pasó saliva. ¿Era esto un interrogatorio?, ¿se había olvidado de que ahí el policía era él? Pero Mariela no sonrió por los chistes. Bajó la maleta al piso, se sentó sobre el colchón aún desnudo y dijo: ¿entonces? No era nadie, dijo Ossorio, ¿un don nadie que te saluda en la calle así de pronto?, ¿eso es normal?, dijo ella mirando los estampados de la funda del colchón: un pino, una cabaña, un par de leñadores y, chiquito, al fondo, un perro persiguiendo su propia cola. Fue agente hace años, ahora está medio loco, dijo Ossorio, es peligroso, ¿ves? Pero Mariela no levantó la mirada: más a la izquierda había un bosque (¿traían de ahí la leña?) y bordeándolo un río de aguas mansas y cristalinas. No te creo, dijo ella. Ossorio se acercó a la cama, puso una rodilla sobre el colchón: no es para tanto, dijo, si quieres hacemos esa reunión y hasta puedo invitar a Ortiz. Ni siquiera lo conoces bien, dijo ella, ¿no conoces tú a mis amigas?, ¿a Tamara?, ¿a Cecilia? Sé que escondes algo, Tomás. Ossorio bajó la rodilla del colchón. ¿Entonces se había dado cuenta? ¿Atacaban los Apóstoles ahora por ese flanco? Fue hasta la ventana: afuera la cancha de fulbito estaba llena de adolescentes ruidosos, imaginó sus vidas llenas de aspiraciones, de planes, de esperanzas. ¿Tan distintas a la suya a esa edad? Pensó en sus padres muertos. ¿Un accidente?, no, pensó, un derrumbe más bien. Recordó entonces esa noche de tormenta, recordó la casa al pie de un cerro, luego el ruido de los pedrones cayendo sobre el techo de calamina y después la mazamorra y se vio a sí mismo saltando de la cama y escondiéndose debajo del catre de fierro y también oyó los gritos de su padres, la agonía de un ser humano enterrado vivo. Te estoy hablando, dijo Mariela. Ossorio se alejó de la ventana. Vio que Mariela había empezado a tender la cama: sostenía con ambas manos una sábana azul. Ayúdame, dijo. Ossorio tomó los otros dos extremos de la sábana, los acomodó en los costados del colchón y dijo: si quieres podemos hacer

esa reunión. Ese no es el punto, dijo Mariela, no sé por-
qué pero creo que me escondes algo. Recordó también las
horas sepultado, el olor a tierra fresca, recién removida, y
luego los ruidos externos: carajazos, pisadas apresuradas y
después la luz de una linterna: aquí hay uno. Si descon-
fías no deberías estar aquí, dijo Ossorio. Mariela dejó de
alisar la superficie de la sábana, puso ambas manos en las
caderas. No hagas un drama de esto, dijo, sólo te preguntaba algo, nada más. Afuera los chicos habían metido un
gol. Ossorio giró la cabeza: se abrazaban y saltaban dando
vueltas. Sí, ahí estaba una vida tan distinta a la suya a esa
edad. A esas manos grandes y torpes, a esos pies fríos, a la
nariz siempre irritada, a las muchachas de su edad igno-
rándolo, el cabello siempre grasoso, la sensación de estar
sucio frente a los demás, los ojos encendidos y el rencor
anidando de pronto en el estómago, a las solitarias jorna-
das viendo a los otros abordar la vida con facilidad. Ya te
dije que era un tipo peligroso, dijo Ossorio, siempre que
me ve me pide plata, no quería hacerte pasar un mal rato.
Al menos me gustaría conocer a tu madrina, dijo ella. Y
también recordó la imagen en el hospital improvisado: las
carpas construidas con mantas, las hogueras donde sus vecinos se calentaban, y, muy cerca, los lamentos de los heridos y después la imagen de una mujer seca, de cabellos
blancos y con un bastón acercándose y luego la voz anónima de alguien diciendo: es tu madrina, viene por ti.
Vendrá, dijo Ossorio, o nosotros iremos a visitarla. Eso espero, dijo ella. ¿Y tu ropa? Ossorio señaló con la cabeza el
cajón. Mariela lo abrió. Vio sacos, chamarras arrugadas,
medias, calzoncillos, poleras con el logotipo del Cuerpo.
Y también por supuesto estaba la niñez desnuda y anónima, la infancia miserable exenta de recuerdos y ahí for-
mándose la terrible necesidad de vengarse y resarcirse en

algo. ¿En serio era un loco?, dijo ella. Trabajó para el Cuerpo, dijo Ossorio, es un borracho, le pide dinero a todo el mundo. Mariela fue sacando la ropa, y mientras lo hacía la miraba detenidamente y la iba poniendo sobre la cama. También puedes invitar a la novia de Ortiz, ¿cómo se llama? No sé, dijo Ossorio, creo que Carla. Creo que Carla, remedó Mariela. Miró a Ossorio, escondes algo, ¿no?, dijo ella. Y también estaba la decisión de acabar, de acabar con algo, y se vio llenando la solicitud de ingreso al Cuerpo y luego la instrucción y las noches sin dormir, la sangre, y la rabia y el rencor otra vez encontrando al fin, al fin, una salida, un camino. Afuera volvieron a gritar gol. Ossorio imaginó a los chicos levantando los puños hacia el cielo, el balón al fondo de la red, a los integrantes del equipo contrario reprochándose entre ellos: no inventes, dijo Ossorio, ¿qué puedo esconder yo?

—Algo hicimos y los estamos pagando —dijo el forense García con seriedad—: el Gordo, muerto; Ortiz, herido; Serna y Huguito con un pie en la frontera; yo recogiendo muertos todo el día y ahora esto. Algo hicimos y lo estamos pagando, muchachos.

Los dos muchachos que acompañaban al forense García tomaron el cuerpo de Escarbino y lo pusieron sobre la camilla.

—¿Y ésta? —dijo el forense García señalando a la Gata—. Qué adefesio, caray.

—Y dicen que Huguito se la tiró —dijo el Cacas—. Estos maricones le dan a cualquier cosa, caracho.

—¿Nos la llevamos también? —dijo el forense García.

—Te la regalo si quieres —dijo el Cacas. Movió, con la punta del zapato, uno de los muslos de la Gata—. No es mi tipo, por suerte.

El forense García salió. El Cacas regresó donde estaba el padre Vidal. Lo miró con detenimiento, observó el par de muslos flacos, lampiños, las piernas largas y blancas, el rostro cadavérico.

—A ver —dijo el forense García volviendo a entrar acompañado de dos guardias. Señaló—: a ésa.

Alzaron a la Gata sin esfuerzo. El Cacas vio un sexo abierto, destrozado, ¿sangrante?, pensó en la cara de Huguito, ¿sería cierto lo que decían de él?, ¿sería verdad lo del mazazo que tenía?

—Qué cosa más rara —dijo el forense García viendo a Ossorio—. ¿Dispararse así para no seguir hablando? Y yo que creía que la lealtad ya no existía entre la gente.

El Cacas se despegó de la mesa. Fue hasta donde estaba García, le pasó un brazo por la espalda, miró a Ossorio y dijo:

—No hay que desperdiciar la buena suerte, Ossorio.

—Con tantos golpes seguro ya estaba loco —dijo Ossorio—. Un loco puede hacer cualquier cosa.

—Podría haberte disparado —dijo el forense García—. No me canso de repetir una cosa, muchachos: la gente hace cada día cosas más locas, ¿saben?

—Como estos —dijo el Cacas señalando con el brazo libre la mesa sobre la que estaba tendido el padre Vidal—. Ya sabes quién es, ¿no?

—Me lo dijeron —el forense García torció el cuello para verlo—. ¿El Número Uno?, qué sorpresas da la vida.

—Pero ya se le acabó la suerte —dijo el Cacas—. Aquí Ossorio es un maestro en eso. ¿Maestro? No, maestrazo más bien.

Ossorio esbozó una sonrisa triste. ¿Maestro?, ¿se estaba haciendo el Cacas la burla?

—Haremos lo posible —dijo Ossorio—. ¿Sabes algo más de Ortiz?

—Pasé a verlo antes de venir acá —dijo el forense García—. Está bien, ¿saben que hasta el resfriado se le quitó? Estaban su hijito y su esposa. Oye, qué mujercita se echó encima.

—¿Fea? —dijo el Cacas levantando las cejas—. ¿Se puso fea en tan poco tiempo?

—Al contrario —dijo el forense García—. Buenísima, ¿sabes? Blanquita, pechugona, culoncita y unos ojazos…

El Cacas lanzó una carcajada: la fetidez hizo que García girara la cabeza a un lado.

—Se llama Carla, ¿no? —dijo el Cacas viendo a Ossorio.

—Sí —dijo Ossorio sin darle importancia. Bajó la mirada, contempló las uñas sucias y mal recortadas. Intentó cambiar de tema y dijo—: oye ¿y sabes algo de Gómez?

—Ya enterraron a la chica —dijo el forense García con rapidez—. Fui al entierro esta tarde, luego de recoger el cadáver de ese viejito. ¿Saben una cosa?

—Qué —dijo Ossorio.

—Matar a alguien por un juguete es lo peor que puede hacerse. No se llevaron nada, ni plata, ni televisores, nada. Sólo un jueguito, un Atari. Grave, ¿no?

—¿Y estaba Gómez? —dijo Ossorio.

—Estaba y furioso —dijo el forense García—.

Cuando metieron el cajón de la chica al nicho sacó un arma y amenazó con matar a todos hasta encontrar a quien lo había hecho. Yo, por las dudas, me hice humo de allí.

—Basta de hablar —dijo el Cacas. Quitó el brazo de la espalda de García—. Tenemos trabajo que hacer. Se acercó a Ossorio: ahora pasó el brazo por su espalda y dijo—: ahora sí, a reivindicarnos con el jefe, Ossorio.

El forense García se alejó de donde estaban, pasó por la mesa donde se hallaba tendido el padre Vidal.

—Padre —dijo—, nos vemos más tarde —soltó una carcajada bajita y luego viendo a los otros dos—: no trabajen demasiado, muchachos.

García salió y cerró la puerta. El Cacas soltó a Ossorio y fue hasta donde estaba el padre Vidal.

—¿Escuchaste? —dijo el Cacas—. Ya te espera el sepulturero.

Fue entonces cuando el padre Vidal abrió lo ojos. Ahí estaba esa mirada: clara, firme, enorme, fanática. Buscó con los ojos a Ossorio y al hallarlo dijo, con calma, con educación:

—¿Así que tú eres Ossorio? —sonrió: una hilera de dientes amarillos llenó su rostro níveo—. No pareces tan malo como dicen.

—No parece —dijo el Cacas—, pero una vez que…

En eso escucharon que alguien tocaba la puerta. El Cacas levantó la cabeza.

—¡Pase!

Era un guardia moreno, bajito, con una cabezota de buey. Cargaba una metralleta al hombro.

—Qué pasa —dijo el Cacas.

El guardia miró a Ossorio.

—Teléfono para el agente —dijo—. Su esposa.

Los ojos del Cacas se encendieron. Se mojó los labios.

—Ya vuelvo —dijo Ossorio.

El guardia se quitó de la puerta. Ossorio llegó hasta el umbral cuando escuchó la voz del padre Vidal:

—Salúdamela de mi parte.

Intentó volver, con los puños crispados, pero ya el Cacas se había adelantado: los nudillos de éste se fueron a estrellar en el mentón. El padre Vidal sintió, de pronto, que todo su rostro se aflojaba.

—Más respeto con las esposas de los colegas, carajo —dijo el Cacas. Enmudeció, vio cómo el padre Vidal hacía una mueca de dolor—. ¿Chistosito? Vamos a ver si te sigues riendo de nosotros.

Ossorio salió de la habitación. Afuera, en el pasillo mal iluminado, vio un teléfono rojo descolgado. Tomó el tubo y dijo:

—¿Hola?

—Hola, Tomás —Ossorio imaginó a Mariela recostada en la cama, las piernas replegadas hacia el pecho, la tele encendida y la taza de café humeante en la mano libre—. ¿Dónde estabas?

—Trabajando —dijo Ossorio—. ¿Está todo bien?

—Sí —dijo Mariela—. ¿Y ahí?

—Bien —dijo Ossorio. Pero no era cierto: ahí estaban los fantasmas detrás suyo, a lo mejor escuchando lo que decía—. Todavía con ese asunto.

—Como no sé a qué hora vas a volver tengo que darte una noticia —dijo Mariela. Ossorio notó el tonito de preocupación, las palabras arrastradas, vacías—. No importa por teléfono, ¿no?

Ossorio sintió un vacío en el estómago. ¿Había pasado algo?, ¿estaba bien?, ¿iba en este momento?

—No seas así de alarmista —dijo Mariela echando una carcajada y luego bajó la voz y, casi susurrando—: ¿estás preparado?, ¿tienes una silla donde caerte? No me vas a creer: estoy embarazada, tonto.

—¿Cómo? —dijo Ossorio.

—Me lo dijo el doctor Fernández esta mañana. No quería decirte nada cuando me llamaste, ¿no ibas a estar ya aquí? —el agente Ossorio imaginó a Mariela con los labios muy pegados a la bocina del teléfono—. ¿Hola?

—Mierda —dijo Ossorio—. ¿Estás segura?

—Segura —dijo Mariela volviendo a reír—. ¿No estás en el piso? ¿Necesitas que te reanimen? ¿Ya vienes?

Ossorio vio la puerta de la sala de interrogatorios. Era una puerta de metal, seguramente pesada, toda pintada de blanco. De pronto ésta se abrió. El Cacas asomó la cabeza, recorrió con la vista el pasillo de un lado para el otro. Se detuvo en él. Después gritó:

—¡Guardia!

Apareció el guardia de la cabezota y entró con rapidez.

—Todavía no, creo —dijo Ossorio—. ¿Estás bien?

—Estoy bien —dijo Mariela.

—Voy cuanto antes —dijo Ossorio—. ¿Segura que estás bien?

—Sí —dijo Mariela volviendo a reír—. ¿Vas a tardar mucho?

Ossorio recordó al padre Vidal. Recordó la serenidad de sus palabras, la mirada enorme, segura, fanática, sin perturbaciones. Apretó el tubo y dijo:

—Mucho.

—Sólo vamos a hablar un poco —dijo el sargento Serna—. Pero qué cara has puesto.

—¿Eres uno de esos sádicos? —dijo Artemio tragando saliva—. ¿Me vas a pegar?

—Nada de eso —dijo el sargento Serna—. Sólo vamos a hablar un poco, nada más. ¿Tiene algo de malo eso?

Odiar así a tu tío, qué raro eres, Morsa, dijo el Primo. A mí no me parece nada extraño, dijo Mamita defendiéndolo, a lo mejor de veras es una mala persona. De esos hay un montón. ¿Mala?, el Primo se puso de pie, fue hasta donde estaba Capiona, si es rebuena gente. No sé por qué lo odia tanto el muy puta. La Morsa apoyó la cabeza en el muro. Sentía que ya empezaba a emborracharse. Vio las mesas desperdigadas, la pista de baile vacía, los borrachos soñolientos, las putas rondando las mesas como las moscas alrededor de un foco encendido. Escuchó: *lloré, lloré, lloré sin esperanzas/ y esa es la razón que ahora ya no tengo lágrimas.* Ya, no seas malcriado, lo regañó Mamita, ¿por qué los hombres no pueden controlar su boca? Es una pérdida de tiempo, dijo Escarbino, ¿qué nos importa el tío de éste? La Morsa tomó un trago de cerveza con la bombilla, alguna vez estamos de acuerdo, dijo. Escarbino sonrió, Mamita giró hacia el Primo: ¿por qué así?, el Primo bajó la voz, ¿no ves que sin eso el líquido le chorrea por todas partes?; Mamita echó una carcajada y luego los vio: dos llamitas habían inundado sus ojos negros. En todo caso es problema tuyo, dijo Escarbino, buscó con la mirada al Primo. ¿Nos vamos?

—¿Hablar? —dijo Artemio—. ¿Eres de esos a los

que les gusta hablar y luego recién se les para? Hablemos entonces, pues.

Es un sabido, pensó el sargento Serna. Si se hubiera encontrado con Artemio en la calle, al ver esa cara de forajido, esos rasgos ásperos, esos movimientos decididos jamás habría imaginado que era un veintiocho, un rosquete de siete suelas. ¿Entonces estos se camuflaban?, ¿podía ser cualquiera?, ¿cuántos maricones habría en el Cuerpo fuera de Huguito? Es mejor andar prevenido y no darle la espalda a nadie, pensó.

—Ni lo sueñes —dijo el sargento Serna sin dejar de apuntar—. Estoy aquí por otra cosa. Una cosa que ni te imaginas.

—¿Quieres comer mi caca entonces? —dijo Artemio con una sonrisa de suficiencia—. Eso te va costar el doble, entérate.

—No seas grosero —dijo el sargento Serna moviendo el arma de arriba para abajo—. ¿Qué cosas son esas?

—A mí no me importa —dijo Artemio encogiéndose de hombros—. Sólo me da miedo esa pistolota, ¿seguro que está cargada? No se te vaya a disparar. Aunque a lo mejor es de juguete.

Bueno, dijo Mamita, ojalá que ese su tío esté muerto. Miró a Escarbino y luego al Primo, ¿ustedes ya se van? Estamos cansados, dijo el Primo, echando un bostezo. Escarbino volvió a sentarse, acarició con las yemas de los dedos el borde del vaso vacío. ¿Hay algo más?, dijo. No, dijo Mamita, entonces yo los llamo después, ¿entendido?, y ya saben: nada de alardear de su plata. El Primo dijo bueno y Escarbino se levantó de la mesa y se despidió de todos agitando la mano. Yo me quedo, dijo Capiona, viendo a una mujer a la distancia. Mamita siguió su mirada y halló a la Gata sentada a la barra. Vaya gustos, Capiona, dijo.

—Está bien cargada —dijo el sargento Serna—, y te la puedo vaciar y salir de aquí sin que me pase nada. ¿Ahora sí entiendes?

—Sería bueno que me vacíes otra cosa de una vez —dijo Artemio moviendo los ojos. Y luego de unos segundos—: los policías no me dan miedo, puta madre.

—¿Qué te ha hecho mi mamacita para que la trates así? —dijo el sargento Serna—. Ella seguro a esta hora ya está despierta, regando sus plantitas. No hay derecho que hables así de la gente sin conocerla.

—Ya sabes a qué atenerte entonces —dijo Artemio bostezando—. Los policías me hacen cosquillas.

—Es que yo no soy policía —dijo el sargento Serna—: soy algo peor, putita.

Ingratos, dijo Mamita, giró el rostro y vio a la Morsa, tú te quedas conmigo, ¿no? La Morsa dijo que sí con la cabeza. Mamita le tomó una mano. ¿Así que hijo único?, dijo Mamita, yo tenía una hija, Mamita vació el vaso de cerveza. Calló por un momento, siguiendo con movimientos de cabeza la canción. *Lloré, lloré, lloré sin esperanzas/ y esa es la razón que ahora ya no tengo lágrimas.* Qué suerte la de tu mamá de tener un hijo como tú, dijo, tan obediente, tan disciplinado, hizo una mueca con el rostro, como si de pronto hubiese recordado algo: no le hagas caso al Primo, ¿qué se mete en tu vida? Lo que pasa es que el pobre no sabe nada. Mamita se tocó la cabeza repetidas veces: un cabeza dura, eso es.

—¿Algo peor? —dijo Artemio abriendo los ojos—. Entonces serás un gusanista, pues.

—No hables así del jefe —dijo el sargento Serna—. Te advierto que lo quiero mucho.

—¿Tú? —dijo Artemio sonriendo—. Tú seguro eres un padre de familia que viene aquí a calmarse un poco echando un polvo. ¿Tu mujer estará durmiendo ahora?

—Ya basta —dijo el sargento Serna sin perder la sonrisa—. ¿Dónde está?

Pero tú eres distinto, dijo Mamita, desde que te vi sabía que no nos ibas a hacer quedar mal, ¿pero por qué no dices nada? La Morsa dejó el vaso sobre la mesa, estaba tranquilo, como flotando en una piscina de aguas mansas. Buscó con los ojos a Capiona: lo vio en medio de la pista, bailando con la Gata la misma canción que no podía sacarse de la cabeza desde que entraron: *lloré, lloré, lloré sin esperanzas/ y esa es la razón que ahora ya no tengo lágrimas*. Los siguió hasta que terminó el tema. Capiona aplaudió y la Gata lo imitó. Luego le dijo algo al oído y la Gata lo miró perpleja. Después ambos desaparecieron detrás de una pequeña puerta ubicada al fondo del local. Estoy cansado, dijo, tengo sueño. Lo que pasa es que eres un chico de tu casa, dijo Mamita, sirvió otro vaso de cerveza que tomó de un solo envión, de esos chicos que no salen los sábados y ayudan a sus mamás a hacer el pan los domingos. La Morsa la vio acezar, como si Mamita hubiese corrido una larga distancia. Está borracha, pensó. ¿Así que tu tío era un maldito? ¿No te animas a contarme qué cosas te hacía?, dijo después de un tiempo. La Morsa negó con la cabeza. Claro, continuó Mamita, si eres un chiquillo todavía. Seguro te maltrataba el muy maldito.

—Estamos perdiendo el tiempo —dijo Artemio—. Te aviso que no hago horas extras, pistolero.

—¿Dónde está la mujer? —dijo el sargento Serna—. Más te vale responder, te lo digo en serio.

—¿Mujeres aquí? —dijo Artemio apoyando el

dedo índice sobre el colchón—. Creo que te has equivocado de lugar, bonito.

—Sabes de qué mujer estoy hablando —dijo el sargento Serna. Miró el rostro imperturbable de Artemio, pensó: espero que valga la pena, Huguito. Entonces movió el arma y cortó cartucho —. ¿Ahora sí entiendes?

Pobre de mi hija, dijo Mamita, ¿sabes lo que le pasó? La Morsa no dijo nada. Era chiquita, continuó Mamita, así de chiquita, morenita, con unos ojazos así de grandes, ¿por qué tienen que ocurrirme a mí esas desgracias? Los ojos de Mamita eran ahora dos mares convulsos, agitados, plagados de torbellinos: la resignación no sirve de nada en estos casos, dijo Mamita, ¿no trabajo fuerte?, ¿no soy buena con la gente acaso? Yo le compraba todo, ropa, zapatos, esas cositas para atarse el cabellito, ¿es justo que de pronto se vaya así?, ¿qué desaparezca de mi vida?, ¿Ah, es justo? Igual que el ingrato de su hermano, pero de ése mejor no hablo. La Morsa se encogió de hombros. Mamita sonrió y acarició una de sus mejillas. Pero eso me gustas tanto, le dijo, porque eres calladito y no un respondón como ese Capiona o el Primo. Ni tampoco un renegón como Escarbino.

—Te estás pasando de la raya —dijo Artemio intentando levantarse de la cama—. Es mejor que te vayas si no quieres nada.

El sargento Serna tomó el arma por el cañón y con la cacha le asestó un golpe en la oreja. El tipo se balanceó un poco, y luego de unos segundos cayó de costado hasta terminar en el piso. Serna empujó la cama para hacerse campo y se sentó sobre el pecho de Artemio.

—Mamita —dijo el sargento Serna metiendo el cañón del arma en la boca de Artemio—. Le dicen Pocha también.

¿Ves?, Mamita de pronto giró la cabeza para ver detrás de barra: Capiona y la Gata salían por la estrecha puerta. Esa es una malcriada, ¿por qué hace eso sabiendo que…? Calló y dejó caer la cabeza sobre la mesa. La Morsa vio la pelambre negra, como una araña peluda, la cabeza agobiada por los ronquidos. Borracha otra vez, dijo la Gata cuando llegó al pie de la mesa. La mujer se echó el cabello hacia atrás, tomó a Mamita de un brazo y la levantó con calma. ¿Vamos?, le dijo al oído, ya estás demasiado borracha, Mamita, vámonos. Capiona se sentó a la mesa. Contempló los vasos vacíos, las botellas desperdigadas y luego la cara de la Morsa. Acabo de enterarme de un secreto, le dijo.

—¿Mamita?, ¿Pocha? —articuló Artemio.

—¿Qué dices? — El sargento Serna sacó el cañón y lo puso sobre la frente—. Habla claro, perra.

—Al fondo del pasillo, detrás de la cortina —dijo Artemio—. ¿Puedo irme?

—No —dijo el sargento Serna—. ¿Hay alguien más?

—Casi vomito —dijo Artemio contrayendo el rostro—. No hay nadie más, vino sola.

Un secreto que ni te imaginas, Capiona echó el cuerpo para atrás y la Morsa sintió la punta de sus pies tocando los suyos debajo de la mesa. ¿Un qué?, dijo la Morsa. Capiona adelantó el cuerpo. Los ojos eran dos pelotitas saltarinas. Un secreto que acabo de enterarme, Morsa.

—Vamos —dijo el sargento Serna. Tomó a Artemio por las solapas, lo levantó y lo puso frente a él—. Nada de trucos —apretó el cañón a la espalda y dijo—: camina.

Artemio quitó el seguro y abrió la puerta. El pasillo estaba vacío. Sólo se oían, lejanas, conversaciones masculinas y risas apagadas.

—Sin hacer ruido —dijo el sargento Serna.

Artemio caminó en puntas de pie. Efectivamente, al fondo del pasillo había una cortina café, gruesa, como el telón de teatro. Llegaron hasta casi rozarlo, entonces el sargento Serna acercó los labios a la oreja de Artemio.

—Llámala —susurró.

Artemio se aclaró la garganta. Tocó con los dedos la cortina. Después de unos segundos de dubitar dijo:

—¿Doña Pocha?

—Más fuerte —Artemio sintió el aliento cálido del sargento Serna inundándole la oreja.

—¿Doña Pocha? —repitió.

La Gata acaba de decirme, dijo Capiona. Yo ya sospechaba, pero ahora está confirmado. La Morsa intentó levantarse haciendo a un lado la mesa, sin embargo Capiona lo detuvo sosteniéndolo por un codo. Espera, le dijo, ¿no quieres saber? No, dijo la Morsa jalando el brazo, vete a la mierda. Capiona se puso de pie. Midió a la Morsa: era más alto que él, quizá por una cabeza y media más. ¿En serio no quieres saber?

La cortina se abrió. Apareció el rostro hombruno de Mamita sosteniendo un plato repleto de arroz aún humeante. El sargento Serna golpeó a Artemio en la nuca con el puño libre. Éste se derrumbó sobre Mamita. El sargento Serna vio la cabeza de la mujer rebotar sobre el machimbre como una pelota de hule. El plato de arroz se derramó, una parte sobre Artemio y otra se perdió en el cabello de Mamita.

—Ya nos libramos de la frontera, Huguito —dijo el sargento Serna apuntando—. Qué suerte tenemos.

Es su hija, dijo Capiona. La Gata me lo dijo: Mamita es mi mamá, pero me odia. ¿No te parece gracioso?, sonrió achinando los ojos, se limpió la comisura de los labios: y por cierto, qué fea es la Gata desnuda, ¡qué asco, Morsa!

—¿Y le vas a saltar así? —dijo Zamora—, ¿cómo si nada?

—Sí —dijo el Cacas—. ¿Está mal acaso?

—No tienes escrúpulos —dijo Zamora—. ¿No te dan remordimientos?

—¿Remordimientos? —dijo el Cacas—. No sé lo que es eso, Zamora.

—¿No estás aburrido ya? —dijo Zamora—. Ya estamos tres horas acá.

—Es mejor esperar —dijo el Cacas—. Como están las cosas es mejor así.

—No te va a salir —dijo Zamora—. No es por malo que te digo, pero va a ser así.

—Está obligada —dijo el Cacas—. No tiene opción.

—Eres lo peor que conozco —dijo Zamora—. Mejor nunca te presento a mi esposa. Por si acaso.

—Ya la conozco —dijo el Cacas—. ¿Estabas borracho cuando te casaste? Pobrecito, Zamora. ¿O ya estaba en bombo y no tenías más remedio?

—Estaba bien cuando la conocí —dijo Zamora—. Te juro que ahora no puedo ni verla, Cacas. Cuando llego a mi casa evito mirarla, olerla. ¿No me la pasas cuando termines con ella?

—Ella es una cosa seria —dijo el Cacas. Se puso de pie, fue hasta la puerta, espió por el ojo de la cerradura: sólo se veía el empapelado verde—. No es arrechura. Me voy a quedar con ella, te lo juro.

—¿Y cómo le vas a hacer? —dijo Zamora viendo al Cacas apartarse de la puerta—. Ni siquiera te va a mirar, y hasta te puede acusar con el jefe.

—No lo va a hacer —dijo el Cacas—. Ella sabe lo que puede pasar si hace algo.

—Saber qué —dijo Zamora—. ¿Que está en tus manos? ¿Que ya está jodido?

—Eso —dijo el Cacas. Volvió donde estaban sentados. Zamora sintió el olor nauseabundo flotando a su alrededor—. Eso.

—Si el jefe se entera estás frito —dijo Zamora—. A él no le gustan esas cosas.

—¿Que no le gustan? —dijo el Cacas—. Si yo te contara, Zamora.

—¿Y si ella no acepta? ¿Y si te dice no? —dijo Zamora— ¿Y si te dice no me importa lo que le pase?

El Cacas estiró las piernas. Soltó un bufido: Zamora alejó el rostro como un acto mecánico.

—Tiene que hacerlo —dijo el Cacas—. O no lo vuelve a ver. Así de simple nomás.

—Eso no depende de vos —dijo Zamora—. ¿Qué te crees ahora?

—Qué manera de tardar —dijo el Cacas viendo la puerta del despacho—. ¿Y si nos vamos?

—¿No me decías que era mejor esperar? —dijo Zamora—. Ya saldrán.

—La voy a sacar a bailar —dijo el Cacas. Enderezó el cuerpo, se frotó las palmas de las manos entre sí: vio la piel enrojecida, ¿por qué ni aún así dejaban de sudar?—. Se va a dar cuenta que estaba perdiendo el tiempo con ése.

—¿Entonces no es arrechura? —dijo Zamora—. ¿Estás camote en serio?

—No es arrechura —dijo el Cacas—. De eso sí estoy seguro.

—¿Quieres que te diga algo? —dijo Zamora—. ¿No te enojas si te digo algo?

—A ver —dijo el Cacas—. Depende.

—No es tu tipo, Cacas —dijo Zamora—. ¿Cuánto tiempo puede durar así, obligada, a la fuerza?

—Ya aprenderá —dijo el Cacas—. Aprenderá a quererme, verás.

—¿Y si un día sale libre? —dijo Zamora—. ¿Ah?

—No saldrá —dijo el Cacas—. Está jodido.

—Esto no va a durar mucho —dijo Zamora—. Todos lo saben, Cacas.

—Debería meterte preso sólo por decir eso —dijo el Cacas—. ¿Te gustaría hacerle compañía?

—Estás camotísimo —dijo Zamora—. Pareces otro, te desconozco. Te estás jugando el puesto. ¿Sabes eso?

—Ella es inteligente —dijo el Cacas—. No dirá nada y hará todo lo que yo le diga.

—¿Y cuándo fue? —dijo Zamora—. ¿Cómo fue?

—Yo la vi primero —dijo el Cacas—. Yo ya le había echado el ojo antes de venir a Inteligencia. Pero se me adelantó.

—¿No será bronca nomás? —dijo Zamora—. ¿Y si sólo tienes ganas de vengarte?, ¿de hacerlo sufrir? ¿No será eso?

—No —dijo el Cacas. De pronto calló, vio que la puerta del despacho se abría. Zamora y él se pusieron de pie y se cuadraron al instante.

—¿Cansados? —dijo el jefe Castro—. Esperen un rato más, perras.

Cerró la puerta sin hacer ruido. Zamora y el Cacas se sentaron. El Cacas pensó: está de buen humor. Estuvieron sin decir nada por algunos minutos hasta que Zamora dijo:

—¿En serio te gusta?

—Ya desde hace rato —dijo el Cacas—. Desde antes.

—¿Y ella sabía? ¿Se habrá dado cuenta? —dijo Zamora—. ¿Le dijiste?

—No le dije. Pero a lo mejor se daba cuenta —dijo el Cacas—. Seguro no le importaba.

—Por eso no te conviene —dijo Zamora—. Te va a mandar a la mierda el rato menos pensado, Cacas. Las mujeres son así.

—No lo va a hacer —dijo el Cacas—. Estoy seguro.

—¿Y si te sale mal? —dijo Zamora—. ¿Y si después me ordenan hacerte cavar una tumba? ¿Te gustaría eso?

—No me importa —dijo el Cacas—. ¿Nunca te ha pasado algo así, Zamora?

—¿Encamotarme? —dijo Zamora—. Claro que sí, como a todo el mundo.

—Entonces ya sabes cómo es —dijo el Cacas—. Yo estaba esperando esta oportunidad un montón de tiempo y justo se dio. Qué suerte la mía, ¿no?

—No sé —dijo Zamora—. Pobre de ella. Caer en tus manos, pobrecita. Es como pagar una doble condena. ¿Y de verdad está buena?

—Está —dijo el Cacas—. Como una princesa. Preciosísima.

—Después de todo tienes suerte —dijo Zamora—. Pero te estás equivocando.

¿VENDRÍA? ¿Y QUÉ pasaba si no lo hacía?, ¿si de pronto se arrepentía o se daba cuenta de que algo no estaba bien? ¿Si se lo contaba a alguien? ¿Qué quería decir eso? ¿Que todo no era como lo pensabas?, ¿como lo estabas imaginando? ¿Tendría razón entonces tu tío y estabas destinado a la soledad?, ¿a ser un feo de mierda para toda la vida?

Te alejaste de la ventana y fuiste hasta la cama. Ahí estaban los casetes que habías comprado. Pensaste en el viejo de la tienda, ¿sabría la Policía quién había sido? También pensaste qué diría tu tío si te viera ahora: ¿seguiría tratándote como a un maricón?, ¿como a un idiota?, ¿se atrevería a mostrarte el pomo de vaselina y pasártelo sin decir ni una sola palabra como lo había hecho a lo largo de todos estos años?

Entonces escuchaste dos golpes tímidos en la puerta y supiste que era él. Tomaste uno de los casetes y fuiste a abrir.

—Hola Aquiles. Hemos venido los dos, este es mi amigo, ¿nos estabas esperando?

Viste al otro niño. Era el mismo del otro día: gordo, con dos cachetes enormes, los ojos lánguidos y él sí todo un mariconazo, pues apenas te vio bajó la mirada. Alfredo estaba como siempre: la ropa limpia, los ojos chispeantes, la inquieta cabellera rubia.

—Hola —dijiste y les diste la mano a los dos—, pasen, pasen.

—¿Esta es tu casa? —te dijo Alfredo abarcando tu cuarto con la mirada—. ¿Vives aquí?

Fuiste hasta la cama e intentaste tomar los casetes

restantes con calma, sin embargo, pese al esfuerzo no lo lograste: ambas temblaban, un vacío frío había llenado la boca de tu estómago.

—Qué lindo debe ser vivir aquí —te dijo Alfredo—. ¿No te gustaría vivir aquí, Oscarín?

—No sé —dijo el otro niño—. ¿Esos son los casetes?

Oscarín te señalaba con el dedo. Miraste a Alfredo y se los pasaste. Al fin y al cabo esos casetes eran algo tuyo por lo que él se interesaba, algo tuyo a lo que le prestaba atención. Alfredo los miró uno por uno, con un detenimiento que acentuó el frío en tu estómago. ¿Sentiría lo mismo tu tío cada vez que te pasaba el pomo de vaselina sin pronunciar ninguna palabra? ¿Era eso lo que lo impulsaba a hacerte lo que tanto te humillaba? ¿O era algo distinto, diametralmente opuesto?

—Todos son nuevitos —dijo Alfredo. Levantó la cabeza de los casetes y te miró—: ¿de dónde los conseguiste?

—Me los traen —dijiste encogiéndote de hombros—. ¿Te gustan?

El otro niño se abalanzó sobre Alfredo para verlos. Los miraba con atención, observando las ilustraciones, señalando con el dedo las imágenes de tanques, de soldados, de aviones sobrevolando un desierto.

—¿Se los van a llevar? —dijiste.

Los dos niños se miraron. Alfredo dijo que sí con la cabeza. El otro niño te miró.

—Entonces se los pueden llevar —dijiste—. ¿Y los otros juegos?

—¿Te los tenemos que devolver ya? —Alfredo se alarmó, vio al otro niño y luego volvió a mirarte a ti: los ojos vivaces y encendidos—. No los trajimos…

—No —dijiste con un hilo de voz—. Se los pueden llevar así nomás.

—¿Y te pagamos? —te dijo Alfredo—. Oscarín, la plata.

El otro niño estuvo a punto de ponerse de cuclillas, pero lo detuviste con la mano.

—Está bien —dijiste—, ¿no somos amigos acaso? Es un favor, los amigos se hacen favores todo el tiempo.

Alfredo asintió. La cabellera rubia se agitó, pensaste por un momento en acariciarla, quizá en hundir la nariz ahí y aspirar su olor. ¿Había algo malo en aquello?, ¿no era una cosa distinta a la que sentía tu tío por ti?, ¿pensaba en eso el muy cabrón cuando te ponía de cuatro patas sobre la cama?

—Claro que somos amigos —te dijo Alfredo—. ¡Qué buenazo eres, Aquiles!

—¿En serio no quieres que te paguemos? —el otro niño miró a Alfredo, frunció el seño—. ¿No quieres?

—¿No ves que es buenísima gente? —dijo Alfredo dando brinquitos en el mismo lugar—. Qué desconfiado eres, Oscarín.

—Tu amigo tiene razón —dijiste. Miraste al otro niño: tenía los ojos negros, recelosos, los cachetes inflados, parece Quico, pensaste—. ¿Por qué eres así, gordo?

El otro niño dio un paso atrás, bajó la vista y murmuró algo.

—No le gusta que le digan así —te dijo Alfredo con seriedad—. ¿No ve que no te gusta que te digan así, Oscarín?

El otro niño elevó la cabeza: ahí estaban, en esos ojos profundos, un par de lágrimas que se habían formado de la nada. ¿Qué habría hecho tu tío con él?, ¿acaso no se ponía como una fiera cuando te veía llorar?, ¿no habías descubierto que eso era peor?, ¿que lo ponía más arrecho?, ¿no habías aguantado miles de veces las ganas de ponerte a chillar sólo por evitar esas arrechuras?

—Perdón —dijiste—. No sabía. ¿Amigos?

Extendiste la mano. Oscarín se limpió los ojos con las manos y luego tomó la tuya y la apretó.

—¡Qué bueno que todos somos amigos! —dijo Alfredo volviendo a brincar—. ¿Sabes que no nos pasó nada con los del Irlandés?

—No pueden hacerte nada porque eres mi amigo —soltaste la mano del otro niño, lo viste: los ojos ya estaban secos, pero aún así había algo en su semblante que no te convencía. Repetiste—: porque somos amigos.

—Mi mamá dice que son unos maleantes —te dijo Alfredo—. Y unos drogadictos.

—A mí me tienen miedo —dijiste—. Si te hacen algo me dices y yo les saco la mierda.

Los dos niños se miraron de pronto. Alfredo sonrió y el otro se rascó la cabeza.

—Dijiste una mala palabra —te dijo Alfredo—. ¿No juegas uno dos tres pasó? ¿Sabes qué es eso?

—No —mentiste.

—Es un juego que cuando dices un disparate tienes que decir uno dos tres pasó y después silbar y si no lo dices te pegan. ¿Entiendes? —te dijo Alfredo—. Yo apuesto con el Oscarín y con los de mi colegio. ¿Apuestas?

—No sé —dijiste—. Yo pego muy fuerte.

—Yo también —te dijo Alfredo—. ¿No ve Oscarín que pego fuerte?

—Sí —dijo Oscarín, luego echó una mirada por la ventana hacia el edificio Mercante—. ¿No nos estarán buscando nuestras mamás?

Sí, pensaste: todo un mariconazo. Si tu tío lo hubiese conocido habría acabado con él.

—Sí —dijo Alfredo—. Mejor nos vamos. ¿Cuándo te devolvemos los casetes?

—Yo te llamo —dijiste—. Cuando te llame vienes y me los devuelves.

—Claro —te dijo Alfredo—. Qué buena gente eres, Aquiles.

El otro niño abrió el cierre del bolsillo del canguro que llevaba puesto. Alfredo los metió y luego lo cerró.

—Hay que salir con cuidado —dijo Alfredo.

Abriste la puerta y ambos, antes de poner un pie fuera, vieron a los costados y saltaron al terreno baldío. Alfredo giró la cabeza para verte y te dijo:

—Chau, Aquiles.

Luego los dos se agacharon y metieron las manos en un matorral donde orinabas todos los días. Viste que el niño gordo sacaba un cuchillo de cocina y Alfredo la pata torcida de una banca. Los viste bajar dando saltitos, evitando las piedras, esquivando las horadaciones. Llegaron hasta el pie del muro. Alfredo lazó la pata por encima, el otro hizo lo mismo con el cuchillo. Deliberaron por un momento midiendo con la mirada la altura del muro, hasta que el niño gordo se puso de cuatro patas y Alfredo subió sobre la espalda. Tu corazón se congeló cuando contemplaste asomar las manos blancas, de huesos bien marcados, los dedos pequeños, asir el borde de la pared y hacer un esfuerzo supremo (la punta de los tenis golpeando el muro) para elevarse. Cuando Alfredo estuvo arriba, creíste que iba a dar un salto, pero prefirió bajar medio cuerpo: las piernas ya estaban al otro lado y ambos brazos se hallaban extendidos para tomar las manos del otro niño. Éste dio un salto y Alfredo lo agarró por las muñecas. Su rostro se contrajo y se puso rojo. El otro niño llegó al borde del muro y cuando estuvo arriba hizo lo mismo que Alfredo: bajó primero las piernas y desapareció. Alfredo tardó en hacerlo, te miró y te sonrió. Tú hiciste adiós con las manos y sólo entonces se dejó caer.

Cerraste la puerta. Ahí estaba aún el olor dulzón del niño flotando en el aire. ¿Era un perfume?, ¿la colonia de su papá?, ¿el jaboncillo que usaba por las mañanas al bañarse? Lo imaginaste en la ducha. Pensaste en que la próxima vez le dirías que no venga con el gordo maricón. Los maricones no te gustaban, de eso estabas seguro. Entonces el Primo dijo que abrieras la puerta del ropero.

—¡Qué manera de dormir! —dijo Zamora—. Hablabas dormido. Creo que hasta recitabas, Cacas.

—¿Salió alguien? —dijo el Cacas—. Mierda, no siento la pierna.

—¿Así que hasta poemas le dirías? —dijo Zamora—. Eres un caso perdido, Cacas.

El Cacas no respondió. Zamora lo vio frotarse la pierna derecha con ambas manos.

—Le voy a decir eso y muchas cosas más —dijo el Cacas—. Será una mujer feliz a mi lado, vas a ver.

—A mí me bastaría con un tirito. Ahora que me hablaste de ella al fin la recuerdo —dijo Zamora, miró el techo y luego el reloj de pulsera—. Si es la que me dices, claro.

—No te hagas el pendejo —dijo el Cacas dejando de frotar—. Si sabes bien quién es. ¿No la vimos el otro día?

—Lo que pasa es que tengo mala memoria —dijo Zamora—. O es que sólo miro a las mujeres con ganas de tirármelas. Por cierto, ¿no te bastaría con eso?

El Cacas se puso de pie. Zamora lo vio cojear mientras iba de derecha a izquierda. Se detuvo y lo miró.

—A ver si sigues hablando así cuando se vaya a vivir conmigo —dijo el Cacas—. Te juro que voy a hacer una fiesta, Zamora. Ya estás invitado desde ahora.

—¿Y crees que ella acepte? —dijo Zamora—: ya me los imagino caminando de la mano por la calle. La bella y la bestia.

—Ya me estoy aburriendo de tanto esperar —dijo el Cacas volviendo a sentarse—. ¿Qué querrá el jefe?

—Tal vez una misión especial luego de todo el zafarrancho que se armó —dijo Zamora—. Algo jodido debe ser, eso sí.

—Con tal que no nos manden lejos —dijo el Cacas—. Aunque te aseguro que me seguirá donde sea.

—Hablas como un jovencito, Cacas —dijo Zamora—. Qué cosas hace el amor, carajo.

—Si la vieras ahora —dijo el Cacas—. Asustada, pálida; cree que soy amigo de ese huevón. Y yo compresivo: sí, señora, no se aflija, yo lo voy a cuidar. Y ella se lo agradezco mucho, no sabe cuánto se lo agradezco.

—A ver si se comporta igual cuando le hables de tus planes con ella —dijo Zamora—. ¿Cómo le vas a decir?

—No sé todavía —dijo el Cacas—. Estaba pensando que sea mañana, pero ahora con esto no sé. ¿Qué crees que quiera el jefe?

—Tal vez tengamos que hacer un trabajo con alguien —dijo Zamora. Dio un bostezo. Cerró los ojos: ahora no le importaría estar en casa, aunque la vieja hedionda esté ahí—. Ojalá que sea rápido.

—Sé que es una arrecha —dijo el Cacas—. Se le nota en la cara.

—Pero a lo mejor le gusta que sólo su marido se la tirotee —dijo Zamora—. ¿No te has puesto pensar en eso?

—No se va a resistir —dijo el Cacas—. ¿No ves que ese pelotudo está vivo gracias a mí? Allí abajo se lo hubiesen comido vivo. Y eso ella lo sabe muy bien.

—Qué buena persona eres, Cacas —dijo Zamora—. Me enteré. ¿Cómo fue?

Escucharon una carcajada estruendosa detrás de la puerta. Qué humor se gasta hoy el jefe, pensó Zamora.

—El de las celdas es mi amigo —dijo el Cacas—. Cuando nos encontramos en la oficina ella fue la que me abordó. Me dijo que me reconocía, que la disculpara pero que no sabía mi nombre. Yo le dije dígame Cacas como todo el mundo. No me molesta. Entonces ella me contó y yo le dije que ya sabía y le dije ojalá en las celdas de abajo no le hagan nada.

—¿Y te creyó? —dijo el Cacas—. ¿Qué cara puso?

—Se asustó —dijo el Cacas—. ¿Qué?, me dijo, ¿qué pueden hacerle?

—Culearlo —dijo Zamora—. Hacerle chupar pijas, romperle los dientes para que no les muerda, y luego a vestirlo como mujer, y alquilarlo todas las noches con uno diferente. Una puta, en eso se habría convertido el pobre.

—No se lo dije con esas palabras —dijo el Cacas—. Sólo le dije: podrían hacerle cosas horribles, señora.

—¿Y ella? —dijo Zamora—. Ya me imagino la cara, pobrecita.

—Se puso a llorar —dijo el Cacas—. Casi me rompe el corazón, en serio.

—Ella te tiene atrapado a ti y no al revés —dijo Zamora—. Me das pena, Cacas.

—Ya vamos a ver quién domina a quién —dijo el Cacas—. Entonces ella me dijo que con qué persona podría hablar.

—A lo mejor sí le gustas —dijo Zamora—. A lo mejor ya se olió qué quieres con ella. Las mujeres no son tontas.

—Lo tiene en frente, señora —dijo el Cacas—. Le dije así.

—¿Y luego? —dijo Zamora.

—Nada —dijo el Cacas—. Sólo le dije que iba a ver qué podía hacer por él.

—Debe creer que son amigos —dijo Zamora—. Cree en ti y tú mintiéndole. Qué tipo más bajo eres, Cacas.

—Luego hablé con mi amigo y le dije a éste no me lo tocan. Si le pasa algo el jefe te corta las bolas —dijo el Cacas—. Se puso pálido del susto. Y por eso está aislado y está vigilado todo el tiempo. Y a que no adivinas por quiénes.

—Ni idea —dijo Zamora—. Quiénes.

—Huguito y Serna —dijo el Cacas—. Un premio por lo de los Norteños.

—Por lo menos que te entregue el estrecho primero. Como premio —dijo Zamora—. ¿Estará nuevita de allí? Huguito y Serna, qué suertudos.

—Voy a probar —dijo el Cacas sonriendo—. Luego te digo.

—Quién podía imaginarlo —dijo Zamora—. Ella tan bonita, tan delicada, y de pronto a tu lado. Durmiendo en la misma cama, besándose, chupándose. Es de no creer, Cacas.

—Eso es lo que menos importa —dijo el Cacas—. Lo que pasa es que estás celoso.

—Te envidio más bien —dijo Zamora—. ¿Seguro que no me la pasas luego?

—Ya te dije que no —dijo el Cacas—. Y más respeto con la mujer de uno, conchudo.

¿ENGAÑARTE?, DIJO TAMARA, tal vez, todos los policías son así. Dije que me esconde algo, dijo Mariela viendo a la otra mujer aplastar el cigarrillo en el cenicero, no que me engañe. Tomás no sabe tratar a las mujeres, ¿crees que podría engañarme?, si apenas podía hablarme cuando nos conocimos. Tamara era una mujer bajita, morena, de ojos almendrados y labios gruesos. No sabía que era así, dijo. Miró a través de la ventana: dos autos amarillos estacionados en la acera de enfrente, una señora con una bolsa bajo el brazo, un niño corriendo. Los policías son así, repitió. Mariela cruzó los dedos, la miró detenidamente: ¿no había estado casada ella tantos años?, ¿no había conocido a tantos hombres en su vida?, ¿no había sido ella misma quien le había dado las instrucciones para acostarse con su primer novio hace muchísimos años atrás?, ¿ese muchacho alegre, simpatiquísimo y eficiente, empleado de seguros?, ¿no le había explicado ella con una almohada y entre risas cómo moverse, cómo chupársela, cómo hacer poses? Sí, ella sabía. Aunque a lo mejor tienes razón, dijo Tamara sonriendo. ¿Entonces?, dijo Mariela. Lo mejor es hablar, dijo Tamara, lo mejor es preguntarle de frente hasta que hable. No dejarse. ¿Y tus papás? Ya no había vuelto a hablar con ellos desde esa desagradable escena con su hermano, y tampoco había pensado en reconciliarse. Tu mamá me llamó, dijo Tamara. Mariela no dijo nada. En serio, continuó Tamara, me dijo que te hable, que vuelvas a casa. Tamara rió: si supieran las cosas que has hecho, perdida, te creen una chiquilla todavía. ¿Y entonces qué hago?, dijo Mariela sin escucharla. Tamara dio un suspiro, buscó otro cigarrillo dentro de la cartera: sólo halló el paquete vacío. Lo estrujó y lo puso sobre el cenicero. Ya te dije, Tamara la vio, pregúntale en serio, que note que hablas en serio. ¿Lo amenazo?, dijo Mariela. Si quieres, dijo Tamara, a lo mejor sería bueno, eso funciona a veces. Podrías decirle: dime la verdad o no me vuelves a ver la cara. Si te quiere en serio te dirá. Si me engaña… si te engaña no pasa nada, la cortó Tamara, eres joven y bonita y encima hay un montón de hombres, ¿no dicen siempre eso? Mariela descruzó los dedos. Observó a través de la ventana. Los coches seguían ahí, la señora se había esfumado y el niño miraba el cielo. Me da miedo, dijo al fin. ¿Miedo?, dijo Tamara. Miedo de que sea algo peor, dijo Mariela, ¿como qué?, dijo Tamara abriendo los ojos y luego: ¿qué sea maricón?, no sería el primer caso si eso te sirve de consuelo. Mariela intentó sonreír, pero luego se quedó pensativa: ¿y ese hombre que había intentado saludarlo en la calle?, ¿un amante?, ¿un ex amante?, ¿alguien que sabía su secreto?, ¿y esa timidez con las mujeres?, ¿ese no saber tratarlas? ¿esa manía por no contarle nada de sus amigos?, ¿del tal Ortiz?, ¿podría ser alguien maricón porque se comportaba así? A lo mejor es eso, dijo Tamara, sé de casos peores: padres de familia, abuelitos incluso, que de un día para el otro les sale lo mariposones, ¡pero qué pálida estás! Mariela no dijo nada. Escuchó las uñas de Tamara golpeando la superficie de vidrio de la mesa con un ritmo sincronizado. Tengo que hacerlo ya, dijo, ¿por qué me pasan a mí estas cosas? Le pueden pasar a cualquiera, dijo Tamara con calma, no te hagas la víctima. Volvió a echar una ojeada por la ventana. Vio la figura de un hombre acercarse con las manos en los bolsillos, aguzó los ojos: sí, era Ossorio, el probable mariconazo. Pues ya viene, dijo. Mariela también miró. Vio a Ossorio cruzar la calle y desaparecer bajo el marco de la ventana. Tamara se puso de pie, tomó la cartera y dijo: mejor me voy, se acercó a ella y le tocó una mano, después de todo no es el fin del mundo, llámame y me cuentas, concluyó. Desapareció por la escalera, pero antes Mariela contempló su cuerpo bien formado, de caderas anchas y trasero generoso. Un hombre también la observó, sacó la lengua y se la pasó por los labios como si hubiese saboreado un pedazo de carne. En eso apareció Ossorio. Se acercó a ella sin decir nada y le dio un beso. Me encontré con Tamara allá abajo, dijo. Mariela no contestó, ¿pasaba algo? Necesito saber toda la verdad, dijo Mariela con rapidez. El agente se mojó los labios, parpadeó, tomó asiento. ¿Otra vez con lo mismo?, dijo. Un mozo se acercó para pedir su orden. Ossorio ordenó una gaseosa. Me tienes en vilo, dijo Mariela, ¿quién era ese hombre? Ya te dije, Ossorio puso las manos sobre la mesa. No era nadie, estás exagerando. ¿Exagerando?, dijo Mariela. Estás exagerando, dijo Ossorio, ya te dije quién era. No es cierto, dijo Mariela, sé que hay algo más. ¿Algo más?, sí, me estás mintiendo. Mariela calló: el mozo volvía con la gaseosa. ¿Quién es?, dijo. Sabes que es un agente, un agente medio loco, ya te dije. ¿Tengo que creerte semejante mentira?, dijo Mariela. De pronto

Ossorio la había notado enfadada. Los labios delgados se fruncieron, los ojos vivaces se tornaron duros, pétreos. ¿Es tu cachero?, dijo Mariela sin fuerza. Ossorio creyó oír mal. ¿Eres maricón, Tomás?, ¿o a lo mejor tienes otra?, ¿otro? El agente bajó la cabeza, Mariela vio que mientras lo hacía iba dibujándose en su rostro una sonrisa. Es, pensó, le gustan los hombres. Ossorio levantó la cabeza. Estás loca, dijo. Prefiero ser loca a mentir, dijo Mariela. ¿De veras quieres saberlo?, dijo Ossorio. Ahora sí, pensó Mariela, me va a contar todo. Quiero saberlo todo, dijo Mariela. Ossorio tomó un sorbo de gaseosa. Jugó con el líquido en la boca y sólo después de unos segundos lo tragó. ¿Ese hombre dices?, dijo Ossorio. Entonces el agente empezó a contar. Era como si de pronto se hubiese transformado en otro Ossorio. No el Ossorio de las bromas, de los chistes de doble sentido, de la ropa de hace siglos que ella se empecinaba en cambiar, del Ossorio con los dos pies izquierdos, del Ossorio que detestaba el café pero que lo tomaba sólo porque ella se lo pedía. Esa tarde Mariela escuchó a un Ossorio violador, asesino, un maldito: un Ossorio que disfrutaba con ver colgados y capados a los hijos —niños— de los seguidores de los Apóstoles, le contó de un tal Huguito y su pinga de burro, de cómo éste se montaba, culeaba, cepillaba, a los padres de los Apóstoles frente a ellos mismos ¿y sabes qué es lo peor?, ¿sabes?, le dijo, que esos cabrones no hacían nada, no decían nada, veían cómo Huguito se los perforaba —a sus padres, ancianitos en muchos casos, ancianitos en sillas de ruedas, a los que había que sacar a veces del geriátrico— y ellos tranquilos, como si viesen pasar un tren, un perro, un camión; también le contó del Cacas y sus entierros, esos entierros que él —sí, yo— había inventado y el Cacas perfeccionado: herir a los más duros, botarlos a la tumba que ellos mismos habían cavado, sí, enterrarlos medio vivos, ¿que sólo contaban sus cosas antes de dispararles?, ¿sabes que una vez en el hoyo ni siquiera gritaban?, ¿que se quedaban callados?, ¿sabes que hundían la cabeza en la tierra sin decir ni mu?, ¿cuántas veces no les había rogado mentalmente que gritaran, que se defendieran, que me insultaran?; también le habló del Gusano —bajó la voz— y sus órdenes, perseguir a éste, corretear a este otro, colgar de los pies a éste y que su esposa lo vea y luego se la polvean frente a sus hijitos y si pueden a éstos también, bastardos; también le contó del entrenamiento que primero había recibido y luego había impartido a esos mismos que hacían esas cosas, yo las inventé, le dijo, yo las calculé, yo decía: a este chiquillo Huguito, pero a lo bruto. ¿El hombre que lo había saludado en la calle decías?: sólo se acordaba de su apellido, Cerdán, creo, uno de los peores, le dijo, uno de los que había amaestrado a ratas —sí, ratas, ratas enormes y peludas, de colas gigantes, a las que incluso les había puesto nombres: Magnolia, Susanita, Cleo— para metérselas en las vaginas a esas muchachas de mirada serena y suave, que parecían no sentir nada, que parecían ser o estar en otro planeta mientras las despellejaban vivas. Le contó, con los ojos inyectados en sangre y acezando, del terror que experimentaba todas las noches al sentir esas miradas sobre su cuerpo. Esos ojos que no dejaban de verme incluso cuando ya no estaban ahí, dijo. De ese silencio que no me dejaba dormir. ¿Ahora entiendes?

Mariela no dijo nada. ¿No querías escuchar todo? Ossorio se puso de pie, pero lo hizo tan rápido que estuvo a punto de caer. Se fue pero retornó a la mesa para pagar la gaseosa. Mariela estaba ahí: delgada, flexible, espigada, clavada en la silla, los brazos a los costados, la mirada enfocando el espacio vacío donde había estado sentado el agente. Se acercó a ella, le tocó el hombro y susurró: sólo pude olvidarlos gracias a ti.

—¿En serio no te acuerdas de él? —dijo el Cacas. Echó el humo por las fosas nasales y, de pronto, cambió de tema—: se rió de nosotros, Ossorio. Acaba de reírse.

Señaló con la cabeza el cuerpo del padre Vidal.

—No le importa lo que le hagamos —dijo el Cacas—. ¿No te acuerdas entonces?

—No —dijo Ossorio moviendo la cabeza—. ¿Cómo se llamaba me decías?

—Zacarías —el Cacas se puso de pie. Lanzó el cigarrillo: éste dibujó una curva en el aire y se estrelló en el piso. Ossorio pensó en miles de fuegos artificiales estallando al mismo tiempo—. ¿Ves que se está volviendo a reír?

Ossorio vio al padre Vidal. Ahí estaba el cuerpo lleno de cardenales en las piernas, los labios hinchados, el ojo derecho cerrado, los cabellos apelmazados por la sangre ya coagulada.

—A lo mejor sólo es un reflejo —dijo Ossorio—. ¿No crees?

El Cacas acercó el rostro al cuerpo del padre Vidal. Notó una respiración acompasada, el pecho estrecho y sin vellos subía y bajaba como si estuviese durmiendo.

—Es imposible que no te acuerdes de él —dijo el Cacas—. ¿No te acuerdas que una vez por tu culpa andaba buscando cuerdas de piano por todos lados? Ese mismo, Zacarías.

—No me acuerdo —dijo Ossorio—. Debe ser hace mucho tiempo, ¿Zacarías dices?

El padre Vidal abrió el ojo izquierdo. Ossorio lo vio sacar la punta de la lengua y pasársela por los labios hinchados. El Cacas lo golpeó en la punta de la nariz con el dedo índice.

—¿Dónde están? —dijo—. ¿Cuántos son esta vez?

De repente el padre Vidal sonrió. El Cacas pensó en una roca.

—A ver si te gusta estar sin uñas —dijo el Cacas alejándose del cuerpo. Fue hasta la esquina de la habitación: ahí estaba un maletín negro de cuero. Corrió el cierre y sacó un alicate—. ¿No te acuerdas de Zacarías Cerdán? Qué memoria la tuya, Ossorio.

El Cacas retornó agitando el alicate hasta la mesa donde estaba tendido el padre Vidal. Cuando estuvo allí golpeó el borde de la mesa con un ritmo que a Ossorio le pareció el de una canción antigua y por lo tanto olvidada.

—Moreno, de bigotes. ¿Y sabes qué? —el Cacas sonrió, buscó el dedo gordo del padre Vidal y le dio un golpe en la punta con el alicate—. Un mariconazo, ni te imaginas las cosas que me contó.

Ossorio metió las manos en los bolsillos del saco. Pensó en Mariela, en la barriga que a partir de ahora iba a crecer poco a poco. ¿Qué nombre tendrían que ponerle? ¿Sería cierto? ¿Estaría segura? ¿No se había equivocado el doctor?

—Me contó de un sobrino suyo —dijo el Cacas—. Uno feísimo. Me dijo que se lo tiraba. ¿Puedes creer eso?

El Cacas lanzó una carcajada.

—Es imposible que no te acuerdes —continuó—. Uno de bigotes, morenito. Claro que en esa época no se le notaba lo maricón —el Cacas movió la cabeza—. Pero qué parlanchín se volvió cuando estaba cavando. Mejor dicho: qué parlanchines se vuelven todos.

—¿Él te contó? —¿tendría que cuidarse?, ¿comprar ropa de bebé?, ¿calentar el cuarto a la hora de bañarlo?, ¿comprar pañales?, ¿usar manzanilla para el cabellito?—. No te puedo creer.

—Me pidió que lo escuchara —el Cacas se acercó hasta donde estaba Ossorio. Alargó la mano y le pasó el alicate—. A lo mejor quería ganar tiempo —calló por un momento—, a lo mejor pensaba que así podía perdonarle la vida. Esas cosas.

Ossorio sintió el metal frío de la cabeza del alicate en el dorso de la mano. El Cacas empujó un poco hasta que el otro abrió la palma por completo y lo sostuvo.

—Vamos, te toca —dijo el Cacas—. A ver si así te pones al día de una vez.

El agente Tomás Ossorio se acercó al padre Vidal. Contempló las uñas bien recortadas, pequeñas, rosadas.

—¿Y? —dijo el Cacas—. ¿Con cuál vas a comenzar?

Cuando Ossorio estuvo a punto de responder escucharon, a sus espaldas, que se abría la puerta. Los dos giraron casi al mismo tiempo: el jefe Castro los miraba sin parpadear. Ambos se cuadraron de inmediato. El jefe Castro respondió al saludo.

—¿Algo nuevo? —dijo.

—Por el momento no —dijo el Cacas.

El jefe Castro los analizó con aburrimiento.

—Me lo tengo que llevar —dijo—. ¿No saben lo que está pasando?

Ossorio y el Cacas se vieron, sorprendidos.

—Todas las iglesias del país están llenas de gente

—dijo el jefe Castro modulando la voz pero, en el fondo, Ossorio sintió cierto temblor—. Si no mostramos que este mierda está vivo amenazan con entrar en una huelga de hambre. ¿No es lo último que nos faltaba? Como se imaginarán, el general Molina está que echa chispas, por eso es mejor evitar mayores problemas.

—Dénos un poco de tiempo —suplicó el Cacas—. Con un par de horas…

—Ya no tenemos tiempo —dijo el jefe Castro—. Desátenlo de una vez.

Ossorio guardó el alicate en el bolsillo derecho del saco. Fue hasta la mesa y desató las manos y luego los pies del prisionero. El Cacas se había quedado paralizado, viendo al agente deshacer los nudos con rapidez.

—Ustedes dos váyanse —dijo el jefe Castro. Contempló con detenimiento el cuerpo martirizado del padre Vidal—: qué susto se van a meter esos cabrones cuando lo vean.

Ossorio y el Cacas salieron sin decir nada más. Afuera había tres guardias esperando, los cuales ingresaron a la habitación apenas los vieron salir. El pasillo estaba ahora iluminado por una tenue luz que venía del exterior. Ossorio pensó en Mariela despertando, levantándose de la cama, bostezando con los brazos extendidos como siempre lo hacía, poniéndose las pantuflas de felpa y caminando hacia la cocina. ¿Era bueno para el bebé que siguiera tomando café?, ¿no podría pasarle algo?, ¿nacer defectuoso?, ¿con problemas mentales?

—Ossorio —dijo el Cacas—. Ossorio.

—¿Qué? —dijo Ossorio.

—¿Estás sordo? —dijo el Cacas caminando hacia él—. Puta que estás viejo: primero ya no recuerdas nada y luego no escuchas —el Cacas sonrió, recordó a la esposa de Ossorio, flaquita, culoncita—. ¿Sabes qué me dijo ese maraco antes de que lo matara? Ni te imaginas.

Ossorio no contestó, sin embargo el Cacas continuó hablando.

—Que el primer síntoma de la vejez es cuando a uno ya no se le para. ¿Será eso cierto?

—¿Dónde estabas, mierda? —dijo el sargento Serna—. Levántala, Huguito.

¿Era un plan confiable?, ¿una casa que valía la pena? Sólo vive ella, informó el Primo, a veces la visitan, pero es muy raro. Raro, continuó Capiona, porque es bien bonita. Capiona calló, pensó y luego de unos segundos, levantando la cabeza: parece una sirenita con ese cuerpazo. Mamita miró a Capiona, éste tenía un ojo morado y un par de rasguños en la mejilla derecha. Pensó en una pelea con la Gata, ahora que andaban juntos por todas partes. ¿No los habían visto saliendo de moteles?, ¿entrando a los bares?, ¿echados los domingos sobre el césped de los parque públicos? Era cierto lo que decían entonces, pensó, Dios los cría y el Diablo los junta. ¿Sola?, dijo Mamita, eso no me gusta. Si está todo dado, dijo Capiona, es un plan seguro. Mamita calló para escuchar a Escarbino. Éste tenía un palito en la mano, al cual sacaba punta con una navaja. No hay que apresurarse, dijo Escarbino reflexionando. Observó la punta del palito, sonrió: sigamos vigilando, mejor.

—Investigando, sargento —dijo Huguito agachándose y tomando a Mamita de un brazo—. ¿Así que ésta es la tal Pocha?

—Seguro te estaban dando —dijo el sargento
Serna ayudando a Huguito—. Qué degenerados, caracho.

—¿Y usted? —dijo Huguito ya caminando—.
Pobre Artemio, ¿lo trató muy mal, sargento?

—Si sigues así te reporto —dijo el sargento Serna. Llegaron al rellano de la escalera. Miró abajo, aguzó
los oídos pero no escuchó nada—: no te pases, Huguito,
te advierto.

Primero Capiona, luego la Morsa, luego el Primo
y yo, enumeró con los dedos Escarbino, por cierto, ¿y la
Morsa? Trabajando, dijo el Primo. Yo le di permiso, dijo
Mamita, va a llegar tarde. Escarbino calló. Volvió a mirar
el palito, escarbó un diente con la punta filuda y después
lo lanzó hacia un montón de ladrillos: rebotó dos veces
antes de caer dentro de una bolsa de cemento. Sólo me
preocupa una cosa, dijo. Mamita se arregló el cuello de la
chamarra. Sintió la típica humedad de los lugares en
construcción: paredes sin revoque, techos desnudos, pisos sin parquet. Qué, dijo Mamita, Escarbino tomó del
suelo otro palito, empezó a sacarle punta con la navaja:
que viva sola, dijo, eso no me lo trago.

—No hagas ruido —dijo el sargento Serna—.
Nos van a oír todos.

—Son las maderas viejas, sargento —dijo Huguito—. No es mi culpa.

Llegaron a la planta baja. El sargento Serna soltó
a Mamita. Por un momento Huguito no pudo sostener-
la y trastabilló. Fue hasta la puerta, intentó abrirla pero
no pudo: el rubiecito había echado llave.

—Métale un balazo, sargento —dijo Huguito—.
¿No ve que la vieja se me está cayendo?

¿No te conté?, dijo Capiona, ¿ves, Morsa? Miró el

reloj de pulsera, pensó en la Gata esperándolo en la banca del parque cercano. ¿Por qué tan tarde? La Morsa no dijo nada. Vio a la mujer alejándose hasta llegar al autito rojo, la contempló abrir la puerta, mirar a los costados y entrar. ¿Ves que es linda?, dijo Capiona. Parece una puta, dijo la Morsa de forma despectiva. Capiona guardó silencio. Observó desde la cabina de la camioneta cómo el autito rojo arrancaba: una mujer así, eso es lo que me falta. ¿Y la Gata?, pensó la Morsa. Y luego de un tiempo dijo: ¿Y la Gata? La Gata no cuenta, dijo Capiona bajando de la cabina. Volvió a mirar el reloj de pulsera. Me voy, dijo, ¿quién viene luego? Capiona cerró la puerta de la camioneta. Metió la cabeza por la ventanilla abierta: Escarbino y el Primo, dijo la Morsa.

—¿Huguito? —era la voz de la Boa que venía de la parte superior de las escaleras—. ¿Huguito?

El sargento Serna y Huguito escucharon unos pasos diminutos y livianos atravesar el pasillo. Se detuvieron de repente, el sargento imaginó a la Boa tapándose la boca con las manos y luego alejándolas y echando un grito:

—¡Ladrones!, ¡ladrones!

—Dispare, sargento —dijo Huguito.

Una casa tan grande, pensó la Morsa, para ella solita. Es puta, dijo en voz alta, ¿cómo sino viviría aquí? La Morsa se apoyó en el volante. La calle estaba vacía y las ventanas de la casa que daban hacia ella se encontraban apagadas. Pensó en el niño del 5B. Pensó en que no lo había tenido cerca desde que le llevó el televisor. De pronto sintió ganas de verlo, aunque fuera de lejos. Pensó también en su tío. ¿Muerto?, ¿preso?, ¿escondido? Entonces vio regresar al autito rojo. Al volante estaba la mujer, la del cuerpo de sirenita, y en el asiento trasero un tipo de cara cuadrada. Éste bajó primero, corrió a abrir la puerta del coche, servicial, y cuando la mujer descendió (sacó las llaves de uno de sus bolsillos) marchó a abrirle la puerta de la casa. Es una puta, volvió a pensar la Morsa.

El sargento Serna levantó el arma. Sintió que le temblaba la mano, pensó: ¿qué te pasa, maricón? Apoyó la otra mano debajo de aquella que le servía para empuñar el arma. Cerró un ojo, enfocó con la mira la chapa dorada de la puerta e hizo fuego. La puerta se abrió despacio, como si alguien del otro lado la hubiese empujado con la punta de los dedos.

—¡Sácala, Huguito! —dijo el sargento Serna—. ¡Ahí bajan!

Huguito se echó a Mamita en uno de los hombros. La sintió pesada y a punto de despertar. Atravesó la puerta y luego el corredor húmedo que ya empezaba a aclararse por efecto de la luz del día. Sintió el aire gélido y fresco de la mañana. Llegó hasta la puerta de calle. También estaba cerrada.

Estabas durmiendo, dijo el Primo. ¿No te hace frío? La Morsa se separó del volante. Tenía los músculos anestesiados y los huesos le dolían. Bajó de la camioneta y se encontró con Escarbino. ¿No ves que no puedes dormirte?, dijo, Morsa, te estoy hablando. La Morsa fue hasta un árbol cercano sin hacer caso. Se abrió la bragueta y orinó. No estaba dormido, dijo después de un tiempo, no pasó nada. Volvió corriendo el cierre. Escarbino lo tomó de un hombro con firmeza. La Morsa giró con el puño cerrado para golpearlo, pero Escarbino ya había metido el brazo y con la pierna derecha hizo que el cuerpo de la Morsa trastabillara y se viniera abajo. ¡Tranquilos!, dijo el Primo y la Morsa vio cómo aquél tomaba a Escarbino de la cintura y lo llevaba a un costado de la camioneta. ¡Tranquilos, mierda!, dijo el Primo.

—Abre —dijo el sargento Serna. Frenó al ver la puerta roja y a Huguito parado cerca—. ¿Qué pasa, Huguito?

—Estamos encerrados, sargento —dijo Huguito acezando por el peso de Mamita—. ¡Escuche, ya vienen!

El sargento Serna reconoció al rubiecito y detrás de él a Artemio con una escopeta en las manos. Ahora sí parece un forajido, pensó. Volvió a abrir fuego, pero esta vez sin necesidad de utilizar ambas manos. Huguito vio caer al rubiecito tomándose de la cabeza. Artemio paró en seco, apuntó con la escopeta, pero ya Serna había disparado: el chico rudo se encogió sobre sí mismo, como si estuviese recogiendo algo del piso. Le di en las bolas, pensó el sargento.

Ya, tranquilos, dijo el Primo, nos pueden ver, tranquilos. La Morsa se puso de pie. Se limpió las manos con furia y fue hasta la cabina de la camioneta sin dejar de mirar a Escarbino. Abrió la puerta y subió. La camioneta tardó en arrancar.

Luego el sargento Serna disparó contra la puerta de calle.

—¡Corre, Huguito! —dijo el sargento Serna—. Apura, carajo.

Huguito salió de la casa dando un salto. El sargento lo vio perder el equilibrio y caer de costado. Le dieron, pensó, ya te fregaron, Huguito. Pero luego lo vio ponerse de pie sobándose una pierna. Mamita estaba en el suelo, haciendo una mueca de dolor y a punto de despertar.

—Trae el coche —dijo el sargento Serna—. Vamos, Huguito.

Por cosas como esas después todo sale mal, dijo Escarbino, ¿no ves que nos puede fregar a todos? No es para tanto, dijo el Primo, ¿por qué odias tanto a la Morsa? ¿Te ha hecho algo? Escarbino se sentó en la acera. La casa de enfrente estaba silenciosa. ¿No tenía tampoco servidumbre?, ¿dónde estaba la empleada?, ¿la lavandera?, ¿la cocinera?, ¿el jardinero? ¿Podía esa mujercita hacer sola todo? Esto no está bien, dijo Escarbino moviendo la cabeza. ¿Qué?, dijo el Primo. Que ella viva sola, dijo Escarbino, ¿una casa tan grande para ella sola? Seguro es puta como dice la Morsa, dijo el Primo, pero de esas ricas, de las millonarias, esas que viven siempre solas.

—Nos salvamos de poco —dijo Huguito sosteniendo firme el volante—. Ahora no voy a poder volver nunca más. Me arruiné, sargento.

—¿Te importa más eso que irte a la frontera? —dijo el sargento Serna. Vio a Mamita despatarrada en el asiento trasero. Tenía el cabello pegoteado al rostro y la ropa desordenada. De pronto abrió los ojos, bufó como lo haría una borracha, luego hizo un gesto de dolor—. Ponte alerta, Huguito, que ya despertó.

¿Y?, dijo Mamita, yo no vi nada, dijo Capiona, nosotros tampoco, dijo el Primo. La Morsa observó a Escarbino, éste le sostuvo la mirada por algunos segundos, desafiándolo. Yo no vi nada, dijo la Morsa, vive sola. Mamita sonrió, se encogió de hombros y dijo: entonces mañana en la noche. Habría que investigar más, dijo Escarbino, ¿no podríamos esperar un poco? ¿Para qué?, dijo Capiona, ¿te estás echando atrás? No, dijo Escarbino apoyando la espalda en un muro recién estucado, sólo digo que algo no está bien, es muy fácil, eso me hace sospechar. Todos esperaron a que Mamita hablara. Ésta miraba el piso. La Morsa la vio morderse el labio y luego levantar la cabeza: ya no podemos esperar, dijo, que se haga mañana en la noche de una vez.

—Nos libramos de la frontera —dijo Huguito—, ¿pero y ahora qué hago con el amor, sargento?

—No tienes remedio, Huguito —dijo el sargento Serna. Giró el cuello y ahí estaba: completamente despierta, los ojitos espantados, comprendiendo lo que había pasado, los labios temblando—. Haces bien, Mamita, haces bien en tener miedo desde ahora. ¿El amor dices? Por mí puedes meterte el amor por el culo, maraco.

Algo va a pasar, repitió Escarbino antes de salir de la construcción, hay algo que no está bien.

¿Vas a ir solo?, sí, ¿y si te agarran los del Irlandés?, no va a pasar nada, ¿por qué eres tan miedoso, Oscarín?, no soy miedoso, ¿entonces por qué me dices esas cosas?, no hagas, no hagas, es peligroso, puede pasar algo, es que... ¿sabes qué dice el Aquiles?, qué, que eres un maricón, dice ese tu amigo es un maricón, ¿hola?, ¿hola, Oscarín?, qué estás haciendo, hablando con el Óscar, mami, eso no es cierto, ese Aquiles es un mentiroso, no es cierto, es mi amigo, ¿no te gusta?, ¿no te cae bien?, lo que pasa es que estás celoso porque ahora es mi amigo y tú estás celoso, no estoy celoso, estás, ¿por qué eres tan miedoso, Oscarín?, no soy miedoso, ¿sabes que los miedosos son unos maricones?, ¿quién dice eso?, Aquiles, ¿le crees todo a ese Aquiles?, sí, es mi amigo y además me va a prestar más casetes ¿y sabes qué más?, qué, dice que tiene un perro y un muñeco de He-Man, mentira, en serio, ¿cómo sabes?, porque así dice, ¿y si es mentira?, no porque... porque... ¿ves que no sabes, Alfredo?, lo que pasa

es que tienes envidia, ¿y si tu mamá te pesca?, no, porque
le voy a decir que estoy yendo a tu casa, ¿y si yo le digo?,
¿y si le cuento?, si le dices quiere decir que no eres mi
amigo, tu mamá se va a enojar, Alfredo, mejor no vayas,
¿ves que eres un maricón?, con razón no le caes bien, el
Aquiles dice que sólo los maricones son así, ¿hola?, ¿ves?,
seguro estás llorando, no estoy llorando, no está bien ser
maricón, Oscarín, no soy, ¿cómo sabes?, no sé, pero si
fueras mi amigo me acompañarías o no dirías nada, te va
a pasar algo, tu mamá se va a enterar, sólo se va a enterar
si vos le dices, ¿no ves que voy a volver como el otro día?,
¿y tienes ese fierro para defenderte?, sí, está escondido bajo mi colchón, pero él dice que no pasa nada y que si esos
del Irlandés me hacen algo les va a cortar las bolas, ¿qué?,
las bolas, ¿no sabes lo que son las bolas, Oscarín?, ¿ves
que no sabes nada?, ¿ves que eres un maricón?, les va a
cortar las bolas si me hacen algo, no es como otros amigos, ¿oyes?, ¿Alfredo?, qué, mejor no vayas, voy a ir y
cuando tenga ese muñeco no te lo voy a prestar, chau,
¡mami!, qué, ¿puedo ir donde el Óscar un rato?, ¿por qué
no baja mejor él?, es que su mamá no quiere, no tendrá
que hacer tareas, ¿no?, no, pero dice que mejor suba,
¿puedo?, pero juegas un rato nomás y si su mamá dice
que ya apaguen ese Atari hacen caso, Alfredo, sí mami, y
tomas el té si te invita, su mamá no hace té, hace cocoa y
no me gusta, igual tomas y cambiate ese pantalón, ponte
mejor este jean, ¿éste?, sí, ¿no te gusta?, es que me aprieta, es que te pones la polera adentro hecha una bola, a
ver, ¿te aprieta ahora?, no, ya no, vas a saludar, Alfredo, sí
mami, chau mami, Alfredo, qué, te vienes temprano, cuidado que el Oscarín tenga tareas que hacer.

¿Por qué habías vuelto entonces a esa discoteca si el Peludo te había echado a golpes? ¿No era un error exponerte así?, ¿no había sido un error también no decirle a Escarbino sobre el tipo de cara cuadrada que habías visto acompañar a esa mujer con el cuerpo de sirena? Viste a los costados y comprobaste que la calle estaba vacía. Aún tenías el pantalón de Marcela bajo el brazo, el calzoncito en uno de los bolsillos. Sentías una agitación que no habías experimentado nunca (salvo, quizá, la vez en que, con un pañuelo cubriendo la bocina del teléfono, habías hecho esa llamada), te detuviste en la esquina, recordaste a Marcela desnuda, borracha, con el palo incrustado en su cuerpo. Me alegro, pensaste mientras caminabas. ¿No era ella la que más se burlaba de ti en el Irlandés?, ¿de la que te habías enamorado?, ¿y a la que habías visto un día de septiembre coronada como reina de la primavera?, ¿la que te había hecho tanto daño en esa oportunidad?, ¿y no era por ella que tu tío, al sorprenderte observándola, te había dicho que te convenía hacerte maricón?, ¿que una mujer así nunca podría fijarse en ti?

Llegaste hasta la camioneta. Abriste la puerta y lanzaste el pantalón de Marcela dentro. Viste el reloj de pulsera: apenas eran las once y cincuenta de la noche. Mamita seguramente ya te estaría esperando, luego tendrías que recoger al Primo y a Escarbino y finalmente a Capiona. Encendiste el vehículo. Llegaste y avanzaste varias cuadras de la avenida Busch. Ahora ya estabas más calmado, ya pensabas en Marcela como un recuerdo lejano, casi como si ese episodio no hubiese ocurrido. ¿Qué dirían los albañiles mañana?, ¿qué diría Mamita al enterarse? Un semáforo rojo te detuvo. Estabas cerca de la avenida Saavedra. A lo lejos, aún con luces en algunas de sus ventanas, podía verse el edificio Mercante. Contaste y el 5B ya estaba a oscuras. Imaginaste a Alfredo durmiendo (¿cómo sería verlo dormir?, pensaste) o quizá viendo tele a escondidas. La luz cambió. La Saavedra estaba casi desierta de coches. Pasaste frente al edificio y disminuiste la velocidad. Echaste una mirada: te pareció ver al portero que te odiaba metido en su caseta, ya te encargarías de él, ya le llegaría la hora, ya tus perros se saciarían con su carne. Llegaste hasta la esquina y viste la imagen diminuta de Mamita aguardando al pie de un poste. Tocaste la bocina y ella levantó la mano.

—Hola —te dijo—. ¿Dónde estabas?

—No encontraba gasolina —mentiste. Mamita subió a tu lado, vio el pantalón de Marcela en el piso pero no le prestó importancia—. Vamos de una vez.

—Ese Escarbino te tiene entre ceja y ceja —te dijo Mamita después de un tiempo—. Pero yo no quiero que se peleen. Después es un problema para todos.

No contestaste nada. ¿Escarbino en realidad te odiaba?, ¿te importaba eso?, ¿no podías acabar con él?, ¿no te habías vengado de Marcela hace unos minutos pese a los años transcurridos? Tendrías que hacerlo, tendrías que planificarlo antes, para que nada saliera mal.

—Yo no le hice nada —dijiste—. Ese Escarbino es un alterado. Se enoja de nada.

—Yo sé —te dijo Mamita—. Pero si se pelean es peor para todos nosotros. Tienen que entender eso. ¿Cuántas veces se los tengo que decir?

Aceleraste un poco. La cabina se sacudió. Temiste que la camioneta se detuviera, que de pronto se quedaran ahí sin poder hacer nada.

—Ahí están —dijiste.

Cerca de la puerta de una farmacia estaban Escarbino y el Primo. Éste daba saltitos sobre el mismo lugar para calentarse, como lo hacen los futbolistas antes de entrar al campo de juego por un cambio. Escarbino fumaba y sostenía el maletín de cuero. Cuando vio la camioneta botó el cigarrillo con furia.

—Otra vez tarde —te dijo al acercarse a la ventanilla. Vio a Mamita, la saludó con un movimiento de cabeza—. ¿Cuándo vas a entender, Morsa? ¿Crees que estamos jugando?

—Hola —dijo Mamita—. Ya no peleen.

Escarbino te sostuvo la mirada, pero luego de unos segundos se alejó a la parte trasera de la camioneta. Lo viste subir gracias al espejo retrovisor. El Primo le daba golpecitos en la espalda, animándolo, pero Escarbino no le hacía caso. Partiste antes de que se sentaran. Escarbino perdió el equilibrio y estuvo a punto de caer. El Primo cayó de espaldas, se sentó y luego soltó una carcajada.

—No les hagas eso —te dijo Mamita también riendo—. ¿Ves por qué te odia? Con razón no te quiere.

—Fue sin querer —dijiste—. Me odia sin razón.

Sentiste la mano pequeña y regordeta de Mamita sobre el dorso de la tuya. Era una mano cálida y sincera, como nunca habías sentido. ¿Alguna vez la cojuda de tu madre había hecho algo así?, ¿no estaba enterada de todas las cosas que te hacía tu tío y no había hecho nada para evitarlo hasta ahora?, ¿no habría sido una buena idea haber mencionado el nombre de ella también en esa llamada?, ¿qué le habrían hecho? Quizá era una opción. O a lo mejor todavía estabas a tiempo: con una llamada habría bastado para hacerla desaparecer. Nadie la extrañaría. Jamás habría existido.

—Ahí está Capiona —dijo Mamita—. Este sí me va a escuchar cuando terminemos. ¿Cómo se le ocurre andar con la Gata? ¿Qué tiene en la cabeza?

No, pensaste, mejor no llamar, ¿quién te iba a lavar la ropa?, ¿a cocinar? Pero tarde o temprano tendrías que deshacerte de ella. Era una tarea pendiente.

—Hola —dijo Capiona. Metió la cabeza por la ventanilla. Olía a alcohol y a un perfume agrio que no supiste por qué pero creíste que era el olor natural de la Gata: el olor que despedía todos los días, a cada momento—. Morsa, cada vez más atrasón —miró a Mamita—: hola, suegrita.

—No te hagas el payaso —dijo Mamita sin verlo—. Vamos a hablar después, Capiona.

Capiona se alejó de la ventana. Subió a la parte trasera. Lo viste darse abrazos efusivos con el Primo y Escarbino, como si se estuviesen viendo después de mucho tiempo. Capiona se sentó y cuando el Primo y Escarbino estuvieron por hacerlo arrancaste.

—No seas así —te dijo Mamita con una sonrisa—. ¿No ves que te puede pegar? Vamos antes a la construcción.

Tu corazón se paralizó. Tus axilas de repente emitieron una sudoración fría.

—¿Para qué? —dijiste—. Estamos atrasados.

—Ni tanto —te dijo Mamita—. ¿Te estás haciendo la burla de mí? ¿No te acuerdas?

Abrió el bolso con el que andaba siempre. Viste su contenido y recién recordaste: la calavera estaba ahí, inmóvil, contenta, con los dientes completos, rodeada de cigarrillos, los algodones cubriéndole las cuencas.

—Yo no trabajo sin protegerme antes —te dijo

Mamita—. Pero qué pálido estás, ¿te duele algo? ¿La barriga? ¿La cabeza?

Por el vidrio retrovisor viste a Capiona contar algo y luego al Primo echar una carcajada.

—Nada —dijiste—. Sólo que ese Escarbino no me gusta.

—No puedo creer todo el problema que se armó —dijo Zamora—. El forense García dice que estamos salados. ¿Será cierto?

—Hablarles así —dijo el Cacas—, sin preguntar antes, contarles la verdad. Yo lo hubiera matado ese mismo rato.

—Yo también —dijo Zamora—. Está vivo de milagro. Pero eso en el fondo te conviene, ¿no?

—Pensándolo bien sí —dijo el Cacas—. Si ya lo hubieran matado ella no estaría en mis manos. Vivito me conviene más. Tienes razón, Zamora.

—Oye —dijo Zamora—, ¿y si nos tienen aquí para matarnos? ¿No te parece sospechoso estar tantas horas esperando y que no pase nada? A lo mejor es una trampa. Yo sé de casos.

—No tendrían que traernos hasta aquí para hacerlo —dijo el Cacas—. Nos meterían a un coche y luego…

—Ya sé, ya sé —dijo Zamora—. Qué manía la tuya de querer contar esas cosas, Cacas.

—No es nada del otro mundo —dijo el Cacas—. A veces hasta es chistoso, te juro.

—Tanto meter bala te ha secado el cerebro —dijo Zamora—. ¿Y así piensas que te va a querer?

—Así va a ser —dijo el Cacas—. ¿Qué de malo tiene que uno se divierta un poco?

—¿Divertido? ¿Chistoso? —dijo Zamora—. La verdad que no le veo el chiste, Cacas.

—Lo que pasa es que antes te cuentan cosas —dijo el Cacas—, inclusive algunos Apóstoles.

—¿Cosas? —dijo Zamora —. Eso sí que no lo sabía.

—Las cosas que te cuentan —dijo el Cacas—. Te hablan de cuando eran niños, de sus esposas, de sus putitas, hasta de sus mariconerías. Por eso es chistoso.

—Si ella te escuchara —dijo Zamora—. ¿Le vas a contar también todo eso?

—No —dijo el Cacas—, ¿cómo se te ocurre?

—No sé —dijo Zamora—, a lo mejor también es una pervertida como vos, a lo mejor no le sorprendería. ¿No podría darte una sorpresa?

—¿Pervertido yo? —dijo el Cacas—. Yo sólo cumplo con lo que me ordenan. Nada más.

—¿Querer tirarse a la hembrita de un colega también? —dijo Zamora—. Vaya órdenes, Cacas.

El Cacas no respondió. Se puso de pie y caminó hasta la puerta. Volvió a mirar por el ojo de la cerradura: la pared empapelada de verde seguía ahí, impasible, inmóvil: de pronto una sombra se proyectó sobre ella.

—Nada —dijo el Cacas volviendo a sentarse—. Es algo gordo, seguro.

—Mejor nos vamos —dijo Zamora—. Estamos todavía a tiempo de salvar el pellejo.

—No seas maricón —dijo el Cacas—. ¿O has hecho algo y por eso tienes miedo?

—¿Hacer algo yo? —dijo Zamora—. Sólo cumplir órdenes todo el tiempo, como tú.

—Entonces no tengas miedo —dijo el Cacas—. Qué manera de tardar, mierda.

Escucharon que alguien abría una puerta. Zamora creyó que de pronto aparecería el jefe Castro pero no pasó nada. Giró la cabeza y comprobó que el ruido que había escuchado provenía de la otra puerta. La puerta de ingreso al despacho donde esperaban.

—¿Ortiz? —dijo Zamora—. ¿Qué haces aquí?

—No sé —dijo Ortiz cerrando la puerta—. Me dijeron que venga.

—Esto se pone cada vez más misterioso —dijo Zamora corriéndose un poco para que Ortiz tomara asiento—. ¿En serio no te dijeron nada?

—Hola —dijo Ortiz mirando al Cacas—. ¿Qué saben ustedes?

—Nada —dijo el Cacas—. Sólo nos dijeron que esperemos.

—Es algo grave, seguro —dijo Zamora—. ¿Ya está bien tu brazo?

—Ya no me duele hace rato —dijo Ortiz tocándose el brazo—. ¿Sólo a nosotros tres?

—Eso parece —dijo el Cacas—. Qué milagro que estés aquí.

—Mejor cállate —dijo Zamora—. ¿Qué sacas con seguir insistiendo con lo mismo?

—Yo no tuve nada que ver —dijo Ortiz—. ¿No estoy libre acaso?

—Más te vale —dijo el Cacas—. Tienes que andar derechito, Ortiz. Te estoy vigilando, para que te enteres.

—Lo que pasa es que no se aguanta las ganas —dijo Zamora con una sonrisa cansada—. ¿Sabes por quién anda arrecho este mierda?

—No sé —dijo Ortiz bajando la voz—. ¿Arrecho?

—¿Le puedo contar? —dijo Zamora viendo al Cacas—. ¿Me das permiso, Cacas?

—A mí no me importa —dijo el Cacas—. Tarde o temprano me van a ver con ella. Que se entere todo el mundo.

—¿Adivinas? —dijo Zamora—. ¿Adivinas de quién estamos hablando, Ortiz?

—Tengo que ir al baño, Morsa —dijo el Primo—. No voy a aguantar mucho. ¿Por qué eres así?

—Porque es mi casa —dijo la Morsa—. Ahora cállate. Cierra la boca, malandro.

—¿No hay nada en los periódicos? —dijo el Primo metiéndose al ropero. El muchacho apoyó la espalda en una de sus paredes, extendió la piernas—: nos están buscando, seguro. Y a vos sólo te importa ese chiquito. ¿Qué quieres hacerle, Morsa? ¿Qué planes tienes con él?

La Morsa no contestó, no quería perder tiempo: había escuchado, hace tan sólo unos segundos, los golpecitos en la puerta y entonces le había dicho al Primo: métete al ropero y si hablas te juro que te boto. Cerró la puerta y echó llave, pero aún así oyó la voz del Primo que suplicaba:

—Tengo que ir al baño, Morsa. Es urgente.

—Silencio —dijo la Morsa—. ¿No ves que te puede oír?

La Morsa fue hasta la puerta que daba al terreno baldío. Se arregló el cabello y se subió las mangas de la chompa hasta la altura de los codos. Luego, abrió.

—Hola —dijo el niño entrando—. ¿Con quién estabas hablando?

—Con nadie —dijo la Morsa. Cerró la puerta y lo vio: Alfredo estaba en medio de la habitación con unos jeans nuevísimos, una polera azul, un par de tenis del mismo color y con una bolsa de plástico transparente en las manos. Dentro, los casetes de Atari. Tal vez lo imaginó, pero creyó ver que una luz fosforescente emanaba de su cuerpo—: ¡qué bien que no vino el gordo!

—Sí —dijo Alfredo viendo alrededor—. ¿Dónde está tu perro?

—¿Mi perro? —dijo la Morsa—. Qué perro.

El niño se rascó la cabeza. ¿No le había contado por teléfono hace un rato que tenía un perro blanco? ¿Y que era llorón? ¿Que se lo había dejado un tío suyo? ¿No le había prometido mostrárselo? ¿No le había dicho por teléfono hace unos minutos que incluso podía jugar con él? ¿Que podía prestárselo?

—Ese perro que decías que tienes —Alfredo empezó a dar vueltas la bolsa como si se tratara de la hélice de un helicóptero—, ¿no te acuerdas que me decías por teléfono que tenías un perro? ¿Uno blanco?

La Morsa se acercó hasta él. Respiró fuerte: no sintió ese olor dulzón que lo caracterizaba.

—Ah, ese perro —dijo la Morsa quitándole la bolsa de las manos—. Está encerrado en ese ropero.

Alfredo dio vuelta y contempló la puerta café del ropero.

—¿Ahí? —dijo—. ¿No me estás mintiendo? ¿Y si se ahoga?

—No —dijo la Morsa. Él también ensayó unas cuantas vueltas como lo había hecho el niño. Después lanzó la bolsa de plástico sobre la cama. Avanzó hacia el ropero y colocó una mano encima de la puerta—. Es un perro malcriado, por eso está cerrado. Está castigado.

Alfredo rió. La Morsa vio una la lengua roja, húmeda: pensó en una serpiente ágil, nerviosa, traviesa.

—¿Y no se orina? —dijo Alfredo—. ¿No se hace caca?

—Si se hace algunas de esas cosas le pego —dijo la Morsa. Levantó la parte inferior de la chompa. Alfredo pudo ver el cinturón de cuerina y de hebilla plateada—. ¿No hay que hacer eso con los perros cochinos?

El niño no dijo nada. Miró el piso de madera gastada, sucia, llena de lamparones oscuros. Imaginó el rostro de un pirata, más allá Megatrón y acá cerca la espada desenfundada de He-Man. Entonces recordó algo y levantó la cabeza rubia, los ojos chispeantes.

—¿Y el He-Man? —dijo sonriendo—. El Oscarín no cree que tengas uno. ¿De qué tamaño es? ¿Puedo verlo?

—Ese gordo maraco no sabe nada —dijo la Morsa—. ¿Por qué le crees todo lo que dice?

—No le hago caso —se defendió el niño. Fue hasta la cama, se sentó en ella y empezó a saltar así como estaba—. Creo que está enojado conmigo más bien. A lo mejor ya no quiere ser mi amigo.

La Morsa se acercó. De pronto había empezado a sudar. Notó que un frío repentino había empezado a llenarle casi de la nada la boca del estómago. Tomó asiento al lado de Alfredo: ahora sí percibió el olor dulzón que brotaba de su cuerpo. Era como si esa emoción que lo invadía con tan sólo verlo también hubiera hecho surgir ese aroma. Contempló el cuello delgado y la nuca blanca, poblada por pelitos rubios, lisos, todos iguales, como un campo de césped bien cortado.

—No es bueno tener amigos maricones —dijo la Morsa—. ¿Y si luego te empiezan a decir maricón en el colegio por culpa de ese gordo? ¿Te gustaría?

—No —dijo Alfredo moviendo la cabeza con rapidez. Después clavó la mirada en sus tenis azules de agujetas amarillas, sin embargo luego sus ojos, su rostro entero, fue acometido por un repentino ataque de curiosidad—: ¿qué es un maricón? ¿Cómo es eso?

—¿No sabes? —dijo la Morsa escandalizado—. ¿En serio no sabes? ¿Quieres que te diga?

Alfredo bajó de la cama de un salto. Fue hasta la ventana y, de puntillas, escrutó a través de ella. A esa hora del día las paredes del edificio Mercante estaban llenas de sol, vio que la ventana de su departamento tenía las cortinas echadas.

—¿El Oscarín es? —dijo. Giró la cabeza para ver a la Morsa—. ¿En serio es?

—Es —dijo la Morsa. Se incorporó y caminó hasta la ventana. Se puso detrás de Alfredo. Levantó la mano derecha y luego de haberle tocado por un hombro lo zarandeó un poco como jugando con él: el niño rió—. Los maricones son como el gordo: llorones, miedosos. Eso es un maricón.

—Entonces el Oscarín es porque llora de todo —dijo Alfredo. El niño dio un suspiro y luego se refregó el rostro, como si se lo estuviera lavando con un chorro de agua imaginaria—. ¿Y los casetes? ¿Están aquí? ¿Me puedes mostrar? ¿También el He-Man?

La Morsa bajó el brazo. Retornó hasta la cama, se puso de cuclillas y, de abajo, sacó un cajón de cartón grande, donde estaban las herramientas que utilizaba para trabajar. Lo jaló sin mucho esfuerzo, se incorporó y luego lo empujó con un pie hacia donde estaba el niño.

El cajón se deslizó sin esfuerzo y se detuvo a unos centímetros de las piernas de Alfredo.

El chico se puso de cuclillas y lo abrió. La Morsa fue hasta donde estaba él y se paró detrás. El niño contempló con sorpresa los tornillos, los cables pelados, los alicates de diferentes tamaños, un destornillador de punta afilada. Se rascó la cabeza, desconcertado: después de un tiempo levantó ésta para ver a la Morsa.

—¿Aquí? —dijo dándose vuelta—. ¿En serio? ¿Seguro que no me estás tomando el pelo?

La Morsa también se puso de cuclillas.

—Mete la mano —dijo—. Ahí están en sus cajitas. El He-Man también.

Alfredo obedeció. Escarbó con los dedos hasta tocar el fondo del cajón. No había nada. La Morsa, mientras tanto, había acercado su rostro al suyo y, de pronto, el niño sintió una presencia húmeda, tímida, sobre los labios. Luego una caricia sobre los cabellos, el cuello: la temblorosa mano se detuvo en una de sus rodillas. La Morsa lo miraba, ansioso.

El niño quedó paralizado. ¿Era un chiste? ¿Le estaba jugando una broma? ¿Tenía que reír? De pronto, su rostro se había puesto duro y aunque quiso sonreír sus ojos lagrimearon.

—No pasa nada —dijo la Morsa intentando calmarlo—. ¿No somos amigos?

Alfredo bajó la cabeza. Empezó a llorar quedito, como un cachorro con hambre.

—Tranquilo —dijo la Morsa poniéndose de pie—. ¿Por qué lloras? Pareces ese gordo maricón. No llores. ¿Pasa algo acaso?

Pero entonces el niño se incorporó y corrió hasta la puerta. La Morsa, sin embargo, llegó primero y tomó el pomo antes que él.

—No te vayas —dijo la Morsa con la voz temblorosa—. ¿No eres mi amigo acaso? ¿Por qué quieres irte?

Alfredo dio un paso atrás. El niño había puesto
ambos brazos hacia la espalda. Miraba a la Morsa con horror.

—Tranquilo —dijo la Morsa, avanzado hacia él
con la voz quebrada—. Somos amigos, ¿no? Estás haciendo lío de nada, Alfredo.

Tres

a)   Un cadáver

Lo primero que debe hacerse al hallar un cadáver
es cerrar la zona en la que éste se encuentre y por supuesto también aquel espacio físico que lo circunde. Nadie
más que el investigador o investigadores a cargo y su personal pueden tener acceso al lugar de los hechos. Luego
deben tomarse fotografías tanto a color como a blanco y
negro, esto con la finalidad de poder esclarecer cosas no
vistas. También, por supuesto, deben tomarse imágenes
del cadáver en la posición en la que fue hallado e incluso
es importante retratar la posición luego de realizar el levantamiento legal. Es primordial hacer primeros planos
del rostro, de las manos, los pies y de toda herida por
donde haya emanado sangre. Es imprescindible registrar
la temperatura (tres escalas: tibio, fresco o frío) y anotar
la rigidez cadavérica y el estado de descomposición.

b)   Las pruebas

El cadáver debe ser identificado por testigos váli-
dos. En caso de no contar con este recurso será necesario
recurrir a otros métodos de acuerdo a las circunstancias y
también al estado en el que se halle el cuerpo. Un aspecto importante de toda investigación es la realización de
un informe: en él los investigadores deben anotar en de-
talle todo lo que vieron y escucharon en la escena (por

más mínimo que sea), además deben hacer descripciones y, si es posible, croquis y la disposición de las cosas. Las pruebas deben ser registradas de forma obligatoria en formularios, los cuales tienen que ser numerados y de esa forma evitar romper la cadena de custodia. Toda prueba física debe ser reunida, analizada, emparada, etiquetada y guardada en un lugar seguro con el fin de evitar su contaminación o pérdida.

c)   La investigación

Todo investigador de hacerse las siguientes preguntas:

¿Se tienen pruebas de que se trató de un homicidio premeditado e intencionado y no por causas accidentales? ¿Existe un arma o cualquier tipo de elemento que haya provocado el deceso? ¿Se tiene ya determinado el número de personas que participaron en el crimen? ¿Qué otro tipo de delito se cometió con la persona muerta? ¿Fue este delito cometido antes, durante o luego de su muerte? ¿Existía alguna relación entre víctima y victimario? ¿Cuál era?

d)   Los testimonios

Un investigador debe desconfiar de todos. Los amigos, familiares e incluso los simples conocidos son potenciales culpables del crimen. Los investigadores tienen el deber de identificar a todas las personas que hayan presenciado el crimen o aquellas que vieron, hablaron o simplemente conversaron con la víctima. Por lo tanto, el investigador debe tener una lista detallada de nombres, direcciones, aspecto físico, dedicación, etc., de las siguientes personas: parientes, amigos, conocidos, gente que vive en cercanías del lugar donde fue hallado el cadáver, personas que conocen o sospechan del posible motivo. Esta investigación debe hacerse lo antes posible para evitar fugas o confusiones típicas en este tipo de situaciones.

e) La autopsia

El acceso a la escena donde se cometió el crimen o bien donde fue hallado el cadáver debe ser irrestricto para el equipo forense. Además de sacar fotografías del cadáver, hay que proteger las manos, los pies y la cabeza con bolsas de plástico. Anotar la posición del cadáver, su rigidez, temperatura y lividez es muy importante. Es primordial de igual manera tomar la temperatura del ambiente. Si es que se desconoce el tiempo de su muerte entonces es recomendable tomar la temperatura rectal o bien debe recogerse a los insectos que circundan el cadáver. El equipo forense debe revisar de manera minuciosa los rastros de sangre en la escena del crimen, pues en muchos casos ésta puede pertenecer al victimario. La información de las personas que vieron por última vez al occiso debe ser anotada y si es posible grabada; se debe preguntar dónde lo vieron, en qué circunstancias, o bien si la persona muerta se mostraba diferente a como era normalmente. Luego se debe obtener la información médica de la persona muerta: informes médicos, dentales, si acaso sufrió alguna intervención quirúrgica en alguna oportunidad. El cadáver debe ser puesto en una bolsa apropiada, se tiene que evitar que ésta sufra orificios o desgarraduras. El médico forense debe dejar constancia de la hora, el lugar y la fecha tanto del comienzo como del fin de la autopsia. Todos los integrantes del equipo forense deben dejar constancia de su nombre, títulos médicos, especializaciones e incluso afiliaciones personales con la víctima si es que existiesen; posteriormente debe designarse a una persona que será la responsable de dirigir la autopsia. Las fotografías que vayan a tomarse ya en la sala de autopsia tienen que ser a colores, nítidas, enfocadas de manera adecuada y cada una de ellas debe tener de manera obligatoria en la parte posterior el número o el nombre del caso que se está investigando, también debe haber fotografías del cadáver antes y después de ser desvestido y de toda aquella herida grande, pequeña o mediana o bien golpes notorios o no a simple vista. Es importante que la vestimenta sea sacada con sumo cuidado. Luego debe depositarse sobre una bolsa de plástico o sábana limpia. Si las prendas están húmedas deben dejarse secar adecuadamente. Hay que dejar constancia de todas las heridas o golpes por muy pequeños que éstos sean. Asimismo, es importante sacar radiografías de aquellos lugares donde se sospeche que pueda estar alojado algún proyectil o cualquier cuerpo extraño. Las lesiones deben ser registradas en su color, dirección, profundidad y estructura. Si acaso se sospecha de agresión sexual se debe tomar nota de cualquier artículo o sustancia en la boca. Hay que conservar el fluido oral y si no existe hay que restañar con un algodón para luego analizar la presencia de espermatozoides (es sumamente importante enfocar esta colecta en las encías y entre los dientes). Hay que secar estas pruebas con aire frío para realizar un examen limpio posteriormente. También deben examinarse todos los orificios del cuerpo por donde pudo haberse producido la agresión sexual. Tienen que colectarse los pelos púbicos del cadáver y guardar por lo menos veinticinco. Todos los líquidos de la vagina y del ano deben ser recolectados. Luego deben hacerse unciones a lo largo del cuerpo: sistema cardiovascular, respiratorio, biliar, gastrointestinal, endocrino, muscular y nervioso central.

f)   Las pruebas que deben guardarse

Deben guardarse:

Cualquier objeto extraño, vestimentas, efectos personales de la víctima, uñas enteras o bien el resultado de las raspaduras y pelos de la cabeza. Todos aquellos órganos que se extrajeron del cuerpo, y aquellos que no serán conservados, deben reponerse inmediatamente.

Pero a veces bajan por culpa del profesor de física y encuentran algo. ¿No era una materia aburrida esa?, ¿para qué podían servir tantas líneas, tantos números, tantas fórmulas? ¿No era un pendejo de mierda? ¿Y esos lentes *rayban* tan grandes? ¿Un amargado? ¿Sería cierto lo que decían? ¿Que tenía una hija paralítica, un monstruo que se hace pis y caca y que él mismo debía limpiarla? ¿Y que por eso es así: tan emputante, que te botaba del curso si no traías la calculadora científica? Bajan sin preocuparse por ser vistos. Están sin mochilas, pues éstas obviamente se han quedado en el curso, donde ahora el viejo conchudo está tomando el examen de física. Entonces bajan sin decirse nada, ¿no era mejor estar en la cancha de abajo?, ¿echarse en las graderías y tomar el sol? Uno de ellos dice que sería mejor ir al terreno baldío, sentarse dentro del hoyo y quizá echarse una paja. ¿Sin revistas? Se puede utilizar la imaginación en todo caso: para eso existe después de todo. La cancha está llena de sol, qué rico es estar aquí, lejos de las clases, a lo mejor saltar un rato al patio del edificio Mercante y robar algo, ¿un pantalón?, ¿un calzoncillo?, ¿un par de sostenes?, y ellos hablan, cuentan historias miles de veces repetidas, tanto, que cada vez que lo hacen las versiones originales son desteñidas, pálidas, distintas a como ocurrieron si es que acaso ocurrieron: uno de cuarto Medio ya tiene como seis calzoncitos de mujer, así de chiquitos, arrecho, puta, qué arrecho. Entonces suben las graderías de cemento, llegan al muro que separa la cancha del terreno baldío, los pies de ambos buscan el orificio que les sirve para impulsarse y pasar al otro lado. Ahí están los matorrales verdes, la graciosa firma de los pajeros: las bolitas de papel higiénico regadas por todas partes, el piso de tierra que tan bien conocen, ¿será cierto que la trajo aquí?, ¿que se la rompió aquí? Recuerdan una historia que ha circulado por estos meses: la de un tipo de cuarto Medio que trajo a su noviecita acá y se la tiró sin ningún problema. Dicen que ella es la tetoncita, la pelirroja, no, no: es la gordita, esa medio borracha, ¿y si es una del curso? Puede ser, tal vez, entonces ellos suben la pendiente, llegan al hoyo pero hay un problema. Ambos se detienen en seco y observan: el hoyo está cubierto por una calamina. ¿Y si están tirando? Uno de ellos toma un terrón seco de tierra y lo lanza. Hay que ver, hay que pescarlos. Luego de unos segundos no pasa nada, se esfuma la ilusión de ver salir a esos arrechos, de ver sus caras de susto, de ver, ojalá, las tetas de la chica, de pechos pequeños y pezones negros. El otro lanza una piedra, cuyo sonido es más sonoro esta vez. Si ahora no salen quiere decir que no hay nadie, o que no escucharon y que están a punto de terminar, tan concentrados estarán en tirar. Se acercan entonces con sumo cuidado. Se colocan, cada uno, a un extremo de la calamina y la levantan al mismo tiempo. Sólo hay un montón de basura, piedras, pedazos de bancas, cartones remojados: ¿ese mierda de la Morsa bota la basura aquí? Con razón anda tan cochino siempre. Entonces uno de ellos está por decir que es mejor irse al patio, tirarse de espaldas en el cemento caliente de las gradas, hablar, insultar a las chicas, hablar mal de ellas, imaginar cuál de ellas tendrá la mejor concha, aguardar así hasta que toque el timbre del recreo y luego subir y preguntar cómo estuvo el examen: sin embargo, el más flaco ve algo, ¿un mechón de pelo?, ¿un perro muerto?, y el otro acerca un poco la cara, hay que buscar un palo, desenterrar, ver quién es. Hallan un travesaño seguro proveniente de alguna mesa ya desechada, uno de ellos araña la tierra dura, separa piedras medianas, bolsas de plástico y ahí está. El otro muchacho bota el palo, espantado, es un ojo semiabierto que lo mira, el iris lleno de polvo, las pestañas con partículas de tierra, y el cabello es rubio, y el cuello: ¿una polera azul?, el rostro lleno de sangre, la punta de la nariz oscura, como si alguien se lo hubiese pellizcado con fuerza, la boca abierta, los dientes hincados sobre un terrón de tierra, ¿comiéndosela? Por un instante uno de ellos piensa en un vampiro. Pero luego piensa que los vampiros no son rojos, los vampiros son blancos, pálidos, pálidos porque nunca salen al sol. El otro ve sobresalir una mano, la mano también roja, ¿un enano?, ¿un duende?, no, la mano chiquita, como la de un niño, los dos están asustados, sienten que de pronto las bolas se han hecho chiquitas, y que se han ido incrustando en medio de la garganta, pero tampoco corren, sólo están ahí, estáticos, paralizados por el miedo, como si alguien hubiese echado un montón de cemento sobre sus pies. Luego el flaco empieza a gimotear, es como volver al pasado: como cuando, de niño, barboteaba sonidos inconexos para que su madre pudiera entenderlo, cuando no sabía hablar y tenía que conformarse haciendo eso. El otro se muerde las uñas, mira la cabeza roja saliendo de la tierra, ve al otro y el flaco ya ha empezado a respirar rápido y por fin sus pies se ven libres del cemento, corren los dos, el flaco tropieza, cae y rueda pero se levanta al instante sin sentir ningún dolor y entonces llegan al muro. Lo suben y saltan sin sentir el dolor en los tobillos: brincan por la parte más alta y caen con toda la fuerza de su peso. Atraviesan el patio, suben las gradas, jadeando, sin decirse nada, llegan al segundo patio, a ese patio que sirve para las horas cívicas, el flaco ya está cansado, siente cómo el sudor ha invadido su rostro, le arde la cara, ahí se detienen por unos segundos, ¿adónde ir?, dubitan pero al fin se meten por un callejón oscuro y frío, llegan al bloque donde está la dirección del colegio, suben las gradas a toda prisa, la puerta es de vidrio, la empujan, la secretaria los ve y piensan que están borrachos porque uno de ellos cae al piso y se incorpora rápidamente, se acerca al escritorio, ella siente su aliento agrio, agitado, ve la cara roja por la carrera y los riachuelos de sudor terroso bajando por el cuello, la frente, las patillas: hay un niño muerto, dice. La secretaria piensa que están más que borrachos: drogados, ¿no ha visto antes lo mismo?, ¿no son peligrosos cuando están drogados?, ¿no los ha visto hacer huevadas solitos en los patios del colegio, molestar a las chicas, faltarles el respeto a los maestros? La secretaria se pone de pie, va con calma hasta la puerta del despacho del director, hay que seguirles la corriente, como a los locos, piensa, y abre la puerta sin tocar. Al rato sale un tipo pequeño con lentes de cristales verdes y una corbata grande y café, bigote espeso. Ve a los chicos, sucios, llenos de tierra, piensa en una pelea, pero luego el flaco dice: hay un muerto allá abajo. Creo que es un niño. A veces encuentran algo, pero no es muy frecuente.

—¿Muerto? —dijo el sargento Serna—. ¿Escarbino muerto?

—Ya ves —dijo el forense García—. La mala suerte nos persigue, Serna. O mejor dicho, ya comenzó: estamos salados, vaya uno a saber cuándo termine.

—Más bien dimos con ésta —dijo Huguito señalando a Mamita—. ¿Mala suerte dice?, si nosotros estamos felices. Si no me cree mire la cara de felicidad del sargento.

No pongas esa cara, dijo Mamita, ¿por qué no te gusta hacer esto, Morsa?¿Te da miedo? Eso más bien nos ayuda. ¿O tienes miedo en serio? Escarbino abrió la puerta de la construcción. Entraron todos, pero fue la Morsa quien subió primero las gradas y se paró ahí, como evitando el paso a los demás. Mamita sacó el cráneo de la bolsa, lo puso sobre gradas. Escarbino le pasó un cigarrillo y Mamita hizo morder el cabo por los dientes.

—¡Cuántas cosas pasaron durante nuestra ausencia! —dijo el sargento Serna—. ¿Y la Gata?

—Qué malo eres, Huguito —dijo el forense García viéndolo alejarse. Luego juntó los dedos de ambas manos, practicó un enorme hoyo que elevó a la altura de sus ojos. Vio a los otros dos por él—. Y yo que creía que eran puras habladurías.

—Si es mi gran orgullo —dijo Huguito—. ¿Pero está bien?

—¿La Gata? —dijo el forense García—. Ya debe estar en la mesa de prácticas de los chicos de Medicina.

—Lástima —dijo Huguito dando un suspiro—. Creo que empezaba a enamorarme, sargento.

¿Fósforos?, dijo Mamita golpeando con las palmas de la mano por encima de los bolsillos de la chamarra. Hay adentro, dijo el Primo, en el segundo piso. Éste dio un paso, pero la Morsa lo detuvo. Voy yo, dijo, suplicante. El Primo lo miró sin creerlo: ¿tú haciendo un favor?, qué raro, Morsa, ¿no estarás enfermo? Que vaya cualquiera, de una vez, dijo Escarbino, qué muchachos estos, se pasan todo el tiempo peleando. La Morsa entró. Subió y la vio. Tuvo la impresión de que se había movido, que la cabeza estaba un poco más inclinada y que su cuerpo ya no era el mismo. Fue hasta un montón de ladrillos, movió algunos: ahí estaba, rectangular, la cajita de fósforos. Al pasar por su lado se acercó: dejó caer una gota enorme de espesa saliva sobre su cabeza.

—¿Enamorarte de ella? —dijo el sargento Serna—. Mejor no le cuento a qué lugar me llevaste, Huguito.

—Ya me dijeron los muchachos —dijo el forense García—. Ah, me olvidaba, ¿ya saben lo de la huelga?

—¿Una huelga? —dijo Huguito—. A ver, cuente.

—Un grupo de beatas —dijo el forense García—. Y parece que los curas, otra vez.

Así, así, dijo Mamita observando detenidamente la columna blanca de ceniza que se había materializado en el cigarrillo. ¿Ven?, está contenta porque nunca le fallamos, porque somos agradecidos con ella y ella nos paga igual. Levantó la cabeza y sonrió: ahora sí, vamos de una vez. Se agachó, le dijo palabras cariñosas a la calavera mientras la levantaba, apagó el cigarrillo y la guardó en el bolso.

—Habría que sacarlas —dijo el sargento Serna—. Sacarlas y pasarlas por las armas —vio a Huguito: se frotaba los labios con la punta de la lengua—. Nosotros nos ofrecemos, si quieren.

—Parece que la cosa está grave —dijo el forense García con preocupación—. ¿Saben que el General le perdonó la vida al Número Uno?

—¿A quién? —dijo Huguito—. ¿Cómo?

Maneja con cuidado, dijo Mamita, ¿estás nervioso? La Morsa se encogió de hombros. La camioneta arrancó, dobló un par de calles, enfiló por una avenida y luego apareció un parque de árboles frondosos: ahí estaba la casa, Mamita. La Morsa estacionó, los faroles iluminaron una inscripción: *Anita te amo*. Ahora a esperar, dijo Mamita, giró el cuello y vio a través del vidrio a Ca-

piona, Escarbino y al Primo tendiéndose en el suelo, tapándose con una manta luego.

—Pues no estaba muerto —dijo el forense García—. ¡Qué balde de agua fría para esos dos!

—Me hubiera gustado ver qué cara pusieron
—dijo Huguito—. ¿Y ahora?

—Ahora a trabajar —dijo el sargento Serna—.
Por lo menos hay que darle una alegría al General.

—Yo me voy —el forense García bostezó. Vio a
Mamita—: la dejo en inmejorable compañía, señora.

Escarbino dejó que pasaran. Vio a Capiona trepar
por los escalones sin hacer ruido, luego al Primo, agachando la cabeza, como si buscara un billete en el piso.
Después trancó la puerta con un pedazo de cartón doblado. Capiona ya estaba en el último escalón, el que daba
a la parte superior de la casa, el Primo tres escalones más
abajo y él apenas en los primeros.

—Un gusto, Mamita —dijo el sargento Serna—.
¡Qué ganas de conocerte, caracho!

—¿Sabe una cosa, sargento? —dijo Huguito acercando el rostro al de Mamita—. Me recuerda a alguien.
A que no adivina a quién.

Entonces Escarbino la vio. ¿Era un fantasma?,
¿sólo una sombra? ¿O la estaba imaginando? Tenía el cabello rubio, los ojos enormes y bonitos y un arma temblando en la mano pequeña: Capiona cayó de espaldas.
Escarbino sintió en la piel del rostro el aire que el cuerpo
del Primo levantó al pasar a su lado y luego un dolor curioso se aferró a uno de su hombros: un friecito, como si
alguien le estuviese pasando la punta de un cubo de hielo. También corrió. Afuera vio al Primo tirarse sobre el
piso de la camioneta: lo miraba con los ojos espantados.
El muchacho extendió un brazo, ¿para rescatarlo?, pero la

Morsa ya había arrancado. Escarbino tropezó, el pecho dio de lleno sobre el asfalto y su cuerpo rebotó.

—A la Gata —dijo Huguito—. Se parece a la Gata, sargento. La misma nariz, los mismo ojos y hasta los labios son igualitos.

—No seas malcriado, Huguito —dijo el sargento Serna. Se acercó hasta donde estaba Mamita, la tomó del mentón—. ¿Cómo se te ocurre comparar a una puta con una señora como ésta? Discúlpate ahora mismo, atrevido.

—Pero se parece, sargento —insistió Huguito—. ¿No se acuerda que la conocí bien?

—Disculpe a mi compañero —dijo el sargento Serna soltando el mentón de Mamita—. ¿Ves que te perdona, Huguito?

—No me importa —dijo Huguito—. Sólo quiero que hable. ¿Cree que lo haga sargento?

—Si quiere vivir lo hará —dijo el sargento Serna. Fue hasta donde estaba Huguito, se apoyó en uno de sus hombros con el codo doblado. Miró a Mamita detenidamente—. ¿Ya se dio cuenta que mi compañero es un desgraciado, señora?

Y LUEGO ESAS mujeres en las iglesias, ¿has visto cómo entraban?, ¿cómo gritaban?, ¿las cosas que decían?, ¿cómo empujaban a los policías?, yo no sé pero cada día la situación está peor, sí, y lo peor es que parece que no les van a hacer nada, ¿cómo es posible que no las saquen, que sigan ahí y que nadie mueva un solo músculo?, lo que sé es que ya este Gobierno está a punto de caerse, ¡ay, eso sí sería terrible!, mirá yo no tengo nada contra la Iglesia, ¿pero por qué se mete en esto?, ¿cómo es eso de cu-

ras disparando?, ¿dónde se ha visto?, ¿actuando como
unos delincuentes?, tampoco son unos santitos, ¿no han
hecho ellos también cosas terribles?, ya nadie se acuerda
de cómo mataban sin piedad, eso, eso, eso es lo peor, y lo
más grave es pensar en el futuro de los chicos, eso es lo
que a mí me tiene desvelada, en las noches pienso: ¿qué
va a ser de él en un país así?, claro, ahora no piensan en
eso, son chicos todavía, pero ¿qué podemos hacer?, hacer
que estudien, darles todas las posibilidades, y si es posible mandarlos al exterior, aquí no hay futuro, claro, ¿y
has visto a ese curita?, imaginate a ver, si parece tan santo con esa cara, ¡qué vergüenza!, salir de su casa con las
manos levantadas, como si fuera un asaltante ¿y has visto
a ese pobre al que han matado?, ¿a cuál?, a ese, a ese a
quien el tal padre Vidal le ha disparado, y encima el pobre con un montón de hijos, ¿te imaginas qué va a ser de
esa familia?, no hay derecho, pero por suerte ya lo tienen,
dicen que esta vez lo van a juzgar, que esta vez va directo
a la cárcel, ojalá, deberían meterlo de por vida ¿no?, es un
delincuente nomás, oye ¿y has visto los robos a esas casas?, qué bárbaros son, dicen que se han llevado todas las
cosas, pero todas, eso sí que es grave, por eso no hay que
dejar subir a nadie, ya le he dicho el otro día al Paulino
que no deje pasar a nadie que no sea conocido, mirá que
ya tenemos suficiente con esos del Irlandés, imaginate
encima otros ladrones más, ¡ay, pero me estaba olvidando para qué te estaba llamando!, hazme un favorcito, ¿le
puedes decir al Alfredo que ya baje?, mirá que ese chico
tiene que hacer un montón de tareas, ¿el Alfredito?, sí,
pero no está aquí… a ver, esperame un rato, le voy a preguntar al Óscar… ¿hola?, sí, dice el Óscar que no sabe,
pero si estaba hablando hace un rato con él, si se ha ido
de aquí diciéndome que iba a ir a tu casa para jugar Ata-

ri, seguro este Óscar no me está diciendo la verdad, algo han hecho y por eso están tan callados, ¿te llamo ahorita?, ya, este Alfredo se está pasando de la raya, ya, ya, no te preocupes, seguro que se está escondiendo para hacerte renegar no más.

—ESTÁS MUDO, ORTIZ —dijo Zamora—. Qué jodido este Cacas, ¿no?

—¿A ella? —dijo Ortiz—. Qué clase de amigo eres, Cacas.

—Ése no es mi amigo —dijo el Cacas—. Me emputa, más bien.

—Pero es del Cuerpo —dijo Ortiz—, ¿cómo le puedes hacer algo así?

—¿Y lo que hizo él? —dijo el Cacas—. ¿No es peor eso? Debería darte vergüenza estar defendiéndolo de esa manera.

—No eleven la voz —dijo Zamora viendo la puerta del despacho del jefe—. Más prudencia, muchachos.

—No lo defiendo —dijo Ortiz bajando la voz—. Sólo digo que está mal lo que vas a hacer. Nada más.

—Pareces uno de esos curas —dijo el Cacas—. ¿No serás un apóstol tú?

—No sabes cómo defenderte —dijo Ortiz poniéndose de pie—. No te va a resultar, te digo.

—Lo que pasa es que me tienes envidia —dijo el Cacas—. ¿Te gusta también?

—Ya, tranquilos —dijo Zamora—. ¿Se van a agarrar a trompadas aquí?

—Eres una mierda —dijo Ortiz—. Eres un mierda, Cacas.

—Te estás ganando que te rompa la cara —dijo el Cacas incorporándose—. ¿Qué te pasa, conchudo?

—No me pasa nada —dijo Ortiz—. Sólo digo la verdad. Ahora, si la verdad no te gusta no es mi culpa.

El Cacas volvió a sentarse. Miró a Ortiz: el rostro como si hubiese sido bombardeado, lleno de miles de cráteres.

—Ya, tranquilos —dijo Zamora—. ¿Acaso es tu mujer para te pongas así, Ortiz?

—Lo que pasa es que también le gusta —dijo el Cacas—. ¿Entonces por qué no quiere que la toque? Ya perdiste, confórmate.

—Qué bruto eres, Cacas —dijo Zamora—. Ese plan va a ser un fracaso.

—Ya vas a ver que no —dijo el Cacas—. A ver qué cara pones cuando sea mi mujer. Quisiera verte ese día, Ortiz. A vos también, Zamora. A vos también quisiera verte.

Ortiz no dijo nada. Caminó hasta la puerta que daba al exterior del despacho, puso una mano en el pomo, pero como si de pronto recordara algo lo soltó y volvió hasta donde estaba Zamora. Se sentó a su lado y cruzó los brazos.

—Están peleando por nada —dijo Zamora—. ¿Y quién les dice que esa puta no tiene ya otro?

—No le digas así —dijo el Cacas con seriedad, sin embargo luego de unos segundos rió—. Más respeto, hombre.

—Más bien deberían preocuparse por lo que está pasando —dijo Zamora—. Aquí hay gato encerrado. Algo se viene, algo se viene, estoy seguro.

—No sigas diciendo eso —dijo el Cacas—. De tanto escuchar lo mismo ya estoy empezando a creer que es cierto. No seas malagüero, Zamora.

—¿No dicen que hay soplones de los Apóstoles por todos lados? —dijo Zamora—. No me sorprendería que hayan incluso dentro del Cuerpo.

—Si fuera eso ya estaríamos en manos del sargento Serna y de Huguito —dijo Ortiz—. Qué premiecito se ganaron.

—Qué injusticia —dijo Zamora—. Con razón las cosas están yendo tan mal.

—A lo mejor nos llaman para echarles una mano —dijo el Cacas—. Si es por eso voy a sacarle su mierda a más de uno.

El Cacas viró un poco el cuello. Aguardó la reacción de Ortiz, pero éste no hizo nada.

—Si es así —dijo Zamora—. No vas a tener tiempo para nada. El rato menos pensado se va con otro. A ver qué cara pones entonces, Cacas.

—No voy a poner ninguna —dijo el Cacas—. Porque nunca va a pasar.

—Otra vez con lo mismo —dijo Ortiz—. ¿No pueden hablar de otra cosa?

—¡Uy!, mejor nos callamos —dijo el Cacas—. Aquí la doña puede enojarse.

—Sabes que te va a decir que no —dijo Ortiz—. Por eso hablas tanto. Eres un inseguro, Cacas.

El Cacas se puso de pie. Se ajustó el cinturón y cuando estuvo a punto de decir algo un vozarrón lo detuvo.

—¿Qué tanto hablaban, mierdas? —dijo el jefe Castro—. Entren de una vez.

Los tres se cuadraron, pero lo hicieron en vano: el jefe Castro ya les había dado la espalda y atravesaba el espacio que separaba su escritorio de la puerta. Lo vieron sentarse y apoyar la cabeza en el respaldo del sillón.

—Qué día de mierda —dijo. Cerró los ojos por unos segundos. Intentó diseminar de esa manera el cansancio que su cuerpo sentía, el dolor en las sienes que en este instante le perforaba el cerebro; apretó los puños y volvió a abrir los ojos: contempló a los tres hombres formados en fila. Tenían los rostros demudados, como si de pronto les hubiesen dado una mala noticia—. A ver —dijo adelantando el cuerpo— vamos al grano de una vez.

—¿Ves que no te mentía? —dijo el Primo—. Ahora déjame ir al baño, por lo menos.

—¿No podías aguantarte? —dijo la Morsa—. Cochino de mierda.

—Con razón tu tío se ha hecho humo —dijo el Primo saliendo del ropero—. Nadie te aguanta, Morsa. Eres un maldito.

Ya había anochecido. El Primo contempló a través de la ventana que todas las luces del edificio Mercante estaban encendidas. Los postes de la avenida Saavedra dejaban caer una luz amarillenta, sucia, polvosa, sobre los coches que pasaban a toda velocidad. ¿Cuánto tiempo había dormido? Había seguido con atención los murmullos que venían de fuera, intentando también unirlos, darles una coherencia lógica, pero fracasó: de pronto todo se había silenciado. Después, de un momento a otro el sueño le había ganado y sólo hace unos segundos, a causa del intenso dolor en la vejiga, había abierto los ojos. Luego la vergüenza: la sensación cálida bañando sus muslos, escurriéndose por los tobillos. Justo en ese instante la Morsa había abierto la puerta.

—Qué cochino eres —dijo la Morsa—. Estás hediendo, carajo.

—Es tu culpa —dijo el Primo viendo la mancha que le oscurecía el pantalón—. ¿No te decía que tenía que ir al baño?

El Primo levantó la cabeza. Vio a un costado y al otro, como buscando algo.

—¿Dónde está mi maleta? —dijo. Se detuvo frente a la cama—: ¿quién está ahí?

El Primo pensó que la Morsa lo había traicionado. ¿No lo había dejado ahí dentro tanto tiempo?, ¿era capaz entonces de entregarse?, ¿de decir a la Policía yo sé dónde están los Norteños a cambio de que no le hicieran nada?

—Antes tenemos que hacer algo —dijo la Morsa—. Tienes que hacerme un favor, Primo. Tienes.

El Primo fue hasta la cama con cautela, listo para ver aparecer a un policía armado. Encima de ella se dibujaba un bulto informe, cubierto por una manta amarilla con rayitas cafés onduladas. Tomó una punta de la manta y la fue jalando despacio. Una mancha rojísima bajaba de la punta de la cabeza del niño por todo el rostro, cubriendo a éste como una máscara de lucha libre. Tenía, además, el ojo derecho abierto, como si estuviera mirando todo el tiempo. La boca se hallaba también abierta: el Primo pensó en un grito reprimido, en esos gritos que no se pueden emitir cuando se sufre una pesadilla. Luego miró una de las perneras del pantalón. La pierna derecha estaba fuera, de manera que podía verse la piel blanca y exenta de vellos. El niño no tenía zapatos: sólo tenía las medias puestas.

—Qué has hecho, cojudo —dijo el Primo—. Morsa.

—Nada —dijo la Morsa con calma y volviendo a tapar el cuerpo—. Se ha caído nomás. Un accidente. Por eso me tienes que ayudar.

—Con razón estabas vigilando tanto ese edificio —dijo el Primo—. ¿Y ahora?

—Lo vamos a enterrar y listo —dijo la Morsa—. ¿Hay algún problema en eso?

El Primo se alejó. Su espalda chocó contra la pared. ¿No empeoraba esto las cosas? ¿Qué pasaba si alguien descubría al chiquillo? ¿No lo estarían buscando ahora sus papás? ¿Adónde iría él ahora? ¿Otra vez a la calle, donde seguro lo atraparían más temprano que tarde?

—¿Caerse? Qué se va a caer. Algo le has hecho, mierda. Ya estamos cagados —dijo el Primo. Vio el bulto que se formaba por debajo de la manta—. Morsa, ahora sí estamos fritos.

La Morsa lo miró con desprecio. Se subió las mangas de la chompa hasta la altura de los codos. El Primo creyó ver que tenía las uñas ensangrentadas.

—No seas maricón —dijo la Morsa—. Además ya tengo un plan. ¿Ahora me ayudas o te vas a quedar ahí mirándome?

—¿Plan? —dijo el Primo—. Mejor me voy.

El Primo dio dos pasos con dirección a la puerta que daba a la cancha, pero al instante sintió que lo jalaban del cuello de la camisa.

—Me tienes que ayudar —dijo la Morsa—. Tengo un plan, vas a ver. Hazme ese favor.

El Primo se dejó soltar. La Morsa no parecía afectado por lo que había ocurrido. Hablaba todo el tiempo con calma, sin atropellarse. Tenía la mirada clara, serena.

—Vamos a pedir un rescate —dijo la Morsa—. Pedimos un rescate y luego nos vamos con la plata. ¿Entiendes?

—Estás loco —dijo el Primo tocándose la sien—. ¿No ves que ya deben estar buscando el chiquillo? Mejor me voy, Morsa.

—Por eso tenemos que apurarnos —dijo la Morsa—. Lo vamos a enterrar aquí atrás y nadie se va a dar cuenta. ¿Además adónde vas a ir? Con la plata en la mano nadie nos puede hacer nada. A ver dime, ¿es cierto o no es cierto?

El Primo quedó callado. Rememoró lo que había ocurrido hasta ese momento: el asalto frustrado, a su hermana echándolo de su casa, a Escarbino quizá muerto, el cuerpo de Capiona inerte sobre esos escalones y ahora esto. ¿No tenía razón la Morsa? ¿No podían con la plata salir de la ciudad, quizá del país?

—Ojalá tengas razón —dijo el Primo.

La Morsa volvió hacia la cama. Luego se agachó y sacó de abajo un par de zapatillas azules, que seguro eran del niño. Destapó el cuerpo un poco y las puso ahí con sumo cuidado. Sin embargo, luego quitó la manta y la extendió sobre el suelo. El Primo lo tomó de las muñecas y la Morsa de los pies. Lo dejaron sobre la manta. El Primo dijo que sería mejor si doblaban las piernas, pero al intentarlo comprobaron que ambas —pese a su aparente fragilidad— se habían convertido en dos columnas de hierro. Optaron más bien por cubrirlo completamente, haciendo nudos en cada extremo. Una vez terminado esto la Morsa abrió la puerta que daba al terreno baldío. Volvieron a levantarlo pero ahora de los nudos que habían practicado en la manta. Antes de salir el Primo repitió en voz baja una oración que su madre le decía que debía decir cuando quería que las cosas salieran bien.

Hacía frío afuera. Un viento helado se escurrió por las piernas del Primo. Pensó que si no se cambiaba de pantalón lo más pronto posible mañana estaría enfermo. Estornudaría todo el día. Depositaron el cuerpo en una especie de hoyo, como si se tratara de una tumba previamente cavada. ¿Y si los estaban viendo desde las ventanas del edificio Mercante? ¿No vivía el niño ahí? ¿No estaría sus padres pegados a las ventanas esperando ver retornar al chiquillo?

—No hay tierra —dijo el Primo escrutando a su alrededor—. ¿Con qué lo vamos a tapar?

La Morsa buscó en derredor achicando los ojos a causa de la oscuridad. Cierto, no había pensado en eso. Pero ahí estaba la basura, los trozos de papel higiénico de esos arrechos del Irlandés, los pedazos de cartón, la madera en desuso. Estuvieron tapando el hoyo con los deshechos por casi media hora, hasta que sólo sobresalía la coronilla de la cabeza del niño. Luego el Primo encontró una calamina enorme y la puso encima.

—Así está bien —dijo la Morsa—. Vamos.

Subieron y entraron a la habitación. Ambos tenían los zapatos llenos de tierra. La Morsa se los limpió con la parte posterior de los botapiés del pantalón. Luego miró al Primo. Estaba temblando.

—No tengas miedo, maricón —le dijo—. Voy a llamar por teléfono. Ya vuelvo.

La Morsa fue hasta la puerta que daba al colegio, pero antes de salir buscó algo en uno de los bolsillos del pantalón. Sacó un papelito y luego de verlo y comprobar su contenido volvió a guardarlo.

—¿Y yo qué hago mientras tanto? —dijo el Primo.

415

—No le abras a nadie —dijo la Morsa. Quitó el seguro, tomó el pomo, lo hizo girar, la hoja de la puerta se separó: un aire gélido penetró a la habitación—. Y a ver si te cambias de pantalón, cochino.

Y luego salió.

—DESPIERTA, DORMILÓN —DIJO Mariela con la cabeza clavada en la almohada—. ¿Estás sordo?, teléfono.

Ossorio sintió que la rodilla de su esposa se encajaba en sus costillas repetidas veces. Alargó el brazo con los ojos cerrados aún. Descolgó el tubo y no supo por qué pero en ese instante pensó en Ortiz.

—Hola —dijo Ossorio con la voz pastosa—. Hola.

—¿Ossorio? —dijo la voz de Ortiz—. Qué vocecita te gastas, parece de ultratumba.

—¿Otra vez quitándome el sueño? —dijo Ossorio. Abrió los ojos y recordó: la nieta de Gómez, el edificio en construcción, el dientón al que no se le paraba, faltaba eso todavía—. ¿Ya estás mejor?

—No era nada, sólo un rasponcito nomás —dijo Ortiz—. ¿Sabes que hasta se me quitó el resfrío?

—Sí —dijo Ossorio. Bajó de la cama, giró el cuello: ahora Mariela se tapaba la cara con la almohada para evitar la luz de la tarde que se colaba a raudales por la ventana—. Cada vez que me llamas es por algo malo. ¿Qué pasa ahora?

—Es mejor que vengas rápido —dijo Ortiz—, ¿no sabes todavía?, ¿no has encendido la tele? ¿No escuchas las noticias tú?

—No —dijo Ossorio—. No me digas que el dientón…

—No es eso —dijo Ortiz—. Se trata de un niño más bien. Se ha armado un lío terrible.

Mariela levantó una pierna, como dando una patada a un balón de fútbol imaginario: la manta rodó por el suelo y dejó al descubierto un vientre plano, liso aún. ¿Cuándo comenzaría a notársele el embarazo? ¿Al segundo mes? ¿Al tercero? ¿Al cuarto quizá?

—¿Un niño? —dijo Ossorio—. Vamos, habla.

—Algún cabrón lo mató —dijo Ortiz bajando la voz. Saludó a un tal Santiago—: pero encima lo violaron, Ossorio.

En ese momento Mariela abrió los ojos. Miró fijamente al agente, pestañeó, sonrió, dio vuelta sobre el lado derecho y continuó durmiendo.

—Mierda —dijo Ossorio—. ¿Y qué más?

—Es mejor que vengas —volvió a decir Ortiz. Hizo una pausa, como si en ese momento estuviera hablando con alguien—: estamos a cargo del caso.

—¿Ya detuvieron a alguien? —dijo Ossorio.

—A nadie —dijo Ortiz—. Lo que pasa es que no había nadie porque todos están con eso de los Apóstoles. Sólo fue García a levantar el cuerpo. Están esperando que nosotros hagamos esa parte.

—¿No preguntaron nada? Ya lo jodieron, Ortiz —dijo Ossorio: y las cosas que habría que comprar, ¿una cuna?, ¿los biberones?, ¿la ropa pequeña?, y después: ¿el llanto por las noches?—. ¿Qué sabes tú?

—No mucho —dijo Ortiz—. Sólo el informe de García, y a qué hora desapareció el niño. Sólo eso.

—Entonces mejor nos apuramos —dijo Ossorio—. ¿Cómo es posible que nadie haya tomado declaraciones?

—Todos están con eso de los Apóstoles —dijo Ortiz—. Vaya trabajo el nuestro.

—Nos vemos en el Cuerpo entonces —dijo Ossorio.

—Captado —dijo Ortiz.

Ossorio colgó el teléfono sin decir nada más. Encendió el televisor (Mariela emitió una breve queja por el ruido que hizo el aparato, pero luego de unos segundos volvió a dormirse). Pasó por varios canales, hasta que en uno apareció el rostro adusto del jefe Castro rodeado de micrófonos. En efecto, hablaba de un niño muerto hallado en un terreno baldío cerca del colegio Irlandés. Explicaba que los padres habían recibido una llamada anoche. Una llamada que anunciaba que lo tenían secuestrado y que si querían volver a verlo con vida tenían que pagar una suma de dinero; dijo que los secuestradores no habían asistido a la cita por la mañana y que sólo entonces los papás del pequeño habían hecho la denuncia. Dijo que ya al comenzar la tarde de hoy un par de alumnos del colegio halló el cadáver. Uno de los periodistas preguntó si era cierta la versión esa de que el pequeño había sido violado. El jefe Castro calló por un momento, se mordió los labios y dijo: sí, era cierto. Luego aparecieron imágenes de la fachada de un edificio, un patio con ropa colgada y después un terreno baldío. Luego apareció hablando un señor de lentes: decía ser vecino de la víctima.

—¿Qué le pasa a esta gente? —dijo Mariela.

Mariela se había sentado. Se refregaba los ojos, tenía las rodillas replegadas hacia el pecho.

—Tengo que irme —dijo Ossorio empezando a vestirse. ¿Los paseos en coche?, ¿los cumpleaños?, ¿cuánta gente invitar?, ¿los amigos?, ¿las amigas?, ¿los dientes de leche?, ¿los cólicos otra vez?—. ¿Trabajas hoy?

—¿Quién era? —dijo Mariela.

—Ortiz —Ossorio terminó de ponerse la camisa, las medias y los zapatos, se fajó la cartuchera y la navaja de fuelle, se embutió los pantalones, cogió el saco, señaló con la cabeza el televisor—: me tengo que ir.

Mariela volvió a extender las piernas. Intentó salir de la cama pero Ossorio se adelantó y llegó hasta donde estaba ella.

—Me tengo que ir —repitió, ¿elegir el nombre?, ¿el bautizo?, ¿el kinder?, ¿enseñarle a caminar?, ¿a hablar?, ¿el colegio?, ¿la universidad más tarde?—. ¿Vas al hospital?

Mariela dijo que sí. Ossorio le dio un beso. Se alejó en dirección a la puerta y antes de salir escuchó que Mariela decía:

—Cuídate.

—¿Los Norteños? —dijo el sargento Serna—. Vaya nombrecito, Mamita.

—¿Sería sólo porque entraban en casas de la zona norte? —dijo Huguito—. Si es así después de todo tiene lógica, sargento.

¿Tú?, dijo el rubiecito, eres una ingrata, Mamita. ¿Qué estás haciendo acá?, ¿con qué derecho vienes a verme?, ¿ya no te acuerdas de lo que pasó? Te juro que no vendría si no fuera por necesidad, dijo Mamita. Entonces vio por encima del hombro del rubiecito: un grupo de muchachos la miraba azorado, como si se tratase de un animal extraño. Pasa, pasa, dijo el rubiecito, miró al cielo, compungido: ojalá que cuando me muera allá arriba se acuerden de mí por ser tan bondadoso con la gente.

—Qué ojitos está haciendo —dijo Huguito—. Creo que ya se huele lo que le espera, sargento.

—¿No te cansa eso de amenazar a la gente? —dijo el sargento Serna—. Ya me tienes aburrido con lo mismo, Huguito. Pareces disco rayado.

—Yo no amenazo —dijo Huguito. Reflexionó por un instante, levantó el dedo índice—: más bien sí, pero cumplo con mis promesas. ¿No se acuerda de esa Gata acaso? Pobrecita, ya debe estar tocando el arpa ahorita.

Mamita entró sin decir nada. Los muchachos le abrieron paso en medio de un incesante murmullo. Llegó hasta el recibidor: sintió un olor penetrante a desinfectante y a perfume barato. Bueno, dijo el rubiecito cerrando la puerta y mandando con la mirada a los muchachos escaleras arriba, te escucho. Estoy metida en un problema, dijo Mamita, una deuda. ¿Y te están buscando?, dijo el rubiecito abriendo los ojos. Ya sé que te he hecho una perrada, dijo Mamita, pero ahora sí estoy necesitada. Mi desgracia es que siempre me meto con gente que me traiciona, dijo el rubiecito, ¿te acuerdas todavía de lo que pasó, Mamita?

—Claro que lo va a hacer —dijo el sargento Serna—. Nos va a decir los nombres de los dos que faltan y dónde están metidos, no hay necesidad de eso, Huguito —el sargento despachó a Huguito con un movimiento de mano—. ¿Tocando el arpa dices? Qué imaginación la tuya.

—Si es así como usted dice, sargento —dijo Huguito—, entonces yo aquí salgo sobrando. ¿Me puedo ir? Mi familia debe estar preocupada. ¿Hace cuántos días que no me ven?

Claro que me acuerdo, dijo Mamita avergonzada, ¿pero no fue por tu bien acaso?, ¿no estarías así como yo si no fuera por lo que pasó? El rubiecito la miró sin decir nada. Por lo menos en eso tienes razón, dijo. ¿Pero no te da remordimientos, Mamita? Me da, dijo Mamita con un hilo de voz, además también por eso estoy aquí, para pedirte perdón, para reconciliarnos de una vez. El rubiecito lanzó una carcajada. Es lo último que podría imaginarme, dijo, tú pidiéndome perdón, Mamita. ¿Qué le está pasando al mundo?

—Aún no —dijo el sargento Serna—. Papel y lápiz, Huguito. ¡Ay, perdón! —el sargento se golpeó la frente con la palma de la mano derecha—. Sabes escribir, ¿no?

—¿Papel y lápiz? —dijo Huguito—. ¿Es una nueva técnica, sargento? ¿Usted la inventó?

—Es para que escriba, idiota —dijo el sargento Serna—. Sigues en el tiempo de las cavernas, Huguito.

Yo tenía que elegir, dijo Mamita, ¿no has entendido todavía?, ¿no has comprendido aún? Claro que entiendo, dijo el rubiecito, pero igual no te perdono todavía. No es bueno ser rencoroso, dijo Mamita, si estuvieras en un problema yo te ayudaría sin pensarlo dos veces. Eso sí que no me lo creo, dijo el rubiecito, ¿cómo es eso que siempre me decías?, ¿te acuerdas?, ¿o quieres que yo te lo repita?

—Es que aquí no hay —dijo Huguito buscando por todos lados—. Ni rastros de un papel y menos de un lápiz, sargento.

—Entonces ve a Identificaciones —dijo el sargento Serna—. Dile a la secretaria que te preste. Ah, y la saludas de mi parte, Huguito.

—Voy como un rayo —dijo Huguito—. Hasta lueguito, señora.

Me acuerdo, dijo Mamita, claro que me acuerdo,

¿pero no estoy pagando ya con la misma moneda? El rubiecito se encogió de hombros: podría ser, no lo había pensado hasta ahora. ¿Y la experiencia ganada?, ¿no lo aprendiste todo de mí? Los hombres que tiran con hombres son distintos, dijo el rubiecito, se comportan de otra manera. Tal vez, dijo Mamita, pero aprendiste lo básico, ¿no?

—Qué manera de tardar, Huguito —dijo el sargento Serna—. ¿Sabes qué me dijo acá la señora mientras no estabas?

—¿Los nombres de esos dos que faltan? —dijo Huguito—. Qué gran avance, sargento.

—Nada de eso —dijo el sargento Serna—. Y yo que creía que era toda una señora. Tenías razón, Huguito: se parece a la Gata.

—¿Lo ofendió, sargento? —dijo Huguito—. ¿La nombró a su mamacita?

Lo básico en la vida, recitó el rubiecito, es ser un vivo, un tramposo, aprovecharse de los tontos, ¿eso es lo básico, Mamita? Te enseñé a trabajar, dijo Mamita, a no depender de nadie. Eso. El rubiecito movió la cabeza: en eso sí tenías razón, Mamita, por cierto ¿qué te parecía el lugar? Bonito, dijo Mamita viéndolo de manera fugaz, lo único que no me gusta es el nombre. ¿El Jipijapa?, a mí me parece gracioso, dijo el rubiecito.

—Nada de eso —dijo el sargento Serna—: me ofreció plata. ¿Cómo dijo? —se rascó la cabeza, recordando—: ah, sí, le puedo dar un montón de plata, sargento.

—Eso sí es grave —dijo Huguito—. Así sólo empeora su situación, señora. ¿No sabe que es un delito grave sobornar a la autoridad?

—¿Saben qué? —dijo el sargento Serna—. Voy a hacer como si no hubiese escuchado nada. Ya está, ya me olvidé. ¿Plata dicen?, no sé de qué plata me están hablando.

¿Entonces?, dijo Mamita, ¿me vas a ayudar? El rubiecito empezó a comerse las uñas. A lo mejor sí, a lo mejor no. ¿Por qué tendría que hacerlo? Por los viejos tiempos, dijo Mamita, ¿no te crié como a un hijo?, ¿no te compraba las mismas cosas que a la Gata?, ¿no fueron los dos al mismo colegio? Los ojos del rubiecito de repente se llenaron de dulzura: ¿sabía dónde estaba?, ¿la habías visto últimamente, Mamita? ¿Estaba bien?

—Qué gran corazón tiene, sargento —dijo Huguito—. Cada día que pasa lo admiro más.

—Esa es mi gran debilidad —dijo el sargento Serna—. Pero muchos se aprovechan de eso. ¿No es cierto, Mamita?

—Me consta —dijo Huguito—. Todos abusan de usted sólo porque es buena gente, sargento. No hay derecho.

—Pero acá la señora no lo hará —el sargento Serna le quitó el lápiz y el papel a Huguito—. ¿Verdad que no me harás una cosa así, Mamita?

—La bondad no es algo que se mira todos los días —dijo Huguito—. Usted debe ser el orgullo de su familia, sargento Serna.

Ahora la veo casi todos los días, dijo Mamita, pero sigue en lo mismo. ¿Ves que ese es mi castigo?, ¿que esa es mi cruz? Era tan buena, dijo el rubiecito, ¿en qué momento se volvió así? A lo mejor cuando veía entrar y salir a esos hombres todos los días de la casa, dijo Mamita, ¿era un buen ejemplo ese? ¿No era un mal ejemplo el que le estaba dando? Ya ves, estoy pagando con creces.

—Hay que dejar a la familia fuera de esto —dijo el sargento Serna—. Los dos nombres y dónde están ahora, Mamita.

—Pero qué mujer más terca —dijo Huguito golpeando la mesa con la mano abierta—. Déme unos minutos con ella, de una vez. ¿Pero por qué me mira así?

Va a terminar mal, dijo Mamita moviendo la cabeza, al principio yo hacía todo lo posible para que cambie, ¿qué cosas no hacía?, pero apenas me descuidaba y ella ya estaba otra vez callejeando. A veces pienso que le gusta. Es que la cabra siempre tira al monte, reflexionó el rubiecito, pobrecita de mi hermana. ¿Ves?, dijo Mamita alegrándose, todavía somos una familia. ¿Me vas a ayudar? ¿Vas a decir que sí?

—Por miedo, ¿por qué más va a ser? —dijo el sargento Serna—. ¿No le hiciste todas esas maldades a Escarbino y a la pobre Gata? Todo el mundo te tiene miedo, Huguito. Menos yo, claro.

—A no ser que sea por eso —dijo Huguito—. ¿Me guarda rencor, señora? ¿Quiere hacer las paces conmigo?

Pero sólo por un tiempo, advirtió el rubiecito, y no te perdono todavía. ¿Crees que ya me olvidé de cómo me botaste?, ¿como si fuera un perro?, ¿un ladrón?, ¿una persona de lo peor? Mamita lo abrazó. Mientras lo hacía el rubiecito notó que empezaba a llorar. Pero eso sí, dijo el rubiecito despegándose de ella, nos tienes que echar una mano con el negocio, nada de vivir gratis aquí.

—Qué te va a guardar rencor —dijo el sargento Serna—. ¿No ves que ya está empezando a escribir? ¿Qué es eso? ¿Son nombres? ¿Direcciones?

Nos va a ayudar por un tiempo, les dijo el rubiecito, ¿entendido? Ah, se llama Pocha, y es una amiga de hace tiempo, así que me la tratan con cariño y respeto. Clavó la mirada en uno de ellos: Artemio, ¿podrías llevarla a esa habitación vacía que está al fondo del pasillo?

—¿En un colegio?, ¿con una hermana? —dijo el sargento Serna sosteniendo el papel—. Vaya lugares que eligieron las ratas para esconderse.

—¿Llamo al interior para que agarren a ese que está con la hermana? —dijo Huguito—. ¿Que se traigan también a la hermana, sargento?

—Así me gusta, Huguito —dijo el sargento Serna—. Cada día piensas más rápido.

—¿Y con este otro? —dijo Huguito—. ¿Vamos?

—¿El colegio Irlandés? —dijo el sargento Serna—. ¿Sabes dónde queda, Huguito?

¿Hola?, sí, buenas noches, ¿está su esposo, señora?, ¿no está?, ¿puedo charlar con usted un rato?, muy bien, mire, no se asuste, es algo sobre su hijo, no se movilice, no hagan problemas y no avise a la Policía, escúcheme, tengo que decirle algo, pero me gustaría hablar mejor con su esposo, ¿se puede?, ¿tardará mucho?, no grite, déjeme hablar a mí, ¿ya?, sí, no se alarme, su hijo está con nosotros, está bien, no le va a pasar nada, sólo estoy llamando para decirle que nosotros necesitamos plata, ¿sabe?, mire no es mucho, unos veinte mil, sabemos que su esposo trabaja en el banco Mercante, ¿no?, así que puede sacar un préstamo, ¿puede?, tiene que dejar la plata a las once de la mañana, ¿me está oyendo?, ¿conoce el parque Triangular?, sí, ahí mismo, a las once, al pie del monumento, no, no, ahí donde está la placa, exacto, un amigo va a estar esperándola, él se va a acercar, por favor venga usted sola, no avise a la Policía, no se preocupe, su hijito está bien, lo estamos tratando bien, sólo eso, dígale a su espo-

so bien clarito que no hable con la Policía, eso sí, porque
de lo contrario ya sabe, ¿entendido, señora?

—Espero que esta vez hagan bien las cosas —dijo
el jefe Castro—. Cacas, te estoy dando una última oportunidad, ¿entendido?

—¿Está seguro, jefe? —dijo el Cacas—. ¿No sería
mejor esperar un poco?

—¿Ahora lo defiendes? —dijo el jefe Castro—.
Quién los entiende a ustedes, carajo.

—A lo mejor el Cacas tiene razón —dijo Ortiz—.
¿Pasaría algo si esperamos un poco?

—Claro que pasaría —dijo el jefe Castro poniéndose de pie—. De vos lo puedo entender, Ortiz, pero de
este pelotudo del Cacas, no. ¿Qué les pasa a ustedes? ¿Por
quién me toman, mierda?

—¿A los dos dice, jefe? —dijo el Cacas—. Miéchica, eso sí que está complicado.

—Mejor váyanse —dijo el jefe Castro—, y no lo
arruines esta vez.

Los tres se cuadraron y salieron del despacho.
Afuera Zamora estuvo a punto de decir algo pero el Cacas se lanzó contra la pared y empezó a golpearla hasta
hacerse sangrar los nudillos. Zamora y Ortiz salieron del
despacho y se detuvieron en el pasillo.

—Vamos —dijo el Cacas ya afuera y sin mirarlos—. Vamos de una buena vez.

Caminaron por un tortuoso pasillo, cruzaron oficinas plomizas y llenas de personas que parecían aguardar
un trámite, una llamada, la aceptación de una visita; llegaron hasta una puerta custodiada por un guardia arma-

do. Éste, al verlos, la abrió y descendieron por una escalera de cemento. Mientras lo hacían iban sintiendo un olor profundo a humedad y alcohol medicinal. Cuando llegaron a la parte inferior giraron por otro pasillo pequeño, de paredes con rayones y mal iluminado hasta toparse de frente con una reja custodiada por otro guardia. Éste los vio, pero a diferencia del primero no la abrió hasta que el Cacas le mostró una credencial. Entraron los tres a una habitación estrecha, con dos puertas de madera a los costados.

—Hola —dijo el Cacas—. Huguito de mierda.

—Caquitas —dijo Huguito levantándose de la silla y lanzando un bostezo—. ¿Qué haces con esas dos señoras?

—Hola —dijo Zamora—, ¿así que durmiendo en horas de trabajo?

—Descansando los ojos nomás —dijo Huguito. Movió la cabeza, sus ojos enfocaron al guardia que les había abierto la reja—, ¿por qué ahora son cada vez más jovencitos?

—Será porque quieren darte gusto —dijo Zamora—. ¿No eres el consentido del jefe ahora? Ojalá hubiera sido yo quien atrapara a los Norteños.

—¡Ay, la envidia! —dijo Huguito—, ¿acaso es un pecado que uno haga bien su trabajo?

—Ya basta —dijo el Cacas—. ¿Dónde está Serna?

Huguito no tuvo que responder. En ese preciso instante se escuchó el ruido de un tanque de agua al momento de ser descargado, y luego se abrió una de las puertas y vieron salir al sargento Serna subiéndose el cierre del pantalón.

—¿Y esto? —dijo el sargento Serna viendo a los tres—. ¿Acaso no estaba prohibida la entrada a mujeres y niños? ¿Qué hacen acá estos tres, Huguito?

—No sé —dijo Huguito—. Parece que la guardia vieja no quiere que los jóvenes nos hagamos cargo de la situación, sargento. No se resignan todavía.

—Mejor cállate —dijo el Cacas, y Ortiz pensó: la noticia le ha caído como un balde de agua fría—. ¿No sabes todavía?

El sargento Serna sonrió, se sentó con calma en la silla donde habían encontrado a Huguito durmiendo. Los miró a los tres con un brillo de superioridad en los ojos.

—¿Saber? —dijo el sargento Serna—. ¿Qué tengo que saber?

—Tenemos que llevarnos a los que sabes —dijo Zamora—. El jefe dice.

—¿Cómo? —dijo el sargento Serna—. ¿Llevarlos dicen, Huguito?

—Eso dicen, sargento —dijo Huguito—. Qué se creerán estos gran putas, ¿no?

—Cuidado con esa boca —dijo el Cacas—. Cuidado, maraco.

—¡Uy, qué humorcito! —dijo el sargento Serna—. ¿Qué te hicimos, Cacas? ¿Por qué te las agarras con nosotros?

—Es cierto —dijo Zamora—. Órdenes del jefe Castro.

—Pues yo no sé nada —dijo el sargento Serna encogiéndose de hombros—. ¿Sabes algo, Huguito?

—Sólo sé que son unos atrevidos —dijo Huguito—. ¿Llevarse a dos presos así, sin más, como si fueran sillas? Qué descaro más grande, sargento.

—Mejor llama —dijo Zamora—. Vas a ver que te estás equivocando.

El sargento Serna se puso de pie. Fue hasta una esquina de la habitación. Ahí había un teléfono amarillo depositado en el suelo. Lo tomó, descolgó el tubo y discó. Aguardó un tiempo hasta que los otros lo vieron mover los labios de manera apresurada. Después de unos segundos colgó y volvió a poner el teléfono en el piso.

—Tanto problema para nada —dijo el sargento Serna—. ¿Así que ustedes se harán cargo?

—Ya ves —dijo Zamora—. ¿Dónde están?

—¿Dónde más van a estar? —dijo Huguito—. Ya se los traigo.

Huguito fue hasta la reja. Miró al muchacho y le sonrió.

—Tú ven conmigo —le dijo.

—Así que aquí se acabó todo —dijo el sargento Serna viendo a Huguito y al guardia alejarse por el pasillo—. Mierda, qué desgracia, ¿no?

—No se le hace eso a un compañero —dijo Ortiz.

—Ese ya no es nada nuestro —dijo el Cacas con violencia—. ¿Quieres que te pase lo mismo, Ortiz?

—¿Qué le pasa a éste? —dijo el sargento Serna—. ¿Te debe plata acaso?

—No es eso —dijo Zamora con una media sonrisa—. Lo que pasa es que…

—Te voy a romper la cara si sigues hablando —dijo el Cacas—. Mejor te callas.

—Si es por plata ya estás frito —dijo el sargento Serna—. Cóbrate con otra cosa, mejor.

—No es por plata —dijo Zamora—. Y sí, sí se quería cobrar con otra cosa pero no le salió bien. Por eso anda con ese humor.

El Cacas se mordió los labios. De pronto le saltaron las venas del cuello y ambos ojos se endurecieron.

—Mejor te callas —dijo el Cacas—, mejor te callas, Zamora.

—Ahí vienen —dijo Zamora sin escucharlo—. Ya están aquí.

El Cacas giró la cabeza en dirección al pasillo. A través de los barrotes de las rejas vio a los dos escoltados por el guardia y Huguito. Uno de ellos tenía la cabeza gacha y medía sus pasos para evitar que los zapatos se le salieran (no tenía las agujetas). Vio lamparones de sangre a la altura del saco y las perneras del pantalón. Por el contrario, el otro preso caminaba viendo hacia adelante. De pronto sus miradas se encontraron. El padre Vidal le sonrió como si hubiese reconocido a un viejo amigo.

—¿Diez años? —dijo Ossorio—. ¿Sólo diez años dices?

—La edad de mi hijo —dijo Ortiz—. Puta madre.

Ambos se detuvieron al pie de las escaleras que daban acceso al gabinete forense. Ortiz se limpió la comisura de los labios con los dedos.

—Ayer por la noche los padres recibieron una llamada —dijo Ortiz mientras bajaba los escalones—. Decían que tenían al chico y que querían veinte mil pesos. Parece que el papá del chico trabaja en un Banco.

—¿Entonces por qué lo mataron?, ¿por qué no fueron a recoger el rescate? —dijo Ossorio. Vio la puerta metálica con un cartel en letras góticas, difíciles de leer al primer vistazo y sólo inteligibles y descifrables después de mucho esfuerzo: gabinete forense, decía—. A lo mejor el chico los reconoció.

—Quién sabe —dijo Ortiz—. Los padres sospechan que fueron los alumnos del Irlandés. Hay que ir y hablar con el director.

Adentro todo estaba iluminado por una luz blanca, aséptica. Era un ambiente casi cuadrado con cinco mesas de disección cubiertas por pequeños azulejos celestes. Había tres cadáveres repartidos muy lejos entre sí. Bajo un foco desnudo reconocieron al forense García: tenía un barbijo cubriéndole la boca, guantes de goma transparentes y una bata verde claro con manchas grasientas por todos lados.

—Pobre muchachito —dijo el forense García alejándose de la mesa y llegando hasta los agentes—. ¿Ya estás bien, Ortiz?

—Ya —dijo Ortiz. Echó un vistazo por encima del hombro de García: vio un cuerpo blanco, menudo, una cabellera rubia desordenada: una abertura limpia, seca y sin una gota de sangre en medio del pecho—. ¿Y?

—Son unos salvajes —dijo el forense García. Se quitó el barbijo de un manotazo. Miró a Ortiz—. Nada nuevo: todo lo que te dije por teléfono está confirmado.

—¿La herida en la cabeza? —dijo Ortiz.

—Con la punta de algo —dijo el forense García. Levantó la mano, como si en el puño tuviese un objeto imaginario—. No creo que sea un cuchillo. Era algo más duro y puntiagudo, eso sí.

—¿Cuántas horas lleva muerto? —dijo Ossorio—. ¿Saben eso?

El forense García vio las mesas vacías antes de responder. Tal vez las contó mentalmente. Se veía cansado, envejecido, buscando una respuesta.

—Ayer a esta hora estaba todavía vivo —dijo—. Lo mataron al terminar la tarde.

—La llamada fue en la noche —dijo Ossorio.

Salieron luego de despedirse de García. Volvieron a subir las gradas pero esta vez sin hablar. Circularon por pasillos oscuros y mal ventilados, luego llegaron a un ascensor destartalado cuyas luces interiores no dejaban de parpadear. Ortiz pensó que así debió haber sido el interior de un animal prehistórico.

—Vamos donde los padres primero —dijo Ossorio—. ¿A qué hora de la noche fue la llamada?

El ascensor bajaba lentamente, sacudiéndose a veces y haciendo un ruido metálico lento y molesto. Al fin se detuvo. Las puertas corredizas tardaron en abrirse.

—A eso de las once —dijo Ortiz.

Estaban en el estacionamiento. Se dirigieron a la Brasilia que estaba cerca de un grifo que dejaba escapar pequeñas gotas sobre un balde a punto de rebalsar. Entraron casi al mismo tiempo.

—Mi esposa no deja salir a mi hijo —dijo Ortiz. Encendió el coche, subió la rampa: la calle estaba casi desierta—. A mí también me da miedo.

Llegaron hasta una esquina. Vieron pasar a un montón de gente cargando carteles y sábanas blancas con frases que no pudieron leer.

—Van a la marcha —dijo Ortiz—. ¿Crees que los dejen entrar?

—Lo harán —dijo Ossorio y recordó las imágenes que había visto mientras llegaba al Cuerpo luego de salir de casa: gente corriendo, personas en las calles llorando y después dos palabras que había escuchado y cuya resonancia lo había hecho estremecer: niño mártir—. Mira.

Ortiz observó: un río de gente circulaba con rapidez y desembocaba en el Palacio de Gobierno. Los policías los dejaban pasar e incluso algunos ayudaban a evitar el tumulto a las señoras que traían niños en brazos.

—Dice que va a dar un discurso —dijo Ortiz moviendo el volante—. Nadie se acuerda de los Apóstoles ya.

—Ni del padre Vidal —dijo Ossorio—. ¿Supiste?

—Sí —dijo Ortiz. Frenó, pues un grupo de señoras cruzó la calle casi corriendo. La mayor parte de ellas agitaba carteles en las manos y ahora sí Ossorio pudo leer el texto de uno de ellos: *Alfredo, mártir de los niños*—. Pero con esto ya nadie se acuerda. ¿Viste cómo sacaron a esas viejas de las iglesias? Supe que el Cacas y Zamora fueron los que llevaron a un montón de señoras para echarlas.

No, no había visto, pero había escuchado por radio la narración de cómo las habían sacado: imaginó a las huelguistas siendo jaladas de los cabellos, siendo golpeadas, arañadas por las uñas de las personas que ahora protestaban por la muerte del niño. Había sido un desastre: no se supo cómo pero alguien había pasado la voz y ahora, de las iglesias invadidas y desalojadas, la gente había empezado a marchar hacia la plaza Murillo.

—Ya llegamos —dijo Ortiz parando el coche—. Edificio Mercante, aquí es.

En las gradas había un hombre vestido con un mameluco azul. Desde ahí veía a los transeúntes con los ojos atentos, fulminantes. Ossorio recordó por un momento al Gordo.

—¿Sí? —dijo el hombre acercándose—. ¿Qué quieren?

—Policía —dijo Ortiz—. Venimos por lo del niño.

—¿Ya saben quién lo hizo? —dijo el tipo franqueándoles la entrada—. No hay derecho, carajo. Era un buen chico, educado, no como la mayoría de los de esta época. Me llamo Paulino. Soy el portero.

Paulino se detuvo frente al ascensor. Apretó el botón que tenía una flecha apuntando hacia el cielo. A diferencia del ascensor del edificio del Cuerpo, las puertas de éste se abrieron con rapidez.

—5B —dijo Paulino y antes de que la puerta se cerrara—: ¡fueron los del Irlandés, esos cabrones!

—¿Serán? —dijo Ortiz viendo el panel con los números.

—Si son va a ser un escándalo —dijo Ossorio apretando el 5—. El Irlandés, ¿no había estudiado allí esa chica?

—La nieta de Gómez —dijo Ortiz moviendo la cabeza de arriba hacia abajo. El ascensor se detuvo. Las puertas se abrieron. El 5B estaba justo al frente—. Puta, nos queda eso pendiente, Ossorio.

Salieron. Ossorio, no supo por qué, pero sintió cierto nerviosismo mientras se acercaba. Tocó el timbre. No salía nadie y cuando estuvo a punto de volver a hacerlo la puerta se abrió.

—Buenas tardes —dijo Ortiz bajando la voz—. Somos de la Policía.

Ossorio creyó reconocer al hombre. Lo había visto antes: ¿no era el vecino?, ¿el que había visto en la tele?, ¿era el mismo?, ¿el de los lentes?

—¿Ya saben quiénes son? —dijo el hombre—. ¿Ya los tienen?

—No —dijo Ossorio—. Queríamos hablar con los papás. ¿Se puede?

El hombre dio vuelta, dejando la puerta abierta. Ortiz y Ossorio dudaron en ingresar. Al final Ortiz dio el primer paso y el otro agente lo siguió.

—No creo que puedan —dijo el hombre viendo la puerta cerrada de una de las habitaciones—. No quieren ver a nadie. Soy el vecino del piso de arriba.

—¿No hay nadie más? —dijo Ortiz—. ¿Algún familiar?, ¿alguien?

—Yo ayudaba a buscarlo —dijo el vecino sin responder a la pregunta—. Cuando regresamos de la calle ya habían llamado.

—¿A qué hora fue eso? —dijo Ossorio—. ¿A las once?

—Sí —dijo el vecino. De pronto se golpeó la frente, como si recordara algo—: Oscarín, ven.

Vieron aparecer a un niño regordete, de cachetes inflados y ojos negros.

—Este es mi hijo —dijo el vecino tomando al niño de la mano—. Oscarín, diles lo que me acabas de contar.

Ortiz se puso de cuclillas. Intentó sonreír, pero no pudo.

—¿Contarnos? —dijo Ortiz—. ¿Qué tienes que contarnos?

El niño bajó la mirada. Va a llorar, pensó Ossorio. Pero el niño no lo hizo en ese momento: sólo bajó la cabeza y gimoteó un poco, luego volvió a levantarla y vio el rostro de Ortiz a través de una lámina de lágrimas.

—Fue a cambiar unos casetes de Atari —dijo el vecino—. A donde un tipo que vive en el colegio Irlandés.

—¿Hace cuánto le dijo eso? —dijo Ortiz—. ¿Por qué no nos llamó antes?

—Me lo acaba de decir —dijo el vecino—. Cuando tocaron el timbre estaba levantando el teléfono para avisar. Vayan ahora, a lo mejor todavía esté.

El vecino volvió a decir lo que el niño le había contado: que Alfredo había ido solo, que había saltado el muro, que el tipo podía estar allí todavía, que había una puerta que daba a ese terreno baldío, sí, ese, el mismo donde lo habían encontrado. Que no había hablado antes porque tenía miedo. Que el tipo se llamaba Aquiles.

Ossorio y Ortiz salieron corriendo. Esta vez bajaron haciendo un ruido seco por los tacos de sus zapatos chocando contra las baldosas de las gradas. Alcanzaron el *hall*. Paulino los vio desconcertado. Ossorio le preguntó cómo se llegaba al patio trasero. El portero no respondió: señaló una puerta y unas gradas estrechas. Ahora bajaron con más calma. Ossorio tocó por encima de la tela del saco: ahí estaba la Browning, angulosa, dura, pesada.

Atravesaron el patio esquivando la ropa tendida. Vieron el muro. Ortiz contó mentalmente hasta tres antes de saltar y subir sobre él. Ossorio, sin embargo, ya lo había hecho y lo esperaba de cuclillas al otro lado. Desenfundaron sus armas y fueron subiendo la pendiente sintiendo un calor extraño, algo morboso, seminal, mientras se acercaban a un hoyo rodeado por una cinta amarilla. Ahí estaba la puerta blanca, de madera, al pie de ella un solo escalón deforme de cemento. Ossorio vio a Ortiz y éste le dijo que sí con la cabeza: Ossorio no tomó impulso, sólo estrelló la planta del pie y la puerta se abrió con lentitud y sin hacer ruido.

HABLE DE UNA vez, ¿por qué me llamó sino?, mire el partido más bien, qué bien que se vino como le dije, ni yo lo reconocería vestido así, qué lentes más oscuros, ¿qué quiere?, ¿por qué los atormenta así?, mire qué bien patea ese, ¿vio?, mejor me voy, está usted enfermo, ¿y sabe qué?, lo voy a denunciar, a ver si… ssttt, silencio, no grite, o grite cuando metan un gol, carajo, otra vez falló, ¿qué quiere?, usted no entiende, señor, yo les estoy haciendo un favor más bien, quédese callado un ratito, mire el partido, haga como que le gusta, ¿le gusta el fútbol?, no sé qué tiene que ver, sólo estoy rompiendo el hielo, qué bueno que vino, tengo algo que decirle, eso ya lo sé, ¿por qué mira tanto a los costados?, por si nos están investigando, por si me están siguiendo, pero no hay nadie, aunque quién sabe, ¿ve a ese vendedor de helados?, sí, ese podría ser un informante, un soplón, y podría estar oyendo todo lo que estamos hablando, ¿es algo ilegal?, para usted no, para mí sí, pero eso depende de usted, yo sólo quiero sacarme la culpa: nada más, ¿alguna vez usted se ha arrepentido de algo?, no entiendo a dónde quiere llegar, sólo responda: ¿se arrepintió alguna vez?, claro, como todo el mundo, ¿pero alguna vez ha hecho todo lo posible por remediarlo?, claro, ¿está usted bien?, estoy bien, gol, carajo, ¿está ciego este cabrón?, estaba adelantado, no fue gol, ¿ve cómo la gente se decepciona?, claro: su equipo va perdiendo, se entiende, sí, yo estoy así o quizá peor, pero eso va a cambiar a partir de hoy, está loco, no entiende las cosas que dice, tal vez, pero prefiero eso a seguir mintiendo, ya, hable de una vez, silencio, viene el vendedor de refrescos, ¿quiere uno?, no gracias, yo sí, tengo seca la boca, déme uno por favor, gracias, ¿notó cómo me miraba?, no, a ver espere un momento, me miraba como si me reconociera, creo que es un soplón, ¿tan grave es?, muy grave, pero al fin voy a poder hacer algo bueno, ¿sabe?, usted está mal, mejor me voy, tranquilo, suélteme, tranquilo, no se sulfure, siéntese un rato, vea el partido, que crean que estamos hablando del partido, ¿ve?, qué, esa señora nos está mi-

rando, tiene cara de ser toda una soplona, cállese un ratito, vamos a esperar y luego le cuento.

—Qué feo está —dijo Huguito—. ¡Y qué fuerte
pega, sargento! ¿Ve este moretón en mi cuello?
    —No es hora de vengarse todavía —dijo el sar-
gento Serna—. Hay que esperar un rato, no impacientar-
se. Ya deja de quejarte, Huguito.
    —Pero este es del gremio —dijo Huguito—. Es-
te otro sí está bonito, me gusta, ¿no le parece, sargento?
    Ya era hora que aparecieras, dijo el tío, ¿estás es-
cuchando? Hola, dijo el Primo, hola, dijo la Morsa. Ya
vuelvo, dijo el tío de la Morsa, vio al Primo, le tocó el
hombro, ¿quieres algo de comer? Sí, dijo el Primo sonriendo. Luego vio a la Morsa: ¿y tú? Él nunca tiene hambre, dijo el tío. La Morsa se había agazapado en un rincón de la habitación. Tenía la espalda apoyada contra la
pared, los brazos a los costados del cuerpo: le gusta la leche caliente, no más.
    —Lástima que esté en el bando de los malos
—dijo Huguito—. ¿Por qué será que nunca tengo suerte, sargento?
    —Y yo qué sé —dijo el sargento Serna—. Pero
eres suertudo en otras cosas, Huguito.
    —¿Yo? —dijo Huguito—, ¿en qué tengo suerte?
A ver, dígame. Me gustaría saber.
    —En qué va a ser —dijo el sargento Serna—: ¿te
parece poco ir al colegio y encontrar a estos dos? Por cierto, qué cara pusieron.
    No hagan nada, dijo el tío, ahora vuelvo y tú, feo,
pon agua en la caldera. Oye qué buena gente es tu tío.

¿Por qué no me hablas? ¿Estás enojado conmigo? La Morsa se encogió de hombros, se movió de donde estaba: justo al frente había una cocinilla de dos hornallas. Tomó una caldera vieja, llena de hollín en los costados, la movió y escuchó el ruido del agua agitándose dentro.

—La cara que puso el feo —dijo el sargento Serna—. ¿Le dirán por eso la Morsa?

—Será por eso —dijo Huguito—. ¿Qué estamos esperando, sargento?

—Una orden —dijo el sargento Serna—. ¿Y tú, Mamita, por qué tan callada? Y tan parlanchina que estaba hace rato. Quién entiende a las mujeres.

—A lo mejor está preocupada por lo que le vayan a hacer estos dos cuando los dejemos solos —dijo Huguito—. Qué traidora, carajo. Es lo peor que puede hacer un ser humano. La traición no ennoblece el alma, la empobrece más bien.

—Eres todo un filósofo, Huguito —dijo el sargento Serna—. Lástima que seas maricón.

Tu tío sí que es buena gente, repitió el Primo, ¿de veras estás enojado? No me gusta hablar, dijo la Morsa, vio las llamitas de la hornalla chocando contra la base de la caldera. ¿Te da miedo que no te entienda?, dijo el Primo. ¿Es eso?, si hablas despacito se entiende. ¿Es por eso que no te gusta hablar? ¿No estábamos hablando el otro día tanto tiempo? La Morsa no respondió, fue hasta la cama: había un desorden de almohadas, colchas y sábanas y, a un extremo, tirado de costado, el pote de vaselina sin la tapa. Hoy es mi cumpleaños, dijo el Primo, con tu tío fuimos a pasear, al cine y luego vinimos aquí. ¿En serio no querías venir?, ¿dónde estabas? En la calle, dijo la Morsa, ¿no me preguntas cuántos años tengo?, dijo el Primo. La Morsa no respondió: ¿también lo hacía con él?, ¿le gustaba?, ¿tenía que obligarlo como en su caso? ¿No me preguntas?, volvió a decir el Primo. Trece, dijo la Morsa, ¿estás seguro?, dijo el Primo sonriendo, la Morsa se encogió de hombros, no sabía, tal vez. No, catorce, dijo el Primo, como tú. Ya tenemos la misma edad, Morsa.

—¿Y no me deja probarlo antes? —dijo Huguito—. Con una sola vez yo estoy más que contento, sargento.

—No —dijo el sargento Serna—, ¿cómo tienes ganas después de todo lo que ha pasado?

—Es mi constitución, sargento —dijo Huguito—. ¡Uy!, mire cómo me está viendo el feo.

—A lo mejor él sí quiere —dijo el sargento Serna—. ¿No te estaría acariciando más bien? ¿No serían caricias en vez de golpes?

—Eran golpes —dijo Huguito—, qué buenos cabezazos da, sargento, y cómo maneja los pies. Hasta parece de nuestro equipo.

—¿Del equipo de los maricones? —dijo el sargento Serna—. Te recuerdo que yo tengo los huevos bien puestos, putón.

—No —dijo Huguito—. Del Cuerpo, parece del Cuerpo. ¿No le parece raro cómo peleaba?

¿Ya está el agua?, dijo el tío de la Morsa, ¿ya está el café? Ya está, dijo el Primo: ¿y eso? Vamos a comer, vamos a seguir festejando tu cumpleaños, Primo. ¿Y él también?, hasta en eso es un mariconazo, dijo el tío, hay que aplastarle la comida, ¿no ves el huecazo que tiene en la cara?

—Teléfono —dijo el sargento Serna—. ¿Contestas, Huguito?

—Mejor usted, sargento —dijo Huguito—. No pierdo todavía las esperanzas de probar a este chiquillo.

—Un inferior dando órdenes a un superior —dijo el sargento Serna—. Te perdono sólo porque nos libramos de la frontera. ¿Hola?, sí, Serna a la orden.

Voy al baño, dijo el tío de la Morsa. Los tres estaban sobre la cama. Miró el plato lleno de huesitos desnudos, chupados, sin carne. Quiero ver limpio todo esto cuando vuelva, dijo el tío. La Morsa se puso de pie de un brinco, recogió los platos, las tazas aún con café. ¿Te ayudo?, dijo el Primo. La Morsa negó con la cabeza. ¿Le tienes miedo?, dijo el Primo. La Morsa no dijo nada. El Primo lo vio moverse con rapidez, sin levantar la vista de las cosas que manipulaba. Parece un esclavo, pensó.

—Listo —dijo el sargento Serna colgando el teléfono—. Huguito, papel y lápiz.

—¿Otra declaración, sargento? —dijo Huguito—. ¿Ahora sí puedo? ¿Hay tiempo todavía?

—No, arrecho —dijo el sargento Serna—. Vamos a hacer un sorteo.

—¿Un sorteo? —dijo Huguito—. ¿Un sorteo dice?

—El que gana pierde —dijo el sargento Serna—. Haz pedacitos y dibujá una equis.

—¿El que gana pierde? —dijo Huguito—. Qué raro suena, ¿no?

¿Por qué odias a tu tío?, dijo el Primo, ¿por qué si es tan buena gente? ¿Me estás oyendo?

—¿Así? —dijo Huguito—. ¿Está bien así?

—A ver —dijo el sargento Serna—. Bien, ¿seguro que hay una equis, Huguito?

—¿No me deja ni un ratito con él, sargento? —dijo Huguito—. ¿Ni un ratito siquiera?

—No —dijo el sargento Serna—. Y obedece de una vez, arrecho.

—YA SE CALLARON otra vez —dijo Zamora—. ¿No estarán tramando algo?

—Más les vale que no sea así —dijo el Cacas—. Qué manera de hablar.

—¿Ya no estás enojado? —dijo Zamora—. Como si fuera nuestra culpa las cosas que te pasan. Qué carácter el tuyo.

—¿Qué harías en mi caso? —dijo el Cacas—. ¿No habrías hecho lo mismo?

—Mejor se callan —dijo Ortiz—. Un poco más de respeto, por lo menos.

—Voy a hablar todo lo que me dé la gana —dijo el Cacas—. ¿Te importa?

—Mira cómo hablan —dijo Zamora—. ¿Qué le estará diciendo el curita?

—Huevadas —dijo el Cacas—. ¡A ver si se callan, mierda!

—Ya está —dijo Zamora—. El curita te está viendo. Mira cómo te clava los ojos, Caquitas.

—Mejor no te distraigas —dijo Ortiz—. Nos vamos a chocar por tu culpa.

—¡Qué miras! —dijo el Cacas—. ¿Te gusto, maricón?

—Es peor si te alteras —dijo Zamora—. ¿No ves que sólo quiere meterte miedo? Esa es su técnica.

—Ya están hablando otra vez —dijo el Cacas—. Esto confirma nomás que es un traidor.

—No es —dijo Ortiz—. No entiendes nada, Cacas.

—Mejor te callas —dijo Zamora—, ¿no ves que te puede tocar lo mismo? Si sigues así tarde o temprano te va a pasar lo mismo.

Nadie habló por algunos segundos. Sentían el movimiento incómodo y oscilante de las llantas pisando el terreno informe de la carretera.

—La cara que va a poner —dijo el Cacas—. A lo mejor si la consuelo…

—Te va a dar una patada en los huevos —dijo Zamora—. ¿No ves que era tu última oportunidad? Ya no tienes nada que hacer, Cacas. Resignación. A buscar a otro lado.

—Las mujeres son raras —dijo el Cacas—. ¿Y si de pronto me dice que sí?

—¿Ya llegamos? —dijo Zamora—. ¿Es ahí?

—Falta —dijo el Cacas—. ¿No te acuerdas ya, Zamora?

—Hace tiempo que no vengo por aquí —dijo Zamora—. Mira, ya hay casitas por todos lados. ¿No era esto puro cerro?

—Yo vine hace poco —dijo el Cacas—. Tampoco me acordaba por dónde era. Estuve perdido más de media hora.

—Ya se callaron otra vez —dijo Zamora—. ¿No escuchaste qué se decían, Ortiz?

—Ya parece uno de los Apóstoles —dijo el Cacas—. Habría que darle también a él.

—Lo que pasa es que no sabes qué hacer —dijo Ortiz—. ¿Te cagaron todos tus planes, no, Cacas? Por eso estás así.

—Ahora se van a pelear —dijo Zamora—. Mejor paras y se agarran a trompadas, así el curita aprovecha para escapar. ¿Les gustaría eso? La cara que pondría el jefe, caracho.

—No digas eso ni en broma —dijo el Cacas—. ¿No ves que tenemos que hacer el trabajo así no te guste, Ortiz?

—¿Y si nos atacan? —dijo Zamora—. ¿Y si los Apóstoles salen detrás de ese cerro y nos matan?

—El jefe es una mierda —dijo el Cacas—. Todos están armados, ¿no?

—¿Miedo? —dijo Ortiz—. ¿Tienes miedo ahora, Cacas?

—Sólo somos tres —dijo Zamora—. Si se aparecen los Apóstoles ya nos fregamos. Morir a mi edad, no es justo.

—Te voy a dar miedo cuando me baje y te rompa la jeta —dijo el Cacas—. Eres un imbécil, Ortiz. ¿Por qué lo sigues defendiendo?

—No lo defiendo —dijo Ortiz—. ¿A ver por qué no le dices lo que ibas a hacer? El que le tiene miedo eres tú, más bien.

—Ya, ya, ya no se peleen —dijo Zamora—. ¿O quieren que los Apóstoles nos agarren descuidados?

—Deja de meter miedo —dijo el Cacas—. ¿Qué? ¿Ya están volviendo a hablar?

—Mejor nos ponemos alertas —dijo Zamora—. A lo mejor están planeando cómo escapar.

—Voy a parar un rato —dijo el Cacas—. Voy a ver qué tanto hablan estos conchudos.

Sí, sí, ¿ME escucha?, sí, adelante, ¿qué pasa, Cacas?, la cosa se está poniendo fea, jefe, ¿es cierto lo de las viejas?, ¿ha salido bien entonces? sí, es cierto, hubiera visto cómo las sacaban, jeje, no podíamos hacer nada más que mirar, pero el problema es que las cosas se han salido un poco de control, ¿no decía que las conocía ese huevón de Zamora a las viejas?, sí, sí, y yo también pero a algunas nomás, lo malo es que después de la iglesia se han venido acá, ha sido una cosa bien rápida y un poco rara, jefe, ¿dónde?, de eso quería hablarle, jefe, estamos aquí con Zamora en la esquina del Palacio, ¿norte, sur?, ¿crees que soy un adivino, carajo?, perdón, jefe, norte, hay un montón de gente viniendo hacia el Palacio, ¿gente?, no me digas que son Apóstoles, no, es el mismo viejerío, el mismo que llevamos a sacar a las huelguistas de las iglesias, ahora sí que no entiendo, Cacas, yo tampoco entiendo mucho, jefe, pero creo que es por lo del niño ese, a ver un ratito, jefe… hola, hola, jefe, sí, son las mismitas, Zamora las reconoce a casi todas, pero ahora es por eso del niño, ¿cuántas son?, como cien, pero bien armadas, ¿armadas?, sí, con cuchillos, palos, piedras, ¿y de dónde han salido todas esas cosas?, ¿el plan no era que tenían que ir desarmadas?, sinceramente no sé, jefe, ¿cómo que no sabes?, ¿no estaban a cargo de eso ustedes dos, cretinos?, en la iglesia no había nada, yo estaba ahí, hasta adelante estaba, haciendo que rezaba, jefe, las estaban sacando a puro puño, a mordiscos, arañazos, sopapos, no había esas cosas, pero ahora es por lo del niño, hay carteles por todas partes, ¿carteles?, justicia para Alfredo, niño mártir, mártir de todos los niños, el santo de los niños, esas cosas dicen, mierda, ¿ya están ahí los guardias?, ya están llegando, pero hay más gente que se está metiendo a la marcha, ese es el verdadero problema, ahora sí son hartas, jefe, mirá Cacas, fijate bien lo que quieren, ¿puedes meterte?, puedo, hola, hola, ¿estás ahí, Cacas?, aquí estoy, mire jefe que ahora ya no hay sólo viejas, hay niños, señores, chiquillos de colegio, es por lo del niño, hay que tener cuidado, Cacas, ¡si se meten los Apóstoles por ahí, estamos cagados!, mierda, qué pasa, ahora están destrozando cosas, jefe, un auto, ¡no cierre!, qué pasa, es que están cerrando las puertas de la tienda desde donde le estoy llamando, ¡Zamora!, así está bien, ya Zamora los ha encañonado a los dueños, está grave, jefe, los guardias sólo van a resistir un rato más, ya se han tirado un auto y le están metiendo fuego, jefe, mirá Cacas, quédense ahí, métanse entre la gente y llamáme después de un rato, confirmen si no es parte de las huevadas de los Apóstoles, jefe, jefe, qué, ¿sigue ahí?, jefe están entrando a los negocios, ¿y los guardias?, jefe: los guardias hace rato que han desaparecido.

—No hay nadie —dijo Ossorio—. ¿Y eso?

La habitación estaba en completo desorden. A un primer vistazo daba la impresión de que dentro se hubiese desarrollado una pelea salvaje. Un par de sillas se hallaba en el suelo, el colchón de la cama estaba destripado (Ossorio pensó en alguien con un cuchillo) y podía verse el interior invadido de resortes torcidos y pedazos de esponja; había ropa desperdigada por todas partes y, lo más visible, una sombra oscura y pegajosa en el piso.

—Parece una mancha de sangre —dijo Ortiz acercando la cara—. Creo que fue aquí, Ossorio.

El agente fue hasta la otra puerta. Estiró la manga del saco, se cubrió la mano, tomó el pomo y la abrió despacio, viendo con cuidado por la abertura.

—Da al colegio —dijo Ossorio—. Vamos.

Salieron después de haber guardado sus armas. Ossorio vio una cancha llena de sol, rodeada por una valla olímpica: al fondo se dibujaba, nítido, uno de los bloques del Irlandés.

Al principio no supieron adónde dirigirse, pero luego de un par de minutos fueron hacia un callejón que parecía llevar a las oficinas. En ese momento sonó un timbrazo largo y agudo. Ossorio escuchó gritos lejanos, pisadas sonoras, como las que producen las herraduras de los caballos y luego carreras desesperadas. Vieron aparecer de todos los rincones a alumnos vestidos con uniformes verdes. Ortiz detuvo a uno del brazo y le preguntó dónde estaba la dirección. Era un chico de mirada insolente y rasgos similares. El muchacho sonrió primero como intentando hacerse el gracioso, sin embargo luego de ver la cara de Ortiz señaló con la cabeza a un costado del pasillo donde se hallaban. Ortiz lo soltó. La dirección estaba a la derecha del callejón, casi al final del mismo. Era una construcción toda pintada de blanco con balcones de madera coronados por flores multicolores. Caminaron con calma y subieron las gradas. Frente a ellos apareció una puerta de vidrio y, detrás, una secretaria sentada ante un escritorio.

—Buenas tardes —dijo Ossorio ingresando.

La mujer levantó la cabeza. Sus ojos, por unos segundos, reflejaron cierta incredulidad al verlos parados frente a ella.

—Policía —dijo Ortiz.

La mujer se puso de pie. Pasó al lado de ellos casi corriendo hasta la puerta de vidrio sin decir nada. Los dos agentes vieron cómo le echaba seguro.

—¿No tendrían que llamar antes? —dijo escandalizada—. ¿Quién los dejó entrar?

Ossorio y Ortiz no respondieron.

—Están abusando —continuó la mujer jalándose los dedos nerviosamente—. No sabemos nada. ¿No pueden entender eso? ¿Por qué nos martirizan así?

—Entramos por atrás —dijo Ortiz—. ¿Podemos hablar con el director?

La mujer se mordió el labio inferior. Ossorio pensó que iba a decir algo más o que por lo menos haría un movimiento brusco, violento: que se jalaría de los pelos, que se tiraría al suelo, que echaría espumajos por la boca. Sin embargo, la secretaria dio vuelta sin pronunciar palabra y se dirigió hasta una puerta de madera oscura que estaba detrás de ella: la abrió un poco sin tocar antes, metió la cabeza por el pequeño espacio y dijo en voz baja algo que los dos agentes no pudieron descifrar. Sólo después de esos segundos volvió el rostro para mirarlos y terminó de abrir la puerta.

—Pasen —dijo.

Ingresaron a una sala cuyos estantes se hallaban atiborrados de trofeos relucientes de todos los tamaños. Había banderas con los colores del colegio: verde y blanco en franjas horizontales y también fotografías de cursos enteros formados en filas, como si se hubiesen parado sobre una gradería: en la última línea de alumnos, en la de abajo, había un profesor o profesora en una silla mirando directamente a la cámara.

El director era un tipo bajito, con lentes cuyos cristales eran de un verde profundo, como un fondo marino, llevaba el pelo engominado y un traje marrón con rayitas blancas. Se hallaba sentado detrás de un escritorio.

—Antes, me gustaría saber quiénes son —dijo. Tenía una voz chillona, de vieja histérica—. ¿Quiénes son? ¿Por dónde entraron?

—Yo soy Ortiz y él es Ossorio —dijo Ortiz—. Entramos por un habitación de la parte de atrás. ¿Así está bien?

El director palideció. Ensayó una sonrisa, pero sólo quedó en eso pues se esfumó a los pocos segundos: Ortiz se había sentado de un brinco en uno de los vértices del escritorio.

—A mí no me van a meter miedo —dijo viendo a ambos de forma alternativa—. El colegio Irlandés no tiene nada que ver con lo que pasó. Lo lamentamos, pero no tenemos nada que ver.

—Eso está por verse —dijo Ossorio señalando con el dedo índice el suelo del despacho del director—: hay un chiquillo que dice que el niño muerto conocía a alguien de aquí.

El director parpadeó detrás de los lentes. Ossorio imaginó un par de ojos diminutos, chiquitos, dos tajos efímeros que apenas dejaban ver lo que había dentro. Pensó en ese dibujo animado torpe y estúpido pero afortunado en todas las ocasiones y que tanto hacía reír a Mariela cada vez que lo veía: Mister Magoo.

—Eso es imposible —dijo el director. Bajó la vista, revisó unos papeles—: el niño no estudiaba aquí. No era parte del alumnado. Ahora, cómo llegó a nuestra propiedad, eso es algo que ustedes deben averiguarlo y no nosotros.

Ortiz se puso a jugar con un lápiz que recogió de encima del escritorio. Lo iba golpeando en la superficie, primero despacio y luego con furia.

—No me va a meter miedo —dijo el director amagando ponerse de pie—. ¿Eso es todo?

—No —dijo Ortiz. Miró al otro agente—: a ver, Ossorio.

—¿Trabaja acá un tal Aquiles? —dijo Ossorio—. Le queremos hacer unas preguntas.

Ahora sí el director se puso de pie. Tenía los puños cerrados y la boca apretada.

—¿Aquiles? —dijo el director despegando los labios, parpadeando como una lechuza—. Es un buen muchacho, ¿qué quieren de él?

—Ese chiquillo dice que el niño muerto vino a verlo antes de desaparecer —dijo Ortiz. Bajó del escritorio con el lápiz en las manos, se acercó al director y empezó a golpearlo con la parte de la goma en uno de los cachetes—. ¿No le parece raro? ¿Viene donde ese Aquiles y luego nadie lo vuelve a ver? ¿Y luego encuentran su cadáver? Siendo usted, yo sí estaría preocupado.

—Deje —dijo el director echándose para atrás—, oiga, ¡no sea atrevido!

—¿Sabe qué hace el general Molina con los violadores? —dijo Ossorio como si hablara consigo mismo—. Mejor no se lo digo, y peor aún con los que ayudan.

El director se dirigió hacia la puerta a grandes trancos. La abrió y ordenó algo a la secretaria. ¿Qué poder tenía el Gusano que hacía que hasta los más machos se mearan con sólo escuchar que lo nombraban?, pensó Ossorio.

—No van a sacar nada de él —dijo el director volviendo al escritorio. Intentó organizar los papeles pero fue un fracaso: las manos le temblaban sin control—. Su tío y su mamá son grandes personas, lo puedo garantizar.

Después de unos minutos escucharon dos tímidos golpes en la puerta. El director dijo adelante: apareció una mujer seca, asustada y de cabellos canos.

—Señora —dijo el director con calma—. Perdone que la haga venir, pero estos señores vienen a hablar con Aquiles. ¿Está?

Abriendo los ojos de manera desmesurada la mujer vio a ambos agentes. Ossorio vio una nariz afilada cuya respiración era demasiado acelerada.

—¿Por qué se lo llevaron así?—dijo con una vocecita quebrada—. ¿Dónde está?, ¿qué le van a hacer?, ¿puedo ir a verlo?

—¿Se lo llevaron? —dijo el director—. ¿Y el señor Cerdán sigue de viaje? ¿Puede venir él a explicarnos?

—¿Quiénes se lo llevaron? —dijo Ortiz—. ¿Fue la Policía?

La mujer dijo que no con la cabeza.

—Unos de civil —dijo. Vi a los agentes—: así como ustedes. Uno de chamarra y otro de terno. Yo estaba escondida. Por eso no me vieron.

—No entiendo nada —dijo el director—. No entiendo nada.

Ortiz lo hizo callar llevándose el dedo índice a los labios. El director dio un fuerte suspiro y luego se analizó las uñas, como buscando algo perdido.

—¿Unos hombres? —dijo Ossorio—. ¿No decían nada, sólo se lo llevaron?

—Se los llevaron a los dos —dijo la mujer: los dedos de la mano derecha hicieron una V—. A ese su amigo y a él.

—¿Cómo se llama el otro? —dijo Ortiz—. ¿Sabe?

—A mí no me gusta ese otro chico —dijo la mujercita—. Le dicen Primo, pero no sé si será su verdadero nombre. Seguro que no.

—Va a tener que venir con nosotros —dijo Ossorio—. Vamos, señora.

La mujer se cruzó de brazos.

—Uno se llamaba Huguito —dijo con rapidez—. El de la chamarra le decía Huguito a cada rato. ¿Por qué me van a llevar? ¿Qué hemos hecho?

Ortiz dejó caer el lápiz. Lo vio rodar por el suelo

y sólo lo detuvo después de unos segundos con la punta del zapato.

—¿Cómo? —dijo Ossorio—. ¿Cómo dice?

Los ojos de la mujer se llenaron de lágrimas, sin embargo por más esfuerzos que hizo ni una de ellas logró salir.

—Huguito —repitió la mujer—. Así le decía el otro, el de la chamarra. ¿Qué va a pasar con mi hijo?

En eso volvió a tocar el timbre: Ossorio imaginó a los alumnos vestidos de verde retornando a las aulas luego del recreo, hablando estupideces, empujándose entre sí, sentándose en las bancas: oyendo luego lo que decía un profesor sin rostro.

Lo ÚNICO QUE no me gusta del fútbol es eso, las trompadas, ¿me va a decir ahora qué quiere?, ¿para qué reclaman si el árbitro ya cobró?, me voy, usted me está tomando el pelo, espérese un rato, a ver, agáchese, haga como si se le hubiese caído algo, ¿por qué tiene miedo?, sólo agáchese un poco, así, ¿se le cayó una moneda, señor?, así está bien, mire, ¿sabe quién soy yo, no?, ¿se acuerda de mí?, claro que me acuerdo, bueno, mire, yo estoy acá porque quiero contarle la verdad, ¿entiende?, la verdad de qué, ya sabe de qué, no se haga, así está mejor, mejor nos levantamos, puede haber alguien que sospeche vernos tanto tiempo agachados, ¿por qué hace esto?, oiga, le estoy hablando, ahora vuelven a jugar, como si nada hubiese pasado, ¿sabe que el fútbol empieza a gustarme recién ahora?, antes no me importaba, la verdad, cuando era niño mis amigos decían que era un maricón porque no jugaba con ellos, pero en estos últimos meses no me pier-

do ningún partido, ¿vio eso?, los árbitros sí que están cie-
gos, carajo, bueno, le decía que… espere, espere, mire, me
voy a parar, voy a dar una vuelta y regreso, ¿por qué, hay
alguien?, me pareció ver a un conocido, tal vez esté aquí
sólo para ver el partido o tal vez ya se huelen algo y me están siguiendo, ¿no sería raro eso?, a mí no me interesa la
política, a mí tampoco, pero usted sabe, a veces hay que
meterse por otros asuntos, ¿acaso no se da cuenta?, esto
podría pasarle a usted también, ¿no está aquí por eso?, estoy acá porque son mis amigos, porque los conozco, por
eso, ya sabía, sólo quería ver cómo reaccionaba, ¿ve a ese?,
sí, lo conozco, es del Cuerpo, espéreme un rato, voy a saludarlo… ¿y?, ¿le dijo algo?, el muy conchudo está con su
amante, ¿la ve?, ésa, la de rojo, ¿no está acá por usted, digo, por nosotros?, no, aunque quién sabe, ¿entonces por
qué no nos vamos?, puede salir usted primero y luego yo,
jeje, no, no, esto no es una película, ojalá fuera, pero no
es, cuénteme de una vez, ¿por qué tarda tanto?, es que no
puedo soltárselo así, de una sola vez, esperemos a que esos
dos charlen un poco, que hagan sus cositas, que se olvi-
den de nosotros, ¿lo conoce bien?, sí, trabaja conmigo, no
le hablo mucho, pero a lo mejor la otra también podría
ser una soplona, ¿sospechan de usted?, sospechan de todos, pero sí, a lo mejor sí sospechan, veo soplones por todas partes, a lo mejor sólo son invenciones suyas, los nervios, ¿los nervios dice?, si le contara las cosas que vi, que
hice… ¿le pasa algo?, no, nada, a veces me pongo así, mire, ¿puede ir a comprar algo?, así el tipo que está allá va a
dejar de mirarnos a cada rato, ¿nos está mirando?, hace rato, ¿no le dije que había que tener cuidado?, lo saludó, sí,
y acaba de levantar su botella de cerveza, sí, ¿y conoce a la
mujer?, no, pero no es su esposa, eso sí, mejor vaya a comprar algo, tárdese lo más posible, cuando vuelva empiezo

a contarle, ¿quiere algo?, no, nada, ah, una cosa más, qué, fíjese bien si alguien lo sigue.

¿Y SI NOS vamos?, dijo el Primo, ¿y si hacemos este último trabajo y después nos retiramos? Escarbino terminó de abrir la puerta. El Primo entró y se lanzó sobre la cama cayendo con todo su peso. La vas a romper si sigues haciendo lo mismo, dijo Escarbino, pareces un chiquillo, Primo. Cerró la puerta: ¿irnos? No confío en la Morsa, dijo el Primo. Acomodó la cabeza en la almohada, vio el techo: era una superficie construida a base de bolsas de arroz. ¿No te decía?, Escarbino lanzó el llavero sobre la mesa cercana. Tomó asiento en la cama: ¿qué te dijo?, ¿sospechas?, ¿crees que quiera rajarse? Te voy a contar algo, dijo el Primo, pero tienes que prometerme que no te vas a enojar conmigo.

—Con las manos nomás —dijo el sargento Serna—. ¿Estás temblando, Huguito?

—Es el cansancio —dijo Huguito—. ¿Cuánto tiempo ya estamos en esto?

—Ya ni me acuerdo —dijo el sargento Serna—. Pero al fin se acaba.

—Ahora desdoblen los papelitos —dijo Huguito—. Así, despacito. Qué emoción, sargento.

¿Y desapareció así, sin decir nada?, dijo Escarbino. Pues parece que sí, dijo el Primo. De un día para el otro. Y cuando le pregunto a la Morsa me dice que no sabe, ¿pero sabes qué? Escarbino se puso de pie, fue hasta la mesa donde había lanzado el llavero: vio que la jarra estaba vacía. A lo mejor sólo se escapó, dijo Escarbino. Tomó la jarra: ahora vuelvo, voy por agua.

—¿Él? —dijo Huguito—, ¿a él precisamente?

—Es el destino —dijo el sargento Serna—. El papelito no miente, Huguito. A ver, tú, arriba.

—Algunos nacimos estrellados para el amor —dijo Huguito—. ¿Qué le parece eso, sargento?

—Mejor llévalo a un costado —dijo el sargento Serna—. ¡Cómo se resiste, Huguito!

—Es que ya sabe lo que le va a pasar —dijo Huguito—. ¿No ve su cara de tristeza?

Ya estaba pensando en ir a buscarte, dijo el Primo, qué manera de tardar. Hay una cola terrible para el agua, dijo Escarbino. Dejó la jarra rebosante de líquido sobre la mesa. Sirvió dos vasos, le pasó uno al Primo y dijo: ¿así que no aparece? Lo grave no es eso, dijo el Primo dejando seco el vaso. ¿Entonces?, dijo Escarbino. ¿Si te cuento no te enojas?, dijo el Primo. Escarbino lo vio fijamente, ¿por qué me voy a enojar?, dijo Escarbino, vamos, dime. Me tienes que prometer que no te vas a enojar, dijo el Primo.

—¿Qué fue eso? —dijo el sargento Serna—. ¿Un cabezazo?

—Tranquilo, bonito —dijo Huguito—. ¿No ves que te puede ir peor?

—Mejor te lo dejo —dijo el sargento Serna—. Entiéndete con él ahora, Huguito.

—¿Me lo va a dejar a mí? —dijo Huguito—. Usted siempre me da las misiones más difíciles, sargento.

—Lo hago por tu bien —dijo el sargento Serna—, ¿qué es eso de mezclar el trabajo con el amor? Puedes hundirte hasta el cuello si lo sigues haciendo.

—Usted no entiende, sargento —dijo Huguito—, usted no entiende nada.

¿Ves?, dijo el Primo, estás enojado. Mejor no te contaba nada. Escarbino sirvió otro vaso de agua. Lo tomó con calma, sintiendo cómo el líquido frío bajaba lentamente por la garganta. Mejor me callo, entonces, dijo el Primo. Mejor hablas, dijo Escarbino. Es que no tenía otra salida, dijo el Primo, ¿qué podía hacer estando tú en la cárcel? Escarbino se encogió de hombros: sí, era cierto. ¿Qué más podía hacer el Primo estando él en la cárcel? No era malo, dijo el Primo, por lo menos conmigo no. Más bien todo lo contrario: rebuena gente. ¿Y eso qué tiene que ver?, dijo Escarbino, ¿qué tiene que ver con lo que me estabas contando? Ahora sí te vas a enojar, dijo el Primo.

—¿Ahí está bien? —dijo Huguito—, ¿ahí, sargento?

—Más a la derecha —dijo el sargento Serna—. Ahí, Huguito, ya no lo muevas.

—Cuando usted ordene, sargento —dijo Huguito—. Qué pena me da por el bonito pero ni modo.

—Así me gusta —dijo el sargento Serna—. Ahora, Huguito.

Tranquilo, tranquilo, dijo el Primo, suéltame, Escarbino. Escarbino abrió las manos: el cuerpo del Primo cayó sin hacer ruido sobre el piso. Lo vio incorporarse mientras se limpiaba las rodilleras del pantalón. ¿Por qué haces eso?, dijo el Primo, ¿qué culpa tengo yo? Tendrías que haber hablado antes, dijo Escarbino, hay que decirle a Mamita cuanto antes. El Primo vio su reloj de pulsera, por cierto, dijo, ya es hora, ya nos van a recoger en la camioneta. Un agente, dijo Escarbino sin haberlo oído, ¿y sabiendo eso no decías nada? Ex agente más bien, dijo el Primo, ya no trabaja hace años. Eso no importa, dijo Escarbino, hay que decirle a Mamita. Por eso te decía que es mejor irnos, dijo el Primo, ¿no es mejor que este sea nuestro último trabajo? Escarbino no dijo nada. Precisamente este trabajo no me gusta, dijo Escarbino, es demasiado fácil. Me huele mal. Vámonos, rogó el Primo, ¿no tenemos ya ahorrado dinero suficiente?

—Dispara, Huguito —dijo el sargento Serna—. ¿Por qué tardas tanto? Dispara de una vez.

—Ya va, sargento —dijo Huguito—. Cómo me voy a arrepentir de esto, caracho.

—Ya está —dijo el sargento Serna—. ¡Qué miradas te está echando el feo, Huguito!

—A lo mejor se lo tiraba —dijo Huguito—. ¿No serían novios, sargento? ¡Qué suerte la del feote!

—Calla —dijo el sargento Serna—. Ya me tienes harto con tus mariconadas.

Mejor vamos, dijo el Primo, vamos a llegar tarde. Escarbino tomó el llavero de encima de la mesa. Vio que el Primo llegaba a la puerta pero se detuvo por algo: ¿y entonces, nos iremos?, ¿sería el último trabajo? Ya veremos, dijo Escarbino, pero tenemos que decírselo a Mamita y deshacernos de la Morsa. ¿Entonces ya no estás enojado?, dijo el Primo. No sé, dijo Escarbino abriendo la puerta, no sé.

—Qué carácter se gasta a veces, sargento —dijo Huguito—. ¿Y ahora?

—Haz otros dos papelitos —dijo el sargento Serna—. Hay que hacer otro sorteo.

—Unas buenas patadas se merecían —dijo el Cacas—. A ver si siguen hablando ahora.

—Ya arranca de una vez —dijo Zamora—. ¿Qué tanto hablaban?

—No sé —dijo el Cacas—. Apenas me vieron y se quedaron mudos. Son un par de maracos.

—Sigo pensando que quieren escapar —dijo Zamora—. ¿Ya vamos a llegar?

—Ya estamos cerca —dijo el Cacas—. ¿Y eso?

—Es un auto —dijo Ortiz—. Viene derecho hacia nosotros, Cacas.

—¿No les decía? —dijo Zamora—. Son los Apóstoles. Seguro vienen por el curita. Ya nos fregamos.

—Saquen las armas, muchachos. Cuando yo pare ustedes bajan —dijo el Cacas—. Y luego a disparar.

—Paren, paren —dijo el Cacas—. ¡Alto al fuego!

—Es tu culpa —dijo Ortiz—. ¿Y ahora?

—Mejor nos vamos —dijo el Cacas—. Vamos, todos arriba.

—Una familia —dijo Ortiz—. ¿Me escuchan? Era una familia enterita.

—Ya, ya —dijo el Cacas—. ¿Crees que estoy ciego? ¿Crees que no he visto?

—Una chiquita —dijo Ortiz—. Una chiquita de unos diez años. ¿Qué tienes en la cabeza, Cacas?

—Mejor te callas —dijo Zamora—. Fue un error. Un error lo comete cualquiera, ¿no?

—Ya llegamos —dijo el Cacas—. Acuérdense de este cerrito.

—¿No te importa? —dijo Ortiz—. ¿No te da remordimientos? Actúas como si no hubiese pasado nada.

—Ya no exageres —dijo Zamora—. ¿Dónde están las palas?

—¿Vas a bajar o qué? —dijo el Cacas—. ¿Te vas a quedar sentado ahí, Ortiz?

Ortiz bajó al fin. Vio al Cacas y a Zamora descender a los prisioneros a empujones. Éstos recibieron las palas sin mucha convicción y el Cacas les ordenó con un movimiento de cabeza el suelo terroso: que comenzaran a cavar, aquí mismo.

—Flaquito pero fuerte —dijo el Cacas—. Qué bien cava el curita.

—Te juro que no me di cuenta —dijo Zamora—. Qué mala suerte, Cacas.

—¿De esa familia dices? —dijo el Cacas—. ¡Caven más rápido, mierdas!

—Sí —dijo Zamora—. ¿Y ahora?

—Ahora nada —dijo el Cacas—. ¿Alguien nos vio? ¿Pasó algo?

—No me gusta la cara de Ortiz —dijo Zamora—. A lo mejor está pensando en acusarnos, seguro.

—¿Quién les ha dicho que descansen? —dijo el Cacas—. Rápido, de una vez.

—¿Ves? —dijo Zamora—. Les está dando agua ahora.

—¡Ortiz! —dijo el Cacas—. ¿Qué estás haciendo?

—Sólo es agua —dijo Ortiz—. No te metas conmigo, Cacas.

—¿Quieres que te rompa la cara? —dijo el Cacas—. ¿Eso quieres?

—¡Ya basta! —dijo Zamora—. Sepárense, perros.

—Cuidadito conmigo, puta —dijo el Cacas—. Suéltame, Zamora.

—¿No ven cómo se está riendo el curita de ustedes? —dijo Zamora—. ¿Ven? Encima se burla.

—Yo le voy a enseñar a reír —dijo el Cacas—. Vamos a ver.

—Ya, ya no le pegues —dijo Zamora—. ¿Qué sacas ya con eso?

—Te digo una cosa, Ortiz —dijo el Cacas—. Voy

a informar esto al jefe. Le voy a decir que eres un traidor como ése. Vamos a ver qué cara pones entonces.

—Lo que pasa es que no te cuadra que no haya salido tu plancito —dijo Ortiz—. Me gustaría ver qué cara pone el jefe cuando le diga lo que querías hacer. A ver cuál de los dos viene a cavar aquí después de eso.

—Parecen dos chiquillos —dijo Zamora—. Ya, mátense de una vez.

—Es que los traidores me dan asco —dijo el Cacas—. Se lo tiene bien merecido.

—Hablas por la herida —dijo Ortiz—. Eres un rencoroso, Cacas.

—Otra vez están hablando —dijo Zamora—. Miren cómo se ríen. Qué manera de convencer a la gente el curita.

—¿No te decía? —dijo el Cacas—. Un traidor de los peores. Un traidor por todos los lados.

—¿Cuánto tiempo más tenemos que esperar? —dijo Zamora—. Qué solazo, caracho.

—Un poco más —dijo el Cacas—. ¡Ya dejen de hablar!

—Ya no te hacen caso —dijo Ortiz—. Creo que ni miedo te tienen.

—Vas a ver cuando estén de rodillas —dijo el Cacas—. Ahí se acuerdan de todo, de sus mamacitas, de sus hijos, hasta de sus putas te hablan.

—Cuántas cosas debes haber escuchado, Cacas —dijo Zamora—. Eres una enciclopedia andante, hermano. ¿No te animas a contarnos algo para pasar el tiempo?

Los tres estaban apoyados en el capó del coche. Ortiz se mojaba de forma maniática los labios resecos con la punta de la lengua. Zamora respiraba por la boca,

mostrando una hilera de dientes medianos y derechos como si fuera él en realidad quien estuviera cavando. El Cacas cruzó los brazos. Sus ojillos vieron que los prisioneros
ya habían desaparecido en el hoyo de la cintura para abajo y que una pirámide de tierra se había formado a un
costado.

    —¿Contarte? —dijo el Cacas—. No me jodas,
Zamora.

    ¿Es cierto?, es cierto, jefe, ahora precisamente es-
tán en la esquina este del Palacio, ¿qué?, ¿me oye, jefe?, sí,
sí, en la esquina este le decía, ¿y cuántos son?, Zamora dice que no más de diez, ¿en grupo?, están en grupo, jefe,
todos vestidos con túnicas y con los cabellos largos y con
sus barbitas como si nada, ¿me oyes, Cacas?, sí, jefe, es
que necesitamos refuerzos, no todavía, hay órdenes de no
hacer nada, ¿nada?, por las viejas, Cacas, tengo informes
que ahora son más, sí, eso es cierto: como doscientas, jefe, y se está juntando más gente, están hablando en medio de la plaza, ¿del niño?, sí, pero también de la seguridad, de la falta de policías, de eso, carajo, con razón los
Apóstoles están ahí, ¿y la gente hace algo?, sólo mira y no
hace nada, eso no me gusta, Cacas, a mí tampoco, jefe,
¿y entonces qué están esperando?, espere un rato, jefe,
Zamora ya está aquí, ¿le comunico con él?, dale, rápido,
hola Zamora, jefe, cómo es, qué hay, ahora sí está grave,
jefe, son los Apóstoles, ya sé que son los Apóstoles, pelotudo, ¿qué están haciendo ahí?, ahora están alentando a
la gente a seguir saqueando, y dicen que mientras el Gobierno se gasta la plata en perseguir y matar inocentes
descuida la seguridad, eso, ¿cómo?, sí jefe, eso dicen, uno

de ellos ahora está hablando en medio de la plaza, ¿y lo escuchan?, lo están oyendo, como si no pasara nada, jefe, mierda, ¿sigue ahí el Cacas?, sí, a ver, pasámelo, ¿jefe?, ordene, mirá, necesito que vengas aquí de inmediato, que Zamora siga controlando a esos gran putas, ya se están saliendo de control otra vez, ya, ya, vamos a informar al General para que no salga al balcón, qué, el General quería salir al balcón del Palacio a echar su discursito, pero no se va a poder, jefe, si me manda refuerzos yo les saco su puta y así el General puede salir tranquilo, no existe la seguridad adecuada todavía, dile a Zamora que esté atento, ¿es seguro desde donde me están hablando?, es seguro, los dueños están maniatados, encerrados en un baño al fondo de la tienda, bien, bien, entonces necesito que salgas como sea de allí y vengas, Cacas, ¿escucha, jefe?, qué, voy a poner el teléfono más cerca de la puerta jefe, ¿qué dicen?, dicen venganza, muerte para el asesino de Alfredo, niño mártir, el Gusano es el culpable, con perdón pero eso dicen, ¿siguen hablando los Apóstoles?, ellos son los que están gritando, jefe, ¡mierda!, qué pasa, Cacas, están armados, están disparando al cielo, hay que sacarlos, Cacas, son muchos, jefe, y sólo Zamora está armado, ¿no podrían salir los soldados y dispersarlos?, no, no, el General quiere dar su discurso a la fuerza, no quiere que maten a alguna de esas viejas conchudas, hay que sacar a los Apóstoles más bien, ¿entonces?, entonces te vienes, luego vuelves pero con Huguito y Serna, y los sacan sin hacer alboroto, sin que la gente se dé cuenta, ¿entendido?, ya voy saliendo jefe, dile a Zamora que esté atento, que... ¿hola?, ¿hola?, hola jefe, ¿qué pasa?, están volviendo a saquear las tiendas, los negocios, los autos, se están acercando a donde estamos, jefe.

—Qué suerte te gastas, Mamita —dijo Huguito—. Y tú, feote, ahora sí me las pagas.

—No seas malo, Huguito —dijo el sargento Serna—. ¿Qué sacas con vengarte ahora?

—¿Recuerda este ojo, sargento? —dijo Huguito—, ¿y este verde en mi cuello? ¿Cómo quiere que no esté enojado?

—Qué rencoroso eres, Huguito —dijo el sargento Serna—. ¿Sabes qué me enseñó mi papacito que en paz descanse?, ¿sabes?

—¿A ser buena gente? —dijo Huguito—. ¿Le enseñó eso, sargento?

—Me enseñó a perdonar —dijo el sargento Serna—. Yo, por ejemplo, ya perdoné a los Norteños por todo lo que nos hicieron pasar. Hasta podemos llegar a ser amigos, incluso.

Ve a lavarte, cochino, dijo el tío. La Morsa se puso de pie, se subió el pantalón sin decir nada, caminó a un costado de la habitación y tropezó con el pote de vaselina. ¡Cuidado!, ¿quieres romperte la cabeza?, el tío marchó hacia la cama bamboleándose, sosteniendo una bolsita de plástico transparente con un líquido naranja dentro. ¿Y ahora por qué estás llorando?, dijo el tío, ven. La Morsa retornó hasta la cama, su tío extendía una pierna: que le sacara las botas, porquería. La Morsa lo hizo sin decir nada. Pareces todavía un chiquillo, dijo el tío, ¿cuántos años tienes, maraco? La Morsa no contestó, sólo se limitó a bajar la cabeza, ¿ah?, ¿cuántos años?, dieciocho, dijo la Morsa. El tío lanzó una carcajada: tienes el culo de uno de diez, puta.

—Ya, ya —dijo Huguito—. No hagas más líos, monstruo. Qué fuerte eres, caracho.

—¿Necesitas ayuda? —dijo el sargento Serna—. ¡Ay, Huguito, día que pasa me decepcionas más!

—Le recuerdo que si no fuera por mí no los habríamos agarrado —dijo Huguito—. De rodillas, feote.

Ahora el tío roncaba con uno de los brazos atravesándole el rostro. La Morsa lo miró sin pestañear, de pronto levantó la mano derecha e hizo como si tuviera una pistola imaginaria allí. Practicó un disparo sobre el cuerpo: el proyectil impactó muy cerca del cuello. Luego salió de la habitación. Atravesó la cancha que se hallaba a oscuras. Subió las gradas del tercer bloque del colegio, entró a los baños y fue directo a uno de los gabinetes. Se encerró allí. Leyó con detenimiento las inscripciones arrechas y llenas de insultos sin decir nada. Luego giró un poco el cuerpo, sus dedos destrabaron el cinturón y se bajó el pantalón. Tomó la tapa del tanque del wáter, la puso sobre el inodoro, metió la mano dentro con la intención de sacar un poco de agua, pero la retiró de inmediato: un objeto duro había chocado contra la punta de sus dedos.

—Baja la cabeza, no mires al costado —dijo Huguito—. ¿Qué ganas con mirar ya a tu compinche?

—Es que era su amigo —dijo el sargento Serna—. Seguro que le da pena.

—¿Pena? —dijo Huguito—. ¿No decía que él era inocente? ¿No le echaba la culpa de todo al bonito cuando los traíamos del colegio? Qué amistad más bonita, sargento.

—Mejor ya cállate —dijo el sargento Serna—. Y tú ya no me mires así, adefesio. Toma, Huguito.

—¿Otra vez yo, sargento? —dijo Huguito—. Le toca a usted, me parece.

—El que manda aquí soy yo, pendejo —dijo el sargento Serna—. Vamos, de una vez.

La Morsa examinó los binoculares. Eran pesados y sólidos. Estaban envueltos por una bolsa de plástico transparente y atados por una soga blanca. Pensó que alguno de los alumnos lo había escondido allí. Desató los nudos de la soga, desgarró la bolsa y se los colgó al cuello. Ya no se lavó. Puso la tapa del tanque en su lugar, se subió los pantalones y salió de los baños. Regresó a la habitación, pero antes cubrió los binoculares con la chompa. Adentro su tío seguía durmiendo pero ya sin el brazo atravesándole el rostro. Lo miró como se mira un paisaje desierto. Se dirigió hasta la puerta que daba al terreno baldío. La abrió con sumo cuidando, evitando que cualquier ráfaga de aire lo despertara. Una vez fuera sacó los binoculares y se los puso en los ojos. Vio imágenes distorsionadas y haces de luz veloces. Movió la perilla de enfoque y poco a poco ese mundo caótico y sin sentido fue empezando a tomar forma: aparecieron los postes metálicos de la avenida Saavedra, los coches multicolores avanzando a toda velocidad, la gente caminado apresurada sin darse cuenta de que estaba siendo observada. Movió los binoculares hacia la derecha y se topó con las ventanas del edificio Mercante. Los pisos de arriba estaban a oscuras, fue bajando poco a poco, haciendo mover la perilla de enfoque, pues la imagen se había distorsionado una vez más: vio cortinas iluminadas, sombras anónimas moviéndose detrás de ellas. Luego se detuvo en una de las ventanas cuyas cortinas no estaban corridas aún: un niño de cabellera rubia lo miraba. La Morsa levantó la mano para saludarlo, pero el chiquillo no hizo nada. Lo veía mover la boca, como si estuviese hablando con alguien. A la Morsa le pareció gracioso, si hubiera podido reír lo

465

hubiera hecho, pero sólo se limitó a emitir un sonido gutural que para él valía por una carcajada.

— Vamos, Huguito —dijo el sargento Serna—. En la nuca.

—No deja de moverse, sargento —dijo Huguito—. Quietecito pues, feo.

—Ya, ya está paralizado —dijo el sargento Serna—. Ya no pierdas más tiempo, carajo.

—Ahora sí —dijo Huguito—. A la cuenta de tres, sargento. ¿Comienza usted?

—A la una —dijo el sargento Serna.

—A las dos —dijo Huguito.

—Y a las tres —dijo el sargento Serna.

Escuchó los gritos de su tío llamándolo. La Morsa se quitó los binoculares. La sucia luz que proyectaba el foco de la habitación llegaba hasta el terreno baldío en forma de un cuadrado gracias a la ventana. Buscó un lugar donde guardarlos. Su nombre pronunciado por el tío seguía resonando dentro de la habitación. Halló al fin una piedra casi cuadrada, la levantó con cuidado y dejó los binoculares sobre el piso. Puso la piedra apoyada contra la pared, como si se tratase de una cortina que los cubría. Volvió a la habitación. Su tío se había dormido, ahora un hilillo de saliva salía de su boca, recorría el mentón e iba a morir en el cuello de la camisa. Amenazó con estrellarle una roca imaginaria en la cabeza. Luego de ver su cerebro reventado, esparcido por la almohada dio vuelta, llegó hasta la ventana y vio que las cortinas donde había descubierto al niño hace unos minutos estaban ya cerradas. Tocó el vidrio con la palma de la mano: sintió un vuelco en el corazón al rememorar la imagen del pequeño, perforando sus pensamientos, mirándolo y moviendo los labios, como si hablara con él. Te estoy hablando, escuchó, Aquiles. Miró a su tío. Estaba otra vez despierto, con los ojos repletos de una lucecita libidinosa, una pelambre oscura poblando sus mejillas, ¿qué estás mirando?, dijo. Nada, dijo la Morsa, ven a chupármela, dijo su tío intentando abrir el cierre de la bragueta. Entonces en ese momento le llegó un destello. ¿Cómo no lo había pensado antes? ¿En qué había perdido el tiempo para no poder idear esa salida? Mientras se acercaba, la Morsa pensó que matarlo iba a ser la cosa más fácil del mundo.

¿SABE CÓMO ME animé a hablarle, a llamarlo ese día?, fue aquí, viendo los partidos de fútbol cuando me dije que era mejor decir la verdad, ¡gol!, estaba adelantado, miéchica, es cierto, después de lo que pasó venía aquí a pensar, pero más que a pensar en realidad, venía a echarme la culpa, jeje, no sé por qué se ríe, ¿no soy culpable también?, no entiendo, ya va a entender, ya va a entender, ¿no lo siguió nadie?, ¿se fijó bien?, nadie, ¿y su amigo?, ya se fue, ¿no le dije?, me están siguiendo, sospechan de mí, ¿cómo se llama?, ¿yo?, no, no, ese su amigo, ah, Zamora, qué buen partido, ahora ya me sé el nombre de todos los equipos, todas las alineaciones, mi esposa cree que me estoy volviendo loco, ¿tú?, me dice, pero si no te gusta salir, ¿está casado?, casado, casado, ¿así cómo usted?, no, sólo vivo con ella, eso es como estar casado, lo dice la ley, ¿es usted abogado?, notario más bien, ah, debo estar loco por lo que voy a hacer, pero ya no soporto más, es algo difícil de explicar, ¿cómo están ellos?, se van del país mañana, no piensan volver, ya sabía, mejor dicho: sabemos, sabemos todo, eso es lo malo de nosotros, espere un rato, creo que lo están llamando, ¿a mí?, ese señor, el de bigotes, ¿lo conoce?, es un cliente, ¿seguro?, está pálido, nos están siguiendo, cálmese, es sólo un cliente de la oficina, salúdelo, no me mire, ¿ve?, ya se fue, mejor nos callamos un rato, ¿y?, le voy a contar de una buena vez, pero necesito que me prometa algo, dígame, prométame que se van a quedar callados, usted, los señores, todos, puedo responder por mí, no por ellos, están muy afectados, sobre todo ella: no habla nada, se comporta como una niña, una desgracia, dígales que si hablan les puede ir mal, ¿entiende?, a qué se refiere, ya sabe, ¿sabe cómo acaban los Apóstoles?, a eso me refiero, por eso le digo: mejor se callan, no van a poder hacer nada a estas alturas, ¿hay algo irregular?, ¿hay más implicados?, si es así mejor vamos con la Policía, hay que denunciarlos, no, no es eso, es algo peor todavía, no entiendo, ahora va a entender, ahora va a entender, ¿la Policía dice?, sí, podemos acudir a ellos, mejor no me río porque me van ver y ahí los soplones van a sospechar, ¿por qué dice eso?, porque nosotros somos la Policía, ¿se da cuenta de lo que le digo?

LES HABÍAN DICHO: creo que están arriba, en Homicidios. Dejaron entonces a la mujer en una celda del piso de abajo a cargo de un guardia, quien pasaba de forma nerviosa de una emisora a otra en una radio portátil intentando seguir los informes acerca de los saqueos en inmediaciones del Palacio de Gobierno. Luego Ossorio y Ortiz cruzaron un patio estrecho, húmedo y lleno de un polvillo que hacía estornudar, donde en una fila hombres y mujeres aguardaban impacientes. Subieron después por unos escalones casi corriendo, pasaron al lado de la puerta del ascensor destartalado y, como si ambos lo hubiesen pensado al mismo tiempo, no lo abordaron: era una pérdida de tiempo. Llegaron por fin al pasillo de Homicidios. Ambos respiraban de forma agitada. Vieron una silueta al fondo, saliendo de uno de los baños mientras se secaba las manos húmedas en las perneras del pantalón.

—A dónde corren —dijo el Cacas—. ¿Qué se les perdió?

—¿Sabes dónde están Huguito y Serna? —dijo Ortiz—. Es urgente, Cacas.

El Cacas miró la última puerta del pasillo. Se pasó ambas manos por las mejillas del rostro, sintiendo aún la humedad del agua. Los tres escucharon una risa nerviosa detrás de la puerta, el ruido violento de pasos, luego otra vez la risa. Y después sólo el silencio.

—¿Se enteraron de lo que está pasando en el Palacio? Vengo de ahí —dijo el Cacas—. Yo también estoy buscando a Huguito y a Serna. Los Apóstoles quieren hacer su numerito.

El Cacas señaló con la cabeza la puerta que tenían al frente.

—Están ahí —dijo el Cacas—. ¿Saben que ya encontraron a los Norteños? Qué concha tiene ese par.

Ortiz y Ossorio dieron vuelta y tocaron la puerta con los nudillos. Del otro lado se oyó que alguien decía "tres" y luego un carajazo, después unos pasos apresurados. La puerta se abrió: la cara del sargento Serna los miraba perplejo.

—¿Qué quieren? —dijo el sargento Serna—. ¿No ven que estamos trabajando?

—El jefe dice que ustedes dos tienen que venir

conmigo —dijo el Cacas—. ¿Por qué no funciona el teléfono?

El sargento Serna no respondió nada. Sólo dio vuelta y se internó en la habitación, dejando la puerta abierta. Los tres entraron detrás de él. Vieron a Huguito a un costado, apuntando en la nuca a una persona que estaba de rodillas muy cerca de él y que en ese momento les daba la espalda. Cerca de éste había un cuerpo boca abajo, con las manos atadas a la espalda. Al frente, sentada en una silla y con las manos y los pies atadas, una mujer morena y regordeta los miraba espantada.

—Lo dejé descolgado —dijo el sargento Serna mirando el tubo fuera de la argolla—. Perdón. ¿Ir? ¿Adónde tenemos que ir?

—¿Sabes algo de un tal Aquiles? —dijo Ossorio—. Lo estamos buscando.

El sargento Serna parpadeó con la boca semiabierta. Se formó una sonrisa torcida que poco a poco se convirtió en una carcajada sin fuerza.

—¿Ya oíste, Huguito? —dijo el sargento Serna—. A ver, mejor vamos por partes.

—Aquiles —dijo Ortiz—. Y a un tal Primo. Los buscamos a los dos.

—Me suenan esos nombres —dijo Huguito desde el fondo—. ¿Dónde los hemos oído antes, sargento?

El que estaba de rodillas tuvo un acceso de tos. Ortiz lo vio escupir con dificultad: un hilillo de saliva espesa bajó en cámara lenta.

—No te hagas el gracioso, Huguito —dijo Ossorio—. Sospechamos que mataron al niño. Sabes lo de ese chiquito, ¿no?

Esta vez el sargento Serna no sonrió. Sólo se limitó a contemplar el cuerpo que estaba tendido sobre el piso como intentando recordar algo y luego buscó los ojos de la mujer.

—Son las ratas —dijo el sargento Serna—. Son los Norteños. Los que se metieron a la casa de la Sirenita.

—¿Es ese Aquiles? —dijo Ossorio señalando el cuerpo—. ¿Es?

—Qué va a ser ese —dijo Huguito. Tomó al arrodillado por el cuello de la chompa y lo hizo poner de pie—. Te presento unos amigos, feo.

—Es el dientón —dijo Ortiz—. ¿No es el dientón del dibujo, Ossorio?

El agente buscó su libreta: ahí dentro, doblado, estaba el dibujo que había hecho el barman de la Onda Loca. Lo desdobló: el dientón era la Morsa y la Morsa era Aquiles.

—Entonces es el que mató a la nieta de Gómez —dijo Ortiz.

La Morsa bajó la cabeza, pero Huguito lo obligó a subirla jalándolo del cabello. Entonces el Cacas lanzó un silbido y luego de unos segundos chasqueó los dedos, como si hubiera recordado algo de improviso.

—Le dicen la Morsa —dijo el Cacas—. ¿Le dicen la Morsa, Serna?

—Pareces brujo, Caquitas —dijo Huguito—. Ése es el Primo, o mejor dicho: era.

Huguito señaló el cuerpo. Luego subió la mano con el dedo índice y apuntó hacia la silla donde estaba la mujer.

—Ella es Mamita —dijo Huguito—. La jefaza de los Norteños.

—No entiendo nada —dijo el sargento Serna—. Qué confusión más grande, muchachos.

—Llegaron justo a tiempo —dijo Huguito removiendo los ojos—. Qué suerte tienes, monstruo.

Oyeron a la mujer removiéndose en su asiento. El sargento Serna se acercó, le pasó por las mejillas las yemas de los dedos, como si acariciara a una niña en los últimos estertores de un llanto caprichoso.

—Nosotros los agarramos por lo de la Sirenita —dijo el sargento Serna—. Ustedes dos los buscan por lo del niño y la nieta de Gómez y el Cacas lo conoce así, de pronto. A ver, mejor nos ordenamos de una vez. Ya parece película de Cantinflas, caracho.

Prestaron atención al Cacas. Éste se había quedado con la mirada clavada en la Morsa.

—Te escuchamos, Cacas —dijo el sargento Serna.

—¿Se acuerdan de Zacarías Cerdán? —comenzó el Cacas—. ¿Te acuerdas, Ossorio? ¿No te estaba contando de él apenas ayer?

Ossorio metió ambas manos dentro de los bolsillos del saco. Sus dedos tocaron el borde de la navaja de fuelle, dos monedas, un peine: vinieron hasta él las imágenes de Zacarías Cerdán aún joven, aprendiendo a pelear, a meter cabezazos, a arrancar uñas y luego, de un salto, a un Zacarías Cerdán ya avejentado, intentando saludarlo en medio de la calle y a él jalando del brazo a Mariela y apartándose de allí.

—Me acuerdo —dijo Ossorio—. ¿Pero qué tiene que ver…?

—Una llamada hace un tiempo lo acusó de ser Apóstol —dijo el Cacas. Señaló a la Morsa—: ¿de dónde lo sacaron?

—Del colegio Irlandés —dijo Huguito—. Y al bonito también.

—Entonces es —dijo el Cacas—. Ese cabrón de Zacarías Cerdán me contó todo. ¿Así que tú eres su sobrino? ¿Al que se tiraba?

Hubo un silencio repentino. La Morsa le había clavado una mirada fría, asesina. Huguito sintió cómo los músculos se le inflaban debajo de la chompa: tuvo que sostenerlo de las esposas para que no se lanzara contra él.

—¿Cómo? —dijo el sargento Serna—. ¿Cómo dices?

—Que se lo cepillaba —dijo el Cacas riendo—. Eso me dijo.

—Les toca —dijo el sargento Serna mirando a Ortiz y a Ossorio—. Qué embrollo más grande.

—Ese Primo y éste son los que mataron al niño —dijo Ortiz—. Por lo menos hay indicios.

El sargento Serna se acercó con calma al teléfono. Sí, era cierto, estaba descolgado. Lo colgó, volvió a levantar el tubo y discó tres números. Esperó algunos segundos hasta que pidió que lo comunicaran con el jefe Castro.

—¿Jefe? —dijo el sargento Serna—. ¿Está ocupado? ¿Hablando con Zamora? Dile por favor que quiero hablar con él. Sí, es urgente. Jefe. No, no se trata de eso, es importante: gravísimo diría yo. ¿Podemos ir? Ortiz, Ossorio y yo, ah y el Cacas también. ¿Podemos?

Colgó el teléfono. Miró a todos con aire misterioso y luego de un tiempo dijo:

—Dice que subamos —miró a Huguito y sonrió—: ahí te encargo el negocio mientras tanto, marulo.

—Qué MANERA DE sudar —dijo Zamora—. ¿Seguro que no hay unas cervecitas en el coche, Cacas?

—Ya está bien, hay que sacarlos —dijo el Cacas—. Vamos, Ortiz. Vamos, ¿estás sordo?

—No le da la gana —dijo Zamora—, eso es lo que pasa.

—Voy a informar al jefe —dijo el Cacas—. Me vas a conocer, Ortiz. A ver, ustedes dos, arriba, fuera de ahí.

—¡Uf, qué calor! —dijo Zamora—. ¿Y qué pasó con esas cervecitas, Cacas?

—No hay. ¿Cervecitas ahora?, también de eso se puede enterar el jefe, Zamora —dijo el Cacas—. Qué me miras, cura. ¿Te gusta mi cara o qué?

—Qué humorcito —dijo Zamora—. A ver, curita, dame la mano de una vez.

—¿Qué estaban hablando, eh? —dijo el Cacas—. A ver si ahora te dan ganas de hablar, pendejo.

—Podría creerlo de todos menos de ti —dijo Zamora—. ¿Qué pasó con esa mano, cura?

—Podemos dispararles aquí mismo —dijo el Cacas—. ¿Ves, Zamora? Ya están haciendo caso.

—Qué livianito está el padre Vidal —dijo Zamora—, ¿seguro te daban de comer todos los días?

—Ahora tú —dijo el Cacas—. Ya te llegó la hora, traidor.

—Y todavía tiene ganas de reír —dijo Zamora—. Encima de traidor salió loco.

—Los locos no saben lo que hacen —dijo el Cacas—, pero éste sí sabía. ¿Subes a las buenas o bajo yo?

—Tranquilo, curita —dijo Zamora—. ¡Un poco de ayuda con el curita, Ortiz, no hay que ser!

—¿Ves? —dijo el Cacas—. Otro hijo de puta.

—Eso sí que no te lo permito —dijo Zamora—. ¿Qué tiene que ver la mamacita de Ortiz en esto? Mejor cuida tu boca, Cacas.

—Ahora hay otro defensor —dijo el Cacas—. Qué decepción: el Cuerpo está lleno de cabrones, de traidores.

—¿Qué? —dijo Zamora—. Ni lo suenes, perro.

—¿Escapar? —dijo el Cacas—. ¿Que te dejemos escapar dices? ¿Con quiénes crees que estás tratando, ah?

—Mejor sal de una vez —dijo Zamora—. Y cuidadito con hacer alguna payasada.

—Ahí está bien —dijo el Cacas—. Se quedan sentados o los quemo.

—¿Y Ortiz? —dijo Zamora—. ¡Ortiz, ven de una vez!

—Yo no pienso participar —dijo Ortiz—. Háganlo ustedes.

—Yo no pienso participar —dijo el Cacas—. Háganlo ustedes. Qué maraco saliste, Ortiz.

—Ya basta, ya basta —dijo Zamora—. Por su culpa se van a escapar los dos. Dejen de pelear de una vez. ¿Quieren que los separe o que cuide a este par?

—Esto es una cosa personal, ¿no? —dijo Ortiz—. Lo haces por lo de su esposa, ¿no? Dilo de una vez, Cacas. A ver díselo en su cara si tienes huevos.

—Tranquilo —dijo Zamora—. Al suelo, Ossorio.

—¿Ves lo que haces? —dijo el Cacas—. Estás intentando ayudar a escapar a los prisioneros con esos comentarios. Me das asco, Ortiz.

—Más asco me das tú —dijo Ortiz—. ¿Aprovecharte así de la situación? Dile que querías tirarte a su esposa. ¿Ves que no puedes? El maraco es otro, más bien.

—No te muevas, Ossorio —dijo Zamora—. Ya dejen de pelear y ayuden aquí.

—Espósalo —dijo el Cacas—. Que venga el curita al borde del hoyo.

—¿Vas a dejarlo hablar? —dijo Zamora—. ¿Crees que nos diga qué cosas hacía?, ¿si se tiraba a las monjitas?, ¿o a las viejas beatas?, ¿o a los chiquillos del catecismo? ¿No dicen que hacen eso los curas todo el tiempo? Te está mirando, Cacas.

—Ya deja de mirarme —dijo el Cacas—. Listo, puta madre.

—Mira cómo se retuerce —dijo Zamora—. ¿Lo remato?

—No —dijo el Cacas—. Ahora sí me voy a dar el gusto contigo, Ossorio.

¿Zamora?, jefe, ¿qué pasó con esos refuerzos?, ya van en camino, ¿qué está pasando ahora?, alguien está tirando gases desde el techo del Palacio pero igual no se van, ¿y los Apóstoles?, esos son los peores, jefe, algunos han disparado a la fachada del Palacio, ¿sigue el General con ganas de salir?, sí, yo no lo recomendaría, ¿qué es todo ese ruido?, es que hace rato están golpeando las cortinas metálicas de la tienda desde donde le estoy llamando, estos maleantes quieren entrar a toda costa, si hubiera visto cómo ha salido el Cacas, jeje, este no es momento para reír, conchudo, perdón, jefe, escúchame, quiero que vuelvas a contar a los Apóstoles y que los iden...¿hola?, ¿hola?, un ratito jefe, ¿qué pasa, Zamora?, están incendiando algunos negocios, ya se ve el fuego por las ventanas, qué desgraciados, jefe, ¿fuego?, sí, fuego y ahora hay más Apóstoles, casi treinta y todos armados, creo que quieren entrarse al Palacio, mierda, un rato, estoy al teléfono, ¿Serna?, dile que no moleste ahora, ¿qué?, a ver, Zamora, ¿estás ahí?, sí, un rato, tengo otra llamada... ¿Zamora?, jefe, lo escucho, dentro de un rato llegan los muchachos, esos pendejos ¿están vestidos como...?, ¿como Apóstoles?, sí, todititos, están andando por la plaza y por el frente del Palacio como si nada, como si estuviesen en su casa, la gente les hace caso y hasta están pintando en las paredes, pintando qué cosas, cosas contra el gobierno, contra el General, cosas gravísimas, ya, ya, diles que esperen un rato, ¿perdón?, no, no, no es a ti, Zamora, es con Serna que ya está aquí, entonces espera un rato más y atento, Zamora, atento.

—¿Qué? ¿Cómo dices? —dijo el jefe Castro—. A ver, repite eso.

—Como lo oye, jefe —dijo el sargento Serna—. Parece que el muy cabrón hizo todo eso.

—¿Están seguros? —el jefe Castro miró a Ortiz y a Ossorio—. Mierda. Lo último que nos faltaba.

El jefe Castro estuvo a punto de tomar el teléfono, pero la mano se detuvo en al aire. Dio un paso atrás y tomó asiento. Buscó con la mirada el intercomunicador, presionó un botón rojo y musitó:

—No me pase ninguna llamada.

Se escuchó un entendido y luego el sonido de la comunicación al momento de ser cortada.

—Es parte de los Norteños —volvió a decir Serna—. Estuvimos a punto de darle boleto —miró al Cacas—: y apóstol, parece.

—Eso no está confirmado —dijo Ossorio—. Lo del niño, sí. De eso no hay duda. Lo de la nieta de Gómez hay que ver. Tenemos un dibujo que hizo un tipo que lo vio por última vez con la chica. Se parece bastante. ¿Verdad, Ortiz?

Ortiz tosió. Se llevó la mano a la boca y sintió, de pronto, cómo un rayo empezaba a recorrerle todo el brazo. Recordó la bala del padre Bórtegui. ¿Qué habrá sido de él? Se lo imaginó sobre una mesa de disección, gigante, fuerte: un escalofrío le recorrió ahora todo el cuerpo.

—Tenemos cuatro cosas —dijo de pronto el jefe Castro concentrado. Se puso de pie, empezó a caminar por el despacho—: el niño muerto, una relación cercana con los Apóstoles, la nieta de Gómez y los Norteños —se detuvo, ensayó una sonrisa de triunfo y continuó—: ahora sí todo calza, muchachos.

Ninguno respondió.

—¿No entienden? —dijo el jefe Castro—: la respuesta está ahí, frente a nuestros ojos, no es una mala noticia después de todo.

Sonó el teléfono. La mirada del jefe Castro se endureció. Se lanzó sobre él, lo tomó y dijo:

—¿No te dije que ni una llamada? —calló. Se rascó la frente—. Entiendo, entiendo: Excelencia, un gusto saludarlo.

De repente la respiración de los otros tres de detuvo. Un frío extraño, malicioso, llenó la oficina del jefe Castro. Vieron palidecer a éste, rascarse la cabeza y sonreír sin fuerza: impulsado sin duda por el miedo.

—Ya estamos por sacarlos —dijo el jefe Castro—, sí, sí, es mejor no apresurarse. ¿Del otro asunto? No me va a creer —echó una mirada al sargento Serna—, las co-

478

sas han dado un cambio vertiginoso, diría yo. Ya estaba por llamarlo, precisamente.

Cubrió la bocina con la palma de la mano. Los miró a los tres:

—Espero que estén en lo cierto, cabrones. Me estoy jugando el pellejo.

—Le explico, es largo, ¿tiene tiempo? —tenía una sonrisa sumisa, un mirada similar: le temblaba el cuerpo también—. Aquí en mi despacho tengo a tres agentes; sí, sí, ya tienen años en el Cuerpo. Cosas que pasan, General, una cosa increíble que bien manejada nos puede sacar del embrollo en el que estamos. ¿Embrollo?, sí, ese del niño, lo de los Apóstoles y los Norteños, con perdón.

El jefe Castro aguardó. Escuchó con atención, los dedos de la mano libre empezaron a tamborilear sobre la superficie del escritorio.

—Están todos aniquilados —el jefe Castro miró al sargento Serna, éste hizo un gesto con la mano: más o menos, decía—, esteee, bueno, espero que no se moleste: menos uno.

Vieron al jefe Castro cerrar los ojos. Lo hizo apretando fuerte, formando de esa manera miles de caminos diminutos alrededor de aquellos.

—Ya le explico, ya le explico —dijo el jefe Castro tropezándose con las palabras—, es que de pronto surgieron varias cosas —volvió a tapar la bocina con la mano, dijo mirando al sargento Serna: ¿cómo se llama ese conchudo? Aquiles Cerdán, respondió—. Un tal Aquiles Cerdán, sí, de los Norteños y, no me va a creer, parece que es el asesino del niño ese, ¿cómo?, ah, sí, disculpe, Alfredo, aquí los agentes me dicen que fue él —calló por un segundo, tomó aire—: y Apóstol también.

Después de unos minutos de tensión una sonrisa invadió el rostro del jefe Castro. Se enderezó en la silla, apoyó los codos sobre el escritorio: asintió de pronto con la cabeza.

—Lo mismo pienso yo —dijo el jefe Castro—. Está clarísimo, General. ¿Entonces? Es lo que debemos hacer. Y por esos Apóstoles del Palacio no se preocupe, ya los sacamos en un rato más. No, no, si me permite: en cuanto esté limpio el espacio le decimos y así usted... no, no —palideció, dos gotas de sudor brotaron de su frente, los labios se le secaron—, ¿darle órdenes yo?, ni en sueños, General, ni en sueños; ¿una broma me dice?, jaja, sí, tiene razón: soy un tonto, es que a veces tardo en comprender las bromas, perdone usted. Le decía que le avisamos y así usted puede dar su discurso, claro, claro, claro y quitarles la máscara a esos pendejos de los Apóstoles, con perdón del disparate.

Colgó. Se quedó mirando fijamente el teléfono, como si de esa manera pudiese perforarlo. Carraspeó con fuerza. Los miró a los tres con un dejo de tristeza: ahí estaban, confusos, sin saber qué decir por lo que acababan de oír, con los ojos nerviosos, sin saber dónde posarse.

—Bueno —dijo el jefe Castro después de un tiempo: ahora ya era el mismo, volvía a actuar con seguridad, con aplomo, había rejuvenecido—. Era el General, ¿no? Está de acuerdo con la tesis de que todo está vinculado, así que por ahí va la cosa. Sólo que ahora tenemos un problema que está por hacerse grande.

—Esos Apóstoles de mierda —dijo el Cacas—. ¿Me llevo a Huguito y a Serna, jefe? Salimos volando.

—Antes de que llegaran volví a hablar con Zamora —buscó unos papeles—, ya son más ahora y todos armados. Ya sabes, Cacas, todo de forma discreta. Tendrán que ir ustedes dos también.

Ossorio y Ortiz sintieron la mirada del jefe Castro sobre ellos.

—Pero está lo del niño —dijo Ossorio—. Falta interrogar al feo, ver qué pasó en realidad. Y lo de la nieta de Gómez también.

—Ahora lo importante es esto —dijo el jefe Castro. Los despidió con una mano—: vayan de una vez.

Se cuadraron, pero Ossorio lo hizo sin ganas. Salieron del despacho. Afuera, en el corredor, un par de ventanas dejaban ver en el cielo un sol enfermo, débil, lejano, frío, cuyos rayos caían sobre los techos de lámina de las casas de la ciudad con una pereza ancestral, mortal, ya sin entusiasmo.

Ahí está otra vez su amigo, ¿lo ve?, ahora está solo, creo que es mejor que me vaya, ¿y lo que tenía que decirme?, vamos, sígame de lejos, ¿dónde?, no tenga miedo, no le voy a hacer nada, ¿aquí, a los baños?, póganse a orinar, o haga como que quiere, ¿aquí?, no me parece el lugar más adecuado, ¿quieren que nos vean hablar?, mire, póngase a mi lado de una vez, ¿no tiene ganas?, no, no es eso, es que, ¿le da vergüenza?, cómo se ve que usted es un civil común y corriente, carajo, no me gustan los baños públicos, eso es todo, ¿gol?, sí, gritaron gol, mire lo que tengo que perderme por usted, ¿va a venir o no?, bueno, así está bien, hable más alto que no le entiendo: todo fue mentira, ¿cómo?, sí, todo, no... oiga, venga, ¿dónde cree que va?, mejor me voy, ¿qué está haciendo?, me tiene que escuchar aunque sea a la fuerza, ¿por qué cierra la puerta?, escuche, me estoy jugando la cabeza por lo que pasó, está loco, ¿loco dice?, ya suélteme, me está haciendo daño, todos ustedes son iguales, calle, shhh, ¿ve?, ¿es su amigo?, shhh, hable bajito, ¿nos está buscando?, parece, va a orinar, no, se está yendo, ¿ahora entiende?, están sobre mí, sospechan, entonces ¿cómo fue?, fue un invento, un invento para sacarse a los Apóstoles de encima, ¿ahora entiende?, ¿me cree?, de manera que ese, ¿la Morsa dice?, no tenía nada que ver, era ratero, eso sí, pero Apóstol imposible, si lo sabré yo, ¿por qué entonces?, ¿por qué lo hicieron?, escúcheme, le estoy hablando, ¿está bien?, por política, por la seguridad interna, por eso, ¿por los Apóstoles?, ¿no ve que ahora ya ni existen?, ¿no se da cuenta cómo la misma gente los entregaba a la Policía o los mataba ahí mismito donde los agarraban después de enterarse del supuesto vínculo?, me voy, no, espere, Zamora debe estar allí todavía, espere, ya oí suficiente, debería darle vergüenza ser policía, me da, me da todos los días, cabrones, puede pegarme si quiere, ¿les va a decir?, a los padres del chico, digo, ¿sabe cómo está mi hijo?, ¿sabe que él y el Alfredito eran amigos?, ¿sabe?, no grite, nos van a pescar, ya no es el mismo, le tiene miedo a todo, ¿qué haría si su hijo llorara todas las noches, ah, qué haría?, ¿tiene hijos?, voy a tener uno, pronto, entonces me entiende, ¿no?, ¿por qué cree que lo hago?, sólo quería decirle eso, ¿me entiende?, debería haberlo dicho a su tiempo, y no callar tanto, seis meses después, ¿le parece poco?, no, ¿por qué no habló antes?, no podía, tenía que esperar a que las cosas se tranquilizaran, eso, ellos se van mañana, ya no pueden estar más aquí, entonces hablé a tiempo, ¿eso es todo?, sí, entonces adiós, espere un rato, ¿qué?, me tiene que prometer que los señores no dirán nada, que se quedarán callados, ya la dije que no puedo prometerle eso, tiene que decirles, hablarles, contarles cómo me estoy arriesgando, ellos también corren riesgos,

¿de qué?, no se haga, usted sabe bien de qué, ¿entonces me lo promete?, ya le dije que no sé, entonces mejor váyase, pero dígales que mejor no hablen, que si quieren estar vivos es mejor cerrar el pico, me voy, oiga, espere un rato, ¿qué?, no, nada, sólo que, ¿hay algo más?, sí, soy una mierda ¿no?, supongo que sí.

—¿TE GUSTABA EL bonito también? —te dijo Huguito—. ¡Qué manera de desperdiciar la vida contigo!

No dijiste nada. Lo único que se escuchaban en la habitación eran los sollozos apagados de Mamita a un costado de la habitación. Huguito se dio vuelta, se acercó a ella.

—Ya no llores —le dijo—. Más bien deberías estar arrepentida por traicionar a la gente. Eso sí no se hace.

Cerraste los ojos. Aún podías sentir el miedo en medio del estómago. Era como un vacío, una especie de calambre que no paraba de hacerte daño. ¿Era la misma sensación que experimentabas cada vez que tu tío te obligaba a hacerlo? ¿Y si estaba vivo? ¿Si todo había sido una trampa? ¿Una trampa tendida por ese cabrón para hacerte daño? Pero recordaste las cosas que esos tres habían hablado antes de irse. ¿Te iban a matar entonces cuando regresaran? Volviste a sentir ese vacío. Sí: era miedo. Sin embargo, ahora se trataba de un miedo más profundo que aquel al que ya estabas acostumbrado a experimentar frente a tu tío: en esas oportunidades por lo menos sabías que tu vida iba a continuar después como siempre. Ahora, sin embargo, algo te decía que al volver el sargento Serna iba a seguir con lo que había dejado a medias. Que era el final. Abriste los ojos. Ahí estaba Huguito contemplando con tristeza una vez más el cuerpo del Primo. Giraste un poco la cabeza: la mirada llorosa de Mamita. Tenía el cabello revuelto, los labios húmedos, la respiración agitada. Movió un poco la cabeza, como queriendo decirte algo. ¿Entonces ella los había denunciado? ¿Qué le habrías hecho si te quitaban las esposas? ¿Lanzarle los perros? ¿Quemarla viva con agua hirviendo?

—Qué miras tanto —te dijo Huguito—. ¿Le quieres hacer algo a la señora, feo? Contesta, pues, te estoy hablando.

Apoyaste la cabeza contra la pared. Te dolió la nuca. Recordaste los puños de Huguito estrellándose allí cuando ya te tenían sometido en el piso de tu habitación. ¿Cómo habían entrado esos dos? Sólo recordabas el momento de volver después de haber hecho la llamada. Entraste al colegio, recorriste todo el camino que separaba la puerta de ingreso de tu habitación. No habías sentido nada extraño, sólo una leve agitación en el corazón que había comenzado desde el momento en que habías hablado con la señora. Y esos pensamientos: que todo iba a arreglarse, que con el rescate te irías de aquí, que de aquí a un tiempo ya no te acordarías de Alfredo, ni de tu tío, ni del Irlandés y mucho menos de los Norteños. Sólo llegaste a tu habitación y encontraste la puerta abierta. ¿Una señal que te decía que huyeras? ¿No la habías cerrado antes de irte? ¿No era esa una llamada de atención? ¿O había salido el Primo a lavarse? Pero entraste. Lo primero que viste fue a Huguito sentado en tu cama. Te quedaste perplejo por algunos segundos. Quisiste retroceder pero en eso la puerta semiabierta se cerró con furia y golpeó un costado de tu cuerpo. Cuando caíste al suelo viste al sargento Serna apuntando al Primo en la cabeza.

Luego había venido la pelea. Al principio habías peleado sólo con Huguito mientras el sargento Serna miraba divertido sin dejar de apuntar al Primo, pero en algún momento tus músculos se habían agotado, en algún instante el sudor y el cansancio habían sido más fuertes. Y después de eso ya no recordabas nada.

Preferías no pensar en Alfredo enterrado. Preferías no pensar en lo que había pasado luego de terminar: en cómo se puso de pie, con el pantalón acomodado a medias, en cómo había intentado llegar a la puerta, y también en cómo habías saltado hacia él, en cómo lo habías cogido del cuello de la polera y cómo lo azotabas contra el suelo. ¿En qué momento había aparecido el destornillador en tus manos? No lo sabías. Habías intentado recordarlo todo el tiempo, incluso cuando estabas de rodillas con el arma en la nuca, pero no podías. Era un misterio. Preferías pensar que nunca lo habías utilizado.

—Así que jodiendo a chiquillos —te dijo Huguito—. ¿No te das cuenta que por gente como tú nosotros tenemos mala fama?

Huguito se puso de cuclillas. Clavó la mirada en el orificio de tu rostro.

—Qué carota —te dijo—. ¿Me vas a contestar o te vas a quedar callado todo el rato?

—No soy ningún maraco —dijiste—, puta.

Huguito rió divertido. Se puso de pie. Llegó hasta donde estaba Mamita.

—¿Así que sólo te gusta cepillarte chiquitos? —te dijo—. ¿Cómo le llamas entonces a eso?

No sabías qué responder. ¿Cómo se llamaba a eso? La verdad es que nunca te lo habías preguntado. Sólo de algo estabas seguro: que no querías hacerle daño. ¿Por qué Alfredo se había portado así? ¿No entendía que no querías lastimarlo? ¿Que lo querías? ¿Que estabas enamorado de él? ¿Por qué entonces te había venido luego ese arranque de furia cuando lo viste llorar tirado en el piso, intentando inútilmente ponerse el pantalón? ¿No sería ésa la misma rabia que sentiría tu tío cada vez que tú hacías lo mismo? ¿Eran los dos iguales entonces?

—Te jodiste, feote —te dijo Huguito—. Mínimo te cuelgan. Y lo que te harán antes en la cárcel.

—Yo no fui —dijiste—. Fue el Primo.

Huguito volvió a mirar al cuerpo. Soltó un suspiro.

—¿Él? —te dijo—. ¿Qué ganaba el bonito metiéndose con chiquillos? No mientas, monstruo, no hables así de alguien que no puede defenderse. ¿No te enseñaron en tu casa a respetar a los muertos?

De pronto Mamita se puso a llorar. Lo hizo con fuerza y de manera ruidosa. Huguito le dio un golpe con la mano abierta en la cabeza. Mamita se mordió los labios.

—Ya no hagan lío —dijo Huguito—. Por su culpa casi nos mandan a la frontera. ¿Ya les dijeron dónde se metieron? ¿Ya lo saben?

—Déjame ir —le dijiste—. Déjame ir, maraco.

Huguito estuvo a punto de responder algo, pero en ese instante se abrió la puerta. Mamita lanzó otro chillido, como si alguien invisible le hubiese clavado algo en el cuerpo. Era el sargento Serna.

—¿Alguna novedad, Huguito? —dijo—. ¿Se portaron bien estos dos?

—Nada grave —dijo Huguito—. Sólo que el prisionero de los dientes no para de insultarme, sargento.

—Algo le habrás hecho —dijo el sargento Serna—. No le meterías mano, ¿no?

Huguito rió sin ganas. El sargento Serna lo siguió por un rato pero después de algunos segundos dijo:

—Nos tenemos que ir, Huguito.

—¿Y estos dos? —dijo Huguito—. ¿Ya hay órdenes, sargento? ¿Les damos de una vez?

El sargento Serna te miró. Era una mirada fría y aburrida.

—Hay que dejarlo vivo —dijo—. Qué suerte tienes, fenómeno.

—¿Y la otra? —dijo Huguito—. ¿También se salvó, sargento? Qué influencias.

Entonces viste cómo el sargento Serna sacaba su arma de la sobaquera e iba hasta donde se encontraba Mamita. La viste empezar a temblar sobre la silla. Mamita cerró los ojos y el sargento Serna hizo fuego mientras echaba el cuerpo hacia atrás. La cabeza de Mamita hizo plaf, como cuando un globo revienta.

—¿Y a dónde vamos? —dijo Huguito—. ¿Se puede saber, sargento?

—Hay un lío en el Palacio —dijo el sargento Serna—. Los Apóstoles otra vez.

Salieron sin decirte nada más. El cuerpo de Mamita estaba firme sobre la silla con la cabeza echada a un costado. Tenía los ojos cerrados, abultados, y la boca entreabierta. Intentaste ponerte de pie apoyando la espalda en la pared, pero cuando estuviste casi erguido entró un guardia y te tomó del cuello.

—Dónde me llevas, mierda —dijiste.

El guardia te dio un rodillazo en las costillas. Sentiste que el aire abandonaba tu cuerpo con violencia. Abriste la boca en un vano intento de recuperar el oxígeno perdido. El guardia agachó un poco el cuerpo y te dijo:

—A los calabozos, cabrón.

¿Listo?, listo, jefe, ¿a todos?, a todos, hasta tenemos prisioneros, ¿lo puede creer?, creer qué, chiquitos de diez años, quizá menos, ¿Apóstoles?, bien armados, con los cabellos largos, y lo peor esa boquita, ¿decían algo?, lo de siempre, como antes, jefe, chiquillos disparando, echando vivas a la revolución, hay que hacer algo, bueno, bueno, eso ya lo vamos a ver, ¿los tienen con ustedes?, acá están, hay que darles sus buenos cocachos, carajo, ¿cómo estuvo, Cacas?, al principio complicado, se dieron cuenta los muy putas, jefe, con Zamora nos hicimos los que escuchábamos pero uno de ellos nos miraba y nos miraba todo el tiempo entonces de pronto que nos señala y ahí nomás se lanzaron sobre nosotros, ¿y Ortiz y Ossorio?, ¿y Huguito y Serna?, Huguito y el sargento Serna nos salvaron la vida, jefe, pero Ortiz y Ossorio tardaron en actuar, miéchica, ya va a comenzar, ¿el discurso?, sí, ya está el General en el balcón, ¿oye?, ¿oye los aplausos?, sí, ¿están ahí los muchachos?, están todos afuera, mirando por si alguno se hace el chistocito, dime qué más pasó, nada más, que los agarramos ahí mismito sin ruido, sin nada, gracias a las pistolas con silenciador la gente creía que les estaba dando un ataque, ¿sabe una cosa?, qué, ese Huguito no es tan cojudo como creíamos, jefe, ¿por qué?, porque, ahora sí, ¿quiere oír?, ¿ya está hablando el General?, sí, a ver, cosas terribles han pasado en estas horas y comprendo su molestia y desazón, como padre y abuelo comprendo su dolor, tiene su estilacho, ¿no?, tiene, qué bonitas cosas dice el General, si todos pensaran como él, otro sería este país, bueno, le decía: Huguito no es tan bruto, jefe, porque de pronto apareció vestido de médico, ¿de médico?, sí, con bata y una crucecita roja en el bolsillo y cuando esos mierdas caían él se acercaba, les tomaba el pulso, les oía el corazón, les ponía un espejito debajo de la nariz, de lo más serio, qué Huguito más cabrón, sí, y después decía: un ataque, debe ser la emoción, le juro, con perdón, que no sabía si reírme o hacerle caso, después nos miraba y nos decía ustedes dos que están tan fuertes una manito con el enfermo, y así los fuimos sacando, ¿tiene una radio por ahí?, no, no, qué discursazo se está echando el General, ¿quiere oír?, a ver, sé de su molestia, ¿cómo es posible que un ser humano pueda cometer semejante acto?, nosotros, como seres humanos civilizados no podemos entender, esas son, precisamente, las consecuencias de estos tiempos, esas desviaciones de tipo moral desconocidas en nuestra sociedad, ¿no tienen, acaso, la culpa de esta depravación el homosexualismo y las drogas?, carambolas, tiene su labia, ¿no?, eso le renueva a uno los ánimos, jefe, ¿y después?, después estos enanos aparecieron no sé de dónde pero ahí estaban, después de un rato casi se lo echan a Huguito, jeje, hubiera visto su cara, y no sé cómo el sargento Serna le planta a uno un balazo y cuando cae alguien grita ¡un médico!, y como el huevón de Huguito estaba ahí se lanza sobre él y en vez de atender al enano le empieza a apretar la herida y yo pensaba: se van a dar cuenta, puta madre, pero el chiquillo se desmayó y más bien Huguito lo, ¿quiere oír?, ya va a decirlo, jefe: hay que ponderar el trabajo de la Policía, que en menos de un día ha atrapado al asesino de ese niño mártir como ustedes mismos lo han bautizado: los informes policiales que me pasaron hace unos minutos aseveran que se trata de un criminal con un largo prontuario, mínimo nos ascienden jefe, ¿crees?, no sé, tal vez, pero calla de una vez, sé que ustedes, como yo, está preocupados por los acontecimientos de estos días, ¿son los mismos?, se preguntarán, ¿serán ellos otra vez?, ¿por qué vuelven a molestar a nuestras familias, a amenazar la tranquilidad de nuestra vida diaria?, quiero decirles que gracias al fruto de un intenso trabajo de Inteligencia hemos logrado comprobar que hay una relación directa entre ese condenable crimen y los Apóstoles, acerca más el teléfono, Cacas, no escucho: se trata de una banda de ladrones de casas, de esas personas que entran a robar llevándose el fruto del esfuerzo de sus semejantes, y en este caso el inculpado, el criminal, el infanticida, pertenecía a una banda que se había bautizado como los Norteños, hasta ahí todo parecía estar dentro del marco de, ¿qué pasa?, nada, jefe, están aplaudiendo, el marco de lo meramente policial, pero nos dimos con la sorpresa de que el dinero de esos robos y el rescate del niño iban directamente a la compra de armas y demás artículos para esos que se hacen pasar por Apóstoles, ya juzgarán ustedes la clase de personas que son estos sujetos, cuando en sus filas pululan como si nada el hedonismo y la homosexualidad, ¿qué hemos hecho para recibir semejante castigo?, yo les digo ¡nada!, sólo cumplir la ley, trabajar, nada más, por eso reafirmo una vez más en esta plaza llena de horror e indignación que esas protestas en las iglesias para la liberación de un apóstol, del padre Vidal, uno de estos sujetos culpables de la muerte del pequeño Alfredo, quedan totalmente en el ridículo, yo les digo: no tendremos contemplación con ellos, a los padres del niño, de ese mártir, de esa víctima de los radicales, yo les digo, tendrán la satisfacción de ver cómo hacemos justicia, la pena de muerte es algo a lo que yo, como humano, me opongo tenazmente, pero en estos casos, y pese a la legislación de nuestro país, haremos una excepción, el inculpado tiene que ser aniquilado luego del proceso judicial de rigor y yo me comprometo ante ustedes a hacerlo, pero antes de retirarme quiero terminar con una petición: actuemos con calma y sensatez y mejor volvamos a nuestras casas y dejemos a la justicia hacer su trabajo, gracias... bueno, ¿hola, Cacas?, qué ovación, jefe, ¿escucha?, sí, óyeme, quiero que vuelvas con esos chiquillos, dile a Ortiz y Ossorio que se den sus vueltitas por ahí hasta que la gente se disperse, diles también a Huguito y a Serna que vengan a terminar de hacer los informes, ¿entendido?, sí, pero yo creía que íbamos a festejar un ratito, ¿festejar?, ¿se puede, jefe?, ¿nos da permiso?, nada de festejar ni de ir a puteros, Cacas, hay que hacer los informes, hay que estar listos para mañana, ¿entendido?, entendido, jefe, perdón.

—¿Una carta, y encima dirigida al General? ¿Una carta de los padres del chiquillo dice? Hace tantos meses que pasó que ya ni me acordaba del tema, jefe —dijo el sargento Serna—. Y qué dice.

—Puras mentiras —dijo el jefe Castro—. Ya sospechábamos algo, pero lo dejamos pasar. Lo hicimos seguir con los muchachos y todo, pero recién ahora confirmamos nuestras sospechas. Hay que agarrarlo. Antes de que haga un lío más grande.

¿Podían saber desde dónde llamaba uno?, ¿podían reconocer la voz de las personas? ¿Era posible hacer eso? La Morsa dubitó. Tenía la moneda metida ya en la ranura del teléfono, pero aún la sostenía con las yemas de los dedos. Después de unos segundos la dejó caer, llevó el tubo a la oreja y discó. ¿Inteligencia?, dijo la voz de mujer al otro lado de la línea, puso un pañuelo blanco sobre la bocina y dijo: quiero hablar con algún agente, ¿asunto?, dijo la voz de la mujer, quiero denunciar algo.

—¿Un traidor? —dijo Huguito—. Hasta en las mejores familias ocurre, sargento. A mí ya no me sorprende.

—Zamora ya me había comentado algo —dijo el sargento Serna—, que hablaba con personas sospechosas, que no obedecía órdenes, que estaba actuando medio raro pero quién lo iba a creer.

—Lo que le espera al pobre —dijo Huguito—. El Cacas debe estar feliz.

Denuncia sobre qué, dijo la voz de la mujer. La Morsa no supo qué contestar, estuvo a punto de colgar, pero luego dijo: sobre un Apóstol. La voz de mujer carraspeó al otro lado de la línea, dijo espere un momento y luego se escuchó un tema musical, como si hubiesen puesto una radio cerca. La Morsa esperó impaciente, ¿y si tenían alguna forma de detectar desde dónde estaban llamando?, ¿sería la música sólo una distracción mientras llegaban a arrestarlo a uno?, ¿y si en cualquier momento aparecían detrás de él dos agentes vestidos de civil y lo detenían? Miró a los costados pero no había nadie sospechoso: sólo gente que pasaba sin verlo. De repente la música paró, ¿hola?, dijo la voz de la mujer, hola, dijo la Morsa, le voy a pasar con un agente, ¿hola?, dijo la voz de un hombre. La Morsa pegó la boca a la bocina, quiero denunciar a un apóstol, dijo. ¿Lo conoce?, dijo el agente, algo, dijo la Morsa, ¿se da cuenta que este es un asunto serio, señor? Es un Apóstol, dijo la Morsa, trabajó en Inteligencia. Hubo un largo silencio, hasta que la voz del agente dijo: ¿cómo dice?, que era agente de Inteligencia, dijo la Morsa.

—Está casado, ¿no? —dijo Huguito—. Qué desperdicio.

—No hables así de los colegas —dijo el sargento Serna—. Te lo prohíbo, maricueca. Y no me des órdenes, ¿se te olvidó qué es la subordinación, mierda?

—Un traidor como él ya no es del Cuerpo —dijo Huguito—. No lo defienda, sargento.

—Hasta que no lo agarremos sigue siendo un colega —dijo el sargento Serna—. ¿Será ahí?

—Una casa chiquita pintada toda de blanco —dijo Huguito—. Ahí debe ser, sargento.

Estacionaron el coche cerca de un árbol calvo y triste. Bajaron sin mirar a los costados y sin echarles los respectivos seguros a las puertas.

—Saca tu arma por si acaso —dijo el sargento Serna—. Toca, Huguito.

Si es una broma te va a costar caro, puta, ¿cómo te llamas?, dijo la voz del agente. La Morsa estuvo a punto de colgar, ¿realmente creerían lo que iba a decir?, ¿y qué pasaba si no le creían y más bien llamaban a su tío?, ¿no sospecharía de él de inmediato? Sin embargo, no lo hizo. Quiero que sea confidencial, dijo la Morsa, me puede matar. No hay nada confidencial en estos casos, dijo la voz del agente, cuál es tu gracia de una vez. No puedo, dijo la Morsa. La voz del agente volvió a callar y aunque débil la Morsa escuchó que hablaba, que quizá consultaba con alguien que estaba a su lado. Muy bien, dijo la voz del agente, te escucho. Se llama Zacarías Cerdán, dijo la Morsa. ¿Sólo eso?, dijo la voz del agente, qué más. Es Apóstol, tiene armas, se reúne con… con otros. Me estás tomando el pelo, pendejo, dijo el agente y luego pareció consultar una vez más con ese alguien que se encontraba al lado suyo: nos está tomando el pelo, Cacas. Dinos algo más, dónde vive, qué hace todos los días. Vive, vive y trabaja en el colegio Irlandés, dijo la Morsa, está enojado porque no lo asimilaron al Cuerpo, dice que es una venganza, que por eso se hizo Apóstol. ¿Lo conoces?, dijo la voz del agente. La Morsa escuchó un forcejeo, como si intentaran quitarse la bocina, ¿hola?, dijo otra voz, hola, dijo la Morsa, ¿cómo es ese tal Cerdán? La Morsa lo describió, al otro lado oyó es él y luego: habla de una vez.

—¿Está el señor Ossorio? —dijo el sargento Serna—. Dígale que un amigo, Martín. Gracias, señora.

—¿La vio, sargento? Yo le calculo unos seis meses —dijo Huguito—. Qué barriguita más redondita.

—Y qué bonita —dijo el sargento Serna—. Qué suerte tienen los traidores, Huguito.

—Pobrecita —dijo Huguito—. Y la criatura se va a quedar huérfana de padre, qué desgraciada es la vida a veces, sargento.

—¡Shhh! —dijo el sargento Serna—. ¿Escuchaste? Fue como un vidrio roto. ¡Se está escapando, Huguito! Corre por atrás, yo entro por aquí.

Yo sólo quiero colaborar, dijo la Morsa y luego: ¿hay algo de malo en eso? No, no hay nada de malo, dijo la voz del otro agente, habla. Se reúne con otra gente, habla de la revolución, hace afiches y compra armas. ¿Lo has visto con tus propios ojos?, ¿has estado ahí?, ¿cómo sé que no eres un Apóstol tú también? La Morsa no supo qué contestar, quitó el pañuelo de la bocina y se limpió el labio inferior húmedo de saliva. Oye, te estoy hablando. Volvió a tapar el pañuelo con la bocina: una vez, dijo la Morsa, pero me engañó. Me dijo que era una fiesta y era otra cosa, por eso llamo. ¿No será que quieres vengarte por algo?, dijo la voz del otro agente, ¿no será por eso más bien? No, dijo la Morsa con violencia, ¿no estoy

haciendo lo que ustedes dicen que debemos hacer los ciu-
dadanos? Es un Apóstol, ¡allá usted si no me cree! No me
grites, pendejo, dijo la voz del otro agente, dame todos
los datos: ¿vive y trabaja en el colegio Irlandés entonces?,
sí, ¿sólo?, no, dijo la Morsa, con un muchacho y su madre, pero ellos no tienen nada que ver. Ya, dijo la voz del
otro agente, si estás mintiendo te vamos a encontrar y vas
a ver lo que es bueno. La Morsa colgó. Le temblaban tanto las manos que apenas pudo guardar el pañuelo en el
bolsillo del pantalón. Tenía ganas de vomitar, también.
Esperó un momento hasta calmarse y luego subió la avenida Saavedra sintiendo el cuerpo liviano, ligero: de
pronto una extraña felicidad lo había invadido.

—Quieto, quieto —dijo Huguito—. Qué manera de correr, sargento.

—Casi me tumba dos dientes —dijo el sargento
Serna—. ¿Sigo sangrando, Huguito?

—A ver —dijo Huguito—. No, ya no. Mejor le
esposamos también los pies.

—Eso es, Huguito —dijo el sargento Serna—.
Camina, perro.

—Ahí viene la señora —dijo Huguito—. ¿Y si da
a luz ahorita, por la impresión?

—No hables huevadas —dijo el sargento Serna—.
Y usted, señora, ya no grite, puta madre.

No GRACIAS, AFUERA ya hay un auto esperando, ¿no
sería mejor que te lleve?, no, ya hiciste mucho por nosotros, te hemos molestado demasiado, vas a ver cómo las
cosas se arreglan estando afuera, ahí la medicina está más
avanzada, todos los días descubren algo, ¿no?, ojalá sea

así, tienes que tener esperanza, de un día para el otro Raquel va a ser la de siempre, vas a ver, ¿y el Oscarín?, ya está mejor, gracias, ya no se despierta llorando, ya no grita por las noches, ya nos habla sin ponerse a llorar, ¿y ustedes se van a ir del edificio?, no, no, ya lo hemos conversado con mi esposa, ¿tiene algún sentido?, además sería peor para el Oscarín, estaba pensando que tengo que hacer algo, algo sobre qué, ya sabes: sobre lo que te contó el hombre ése, me dijo que era peligroso, tenía un miedo terrible cuando hablamos, por algo debe ser, están escondiendo algo entonces, es que no puedo entender, ¿y si no es?, ¿si sólo están encubriendo a otro?, no sé, puede ser, pero el tipo con el que hablé parecía realmente sincero, ¿sabes qué?, voy a enviar una carta, ¿una carta?, aquí está, la estuve escribiendo anoche, va dirigida al Gusano, la voy a mandar cuando estemos allá, también a todos los periódicos, ¿dices su nombre?, ¿dices el nombre de ese tipo?, sí, pero no te preocupes: no te menciono a ti, no me importa, la verdad, ¿y eso?, ¿oyes?, sí, es Raquel, ya no habla, sólo grita, como un pájaro, como un cuervo, se va a mejorar, vas a ver, en el exterior tienen mejores científicos que acá, los médicos que la vieron dicen que otro ambiente podría hacerle mejor, hay que tener paciencia y fe, ¿fe?, ya ni me acuerdo de lo que es eso, ¿me podrías hacer un favor?, tú sólo dime, ¿me ayudarías a bajarla de la cama y ponerla en la silla de ruedas?, lo que pasa es que sus hermanas no quieren tocarla, apenas lo hacen y se pone a gritar así, ¿oyes?, tienen miedo, lo que tú digas, vamos, ¿Raquel?, mira, es el vecino de arriba, ¿te acuerdas de él?, el papá del Oscarín, dice que sí, ¿y estas heridas?, es que la tenemos que amarrar a veces, se baja de la cama y hace el baño en cualquier parte, es como una niña, los médicos le dicen regresión o algo así,

ahí está la silla, ahora sí, arriba, ¿las maletas ya están abajo?, sí, vamos, vamos, el Paulino no quiere verme, debe
tener miedo, pobre hombre, ahí está mi cuñada, mejor
la metemos, un vecino, Esperanza, la hermana menor de
mi esposa, un gusto, el gusto es mío, ¿la subimos al auto?, ya está llorando otra vez, a lo mejor sabe que ya se
va, súbela, ¿vamos?, un rato, me tengo que despedir del
vecino, bueno ¿nos escribimos entonces?, ¿piensas volver?, ¿ya para qué?, algún día, aunque sea de visita, después de enviar la carta no creo que me dejen entrar más,
tienes razón, entonces nos escribimos, sí, nos escribimos,
gracias por todo, no es nada, saludos al Oscarín, está
bien, ¿puedo pedirte un último favor?, dime: ¿podrías
llevarle flores a Alfredo de vez en cuando?, claro, por supuesto.

—Ya no te muevas, ¿no ves que puedes lastimar-
te? —dijo Huguito mirando a Ossorio: éste no paraba de
mecer con violencia el cuerpo de adelante hacia atrás—.
¿No te importa? Friégate entonces.
—Ya no le ruegues —el sargento Serna aceleró,
bajó una calle empedrada, toda la estructura del coche se
remeció, un par de perros furiosos persiguieron las llantas por unos cuantos metros—. Tiene miedo, por eso hace esas cosas. Ya sabe lo que le espera.
—¿Qué les pasa? —dijo Ossorio—. ¿Adónde me
llevan?
Nadie respondió. Dentro del auto sólo se escuchó
el ronquido liviano del motor. Ossorio giró la cabeza, vio
el perfil de Huguito, las aletas de la nariz respirando con
calma.

—Ya sabes a dónde, traidor —dijo el sargento Serna después de un tiempo.

El agente Tomás Ossorio cerró los ojos y echó la cabeza hacia atrás. Pensó en Mariela. En la criatura que estaba en su vientre. Pensó en el día del parto. En la soledad. En ese vástago creciendo sin él. En que quizá sólo lo reconocería por fotos. ¿Había hecho bien en contarlo todo? ¿Pero por lo menos ya se sentía aliviado desde ese día? Pensó: No, no se sentía.

—Ya estamos llegando —el sargento Serna vio, cerca ya, los últimos pisos del edificio del Cuerpo—, ahora sí, pobrecito de ti, Ossorio.

El coche se metió por una callecita desierta de gente y rodeada por filas uniformes de pinos secos y viejos. El sargento Serna dobló a la derecha, avanzó un poco más, frenó: sacó la cabeza por la ventanilla.

—¡La puerta! —gritó.

El coche había estacionado frente a una puerta de garaje construida con láminas de calamina y con el número 45 dibujado con pintura negra. El sargento Serna tocó la bocina repetidas veces, hasta que alguien del otro lado abrió con lentitud y parsimonia. Avanzó otra vez. En esta ocasión el camino de tierra había sido sustituido por una ruta asfaltada y los árboles por galpones llenos de coches viejos y muebles de oficina destartalados.

—Caer así, por soplón, qué vergüenza —el sargento Serna paró el coche, apagó el motor, sacó la llave de contacto y giró la cabeza para ver a Ossorio—. Hay que bajarlo, Huguito.

El sargento Serna descendió. Rodeó el coche hasta la puerta del copiloto, la abrió y jaló el asiento hacia delante.

—Ya baja de una vez —dijo Huguito saltando del coche—. Bajas o te bajo, conchudo.

Ossorio recorrió todo el asiento moviendo las caderas. Llegó hasta el borde, estiró los brazos esposados para que Huguito los tomara. Éste lo hizo: lo jaló con fuerza y Ossorio fue a caer de estómago sobre el asfalto con las piernas aún sobre el borde de la puerta del coche.

El sargento Serna y Huguito rieron. Ossorio esbozó una sonrisa amarga, llena de culpa. Después lo izaron entre los dos por los sobacos, le arreglaron los faldones del saco que por el golpe habían quedado replegados sobre la espalda.

—Quítale las esposas de los tobillos —ordenó el sargento Serna.

Huguito obedeció.

—Listo —dijo Huguito—. Camina de una vez.

Ambos se pusieron a los costados de Ossorio y lo tomaron por los codos. Caminaron con tranquilidad, sin acelerar el paso, como si hubieran hecho ese recorrido un millón de veces. Subieron por una rampa hasta internarse en un callejón sumergido en penumbras, apenas iluminado por la claridad que llegaba de fuera a través de una estrecha claraboya. Avanzaron por él hasta toparse con la puerta de un ascensor. Huguito apretó un botón y las puertas de éste se abrieron de inmediato. Una vez dentro un espejo que hacía de pared le devolvió a Ossorio una imagen desastrosa: tenía el pómulo derecho hinchado, ambos labios ostentaban una costra de sangre, había un moretón en forma de U en la mejilla izquierda.

—Eso te pasa por ponerte terco —el sargento Serna se había dado cuenta que Ossorio se examinaba en el espejo—. Abajo, Huguito.

Huguito presionó el botón que decía PB. El ascensor bajó despacio por el lapso de apenas unos segundos. Se detuvo y cuando las puertas se abrieron vieron parado al Cacas con una escopeta de caño recortado al hombro. Al verlos silbó y sonrió con malicia.

—Me habían dicho pero no podía creerlo —dijo el Cacas—. Qué pena me das, Ossorio.

Ninguno de los tres dijo nada. Caminaron en dirección a una puerta batiente. Huguito empujó la hoja derecha y enfilaron hacia un callejón estrecho con celdas pequeñas a los costados. De este lugar venía un rumor de voces masculinas y, de vez en cuando, una risa histérica y alocada. Se acercaron hasta un escritorio de madera que tenía un montón de papeles arrugados encima. Detrás y sentado en una silla había un guardia jugando tres en raya consigo mismo.

—Traemos uno —dijo el sargento Serna. Pero el guardia seguía impasible pensando dónde acomodar una equis, un redondito—. Oye, te estoy hablando.

El guardia levantó la vista con pereza. Dejó a un costado el papelito donde jugaba el tres en raya, abrió un cajón del escritorio y sacó una planilla abultada y sucia.

—Nombre —dijo mientras anotaba.

—Sargento Epifanio Serna, Inteligencia.

—¿Y del detenido?

Ossorio tosió. El sargento Serna lo miró por un par de segundos.

—Tomás Ossorio, ex agente de Homicidios —dijo.

El guardia movió la cabeza como si estuviera perdonando a alguien.

—¿Así que es él? —dijo dejando de escribir y depositando la planilla sucia sobre el escritorio—. Vamos, por aquí.

El guardia se adelantó por el pasillo, pero antes sacó de uno de los cajones un tolete que debió haber sido negro en el pasado por la manchas que, como islas separadas entre sí, dejaban ver por todos lados el color café oscuro de la madera. Caminó por el pasillo haciendo sonar la punta del tolete sobre las rejas. Algunas voces anónimas despotricaron, otros presos asomaron las cabezas: monstruos rapados, miradas rojas, depravadas. Llegó hasta el final, extrajo una llave del bolsillo del pantalón y abrió la reja.

—Póngalo acá mientras se desocupa otra celda —dijo el guardia—. Mierda, estamos llenos otra vez.

Huguito le quitó las esposas y lo empujó dentro de la celda. El sargento Serna miró al interior: era pequeño y mugroso, tenía las paredes cuarteadas por la humedad, con inscripciones grotescas y obscenas; a un costado, adosadas al muro, había dos camas hechas de cemento. Una de ellas estaba ocupada por un bulto que al sentir el ruido de las rejas al momento de abrirse dio vuelta y parpadeó por efecto de la luz. A un costado, muy cerca de su cabeza, había una hilera de ropa variada colgando de clavos.

—¿Con él? —dijo el sargento Serna señalando la sombra—. Puede armarse un lío. Te advierto.

—Mejor —dijo Huguito—. Así está con uno de los suyos. Entra.

Ossorio oyó las rejas cerrándose.

—No tengo más espacio —se disculpó el guardia con el sargento Serna—. En cuanto se vacíen las del frente lo pasó ahí.

—Ese ya es tu problema —dijo el sargento Serna encogiéndose de hombros—, pero échales un ojo de rato en rato por si acaso. Vamos, Huguito.

Se alejaron diciendo: pobrecito, se lo merece, las cosas que le harán aquí, el que la busca la encuentra, sargento.

Ossorio se pegó a la reja, mientras sus ojos intentaban buscar un lugar donde dejarse caer. Entonces lo vio.

—¿Quién eres tú? —dijo la Morsa bajando de la cama de cemento de un salto—. ¡Guardia!

—¡Silencio! —gritó el guardia ya desde el escritorio—. ¡Cierra la boca depravado!

Ossorio se quitó el saco y lo dejó caer en el piso. La Morsa caminó hacia él con los puños apretados.

—Así que ya tengo mujer —dijo con furia—. Vamos a la cama, puta.

Luego Ossorio se desabrochó los puños de la camisa y se fue subiendo las mangas con cuidado hasta más arriba de los codos.

—Así que tú eres la Morsa —dijo Ossorio con calma y mirándolo a los ojos—. El del niño, el de Marcela, el norteño.

—¿Y tú quién puta eres? —la Morsa se acercó hasta él. Ossorio miró con claridad el hueco en medio de la cara, la lengua roja y húmeda bailoteando dentro, los dientes amarillos, saltones y desordenados: sí, parecía una morsa—. ¿Quién, ah?

El golpe de Ossorio fue certero. Sólo levantó la rodilla sin mover ninguna otra parte de su cuerpo. Vio caer a la Morsa tomándose de los huevos, retorciéndose de dolor sobre el piso. El ex agente se puso de cuclillas y sacó con parquedad las agujetas de sus zapatos. Ató ambas de cada punta, las hizo una bolita compacta y antes de meterlas a su boca dijo:

—Vamos a ver qué tan hombrecito eres, cabrón.

SOBRE LA PARED de la celda habías intentado escribir durante toda la mañana su nombre. Pero de un momento para el otro te habías arrepentido. No sabías por qué y en el fondo tampoco te importaba ya. Pero ahí estaban de todas formas lo que habías logrado escribir hace apenas unos días: tengo que salir de aquí, ya no puedo más. ¿Cómo estarían las cosas afuera? ¿Sería cierto lo que tu madre te contaba cada vez que venía? ¿Que la gente pedía tu muerte? ¿Y qué si lo hacían? Eso tampoco te importaba. Lo único que querías con desesperación era salir de allí. ¿Cuántos meses estabas encerrado en la misma celda sin siquiera poder ir al baño? Viste los palitos que habías hecho desde el día de tu llegada: contaste ciento ochenta. ¿Cuánto era eso? Quizá seis meses, a lo mejor más. No recordabas cómo se hacía para multiplicar. Te incorporaste de la cama de cemento. Caminaste hasta las rejas y cerraste los ojos con la intención de oír los ruidos del exterior, de reconocer las voces de los otros reos que te gritaban amenazas y predicciones: ven, Morsa, aquí hay un chiquillo como los que te gustan, una nueva putita en este rincón, qué suerte, muchachos. Pero tú no recordabas ese lugar tan convulsionado, tan violento. Volvieron a ti las imágenes de cuando te habían bajado: sólo lograbas rememorar un escritorio lleno de papeles y nada más. ¿Y el sol? Ya no lo habías visto desde que te trajeron acá. Con razón tu madre te decía cada vez que venía que estabas blanco como un fantasma. En todo caso sí eras un fantasma, ¿un fantasma asesino? ¿Pero cómo era un fantasma? ¿Lo había visto alguna vez? ¿Cómo sabía entonces que estabas tan blanco como un fantasma? Seguía siendo una cojuda, después de todo. El único contacto con el exterior era tu madre, que en vez de hablarte de cómo sacarte de ahí sólo venía a decirte las cosas que le habían pasado: cómo la habían echado del colegio, cómo ahora vendía en las calles sin ganar un solo centavo, incluso cómo los vecinos de Las Retamas habían entrado a tu habitación a quemarlo todo. ¿No sería una venganza de tu tío? Imaginaste al muy cabrón en el Infierno disfrutando de esto, riéndose en medio de enormes llamas y erupciones de azufre. Y también venía, claro, tu abogado. Un hombre gordo, obeso, con escasos pelitos en la cabeza y una corbata chiquita enrollada en el grueso cuello, quien a cada instante sacaba un pañuelo del bolsillo del pantalón para limpiarse el sudor. El obeso lo único que te decía era que las cosas estaban saliendo mal. ¿Que iban a colgarte? Tal vez no, te decía el obeso, quizá te fusilen. Lo decía con una calma que te desesperaba. ¿Estaría contigo o contra ti? El obeso decía que no había forma de que salieras libre. ¿No lo habías hecho tú, después de todo? ¿No estaban las pruebas? ¿La declaración del maraco ese? ¿Del amigo de Alfredo? ¿De Oscarín? A los pocos días de llegar a esta celda habían venido dos de los hombres que decían estar investigando el caso. Sólo recordabas el apellido de uno: Ortiz. Te preguntaron cosas, te revisaron las uñas y dijeron que había sangre. Pero ninguno de ellos te golpeó. Eso era lo extraño, porque tú pensabas que te martirizarían, que te sacarían los ojos, que te pulverizarían. Luego trajeron la ropa del niño metida en bolsas transparentes y te preguntaron si las reconocías. Tú dijiste que sí a todo. Entonces uno de ellos te preguntó si te declarabas culpable. ¿Por qué habías dicho que sí? No lo sabías. A lo mejor creías que esa era la manera más eficaz de salir de ahí y también la más rápida. ¿No estabas cansado ya de estar encerrado ahí todo el tiempo? ¿De ordenar la ropa colgada en los clavos todos los días una y otra vez para que pasen los minutos? ¿De hacer dibujitos sobre la pared también?

Apoyaste la frente a los barrotes antes de alejarte. Te acostaste en la cama de cemento. Sentiste la dureza y el frío que emanaba de ella pese a los cartones de leche que le habías puesto encima. Pensaste en el Primo, ¿dónde lo habrían enterrado?, en Mamita y su cabeza ladeada, incluso en Escarbino. Luego pensaste en Alfredo. ¿Y él? Tu madre te había contado que el entierro había sido gigante, que incluso hubo heridos y un muerto por la turba. ¿No los habías escuchado tú desde esta misma celda? ¿Eran esos los gritos? En esa oportunidad uno de los guardias se había acercado hasta la reja y te había dicho: esa es la gente que quiere matarte, cabrón. ¿Todos esos gran putas querían tu muerte? ¿Eran los que pedían la pena de muerte para ti? ¿Qué sabían ellos de lo que te había pasado? ¿Lo sabías tú? Giraste el cuerpo hasta ponerte con la cara frente a la pared cuarteada. Ya con el tiempo incluso te habías acostumbrado a la humedad y a orinar y hacer caca en latas viejas que dejabas a un costado de las rejas. ¿No habían sido terribles los primeros días? Estuviste así, pensando en esas cosas, hasta que oíste que abrían la reja. ¿Sería el abogado obeso?, ¿vendría a decirte que no había podido hacer nada?, ¿que ya iban a matarte? Escuchaste una risa y fragmentos de una conversación y luego pasos que se alejaban por el pasillo. Entonces diste vuelta. Parpadeaste. Alguien te señaló antes de salir y volver a cerrar las rejas. Había un hombre parado ahí. Por el tiempo que estabas encerrado tus ojos ahora podían ver mejor en la oscuridad. El hombre, sin embargo, tardaba en hacerlo. Diste un salto. El tipo estaba bastante golpeado. Creíste que lo habías visto en alguna oportunidad, pero no estabas seguro. ¿Se trataría de alguien que había hecho lo mismo que tú? ¿Otro a quien le gustaban los chiquillos? De pronto el hombre te dijo cosas que no comprendiste en ese momento. ¿El niño?, ¿Marcela?, ¿los Norteños? Tú lo insultaste, creyendo que de esa manera podías llegar a asustarlo. Esa era tu técnica acá: cada vez que escuchabas las cosas que te decían, tú respondías igual. Sin embargo, el desconocido no parpadeó. ¿Dónde lo habías visto antes? De pronto sentiste un golpe. Caíste agarrándote de los huevos, mientras observabas cómo el hombre se ponía de cuclillas y sacaba las agujetas de los zapatos. Te dijo algo que no entendiste muy bien por el dolor. Luego el otro se lanzó sobre ti. Te tomó por el cuello y con un solo brazo te llevó hasta la pared descascarada. Tu espalda chocó contra ella. Sólo en ese momento levantaste el brazo y lanzaste varios golpes que el tipo pareció no sentir. Con la otra mano el hombre sacó las agujetas de la boca y te las enrolló alrededor del cuello. Después el desconocido tomó los dos extremos. Lo viste girar sobre sus propios tacos mientras te jalaba contra él: tu cuerpo de pronto había quedado recostado sobre la espalda del otro. Escuchaste el esfuerzo que hacía mientras jalaba. Sentiste que la última reserva de aire de tus pulmones abandonaba tu cuerpo y arañaste el vacío. ¿Así se sentía cuando uno moría? Pateaste la pared varias veces, hasta que un cansancio enorme empezó a llenarte todo el cuerpo, como si hubieses corrido miles de horas seguidas. Estabas agotado, extrañamente plácido. ¿Cuánto habías peleado? ¿Era todo el tiempo suficiente como para sentir semejante cansancio? Sobre la pared cuarteada viste pasar a los perros que te acompañaban siempre que imaginabas que le hacías daño a alguien. Te miraban con pena y resignación. Uno de ellos movía la cola. Creíste ver a tu tío con los brazos cruzados, enfundado en una camisa blanca. Apareció también tu madre, de perfil, con la piel siempre roja y llena de esas venitas saltarinas que tanto te disgustaban de ella. Hiciste un esfuerzo supremo por reconocer a Alfredo entre todos ellos: no estaba allí. ¿Dónde pudo haber ido? Sacaste la lengua buscando un poco de aire. Oíste una vez más el esfuerzo que hacía el tipo mientras jalaba las agujetas. Entonces lo sentiste: ¿era la muerte así? ¿Esa pesadez en el cuerpo? ¿Esa fatiga en los ojos? ¿El irremediable cansancio en todo el cuerpo? ¿Al fin te estabas muriendo, Morsa?

FUE UNA MAÑANA, a la hora de volver a la minúscula casita blanca donde ahora vivía solo, cuando la vio eligiendo de entre un manojo de llaves la copia con la que podía abrir la puerta. Ossorio se detuvo a unos metros. La notó más delgada, con dos enormes medialunas oscuras debajo los ojos y con una palidez de enferma. Al fin Mariela halló la llave y antes de meterla al cerrojo murmuró algo. ¿Vendría por sus cosas?, pensó el agente. En ese instante Mariela levantó los ojos y lo vio. Ossorio se acercó con calma, procurando recordar todos los detalles de la última vez que la había visto, hace más de ocho meses atrás ya. Hola, dijo Mariela, Ossorio tardó en responder, hola, le dijo, ella miró al otro lado de la calle: el muro de adobe, los árboles un poco más grandes, el contenedor de basura siempre lleno, ¿estás bien?, dijo Ossorio. Mariela dijo que sí con la cabeza, ¿y tú?, dijo ella después, Ossorio encogió los hombros: él también estaba bien. Se quedaron en silencio por algunos minutos, hasta que Ossorio dijo: ¿vienes por tus cosas?, ella dijo que no moviendo la cabeza, ¿podemos hablar?, dijo Mariela. Entraron sin decirse nada más. Una vez en casa Mariela comprobó que Ossorio no había movido ningún objeto: seguía allí el ropero de plástico, la mesa de noche, la cama de dos plazas se encontraba en su lugar. Te estuve buscando, dijo Ossorio. Ya sé, dijo ella, luego aguardó algunos segundos: ¿es en serio todo lo que me contaste? ¿Todavía dudaba?, pensó Ossorio, ¿dudaba luego de los detalles que le había dado? Sí, dijo Ossorio, lamentablemente sí. Ella se sentó en la cama: recordó las llamadas desesperadas de Ossorio al hospital y también las estrategias para evitarlo, está enferma, está de viaje y al último la voz de un hombre: no quiere hablar con usted, cabrón. Y de pronto las llamadas habían cesado y Mariela pensó que Ossorio a lo mejor se había cansado, que quizá había vuelto al ritmo de su vida anterior, a lo mejor había conocido a otra. ¿Entonces por qué estaba allí?, ¿exponiéndose a un tipo como él que había hecho tantas barbaridades?, ¿que había matado a tanta gente? Creí que ya no volverías, dijo Ossorio, yo también pensaba eso, dijo ella. El agente tomó asiento a su lado, sintió el perfume a violetas que siempre emanaba de su cuerpo, tenemos que hablar, dijo ella, yo ya te dije todo, dijo Ossorio, ¿vamos a seguir juntos?, dijo ella, y en ese momento Ossorio sintió que su corazón daba un brinco, ¿estaba segura?, dijo, ¿segura?, dijo ella, yo no estoy diciendo que volvamos, dijo Mariela, sólo digo si está abierta la posibilidad, claro, dijo Ossorio, yo no tengo problemas, ¿seguro que ya no haces eso?, dijo Mariela, seguro, dijo Ossorio: ya no hay necesidad de hacerlo, ¿no ves que ahora trabajo en Homicidios?, ¿no ves ahora que el país está más calmado?, ¿y que no hay Apóstoles ya? Mariela se puso de pie, caminó hasta la ventana, apoyó la frente sobre el vidrio: es difícil para mí, dijo. Ossorio también se levantó, fue hasta donde estaba ella, la tomó de los hombros, para mí también, dijo Ossorio, esas cosas son terribles, dijo ella, todas esas cosas que has hecho. Ossorio lo sabía, ¿por qué sino lo atormentaban los recuerdos? Es mejor ya no hablar de eso, dijo Ossorio soltándola. ¿Dónde estuviste?, dijo, ella dio vuelta, ambos rostros estaban cerca al fin, ahí estaba la naricita insolente de ella, los ojos negros y los labios gruesos de Ossorio. En la casa de mis papás, dijo ella sin darle importancia, ¿así que se reconciliaron?, dijo Ossorio, me lo imaginaba, qué bien, al principio me preguntaron qué había pasado, y hasta mi papá fue a buscarte para arreglar cuentas. Mariela sonrió: Ossorio la recordó alegre, sin complicaciones. Sí, dijo Ossorio, me dijeron, recordó al Cacas molestándolo a cada momento: te está buscando un viejo para romperte la cara, ¿así que jodiendo con hijas de familia, Ossorio? Pero ya no pasa nada, dijo Mariela, ya los convencí, hasta quieren que vayas a la casa y así poder hacer las paces de una vez. ¿Así que lo habían perdonado? ¿Entonces eso significaba que podían seguir juntos?, ¿que continuarían viviendo en esa casita?, ¿que incluso podrían tener un hijo en el futuro? No sé, dijo Ossorio, ¿seguro que ya no me odian?, mis papás no te odian, dijo Mariela, ¿y tú?, dijo Ossorio, ¿seguro que no me odias? Guardaron silencio, Ossorio esperó a que ella dijera algo, pero como no ocurría nada, habló: ya todo ha cambiado, ya no hay nada de qué temer, al fin Mariela puso las manos sobre los hombros de Ossorio, yo sé, dijo, pero me da miedo que pase algo, que vuelvas a lo mismo, los Apóstoles no existen ya, dijo Ossorio, ya no pasará nada, ¿entonces? Ella suspiró: entonces me quedo. ¿En serio?, dijo Ossorio, ¿no me estás mintiendo? No, dijo ella, y después de un rato: pero mejor olvidar todo, ¿no era mejor así? ¿Para qué tener que acordarse de eso todos los días? Claro, dijo Ossorio, sintió los dedos de ella zambullirse en su espalda: un rayo le partió la columna, claro, repitió Ossorio sin convicción, verás que todo estará bien, verás que ya no pasa nada. ¿Entonces te quedas a dormir desde ahora?

—Ya deja de golpearlo —dijo el sargento Serna—. ¿Van a mirar o los van a separar, pelotudos?

—Todo es culpa de éste —dijo Huguito—. ¿No tenías que vigilarlos tú?

—¿Yo? —dijo el guardia—, los estaba vigilando a cada rato sargento, se lo juro.

—Mierda —dijo el sargento Serna—. Mejor voy a llamar al jefe. Ya nos jodimos, muchachos.

Las chicas lo llamaron con gestos contundentes. La Morsa se detuvo en medio de la cancha. Miró a los costados, creyendo que se trataba de otra persona. Se acercó observando la punta desgastada de sus botines. Te llamas Aquiles, ¿no?, dijo una de ellas. La Morsa levantó la cabeza. Ambos ojos escrutaron, notó esa mirada burlona y, en el fondo, llena de miedo que todos en el colegio ponían cuando le hablaban. ¿Nos puedes hacer un favor?, dijo la otra. La Morsa se encogió de hombros. ¿Podía o no podía?, dijo la otra. Las chicas se miraron y rieron. Te toca, Marcela, dijo la otra y Marcela: queremos resolver una duda.

—Espósalo a las rejas —dijo el sargento Serna—. Deja de moverte, Ossorio.

—Mire cómo lo dejó —dijo Huguito—. Creo que voy a vomitar, sargento.

—¿Ves lo que hiciste? —dijo el sargento Serna—. Ahora sí que no hay quien te salve, Ossorio.

—Ya viene el jefe —dijo el guardia—. Ya está aquí.

—¿Por qué los metieron en la misma celda? —dijo el jefe Castro—. ¡Estoy hablando, carajo!

—Es que las otras estaban llenas —dijo el guardia—. Si no me cree le muestro, jefe.

¿Naciste así?, dijo la otra. Marcela le dio un codazo en las costillas: que no sea así de mala. La chica dio un salto pero luego volvió a preguntar: ¿entonces era de nacimiento? No seas así, dijo Marcela, esta mi amiga es una loca, discúlpala. Las chicas callaron. La Morsa intentó girar el cuerpo hacia la derecha: ahí estaba la puerta de su habitación. ¿Ves?, dijo Marcela, ya lo hiciste enojar. Metió la mano al bolsillo de la chompa verde del uniforme, la sacó mostrando una barra de chocolate mordida. ¿Quieres?, dijo. ¿No ves que no puede comer?, dijo la otra. ¿Puedes comer?, dijo Marcela. La Morsa negó con la cabeza. Marcela guardó la barra de chocolate y repitió: ¿nos puedes ayudar entonces?

—¿Está muerto? —dijo el jefe Castro—. ¿Está?

—Está bien frío —dijo Huguito—. Lo ahorcó con estas agujetas, ¿ve?

—Qué manera de pelear —dijo el sargento Serna—. Cómo te dejaron la cara, Ossorio. Y tú, parece mentira que no hayas escuchado nada.

¿También eres mudo?, dijo la otra. Habla, qué va a ser mudo, dijo Marcela, ¿no lo oímos el otro día? Tengo que irme, dijo la Morsa. ¿Ves?, dijo Marcela, no le hagas caso, miró a la otra, sonrió y dijo: es que queremos

salir de una duda, se trata de un tema que no podemos
sacarnos de la cabeza, ¿entiendes? Si tampoco es bruto
para que le digas así, dijo la otra, ¿verdad que nos entiendes cuando hablamos? Ahora sí la Morsa dio tres pasos al
costado. Llegó a la primera grada de cemento que daba
acceso a su habitación pero sintió de pronto que alguien
lo tomaba de la manga de la chompa.

—Mire —dijo el guardia—. Le voló un ojo, jefe.
Le dejó el hoyito vacío.

—Se dice cuenca, ignorante —dijo el sargento
Serna—. Puta, es cierto, jefe.

—Con esto sí que te hundes más, Ossorio —dijo
el jefe Castro—. Saquen el cuerpo de una vez, pelotudos.

—Una manito —dijo Huguito—. ¿Me van a dejar sólo con el adefesio? No sean así, pues.

Ven, dijo Marcela jalando a la Morsa y llevándo-
lo casi a rastras. ¿No estarás enamorado de ella?, dijo la
otra chica. Las mejillas de la Morsa enrojecieron súbita-
mente. ¿Ves?, dijo la otra riendo, le gustas, Marcela, está
enamorado de ti. La chica se puso de pie, mostró una hilera de dientes blancos: ¿son novios entonces? Ya, ya, dijo Marcela. Tienes que ayudarnos, continuó con seriedad, es algo de vida o muerte, ¿entiendes?, hay que dar la
noticia a todos. La Morsa no contestó. Observó a ambas
y supo que se estaban burlando de él. Es una apuesta que
hicimos, dijo la otra chica, queremos salir de dudas, nada más. Yo tengo razón, vas a ver, dijo Marcela, ¿te animas a echarnos una mano? Pero di algo, dijo la otra chica, ¿siempre eres así?, con razón todos te molestan. Es
que lo estamos poniendo nervioso, dijo Marcela, luego,
con calma: ¿nos muestras entonces?, ¿te animas?

—Déjalo solo —dijo el jefe Castro—, y no metas
a nadie más ahí. ¿Quién está gritando?

—El padre Vidal —dijo el guardia—. El Cacas lo trajo hace ratito nomás.

—¿Y está solo? —dijo el sargento Serna—. ¿Oyen?, qué le estarán haciendo al curita, esos depravados.

—Es que no hay campo —dijo el guardia—. Mejor voy a ver.

—Qué violenta es la gente —dijo Huguito.

—Yo que tú me callaba —dijo el jefe Castro—. ¿Por qué le escupes así?

—¿No vio lo que hizo? —dijo Huguito—. Era un violador, jefe, ¿no vio lo que le hizo a ese pobre chiquillo?

—Pero ya está muerto —dijo el sargento Serna—. Respeta a los muertos, pendejo.

—Silencio los dos —dijo el jefe Castro—. Ahora se quedan aquí vigilando a Ossorio y al curita. Voy a hablar con el General, a ver qué me dice. Mejor recen para que esté de buen humor.

¿Tienes vergüenza?, dijo la otra chica, ¿no te dije? Qué va a tener, dijo Marcela, ¿entonces nos muestras? Es mentira, dijo la otra chica, ¿de dónde sacas esas ideas? Es la ley de la compensación, dijo Marcela con aire científico, vas a ver: la naturaleza te quita algo pero después te compensa con algo más grande que a los otros. A lo mejor ni siquiera la tiene bien desarrollada, dijo la otra. Ahora sí, ¿nos muestras? La Morsa corrió hacia la puerta de su habitación. Tardó en sacar la llave mientras escuchaba a sus espaldas las risas de las dos chicas y luego la voz de Marcela diciendo: pobrecito, qué mariconazo.

—Ya dispárale —dijo Zamora—. ¿Por qué le sigues pegando, Cacas?

—¡Ya basta! —dijo Ortiz—. ¡Ya mátalo de una vez!

—Listo —dijo Zamora—. ¿Tanto lío para esto?

—Ahora entiérrenlos —dijo el Cacas—. De una vez.

—Está vivo —dijo Ortiz—. Está agonizando, Cacas.

—¿Y qué querías? —dijo el Cacas—. ¿Qué lo matara de una sola vez? Era un traidor, Ortiz. Dispárale tú si quieres. Date ese gusto.

—Ya se calló —dijo Zamora—. Seguro que está muerto.

—Está parpadeando todavía —dijo el Cacas—. ¿Te duele, Ossorio? Echen tierra, muchachos.

—Voy a tardar siglos yo solo —dijo Zamora—. ¿Ortiz? ¿Cacas? ¿Me están oyendo?

—Qué te va a oír —dijo el Cacas—. Mejor te ayudo y nos largamos de una vez.

—¿Dónde está Ortiz? —dijo Zamora—. Ya no se ven los cuerpos, Cacas.

—En el coche —dijo el Cacas—. Más tierra, Zamora.

—¿Qué está haciendo allí? —dijo Zamora—. Qué falta de compañerismo, carajo.

—Está llorando —dijo el Cacas—. El muy maraco está llorando, Zamora.

Cuatro

...el horror aún está visible
Los Miserables, VICTOR HUGO

—A MI PAPÁ no le gusta la política —dijo—. Es un apolítico total pero aun así votará por nosotros, ¿no es cierto, pá?

—Eso es lo que crees —dijo Ortiz sonriendo—. ¿No dicen que el voto es secreto? ¿Te has enterado de eso?

Ambos muchachos estaban de pie, cerca de una enorme mesa de madera oscura y aparentemente pesada. Sobre ella había, en un desorden total, tijeras, pegamento en barra, muchos papeles y una regla.

La chica de minifalda azul sonrió. Ortiz creyó que su hijo era un hombre afortunado: ¿no era una linda mujer ella, con esos ojos negros, el cabello castaño, las caderas amplias, los senos generosos?

—No te creo —dijo la chica cortando un papel con dedicación y pegándolo luego sobre una cartulina grande —. ¿Verdad que usted cree de corazón en el cambio, señor?

—Qué va a creer —dijo el chico lanzando una carcajada—. Ahí donde lo ves mi papá fue agente de Homicidios durante el régimen del Gusano y antes trabajaba en Vicios. ¿Cuándo nos vas a contar esa parte de tu vida?

—¡Qué malo eres! —dijo la chica viendo al muchacho con amor—. ¿Y le permite esas cosas, señor? Yo siendo usted ya le habría dado unos buenos azotes.

La chica tomó la regla de sobre la mesa y amenazó al muchacho con fustigarlo. El chico dobló el tronco y se dejó golpear.

—Ganas no me faltan —dijo Ortiz con una sonrisa—. ¿Qué es eso de meterse en política, muchachos? Cuántas cosas hay por hacer y ustedes en ese mambo. ¿No les da vergüenza?

Abrió la puerta y dijo buenas tardes. El que había tocado el timbre pensó: ¿sería ella? Busco a la señora Mariela, ¿estará? La muchacha lo examinó de pies a cabeza, con mucho detenimiento, un viejito vestido con una camisa de mangas cortas, el pantalón celeste, los zapatos cafés y bien lustrados. ¿De parte de...?, dijo, ¿quién la busca?

—¿Mambo? —dijo el muchacho con una expresión risueña—. Jajá. Qué término más antiguo, papi —hizo una pausa, reflexionó un poco y luego dijo—: estamos orgullosos de hacerlo —calló, estiró un papel sobre la mesa, lo analizó detenidamente y luego levantó la cabeza—: ¿no es emocionante poder elegir a nuestro presidente después de tanto años? ¡Qué digo años: décadas más bien!

—En eso estamos de acuerdo —dijo la chica viendo con atención el afiche que estaba armando—. Elegir, votar, ¡quién lo hubiera pensado!

¿Fontán?, ahí estaba la mirada franca, el cuerpito delgado, espigado y flexible, ahora las arruguitas repartidas por aquí y por allá, las patas de gallo, algunos rollitos en la barriga, perdón pero no me acuerdo, ¿Fontán, dice? Tomó un sorbo de agua: no le supo a nada, tenía la lengua dura, insensible, como un pedazo de hule. Apoyó la espalda en el respaldo la silla, y cuando estuvo a punto de hablar apareció la muchacha que le había abierto la puerta. Traía un montón de libros en las manos: me voy a estudiar al lado, mami.

—Es que acá mi papá es un nostálgico —dijo el muchacho—. ¿Nostalgias por el Gusano? A ver dime: ¿qué cosa buena nos ha traído ese régimen?

—Por lo menos con él las cosas marchaban rectas —dijo Ortiz sintiendo de pronto ese cansancio ya familiar en los hombros, ¿en la vista?, ¿en la nuca?, ¿en los riñones?, ¿en los huesos?—. Ahora todo se resuelve con marchas, con huelgas. Chicos, les advierto, se están metiendo en un lío tremendo.

—Nostalgias de la vejez —dijo el muchacho. Hizo una pausa y levantó el afiche de sobre la mesa para verlo mejor. Lo expuso a los ojos de los demás: *Vidal presidente 2006*—. Ahora es tiempo de nosotros, más bien. ¿No se ven mejor los afiches así, hechos de manera artesanal?

—¿Y usted le permite esas malacrianzas? —dijo ella riendo y tomando al chico por la oreja—. Déjemelo un par de días y se lo devuelvo hecho todo un santo, señor.

Ortiz miró a la pareja. Contempló a su hijo derrotado ante ella, vencido ante su ternura, ante ese humor difícil de definir: ante esa belleza extraña.

—Te lo regalo —dijo Ortiz moviendo las manos, como si expulsara algo—. Lo que menos queremos en esta casa son Apóstoles.

De pronto los chicos lo miraron con seriedad. ¿Había metido la pata? ¿Los había insultado? ¿Había roto la magia y la cordialidad que los inundaba hasta ese momento al haber mencionado esa palabra?

Cuándo se dará cuenta que es un vago, dijo Mariela con resignación, pero mientras más se lo digo menos entiende, ¿Fontán me decía? Quiso tomar el vaso, de pronto la angustia le había cerrado la garganta, como un par de manos invisibles ahorcándolo: ahí estaba el animalito acercándose. Pero al final se arrepintió: Ortiz, ¿ahora sí se acuerda? Mariela miró el piso, jugó con los pies pequeños, levantó la vista, él tenía un amigo apellidado así, ¿es usted? El problema es que nunca nos vimos, dijo Ortiz, yo le decía, ¿cuándo me la presentas?, ¿cuándo la voy a conocer?, pero él nada, era muy reservado, ¿no? Mariela sonrió sin ganas, cruzó una pierna: sí, así era, dijo.

—Digo —Ortiz ensayó una mueca de desdén—, del Partido Católico Unido. ¿Está mejor así?

De pronto los chicos estallaron en carcajadas. El muchacho dejó el cartel sobre la mesa. Se acercó a Ortiz, lo tomó de una mano y dijo:

—Esa etapa ya está superada —sacó la billetera, luego un carné plastificado y se lo mostró muy cerca de los ojos. Decía: *Brigada Juvenil Católica (BJC)*—. La época de los Apóstoles sólo fue la infancia del partido —guardó el carné y volvió a pararse frente a la mesa—. Muerto el Gusano, ya no importa. Imagínense, morirse así, durmiendo, a los 88 años, después de toda esa carnicería. ¿Y los que colaboraron con él? Escondidos o en otros países. Sólo nosotros estamos limpios. Puros. ¿Los Apóstoles? Ya casi ni los recordamos, ¿verdad?

La chica dijo que sí con la cabeza.

—Ahora es nuestra oportunidad —dijo ella con los ojos iluminados—. La oportunidad de demostrarle al mundo que acá podemos gobernarnos por nosotros mismos. Una oportunidad de oro, señor. Una oportunidad que no podemos, que no debemos desperdiciar más bien.

Ortiz estuvo a punto de decir algo, pero en eso sonó el timbre.

—Puntual como siempre —dijo el muchacho viendo su reloj de pulsera—. Papi, vas a conocer a un tipo genial. Un verdadero cráneo de la política. Tal vez el futuro presidente del país de aquí a unos años.

El muchacho desapareció por el pasillo que daba a un patio colorido y lleno de macetas con flores y que a su vez desembocaba en la puerta de calle.

—No le haga caso —dijo la chica mirando a Ortiz—, dice esas cosas sólo para impresionar. Si lo sabré yo.

La chica emitió una risita coqueta. Ortiz volvió a pensar en que su hijo sería un hombre feliz. Que una mujer así no se encuentra a cada paso.

—Lo sé —dijo Ortiz—. Siempre está intentando impresionar a la gente, desde que era chiquito. Lástima que su mamá no esté viva para verlo. ¡Qué increíble, cómo pasan los años!

La chica se acercó, estuvo a punto de decirle algo pero en eso entró el hijo de Ortiz acompañado de otro muchacho que casi tenía la misma edad. El corazón de Ortiz se detuvo o por lo menos eso sintió luego de haber visto bien al joven. ¿Él?

—Pá —dijo el muchacho—. Te presento a un futuro ministro o algo por el estilo. Como te decía hace rato, un cráneo de la política nacional. Óscar, mi papá. Un gusanista recalcitrante.

Ortiz apretó la mano que el muchacho le ofrecía. Sintió un apretón fuerte y seguro. ¿Era él? Era, en todo caso, el mismo rostro redondo, la misma piel blanca, el mismo cabello delgado y bien cortado, los mismos cachetes rollizos y también, por su puesto, el mismo nombre.

Por eso prefiero que me llamen por el apellido.

Imagínese semejante nombre, ¡Fontán!, hasta mi esposa, que en paz descanse, me decía Ortiz. Mariela bajó la pierna, cierto, tan bonita como decía el Cacas, pensó, como una princesita, se sentía una paz increíble al estar frente a ella, ¡qué mala suerte había tenido Ossorio! Entonces en qué puedo servirle, dijo Mariela, primero quiero contarle cómo la encontré, ¿puedo?, ¿tiene tiempo?, ¿no la estoy interrumpiendo? Mariela pestañeó, ¿era algo grave? Ortiz dijo que no, Mariela vio a un costado de la sala: clavó la mirada en medio de dos vitrinas repletas de vasos de vidrio y platos de todos los tamaños. Ortiz la imitó: ahí estaba el altar, dos velas blancas chispeantes, la urna dorada entre ambas y al fondo, apoyada a la pared y de cuerpo entero, la fotografía del agente Tomás Ossorio.

—Mucho gusto, señor —dijo Óscar—. Ya me habían hablado de usted —palideció de pronto. Miró a Ortiz como si se tratase de un viejo conocido, mejor: un fantasma. Y agregó, con nerviosismo—: mucho gusto, mucho gusto.

—El gusto es mío —dijo Ortiz poniéndose de pie—. ¿Me disculpan? Vuelvo en un minuto.

Ortiz salió de la habitación arrastrando los pies. Llegó al baño y cerró la puerta echando el seguro. Se acercó al lavamanos y abrió el grifo. Se mojó el rostro, bebió un poco de agua y se miró en el espejo. ¿Era realmente él? El espejo le devolvió la imagen de un Ortiz agotado, avejentado, con profundos surcos debajo de los ojos, con dentadura postiza, los cabellos blancos coronando una ya avanzada calvicie. Es él, pensó Ortiz, es el mismo. Cerró los ojos. Tomó aire. Buscó una toalla y se secó la cara con furia. Salió del baño ya más calmado.

Los chicos ya habían limpiado la mesa. Habían enrollado también los afiches y ahora conversaban en voz baja.

Es la única que tengo de él, dijo Mariela, volvió a mirar a Ortiz, ¿y? Empezó a sudar, ¿cómo decirle?, ¿cómo empezar? Perdón, bueno, dijo Ortiz, ensayó una tosecita, ¿sabe cómo la encontré? Ahora Mariela lo miraba con atención, dígame, dijo ella. Entonces Ortiz le contó: busqué por aquí y por allá, en la guía de teléfono, ¿sabía que lo único que recordaba de usted era su nombre?, ni su apellido ni nada, ¿hace cuánto de eso?, dijo Mariela. Ortiz hizo cuentas: ¿hace cuánto que le había venido esa angustia, ese vacío repentino en el pecho, ese animalito? No sé, hace unas semanas, dijo Ortiz. La cosa es que un amigo me dijo dónde vivía, ¿un amigo?, dijo Mariela, casi poniéndose de pie. Un amigo, repitió Ortiz.

—Llegó la policía —dijo el muchacho al ver entrar a su padre—. Chicos, estamos fritos.

La muchacha le dio un pellizco. Óscar evitó mirarlo.

—¿Ya están listos? —dijo Ortiz—. ¿Nos vamos?

—Eso es lo único que me gusta de los gusanistas —dijo el muchacho—. Jamás olvidan sus promesas.

—¿Promesas? —dijo Óscar.

—El papá de este salvaje —dijo la chica señalando al muchacho—, nos invita a tomar un helado.

—Es un lugar increíble —dijo el muchacho—. Lo descubrimos el otro día, al volver de tu casa. No sabes los helados qué sirven, Óscar. Tú te vienes con nosotros, por supuesto. Hasta puedes conseguir novia allí.

Era como una mosca, dijo Mariela, aparecía por la otra casa todo el tiempo, ¿y sabe qué es lo peor?, Ortiz negó con la cabeza, que a ratos me daba pena, no sé muy bien por qué. ¿Fue él? Casi, pensó Ortiz: recordó al Cacas por esos tiempos ya lejanos y las quejas de Zamora: está mal, hermano, cagado, ¿sabes las huevadas que me habla?, ya mi mujer está sospechando otras cosas, ¿por qué andas tanto con él?, ¿no te gusto ya? Más bien con otro, dijo Ortiz, uno que se llama Zamora, ya está jubilado, como yo. Ustedes siempre llamándose por los apellidos, dijo Mariela, ¿y él le dijo cómo encontrarme? Sí, de tanto acompañar al Cacas de arriba para abajo sabía todo de ella. Una belleza, hermanito, no lo culpo al Cacas por estar así, por haber perdido la cabeza. ¿Dónde vivía ahora? Pero Zamora no aflojó en ese momento todavía, pobre Cacas, ¿sabes que no ve nada?, ¿qué no escucha?, ¿no lo has visto pidiendo limosna, con un cartelito que dice soy mudo soy sordo déme una moneda?

—Tenemos una reunión del partido más tarde —dijo Óscar con preocupación—. Van conmigo, ¿no?

—Sólo son helados —dijo Ortiz—. Vamos, después yo mismo los llevo.

—Si la reunión es en su casa, cerca de donde vamos —dijo el muchacho—. Ni que fuéramos ministros ya, Óscar.

Los tres rieron. Ortiz metió la mano dentro del bolsillo del pantalón. Palpó con las yemas de los dedos el borde irregular de la llave del coche. La sacó y la mostró a los tres.

—Pues vamos —dijo.

Salieron de la casa. Llegaron hasta un coche azul compacto que estaba estacionado en la acera de enfrente. Ortiz se sentó al volante, la muchacha a su lado y Óscar y el chico detrás. Ortiz vio por el vidrio retrovisor. Encontró la mirada de Óscar, pero éste lo esquivó de inmediato.

—Yo te indico el camino —dijo el muchacho cuando el auto echaba a andar—. Hasta tú mismo te vas a quedar sorprendido, papi.

Ortiz condujo según las instrucciones que su hijo le iba dictando. Cruzaron calles, subieron por avenidas, rodearon parques: atravesaron el Puente de las Américas al fin.

—Entra por aquí —dijo el muchacho—, aquí papi, estaciona.

El auto paró.

No puedo creerle, dijo Mariela escandalizada, pobrecito, ¿dónde dice? Por la plaza Murillo, dijo Ortiz: y ahí estaba, era cierto, en un rincón, cerca de un lustrabotas, con los lentes oscuros enormes, cubriéndole casi todo el rostro, el cual además estaba hinchado, con granos purulentos, como un sapo y después el cartelito que Zamora le había dicho: soy mudo soy sordo déme una moneda. ¿Cuántas veces había pasado por allí? Cien, doscientas, y no lo había reconocido, dijo Ortiz, hasta que Zamora me dijo, es el Cacas, pide limosna ahí. Mariela sentada otra vez se rascó la cabeza: pobrecito. ¿Entonces el otro le dijo? Sí, Ortiz se lo había rogado, necesito decirle algo, ¿sabes? Zamora lo miró con desconfianza, ¿algo?, algo personal, ¿entiendes?, en eso sonó una llamada y Ortiz había pensado no me lo dirá. Pero Zamora se despidió rápido, y así me dijo dónde podía encontrarla, pero cuando fui usted ya no vivía allí.

El colegio Irlandés estaba ahí: oscuro, gigante, húmedo, pero ahora amputado, reducido de tamaño, con un paseo peatonal cortándolo por el costado derecho, similar a un canal por donde en ese momento se deslizaba un montón de gente.

—¿Aquí? —dijo Ortiz girando la cabeza—. ¿Estás seguro?

—Estás pálido —dijo el muchacho—, ¿te sientes bien?

—¡Uy, señor! —dijo ella—, ¿no será la presión?

Ortiz abrió la puerta del coche. Salió y los demás hicieron lo mismo.

—Estoy bien —dijo Ortiz viendo el colegio—. Sólo que…

—Sólo que vamos a tomar unos helados y vas a estar bien —dijo el muchacho dándole golpecitos en la espalda—. Un poco de azúcar en las venas es lo que necesitas.

Caminaron pero de pronto se dieron cuenta que habían dejado a Óscar atrás. El joven se había quedado viendo fijamente, ¿recordando?, la puerta del colegio Irlandés. El hijo de Ortiz retrocedió, habló algo con él, lo tomó del cuello amistosamente y lo trajo sonriendo.

—Ya se cree mucho —dijo el muchacho—, ¿nervioso por las elecciones? —Óscar asintió y sonrió a medias—. Les daremos una paliza, qué caray.

Es que me fui a los pocos años, dijo Mariela, primero con mis padres y luego acá. Sí, le había dicho la señora de al lado, ¿la flaquita?, y el otro señor, ¿el que se murió?, pero eso fue hace años, mire que yo era más joven. Ortiz creyó que hasta allí había llegado: se hizo todo lo posible, ¿con eso se podía?, pero no: seguía ahí, cortándole el aire el animalito, haciéndole ver fantasmas por todas partes. ¿Y qué hizo? Su vecina llamó a alguien, creo que a su mamá y ella dijo: pero claro que la conozco, su mamá y yo somos amigas. ¿Así?, dijo Mariela, vengo de allí, dijo Ortiz, sus papás me dijeron dónde vivía.

Entraron sin decir nada más. Ortiz comprobó que, efectivamente, el callejón que servía de ingreso atravesaba parte del colegio, además de la cancha y una fracción de la habitación donde había vivido la Morsa. El callejón llegaba hasta el terreno baldío, donde ahora se alzaba un edificio de seis pisos con unos cristales gigantes y con balcones amplios y flores por todos lados.

—La heladería queda por acá —dijo ella guiándolos—. ¿No es espectacular?

—¿Pero qué les pasa a ustedes dos? —dijo el muchacho—. Vengan.

La chica se aferró al brazo del hijo de Ortiz. Subieron por una escalera mecánica, bajaron en el primer piso y caminaron hasta llegar a una terraza desde la cual se contemplaba la avenida Saavedra. Ubicaron una mesa vacía y tomaron asiento.

Son muchos años, dijo Mariela, ¿veinte?, veinte, dijo Ortiz, debe ser grave entonces, dijo ella. Se las sabe todas, pensó Ortiz, ¿podría?, a lo mejor funcionaba, a lo mejor ese era el antídoto, ¿la angustia?, podría ser, había que intentarlo. Le tengo que decir algo, algo grave. Mariela volvió a mirar el retrato de Ossorio: de pie, sonriendo como lo hacía él, con algo de tristeza, siempre con esa expresión de estar escondiendo algo. Entonces escucho, dijo Mariela. Ortiz tomó el vaso casi vacío, se mojó los labios: ahora sí. ¿Se acuerda cuando murió?, Mariela palideció un poco, se aclaró la garganta, ¿Tomás?, sí, dijo Ortiz, Tomás, y sintió raro el referirse a él por primera vez por su nombre. ¿Y si se conformaba con llevarle flores?, recordó la larga marcha en el auto luego de esa noche en la heladería, intentado recordar el lugar, procurando unir las piezas dispersas de la memoria: ¿aquí?, ¿allá?, ¿no había pasado ya este cerro?, y de pronto se dio cuenta de que estaba perdido: puras casas, callecitas empedradas, canchas de fútbol e incluso una piscina había. ¿Tampoco así entonces?

—¿Ves? —dijo ella dirigiéndose a Óscar—, desde acá se ve tu casa. ¿Es esa?

La muchacha señaló el edificio Mercante. Todas las ventanas de los pisos estaban con luz.

—¿Vives en el sexto piso, no? —continuó ella mientras se sentaban—. ¿Estás bien, Óscar?

El muchacho pidió permiso para ir al baño.

—Lo siento raro —dijo el hijo de Ortiz—. Deben ser los nervios, seguro.

—Todo un mago de la política y nervioso —dijo la chica—. Algo para explotar cuando escriba sus memorias. ¿Y usted ya se siente mejor? —dijo mirando a Ortiz.

—Estoy bien —dijo Ortiz limpiándose las palmas de las manos en las perneras del pantalón

Entonces Óscar retornó. Tenía los ojos algo enrojecidos. Y un par de gotas le rodaban por el cuello.

—¿Seguro que estás bien? —dijo la muchacha.

No murió como le contaron, dijo Ortiz, ¿entiende? ¿No lo apuñalaron en la cárcel?, dijo ella, ¿no se defendió cuando querían robarle? Ahí estaba: los ojos abiertos, la respiración acelerada, la naricita, el brazo delgado de pronto en el aire, con el puño cerrado. Yo lo vi morir, dijo Ortiz, yo estaba ahí. ¿Comprende? Mariela dijo no, no entiendo, entonces Ortiz se puso de pie, ¿estaba ahí? La sintió llegar desde la boca del estómago, la angustia, subiendo despacio pero segura, con sus miles de patitas y anidar luego en medio de la garganta: el animalito se divertía con él. Lo mató el Cacas, balbuceó Ortiz. Pensó que Mariela lloraría, que gritaría, que haría un escándalo, pero se mantuvo callada, con la mirada clavada en el vaso de agua de él. ¿Y las cenizas?, dijo Mariela, lo más seguro es que no sean suyas, dijo Ortiz. ¿Ahora sí?, su cuerpo debe estar enterrado todavía, dijo Ortiz, intenté buscarlo hace un tiempo, pero no lo hallé. Ha pasado mucho tiempo, hay casas por todos lados, calles que antes no habían, piscinas. Ya estoy demasiado viejo, disculpe.

—Creo que son los nervios y el cansancio —dijo Óscar—. Qué campaña más larga, ¿no?

—Vamos a ganar —dijo el chico poniéndose de pie—. Por lo menos con un sesenta por ciento. ¿No dicen eso las encuestas? Vidal presidente, caramba, qué vueltas da la vida. Lo mataron tantas veces y él feliz, fuera del país, riéndose del Gusano y de todas esas noticias que decían que había muerto al intentar fugarse. ¿Se acuerdan de ese padre Vidal falso? Pero cuando lleguemos al poder vamos a averiguar todo eso, vamos a saber quiénes fueron. Ahora sí, la cárcel les espera.

—¡Ya! —dijo la chica poniéndose también de pie y tomándolo del brazo—. No seas malo así con tu papá. Señor, déle una paliza y verá cómo se compone, insisto.

—Desde que la conozco —dijo el muchacho señalándola— se empecina en darme golpizas. La época del Gusano ya acabó, por si no lo sabías.

Los dos se tomaron de la mano. Ella dijo:

—Lo único malo de este lugar es que uno tiene que ir por los helados. ¿Qué sabor prefieren?

—Cualquiera —dijo Óscar.

—Lo mismo —dijo Ortiz.

Mejor se va, dijo Mariela poniéndose de pie, mi esposo ya está por llegar. Ortiz dio un respingo. ¿Esposo? ¿Y la urna?, ¿y las velas?, ¿y la foto de Ossorio?, ¿le permitía él todo eso? Pensó: ella tan bonita, imposible negarle algo. La vio caminar hasta la puerta de la sala a grandes pasos, la abrió: vio el pasillo por donde había entrado y la puerta de calle. Tenía que decírselo, dijo Ortiz, lo siento, sólo tenía que sacarme la… ¿eso?, pero ahí estaba aún, hincando sus garras, destruyéndolo por dentro. La angustia. Mariela ya no dijo nada. Lo miraba con fijeza, Ortiz tuvo miedo de contactar sus ojos: ¿no había comenzado todo por eso?, ¿por la mirada fanática de Oscarín?, ¿por él, que volvía del pasado? ¿Como un fantasma? Ortiz salió sin decir nada, cruzó el pasillo y abrió la puerta. Afuera respiró por la boca. Divisó el coche a unos metros de donde estaba y cuando estuvo a punto de ir por él una voz lo detuvo: ¿ya se va?

—Qué raros se pusieron los dos —dijo el muchacho—. ¿No será que quieren hacer un pacto secreto? Qué manera de venderse, Oscarín.

—Sabes que no le gusta que le digan así —dijo ella jalándolo del brazo y caminando—. Para decir tonterías no hay quién te gane.

Óscar y Ortiz los vieron alejarse rumbo al mostrador de la heladería, donde había un grupo de adolescentes que no paraba de reír.

—Qué linda chica —dijo Ortiz—. Mi hijo se sacó la lotería.

—Es muy buena gente —dijo Óscar—. Su hijo es una gran persona, señor Ortiz.

De pronto ambos callaron. Ortiz carraspeó, Óscar se peinó los cabellos húmedos con los dedos. Ambos vieron en silencio el edificio Mercante. Ortiz contó mentalmente los pisos del edificio comenzando desde abajo. Se detuvo en el quinto, en la ventana del 5B. Las cortinas estaban corridas.

—Ahora el 5B es un consultorio de acupuntura —dijo Óscar de pronto—. Si sabía quién era usted no venía. Ya ni me acordaba, la verdad. ¿Cuántas veces vino a mi casa a preguntarme lo mismo y no pasó nada? ¿No estaba muerto ya el tal Aquiles para esa época?

Ortiz miró al muchacho. Así de perfil se parecía más aún a ese chiquillo a quien todos se empecinaban en llamar Oscarín. Era el mismo niño que él había interrogado, el mismo que se ponía a llorar apenas lo veía llegar.

—Ya casi me había olvidado —volvió a decir Óscar—. Ya ni me acordaba, señor.

Ortiz se aclaró la garganta. Tosió un poco para ganar tiempo.

—Es mejor olvidar esas cosas —dijo al fin—. Te recomiendo que lo hagas, muchacho.

—¿Por qué mentir tanto? —dijo Óscar mirando a Ortiz. Éste comprobó que una luz conocida empezaba a llenarle los ojos—. No sé qué ganaban con eso.

—Yo tampoco —dijo Ortiz—. Yo tampoco. Las cosas eran así en ese momento. Ahora todo es distinto, hay que ver el futuro, mejor.

—Mentir, mentir con la muerte de un niño —Ortiz vio que Óscar hacía un puño: ahí estaba esa luz fanática llenando, desbordando los ojos negros—. Y todo por acabar con… —hizo una pausa y sonrió con furia—, pero ya ve: no pudieron.

—A mí también me afectó —dijo Ortiz: recordó a Ossorio, las piernas perforadas, los labios reventados por los golpes del Cacas, los ojos abiertos exigiéndole que lo matara de una vez—. No sólo tú sufriste, muchacho.

—Yo no sufrí —dijo Óscar con calma—. Sólo no lo entendía. Después, claro, me di cuenta de todas las mentiras, además mi papá me contó todo. ¿No tiene remordimientos? ¿No se arrepiente? No entiendo cómo puede tener un hijo como Adrián —Óscar calló. El muchacho respiraba con la boca abierta, puso ambas manos sobre la mesa. La luz fanática seguía ahí—. A lo mejor ahora todo se sepa, señor. ¿Le gustaría eso? ¿Le gustaría que todos sepan qué pasó con Alfredo realmente? ¿De cómo se aprovecharon de lo que le ocurrió?

Ortiz iba a decir algo más, pero en eso llegó la pareja. Cada uno de ellos traía un helado en la mano.

—Cómo hablaban —dijo el muchacho—. ¿Ya está lista la alianza?

Todos rieron. Sin embargo, Ortiz lo hizo sin alegría. Recibió el helado que le pasó su hijo y lo comió. Fue el primero en acabar. Pidió permiso para ir al baño. Su hijo le hizo varias bromas sobre la incontinencia que Ortiz apenas entendió.

Caminó sin pensar en nada. Llegó al baño de hombres. Se lavó la boca, fue hasta donde estaba el vidrio adosado a la pared. Recordó esa mirada, la mirada que había creído no ver nunca más, pero ahí estaba, resucitada, venida de otro tiempo, ¿de otro mundo?, en el muchacho, Óscar, como un fantasma que no habían podido eliminar. Él tenía razón: aún estaban vivos. Veinte años no son nada, pensó. Salió, fue hasta la mesa y vio que Óscar ya no estaba.

—¿Ya se fue tu amigo? —dijo al llegar.

—Se adelantó a la reunión —dijo su hijo—. Imagínate cuando sea ministro o algo así. No va a tener tiempo ni para saludarnos.

Vio que la pareja no había terminado de comer. Estuvo a punto de sentase pero al final se arrepintió y dijo:

—Los espero en el auto.

No dijo nada más. El chico lo miró preocupado. Estuvo a punto de levantarse e ir detrás de él pero la muchacha lo detuvo y luego le susurró algo al oído.

Ortiz llegó al coche. Ingresó y se sentó al volante. Miró el colegio Irlandés: un animal gigante, antediluviano, húmedo y aún vivo, agazapado en la oscuridad. Entonces golpeó el volante con las manos abiertas hasta hacerse daño. No pensó en nada mientras lo hacía. Sólo frenó cuando sintió que los huesos se quebrarían sin remedio.

Cuando paró se echó para atrás.

Leyó la polera: *Vidal es la esperanza*. El muchacho le sonreía y la hija de Mariela lo miraba espantada. ¿Ya se va?, repitió. ¿Se encuentra bien? Sí, sí, dijo Ortiz, ¿ya habló con mi mamá? Ortiz la observó con detenimiento, buscando algún rasgo de Ossorio en ella, ¿de dónde la conoce?, dijo. La muy maldita le dio tregua: guardó las garras por un momento. Articuló: Ossorio era mi amigo. La chica sonrió, ¿de su primer marido?, dijo, sí, dijo Ortiz, ¿entonces lo conoció?, dijo ella, ¿eran muy amigos? Pero ahí estaban las garras otra vez, los dientes afilados encajándose en la carne, buena gente, dijo, un tipazo. Mi mamá siempre me habla de él, dijo, lástima lo de mi hermanito.

—¿En serio estás bien? —dijo la voz de su hijo. El muchacho metió la cabeza por la ventanilla.

—Estoy bien —dijo Ortiz sonriendo. Pensó: ¿había visto todo?, ¿lo había sorprendido en ese arranque de furia, de decepción, de derrota? ¿Los llevo?

El chico subió. Esperaron un momento sin decirse nada hasta que vieron llegar a la muchacha corriendo. Abrió la puerta y se sentó junto a aquél, en la parte trasera del coche.

Ortiz estuvo a punto de encender el auto pero escuchó que la voz del muchacho hablaba desde atrás.

—Nos mentiste —dijo con seriedad—. Qué mentiroso eres, papi.

El corazón de Ortiz dio un brinco. ¿Lo sabía? ¿Había tenido tiempo Óscar de contárselo todo para luego desaparecer de la heladería? Dejó la llave de contacto clavada a un costado del volante. Giró medio cuerpo para ver al muchacho.

—¿Cómo? —dijo.

—Que nos mentiste —continuó el muchacho mirándolo con seriedad—. ¿No ibas a pagar tú los helados? Pucha, qué memoria.

Ortiz sonrió. Vio que la muchacha lo miraba con cariño. Intentó distinguir algún rastro, un brillo, un destello de los Apóstoles en los ojos de su hijo: sólo eran dos ojos que se burlaban de él, nada más. Entonces, por un momento imaginó unos nietos con las mismas facciones. También imaginó un velorio lleno de lágrimas. El suyo. Un ataúd. Una tumba. Los gusanos acabando con su cuerpo

¿Murió?, dijo Ortiz, vaya, lo siento. Sí, dijo la chica, mi mamá lo perdió antes de tenerlo, una desgracia. Ortiz no dijo nada, sonrió, dio vuelta, retrocedió unos metros y no supo cómo pero abrió la puerta del coche y encendió el motor. Al pasar por donde había estado hablando con ellos el muchacho levantó el brazo: ¡Vidal presidente!, gritó. ¿Seguía ahí? Estaba; hacía un hoyito, cavaba algo en medio de su pecho, tal vez su nido, su casita. Estacionó. La angustia pensaba quedarse a vivir, ¿o qué? ¿O qué?, Ortiz se tocó el pecho: podía sentirla moviéndose allí dentro. Entonces lo decidió así. No había más remedio, la golpeó varias veces, ¿o qué? No podrás ganarme, pensó Ortiz, un entierro, los gusanos comiendo su cuerpo: así.

—Tienes razón —dijo encendiendo el coche—. Soy un mentiroso sin remedio.

Y luego arrancó.

Epílogo

Obsesiones de un idiota (II)

Uno

De: <richiugarte34@utsb.org>
Fecha: Miércoles 1 de febrero de 2006 4:09 PM
Para: <mamilinda@pgt.com>
Asunto: Felicidades, abuela

Hola, mami

¿o prefieres que empiece a llamarte abuela? jiji, no te enojes. eres abuela de una niña. carla y yo estamos felices. fue anoche, casi a las once, estábamos en la casa de sus papás (¡mis suegros!) y de pronto se sintió mal y tuvimos que salir corriendo. suerte que su hermano tiene auto porque de lo contrario no llegábamos. se parece a mí, pero mi suegra insiste en que los niños cambian de cara, ja, eso es lo que quiere, si la conozco. ¿no te decía el otro día que desde que nos casamos está con ese tema de los genes? y encima creo que el otro día vio en discovery un programa sobre eso y está con miedo de que le toque a la niña. medio loca la vieja. en fin quería decirte eso. ¿cómo van las cosas por ahí? aquí como ya debes saber estamos a punto de elegir presidente. es una locura. todos los días es lo mismo. ese tal padre vidal se las trae. y si vieras la cantidad de jovencitos que lo siguen. un montón, a veces da miedo pensar en lo que ocurrirá. bueno mami, debo ir al hospital otra vez. te mando en el próximo correo fotos de la niña. besos y un abrazo al profe.

Richi

De: <mamilinda@pgt.com>
Fecha: Jueves 2 de febrero de 2006 9: 08 AM
Para: <richiugarte34@utsb.org>
Asunto: Felicidades, abuela

Hijo

no sabes qué gusto me da, qué bien que todo haya salido sin problemas, imaginate, yo abuela, el profe dice que está feliz y que no te olvides mandar esas fotos, yo te estoy escribiendo de escondidas desde la computadora de esta gringa loca, ay, si supieras cómo es y cómo se viste, pero en fin es buena gente por suerte, no le hagas caso a tu suegra, yo te decía desde que estábamos allá que esa vieja no me caía, ¿qué tanto molesta con eso de los genes?, la loca será ella en todo caso, en vez de estar feliz con su nieta habla tonteras. bueno hijito abajo está estacionando la loca esa su auto, seguro que está borracha, mandame por favor las fotos de mi nieta, ¿qué nombre le van a poner?, felicidades una vez más y no hagas caso de lo que hablan, ¿acaso es nuestra culpa todo lo que pasó con tu hermano?

Tu mamá

De: \<richiugarte34@utsb.org>
Fecha: Sábado 4 de febrero de 2006 11: 08 AM
Para: \<mamilinda@pgt.com>
Asunto: Fotos

Hola mami:
cómo están. les mando las fotos prometidas. te
cuento que mañana dejan salir del hospital a las dos. qué
caro me salió todo. ojalá que con el nuevo cambio de
gobierno no me saquen del trabajo, ese es el miedo que
tengo ahora. por suerte me prestaron plata. ¿te acuerdas
del sergio?, ¿ese que era amigo de mi hermano en el
irlandés?, pues trabaja conmigo y es amiguísimo del jefe y
es rebuena gente, apenas se enteró me dijo que puede
prestarme, así que en esas andamos. vas a ver las fotos,
están bien bonitas, por favor dile al profe que las vea con
cuidado y me diga si me parezco a ella o no. no te
preocupes por mi suegra: es así pero es buena persona en
el fondo (pero bien en el fondo, jeje). ayer la carla la riñó
porque ya se estaba pasando con eso de los genes, todo el
día hablando de lo mismo, ojalá se salten esta generación,
ojalá no salga así, ese tipo de cosas... la carla la hizo callar
diciendo ya basta, mami, y la verdad que se estaba
pasando: ¿qué culpa tenemos nosotros de las cosas que
haya hecho mi hermano?, además ya nadie se acuerda, ¿no
ve?, ten cuidado con esa gringa, que allá son más exigentes
que los de este lado, hay que cuidar el trabajo, una cosa
más que a lo mejor te ponga triste, pero ya que estábamos
hablando del asunto te recuerdo: mañana son seis años ya,
cómo pasan los años ¿no?, si tengo tiempo me voy a dar
una escapada al cementerio, ¿listo?, no te pongas mal,
pero igual seguimos siendo una familia, besos y abrazos.
Richi

De: <mamilinda@pgt.com>
Fecha: Lunes 6 de febrero de 2006 10: 02 PM
Para: <richiugarte34@utsb.org>
Asunto: Lindas las fotos

Richi

estamos felices y qué lindas fotos, te juro que al profe como le dices casi se le caen las lágrimas al verlas, qué bonita y hasta ya tiene cabellito, además se parece a vos, de eso no hay duda, y qué va a cambiar de carita, sino fíjate en alguna foto de tu papá y vas a ver que es idéntico a tu hermano, a propósito de eso, ayer fuimos a una iglesia de por aquí llena de negritos que cantan y bailan, qué diferencia con las misas de allá donde si hasta por estornudar el cura te riñe, bueno te decía que fuimos con el profe pero no te preocupes porque ya las cosas pasaron, claro que no puedo olvidar lo terrible de esos días y semanas, qué desgracia la nuestra, ¿no?, pero mejor es hablar del futuro, ¿cómo está mi nieta?, ¿te deja dormir?, si los niños son terribles, yo me acuerdo que tú eras tranquilo nomás, el terrible era tu hermano, se levantaba cada diez minutos creo, vomitaba todo lo que le dábamos. y luego, bueno, ya sabes, para qué seguir contando, pero con la niña las cosas van a ser distintas, las mujercitas maduran antes de tiempo, no como tu hermano, ¿le has llevado flores?, aquí no se puede o no sé dónde poner, así que sólo rezamos un poco mientras los negritos cantaban bien alegres. te dejo porque la gringa ya debe estar por llegar, ¿te conté que es actriz?, o por lo menos eso dice, saludos a la carla y un beso a la niña y otro para ti.

Tu mamá

De: <richiugarte34@utsb.org>
Fecha: Martes 7 de febrero de 2006 6: 03 PM
Para: <mamilinda@pgt.com>
Asunto: saludosss

Hola:

te cuento que sigo en la oficina, hay un montón de trabajo atrasado, además que todos queremos hacer méritos con el nuevo gobierno, dicen que va a ganar el padre vidal, no sabes cuánta gente hace campaña por él, terrible, el otro día pasaron unos que iban a una concentración suya por la casa y eran cuadras y cuadras llenas de gente, bueno, qué le vamos a hacer, hay que hacer méritos como te decía, otra cosa: la niña está bien grande y creo que hasta ya reconoce mi voz, porque cuando le hablo mueve la cabeza y creo que hasta sonríe, ya tenemos un nombre: sally, como la esposa del sergio, que es tan amigo de mi jefe (¡!), es que mami hay que entender, si no hago buena letra con todos me pueden botar, tú sabes cómo son las cosas en este país, tienes que tener conocidos por todas partes, además estoy pensando en que sean sus padrinos de bautizo, la carla dice no no, que mejor mis papás pero yo le digo: tú no trabajas, ¿y si me botan con el nuevo gobierno?, aquí gano bien nomás, además una niña es un gasto, pañales, toallas húmedas, gotitas, crema para la piel, etc., etc. al fin parece que la carla está entendiendo, así que a lo mejor vamos por ese lado, qué bien que hayan rezado por mi hermano, yo también lo hice, después de todo no era culpa suya, a lo mejor era que siempre estaba mal de la cabeza, ¿no?, mi suegra ya no me dice nada de eso, de los genes, por suerte desde el próximo mes se va de viaje (no sé adónde, pero es su presión dice), así que vamos a estar mejor los dos porque ¿no te conté? viene todos los días y se queda hasta taaaarde, yo llego y la vieja está ahí prendida a mi hija, me hago algo de comer porque si le pido a la carla me echa unas miradas terribles, en fin, eso, ¿y tú? ¿y el profe?, escriban por favor, saludos

    Richi

De: \<mamilinda@pgt.com\>
Fecha: Lunes 13 de febrero de 2006 10: 45 PM
Para: \<richiugarte34@utsb.org\>
Asunto: hola

Hijito:

Qué manera de tardar para contestarte, es que tengo un montón de trabajo, te cuento que la gringa es... ay, cómo se escribe eso: lesbiana, ¿no?, en mi época les decíamos tortilleras o marimachas, pero resulta que es, qué te parece, el otro día estaba lavando el baño y aparece ella toda feliz con una chiquilla (19 años, más o menos) y me dice que salga por favor (eso sí, para qué, pero bien educada es), se meten las dos y yo detrás de la puerta del baño escuchando sus cosas (en inglés pero una entiende), sus gritos y esas cosas y después de un buen rato me llama y cuando entro las dos desnudas en la tina como si nada y ella me dice un trago para las dos, así son las cosas aquí, pero te confieso hijito que al verla a la otra chica me acordé de

la mujer esa, dónde estará ¿no?, tanto daño que nos
hizo y mirá que ella debe estar bien pancha, bien
tranquila de puta y nosotros sufriendo cada vez que nos
acordamos de tu pobre hermano, pero en fin, mirá que
por contarte burreras no te pregunté: ¿cómo está la
niña?, ojalá que bien, y sí hijito tener hijos es grave, no
es barato, si lo sabré yo que pese a los años de trabajar
no pude ahorrar nada y tengo que seguir trabajando y
encima viendo las cochinadas de esa gringa, pero en fin
qué se le puede hacer, ah me estaba olvidando: no te
dejes con esa vieja, hazle saber hijito que esa es tu casa
y que tú mandas allí y nadie más, y a la carla dile que lo
que estás haciendo es por el bien de la niña y no sólo de
ella, lo que pasa es que las madres de esta época creen
que es fácil la vida, ¿el sergio me decías?, sí, me
acuerdo, era buena gente desde chico y bonito el
nombre, aquí hay un montón de sally, pero no le
pongas otro nombre porque con uno basta, después se
hacen líos con sus documentos, como tu tía elba que
tiene cinco creo, oye hablando de ese muchacho sergio
¿te acuerdas lo que el fregado de tu hermano le hizo esa
vez?, ¿te acuerdas que lo expulsaron del irlandés por eso
y que fue a caer a ese colegio maldito?, ¿al sánchez
cerro?, si cada vez que me acuerdo me da una rabia
terrible, a lo mejor, pienso, se hubiera salvado, no
hubiera conocido a esa maldita

ya hijo, mejor no nos acordaremos del pasado,
dale un beso a mi nieta de mi parte y no te dejes con la
vieja esa y mostrale a la carla quién manda, ¿listo?

Un beso, tu mami

De: <richiugarte34@utsb.org>
Fecha: Martes 21 de febrero de 2006 5:03 PM
Para: <mamilinda@pgt.com>
Asunto: tiempo sin contactarnos

Hola mami:

perdón por no escribirte antes, lo que pasa es
que nos trasladamos de casa al fin. ahora vivimos lejos
de mis suegros por suerte, así que la vieja tarda un
montón en venir y como es medio floja a veces sólo
llama por teléfono para saber cómo estamos. la niña
está bien, qué manera de crecer, ya está algo más
pesada y la carla está con eso de estudiar algo rápido
por si me botan del trabajo. ¡recién le entran las ganas!
no quise contarle pero en el laburo todos tenemos cada
vez más temor a que nos saquen, tanto que hasta mi
jefe y el sergio están preocupadísimos. imaginate
echarlo al sergio, que es tan buen profesional y tan
buena gente. el otro día a la hora del almuerzo nos
acordamos de mi hermanito, la verdad que el sergio lo
recuerda con cariño, se ríe de las cosas que hacían y de
esa carta de la que me hablabas, ¿qué hubiera sido de
su vida ahora?, ¿sin profesión?, ¿sin nada que hacer?,
¿con esa mujer?, el sergio me dice que tal vez hubiera
sido una carga, tal vez, ¿no?, ah, por cierto, en el
traslado encontré una maleta llena de sus cosas. ya ni
me acordaba que esa mujer en pleno velorio nos la tiró
en la cara gritándonos semejantes barbaridades,
estaban en el entretecho y cuando estaba sacando las
cosas de la carla las encontré. la verdad que me dio una
pena tremenda, habían cuadernos, dibujos de diablos,
de mujeres desnudas y cortadas por todas partes y de

niños con la cabeza rota y esas cosas extrañas que hacía
y también estaban sus libros, eso es lo que más pena me
dio, sus libros bien amarillos ya, una mayoría de ese
vargas llosa que tanto le gustaba. ¿sabes que he hecho?
mirá que la carla me dijo que los guardara, que eran
cosas de un ser querido y eso, pero era preferible
deshacerse, ¿no?, así que fui a venderlos a esa calle de
los libros usados. casi me muero de la rabia por la poca
plata que me dieron pero después de hacer de tripas
corazón como se dice sentí un alivio tremendo. en fin,
eso es ya cosa del pasado. y tú cómo estás, cómo está
tu lesbiana, jiji, esas cosas pasan en todas partes, no
hay por qué alarmarse, acá también hay y ya no tienen
vergüenza como antes, bueno, hoy día tengo que ir a
una reunión del partido (me he inscrito al del padre
vidal), a ver si de esa manera no me despiden. listo, un
abrazo a los dos y por fa que el profe me escriba unas
líneas, que no sea tan ingrato.

    Richi

    nota.- a ver qué día chateamos, ¿sabes?, puedes
decirle a tu lesbiana que te enseñe, como esa vez con el
correo electrónico y la computadora, jijiji.

De: <mamilinda@pgt.com>
Fecha: Miércoles 22 de febrero de 2006 9: 45 AM
Para: <richiugarte34@utsb.org>
Asunto: Ninguno

al fin me escribes, ingrato. los niños son así, crecen rápido, oye me dio una pena enorme saber sobre las cosas de tu hermano, pero es mejor así, ¿para qué seguir guardando cosas que sólo nos recuerdan momentos tristes?, el profe está bien, más gordo, ahora ya se lleva mejor con su jefe, a veces incluso arregla los autos él solito y no sólo los estaciona como antes, ay, hijito, qué terrible es el trabajo aquí, la gringa se porta bien conmigo pero yo no acepto eso de hombre con hombre y mujer con mujer, ¿qué puedo hacer si así me criaron?, si vieras las chiquillas que se trae y sólo porque tiene plata porque si las vieras a las niñitas con las que se diverte te darías cuenta que son pobres, unas largadas como se dice. aquí las trae y viven con ella una semana, dos y luego las larga que da pena y hasta las droga, creo, pero en fin es su vida, lo bueno de este país es que nadie se mete con nadie, no como allá que miran todas las cosas que haces. ¿y mi nieta? ya no me mandaste ninguna foto más de ella, ya debe estar algo cambiada su carita, ¿no?, qué bien que ya vivan lejos, así es mejor y de esa manera te alejas de la vieja esa, ¿sigue con sus locuras?, a ver, me gustaría que me diga a mí, veríamos qué pasa, lo único que me da pena es que estés angustiado por lo de tu trabajo, ni modo, hijo, si tienes que inscribirte en ese partido qué más puedes hacer, eso sí, el otro día vi en cnn en español una entrevista a ese padre vidal, qué cara para hablar

ahora de paz, de tranquilidad social, de progreso
económico, ¡si los dos bandos hicieron tantas
barbaridades! y él como si nada, pero la cosa es que te
arrimes a buen árbol, así es ¿no?, bueno, le voy a pedir
a una de las nuevas novias de la gringa que me enseñe a
chatear, ahora está con una linda chica te cuento, es
venezolana, pero belleza hijo, unos ojazos terribles y
bien buenita, cuando yo le dije de dónde era me dice
que conoce porque ella viajaba por todo lado cuando
era más chiquita, así que a ella le voy a pedir el favor
antes que la gringa se aburra de su presencia. un beso y
un abrazo para sally y carla.

    Tu mamá

De: <richiugarte34@utsb.org>
Fecha: Martes 28 de febrero de 2006 8:03 PM
Para: <mamilinda@pgt.com>
Asunto: Hola

    Hola mami, caramba qué amiguitas tienes, jiji, no,
mentira, te cuento que las cosas ya van mejor
encaminadas, ya estamos un poco más seguros de que no
nos van a sacar del laburo, pero hay también un montón
de gente que quiere entrar como puedes imaginar. te
cuento que ayer nomás fui a verlo a mi hermanín al
cementerio, en realidad fui de pura casualidad porque el
papá de uno de los jefes de las brigadas juveniles del
partido murió, o mejor dicho se suicidó pero nadie quiere
decirlo, es como un secreto. resulta que este señor de

apellido ortiz fue un agente o algo así en la época del gusano y resulta que su hijo (de la juventud católica) un día lo encontró colgado del cuello en el baño, había un montón de gente y hasta el mismo vidal fue. por suerte eso me sirvió para conocer a un montón de personas influyentes del partido, incluyendo al famoso óscar, el brazo derecho del padre vidal. de esa manera después del entierro hablamos, me pidió mi tarjeta y me dio la suya, a lo mejor después de las elecciones me llaman para otro puesto porque creo que le he caído bien a este chico, que es bien serio mami, no te imaginas y no tiene tiempo para nada, y de esa manera luego del entierro me di una escapadita a donde mi hermano, seguro que ya fue antes esa mujer porque tenía flores frescas. te juro que casi las boto pero ni modo que haga un escándalo en pleno cementerio. la carla está bien y la niña igual, creciendo, ya puede agarrar algunas cosas, la que me preocupa ahora es mi suegra. aunque no me creas. resulta que aquí hay un grupo de viejas que son devotas de un niño que dice que hace milagros. dicen que es un niño a quien mataron hace años. y que según estas doñas hace milagros. si un niño está enfermo basta ponerle en la cabeza una estampita con su imagen y se recupera. si uno no tiene plata basta rezarle a la estampita para que ya tenga, y esas cosas, el niño este se llamaba alfredo y dicen (no me acuerdo) que su muerte fue una cosa terrible. la verdad que no me preocupa lo que haga esa bruja de mi suegra. me preocupa que en algún momento arrastre a la carla en eso. de todas formas yo ya le advertí que con esas cosas no se juega. ¿cuándo chateamos entonces?, dile a una de tus "amiguitas" que te enseñe, jiji, un beso y dile al profe que tenga paciencia, es mejor llevarse bien con los jefes, si lo sabré yo.

De: <mamilinda@pgt.com>
Fecha: Lunes 27 de febrero de 2006 12: 45 PM
Para: <richiugarte34@utsb.org>
Asunto: Así es la vida

Richi:

qué bien que las cosas estén mejor encaminadas, ni modo hijo, allá si no estás en política no eres nada, así nomás es. ¿cuándo me vas a mandar otras fotos de mi nieta, bandido?, espero que sea pronto porque ya seguro que ni la debemos reconocer con lo tanto que debe haber crecido. yo hubiera tirado las flores de esa mujer, ¿qué se cree?, ¿no es ella la culpable de tanto daño?, ¿tu hermano no terminó así por su culpa?, si la encuentras algún día hijo dale una paliza aunque se haga un escándalo. es que no es posible que nos haga estas cosas, esa mujer no tiene sentimientos. mirá que me dio una rabia tremenda al saber eso, pero todo tiene castigo en la vida, hijo, tarde o temprano le va a llegar su hora, vas a ver. y encima esa loca de tu suegra con esas cosas. la verdad que no me acuerdo de ese niño, ¿alfredo dices?, a lo mejor el profe se acuerda, le voy a preguntar. pero tú no te dejes ganar con la carla. dile de frente que no te gusta que se meta en esas cosas, ¿no eres el que manda? además eso es peligroso, aquí los fanáticos hacen barbaridad y media. estampitas a ver, vieja loca. bueno, te cuento que le pedí a la chica esa que me enseñe a chatear, ya estoy aprendiendo, así que en el próximo contacto quedamos en la hora y el día, ¿ya?, ah, qué pena lo de ese señor, ¿no sabes por qué se mató?, qué pena, a lo mejor tenía algún sufrimiento y por eso, o la mejor por soledad también. aquí por ejemplo hay un montón de casos. todo el tiempo los viejitos que no tienen a nadie aparecen muertos en sus departamentos por soledad nomás.

Un beso a todos

Tu mami

De: <richiugarte34@utsb.org>
Fecha: Lunes 3 de abril de 2006 7:03 AM
Para: <mamilinda@pgt.com>
Asunto: Hola

hola, te cuento que estoy ya en la oficina. iba a escribirte el otro día pero no tenía tiempo. ahora tampoco. lo que pasa es que tuvimos una pelea grave con la carla esta mañana. resulta que yo llego anoche a la casa, cansado, aburrido y encuentro a la vieja de mi suegra y otra señoras que no sé quiénes eran con esas estampitas de las que te hablé y lo peor es que hasta la carla tenía una pegada al pecho. cuando le pregunto qué pasaba ella me dice de lo más tranquila que esa noche iban a invocar el alma del niño muerto para que proteja a nuestra hija. mirá que me tuve que contener para no darle un sopapo por estúpida. y las otras viejas sentadas ahí en la sala con las luces apagadas y levantado al cielo las estampitas y llamando a ese niño como locas. ¿sabes que hice ese rato? me tuve que salir de mi propia casa y caminar por todo lado y volver de madrugada y encima la carla me hace un lío tremendo cuando llego. que por qué eres así con mi mamá, qué te crees, y yo le dije que era una estúpida, una mensa, una boba, y la otra se pone a llorar como si le hubiera pegado. la cosa es que no me habla desde ese rato y por eso me salí temprano sin desayunar. me da no sé qué ver esas estampitas, ¡todos tienen una!, hasta la secretaria de recepción de mi oficina tiene una pegada en el monitor de su computadora como lo más natural del mundo. mirá no sé qué le pasa a mi esposa, parece que su mamá influye en ella más que su hija. pero ¿cómo estás tú?, ¿y el profe?, ojalá podamos chatear. mejor me voy a desayunar al comedor porque tú sabes que sin comida yo no funciono.

ricardo

nota.- casi le digo a la carla anoche: "tu familia está más loca que la mía", jiji.

De: <mamilinda@pgt.com>
Fecha: Miércoles 5 de abril de 2006 9: 42 AM
Para: <richiugarte34@utsb.org>
Asunto: ¡No desfallezcas nunca!

qué vieja más odiosa, no te enojes así porque es peor sólo para ti, ya vamos a ver cuando esté por allá a ver si se atreve a faltarte al respeto de esa manera. ¿qué le pasa a la carla? ¿en vano fue al colegio?, parece que mientras más rica más tonta es la gente, ¿no piensa?, ¿no puede decirle a esa vieja que está haciendo locuras, el ridículo?, no sabes la rabia que me dio al leer tu correo, si yo estuviera allí ya habrían visto esas dos, pero vos hijito deberías haberlas botado a esas señoras y a la suegra también, bien que no le pegaste a la carla, de

todas formas hay que saber controlarse y no caer en
cosas violentas, pero tienes razón, seguro que daba
ganas de darle, uf, ya descargué toda mi rabia, hijo,
¿cómo está mi nieta?, ¿está sanita?, ¿duerme bien?, ya
acá la gringa la echó a la venezolana, no sabes la pena
que me dio porque era buena gente, habladora,
chistosa y de un humor excelente, pero por suerte
tuvimos el tiempo suficiente para que me enseñe a
chatear, ¿te parece bien el próximo jueves?, la hora no
sé, tendrías que ver el cambio horario, ¿ya?, no te
angusties, el matrimonio es así nomás, y a la carla ponla
en su lugar de una vez.

Tu mamá

De: \<richiugarte34@utsb.org\>
Fecha: Jueves 13 de abril de 2006 5:03 PM
Para: \<mamilinda@pgt.com\>
Asunto: Novedades

gracias por tus palabras. las cosas con la carla
ya están mejor por suerte, por lo menos nos hablamos.
me dijo al principio que yo era un intolerante, pero
después le hice entender que no era justo: que era
también mi casa. después ya más tranquilos
prometimos hablar más, pero igual su madre viene con
esa estampita pegada al pecho, en fin ¿no crees que es
mejor aguantar a estar peleando todo el día? después
de todo no es para tanto. la niña está bien, te juro por

lo más sagrado que en el próximo contacto te mando fotos recientes. lo que pasa es que, mirá no sé cómo decirte, te tengo una buena noticia: ¿te acuerdas de ese muchacho que conocí en ese entierro?, ¿el tal óscar?, pues me llamó apenas hace unas horas para decirme que le gustaría que le mande mi currículum porque necesitan gente con mi experiencia. seguro que este óscar va a ser ministro o algo por el estilo, eso es una verdad a gritos aquí, ¿no te digo que es la mano derecha del padre vidal? a lo mejor me quiere para ser su asesor o algo así. la victoria del padre vidal es segura, mami. el domingo son las elecciones, así que ni modo, tengo que apoyarlo. ojalá que esto salga, así podemos mejorar un poco económicamente. no pienso decirle nada a la carla porque no quiero entusiasmarla sin razón. ahora ya basta de hablar de mí, ¿cómo están las cosas allá? nunca cuentas nada de ustedes, sólo de las lesbianas (tus amigas, jiji) esas que ves todos los días. ah, me olvidaba ¿te parece mejor si chateamos el próximo jueves?, tendrías que abrir una cuenta en la página de mi oficina (hay el servicio de Chat), tú tienes tiempo a las 12 PM, aquí es la una, así que no habría problema, ¿te parece bien? por favor, dime, y deséame suerte. un beso.

Ricardín

De: <mamilinda@pgt.com>
Fecha: jueves 13 de abril de 2006 12:00 PM
Para: <richiugarte34@utsb.org>
Asunto: Va a salir bien

Ricardito

qué bien que ya hables con la carla, pero no des tu brazo a torcer y dile que o su mamá se controla o ya no entra a tu casa. disculpame si soy brusca, pero no es justo que te haga eso, ¿trabaja ella? ¿sabe lo que es romperse el lomo en una oficina más de ocho horas?, y yo que allá me quejaba del trabajo, ¡aquí sí se labura!, bueno, estoy feliz por esa oportunidad de trabajo que se te presentó, vas a ver que las cosas van a salir bien, tú eres un buen profesional, ¿y la niña?, ya ni me cuentas de ella y además no me mandaste las fotos, mentiroso, ¿te acuerdas?, no puedo escribirte más porque la gringa está enferma, tiene gripe o algo así pero en realidad está deprimida por lo de la venezolana, a veces se sincera conmigo y me dice que la quiere, que la extraña en serio, pero ella tan feo que la botó, hubieras visto. listo, te dejo porque me está llamando. me olvidaba, chateamos el jueves, ya tengo una cuenta en la página de tu oficina, una cosa más, seguro que el padre vidal va a ganar, hay que tener fe.

Tu M

mamilinda dice:

hola.

richard dice:

hola mami, ¿dónde estabas?

mamilinda dice:

despachando a la gringa, se está yendo de viaje.

richard dice:

¿a dónde?

mamilinda dice:

a Francia.

richard dice:

debe tener un montón de plata.

mamilinda dice:

está forrada, hijo, si vieras la casota donde vive.

richard dice:

¿y tiene familia?

mamilinda dice:

una hija, imaginate, pero no viene mucho por aquí.

richard dice:

¿y cómo estás?, yo te cuento todo pero tú no me dices nada. ¿y el profe?, acá estamos bien nomás, ya las cosas con la carla son normales otra vez, y mi suegra ya no viene tanto. la niña está bien, creciendo. ahora te acabo de mandar a tu correo las fotos de ella. te juro.

mamilinda dice:

gracias, voy a ver, esperame un ratito

richard dice:

ya.

mamilinda dice:

qué bonita, si se parece a vos nomás, que no me venga con sonseras la vieja esa. ¿y por qué la carla está tan flaca?, dile que coma un poco más, se va a enfermar si no.

richard dice:

le digo, pero no entiende, en fin, tampoco está mal. pero como siempre no me contestas, ¿cómo están?

mamilinda dice:

bien, yo aquí de paño de lágrimas de la gringa y el profe de conductor pero feliz porque ya entiende mejor el inglés.

richard dice:

¿y de salud?

mamilinda dice:

bien, por suerte esta gringa es consciente y no me hace limpiar los pisos, hay otra gente encargada de eso. ¿y tú?

richard dice:

feliz, porque ganó el padre vidal, ¿viste la gente que había en san francisco para saludarlo después de las elecciones?, miles, dicen que medio millón, pero difícil. además ayer me llamó el tal óscar y me dijo de frente que quiere que trabaje con él. el sueldo es el doble de este trabajo. al llegar a la casa le voy a decir a la carla. qué cara pondrá.

mamilinda dice:

estuvimos atentos, no sabes la alegría que me das. ¿el doble?, eso está bien, hijo, tú te lo merecías, pero tienes que tener cuidado que eso de la política es terrible. la gente se engaña y es capaz de hacer cualquier cosa.

richard dice:

sí, sé perfectamente a lo que me estoy metiendo, pero en el fondo creo que vale la pena, aquí hay un ambiente de que las cosas van a mejorar. otra cosa: ¿sabes?, ayer fui al cementerio y por poco se arma una pelea terrible.

mamilinda dice:
¿por qué? ¿estaba esa mujer?
richard dice:
peor: estaba ella con dos tipos más. la cosa es que llego y veo a tres personas cambiando el agua de los floreros y entonces me acerco. estaba ella y cuando me ve ¿te imaginas? quiere saludarme de lo más normal y cuando los veo a los otros dos me sonríen y ella me dice son amigos de tu hermano, del colegio, debo entender del sánchez cerro, ¿no?, y uno de ellos, uno de barba y con cara de maleante se acerca y me dice hola me dicen el mono, mucho gusto, el otro se apellidaba lima y tenía un tajo en la mejilla. claro que me dio miedo, le dije que no quería que vengan a ver a mi hermano y menos ella, qué caradura de mujer, me dice entonces como si nada ellos son sus amigos y yo era su mujer, imaginate.

mamilinda dice:
es una descarada, hijo, pero deberías haberte ido, mirá que podían hacerte algo. ¿y después?
richard dice:
casi le pego, de pronto nomás el tal mono no sé cómo pero me tenía pegado a la pared con una sola mano, ¿y sabes lo que me dijo encima?
mamilinda dice:
qué
richard dice:
no toque a la señorita, eso.
mamilinda dice:
¿señorita?, puta más bien, perdón por la palabra pero tú sabes que a mí me gusta nombrar a las cosas por su nombre.

richard dice:

sí, mami, ya sé, pero entonces que el otro, el tal lima, se acerca y me dice riéndose tú hermano era mejor persona que tú, imaginate semejante tipo diciéndome eso. el otro me soltó y me fui de allí casi corriendo, tú sabes que con estos maleantes no hay caso ni de hablar.

mamilinda dice:

mejor, y si los ves en la calle no les hables o pasate al frente, qué descarada esa verónica, decir eso, andar con ese tipo de gentes, y todavía con aires de haber sido su esposa, toda una señora. qué puta, esa.

richard dice:

ya, ya no te enojes, mejor hay que acordarnos de mi hermano, de las cosas buenas que hacía, de sus chistes, de eso y no de esa mujer.

richard dice:

¿mami?

mamilinda dice:

perdón hijo, es que me dio tanta rabia, mirá mejor cortamos porque está sonando el teléfono seguro es la gringa que se olvidó algo. te escribo mañana, ¿listo?

richard dice:

ya mami, pero no te preocupes, creo que era mejor no contarte nada.

mamilinda dice:

no, gracias por contarme, te escribo, ¿ya?

richard dice:

listo, pero calmada nomás.

De: <mamilinda@pgt.com>
Fecha: Viernes 21 de abril de 2006 11:00 PM
Para: <richiugarte34@utsb.org>
Asunto: Ninguno

Richi

Hola hijo, cómo estás. yo aquí todavía con el mal sabor de boca por lo que me contaste ayer, ¿ya estás mejor?, ¿y mi nieta?, te cuento que pegué sus fotos en nuestra habitación, el profe dice que la carla está flaca, que coma más y en lo posible que sean cosas sanas y no muchas grasas, la gringa es vegetariana y si vieras cómo tiene la piel, suavecita y qué bonito color, y la figura que se gasta, por eso no sé cómo es que esta señora salió tortillera si es bien mujercita, pero en fin, te cuento también que me llamó y dice que va a volver la venezolana esa, ¿te acuerdas?, esa chiquilla tan buena gente, cómo se habrán reconciliado, eso quién sabe, así que la estoy esperando, qué buena noticia porque por lo menos voy a tener con quien hablar bien y reír, porque acá trabajan dos mexicanas más que no sabes lo serias que son, no hablan, no ríen, no dicen nada todo el día y a mí me miran como si fuera extraterrestre, de manera que me alegra que vuelva esa chica, como te decía dile a la carla que se alimente bien, no tanto por ella sino por la niña, ¿bueno?, te dejo hijo porque esa chica no tarda en venir, un abrazo y besos

Tu mamá

De: <richiugarte34@utsb.org>
Fecha: Martes 25 de abril de 2006 3:03 PM
Para: <mamilinda@pgt.com>
Asunto: no te imaginas

Hola mami

te estoy escribiendo desde mi casa, mi nuevo jefe ya quiere que mañana esté trabajando con él en la comisión de transición, es increíble la euforia en el país, ojalá que nos vaya bien pues hay una gran responsabilidad de por medio. la niña está bien nomás, un poco resfriada, lo que pasa es que esta carla la tiene mucho rato en el agua cuando la baña y ni siquiera calienta las toallas antes para secarla. tuvimos una pelea también por eso y hasta se salió de la casa dejándome con la pequeña toda la tarde del sábado. seguro que estaba donde su mamá, pero ya estamos bien una vez más, esas peleas por suerte son un rato nomás. lo que quería decirte es que ayer salió en el periódico una nota sobre esos dos supuestos amigos de mi hermano con los que me encontré el otro día en el cementerio. resulta que como me lo imaginaba son nomás ladrones, unos pobres maleantes. ¿sabes qué hacían? se vestían de policías y secuestraban turistas, les quitaban su dinero y tarjetas de débito y les obligaban a decir su clave. dicen que mataron como a tres y han robado a un montón. cuando leí la noticia casi me caigo de espaldas. seguro que la mujer esa está metida en el asunto. te juro que me dan ganas de ir a la policía y decirles todo, ¿pero para qué? no vale la pena después de todo. si quieres ver la noticia entrá a www.lanoticialibre.com, están sus fotos y todo. bueno, la carla dice que va a intentar

comer un poco más sano, pero que también es cierto
que la niña la está acabando, por su parte la vieja loca
sigue con eso del niño milagroso, ahora le dio por
vestirse con una túnica blanca todos los miércoles y
andar con sandalias, además de la estampita con la
cara de ese niño, aunque no me creas hay un
montonazo de fieles y dicen que el próximo mes van a
tener una capillita cerca de donde lo mataron porque
no pueden en el lugar original, ahora es una heladería o
algo así, ¿y sabes dónde van a estar?, hay una casa al
frente del Irlandés, ¿en serio no te acuerdas?, mirá yo
que salí bachiller de ese colegio no me acuerdo, ni
siquiera sabía. pero debe ser cierto, lo bueno de todo es
que la vieja ya no se mete conmigo y ya la dejó a la carla
que sea un poco más mamá porque hasta hace un
tiempo no sabía hacer nada sola. te dejo, un saludo y
un abrazo al profe y que alguna vez me escriba, te dejo
nomás, me está llamando la carla. chau.

    R

De: <mamilinda@pgt.com>
Fecha: Lunes 1 de mayo de 2006 12:54 PM
Para: <richiugarte34@utsb.org>
Asunto: Ninguno

Hijo

Recién puedo escribirte, lo que pasa es que la gringa loca me pidió que la lleve a su novia a otro estado para ayudarle a hacer compras, ¡qué manera de gastar la plata!, con la mitad de eso te juro que me compro una casa, en fin, la pasamos bien porque fuimos a lugares bonitos y si vieras cómo esos atrevidos de los cubanos la miraban, me daba ganas de darles un carterazo en la cara, esos cubanos son los más descarados, son lo peor que hay, se te acercan sin miedo, sin vergüenza, y te hablan como si te conocieran, ya en nuestro país cualquier hombre les metía sus buenos puñetazos, pero aquí lo que faltan son caballeros, y con lo linda que es esta venezolana y encima con lo coqueta, yo creía que al ser tortillera los hombres nada de nada, pero ella pura sonrisa, ojitos, saludos y darling por aquí y darling por allá, y cuando se dio cuenta que yo la miraba raro me dijo de lo más tranquila los niños también me gustan, chica, y yo callada, ya al volver pensaba es bi, es bi, es bi, en fin, pero pese a esto la pasamos bien, ¿y tú?, espero que tu trabajo nuevo vaya bien, aquí como siempre nuestro país les vale un comino, aunque en las noticias de la tele hispana lo mostraron al padre vidal, jovencito se mantiene, ¿no?, pese a los años y qué anécdotas contaba, te cuento también que entré a ese periódico y me quedé fría con las cosas que hacían ese par, seguro, más que seguro que la mujer esa está involucrada, soy capaz de hacer una llamada anónima desde aquí para denunciarla, pero después de todo tienes razón, no vale la pena, las cosas que debió sufrir tu hermano al lado de esa, en fin, por cierto ya está llegando su cumpleaños, pese a todas las cosas que tu hermano hacía era buena gente, contame más de mi nieta, de las cosas que hace, de la carla también, por cierto qué vieja más loca, ojalá que se le pasen sus locuras antes de que mi nieta tenga uso de razón porque ¿te imaginas si influencia en la niña?, una cosa más todavía, te cuento que al lado de la casa de la gringa vino a vivir un loco que me recuerda a tu hermano cada vez que lo veo, igual de malcriado, de extraño, de rebelde, pone su música a todo volumen y en la puerta de calle de su casa tiene una cruz al revés, la gringa dice que debe ser un satánico o un rockero satánico, pero como acá nadie se mete con nadie y a los del barrio no les importa, miran como si nada... saludos a todos y un besote a mi nieta

Mami

nota.- a la próxima seguro el profe te escribe.

De: <richiugarte34@utsb.org>
Fecha: Domingo 7 de mayo de 2006 1:23 PM
Para: <mamilinda@pgt.com>
Asunto: locura total

hola mami, aquí estamos bien los tres, estoy con
un trabajo que parece que nunca se va a acabar, ahora
la sally y la carla están durmiendo, yo estoy
aprovechando para ordenar algunos papeles y de paso
escribirte, qué grave lo de tus amiguitas, pero aquí eso
se nota menos o por lo menos no se hacen ver como
dices que es allá, te cuento que ayer sábado al fin me
presentaron al tal padre vidal. una persona sencilla,
pero a la que todos le tienen devoción, sobre todo mi
jefe, el óscar, que es algo raro, no habla mucho, es
tímido con las chicas, dicen que no tiene novia y trabaja
todos los días, incluyendo los domingos, incansable, a
ratos me parece que está sufriendo por algo pero como
no tengo todavía la confianza necesaria con él para
preguntarle no sé. lo de la vieja es terrible cada día,
ahora se le ocurrió que ella puede hablar con el niño
milagroso de las estampitas, dice que se le aparece en
sueños primero y después escucha su voz a cualquier
hora. una vez más nos peleamos con la carla por esta
situación, se enojó cuando le dije que su mamá debería
ver a un médico para que la atienda y sepa qué le pasa.
una vez más como cuando no tiene argumentos lógicos
contra mí sale con lo de mi hermano, que ese loco, que
ese asesino, ¿no te acuerdas por qué está muerto?, y
cosas así, ya no le grito porque aunque no parezca la
niña escucha todo y como que se da cuenta pese a ser
tan pequeñita, en otras palabras me tuve que quedar

con la boca cerrada, pero te confieso, mami, que ahora
sí me siento dolido por todo eso, ¿ella sabe lo que
sufrimos los tres?, ¿sabe cómo era mi hermano? ya no
quiero pelear con ella más, no quiero hablar de ese
tema porque algún día va a ocurrir una desgracia y me
voy a mandar a mudar a no sé dónde. y todo por culpa
de esa vieja loca, te juro que cada vez que la veo me dan
ganas de agarrarla a patadas. en fin, en esas andamos y
yo con tanto trabajo por esto de la toma de gobierno
que ya está cerca. abrazos como siempre al profe y que
no se olvide de escribirme, ¿estamos?

Richard

De: <mamilinda@pgt.com>
Fecha: Miércoles 10 de mayo de 2006 12:45 PM
Para: <richiugarte34@utsb.org>
Asunto: Fuerza

Hijo

es que en el fondo el que está fallando ahí eres
tú, ¿cómo le permites eso a la carla?, ¿que te diga
semejantes barbaridades?, no sólo porque te está
faltando el respeto sino porque también lo está
haciendo con la memoria de tu hermano, que pese a lo
que haya sido y hecho no deja de ser tu hermano, de tu
misma sangre. mirá que si sigue así le voy a escribir a la
carla, no te enojes hijo pero se está pasando de la raya
porque tú sólo le estabas intentando hacer un favor a la

vieja esa y en vez de agradecerte la carla te sale con
semejante burrera. ya basta de que te esté tomando el
pelo sólo porque no tienes carácter. como te digo
siempre hazte respetar de una vez. ¿listo? el profe dice
que a la próxima te escribe, segurísimo, siempre se
acuerda de ti y también te extraña. qué fregado es estar
fuera del país, si yo estuviera allí otra sería la cosa,
besos a mi nieta y evitá que oiga sus peleas, que los
niños se dan cuenta de todo.

      fuerza y besos
      Mami

De: <richiugarte34@utsb.org>
Fecha: Lunes 15 de mayo de 2006 7:23 PM
Para: <mamilinda@pgt.com>
Asunto: noticias

mami,
      no sabes las cosas que pasaron. no te
preocupes, que no tiene nada que ver con la niña, ella
está bien, está gordida y ya balbucea, el problema fue la
vieja loca una vez más. no te imaginas. encima que no
tengo tiempo me tuve que hacer cargo de ese lío. resulta
que la vieja fue a parar a la cárcel. mirá que está loca en
serio. resulta que dice ahora que tiene poderes para
sanar niños, que el niño milagroso actúa a través de
ella. y como hay gente ignorante y que cree todo...
bueno, lo que pasa es que una pareja tenía enferma a su

hijita de seis años y no sé cómo pero se enteraron de la vieja y ella lo primero que les dice cuando la van a ver es que no le den medicinas ya, que le dejen el caso en sus manos y se pone a querer curar a la niñita ella misma, el resultado es que la niña casi se muere y los padres la denunciaron a la policía. claro que la detuvieron y eso no es lo peor pues todos los de esta secta del niño mártir han ido a querer sacarla a la fuerza, la cosa es que se armó un lío terrible y más bien que estos padres no tenían mucha plata pues yo tuve que pagar el tratamiento de la niña y darles unos pesos para que quiten la denuncia, y mover las influencias de mi jefe para la cuestión de la policía, más bien que me están pagando bien sino hubiera sido imposible. lo bueno es que los hermanos de la carla la riñeron a la vieja que ni te imaginas y al fin creo que entendió que estaba equivocada. y también la carla, ahora me pide perdón por no haberme hecho caso, ¿te imaginas si se moría esa pequeña?, y encima el papelón que hice con mi jefe, el óscar, aunque en realidad gracias a eso me enteré de una cosa terrible de su vida que mejor te cuento en otro correo porque tengo una reunión importante ahora mismo. besos.

Rich

De: <mamilinda@pgt.com>
Fecha: Miércoles 17 de mayo de 2006 12:56 PM
Para: <richiugarte34@utsb.org>
Asunto: bien merecido

me alegro, hijo, bien merecido, es más, no deberías meterte, deberías dejarla en la cárcel, mirá que hacer eso, eso demuestra que estas familias que se dicen buenas y de estirpe son las peores, no lo digo por la carlita que pese a todo es buena y distinta, lo digo más bien por su entorno, pero en fin eso también demuestra tu buen corazón, qué vergüenza con esas viejas de sus amigas, ¿te acuerdas cómo me miraban en la iglesia el día de tu boda?, ¡y en la fiesta!, sabía yo que estaban murmurando por lo de tu hermano, que por eso me miraban así, ahora qué cara habrán puesto, bueno, de todas formas ojalá sea la última vez que haga semejantes locuras, y bien hecho que la carla ahora te respete un poco más, ya era hora, pero dime cómo está mi nieta, me gustaría que me mandaras otras fotos de ella (¿puedes?), el profe te escribe luego, oye, ¿cómo es eso de tu jefe?, te estás pasando de la raya al dejarme con el pendiente, contame, no seas malito, te cuento que acá las cosas de la gringa están andando bien, dice que está enamoradísima de la venezolana y que quieren casarse, ¿se podrá?, en este país es capaz que sea así, de todas formas mi amiga la venezolana se portó bien con una cosa, el otro día le mostré las fotos de la sally y casi se le caen los ojos, me dijo que le iba a mandar un regalito y ayer nomás me trae un paquetito y me dice es para tu nieta, le agradecí, claro, y en la noche como la curiosidad era grande abrimos el paquete en la casa con el profe y qué sorpresa, un vestidito de lo más lindo, si te digo que esta venezolana será marimacho pero qué buen gusto tiene, así que te estoy mandando el regalito, pero dile antes a la carla porque sino esa chica puede creer otra cosa, bueno hijo yo me despido, ahora te escribe el profe, un beso.

Hola Richard   tu mamá dice que las cosas estaban medio graves allá ¿no? tienes que ponerle ganas al asunto   aquí nosotros estamos bien trabajando duro   no es como allá   las cosas aquí son fregadas pero también te pagan de acuerdo a lo que has hecho   estoy feliz por mi nieta y tu nuevo trabajo, pero no pierdas la calma con tu esposa   los primeros años son los complicados luego uno se acostumbra, jejeje también pienso mucho en tu hermano   después de todo a lo mejor merecía más comprensión de todos nosotros   mirá también vi por Internet a esos chicos me arrepiento en el fondo del alma richi de haberlo llevado a tu hermano al sánchez cerro qué maleantes, pero tu mami dice que no hay por qué ponerse así tiene razón   yo por mi parte en mis horas libres les enseño a jugar fútbol a los chicos del barrio   son unos negritos de puerto rico raperos ellos pero que están interesados en el juego   aunque a veces me da miedo porque en medio de los partidos sacan sus cuchillos y quieren matarse jeje pero ya les dije que si querían seguir aprendiendo mejor que no hicieran eso   me hicieron caso por suerte y te cuento que hablo un poco mejor el inglés listo nos tenemos que ir   yo estoy acá para recogerla a tu mamá para irnos a la casa un abrazo

De: <richiugarte34@utsb.org>
Fecha: Jueves 18 de mayo de 2006 3:23 PM
Para: <mamilinda@pgt.com>
Asunto: saludossssss

quizá era mejor dejarla en la cárcel, pero eso me
habría traído más problemas con la carla. ya sabes
cómo es, después de todo es su mamá, así que prefiero
no tener más líos si se pueden evitar. dile a esa chica
(¿?) que gracias por el regalito, ¿lo estás mandando con
la dirección de la nueva casa?, ojalá, de todas formas si
lo haces a la anterior no hay problema porque todavía
quedan ahí algunas cosas y la dueña lo puede recibir
por nosotros. dile al profe que gracias por escribir y que
tenga cuidado con esos raperos, esos sí son unos
maleantes. la niña está bien, creciendo, aunque desde
ayer está con una alergia medio rara. hoy la carla por la
tarde tiene que ir al pediatra a ver qué le dice.
me estaba olvidando contarte de mi jefe, el
óscar. es un poco mayor que yo, casi de la misma edad
de mi hermano. resulta que el otro día, después de uno
de esos días de un montón de trabajo y después de
sacar a la vieja de la cárcel nos fuimos a cenar, yo no
quería ir porque estaba la carla esperándome en la casa
(cocina horrible, pero en fin), pero como me acababa
de ayudar ni modo que le diga que no. de forma que
estábamos ya cenando y a uno de los chicos se le ocurre
pedir un par de cervezas. tú sabes que yo no soy bueno
para el trago y mi jefe tampoco, peor todavía, así que al
rato ya estábamos borrachísimos y en esas el óscar se
pone a contar cosas horribles. mirá que al principio yo
no quería creer pero resulta que lo había conocido a ese

niño del que es devota la vieja cacatúa, nos contó que
era su amiguito cuando era chico y cómo lo mataron y
cómo apareció muerto (¡en mi colegio!), una cosa
terrible, y dice también que eso es algo que lo
atormenta todos los días, un sentimiento de culpa que
ni él puede explicar. en fin de pronto nomás se levantó
de la mesa y se retiró sin decir nada y al día siguiente
nos hablaba como si nada hubiese pasado.

pensándolo bien prefiero evitar contarle a la
carla porque seguro que va con el chisme a su mamá.
qué coincidencia, ¿no?, si vieras cómo es la devoción de
la gente por el niño mártir acá. se llaman así, devotas
del niño mártir. te cuento también que la vieja ya está
más calmada pero uno de mis cuñados dice que por las
noches al despedirse antes de ir a dormir la encuentra
arrodillada frente a la estampita del niño. no quiere
entender y te doy mi cabeza que tarde o temprano va a
volver a las andadas. un abrazo al profe y besos.

Richi

De: <mamilinda@pgt.com>
Fecha: Lunes 22 de mayo de 2006 12:43 PM
Para: <richiugarte34@utsb.org>
Asunto: Ninguno

Hola hijo
¿por qué me escribes así tan cortito?, debe ser
porque no tienes tiempo, ¿no?, ojalá que esa alergia de

mi nieta no sea grave, dile a la carla que para eso es
buena la maizena, que le ponga por todo su cuerpecito
antes de dormir, a lo mejor también es porque la carla
está comiendo algo que le está pasando por la leche, ¿la
vieja esa no puede ayudar?, seguro que, como me
decías, está más metida en ese su culto que echándole
una mano a su hija, hay que tener cuidado, que vaya a
un médico, porque pensándolo bien pobre señora
seguro le falta algo y quiere llenar ese vacío, o en
definitiva le falta un tornillo. sí, te mandé el regalito a tu
nueva dirección, vas a ver qué bonita ropa, ah,
hablando de la gringa, las dos están que no se cambian
por nadie, si vieras lo felices que andan y cómo se
besan, ay hijo, las cosas que una tiene que ver. ¿ya sabes
qué fecha es el viernes?, su cumpleaños, cómo pasa el
tiempo, a ver si vas al cementerio a ponerle flores. un
abrazo.

    Tu mami

De: <richiugarte34@utsb.org>
Fecha: Viernes 26 de mayo de 2006 4:23 AM
Para: <mamilinda@pgt.com>
Asunto: Ninguno

    no puedo dormir y por eso te escribo. la niña
sigue con esas manchitas en el cuerpo, dice el médico
que para él no es alergia, que hay que ver cómo
evoluciona hasta que dé una señal concreta. lo malo es

que llora todo el día, pareciera que le duele o le arde.
voy a intentar ir hoy a ver a mi hermano pero no te
prometo nada porque como mañana es la toma de
gobierno tengo todo el día ocupado. le diría a la carla
pero ya sabes lo que piensa de mi hermano y con esto
de la niña es más difícil todavía. no puedo creer que
haya pasado tanto tiempo. a veces pienso que fue mejor
así, ¿qué hubiera sido de mi hermano en esta época?,
¿sin estudios, sin trabajo y con la mujer ésa? tal vez él ya
sabía lo que podía pasarle, en fin, no quiero pensar
sobre eso. otra cosa que quería contarte es sobre mi
suegra una vez más, ya la vieja está más loca ahora. otra
vez anda por las calles, ahora todos los días con esa su
túnica blanca y no sólo ella, hay como cien señoras
haciendo lo mismo, pero lo malo no es eso sino que ya
desde ahora la oposición empiezan a decir que esas
señoras no son más que apóstoles, ¿puedes creer eso?,
el óscar aunque no lo aparente está preocupado porque
eso puede traer consecuencias políticas terribles. seguro
nos van a decir que estamos resucitando prácticas
antiguas. la carla ahora recién se está preocupando de
veras por su mamá. ella me pidió que no te cuente,
porque se muere de vergüenza contigo, pero ni modo a
alguien tengo que decirle. resulta que ahora ya no vive
en su casa. esta vieja loca se salió ayer nomás y se fue a
vivir a esa capillita frente al irlandés con las otras
señoras. ya hasta en la tele salió. dicen que las devotas
del niño mártir cantan por las noches sin dejar dormir a
los vecinos, que dan gritos, que rezan pero no en
silencio, hasta mi colegio está preocupado, pues alguien
(seguro ellas) pintaron en las paredes frases absurdas
como vengar al niño mártir, vamos a cortar cabezas,
hasta tal punto que se suspendieron las clases por

miedo a que hagan algo. claro que la policía está ahí,
pero eso no es garantía. en esas andamos entonces, me
voy porque la niña está llorando y la carla a ratos se
pone nerviosa. saludos.

Ricardo

De: <mamilinda@pgt.com>
Fecha: Domingo 28 de mayo de 2006 1:03 PM
Para: <richiugarte34@utsb.org>
Asunto: Qué hacer

ni modo hijo sino tienes tiempo ni modo. aquí
rezamos por tu hermano pero sólo un rato porque no te
imaginas en la casa de la gringa casi sucede una
desgracia, resulta que esta chica venezolana le estaba
metiendo los cuernos de la forma más descarada con un
tipo y la otra, la gringa se entiende, al enterarse por
poco y se mata. yo y una de las mexicanas la
encontramos en la tina, toda morada, la sacamos
apenas y no sé cómo pero corrí a ver sus frascos de
medicinas y toditos estaban vacíos, entonces le tuve que
meter el dedo en la garganta para que vomite, y la otra
corrió a llamar al 911, más bien que aquí vienen rápido
y no como allá que vienen al otro día a ver qué pasa.
ahora la gringa está mejor, pero palidísima, está
arrepentida y a mí me da pena verla así porque ella no
es mala, al contrario es buena gente con todos y tiene
su humor como todos pero al rato se le pasa y la mayor
parte del tiempo se la pasa bromeando. a mí la verdad

me dio una pena terrible verla así y sobre todo ver que las cosas con la otra chica no anden bien porque pese a lo que le hizo ella también era buena, era lindo verlas a las dos reírse, bromear, hablar de vestidos, de los artistas (según la gringa los conoce a todos). al verme entrar al hospital la pobre casi se pone a llorar y yo la tuve que abrazar como a una hija. y a propósito ese rato aparece su hija y en vez de darle ánimos le pide plata como si nada hubiese ocurrido, ¿te puedes imaginar?, me tuve que morder la lengua para no decirle nada a esa malcriada, encima que la gringa le paga todo, comida, departamento, vicios, universidad, todo, y ella llega como si a su mamá no le hubiese pasado nada, como si estuviera en el hospital por un uñero, por eso cuando esta malagradecida se fue, la gringa se puso a llorar peor todavía que al principio. ¿qué graves son estas familias, no? por otra parte te cuento que hemos visto la toma de poder del padre vidal, decir esas cosas, la verdad perdón hijo pero ojalá se acuerde también de juzgar a esos apóstoles y no sólo a los otros, a los del gusano. lo de mi nieta me preocupa, estos médicos que piensan que uno puede aguantar nomás el dolor, ¿cómo no van a saber qué tiene?, ¿no estudian para eso?, la verdad que no tienen vergüenza, a la carla tienes que decirle que tenga paciencia, que eso de ser madre no es fácil, ¿pero cuándo les van a decir lo que tiene?, sino pasa nada mejor cambien de pediatra, busquen otro, dicen que las mujeres son mejores pediatras que los hombres y a lo mejor le dan en el clavo. oye, sobre tu suegra, te juro que me quedé no sé cómo al saber la noticia, ¿y no puede la policía hacer algo?, mirá que a lo mejor pueden hacer una barbaridad, ¿y la vieja se fue así, sin más?, deberían ir sus hijos a esa casa a buscarla y sacarla de ahí aunque sea a la fuerza, eso no está bien, pero tú no te metas, que sus hijos resuelvan ese problema, ¿bueno?, te cuento que en la transmisión de mando estabas cerca del presidente, con ese terno tan bonito ¿es el de tu matrimonio?, yo digo que no pero el profe dice que sí, que él se acuerda porque fueron a comprarlo los dos, ojalá que el país vaya mejor con este nuevo presidente, ¿y tú?, ¿y el trabajo?, ya me imagino que debes estar sin tiempo, bueno, escribime lo antes posible, ¿ya?

    Tu mamá

De: <richiugarte@uni.gov>
Fecha: Jueves 1 de junio de 2006 3:56 PM
Para: <mamilinda@pgt.com>
Asunto: dile gracias

al fin puedo escribirte. lo que pasa es que no teníamos servicio de internet en la oficina y como verás te estoy escribiendo desde mi nuevo correo (es la página oficial del gobierno), así que es mejor que me escribas a éste aunque por las moscas puedes hacer una copia y mandarlo al otro. a ver, una noticia, dile a la venezolana, si es que la ves, que gracias por el regalito, le quedó a la sally cabalito y qué linda se ve, le voy a sacar fotos para mandarte, ¿bueno? entre otras cosas la carla está deprimidísima porque su mamá ahora anda por las calles como una pordiosera, parece que dentro de esa secta del niño mártir está prohibido bañarse, yo

la vi el otro día al ir al trabajo, una desgracia, mami. te
juro que me dio una pena terrible, el cabello sucio, la
cara negra y luego esa túnica que ya no es blanca, ¿y
sabes qué es lo peor?, que llevaba una cruz de madera
mediana y clavada en el medio la estampita de ese niño.
por suerte no me vio porque a lo mejor me hacía un
escándalo, así que la carla y sus hermanos no saben qué
hacer. intentaron claro hacerla volver a la casa pero ella
no hace caso y hasta tuvieron que recurrir a un abogado
pero él les dijo obligarla no se puede, es mayor de edad.
de manera que no se puede hacer nada y lo malo es que
la carla se echa la culpa a sí misma, dice: si yo no te
hubiera dicho tantas cosas con eso de tu hermano... y
luego se pone a llorar, lo que pasa es que cree que es
una especie de castigo por martirizarme tanto con lo de
mi hermanín, ¿qué hago? claro que a veces me gustaría
decirle ves, ves, eso se lo ganaron ustedes, pero no
puedo hacerlo porque después de todo es mi esposa y si
lo hago yo estaría actuando como ella, ¿no ve?,
entonces prefiero apoyarla y no crearle más problemas.
la niña ya está bien, y era alergia nomás, alergia a un
talco, ahora está bien, más gordita y si vieras cómo
bosteza. la carla le va a sacar fotos este fin de semana y
en el próximo contacto te las mando, ¿de acuerdo?, qué
mala pata lo de la gringa, es que debe ser terrible lo que
le hizo su amiguita, ¿y cómo está ya? dale ánimos, por
lo que me contaste de ella es buena gente y es raro ver
gente bondadosa con los inmigrantes en otros países.
las cosas en mi trabajo están bien nomás, eso sí, hay un
montón de gente que quiere trabajo y eso es molesto
porque en vez de hacer tu trabajo estás atendiendo a
gente del partido, en fin, mi jefe dice que hay que tener
paciencia, paciencia, si vieras lo atareado que es, las

cosas que resuelve, no sé cómo aguanta el óscar este ritmo de trabajo, pero en fin... ¿así que me vieron por la tele?, ¿no te decía que este óscar iba a ser ministro? sí, como soy su hombre de confianza tengo que estar detrás de él todo el tiempo, ni modo, a lo mejor me vas a ver más seguido por la tele porque tal vez me den un viceministerio o algo así, mirá tú, y yo que estaba preocupado por el trabajo. por cierto es lo único que la pone feliz a la carla, pero igual está buscando algo que estudiar, dice que no es bueno que yo trabaje todo el tiempo y ella sin aportar nada en casa, son remordimientos seguro, yo le dije que era un gran trabajo atender a la niña, pero igual se le metió a la cabeza eso de estudiar. por mí no hay ningún problema. otra vez me están llamando, nos escribimos.

Ricardo

De: <mamilinda@pgt.com>
Fecha: Sábado 3 de junio de 2006 12:07 PM
Para: <richiugarte@uni.gov>
Copia: <richiugarte34@utsb.org>
Asunto: Ninguno

a lo mejor está pagando todas las cosas con las que te hizo sufrir. pero de todas formas a mí también me da pena, ¿ves que estaba mal ella?, y mirá que te molestaba tanto con el caso de tu hermano, que es genético, decía, que es una familia de locos, ¿te acuerdas cómo se oponía a que te cases con la carlita al principio?, más bien que la carla a decir verdad tiene carácter, pero no creo que sea momento de alegrarse de la desgracia ajena, dile a la carlita que con preocuparse no gana nada y que eso puede ser contraproducente para la niña, ¿cómo está?, mirá que hablamos más de otras cosas que de ella, que es lo importante, ¿ya no le volvió esa alergia?, ¿no tiene gripe?, esas gripes en los niños son terribles, a tu hermano, por ejemplo, le daban unas tremendas, te cuento que la gringa ya está en la casa y se la ve más tranquila, aunque se nota que sigue extrañando a la venezolana, qué manera de sufrir. también te cuento que el profe está de vacaciones y no sabe qué hacer solo en la casa, lo malo es que si sale se pierde, no se da cuenta de las calles, aquí estamos bien nomás, trabajando todo el día, un beso a los tres.

tu mami

De: <richiugarte@uni.gov>
Fecha: Martes 6 de junio de 2006 6:06 PM
Para: <mamilinda@pgt.com>
Asunto: Malas noticias

hola
te cuento que estoy con un humor terrible, ¿sabes qué acabo de enterarme? mejor voy por el principio: aquí hay un periódico que está a punto de lanzar una especie de libritos sobre los crímenes más

impactantes de los últimos años, se llama recuerdos de muerte o algo así, la cosa es que al ver la lista de lo que van a publicar me encuentro con lo de mi hermano. como podrás imaginar esa noticia me dejó frío, ¿para qué hacerlo?, ¿no piensan en las consecuencias para nosotros?, ¿y no consultarnos siquiera? tuve que hacer llamadas y una vez más pedirle el favor a mi jefe para que intervenga y así poder impedir que salga, pero él dice que va a ser complicado hacerlo porque es un periódico de la oposición. de todas formas va a intentarlo y más tarde me dice porque el librito ese tiene que salir mañana, la dirección web es www.lanoticialibre.com, por otra parte la cuestión de mi suegra sigue igual, ahora ya para en la plaza de los héroes, en medio de vendedores, mercachifles, comideras, ella y su grupo hablando del niño mártir como si nada, hasta da vergüenza porque la gente les da limosna y la vieja como si nada toda sonrisa y agradecida. la que sufre un montón es la carla como podrás imaginar, yo la siento más cambiada, ahora cuida más a la niña y a mí ya no me mira como antes, ya me tiene más respeto, creo. el trabajo está bien, pero sin tiempo para nada, ahora resulta que todos los que pelearon contra el gusano quieren trabajar en el gobierno, quieren que les demos un puesto, en fin, me alegro que la gringa ya esté mejor, pero te recomiendo que estés atenta a lo que hace, mirá que puede hacer otra locura. la verdad ya no tengo más ganas de escribirte, esta noticia del periódico me dejó mal. por si acaso entrá mañana a esa página, espero que se pueda hacer algo antes de que salga, ¿listo?, no te preocupes voy a hacer todo lo posible.

    Ricardo

De: \<mamilinda@pgt.com>
Fecha: Viernes 9 de junio de 2006 12:23 PM
Para: \<richiugarte@uni.gov>
Copia: \<richiugarte34@utsb.gov>
Asunto: Qué injusto

acabo de ver en internet, qué injusto, hijo, ¿no
piensan ellos en el daño que nos están haciendo?, ¿no
pudiste hacer nada?, no quise contarle nada al profe
porque se va a poner peor que yo, ¿y tú cómo estás?,
ojalá no hayas leído lo que ese periodista escribió sobre
tu hermano, qué falta de tino entrevistarla a esa mujer y
encima hacerla ver como una víctima de todo y a ese
pobre tipo del ojo, la verdad que yo creía que ya se
había muerto, ya estábamos olvidando y de pronto sale
eso, no sé qué más decirte, estoy tan enojada y tan
nerviosa que hasta la gringa se dio cuenta y no tuve más
remedio que contarle, así que ella fue nomás
comprensiva conmigo y me dio la tarde libre, tú
tranquilo por favor y si la carla te dice algo no le hagas
caso, no vale la pena pelear por algo así.
    tu mami
    nota.- un beso a mi nieta

De: <richiugarte@uni.gov>
Fecha: Lunes 12 de junio de 2006 2:06 AM
Para: <mamilinda@pgt.com>
Asunto: Ninguno

pasó una desgracia. no tengo mucho tiempo
para escribirte pero se trata de la niña, no sé cómo
decirte pero ayer en la tarde alguien entró a la casa y se
la llevó. estuvimos toda la tarde y la noche buscando
junto a la policía pero no hay rastros. no sabemos
cómo entraron. la carla salió un rato a la esquina a
comprar pañales y al volver la puerta de calle estaba
abierta y ya no estaba la niña. la policía cree que no van
a tardar en llamar tal vez para pedir un rescate o algo,
no sabemos nada y como imaginarás estamos
desesperados, te ruego por favor que no me llames ni al
teléfono fijo ni al celular porque los tenemos que dejar
desocupados por si se comunican con nosotros, sólo
quería decirte eso, estamos desesperados

De: <mamilinda@pgt.com>
Fecha: Lunes 12 de junio de 2006 12:33 PM
Para: <richiugarte@uni.gov>
Copia: <richiugarte34@utsb.org>
Asunto: Ninguno

richi

   mirá no puedo creer lo que está pasando,
¿cómo puede desaparecer así nomás?, no sé qué
decirte, ¿y la policía ya está haciendo algo?, lo malo es
que si no les pagas no hacen nada, no se movilizan,
ustedes hagan escándalo, vayan a los canales de
televisión, a las radios, ¿y los porteros del edificio?,
tienen que sospechar de todos, pero ¿la carla deja la
puerta abierta así nomás?, si necesitas plata para pagar
el rescate aquí tenemos algo ahorrado, ojalá que no
pase nada. ¿por qué nos pasan estas cosas a nosotros,
dios mío?

De: <richiugarte@uni.gov>
Fecha: Jueves 6 de julio de 2006 4:06 PM
Para: <mamilinda@pgt.com>
Asunto: Ninguno

mami,

renuncié ayer al trabajo, ya no podía seguir
haciendo algo como un autómata, a cada momento me
acuerdo de lo que pasó y aún no lo puedo creer, ¿por
qué a mí?, ¿en qué estaba pensando la vieja loca esa
para hacer semejante barbaridad? ya las cosas con la
carla son insoportables, imposibles más bien, su sola
presencia me molesta, cada vez que la miro comer o
barrer o hacer la comida está presente esa vieja maldita.
¿pero sabes qué es lo peor?, que la va a visitar la cárcel,
mami, como si nada hubiese pasado. ¿no es ella la
culpable de lo que le pasó a mi hijita?, ¿qué culpa tenía
ella de eso?, de manera que tuve que dejar la casa,
salirme sin decirle nada a la carla. por el momento estoy
viviendo en la casa de un amigo, al principio el óscar me
invitó a quedarme en su casa, pero da la casualidad que
vive justo detrás del irlandés y eso me trae más malos
recuerdos como podrás imaginar. le dije que no y por
suerte no se molestó. ayer tú me decías por teléfono que
tengo que tener paciencia y calma, ¿cómo voy a tenerla
después de haber visto con mis propios ojos lo que
pasó?, no es fácil, no es fácil olvidar a mi hija clavada
en una cruz, sangrando y llorando sin fuerzas porque ya
se estaba muriendo, ¿sabes que no sabía si rescatarla o
matar a la vieja a patadas? una cosa que a lo mejor
leíste en los periódicos es que la vieja loca tenía las
llaves porque la estúpida de la carla le dio una copia

hace tiempo y no es capaz de decirnos cuando
estábamos buscando a la niña, ¿no se daba cuenta esa
cojuda?, después lo único que hace es llorar, mirarme y
llorar como si yo tuviera la culpa, y encima no me habla
y pareciera que ni extraña a su hija porque no dice nada
y sólo está preocupada por que no le hagan nada a su
madre donde está detenida, con decirte que ya no va ni
al cementerio a ponerle flores a la pequeña. como te
decía ayer, yo voy todos los días, pero también lo malo
es que hay un montón de gente que va a ponerle
crucecitas de madera y por ahí me dijeron que empiezan
a llamarla la niña mártir, ¿puedes creer semejante
estupidez? seguro que en esto están metidas las amigas
de la vieja loca, a ellas, por ejemplo, la policía no les
hizo nada, las dejaron libres como si nada y andan por
ahí rezándole al niño ese y a la única a la que
encarcelaron es a la vieja loca y es posible que le dejen
en un sanatorio mental y no en la cárcel.

 ¿cómo quieres que me encuentre después de
todo eso?, ya sabes que yo no soy de hacer locuras pero
creo que estoy a punto de hacerlas.

 ricardo

De: <mamilinda@pgt.com>
Fecha: Viernes 7 de julio de 2006 1:39 PM
Para: <richiugarte@uni.gov>
Copia: <richiugarte34@utsb.org>
Asunto: paz

lo que nos pasó es una desgracia sin nombre, lo peor de todo es que la noticia sigue en todos los canales de televisión, la niña crucificada, la niña que fue crucificada por su propia abuela, ese tipo de cosas, lo malo de este país es que cuando agarran una noticia así no la sueltan hasta exprimirle todo el jugo aunque esté en el otro extremo del mundo, pero como te decía ayer hijo, tienes que hacer otras cosas para olvidarte un poco, no digo olvidarte como lo hizo la carla, más bien deberías haberla echado de la casa, ¿con qué moral sigue viviendo allí, a ver dime?, ya sé que ella no tiene la culpa de las locuras de su madre pero por lo menos que lo demuestre, ¿echándote la culpa a ti?, eso se llama ser una caradura, deberías botarla como te decía, sobre tu trabajo lo único que me resta decirte es que busques algo donde entretenerte, ¿de qué vas a vivir?, algún rato se van a agotar tus ahorros, y encima viviendo fuera de tu casa, pero también quería decirte que acá la gringa se enteró de todo y la verdad que se portó como la gente, de hecho hay una propuesta que a lo mejor te interese. hijo, no es bueno quedarse con un recuerdo tan doloroso como ese, ya la vieja loca va a pagar para bien o para mal y bendito sea dios que ese rato no le hiciste nada porque sino tú hubieras ido a parar a la cárcel, por lo menos tienes la posibilidad de ir a ponerle flores, nosotros en cambio desde aquí no podemos hacer nada, pero bueno te decía que la gringa al enterarse de lo que pasó me propuso que te vengas aquí, richi, por lo menos así vamos a estar juntos y ya no tendrás que atormentarte tanto con ese recuerdo, lo importante es que estemos juntos, la gringa dice que puede darte trabajo de lo que sea y hacer todo lo posible por conseguir la visa de trabajo, ¿entonces?, ¿te animas?

Tu mamá

nota.- ¿locuras me dices?, ni lo pienses, ya tenemos bastante con lo de mi nieta.

De: <richiugarte@uni.gov>
Fecha: Sábado 8 de julio de 2006 5:56 PM
Para: <mamilinda@pgt.com>
Asunto: No sé

cada día que pasa es peor. al leer tu mail lo único que hago es pensar más en ella, en cómo la encontré, en el profundo dolor de saber que no iba a llegar a tiempo al hospital para salvarle la vida, esas cosas no se pueden olvidar. no puedo olvidar cómo los doctores me decían que ya no se podía hacer nada, no puedo olvidar las heridas de los clavos en sus muñecas y en los pies y lo que es peor: esa corona de alambre de púas en su cabecita, ¿puedo dejar todo eso atrás?, yo no lo creo, y encima está el martirio de tener que ir a declarar, a contar cómo la encontré y las cosas que

gritaba la vieja loca, ¿sabes qué decía?, ¿leíste?, decía
que todo fue una orden del niño mártir, que como ella
hablaba con él sólo cumplía lo que le pedía, ¿te
imaginas?, ¿y todos piensan que puedo olvidar como si
nada semejante locura?, ya los quisiera ver a ellos en mi
lugar cargando la cruz con su hijita clavada ahí. por el
trabajo no me preocupo, la verdad que por el dinero
tampoco, cuando se acabe voy a hacer cualquier cosa,
lo único que hago ahora es acordarme de mi hija y nada
más. no sé sobre esa propuesta de la gringa, dile que
gracias pero que por lo pronto prefiero estar aquí. una
cosa más, ya no me llames al celular, ya no gastes tanto
dinero, más bien deberíamos chatear el jueves. la una de
la tarde para vos.

   Ricardo

De: <mamilinda@pgt.com>
Fecha: Miércoles 12 de julio de 2006 12:39 PM
Para: <richiugarte@uni.gov>
Copia: <richiugarte34@utsb.org>
Asunto: Ninguno

no voy a dejar que acabes así con tu vida, por
algo soy tu madre ¿no?, mirá de hecho ya hemos
tomado la decisión, la gringa me prestó plata, ya tengo
los boletos de avión para mañana y el profe pidió un
adelanto que por suerte le dieron, de manera que te
guste o no voy a estar allá en los próximos días, si

después no me dejan entrar no me importa, la cosa es que esté allí contigo, ¿que si no sufro igual?, ¡claro que sí!, ya vamos a ver con quién se va a enfrentar la carla, te juro que yo misma la voy a botar con mis propias manos, seguro tú sufriendo vergüenzas con tu amigo y ella de lo más tranquila en el departamento como si nada, y después te vienes conmigo.

no, richi, no hay que darle vueltas a asunto y te voy a ser bien sincera aunque parezca cruda: vamos a hacer cremar el cadáver de mi nieta y nos traemos las cenizas, me tienes que hacer caso, no más salidas desesperadas, aquí tienes una familia, ¿listo?, entonces esperame, por mí no hay ningún problema para chatear mañana, quiero que ahí me des una respuesta concreta

richi lo único que quiero es salvarte

tu mamá

mamilinda dice:

hola

richiugarte dice:

hola, mami

mamilinda dice:

¿cómo estás?, te cuento que ya estoy en el aeropuerto.

richiugarte dice:

sigo igual, no vengas, no hay necesidad.

mamilinda dice:

sí hay, ya no discutas y hazme caso, vamos a hacer lo que te decía ayer.

richiugarte dice:

no, no quiero.

mamilinda dice:

¿pero por qué? ¿qué ganas con quedarte allí? sólo estás sufriendo.

richiugarte dice:

es que ya tomé una decisión, anoche.

mamilinda dice:

¿una decisión? ¿qué clase de decisión? te vas a venir conmigo, ¿no?

richiugarte dice:

es mejor que no sepas, pero sé que estoy haciendo lo correcto.

mamilinda dice:

no me hagas asustar, richi, ¿no ves que pronto voy a estar ahí?

richiugarte dice:

eso no importa, ya no me importa.

mamilinda dice:

¿entonces?, me estás haciendo asustar.

richiugarte dice:

gracias por todo, pero me tengo que ir, dile al profe que le mando un abrazo

mamilinda dice:

no entiendo, ¿por qué me dices esas cosas?, ¿adónde te vas a ir?

richiugarte dice:

te puedes llevar a mi hermano también y a tu nieta, claro. lo único que te pido es que no le digas nada a la carla, ve tú cómo haces para cremar el cuerpo de mi hija y el mío también sin que ella lo sepa. tú sabes que acá con plata puedes hacer lo que quieras. no olvides llevarte a mi hermano también.

mamilinda dice:

¿qué me estás diciendo?

richiugarte dice:

chau.

mamilinda dice:

¿richi?

mamilinda dice:

¿estás ahí todavía?

mamilinda dice:

¿richi?

Dos

Serie Recuerdos de muerte
1^{era} *entrega*

Javier Ugarte: fantasmas asesinos

Una historia de Alejandro Gamboa

Esa mujer que ya no existe

¿Por qué a veces las historias de amor deben teñirse de sangre?

La primera presencia que tengo de ella es la música que seguro llega a través de una ventana abierta y que se descuelga luego hasta las primeros escalones de esta vetusta escalera de madera. Esta es una casa antigua; una casona de gruesos muros de adobes y fachada descascarada. Cuenta con dos pisos y un zaguán oscuro y húmedo que desemboca en un patio interior. Ya conozco donde vive, así que no es necesario preguntar por ella. Llego al patio empedrado, giro a la derecha y ahí está la escalera de madera. Hay, por todas partes, un olor a cebollas y orines. Entonces escucho la música.

Cuando llego al final encuentro a la primera protagonista de esta historia. Verónica se encuentra sentada en un banco de madera. Cerca de ella hay una batea de plástico repleta de agua con al menos media docena de papas ya peladas flotando a la deriva. Tiene un cuchillo pequeño y rotoso en la mano. Pese a los 32 años envejeció como suelen hacerlo los pobres: con el doble de rapidez que los demás. Me mira y sonríe.

—Hola —me dice.

Se pone de pie con sumo esfuerzo, haciendo rechinar la vieja madera del banco. Y es que esta Verónica, como dije, ya no es aquella Verónica de la fotografía que, además de ella, muestra a las otras dos integrantes de las *Chicas azúcar* (fotografía que ella misma me mostró en nuestro primer contacto). La Verónica que tengo al frente es más bien una matrona avejentada, de pelos sucios y piernas repletas de várices.

—¿Quiere hablar aquí afuera o adentro? —me pregunta.

Le digo que aquí afuera está bien. Verónica mueve con un pie la batea llena de papas y la mete dentro de la habitación. Me ofrece el banco, pero luego es ella quien se sienta sin esperar respuesta. Antes de cualquier cosa pregunta:

—¿Entonces quiere saber lo que pasó realmente?

El albino tuerto (I)

Días antes me entrevisto con otro de los personajes de esta historia. Me recibe malhumorado en una de las mesas del bar del cual es propietario. *Los tres gatos* se encuentra en los bajos de una casa de fachada pálida y llena por las noches (imagino) de extraños ruidos, en pleno corazón del barrio de san Pedro. Por estos rumbos la gente lo conoce más como el albino o el tuerto, pero nadie sabe a ciencia cierta su nombre de pila: Ramón. Según la ficha de ingreso a la policía consultada cuenta con 74 años, es soltero y tiene cuatro hermanos. Sus padres ya deben estar muertos. No tiene descendencia conocida.

Ramón o el tuerto o el albino parece sacado de una novela costumbrista de antaño: calza pantuflas verdes, el pantalón es un pijama blanco con florecitas azules, sobre el cuerpo tiene echada una bata de baño descolorida y demasiado grande para su escuálido cuerpo. Lleva un sombrero de ala ancha y rodeando a éste una cinta con los colores de la bandera nacional. Por último, una bufanda roja y extensa le da vuelta varias veces el cuello. El parche del ojo izquierdo es negro y debe acomodarlo a cada instante.

—¿Quiere que le diga algo? —me dice con voz cavernosa.

—Lo escucho —contesto.

—¿Va a escribir sobre esa puta?

—Sí, más o menos. Esa es la idea.

—Si la volviera a ver la mataría. ¿Entiende?

Aguardo a que diga algo más pero no lo hace. Sólo escucho, lejano, el rumor de los coches en una mañana agitada.

¿Por qué a veces las historias de amor deben teñirse de sangre?

Algunas preguntas sobre Javier Ugarte (I)

¿Quién era él? ¿Era el tipo que aparecía en las pantallas de televisión blandiendo el malhadado pedazo de alambre? ¿O era el devoto lector de Mario Vargas Llosa? ¿Eran los dos? ¿Era ninguno? ¿Era entonces el adolescente idiota? ¿El expulsado del colegio Irlandés por una niñería? ¿O acaso un chiquillo que llegó tarde a la adolescencia? ¿Un enfermo mental? ¿Un asesino despiadado? ¿Quién a fin de cuentas era Javier Ugarte?

La normalidad de todos los días

—Era una buena persona —me dice Verónica—. Por eso me da rabia que la gente hable tanto sin saber cómo era.

Todos conocemos la historia, la hemos escuchado miles de veces, quizá hasta la sufrimos también en alguna etapa de nuestra vida: se conocieron en el colegio Sánchez Cerro, dos adolescentes que se enamoran, que hacen tonterías, que se van a vivir juntos. Lo de siempre. Pero lo que realmente interesa saber es lo que pasó después. ¿Cómo fueron esos años viviendo juntos?, ¿esos días en ese departamento "donde ocurrió la desgracia" como suele decir el albino?

Se conocieron en 1993 en el colegio Sánchez Cerro. Se fueron a vivir juntos el mismo año. En 2000 ocurrió la desgracia.

Verónica, claro, tiene su propia versión: fueron días felices, llenos de amor y gratitud. Problemas tenían, como todas las parejas, pero en general se trataba de una pareja normal, de una pareja común y corriente. Hasta que llegó ese día. Sin embargo, las cosas no llegan si uno no las convoca. O por lo menos éstas tienen la costumbre de anunciarse. ¿Cuáles fueron esos anuncios?, ¿cuál fue ese llamado?, ¿existieron de veras, o fue una mezcla de malos entendidos?

Verónica suspira. Apoya el cuerpo robusto en el marco de la puerta. La expresión del rostro parece decir que hay algo que la inquieta en estas preguntas.

—Tengo unas fotos de él —me dice—. ¿Quiere verlas?

Entonces se mete a la habitación.

No espera respuesta alguna.

El albino tuerto (II)

—¿Quién era? Un maleante —me dice el albino con rabia—. Le recuerdo que ya lo teníamos fichado por ladrón.

Pero eso no es cierto. O sólo en parte. En realidad sólo lo detuvieron por sospechas. O por lo menos eso dice el informe que el mismo Ramón firmó por aquella época. "Fue detenido a horas 1 PM a la salida del colegio Sánchez Cerro [...] Los cargos son robo y encubrimiento [...]. Pero, al finalizar las investigaciones, el suscrito agente llegó a la conclusión de que no existen elementos necesarios para inculparlo".

—¿Y esto? —me dice señalando el ojo inexistente una vez que termino de leer el párrafo del informe—. ¿Le parece poco?

Está a punto de levantarse, pero algo lo detiene. Entonces golpea las palmas de las manos como si aplaudiera y al instante aparece un mozo con una botella de cerveza ya abierta. La deja sobre la mesa, sin decir nada. El albino echa un sorbo del pico y se limpia la espuma inexistente de la boca con el dorso de la mano.

—Si no fuera por este negocio estaría mendigando por la calle —me dice ya más calmado y con la mirada perdida. Luego de algunos segundos sonríe como recordando algo gracioso—: me alegro que esté muerto.

Entonces le recuerdo el oscuro episodio de su muerte. La terraza ensangrentada. El balazo en la nuca.

Las versiones de los testigos que vieron a un hombre arrodillado en esa terraza con las manos atadas. Y luego a otro que llegaba por detrás y le disparaba. El albino mueve la cabeza. Como si con eso dijera que un civil como yo no entiende de esas cosas. Entonces recuerda:

—Estuve doce horas con él. No era una palomita —toca una vez más la cavidad vacía—. ¿Y todavía lo defienden?

—Entonces dígame lo que pasó realmente.

—Me quitó un ojo —dice el albino—. Y si no actúan a tiempo me saca los dos.

Aquí calla por un momento. Vuelve a levantar la botella y echa otro trago largo y silencioso. Miro con atención el ojo sano: por más que intento no logro detectar algo que delate que ya esté borracho.

Escenarios (I)

Era una mañana de 2000. El edificio donde vivían Verónica y Javier por esa época sigue siendo el mismo a la fecha. Se halla ubicado en la calle Sucre, sólo el número cambió: ahora es el 284. Tiene tres pisos, el último es donde ocurrió todo. Tiene una puerta verde de metal. La fachada tiene el mismo color rojo ladrillo de esos años. Ahora hay un portero, quien solícito se ofrece a mostrarme el departamento. Las gradas son estrechas pero bien iluminadas. Es el único departamento del piso. El portero me confiesa que sube aquí a almorzar o a cenar; cosa que no hace con mucha frecuencia. Adentro es más bien pequeño, minúsculo. Tiene un cuarto de baño de azulejos verdes, una ducha antigua marca Lorenzetti; hay una ventana que da a la famosa terraza de losetas blancas (hoy, algo cambiada). Dos habitaciones, una más grande que la otra. Una sala mediana. Las cortinas de ésta se hallan echadas y descoloridas por efecto del sol. El portero me informa que la gente que a veces la renta sólo la toma por algunos meses. Que la mayor parte del año está vacía.

El negocio

—Por esas épocas las cosas eran más baratas —me dice Verónica mientras señala una fotografía donde se ve a un Javier Ugarte joven, lozano, sosteniendo en la mano derecha un manoseado ejemplar de *La ciudad y los perros*, la famosa novela de Vargas Llosa—. Aquí está en el departamento de la calle Sucre. Podíamos pagar un departamento y hasta un teléfono. Ahora, por ejemplo, no se puede hacer nada de eso. ¿No ve cómo vivo?

En la fotografía Javier está sentado en la sala y detrás de él, algo difusa, se puede ver la imagen de un estante repleto de libros. Lamentablemente, no es posible leer los títulos. Cuando lo veo no percibo nada extraño. Sólo, por supuesto, el libro que el mismo Javier se encarga de señalar mientras saca la lengua.

—Le encantaba la idea de ser escritor —me cuenta Verónica—. Hablaba todo el día de ser como Vargas Llosa. A lo mejor lo lograba sino pasaba todo esto.

Esta no es la primera vez que se habla de este tema. De esta relación de Javier Ugarte con la literatura. En las únicas declaraciones hechas a la prensa por su madre sobre el tema ella dijo: "eso [los libros] y esa mujer lo echaron a perder". ¿Tuvieron que ver en algo esas lecturas en lo que sucedió?, ¿en ese arranque de furia?, ¿de salvaje venganza?

Se lo pregunto a Verónica. Ella me mira azorada.

Como si hubiera dicho una tontería, o lo que es peor: un disparate.

—Él sólo me defendía —me dice—. En el negocio las cosas son así.

El albino tuerto (III)

—Puterío —me dice el albino con una media sonrisa—. Esa Verónica se dedicaba al puterío. Pero descubrimos luego que todo era una fachada para cubrir los robos —y una vez más el rostro se le llena de sombras—: si la veo no dudaría en meterle un balazo.

Estos robos sí existieron; el informe que Ramón escribió en 1993 habla, efectivamente, de una banda de ladrones. No logra identificar bien a los integrantes. Según él eran, al principio, cuatro: el Mono (alias), la Hiena (alias), Verónica y Javier Ugarte. Pero no pudieron comprobar nada en contra de estos dos últimos. Los dos primeros parece que incluso nunca existieron.

¿Pero por qué entonces tanto odio contra ella? ¿Estaba Verónica presente cuando Javier le vaciaba uno de los ojos? Claro que no, pues ella estuvo fuera del departamento todo el tiempo. ¿Era un plan cuidadosamente elaborado? ¿Había ella entonces dado una orden? ¿Era Javier un instrumento que Verónica podía manejar como le diera la gana? Las investigaciones dijeron que no. Y ella también. Por algo ahora está libre.

El albino no dice nada ante estas preguntas. Ve la botella casi vacía con suma atención. Se quita el sombrero y lo coloca con cuidado sobre la mesa. Aparecen entonces los cabellos rubios, casi blancos.

—¿Abuso de mi parte? —me dice con desdén—. Imposible. ¿Lo comprobaron acaso? Se dijo, pero de ahí a comprobarlo nada de nada. Y usted lo sabe mejor que yo: las pruebas son las que valen.

Una vez más vuelvo a lo mismo: ¿por qué lo hizo entonces?

Algunas preguntas sobre Javier Ugarte (II)

De todo esto una cosa es cierta: Javier fue el que le quitó el ojo a Ramón. ¿Pero se puede definir a las personas por un solo acto en su vida? ¿Somos el fruto de un hecho? ¿O somos el resultado de un todo, donde cada paso que damos, cada equivocación que cometemos, nos marca para toda la vida? ¿Es ésta una explicación creíble? ¿Una versión increíble? ¿En cuál de ambas versiones se debe creer?

Esas cosas que no tienen nombre

—Ya no podría —dice Verónica moviendo la cabeza y riendo sin ganas: tiene una risa ronca y desgastada—. A los jovencitos les gustan delgadas, con los dientes completos. ¿Seguir en eso? Ni loca que estuviera.

Luego por fin responde a mi pregunta:

—Era un abusivo, el albino —me dice—. Las cosas que me hizo no tienen nombre. Pero un día Javier tenía que darse cuenta. Lo demás ya se sabe.

Pero aún hay algo oscuro: ¿qué son esas cosas que "no tienen nombre"? Verónica cierra el álbum de fotos de un solo golpe. Parece molesta, pero luego de algunos segundos lo vuelve a abrir y me señala otra foto. Me dice que es la última que le tomaron. En ésta se hallan los dos. Aparentemente es un parque, tal vez se trate de un domingo, justo cuando la tarde está por terminar. Verónica se encuentra sentada sobre el césped. Hay cáscaras de mandarina cerca. Tiene una chompa rosada cubriéndole las piernas y mira directo a la cámara. Javier está acodado en el piso y lee. En el suelo hay otro libro, un libro gordo. ¿Una novela de Vargas Llosa?

—Era mi cumpleaños —me dice Verónica—. Cumplía veinte. Hace un montón de tiempo ya.

Escenarios (II)

La mayor parte de los hechos ocurrieron en la sala. Es el único ambiente del departamento de la Sucre cuya ventana da a la calle. Es la ventana que todos conocimos por las imágenes de televisión. La ventana por donde Javier Ugarte exhibió como un trofeo de guerra la cabeza del albino. Fue la ventana también por donde mostró el ojo. Por supuesto que ya no está la mesa donde, según el propio Ramón, Javier lo tendió y amarró con la intención de matarlo una vez que le había quitado el ojo. Ahora, en el piso de parquet, se puede distinguir un círculo oscuro, perfectamente dibujado. ¿Sangre? El portero me dice que puede ser. Que cuando él llegó al edificio esa mancha ya estaba. Es una mancha notoria, como un ojo oscuro en medio de la madera de un café claro. Como un ojo gigante. El portero me dice que intentaron borrarla años atrás. No pudieron. El portero me cuenta que los dueños se niegan a cambiar el piso. "Es un parquet caro", afirma convencido.

El albino tuerto (IV)

—Llegué ahí ese día haciéndome pasar por un cliente —dice Ramón—. Creíamos que en ese departamento se escondían cosas robadas. Teníamos ese dato.

Sin embargo, esa investigación oficialmente nunca existió. O por lo menos la Policía no ordenó que se investigara nada. No hay informes, registros o un cuaderno de investigaciones. Ramón parpadea cuando se lo digo, pasa saliva con esfuerzo:

—Era una investigación personal —me dice—, había soplones y cómplices por todos lados. Tenía que cuidarme las espaldas.

Pero no era la primera vez que iba, ése sí es un dato comprobado. Verónica sostiene que fueron bastantes más: "unas veinte al año", afirma. ¿Año? Verónica sabe que cometió un error: ¿desde cuándo conocía ella al albino? Da un respingo: "desde el 93", me dice.

1993: el año en que Javier y ella se conocieron. El año en que Javier fue detenido y liberado. El año en que se fueron a vivir juntos. ¿Qué pasó en 1993? Tal vez ambos le debían algo. O a lo mejor Verónica le debía algo.

—¿Con ella? —el albino se pone de pie con violencia. Pierde una pantufla. La rescata al instante—. Mentiras, estupideces.

Pero, supuestamente, tampoco es la primera vez que ese tipo de acusaciones caen sobre Ramón. Ya un par de años atrás una menor de edad vecina suya lo denunció ante la misma Policía "por tocamientos indecentes", según afirma el cuaderno de investigaciones abierto en esa época. Sin embargo, dichas pesquisas no llegaron muy lejos. Quedaron ahí y, por el paso de los años, el caso fue archivado. Al recordarle este episodio de su vida el albino pide otra cerveza. Esta vez exige que le den un vaso. Lo llena hasta la mitad.

—Eso fue una equivocación. Un mal entendido, como se dice —afirma—. Ya ni me acordaba.

Entonces le digo:

—¿Dos veces no es mucha coincidencia, Ramón? ¿Le parece poco?

El albino tuerto toma el vaso. Engulle el líquido despacio. Saborea la cerveza y luego de dar un chasquido con la lengua dice:

—Es que mucha gente me odia.

Limpieza

—Claro que lo odiaba —me dice Verónica—. Era un tipo asqueroso.

Vamos por partes. ¿Qué cosas ve una prostituta? Verónica afirma que para 1993 ya tenía dos años en ese trabajo. ¿Podía sorprenderla algo después de ese lapso de tiempo? Una vez más Verónica prefiere callar cuando se le pregunta sobre "las asquerosidades del tipo ese", como ella misma prefiere llamarlas. Más bien se anima a mostrarnos otra fotografía de Javier en una faceta desconocida: el de las labores de casa. Aparece lavando platos con mucha dedicación. En esta parte de la historia Verónica sonríe con picardía.

—Limpiaba la casa —me dice—. No era el típico hombre que no quiere hacer nada. Si yo se lo pedía hasta cocinaba.

Algunas preguntas sobre Javier Ugarte (III)

¿Y qué con sus familiares? ¿Por qué guardaron ese silencio? ¿Estaban tan enemistados que no querían saber nada de él? ¿Era una familia con tantos prejuicios que no aceptaban que uno de sus integrantes viviera con una puta? ¿Que se enamorara de ella? ¿O era la actitud de Javier? ¿Las estupideces que había hecho? ¿En qué momento se rompió el vínculo? ¿Cómo lo recordarán ahora? ¿Como un buen tipo? ¿Como una buena persona? ¿Lo habrán perdonado después de muerto?

Escenarios (III)

Llegó por la mañana. Verónica afirma que tocó el timbre en clave: tres timbrazos largos y luego uno corto, como habían quedado tiempo atrás. Javier abrió la puerta. Lo conocía ya. Javier se hizo a un lado. El albino entró como lo hacía siempre: sin saludar y con rapidez. Buscó el sofá y se acomodó en él. Luego echó un grito. Llamó a Verónica. Apareció al instante. Ésta lo tomó de la mano y lo llevó a la habitación "donde recibía a los clientes". Una vez dentro, los hechos en esta historia se confunden. No hallan algo que debería haber estado allí y Verónica sale a buscarlo. El albino está disgustado. Se quita las botas y se recuesta en la cama. Comete un error gravísimo: deja el arma reglamentaria sobre la mesa de noche. Todo hace suponer que es en ese momento cuando entra Javier. El albino cree que sólo viene a hablar con él. "Como muchas veces lo había hecho conmigo", dice Ramón. Aquí el albino comete un error: confirma que había estado allí muchas veces; quizá, como afirma Verónica, iba al departamento desde 1993. Pero conversar no es la intención. Javier se lanza sobre él, sorprendiéndolo. Ambos caen en un abrazo a un costado de la cama. La suerte no está con Ramón: ruedan al lado contrario de donde reposa el arma sobre la mesa de noche. En este punto de la historia el albino se contradice. Dice que Javier tenía un cuchillo. Pero en las declaraciones de aquella época afirma: "tenía el alambre ese en la mano [...] me di cuenta que le había sacado punta. Como a un lápiz".

Hay algunas cosas que no cambian

—No había papel higiénico —dice Verónica—. Por eso salí al baño.

—¿Y por qué no se lo pidió a Javier? —le pregunto.

Sé que ahora no me mostrará otra fotografía. Que no se defenderá con ella como lo ha estado haciendo hasta ahora. Los ojos de Verónica escrutan detrás de mi espalda, como si alguien se hubiese posado ahí sin que me diera cuenta. Acomoda el álbum de fotografías debajo del brazo. Está nerviosa. Le tiembla la voz.

—No sé —me dice.

Es la misma respuesta que dio a los investigadores. En este punto tal vez no haya nada que aclarar. Las cosas a veces suceden así.

Cuando Verónica retornó del baño con un rollo de papel higiénico en la mano halló la puerta de la habitación cerrada. Llamó con los nudillos, creyendo una vez más "que era uno de los caprichos de ese hombre". Pero nadie respondió. Volvió a tocar, esta vez más fuerte. No recibió respuesta. Algo alarmada buscó a Javier en la otra habitación y luego en la cocina. No lo halló. Entonces pensó lo peor.

El albino tuerto (V)

—Cuando caímos de la cama me dio un tajo aquí —Ramón suspende una de las mangas de la bata de baño: hay una cicatriz circular, que con los pelitos casi blancos rodeándola no parece muy grande—. Luego me agarró del cuello y me llevó así hasta la sala.

Para ese momento Verónica ya había salido. La razón es sencilla: pese a contar con un teléfono tenían cortadas las llamadas salientes. Un informe de la compañía de teléfonos de esa época lo confirma. En algún momento Verónica se dio cuenta que tenía que llamar a la Policía. Y así lo hizo. ¿Pero cuánto tiempo estuvieron metidos allí? El albino hace cuentas:

—Unos quince minutos. No más.

Verónica también coincide en el tiempo. Fueron los quince minutos necesarios para ir hasta la tienda de la esquina, tomar el auricular, discar el número de la Policía, contar lo que pasaba y retornar al departamento. Entonces halló la puerta cerrada. Intentó con la llave pero comprobó que tenía echado el seguro por dentro. Tocó varias veces. Quizá imploró. Pero Javier ya no escuchaba.

Escenarios (IV)

Atar a un hombre no debe ser fácil. Es complicado. Están los músculos tensos. Las patadas. Y más a un policía. Está la instrucción. Está la mesa algo inestable. Pero Javier lo hizo de alguna manera que el albino prefiere no recordar. "Me ató en cruz. Como a un Cristo". Luego le arrancó las ropas. El pantalón. La camisa. El saco. En ese momento Javier practicó varios cortes. Lo hizo sin orden alguno.

—Tengo toda la barriga rayada —dice Ramón—. A veces me duele con el frío.

En eso oyó los golpes ya no de Verónica sino de la Policía, a la cabeza de un teniente de apellido Serna (pese a los esfuerzos de hallarlo nunca pudimos dar con él). Corrió a la habitación donde se había suscitado la pelea y tomó el arma de sobre la mesa de noche. Gritó que estaba armado. Lo ratificó Ramón, quien además anunció que estaba herido. Al otro lado de la puerta Serna se echó atrás junto a sus hombres. "Los maracos no hicieron nada". Ramón recuerda que ahí supo que todo había acabado. Pero estaba equivocado: todo recién comenzaba.

El secreto

—Me pegaron —dice Verónica—. Abajo los agentes me patearon. Me metieron mano. Se divertían haciéndolo.

Desde la calle alguien dijo a través de un altavoz que querían hablar con él. Es en esta parte de la historia cuando aparece Javier ante la población. Cuando se hace famoso. Está asomado a la ventana. Las imágenes de televisión que consulto para escribir esta historia lo muestran sereno. Hasta gracioso. Saca la lengua varias veces, como lo haría una serpiente. Hace el signo universal de la paz. Dibuja una cruz en el aire con el alambre. Luego, desaparece. No se conversó con él. El teniente Serna en su informe: " […] el suscrito y su policía adjunto, oficial Hugo Callejas, intentaron entablar diálogo con el sospechoso […] no se logró el objetivo, así que desistimos de este esfuerzo […]". Las imágenes siguen mostrando la ventana. Algunos canales acercan sus lentes y entonces aparece por segunda vez. En esta ocasión trae consigo al albino. "Me desató rápido y mientras tanto hablaba solo". ¿Qué cosas decía en ese momento? "Cosas, cosas sin sentido", afirma Ramón. Ahora sólo se ve la imagen del albino asomando por algunos segundos. La cabeza de Javier está algunos centímetros por encima de la de Ramón, pero muy atrás: hay que hacer un esfuerzo ocular para distinguirlo. Lo hala de los pelos. Para este momento aún conservaba el ojo.

A partir de acá surgen las conjeturas. Unos decían que era parte de un grupo rebelde. Se habló de los Apóstoles (acá una cosa curiosa: el padre Vidal, en ese momento aún en el exilio, mandó una carta desvinculándose totalmente de este hecho). Se oyeron testimonios de ex compañeros de colegio. Del Monte Sagrado, del Irlandés, del Sánchez Cerro. Del desequilibrio de Javier. De locura. De la juventud actual y su paso errático. Pero al fin, después de seis años de silencio, el albino, Ramón, cuenta una versión distinta, una versión que había guardado para sí mismo por tantos años.

Recuerdos

—¿Por eso? ¿Eso le dijo? —me dice Verónica—. Imposible. Está mintiendo.

Pero no pueden haber dos verdades. Aunque en ciertas historias, como esta, hasta eso es posible.

—¿Pero hablaba de eso? ¿Alguna vez lo escuchó? —pregunto.

Verónica no responde al instante. Recuerda. La veo hacer un esfuerzo por poner las cosas en su lugar. Por reordenar los recuerdos. Las conversaciones. Las imágenes del pasado.

—Al principio sí, en nuestros primeros años viviendo juntos —me dice—. Pero después ya no. Hasta me había olvidado del tema como le digo.

Escenarios (V)

Segundos antes de quitarle el ojo habló de un niño. Nunca dijo cuál. Tal vez él. Tal vez un amigo de la infancia. De una imagen constante. De sueños. De pesadillas más bien. Le contó de algunas instrucciones que tenía que cumplir. "Y fue ahí". "En ese momento me sacó el ojo". Ramón cierra la mano derecha, pero luego la abre y se pasa el dedo del corazón por encima de la ceja de la cuenca vacía. Después Javier llevó el ojo a la ventana y lo mostró: ahora, con el paso de los años, sabemos que se trata de un ojo. Pero en ese momento no. La impresión de un periodista de televisión: "es increíble, nos muestra ahora la mano llena de sangre, se cortó el dedo". Otros periodistas incluso lo describieron: "es el dedo meñique", "está herido, se quitó un dedo". Después fue al baño y lo botó en el tacho de la basura. Por un momento sólo se oyeron los gritos del albino. Afuera el teniente Serna decidió entrar. El informe: "[…] escuchamos un grito, después de unos minutos el oficial Hugo Callejas, que miraba la televisión en el piso de abajo, subió corriendo y me informó que ya había un herido […] en ese momento ingresamos […]".

—Ya estaba por sacarme el otro —dice Ramón.

Javier intentó escapar "[…] nos disparó —dice el informe del teniente Serna—, el oficial Hugo Callejas y otros dos más dispararon sobre él".

Esa es la historia oficial.

La terraza de losetas blancas

La casa está ubicada al lado del departamento de la calle Sucre. Está rodeada de edificios más altos, cuyas ventanas, casi todas, desembocan en ella. Ahora, lo que fue una terraza, es más bien una habitación donde los dueños de casa guardan las cosas inservibles. Mesas. Sillas sin patas. Juguetes descuartizados. Camas sin resortes. Colchones fuera de uso. Sin embargo, y pese al tiempo transcurrido, aún están ahí las losetas blancas. Las mismas losetas blancas donde se formó el charco de sangre. El charco de sangre que algún vecino imposible de localizar ahora fotografió. Y cuya fotografía circuló de manera clandestina entre la gente. ¿Lo mataron allí? Algunas versiones anónimas: "era alguien de rodillas", "una persona con las manos atadas a la espalda", "le pegaban y luego le dispararon sin decir nada más".

El albino desecha todas estas versiones. La suya coincide con las presentadas por el informe oficial del teniente Serna: "[…] lo vimos tomar el arma y abrimos fuego […]". La autopsia habla efectivamente de disparos en el pecho. Pero también de un disparo en la nuca. El teniente Serna afirma que este último balazo impactó en el cuerpo de Javier de la siguiente manera: "[…] hicimos tres disparos: los dos primeros le dieron en el pecho […] el sospechoso giró sobre sus talones mientras seguía apretando el gatillo de su arma y por ese movimiento fortuito la tercera bala le dio de lleno en la nuca […] El sospechoso estaba muerto". A lo mejor el teniente Serna y Ramón dicen la verdad. A lo mejor Verónica y los vecinos anónimos dicen la verdad.

El albino tuerto (VI)

—¿Sabe lo que me pasó después —me dice el albino poniéndose de pie—. ¿Alguien se preocupó de eso?

Le digo que no.

—Afuera. ¿No ves que así ya no sirves para nada? —se toca el ojo vacío— Eso. Me botaron. Como a un perro.

Me despido de él. Me pide que sea lo más justo posible. Con él, se supone. No con los criminales.

¿Resurrección?

—Ellos lo mataron cuando ya estaba esposado, ¿quién más?

Verónica dejó de llorar hace años, "llorar ya no sirve de nada", dice. Tal vez los años lograron evitar ese tipo de escenas. La vida la trató mal después de todo. ¿El niño? Vuelve a repetirme que Javier hablaba de un niño. Que ya no recuerda bien la historia. Algún niño que murió hace muchos años, no sabe cuál ni tampoco las circunstancias. ¿Algún proyecto del difunto Javier Ugarte? Quería parecerse a Vargas Llosa, después de todo. A lo mejor se trató sólo de un proyecto literario que se le salió de las manos. ¿Una especie de resurrección? ¿Una resurrección de qué? Pero Verónica sostiene que fue una venganza contra el albino. Acá es el amor el que resucita:

—Lo hizo por mí. Para no verme sufrir ya.

De súbito me dice que tiene que cocinar. Que no puede llegar tarde a la parada de minibuses donde vende comida. La entiendo. Me despido de ella.

Las historias son complicadas. Y mucho más las historias de amor. Y peor aún cuando están mezcladas con un crimen. O con varios. Incluso pueden existir varias verdades: el amor. Un niño muerto que nadie sabe quién es. La resurrección de algo.

¿Por qué a veces las historias de amor deben teñirse de sangre?

La respuesta es complicada.

Tal vez sean los fantasmas, que retornan con frecuencia.

Nota *POSTMORTEM*

Este libro está basado en un hecho real. Sin embargo, los lugares, personajes y acontecimientos históricos pertenecen estrictamente a la ficción.

El primer capítulo de *Tres* de *Un niño rojo* fue escrito en base al *Manual sobre la prevención e investigación eficaces de las ejecuciones extralegales, arbitrarias o sumarias* de Naciones Unidas, Nueva York, 1991.

ACTA DEL JURADO

PREMIO NACIONAL DE NOVELA VERSIÓN 2006

En la ciudad de La Paz, en las oficinas de Editorial Santillana, a Hrs. 16:00 del lunes 12 de marzo de 2007, el Jurado del IX Premio Nacional de Novela, presidido por Moira Bailey y compuesto por Néstor Taboada Terán, Homero Carvalho, Walter Navia y Jaime Iturri Salmón otorgó por decisión dividida el Primer Premio a la novela *Fantasmas Asesinos*, cuyo autor utilizó el seudónimo La Malpapeada.

Además se estableció que la novela *Los Ingenuos*, cuyo autor utilizó el seudónimo de Juan de Dios Sotomayor y la novela Mundo Puto, que fue presentada con el seudónimo de Sagitario, reciban la mención de honor recomendando además su publicación.

El jurado decidió entregar el primer premio a la novela *Fantasmas Asesinos* por su hábil manejo de focalizaciones, voces narrativas y múltiples registros de lenguaje. La obra revela un modo especial de relaciones amorosas intensas que acontecen en medio de un submundo específico de violencias y fanatismos de la época de la dictadura.

De igual manera, el jurado considera que *Los Ingenuos* es una novela que se destaca por retratar de una manera muy vívida e intensa un importante período de la historia de Bolivia, repasando sus consecuencias y sus entretelones. *Mundo Puto* por su parte, ha sido valorada por la habilidad del autor de crear un mundo amplio y profundo entre las cuatro paredes de una casa, rescatando también las vivencias de décadas recientes en la historia de Bolivia.

La Paz, 12 de marzo de 2007

Moira Bailey J.
Presidenta

Néstor Taboada Terán

Walter Navia

Jaime Iturri Salmón

Homero Carvalho

Este libro se terminó de imprimir en el mes
de Mayo de 2007 en la imprenta SPC Impresores S.A.
Dirección Av. Las Américas Nº 756   .
La Paz - Bolivia